BASTEI
LÜBBE

Über den Autor:

Cédric Bannel ist ein junger, erfolgreicher Thriller-Autor aus Frankreich, der sich in seinen spannenden und einfallsreich geschriebenen Romanen vorzugsweise mit brisanten Themen beschäftigt. »Spannend wie Grisham. Virtuos wie Crichton.«, schrieb LE FIGARO über den hier vorliegenden Roman. In Frankreich sind bereits zwei weitere Romane von Cédric Bannel erschienen.

CÉDRIC BANNEL

ELIXIER

THRILLER

Aus dem Französischen von
Christiane Landgrebe

BASTEI LÜBBE

BASTEI LÜBBE TASCHENBUCH
Band 15 592

1. Auflage: November 2006

Vollständige Taschenbuchausgabe

Bastei Lübbe Taschenbücher in der Verlagsgruppe Lübbe

Deutsche Erstveröffentlichung
Titel der französischen Originalausgabe: Elixir

Textredaktion: Anne Rivet
Lektorat: Daniela Bentele-Hendricks
Titelillustration: mauritius images/Haag + Kropp
Einbandgestaltung: Atelier Versen, Bad Aibling
Satz: hanseatenSatz-bremen, Bremen
Druck und Verarbeitung: GGP Media GmbH, Pößneck
Printed in Germany
ISBN-13: 987-3-404-15592-7 (ab 01.01.2007)
ISBN-10: 3-404-15592-0

Sie finden uns im Internet unter
www.luebbe.de

Der Preis dieses Bandes versteht sich einschließlich
der gesetzlichen Mehrwertsteuer.

ELIXIER

Noch sechsundfünfzig Tage

»Das Alter ist keine absolute Notwendigkeit der Lebensordnung. Es ist nur eine Lösung unter anderen, welche von der Natur aus Zufall und Notwendigkeit ausgewählt wurde. Zwar hat das Leben nichts Besseres gefunden, als die Erneuerung der Arten, Individuen und Talente zu sichern, aber es ist Aufgabe der Wissenschaft, die natürliche Ordnung zu verbessern. Was die Natur nicht erreichen kann, das muss die Kultur, das heißt menschliches Handeln, anstreben. Ein Genetiker, der sich verbietet, über ein so entscheidendes Thema zu arbeiten, wäre engstirnig oder noch schlimmer: ein Heuchler.«

Aus dem Tagebuch von Professor Bosko

Der alte Toyota Crown Victoria, ein Wagen, wie ihn die meisten japanischen Taxiunternehmen benutzen, fuhr einen knappen Kilometer durch ein Waldstück, bevor das prächtige Wohnhaus sichtbar wurde. Der Schneeregen hatte bereits den Park mit einem dicken baumwollartigen Flaum bedeckt, und das Taxi rutschte beim Bremsen. Der Mann, der sich im Gebüsch verborgen hielt, richtete sich auf. Er war ein Gaijin, ein Mann aus dem Westen. Zwischen vierzig und fünfzig, etwa einen Meter fünfundsiebzig groß, braunes Haar von unbestimmter Länge, braune Augen und ein Allerweltsgesicht, das man einen Moment, nachdem man es gesehen hatte, schon vergaß. Niemand hätte sich vorstellen können, dass dieser Mann in Wirklichkeit ein Scharfschütze war, ein hervorragender Kenner aller Kampfarten und ein Waffenexperte. Man nannte ihn den Griechen, denn das Einzige, was die Polizei über ihn wusste, war, dass er in Korinth geboren war. Interpol glaubte, er sei schon vor Jahren durch die Hand litauischer Polizisten umgekommen.

Der Grieche ließ seine Finger knacken.

Endlich!

Seit über zwei Stunden wartete er schon auf diesen Augenblick. Die hintere Tür des Taxis öffnete sich, ein junger Mann sprang heraus, eine Hand an der Stirn zum Schutz gegen den blendend weißen Schnee. Auch er stammte aus dem Westen, sein Haar war blond, seine Augen blau, er war noch jung. Es war Peter. Professor Boskos Neffe. Der Grieche grinste. Als er entdeckte, dass Peter eine kleine Ledertasche in der Hand hielt, ging sein Herzschlag schneller.

Jetzt drückte der junge Mann auf die Türklingel. Einmal, ein zweites Mal …

»Soll ich auf Sie warten?«, fragte der Fahrer in hart klingendem Japanisch.

Der Grieche biss in ein Radieschen und warf ein weiteres, das schwarz geworden war, zu Boden. Neben anderen Eigentümlichkeiten war er Vegetarier.

»Ich weiß nicht, sie scheint nicht da zu sein.«

Peter hatte eine jugendliche Stimme, sein Akzent war typisch für einen Londoner Snob.

»Ich kann warten, Sir«, antwortete der Fahrer und machte hinter seinem Steuer eine kleine Verbeugung mit dieser enervierenden japanischen Höflichkeit, die den Griechen immer noch zur Weißglut brachte, obwohl er schon seit zwölf Jahren in Japan wohnte.

»Lassen Sie mich einen Moment überlegen …«

Los, Kleiner, geh schon. Sag, dass du hier bleibst.

Das Haus war erleuchtet, wirkte aber seltsam ausgestorben. Peter nahm sein Handy und tippte eilig eine Nummer ein.

»Hiko? Ich bin's. Ich bin bei Tante Annie, anscheinend ist keiner da. Ich fahr nach Tokio zurück.«

Die Miene des Griechen verdüsterte sich. Seine Hand schloss sich fester um die Scheide seines Messers.

»Na gut, ich seh mal nach! Ja, kannst du dich drauf verlassen.«

Peter klingelte erneut. Er versuchte es noch einmal, ohne Erfolg, drehte am Türknopf und rief freudig überrascht:

»Es ist offen, du hattest Recht. Na, bist du jetzt zufrieden? Also bis nachher, wir sehen uns dann im Kino ...«

Er steckte sein Handy ein und sagte zum Taxifahrer:

»Sie können dann fahren, danke!«

Das Auto wendete, und schon einen Moment später waren die rötlichen Lichter der Rückscheinwerfer hinter einem Vorhang aus Schnee verschwunden.

Durch die Scheibe der Eingangstür sah der Grieche in die düstere Halle, in der nur eine kleine Lampe brannte. Leise schlich er über den Rasen und trat dann ebenfalls ins Haus.

»Ist da jemand? Tante Annie?!«

Die Stimme war nur zehn Meter von ihm entfernt.

»Hallo, Tante Annie? Hörst du mich?«

Hchch. Ein seltsames Geräusch durchbrach die Stille im Haus. Ein merkwürdiges Pfeifen, ähnlich wie ein Blasebalg, den man zusammendrückt. Der Grieche drängte sich dicht an die Wand und fasste nach dem Messer an seiner Hüfte. Dann nahm er es in die Hand, die Klinge nach unten, bereit, zuzustechen.

Er hörte Schritte, Peter ging in Richtung Küche, unter der Tür sah man Licht. Er folgte ihm. Die mit dunklem Holz getäfelten Wände und das schwarze Parkett glänzten im Halbdunkel.

Wieder das Geräusch *hchch, hchch, hchch.*

Es war nun immer deutlicher zu hören. Dann öffnete sich eine Tür, und eine Tasche fiel herunter.

Jetzt!

Der Grieche sprang in den Flur. Peter stand an der Schwelle zur Küche, unfähig, sich zu rühren. Ihm gegenüber saß seine Tante an einen Stuhl gefesselt. Aus einem Schnitt an ihrer Kehle spritzte das Blut in kleinen regelmäßigen Stößen – auf ihr Kinn, ihre Bluse, den Tisch. *Hchch, hchch, hchch.* Das Geräusch wurde durch die ausströmende Luft und das spritzende Blut erzeugt. Ein erstickter Laut drang aus Peters Kehle. Der Grieche versetzte ihm einen heftigen Stoß in den Rücken.

»Tag, Kleiner.«

Peter stürzte auf eine niedrige Anrichte. Stöhnend kroch er auf die Tür des Arbeitszimmers zu. *Sehr tapfer*, dachte der Grieche, bevor er ihn mit einem gezielten Tritt seines Schuhabsatzes gegen die Nase stoppte. Der junge Engländer schrie auf vor Schmerz.

»Wir beide müssen uns ein wenig unterhalten, Peter.«

Der Grieche betonte den Vornamen genüsslich. Er sprach überlegt, mit sanfter Stimme, wie ein Lehrer, der es mit einem störrischen Schüler zu tun hat.

Peter lag da, die Arme verschränkt, und versuchte wieder ruhig zu atmen.

»Warum haben Sie sie getötet?«

Der Grieche lachte.

»Sie lebt doch noch. Trotzdem hast du nicht ganz Unrecht: Ich *werde* sie töten, gleich.«

Peter richtete sich auf, er war wie unter Schock. Er versuchte, nicht zu seiner Tante hinzusehen.

»Du bist ein hübscher Kerl, weißt du das? Treibst du Sport?«

»Was wollen Sie?«

»Ich habe dich gefragt, ob du Sport treibst.«

Peter sank in sich zusammen und begann zu schluchzen.

»Ich will nicht sterben.«

»WAS FÜR SPORT MACHST DU?«

»Fußball. Und Tennis.«

»Fußball, sehr gut. Fußball mag ich auch«, sagte der Grieche.

Mit dem Kinn machte er eine abschätzige Bewegung zu der Tasche hin, die zwei Meter von ihm entfernt lag.

»Die codierte Festplatte, was?«

Peter nickte.

»Ich konnte sie nicht öffnen.«

Der Grieche schüttelte den Kopf.

»Ich dachte, du wärst ein kleines Informatikgenie?«

»Man kann den Code nicht knacken. Es ist unmöglich, verstehen Sie?«

Es klang glaubhaft, doch der Grieche schüttelte erneut den Kopf und setzte eine bedauernde Miene auf.

»Ich habe den Eindruck, dass du mir nur die halbe Wahrheit sagst.«

»Ich schwöre Ihnen, es ist wahr!«, schrie Peter.

Plötzlich wurde die Hand sichtbar, die der Grieche bislang hinter seinem Rücken verborgen hielt. Er hob das Messer auf Augenhöhe und lächelte zärtlich. Wie gern er doch seinen Marttiini hatte. Ein Wunder an Perfektion mit der gebogenen Klinge. Er hatte damit seinen ersten Mord begangen und trug ihn immer bei sich, selbst wenn er schlief, aus Sicherheit, aber auch aus uneingestandenem Fetischismus.

»Du lügst mich an, aber ich verspreche dir, du wirst mir schon alles sagen, was du weißt.«

Er beugte sich über Peter. Der junge Mann drehte sich um und verpasste ihm mit aller Kraft einen Fußtritt. Der Grieche wich in einer fließenden Bewegung einige Zentimeter zurück, und der Tritt ging ins Leere. Peter sprang auf. Er konnte es noch schaffen, die Polizei zu rufen. Er musste es schaffen! Mit einer abrupten Bewegung stellte ihm der Grieche ein Bein. Peter stürzte. Der Grieche versetzte ihm einen heftigen Tritt gegen den Kopf. Peter schrie auf.

Und jetzt an die Arbeit.

Als er sich wieder aufrichtete, war sein Opfer blutüberströmt, die Mission war erledigt. Peter war es nicht gelungen, Boskos codierte Festplatte zu öffnen. Da war er nun sicher.

Der Organisation würde das nicht gerade zupass kommen. Unzufrieden steckte der Grieche den Dolch wieder in die Scheide. Der Behinderte, sein Chef, würde wütend sein.

Ich hab umsonst zugeschlagen.

Sein Gesicht hellte sich auf.

Nein … nicht umsonst.

Da war noch etwas, das er sich bisher nie erlaubt hatte, aber jetzt hatte er größte Lust darauf. Er nahm sich die Zeit dazu. Dann tötete er Peter.

Er knackte mit den Fingern und biss in ein Radieschen. Das Gesicht des jungen Mannes hatte sich im Tod entspannt, er sah friedlich aus, trotz der entsetzlichen, blutigen, klaffenden Schnittwunde. Der Grieche war fast ein wenig gerührt vom Mut dieses Jungen, der es gewagt hatte, sich ihm zu widersetzen, und suchte nach einem zu der Situation passenden Aphorismus. Für Peter sollte es etwas ganz besonders Zutreffendes sein.

Vulnerant omnes, ultima necat: Alle Stunden verletzen, die letzte aber tötet.

Der Grieche sprach den Satz über den Leichnam gebeugt, laut und jede Silbe betonend. Mit ausgestrecktem Finger. Dann stand er auf und fügte hinzu:

»Natürlich kommt die letzte Stunde nicht immer im vorgesehenen Moment.«

Er lachte und machte ein paar Tai-Chi-Bewegungen, um seine Selbstkontrolle wiederzugewinnen. Als die Anspannung von ihm gewichen war, überkam ihn ein wohliges Gefühl. Plötzlich fiel ihm Annie Bosko wieder ein. Sie saß auf ihrem Stuhl, bewegte schwach ihre Glieder, in einer Lache von Blut, die glasigen Augen weit aufgerissen.

»Mein Gott, mein Gott, Sie habe ich ja ganz vergessen, meine Liebe!«

Mit einem Tritt gegen den Stuhl schleuderte er sie zu Boden. Diese blöde Schlampe! Frauen mochte er sowieso nicht, aber die hier war nicht mal fähig gewesen, ihm den kleinsten Hinweis auf die Geheimnisse ihres Mannes zu geben. Wütend versetzte er ihr einen weiteren Tritt, stieß dabei auf Griechisch und Japanisch Obszönitäten aus. Dann beruhigte er sich allmählich. Wenn man »der Grieche« heißt, darf man nicht die Nerven verlieren.

Er öffnete alle Hähne am Gasherd, zog eine Spule mit Kupferdraht aus seiner Tasche, dessen Ende in eine Art metallischem Bügel auslief. Er kümmerte sich nicht weiter um die Frau, die am Boden lag und mit schwachen Bewegungen versuchte, sich zu befreien. Mit ruhigen und genauen Bewegungen rollte er den Draht ab, achthundert Meter weit, bis zu der kleinen schneebedeckten Straße, an der sein Auto parkte. Dann schloss er den Draht an die Batterie an.

Die Entladung von 20 000 Volt erzeugte einen elektrischen Zündfunken am Ende des Kabels. Die Explosion ließ die Luft erzittern, schleuderte Trümmer und Bruchstücke in alle Richtungen. Dabei verschwand auch der Kupferdraht. Der Grieche zog am Zündkabel, damit nichts liegen blieb. Es gab keine Spuren mehr, von der Küche war nichts als Asche übrig, auch die Leichen waren völlig zerfetzt. Als er losfuhr, war der Himmel schon rot gefärbt vom Feuer. Er nahm sich mit der rechten Hand ein paar Radieschen, biss herzhaft hinein, stellte seinen Lieblingssender im Radio mit Songs der fünfziger Jahre an. »*Peace and love, my lover, peace and love*«, sang der Chor immer wieder. Er mochte das Lied und sang lauthals mit, den Mund voll Radieschen, und klopfte den Rhythmus auf das Steuerrad: »*Peace and love, peace and love.*«

Noch zehn Tage

»Die Garantie des Erfolgs ist das Geheimnis. Wem könnte gelingen, was ich zu vollenden versuche, ohne die Freude, die uns das Geheimnis schenkt. Ich denke nicht nur an die Journalisten und ihre lächerlichen Fragen. Ich denke auch an die Politiker, die nur auf die öffentliche Aufmerksamkeit aus sind und sich mein Werk aneignen oder es an den Pranger stellen wollen, ohne sich die Mühe zu machen, es überhaupt zu verstehen. Ich denke an die Pseudowissenschaftler, die im Auftrag der Regierung arbeiten, an all die Funktionäre, die noch nie etwas entdeckt haben und deren einziges Verdienst darin besteht, auf Cocktail-Partys zu gehen und Canapés zu vertilgen. Deswegen schweige ich. Man wird nie wieder von mir hören. Jedenfalls bis zu dem Augenblick, wenn ich zum letzten Schlag aushole.«

Aus dem Tagebuch von Professor Bosko

Anaki blieb am Eingang der U-Bahn-Station stehen. Der stechende Schmerz in ihrer Hüfte breitete sich wellenartig aus und wurde unerträglich. Treppensteigen tat ihr unendlich weh. Sie ging auf das »Café Gritti« zu, die neuerdings in Mode gekommene Bar in diesem In-Viertel von Tokio, wo sie mit Yasunari verabredet war. Anakis Herz klopfte zum Zerspringen. Am Abend zuvor hatte sie einen Augenblick geglaubt, sich in einem Märchen zu befinden, als Yasunari sie überraschend zu einem Konzert von Omotesondo einlud, einem japanischen Klon von Eminem. Hätte man ihr vor sechs Monaten erzählt, dass sie eines Tages Rap-Musik hören würde, wäre sie in lautes Lachen ausgebrochen. Nach dem Konzert hatte ihr Yasunari einen halben Liter warmen Sake serviert, bevor er mit ihr schlief, leidenschaftlich und feurig. Auch das war neu.

Bei diesem Gedanken begann ihr ganzer Körper zu zittern. Ein vages Schamgefühl überkam sie, doch eine andere Stimme sagte ihr: Genieß das Leben, genieß es in vollen Zügen. Ihr Verstand hielt dagegen, dass das keine ausreichende Entschuldigung sei. Wie konnte sie nur mit diesem dummen zweiundzwanzigjährigen Lackaffen schlafen und dabei auch noch Vergnügen empfinden?

Sie kam an der westlichen Buchhandlung an der Ecke Roppongi Dori vorbei, unterquerte die riesige, ein paar Dutzend Meter hohe Autobahnbrücke mit den beiden aus Gründen der Erdbebensicherheit übereinander liegenden Spuren. Wie alle Tokioter achtete sie gar nicht mehr auf die ungeheure Betonschlucht, die die Stadt zerschnitt. Sie erreichte die andere Seite, dicht umringt von einer Menschenmenge, Menschen unterschiedlichster Herkunft. Überall an den Bars standen Portiers – Iraner, Afroamerikaner oder Japaner mit blond gefärbtem Haar – und warben lautstark um Gäste. Ein Bettler winkte sie herbei:

»Hilf mir, kleine Königin. Ich hab nichts mehr.«

Er war sehr alt, trug eine fleckige Hose, die bald auseinander fiel, und mehrere Pullover übereinander, um sich vor der Kälte zu schützen. Er zitterte am ganzen Körper. Anaki hörte aus seiner Bitte Scham heraus, aber auch tiefe Verzweiflung. Die Wirtschaftskrise hatte unzählige arme Menschen auf die Straße geworfen – Angestellte, Arbeiter, die gestern, wenn auch als kleine Rädchen, noch zum System gehört hatten und von ihm gehätschelt worden waren. Doch jetzt hatte das System sie zermalmt. Sie zog ein Bündel Geldscheine aus der Tasche und gab sie dem Mann in die Hand, ohne sie zu zählen.

»Hier, nimm. Ich hatte früher auch nichts.«

Café Gritti, jetzt war sie da. Yasunaris Porsche stand genau davor, im Parkverbot. Als der Portier auf sie zukam, nahm sie das Tuch von ihrem Kopf. Er hielt in seiner Bewegung inne, von ihrer Schönheit gefesselt. Ohne den Blick von ihr wenden zu können, öffnete er ihr die Tür. Sie grüßte ihn mit einer anmutigen Kopfbewegung und trat ein. Sie war vom Dekor des Cafés gleich verzaubert. Es war eine Mischung aus Hightech, gebrochenen Linien, alten Möbeln, Lichtquellen in aggressivem Design, barocken Sitzbänken. In ihrem früheren Leben hatte es solche Orte nicht gegeben.

Langsam bahnte sie sich ihren Weg durch die Tische. Die laute Musik war ohrenbetäubend, eine Mischung aus Claude Challes und einer Art Rondo Veneziano nach Nipponart. Je weiter sie vorwärts kam, desto mehr entspannte sich Anaki, dabei spürte sie, wie ihr sämtliche Männer und ein paar Frauen nachblickten. Sie fühlte sich wohl in ihrem neuen Look. Für den heutigen Abend hatte sie eine enge Wildlederhose und einen Seidenpullover ausgewählt, darüber einen dreiviertellangen Diormantel aus violetter Wolle. Wenn sie bedachte, dass sie das Wort *look* vor drei Monaten noch nicht einmal gekannt hatte!

Yasunari saß an einem der hinteren Tische vor einer halb leeren Dose Asahi. Ihr fiel sofort sein ärgerlicher Gesichtsausdruck auf.

»Ich hatte Angst, dass du nicht kommst«, begann er in vorwurfsvollem Ton, sobald sie sich gesetzt hatte. »Du bist fast eine halbe Stunde zu spät.«

»Meine Mutter hat mich länger aufgehalten, als ich dachte«, sagte Anaki, während sie langsam den Mantel auszog.

Sie nahm seine Hand. »Es ist schön, dass du da bist.«

»Ja, das ist schön«, sagte er in distanziertem Ton. »Aber du könntest trotzdem pünktlich sein.«

Sie bestellte eine heiße Schokolade mit Schlagsahne. Sie begannen sich zu unterhalten. Anaki erzählte von dem Obdachlosen.

»Warum hast du diesem Loser geholfen?«, sagte der junge Mann geringschätzig, als sie fertig erzählt hatte. »Der ist bestimmt nur ein *burakimen.*«

Die Burakimen waren eine verfemte Gruppe, denn sie stammten von Totengräbern, Metzgern und anderen Handwerkern ab, die jahrhundertelang im kaiserlichen Japan an den Rand der Gesellschaft gedrängt worden waren und heute noch eine Art geächtetes Lumpenproletariat bildeten.

»Na und? Ich verbiete dir, so zu reden!«, sagte Anaki empört. »Die Burakimen sind Menschen wie alle anderen.«

Er brach in Lachen aus.

»Wie alle anderen? Dieses Ungeziefer? Hört euch das an, das ist ja zu komisch!«

»Sei still. Ich finde, es ist eine Schande, dass es in Japan noch immer ein Kastensystem gibt.«

Sie hatte sich beim Reden so erregt, dass ihr die Röte ins Gesicht stieg. Yasunari lachte böse und machte eine verächtliche Handbewegung.

»Man wird das, was man verdient hat. Ich kann nichts dafür, und du auch nicht. Die Burakimen sind, was sie sind, aber nicht durch Zufall. Sie sind schwach, hässlich und faul.«

»Hässlich und faul? Was du da sagst ist dumm und verletzend.«

»Haha, das wird ja immer besser. Du bist wirklich komisch.«

»Was würdest du tun, wenn auch ich eine Burakimen wäre? Würdest du dich von mir trennen?«, fragte Anaki in scharfem Ton.

»Dann kann man ja gleich mit einer Ratte ausgehen. Natürlich würde ich dich verlassen, aber du bist ja keine Burakimen, dazu bist du viel zu schön.« Er zwinkerte ihr zu. »Und du hast Klasse.«

Er schien sich bestens zu amüsieren. Anaki holte tief Luft.

»Hör mir gut zu: Ich bin eine Burakimen. Soll ich dir erzählen, was meine Mutter in ihrem Leben ertragen hat? Dass sie mit elf Jahren von der Schule gehen und in einem Schweinestall arbeiten musste? Die Gesellschaft hat ihr das Leben gestohlen, und das meine gleich mit. Es ist die Gesellschaft, die Burakimen aus uns macht.«

»Das ist doch alles Unsinn«, sagte der junge Mann erregt. »Du kannst keine Burakimen sein, du doch nicht. Du bist viel zu schön.«

»Sieh mir in die Augen. Es ist wahr. Ich bin, was ich dir gesagt habe.«

Anaki spürte, wie eine große Last von ihr abfiel. Als ob sie dieses Geständnis von jahrelangen Komplexen, Frustrationen und Lügen befreit hätte.

Yasunari zog eine verzweifelte Grimasse.

»Was soll ich jetzt meinem Vater sagen«, seufzte er. »Verflucht, was für eine Schande. Wenn er herausfindet, dass ich mit einer Burakimen ausgegangen bin, wirft er mich raus.«

»Warum sprichst du von mir in der Vergangenheit? Ist es schon vorbei mit uns?«

Er sagte nichts mehr und schien peinlich berührt.

Anaki sah Yasunari einige Augenblicke durchdringend an, sie zögerte, wie sie sich verhalten sollte. Dann stand sie auf und verpasste ihm eine schallende Ohrfeige. Er war so überrascht, dass er gegen die Rückenlehne flog und dann unter lautem Krachen des Stuhls und dem Klirren zerbrechender Gläser zu Boden fiel. Alle Gespräche um sie herum verstummten. Die Barangestellten sahen sie erschrocken an. Anaki zog in aller Ruhe ihren Mantel an und beugte sich dann über den Tisch.

»Ich will nie wieder deine Stimme hören, noch will ich dein Gesicht sehen«, sagte sie in einem kalten Ton, der sie selbst erschreckte. »Glaubst du, es wäre noch 1930, als man den Platz in der Gesellschaft durch seinen Rang und seine Geburt erhielt? Du glaubst, dass du jung bist, aber du bist schon jetzt ein vergreister Idiot mit lauter Dummheiten im Kopf. Du bist mittelmäßig, und ich verachte dich zutiefst.«

Sie ging mit langsamen Schritten aus dem Café, ihr Blick war dunkel vor Wut. Im Stillen verfluchte sie die Schmerzen in ihrer Hüfte. Der Polizist, der den Taxistand bewachte, grüßte sie mit einem Kopfnicken. Sie antwortete ihm auf die gleiche Weise und stieg in den Wagen. Als sie auf dem Polster niedersank, blieb sie eine Weile reglos und wie erstarrt sitzen. Dann plötzlich brach sie in Tränen aus. Der Fahrer mit seinen weißen Handschuhen warf ihr einen verlegenen Blick zu, während sie sich auf den Rücksitz kauerte, das Gesicht tränennass. So also war das normale Leben, das Leben, von dem sie immer heimlich geträumt hatte. Nie hätte sie geglaubt, dass es so hart sein könnte.

Das Feuer knisterte und krachte leise und regelmäßig, während draußen heftiger Regen auf Belgravia herabfiel, das feine, von den Fenstern der prächtigen Häuser wohltuend hell erleuchtete Londoner Viertel. Der Psychiater und Medizinnobelpreisträger Francis Foster saß in seinem Wohnzimmer und las. Er war an die sechzig, nicht sonderlich groß, aber elegant, sein intensiver, lebhafter Blick, von einer Art innerem Feuer beseelt, erhellte sein ebenmäßig geformtes Gesicht. Er hatte volles weißes, nach hinten gekämmtes Haar und eine stattliche Statur, dazu die breiten Schultern eines ehemaligen Ruderchampions. Ein Journalist hatte einmal über den Professor geschrieben, er erinnere an die Figuren der britischen Werbung in der Vorkriegszeit. Was der Journalist nicht wusste, und was im Übrigen keiner wusste, war, dass man Foster schon beim Geheimdienst »den Professor« genannt hatte. Es war sein Spitzname, damals war er ein junger Mann, gerade mal fünfundzwanzig. Fünf Jahre lang war Foster einer der besten Mitarbeiter des SIS gewesen und hatte sich so raffinierte Methoden ausgedacht, dass manche inzwischen als beispielhaft in den Spionageschulen gelehrt wurden. Diese Jahre waren wie eine Zwischenstation gewesen, die er schon lange abgeschlossen hatte, allerdings nicht völlig: Man konnte den Geheimdienst nie ganz verlassen, sondern sich nur für bestimmte Zeit von ihm entfernen.

Foster las gerade die Doktorarbeit eines angehenden Psychiaters: »Analyse psychotischer Züge bei alten Menschen«. Eine schlechte Arbeit, die Foster die Laune verdarb. Er schloss die Kladde und goss sich ein Glas kaltes Wasser ein.

Es war still in seinem großen Haus. Zu still. Abends spürte Foster die lastende Einsamkeit des Witwers besonders deutlich. Die Ruhe im Dunkel des zu Ende gehenden Tages war alles andere als angenehm, ihn überkamen Reue, Zweifel und Traurigkeit. Das machte ihm schwer zu schaffen. Vor drei Jahren noch war er berühmt gewesen wegen seiner Begeisterungsfähigkeit und seines Witzes. Er öffnete die Doktorarbeit wieder, um auf andere Gedanken zu kommen.

Auf andere Gedanken kommen, das ist das Leitmotiv privater Momente geworden. Mein Gott, ich gehe unter wie ein alter, verrosteter Dampfer. Was ist nur mit mir los?

Es klingelte an der Haustür. Foster legte das Manuskript beiseite. Er war überrascht. In der Halle warf er einen Blick durch eines der Fenster neben der Eingangstür. Vor seiner Villa standen ein schwarzer Daimler und ein Ford Mondeo mit geschwärzten Scheiben. Dienstfahrzeuge. Er wartete einige Sekunden, dann ging er hinaus.

Die hintere Tür des Daimler öffnete sich, und ein kleiner, überaus elegant gekleideter Mann, grauer Mantel über einem Nadelstreifenanzug, in der Hand eine Melone, wie sie heutzutage niemand mehr trug, nicht einmal in London, stieg aus dem Wagen. Fosters Gesicht verdüsterte sich, als er Lord Jeremy Scott erkannte, den Chef des SIS, des Geheimdienstes ihrer Majestät.

Scott tat zwei Schritte nach vorn, bevor er stehen blieb, trotz des eiskalten Regens. Er wischte einen Tropfen am Rand seines Augenlids ab, ohne Foster aus den Augen zu lassen, und war wider Willen gerührt.

Scott hatte dem Professor vor drei Jahren im Zusammenhang mit einer neuen Mission die schöne Vic vorgestellt. Die beiden hatten sich ineinander verliebt, genau wie Scott es vorausgesehen hatte. Für Foster war Vic die Gelegenheit zu einem Neuanfang gewesen, ein zweiter Frühling nach dem Tod seiner ersten Frau. Dann hatte das Schicksal ihn von Vic getrennt, ihr Glück wurde mit einem Federstrich beendet. Ein vorhersehbares Ende, von dem Scott gewusst hatte, ohne Foster etwas zu sagen. Der Professor hatte darauf das Handtuch geworfen, wie ein müder alter Boxer, der nicht mehr kämpfen will. Scott erklärte er, er verachte ihn und wolle ihn nie wieder sehen.

Jetzt standen sie einander wieder gegenüber, und Scott wusste nicht, was er sagen sollte. Düstere Gedanken gingen ihm durch den Kopf, während Foster mit schneidender Stimme sagte:

»Was wollen Sie hier?«

»Ich muss unbedingt mit Ihnen sprechen. Es ist wichtig.«

Foster schüttelte den Kopf und sah plötzlich sehr müde aus.

»Ich glaube nicht, dass ich Lust habe, Sie in meinem Haus zu empfangen, Jeremy.«

»Glauben Sie mir – was während Ihrer letzten Mission geschehen ist, tut mir aufrichtig Leid.«

»Sie mögen zu einigen Gefühlen fähig sein, aber ich glaube nicht, dass Bedauern dazugehört.«

»Professor, ich muss Sie einfach sprechen«, beharrte Scott.

Seine Atemluft bildete kleine Wolken, er klatschte in die Hände, um die Kälte zu vertreiben. Sekundenlang sah Foster ihn durchdringend an. Scott fühlte sich fast nackt unter seinen Blicken. Dann lud ihn Foster plötzlich mit einer Handbewegung ein, ihm in die weiträumige Eingangshalle zu folgen.

Weißlackierte Wände, breite Dielen aus Irokoholz. Seit dem letzten Besuch des SIS-Chefs bei Foster hatte sich nichts verändert. Doch, da hing ein Van Loo an der Wand, links neben dem Senatus. Scott ließ das Ambiente auf sich wirken. Es war elegant, schön, doch war der Ort von einer gepflegten Langeweile, die niemand vertreiben zu wollen schien.

»Es hat mit Japan zu tun, oder?«

Scott erstarrte, während sich in seinem Kopf die Gedanken überschlugen. Wie hatte Foster das erraten können?

»Sie haben sich meine Kakemonos zu lange angesehen. Prinzip von Ursache und Wirkung. Sie kommen zu mir, um über Japan zu sprechen, deshalb zieht Sie hier alles, was mit Japan zu tun hat, unbewusst an wie das Licht die Motte.

»Es geht nicht nur um Japan. Ich komme wegen eines Problems, eines persönlichen.«

Scott zog einen braunen Umschlag aus der Innentasche seines

Mantels. Darin lag ein mehrere Wochen alter Zeitungsausschnitt aus der »Japan Times«, einer der größten japanischen Zeitungen in englischer Sprache.

»Unerklärliche Unglücksserie in der Familie des weltberühmten Genetikers. Frau und Neffe von Professor George Bosko kommen um, während er selbst unauffindbar ist.

Gestern Nachmittag gegen 17.15 Uhr kamen Annie Bosko und ihr Neffe Peter jr. Staige (der Sohn von Julia und Peter Staige), beide britischer Herkunft, bei einem tragischen Unglück ums Leben. Annie Bosko und ihr Neffe hielten sich in der Küche im Anbau des Hauses von Mrs. Bosko in Hiro Kima auf, als aus unbekannten Gründen eine heftige Gasexplosion stattfand. Danach kam es zu einem furchtbaren Brand. Feuerwehrleute, die das Haus zehn Minuten nach der Explosion erreichten, konnten nichts mehr für die Rettung der beiden Opfer tun, deren Körper zerfetzt und völlig verbrannt waren. George Bosko selbst ist seit zehn Tagen unauffindbar. Der Professor war von einer Bergwanderung nicht zurückgekehrt. Bosko, ein zurückhaltender Mensch, ist einer der bedeutendsten Genetiker weltweit. Dass Boskos Verschwinden in irgendeiner Weise mit dem Gasunfall, bei dem seine Frau und sein Neffe umkamen, zu tun hat, hält die Polizei für eher unwahrscheinlich. Man spricht von einer tragischen Koinzidenz.«

»Und?«

»Peters Freundin heißt Hiko«, sagte Scott. »Sie ist die Tochter eines engen Freundes von mir, der verstorben ist, ein früherer Militär, der mir in Honkong das Leben gerettet hat, als ich noch ein junger Geheimdienstoffizier war. Als er starb, habe ich ihm versprochen, mich um Hiko zu kümmern. Sie ist so etwas wie mein Schützling. Vor ein paar Tagen rief sie mich an und bat darum, dass ich mich persönlich um die Sache kümmere. Sie glaubt, dass ihr Freund ermordet worden ist und sein Tod mit dem Verschwinden von Professor Bosko zu tun hat. Die Polizei glaubt nicht daran, die Botschaft auch nicht, aber inzwischen gibt es ein neues Indiz, das ihr Recht zu geben scheint. Ich habe Hiko versprochen, ihr zu helfen.«

»Was für ein Indiz soll das sein?«

»Eine DNA-Spur auf einem von der Feuerwehr gefundenen Stück Jeansstoff, die nicht von Peter stammt.«

»Was für eine Spur?«

Foster hörte sich Scotts Antwort an, ohne mit der Wimper zu zucken.

»Ich brauche die Meinung eines exzellenten Psychiaters, der mir das Verhalten einer so komplizierten Persönlichkeit wie sie Professor Bosko offenbar ist, analysieren kann«, fuhr Scott fort. »Es muss ein Mann meines Vertrauens sein, der Japan kennt und darüber hinaus weiß, was eine polizeiliche Untersuchung ist. Sie sind der Einzige, der alle diese vier Kriterien erfüllt. Deswegen bin ich hier. Ich brauche Sie, Professor. Sie und keinen anderen.«

»Was sollte mir Anlass geben, Ihnen zu helfen? Ich habe meine Meinung über Sie nicht geändert, Jeremy. Sie sind ein Strippenzieher und ein echter Mistkerl.«

Scotts Augen weiteten sich, doch er schwieg.

»Wie alt war Peter?«

»Einundzwanzig.«

Nach einem letzten Zögern nickte Foster schließlich in Richtung Treppe.

»Gehen wir nach oben.«

Noch acht Tage

»Eine Eintagsfliege lebt vierundzwanzig Stunden, ein Hund fünfzehn Jahre, ein Mensch achtzig, eine Schildkröte kann zweihundert Jahre werden und ein Mammutbaum eintausend. Nichts variiert mehr als die Lebensdauer, dabei teilen alle auf der Erde lebenden Arten zwischen einem Drittel und 99,9 Prozent ihrer Gene. Warum soll man unter diesen Umständen und angesichts der Fortschritte der Genetik hinnehmen, dass das, was für die Schildkröte oder den Mammutbaum gilt, nicht auch ein vernünftiger Wert für den Menschen wäre?«

Aus dem Tagebuch von Professor Bosko

Anaki lag mit weit geöffneten Augen ausgestreckt auf ihrem Bett im Halbdunkel ihres kleinen Zimmers. Im Erdgeschoss bereitete Minato gebratenen Fisch und Tofufladen für das Frühstück zu. Seit den Ereignissen im Café Gritti fühlte sich Anaki verloren. Nachdem sie als Burakimen so lange geschmäht worden war, hatte sie geglaubt, ihre Schönheit könne sie retten, jetzt wo Japan im 21. Jahrhundert angekommen war. Sie hatte sich wieder mal geirrt. Sie stand auf, goss sich ein Glas Wasser ein, trank es in kleinen Schlucken und legte sich wieder hin. Wenig später hörte sie Minatos langsame Schritte die Treppe heraufkommen, die Schritte einer müden, alten Frau, Stufe um Stufe, Schritt um Schritt, als sei jeder Zentimeter ein Sieg über ihren Verfall und ihre Schmerzen. Man hörte ein leises Geräusch auf dem Flur.

»Anaki, geht es dir gut? Tut dir dein Rücken nicht zu sehr weh?«

»Es ist nicht der Rücken. Daran bin ich gewöhnt. Ich will jetzt nicht reden, lass mich allein.«

Minato öffnete trotzdem die Tür. In gebeugter Haltung blieb sie eine Weile reglos stehen, sie hielt sich mit ihrem gesunden Bein aufrecht, das andere, von Rheumatismus gekrümmt, konnte sie kaum noch benutzen. Auf dem Gesicht der alten Frau lag tiefe Traurigkeit. Sie ließ den Blick durch das Zimmer schweifen – in allen Ecken alte Souvenirs und gleich daneben, völlig unpassend, Dinge, die man sich in der Pubertät aufhängt: Bilder von japanischen Popsängern, Morning Musume live in concert, Maki Gato mit Aya Matsura im Arm. Weitere Fotos in Schwarzweiß: Poster von Clark Gable als Cowboy, andere von Hibari Misora. Auf einem Stuhl lagen unordentlich hingeworfene Sachen. Minato setzte sich neben Anaki und strich ihr sanft übers Haar.

»Meine arme Anaki, mein Baby, ich bin sicher, dass du die ganze Nacht nicht geschlafen hast. Habe ich Recht?«

Sie erhielt nur ein leises Schniefen zur Antwort.

»Du hast doch von dieser Welt jahrelang geträumt.«

»Sie riecht nach Fäulnis.«

»Heute bist du enttäuscht, aber du musst dich damit abfinden. Die Menschen sind nicht so, wie du sie dir vorgestellt hast. Sie sind meistens böse, egoistisch und nutzen andere aus.«

»Sei nicht so menschenfeindlich, Minato, darum geht es nicht.«

»Was ist es dann? Dachtest du, unsere Herkunft würde uns nicht einholen, der Fluch, der über uns liegt, würde verschwinden wie durch Zauber, weil die Leute jetzt Mobiltelefone haben und im Internet surfen? Das ist doch ein Witz! Dieses Land wird sich nie ändern, seine Kultur ist zu stark, die Wurzeln reichen zu tief, und wir sind auf der untersten Stufe, der schlechtesten, ob wir wollen oder nicht.«

»Ich bin an einen miesen Kerl geraten, aber ich weine nicht deshalb. Ich weine wegen etwas anderem.«

»Denkst du immer noch an ihn? An George Bosko?«

»Ja.«

Anaki brach in Schluchzen aus.

»Ich habe mich idiotisch benommen. Ihn liebe ich, und nie

werde ich einen anderen Mann lieben. Aber ich habe ihn verraten.«

Minato wischte Anaki über das tränenüberströmte Gesicht.

»Wann wirst du endlich erwachsen? Glaubst du wirklich, dass die Beziehungen zwischen Mann und Frau so sind, wie man es im Fernsehen sieht?«

»Ich habe ihn verraten«, wiederholte Anaki und schniefte. »Ich habe mich benommen wie das Allerletzte. Wie eine Burakimen eben.«

»Sag so etwas nicht!«, rief Minato zornig. Dann fuhr sie mit sanfterer Stimme fort: »Man kann sich irren, Fehler machen, aber deshalb ist man weder unwürdig, noch hört man auf zu lieben. Du hast eine schlimme Erfahrung gemacht. Ja, du hast dich schwer getäuscht in diesem Jungen, aber trotzdem dreht die Erde sich weiter. Du hast gedacht, du könntest deine Vergangenheit auslöschen und ein neues Leben beginnen. Im tiefsten Innern bin ich mir sicher, dass du es wusstest. Dieser Yasunari zählt nicht. Er war nur ein Trugbild.«

»George wird mir niemals verzeihen, dass ich ihn betrogen habe.«

»Sei nicht dumm. Niemand kann dich besser verstehen als George. Nennen wir es eine Jugendsünde. Ich weiß, dass er dir verzeihen wird.«

»Wie konnte ich mich nur so beeinflussen lassen, und das von so einem dummen Jungen.«

Ein Lächeln erhellte Minatos faltiges Gesicht.

»Erfahrung schützt vor Torheit nicht, hattest du das vergessen?«

Anaki richtete sich im Bett auf und blickte ins Leere.

»Der Mann, den ich liebe, ist ans andere Ende der Welt geflohen. Er ist allein. Er wird von Mördern verfolgt und braucht mich. Aber ich habe nur an eins gedacht und ihn wegen eines kleinen, nichtsnutzigen Verführers vergessen. Nur weil er an der Todai-Universität studiert und Sohn eines bekannten Anwalts ist.«

»Du und George, ihr werdet darüber hinwegkommen. Versuch,

ein bisschen zu schlafen. Es ist fünf Uhr. Bleib bis zum Mittag zu Hause, und geh erst nachmittags in die Vorlesung.«

Sie schloss leise die Tür. Anaki legte sich wieder hin. Minato hatte Recht, sie musste diese Lebenslektion lernen. Sie zog die Decke ihres Futons bis ans Kinn.

Der Behinderte band sich die Krawatte. Im Spiegel sah er nach, ob alles perfekt aussah: ein glattes, weißes, faltenloses Hemd, ein gut geschnittener schwarzer Alpaka-Anzug, polierte Budapester Schuhe. Nachdem er fertig war, fuhr er den Rollstuhl mit einem kräftigen Schwung bis ans Fenster. Zwar verließ er das Haus immer seltener, doch kontrollierte er sein Reich vom Büro aus – dank moderner Kommunikationsmittel und des unbedingten Gehorsams seiner Leute.

Der Behinderte war kräftig gebaut und strahlte Macht aus. Seine ausdruckslosen schwarzen Augen waren wie zwei Steine, seine harten Gesichtszüge verrieten einen Mann, der gewöhnt war, zu befehlen. Er hatte ein schönes japanisches Gesicht, eine gerade Nase, ein ausladendes Kinn und dickes graues Haar, das er in einem Bürstenschnitt trug. Er seufzte vor Wohlbehagen. Vor ihm lag der riesige Rosengarten, der sein Anwesen umgab. Unter der Schneedecke befanden sich Zehntausende von Trieben, die ausschlagen würden, sobald der Winter vorüber war. Neben berühmtem Wein und dem Nô-Theater waren Blumen die dritte Leidenschaft des Behinderten. Wenn er den aus zwanzigtausend Pflanzen bestehenden Rosengarten betrachtete, überkam ihn immer ein Gefühl großer Heiterkeit. »Die Rosen geben mir meine Beine zurück«, hatte er eines Tages zu dem Griechen gesagt, in einem der seltenen Momente, in denen er vertraulich wurde.

Er drückte die Nase gegen die Fensterscheibe. Über dem Meer aus Schnee lag leichter Nebel. Die Sonne ging auf und tauchte die Landschaft in Rosa, Rotgold und Purpur. So viel Schönheit ließ sein Herz höher schlagen.

Dann wichen die Rosen dem Bild von Professor Bosko, und sein glückliches Lächeln verschwand auf der Stelle. Trotz all seiner Macht kam er mit seinen Recherchen nicht weiter. Dabei war seine Organisation umso gefährlicher, als niemand etwas von ihrer Existenz ahnte. Ihre Ziele waren zu verschieden, zu weit voneinander entfernt, als dass jemand einen Zusammenhang herstellen könnte. Sicher, hier und da war es Einzelnen gelungen, aber die hatten seine Mörder ebenso grausam wie diskret umgebracht. Seine Geheimnisse waren mit Blut befleckt. Und doch, alles, was er bisher geschaffen hatte, war nichts im Vergleich mit der Macht, die Boskos Entdeckungen ihm verleihen würden. Die Gewissheit, seine Mission zu erfüllen.

Das Läuten des Telefons riss ihn aus seinen Gedanken. Der Chef des Geheimdienstes, Oberst Toi, sein treuester Mitarbeiter, war am Apparat.

»Ich habe neue Informationen über das Mädchen, das überall seine Nase hineinsteckt. Sie ist keine Journalistin. Sie heißt Hiko Suzuka und studiert an derselben Hochschule wie Peter Informatik. Sie war seine Freundin. Diese Hiko war im Hotel Seiyo Ginza. Sie hinterließ eine Nachricht an der Rezeption, dann ging sie gleich wieder«, sagte Oberst Toi.

»Ein Hotel? Glauben Sie, dass sie mit einem Polizisten verabredet war? Mit jemandem von Scotland Yard? Oder einem Journalisten?«

»Weder ein Polizist noch ein Journalist würde im Seiyo absteigen. Es ist das teuerste Hotel in Tokio.«

»Ja, das stimmt. Was hat sie danach gemacht?«

»Sie hat in der Bibliothek der ›Japan Times‹ gearbeitet.«

»Beobachtet sie weiter, ich warte auf weitere Nachrichten.«

Er legte auf.

Wenn der Behinderte einen Befehl gab, und man führte ihn nicht sogleich aus, wurde man innerhalb kurzer Zeit umgebracht. Diese Regel galt seit fünfzig Jahren, und heute, wo er sich seinem Ziel näherte, gab es keinen Grund, sie zu ändern.

Gedankenverloren stieg Foster langsam die U-Bahnhof-Treppe hinauf. Er blieb auf dem Vorplatz stehen und stellte seinen Mantelkragen auf, um sich vor dem Wind zu schützen, der durch Hiro-o-Dori fegte. Nachdem er hier auf dem Weltkongress für Psychiatrie seinen Vortrag gehalten hatte, hatte er das Konferenzzentrum unauffällig verlassen. Als geübter Geheimagent wusste auch Scott alles über seine Reise nach Tokio, kannte sein Hotel, seine Termine und sogar die Sitznummer in der Boing 777 der Japan Airlines. Foster wusste nicht, warum er bereit gewesen war, seinen Aufenthalt in Tokio zu verlängern, um die Mission für Scott zu erfüllen. Er wusste nicht, ob es ein Schritt rückwärts war, in den Nebel seiner Vergangenheit beim Secret Service, oder vielleicht die heilsame Unterbrechung, auf die er seit drei Jahren wartete. Das Einzige, was er mit Sicherheit wusste, war, dass man einem Mann wie Scott nicht zufällig eine Zusage machte. Er zitterte. Es war kalt auf der Straße, es herrschte jene trockene und gnadenlose Kälte der Tokioter Winter. In Hiro-o-Dori war Stau. Ein Bus fuhr langsam in einer schwarzen Rauchwolke vor ihm her. Er sah einen Mann, der, in einen dicken Wollmantel gehüllt, an einem Laternenpfahl lehnte und sich, als er ihn bemerkte, von dem Pfahl löste. Der Mann kam rasch auf ihn zu, blieb dann einen Meter von ihm entfernt stehen und verneigte sich tief.

»Professor Foster? Ich bin Doktor Kazuo Kanga. Es ist mir eine Ehre, Sie kennen zu lernen.«

Doktor Kanga war klein, kahlköpfig und hatte freundliche Augen hinter einer dicken Brille. Er hatte das sympathische Gesicht eines Genussmenschen, der gern Sake trinkt und schöne Frauen mag. Foster verneigte sich ebenfalls, ein wenig tiefer als Doktor Kanga, um ihm Respekt zu erweisen. Der Japaner bedeutete ihm mit einem Lächeln, dass er dieses Wissen um richtige Umgangsformen zu schätzen wusste.

»Das Vergnügen ist ganz auf meiner Seite. Ich bin besonders dankbar, dass Sie mit dem Treffen einverstanden waren.«

Fosters neutraler Ton verbarg seine Aufregung. Aus dem SIS-

Bericht ging hervor, dass Doktor Kanga und seine Gattin Schlüsselfiguren aus der Umgebung von Bosko waren. Bei seinen Internet-Recherchen im Hotelzimmer hatte Foster herausgefunden, dass die beiden Japaner in den ersten Jahren ihrer Karriere als Wissenschaftler viel publiziert hatten, vor zwanzig Jahren jedoch aufgehört hatten, ihre Arbeiten zu veröffentlichen. Ganz so, als wollten sie plötzlich nicht mehr, dass man sich mit ihnen beschäftigte ... Doktor Kanga wies auf eine kleine, gewundene Gasse, die gegenüber in die große Straße einmündete.

»Ich schlage Ihnen vor, dass wir im alten Hiro-o essen gehen. Hier bin ich aufgewachsen, und es gibt noch viele Häuser von früher. Sie werden sehen, es ist sehr schön hier.«

»Sehr gern, ich mag dieses Viertel sehr.«

»Ach ja, richtig, Sie kennen Tokio gut. Das habe ich im Internet gelesen.«

Doktor Kanga wies mit dem Kinn auf die Tasche, in die Foster gerade seinen Fahrschein gesteckt hatte.

»Sie haben die beste Sammelkarte gekauft, die es für die U-Bahn gibt. Ich benutze sie auch, wie die meisten Tokioter, die hier im Zentrum wohnen. Touristen kaufen sich lieber Einzelfahrscheine, weil sie nicht wissen, wie man Sammelkarten bei all den privaten Linien mit ihren verschiedenen Tarifen benutzt.«

Foster nickte.

»Ihnen entgeht nichts. Sie scheinen ein wahrer Sherlock Holmes zu sein!«

»Meine Frau sagt mir oft, dass Genetiker dieselben Eigenschaften haben müssen wie Polizisten: Geduld, die ausgeprägte Fähigkeit, Schlüsse zu ziehen, und Sinn für Details. Doch es ist auch ein Charakterzug, der für Japaner typisch ist. Wir sind ein Volk, das von Natur aus neugierig ist.«

»Eine Eigenschaft, die Gaijins nur schwer erkennen«, fügte Foster hinzu. »Sie sehen nur die wirtschaftliche Effektivität, manchmal die alte Kultur, aber sie vergessen den Rest.«

Kanga machte eine zustimmende Handbewegung.

»Um ganz ehrlich zu sein, muss ich zugeben, dass Ihre hervorragende Kenntnis unseres Landes neben Ihrem Nobelpreis der Grund ist, weshalb ich bereit war, Sie zu treffen. Normalerweise bin ich nicht sehr gesellig.«

Sie machten sich auf den Weg.

»Finden Sie, dass Tokio sich seit Ihrem letzten Aufenthalt verändert hat?«

Eine dichte und disziplinierte Menge drängte sich auf den abgetretenen Bürgersteigen, geschminkte und sorgfältig gekleidete Frauen, mit Vuitton- oder Gucci-Taschen im Wert eines Monatsgehalts, Angestellte in zerknitterten Anzügen, Gruppen von Schülern in altmodischer Uniform, die Jungen im Matrosenanzug, die Mädchen in gerade geschnittenem marineblauen Rock und weißen Söckchen.

»Eigentlich nicht, aber irgendwie spürt man, dass eine Krise in der Luft liegt.«

»In letzter Zeit ist kaum etwas passiert, nur zwei oder drei Bagatellen«, sagte Doktor Kanga ironisch und lud ihn mit einer Geste ein, ihm in eine Querstraße zu folgen. »Die Börse ist um 94 Prozent geschrumpft, die Arbeitslosigkeit hat sich verdoppelt, der Elektroniksektor ist so gut wie pleite, und die Franzosen haben Nissan gekauft. Sonst ist alles in Ordnung, der letzte Taifun hat Korea heimgesucht und nicht Japan, und wenn man den Zeitungen glaubt, wurde der Kaiser von der letzten Grippe verschont. Jetzt nach links, das Restaurant ist gleich hier.«

Sie bogen in eine weitere Gasse ein, die von niedrigen Holzhäusern gesäumt war. Arbeiter in Pumphosen mit leichten Schuhen, die bis zu den Knöcheln reichten, bewegten sich auf einer Baustelle in der Mitte der Straße. Sie kamen an einem öffentlichen Bad vorbei, altmodisch mit seinem Fenster aus trübem Glas, dann an einer bretonischen Crêperie aus Holz und nachgemachtem Stein, die in Tokio der letzte Schrei zu sein schien.

»Es gibt noch genug Geld, um Straßen zu reparieren, das beweist, ganz so schlecht kann's nicht sein«, sagte Foster und wies auf die Baustelle. »In den siebziger Jahren gab es in London einen Meter tiefe Löcher in den Straßen.«

Doktor Kanga zog bedauernd die Schultern hoch.

»Das ist der Schwanengesang. Wenn die Wirtschaft nicht wieder in Gang kommt, werden wir bald mit getrockneten Blättern heizen, und dieses Viertel wird aussehen wie das Dorf in der ›Ballade des Narayama‹.«

Er zeigte auf eine einfache Fassade aus hellem Holz.

»Da sind wir.«

Foster blieb stehen, als er das typische Ideogramm auf der Eingangstür las.

»Ich hoffe, der Koch zittert nicht, denn ich muss vor Ende des Monats einen Bericht schreiben und ein paar Lieferantenrechnungen bezahlen.«

Der Japaner lachte höflich, schob die Tür auf und ließ dann Foster vorgehen. Der Professor hatte gesehen, dass es in dem Restaurant *fugu* gab, den besonderen Kugelfisch, in dessen Leber ein tödliches Gift entsteht, wenn er nicht nach allen Regeln der Kunst zubereitet wird. Der Engländer und der Japaner bewunderten ein paar Augenblicke einen der Köche, der gerade ein Exemplar zerlegte, dann bestellten sie, bevor sie zu reden begannen, um einander kennen zu lernen. Kazuo Kanga war ein brillanter Kopf und sehr aufgeschlossen. Außerdem war er perfekt zweisprachig, was in Japan höchst selten ist, wo die Studenten Sprachen im Multiple-Choice-Verfahren lernen. Foster und Kanga aßen zuerst in Essig eingelegtes Gemüse, machten sich beim Fisch gegenseitig über den Speichel lustig, der durch das vergiftete Fleisch aus ihrem Mund dringen würde, und beendeten die Mahlzeit mit einem starken, dunklen Tee aus der Gegend von Fukuoka. Sobald Foster versuchte, das Gespräch auf ein medizinisches Thema zu bringen, wich ihm Kazuo Kanga mit einem kleinen Lachen aus und redete wieder über Probleme der Gesellschaft. Nach dem Essen stellte Foster seine Teeschale ab. Es war Zeit, über ernsthafte Dinge zu reden.

»Ich danke Ihnen wirklich sehr, dass Sie bereit waren, sich mit mir zu treffen. Können wir nun zum professionellen Teil übergehen?«

Kangas Gesicht verdüsterte sich, doch er neigte zustimmend den Kopf.

»Womit kann ich Ihnen helfen?«

»Ich würde gern mehr über Professor Bosko erfahren. Ich möchte sicher sein, dass sein Verschwinden und die Todesfälle in seiner Familie nichts miteinander zu tun haben. Glauben Sie, dass der Professor an Depressionen oder irgendeiner manischen Störung litt?«

»Als ich ihn zum letzten Mal sah, war George völlig ausgeglichen. Er lebte nur für seine Arbeit. Der einzige wunde Punkt war, dass er sich nicht mit seiner Frau verstand, aber ich glaube nicht, dass er weggegangen ist, weil er Eheprobleme hatte. Er hätte sich ja scheiden lassen können, wenn er es nicht mehr ertragen hätte.«

»Und beruflich?«

»Da ist die Lage noch einfacher. George ist eine Art Einstein der Genetik.«

»Stimmt es, dass er davon träumt, die Grenze des Todes hinauszuschieben?«

Doktor Kanga verzog amüsiert das Gesicht.

»Das ist mehr oder weniger das Ziel eines jeden Genetikers, ob er es zugibt oder nicht. George ist da nicht anders als alle anderen.«

»Kann man ernsthaft der Meinung sein, dass die Erhöhung der Lebenserwartung etwas anderes ist als ein Wunschtraum?«

»Eines Tages wird es Wirklichkeit sein. Die Genetik hat in den letzten zehn Jahren erstaunliche Fortschritte gemacht, Professor. Durch die Sequenzierung des humanen Genoms und detaillierte Einblicke in die Funktionen der Zelle eröffnet sich uns eine neue, gleichzeitig unbegrenzte und beunruhigende Welt. Diese Forschung stützt sich auch auf Rechenkapazitäten, die sich nach dem berühmten Moor'schen Gesetz fast jedes Jahr verdoppeln. In zwanzig Jahren stehen uns Rechner zur Verfügung, mit denen wir biochemische Prozesse durchrechnen werden, die uns heute als Buch mit sieben Siegeln erscheinen. Dadurch werden wir den Weg für eine neue molekulare Revolution der Medizin freimachen. Das ist lediglich eine Frage der Zeit, Professor Foster.«

»Die britische Regierung weiß, dass Professor Bosko hier in Tokio ein hervorragend ausgestattetes Labor besitzt. Er soll einen Genomsequenzierer und einen Superrechner von dreißig Terrabits besitzen, eine unglaubliche Maschine, die pro Sekunde dreißig Milliarden Operationen durchführen kann. Trifft das zu?«

»Unser Labor verfügt über Mittel wie kein anderes«, gab Kazuo Kanga widerwillig zu, »aber materielle Möglichkeiten sind nicht alles.«

»Sie sind schon entscheidend«, sagte Foster leise wie zu sich selbst. »Ich habe im Flugzeug darüber nachgedacht, dass das riesige Vermögen, das George Bosko von seinem Vater geerbt hat, ihn von seinen Kollegen ebenso unterscheidet wie sein Genie.«

»Was wollen Sie damit sagen, Professor?«

»Freiheit, Doktor Kanga, Freiheit. Wohl kein Wissenschaftler der Welt hat jemals im Lauf der Geschichte die unglaubliche Chance gehabt, seinen Weg mit unbegrenzten Mitteln zu gehen und ohne sich vor irgendwem rechtfertigen zu müssen.«

Doktor Kanga legte seine Hand auf die von Foster.

»Sie sind der Erste, der das begriffen hat.«

Sein Gesicht war ohne jeden Ausdruck, doch Foster bemerkte, dass er leicht zitterte.

»Warum hat Professor Bosko diesen Superrechner gekauft? Warum will er alle Phasen des Lebens, des Todes und der Reproduktion der Hautzellen simulieren?«

»Schon wieder ins Schwarze getroffen. Keratozyten, Fibroblasten, es geht um biochemische Reaktionen unerhörter Komplexität.«

»Hm, hm.«

»Sie wissen, dass die meisten Menschen glauben, dass die Haut faltig wird, weil sie alt ist«, fuhr Doktor Kanga fort.

»Ist dem nicht so?«

»Nein, das ist eine falsche Vorstellung, das muss jeder wissen, der unsere Forschungsarbeit verstehen will.«

Foster bemerkte das »unsere«, ohne darauf einzugehen.

»Die Haut ist von außerordentlich raffinierter Beschaffenheit, solide und zart zugleich. Sie erneuert sich ständig. Das bedeutet, dass unsere Gesichtshaut immer neu ist, ganz gleich ob wir ein Kind oder ein Greis sind. Die Qualität dieser Haut ist je nach Alter verschieden. Falten treten deshalb auf, weil die Zellen, die das Material für Elastizität herstellen sollen, sich von einem gewissen Alter an nicht mehr so leicht erneuern. Wenn die Zellen einer achtzigjährigen Frau ebenso viel Elastin und Collagen herstellen würden wie die einer Zwanzigjährigen, sähe ihre Haut auch genauso aus.«

»Träumen wir also: Wenn es gelingen würde, bei einem Greis die Produktion derselben Menge von Elastin und Collagen zu garantieren, würden die Falten dann verschwinden?«

»Ja, das kann man sich vorstellen. Die Spuren der Zeit wären dann nicht mehr sichtbar.«

»Der alte Traum vom Jungbrunnen ... Aber dazu müsste man nicht nur die Fassade behandeln. Man müsste bei allen Zellen sämtlicher Organe eingreifen.«

»Es handelt sich um jeweils andere genetische Mechanismen, die jedoch alle auf dasselbe Schema reagieren. Ein einziges, perfektes Schema. George Bosko hat zwanzig Jahre daran gearbeitet.«

»Woran? Den Tod aufzuschieben?«

»Nun, wenn man überlegt, was ist der Tod eigentlich? Er ist ganz einfach die unausweichliche Folge einer Gesamtheit von Veränderungen in unseren Organen, die mit der Alterung des Organismus zusammenhängen. Wenn man Krankheiten ausnimmt, die durch externe pathogene Faktoren hervorgerufen werden wie Viren, Mikroben oder Bakterien, dann wird durch das Altwerden das Gesundheitskapital von hundert Prozent in der Jugend bis zu null Prozent beim Tod verbraucht. Die meisten Krankheiten sind Ergebnis der allgemeinen Schwäche unserer Organe, deren Zellen sich weniger gut reproduzieren oder nach einer bestimmten Zahl von Jahren ganz damit aufhören. So sind das Welken der Haut, der Verlust von Haaren, Herzkreislaufkrankheiten, die meisten Krebsarten, die Veränderungen von Sehkraft und Hörfähigkeit und auch Schlaganfälle nur das normale, quasi automatische Ergebnis des Alterungsprozesses in der Zelle. Heute aber ist wissenschaftlich bewiesen, dass die Zellteilung nicht durch Zufall aufhört. Sie geht von einem Befehl jeder einzelnen Zelle aus. Dieser Befehl wird von einem DNA-Molekül ausgelöst, das Telomer genannt wird. Es ist einer der komplexesten Mechanismen, die die Natur je erfunden hat. Diese Telomere zu stoppen bedeutet, die Zeiger der Zeit anzuhalten.«

»Der alte Traum der Menschheit in neuer Gestalt durch die Genetik …«

»Dennoch muss eine Sache nicht gleich realisierbar sein, nur weil man sie sich vorstellen kann«, schloss Kazuo Kanga.

Er nahm eine feuchte, warme Serviette zur Hand und bedeutete damit vornehm, dass er nun gehen wollte. Das Gespräch war beendet.

»Ich danke Ihnen«, sagte Foster. »Ich weiß Ihre Offenheit zu schätzen.«

»Treffen Sie sonst noch jemanden?«, fragte Doktor Kanga scheinbar gleichgültig.

»Ich bin in Hiro Kima verabredet.«

»Hiro Kima?«, fragte der Japaner stirnrunzelnd. »Aber …«

»Bei George Bosko. Ein kleiner Besuch an Ort und Stelle, um ein Gespür für den Ort des Geschehens zu bekommen. Psychiater sind ein wenig wie Genetiker, Doktor. Auch sie sind wie Sherlock Holmes, immer haarspalterisch auf der Suche nach dem unwichtigen Detail …«

Nach einer letzten Verbeugung trennten sie sich. Foster beschloss, ein Stück zu Fuß zu gehen und erst dann ein Taxi zu nehmen. Er lief umher ohne genaues Ziel, nutzte diesen Moment der Freiheit. Eisiger Wind schlug ihm ins Gesicht, aber er fand dies eher angenehm. Zu seiner Überraschung lächelte er. Das Leben war seltsam: Er war in Japan, um üblen Geschichten auf den Grund zu gehen, dem Verschwinden eines Wissenschaftlers und dem Tod eines jungen Mannes, und doch hatte er sich lange nicht mehr so wohl gefühlt. Zum ersten Mal seit drei Jahren hatte er das Gefühl, dass er sich nicht mehr mit Phantomen herumplagen musste.

Foster war erschöpft, aber in seiner Suite herrschte eine angenehme Wärme. Er wollte sich gerade ein Bad einlaufen lassen, da klopfte es an der Tür.

Eine junge Frau stand auf der Schwelle. Sie war groß, hatte ein rundes Gesicht, das ihre langen Wimpern sanft erscheinen ließen, und kluge Augen. Sie trug enge Hosen und eine Bluse, die mit vielen kleinen Knöpfen geschlossen war, darüber eine Kimonojacke aus dickem Stoff mit einem Pelzkragen und auf jedem Ärmel in Silber gestickte *kanji*. Sie verbeugte sich tief zum traditionellen Gruß, den Oberkörper fast horizontal, die Hände an den Hüften.

»Foster-sama, ich bin Hiko.«[1]

Scotts Schützling, die Freundin von Peter.

Foster grüßte zurück, bevor er ihr die Hand reichte. Hiko hatte eine feste, sanfte und warme Handfläche. Trotz ihrer unterwürfigen Haltung ging eine große Energie von ihr aus. Blitzartig spürte Foster, dass es sich um eine starke und komplexe Persönlichkeit handelte und warum Scott sie adoptiert hatte. Allein mit dem Satz »Foster-sama, ich bin Hiko« hatte er das begriffen. Er ließ sie herein.

»Treten Sie ein.«

Nachdem sie ihre Schuhe ausgezogen hatte, verbeugte sich Hiko erneut vor ihm, diesmal schneller, als wolle sie sich entschuldigen. Dann ging sie schüchtern mit kleinen Schritten durch die Suite und

---

[1] Sama hat eher die Bedeutung »Exzellenz« als »Herr« und ist eine traditionelle, ein wenig überholte Formel.

legte ihre Jacke sorgfältig auf das Sofa. Sie hatte eine volle Brust, ihre nackten Arme waren schlank, aber muskulös, ihre Haut war wie ein Pfirsich, der mit Sommersprossen überzogen war. Ihm fiel ihr verquollenes Gesicht auf, sie hatte offenbar viel geweint. Verlegen blinzelte sie.

»Ist irgendetwas?«

Hiko wurde rot und verbeugte sich erneut.

»Entschuldigen Sie bitte meine Direktheit, Foster-sama, aber ich habe Sie mir ganz anders vorgestellt.«

»Mit einem Trichter oder einer Melone auf dem Kopf? Oder vielleicht mit beidem?«

»Ich weiß es nicht.«

Sie lachte kurz auf japanische Art, die Hände vor dem Mund.

»Sie wirken nicht wie jemand, der sich stundenlang das Unglück anderer anhören kann.«

»Ich versichere Ihnen, dass ich das sehr gut beherrsche.«

Sie quittierte die Bemerkung mit einem Lächeln. Foster bedeutete ihr, sich auf dem Sofa niederzulassen, und das tat sie auf japanische Weise, indem sie sich auf ihre Fersen setzte.

»Etwas zu trinken?«, fragte Foster.

Sogleich verneigte sie sich demütig.

»Sehr gern, Foster-sama. *Sumimasen.*«

Foster beobachtete sie eine Weile durch seine runde Brille, während sie dasaß. Hiko erschien ihm entschlossen und aufrichtig. Vor allem aber traurig. Sie trank ihren Orangensaft schweigend und in kleinen Schlucken und hielt das Glas mit beiden Händen fest. Dann stellte sie es hin und sagte:

»Sie können Hicky zu mir sagen, so nennen mich meine Freunde aus dem Westen.«

»Wie Sie wollen.«

Sie senkte bescheiden die Augen, aber Foster wusste, dass sie einen Punkt gemacht hatte. Er fügte hinzu:

»Sie brauchen mir gegenüber keine Höflichkeitsfloskeln zu verwenden, ich bin eher für direkte Umgangsformen.«

Hiko machte eine Kopfbewegung, die alles Mögliche bedeuten konnte. Da fiel Foster wieder ein, dass es in Japan als sehr unhöflich galt, wenn eine Frau einem älteren Mann auf direkte Weise antwortet. Er beschloss, noch deutlicher zu werden.

»Wie Sie wissen, wünscht Scott, dass wir beide über das Verschwinden Ihres Freundes sprechen. Nach allem, was er mir gesagt hat, hatte Peter Sie angerufen, um Ihnen zu sagen, er habe den Eindruck, dass ihn jemand verfolgt. Es war nur ein Gefühl, er hatte keine Beweise, aber dieses Gefühl war stark genug, um mit Ihnen darüber zu sprechen. Trifft das zu?«

»Ja.«

»Können Sie mir Ihren letzten Tag mit ihm beschreiben?«

Hiko tat es, dabei wirkte sie bedrückt, dann begann sie leise zu weinen. Foster reichte ihr ein Taschentuch. Nach ein paar Minuten beruhigte sich Hiko.

»Sie haben mir gesagt, dass Peter kein Fantast war und niemals Geschichten erfunden hätte, in denen ihn jemand verfolgt. Sie sind sich dessen ganz sicher, im tiefsten Innern.«

»Wenn Peter den Eindruck gehabt hat, dass ihm jemand folgte, dann war es auch so.«

»Gut«, sagte Foster plötzlich. »Dann nehmen wir mal an, dass dem so war.«

Er verspürte das angenehme Prickeln des Arztes, wenn er Gewalt über seinen Patienten gewinnt. Hiko war wie ein Lego-Gebäude, das er Stück für Stück auseinander nehmen wollte, bis jedes Einzelteil sichtbar wurde. Sie hatte nicht von der DNA-Spur gesprochen, die auf einem Fetzen von Peters Jeans gefunden worden war, doch er spürte fast physisch, welche Bestürzung diese Entdeckung bei ihr auslöste. Sicher stellte sie Vermutungen an, von denen eine schrecklicher war als die andere …

Im Moment wartete Hiko darauf, dass er wieder das Wort ergriff, den Kopf gesenkt, zerbrechlich und etwas pathetisch. Foster beschloss, sich diesem Thema auf Zehenspitzen zu nähern.

»Können wir über Ihre persönliche Beziehung zu Peter sprechen?«

»Wenn Sie wollen.«

»Wie lange waren Sie schon ein Paar, als das Unglück passierte?«

»Anderthalb Jahre.«

»Glaubten Sie Peter gut zu kennen?«

»Ja, wir haben ja die meiste Zeit zusammengelebt.«

»In derselben Wohnung?«

»Nein, das ist hier nicht möglich.«

»Waren Sie zufrieden in dieser Beziehung?«

Hiko richtete sich gerade auf und sagte im Brustton der Überzeugung:

»Peter war mein Freund, ich liebte ihn sehr, und ich war sehr zufrieden. Was sollen diese Fragen? Warum –«, sie suchte ein paar Sekunden nach dem richtigen Wort, »mischen Sie sich in mein Privatleben ein?«

Interessant, sie lässt sich weder von meinen Titeln beeindrucken noch in die Enge treiben, trotz ihrer scheinbaren Ergebenheit. Sie will, dass ich meine Fragen rechtfertige, wenn sie zu sehr in die Tiefe gehen. Sie will, dass ich mich legitimiere.

»Ich muss ein möglichst klares Bild von Ihrer Beziehung zu Peter haben.«

»Warum?«

Die Frage kam nur so herausgeschossen, ohne jegliche Höflichkeit. Hikos Armmuskeln traten deutlich hervor, so stark war ihre Anspannung. Plötzlich wirkte sie nicht mehr wie eine ergebene Geisha.

»Um sicher zu sein, dass Ihre persönlichen Gefühle nicht das letzte Gespräch, das Sie mit Peter hatten, und die Art und Weise, wie Sie darüber reden, beeinflussen. Dieses Gespräch ist Ausgangspunkt meiner Nachforschungen, oder? Ob Peter diese Geschichte erfunden hat oder ob er ein Doppelleben führte, ist mir dabei ganz gleichgültig.«

Diesmal hatte die Bombe eingeschlagen, aber ohne sie zu verletzen. Er verspürte eine gewisse, leicht süffisante Zufriedenheit.

»Das stimmt«, sagte sie, »entschuldigen Sie bitte meine Reaktion.«

Hiko sah Foster nun freundlicher an. Er bemerkte zum ersten Mal, dass ihre langen Wimpern durch jadefarbene Tusche betont wurden. Hiko war nicht nur sympathisch und intelligent, sie war wirklich schön, nicht wie ein Model, sondern wie eine Person, bei der jedes körperliche Element und jeder Charakterzug in einem harmonischen Zusammenhang stehen.

»Also ... sprechen wir ein wenig von Ihnen.«

Sie wurde wieder abweisend.

»Warum?«

»Warum nicht?«

Foster trank einen Schluck, bevor er leise hinzufügte:

»Nun ärgern Sie sich doch nicht so.«

Er stellte sein Glas ab, setzte sich in den Sessel und kreuzte die Hände über seinen Knien. Er wollte ihre Geschichte verstehen, ihr dabei helfen, das Drama zu überwinden, das ihr Leben heimgesucht hatte. Hiko hatte ein Recht auf die Wahrheit, und sie würde sie erfahren.

»Also gut. Was wollen Sie wissen?«

»Warum sind Sie so zornig?«

»Glauben Sie, ich habe keinen guten Grund, wütend zu sein?«, fragte sie bitter. »Mein Freund ist tot. Er verbrannte, wurde in tausend Stücke gerissen, vielleicht sogar gefoltert, und ich habe nicht die geringste Ahnung, wer es getan hat und warum.«

Der entwaffnend ehrliche Ton hätte jedermann überzeugt. Aber nicht Professor Francis Foster, den Psychiater mit dem Medizinnobelpreis. Er schob das Argument mit einer Handbewegung beiseite.

»Ich habe eher den Eindruck, dass Sie auf sich selbst wütend sind.«

»Aber keineswegs!«

Ihre abwehrende Haltung bestärkte Foster in seinem Eindruck. Er sah zur Decke hinauf, als hätte er nichts gehört.

»Alles, was Sie vor mir verbergen, behindert die Untersuchungen. Ich muss unbedingt wissen, was wirklich am Tag von Peters Tod zwischen Ihnen beiden los war. Bringen wir das Gespräch zu Ende, und Sie werden sehen, dass Sie sich nachher wesentlich besser fühlen, aber eben erst hinterher.«

Wieder herrschte Schweigen.

»Ich will noch konkreter werden. Ich glaube, da liegt ein Schatten zwischen Ihnen beiden, und ich wünsche mir, dass Sie darüber sprechen.«

»Ich kann es nicht«, flüsterte sie.

Foster kam mit seinem Gesicht ganz nah an das von Hiko heran.

»Ich sehe Ihren Kummer ebenso gut, wie ich Sie sehe. Reden Sie, Hiko. Fühlen Sie sich in irgendeiner Weise verantwortlich für das Unglück? Ist das Ihr Geheimnis?«

Sie brach in Schluchzen aus. Foster lehnte sich wieder zurück.

Dann wären wir so weit.

»Alles ist meine Schuld«, sagte sie schließlich leise. »Peter … Peter wollte nicht zu seiner Tante gehen, er wollte sich nicht um ihre Festplatte kümmern und noch weniger sie zu ihr zurückbringen, nachdem er eine Woche versucht hatte, sie zu öffnen. Er hasste seine Tante und nannte sie ›alte Ziege‹. Ich habe ihn gezwungen, hinzufahren.«

»Warum?«

»Ich wollte, dass er sich benimmt wie ein Erwachsener, dass er sich wenigstens einmal um seine Familie kümmert, dass er aufhört, sich wie ein egoistischer Junge zu benehmen, der nicht in der Lage ist, etwas für andere zu tun.«

Sie schnäuzte sich.

»Ich habe Peter geliebt, aber er war so unreif, so jung, ich wollte, dass er begreift, dass man sich auch die Mühe machen muss, etwas für andere zu tun. Das gehört auch dazu, wenn man ein Mann sein will.«

Du redest schon in der Vergangenheit von ihm, Mädchen. Du bist stärker, als du glaubst. Ich rede von Vic immer noch in der Gegenwart.

»Ich habe Peter ins Schlachthaus geschickt, indem ich ihn gedrängt habe, die Festplatte anzunehmen und sie seiner Tante zurückzubringen. Peter ist meinetwegen umgekommen.«

Foster streckte ihr die Hände entgegen, die Handflächen nach oben gerichtet.

»Peter ist tot, entweder durch einen Gasunfall oder weil er ermordet wurde. In beiden Fällen sind Sie nicht schuld.«

»Dieses Gespräch ist sinnlos«, antwortete sie so leise, dass Foster sie kaum hörte. »Das einzig Wichtige ist, herauszufinden, warum Peter gestorben ist, und die Schuldigen zu bestrafen. Helfen Sie mir dabei?«

In diesem Augenblick wurde ihm klar, dass Hiko ihn an Vic erinnerte. Der gleiche starke Charakter, die gleiche Kraft, den Härten des Lebens zu widerstehen, dieselbe Reife, die gleiche ruhige Schönheit, jene Schönheit, die nicht im ersten Moment sichtbar wird, aber deshalb umso überzeugender ist. Dieser Gedanke durchfuhr ihn wie ein Dolchstoß. Wie durch Watte hörte er sich mit fester Stimme versprechen:

»Ich helfe Ihnen.«

»Ich bin Ihnen unendlich dankbar, Professor.«

»Sehen Sie, offenbar sehe ich doch wie ein Psychiater aus. Sie kennen mich kaum fünf Minuten, und schon sagen Sie Professor zu mir.«

Sie lachte – ein ehrliches, befreites Lachen. Fosters Miene hellte sich auf. Schon lange hatte er kein so junges, frisches Lachen mehr gehört. Diese einfache Begegnung tat ihm gut. Wie lange war es her, dass er mit einer Frau einen solchen Moment geteilt hatte?

So hätten meine letzten dreißig Jahre aussehen müssen. Fröhli-

ches Lachen, lebendige Erinnerungen, und nicht diese verstaubte Vergangenheit, die mein Privatleben bestimmt.

Er versuchte, seine düsteren Gedanken zu vertreiben, und zog seinen Mantel an.

»Kommen Sie, es ist Zeit, nach Hiro Kima zu fahren. Ich möchte, dass Sie mich begleiten. Sie kennen ja die Örtlichkeiten. Ich habe einen Wagen bestellt.«

Sie gingen die Treppe hinunter und nahmen in der Limousine Platz, die unter dem Hotelvordach wartete. Dichter Nebel hatte sich über Tokio gelegt. In der Gegend von Ginza Dori stießen sie auf einen Demonstrationszug. Die Demonstranten steckten in dicken Fellmänteln und trugen Plakate mit Aufschriften. Sie riefen laut ihre Slogans, vor ihnen ein Lastwagen mit Leuten hinter Lautsprechern, die sie anfeuerten.

»Was rufen sie?«

»Schluss mit dem Schließen von Fabriken, verflucht sei die Globalisierung! – Es sind Gewerkschafter.«

Der Lärm der Lautsprecher war ohrenbetäubend. Der Zug hielt an der roten Ampel, um den Verkehr vorbeizulassen. Wenig später, als das Auto sich aus der Stadt entfernte, legte Foster seine Hand auf die von Hiko.

»Bereiten Sie sich vor. Sie werden den Schatten von Peter in Hiro Kima spüren. Dieser Besuch wird schwer und schmerzlich für Sie sein.«

»Und wenn ich es nicht schaffe?«

»Was?«

»Damit fertig zu werden?«

»Sie werden es schaffen«, sagte Foster in einem Ton, der keinen Widerspruch zuließ.

»Sind Sie immer so schnell damit, Leute zu entschlüsseln? Es macht klick, und schon haben Sie in drei Sekunden ein psychologisches Profil erstellt?«

Offenbar hatte sie sich gefangen, denn ihre Wut war wieder entflammt. Diesmal richtete sie sich gegen ihn. Foster drehte sich zu ihr um. Hiko hatte das Gefühl, durchschaut zu werden, aber das war ihr nicht unangenehm, es war nur ungewohnt.

Auf Fosters Gesicht zeigte sich ein feines, aufrichtiges Lächeln, bevor er den Kopf wieder abwandte.

»Sie schaffen es«, wiederholte er.

»Sagen Sie schon, was hat diese Hiko gemacht?«, fragte Oberst Toi ungeduldig.

Der Mann, der den Auftrag hatte, ihr zu folgen, sah in seine Notizen.

»Gegen vierzehn Uhr hat sie die Bibliothek der ›Japan Times‹ verlassen und ist wieder zum Seiyo Ginza gegangen. Dort ist sie gleich nach oben gefahren.«

»Auf welche Etage?«

»Die dritte oder fünfte. Der Aufzug hat zweimal gehalten. Was danach passierte, weiß ich nicht. Ich glaube, dass ich sie mit jemandem im Auto habe wegfahren sehen, aber ich bin mir nicht sicher. Es gibt keine Bar und kein Café gegenüber dem Hotelausgang, und ich konnte dort unmöglich bleiben, ohne bemerkt zu werden.«

»Das gefällt mir gar nicht«, sagte Toi. »Sag mir noch mal, was sie gestern gemacht hat.«

»Sie ist fast den ganzen Vormittag spazieren gegangen, den Blick ins Leere gerichtet. Dann hat sie den Rest des Tages und die halbe Nacht an ihrem Computer gearbeitet. Sie ist spät ins Bett gegangen, gegen zwei Uhr. Heute Morgen stand sie um zwanzig nach sieben auf.«

»Was hat sie an ihrem Computer gemacht?«

»Ich war zu weit weg, um das sehen zu können, selbst mit dem Fernglas.«

»Und heute Morgen, vor dem Treffen im Seiyo?«

»Da ist sie im Seven/Eleven bei sich in der Nähe einkaufen gegangen.«

Der Detektiv sah erneut in seine Notizen.

»Sie hat eine große Leinentasche, Joghurt, Fisch, Sojamilch und eine Taschenlampe gekauft.«

»Eine Taschenlampe?«

»Danach ist sie mit der U-Bahn zur Bibliothek gefahren.«

»Was macht sie bloß in der Bibliothek?«, brummte der Oberst. »Hast du das auch nachgeprüft?«

»Sie war im Microfiche-Raum. Dort, wo man alte Zeitungen auf Film aufbewahrt.«

»Verstehe, lass mich nachdenken.«

Sie befanden sich in dem Büro, von dem aus Toi die Sicherheitsabteilung der Organisation leitete. Das überheizte Zimmer mit der niedrigen Decke war mit Bildschirmen voll gestellt und mit Kupfer ausgeschlagen, daran befestigte Kabel bauten ein elektromagnetisches Feld auf, das den Raum abhörsicher machte. Hier war das Herz des Sicherheitssystems. Auch der Raum nebenan spielte eine wichtige Rolle. Hier befand sich eine Wanne mit Säure, in die der Behinderte jeden hineinwerfen ließ, der sich seinen Interessen entgegenstellte. Toi dachte konzentriert nach und legte die Stirn in Falten. Er war beunruhigt. Hiko umzubringen war nicht unbedingt eine gute Lösung, er wollte in einer so entscheidenden Phase nicht die Aufmerksamkeit der Regierungsstellen erregen. Andererseits konnten die Nachforschungen, die Hiko anstellte, seine Operation empfindlich stören. Die Recherchen zu ihrer Person hatten ergeben, dass sie über ein Jahr mit Peter zusammen gewesen war. Hiko schien konsequent und entschlossen. Bei ihren Mitstudenten an der Hochschule galt sie als exzellente Informatikerin. Weiß Gott, was sie noch entdecken würde, wenn man sie weitermachen ließ. Mechanisch zerriss Toi beim Nachdenken ein Löschblatt in kleine Fetzen. Er zögerte noch, welche Entscheidung er treffen sollte. In die Wanne oder leben lassen?

»Und was soll ich jetzt machen?«, fragte der Detektiv. »Soll ich an dieser Stelle aufhören oder weitermachen?«

Toi traf seine Entscheidung augenblicklich.

»Wir erledigen sie, aber wir müssen die Sache verschleiern und zwar dauerhaft.« Er schlug mit der rechten Faust gegen die linke Handfläche. »Wir täuschen vor, dass sie genug von allem hatte, dass sie plötzlich weggefahren ist, so wird sich niemand wundern, dass man nichts mehr von ihr hört. Nimm ihre Akte, lass von der technischen Abteilung einen falschen Pass herstellen. Ich will ihn in zwei Stunden haben.«

»Kein Problem, wir haben neue Ausweise da.«

»Such ein Mädchen, das unter ihrem Namen reist, eine Prostituierte, die den Mund hält. Kannst du eine finden, die dazu bereit ist, ohne ihrem Zuhälter und ihrer Umgebung etwas zu verraten?«

»Ja, ich kenne eine, die zu allem bereit ist. Eine HIV-infizierte Koreanerin, die in Shibuya auf den Strich geht. Es kostet eine Hand voll Yen.«

»Schick einen Mann dorthin. Er soll dem Mädchen sagen, jetzt oder nie. Er soll ihr nicht die Zeit lassen, nachzudenken. Ich will, dass sie gleich heute Abend fährt.«

»Wohin?«

»Nach Bali oder Sydney. Vorsicht, die Nutte muss verschwinden, sobald sie dort angekommen ist. Auf diese Weise kommt die Sache nicht heraus. Lasst sie ins Meer werfen. Inzwischen bleibst du weiter an Hiko dran. Zwei Männer sollen bei ihr vor der Tür in einem Lieferwagen warten. Ich will, dass alle ihre Aktivitäten genau verfolgt werden. Verstehst du?«

»Jawohl, Oberst.«

Toi entspannte sich. Bald wäre das Problem Hiko erledigt.

Als Foster und Hiko Hiro Kima erreichten, hatte es aufgehört, zu schneien. Der Wagen verließ die Landstraße und bog in eine kleine Straße voller Schlaglöcher ein, die durch einen Wald von Pinien und Zedern führte. Ohne die pagodenförmigen Dächer hier und da hätte Foster geglaubt, in Kanada zu sein.

»Ich erinnere mich an den Tag, als ich zum ersten Mal mit Peter in dieses Haus kam«, sagte Hiko. »Wir gingen seit einem Monat zusammen aus. Ich habe ihn geküsst, kurz bevor wir das Haus betraten. Es war unser erster Kuss.«

Bei diesem Gedanken ging ein sehnsüchtiges Lächeln über Hikos Gesicht, in ihren Augen standen Tränen. Foster hatte Mitleid.

»Peter war nicht der ideale Mann. Er hatte Fehler. Er war unordentlich, vergaß alles, ließ überall im Zimmer seine Socken herumliegen. Er hörte laut Techno-Musik, ich hasse diese Musik, und hatte nie einen Cent dabei, immer musste ich für ihn zahlen. Außerdem kam er immer zu spät. Aber er war ein netter Junge. Und ich glaube nicht an den Märchenprinzen. Hätte ich den getroffen, wäre ich weggelaufen, überzeugt, dass er etwas vor mir verbirgt.«

Foster schwieg. *Alles ist gesagt, in nur zwei Sätzen.*

Das Auto fuhr immer langsamer, der Fahrer sah auf das GPS-Display. Er bog in einen Weg ein, der noch enger war. Links sah man einen felsigen Hügel. Ein Reh kreuzte vorsichtig den Weg und sprang dann schnell davon. Hiko begann zu weinen, Foster fasste sie an der Schulter, und sie schmiegte sich an ihn. Die Tränen liefen ihr den Hals herunter.

»Sie lieben ihn noch, aber Sie werden lernen, ohne Peter zu leben«, sagte er ihr leise ins Ohr.

»Ich will es nicht.«

»Aber es muss so sein.«

»Warum?«

»Weil es keine andere Wahl gibt, so ist es nun mal. Das Leben muss weitergehen, auch ohne die, die weggegangen sind.«

Sie flüsterten, dicht aneinander gedrängt in der wohltuenden Wärme des Wagens.

»Es ist furchtbar und so ungerecht! Manchmal möchte ich am liebsten auch sterben.«

»Psst!« Er legte einen Finger an ihre von Tränen nassen Lippen. »Wenn Sie sich bestrafen, dann machen Sie das Unglück noch größer! Sagen Sie solche Dinge nicht, Sie haben Ihr Leben noch vor sich.«

»Ich will nicht daran denken. Noch nicht.«

»Das ist keine Frage von Wochen, Monaten oder Jahren. Es gibt keinen festen Zeitpunkt, um damit zu beginnen, sein Leben wieder aufzubauen.«

Fosters Stimme war tief und wohltuend und gab ihr Geborgenheit. Hiko wischte sich die Tränen ab. Das Auto fuhr langsam an der hohen Mauer entlang. Der Fahrer hielt schließlich an einem doppelten Gitter, dann sagte er einige unverständliche Worte auf Japanisch.

»Wir sind da«, sagte Hiko.

Sie zog eine Indio-Mütze aus ihrer Tasche und setzte sie auf. Dann stiegen sie aus.

»Sind Sie sicher, dass Sie mit dieser leichten Jacke die Kälte aushalten?«, fragte Foster besorgt und ging ein paar Schritte durch den Schnee.

Sie verzog das Gesicht.

»Peter machte sich auch immer Sorgen um mich. Er schimpfte, weil ich mich nicht warm genug anzog ... Ich antworte Ihnen dasselbe wie ihm, Professor. Keine Sorge, meine Familie stammt aus der Provinz Aomori in Tohoku. Es ist eine der kältesten Gegenden Japans.«

Sie schob das Gitter auf, das sich geräuschlos öffnete, während Foster seine Handschuhe anzog. Vor ihnen lag eine riesige Villa inmitten des verschneiten Parks. Foster sah bedauernd auf das bequeme Auto, das vor dem Eingang parkte. Der japanische Fahrer sprang heraus, wie ein Teufel aus der Box.

»Professor-san? Soll ich Ihnen helfen, *sumimasen*?«

Der Arme verstand nicht, warum der ehrenwerte Ausländer bei diesem Wetter unbedingt aussteigen wollte, während er selbst in dem warmen Wagen bleiben durfte. Nichts bringt Japaner mehr aus dem Gleichgewicht als ein ungewohntes Sozialverhalten. Foster beruhigte ihn mit einer Handbewegung, bevor er, von Hiko gefolgt, den Weg hinunterging. Der Park war wie ausgestorben, wie erstarrt von dem Drama, das sich hier abgespielt hatte. Der Himmel war zugezogen, wie eine stumme Drohung. Das einzige Geräusch war das Knirschen des Schnees, in den sie bei jedem Schritt bis zur Wade einsanken. Schweigend gingen sie an den großen Kiefern vorbei, die die Allee säumten. Hiko ging einige Meter hinter Foster und schwieg. Dankbar dafür, dass sie ihn eine Weile in Ruhe nachdenken ließ, versuchte Foster, sich in Erinnerung zu rufen, was er in dem Bericht der japanischen Polizei gelesen hatte. Die Gasexplosion hatte sich etwa eine halbe Stunde, nachdem sich Peter mit dem Taxi hatte absetzen lassen, ereignet. Wenn es sich nicht um einen Unfall handelte, dann waren die Mörder entweder schon an Ort und Stelle, nämlich im Haus, oder sie warteten draußen. In diesem Fall mussten sie sich irgendwo versteckt haben.

Foster drehte sich um sich selbst und versuchte herauszufinden, welche Stelle ein guter Beobachtungsposten war. Im Winter war der Wald um das Haus herum kaum mehr als eine Aneinanderreihung von Stämmen. Man konnte sich unmöglich dahinter verstecken, ohne bemerkt zu werden. Da fiel sein Blick auf ein dichtes Bambuswäldchen. In der Mitte stand eine große Zeder. Der ideale Beobachtungsposten. Foster seufzte. Diese Geschichte war einfach lächerlich! Anstatt einen warmen Sake in seiner Suite des ›Seiyo Ginza‹ zu trinken, vertat er seine Zeit hier mitten im Wald. Dennoch ging er bis zu dem Wäldchen, ging drum herum, als wolle auch er das Haus beobachten.

»Glauben Sie, dass hier jemand gewartet hat?«

Foster nickte. Hiko begriff rasch. Er mochte Leute, die schnell im Kopf waren.

»Das ist der einzig mögliche Ort.«

Die Stelle war perfekt und bot einen freien Blick auf den Eingang. Foster bückte sich, verzog das Gesicht und grub den Schnee auf. Mit seinem dicken Mantel und seinen Pekari-Handschuhen war das recht schwierig. Hiko bückte sich ebenfalls und half ihm.

»Der Fahrer wird denken, wir seien verrückt.«

»Das tut er jetzt schon, glaube ich. Was hat er vorhin für ein Gesicht gemacht! In meinem Alter werde ich einen Hexenschuss kriegen, dann müssen Sie mich zum Auto schleppen, und das ist für mich noch demütigender.«

Sie lachte. Foster kostete diesen kleinen Sieg voll aus.

Sie gruben nebeneinander und hatten bald den meisten Schnee beseitigt. Foster war erstaunt, als er am Boden tatsächlich einen Abdruck bemerkte. Er hielt inne und beugte sich vor, um ihn genau anzusehen.

»Die Spur eines Absatzes«, sagte Hiko mit angespannter Stimme.

Foster nickte schweigend. Er entfernte sorgfältig mehr Schnee und legte einen neuen Fußabdruck frei. Sie weiteten die Zone immer mehr aus, und bald hatten sie einen dritten und einen vierten Abdruck gefunden. Fünf Minuten später wusste Foster, was Sache war.

»Dutzende von Fußabdrücken«, bemerkte Hiko, während aus ihrem Mund eine kleine Atemwolke drang, die fast sofort gefror. »Aber das muss nichts bedeuten. Es könnte ein Gärtner oder ein Spaziergänger gewesen sein.«

»Nein.«

Mit dem Finger zeigte Foster auf den gefrorenen Boden.

»Es sind die Spuren einer einzigen Person.«

»Woher wissen Sie das?«

»Es ist immer dieselbe Sohle. Dieser Mann hat gewartet. Sehen Sie mal, die Abdrücke überlagern sich. Während er hier gewartet hat, ist er von einem Fuß auf den anderen getreten, um sich gegen die Kälte zu schützen. Er versetzte die Füße nur um einige Zentimeter, während sein Oberkörper sich kaum bewegte. Als wollte er inmitten dieses Dickichts unbemerkt bleiben … Hier hat der Verfolger gewartet. Sie müssen den Wetterbericht von vor zwölf Tagen überprüfen. Ich glaube, die Spuren stammen von einem Tag, an dem der Boden noch weich war. Dann fiel Schnee, es wurde kälter, und die Abdrücke wurden fest.«

Dies war der erste konkrete Hinweis darauf, dass es sich bei dem Unglücksfall um ein Verbrechen handelte. Foster schlug die Hände gegeneinander, damit der gefrorene Schnee herunterfiel, und suchte dann weiter den Boden ab. Da stieß er auf etwas völlig Unerwartetes. Ein Radieschen. Er sah es sich genau an und steckte es dann in die Tasche. Ein paar Augenblicke später fand er ein zweites. Er steckte es zu dem ersten. Nach zehn weiteren Minuten, in denen sie nichts mehr fanden, betraten sie das Haus. Die eingestürzte Küchenwand, die Brandspuren, das dunkle Parkett, die Holztäfelung und überall die Absperrbänder mit dem Schild »Polizei« – all das schuf die Atmosphäre eines Horrorfilms, zumal es draußen dunkel wurde. Hiko brachte Foster bis zu dem riesigen Raum, in dem George Bosko sein Büro eingerichtet hatte.

»Womit sollen wir anfangen, Professor?«

»Kümmern Sie sich um die Schubladen und die Regale. Ich sehe mir inzwischen die Bibliothek an.«

Schweigend machten sie sich an die Arbeit. Eine Stunde später war Foster kaum weitergekommen, aber er war sich zumindest einer Sache sicher: George Bosko hatte hier bis vor kurzem noch intensiv gearbeitet. Die meisten Bücher auf den vorderen Reihen waren aktuelle, hochspezialisierte medizinische Publikationen.

»Nichts Besonderes?«

Hiko blickte von den Papieren auf.

»Nein, nichts.«

Foster stieg auf die Leiter am Bücherregal, die unter seinem Gewicht knarrte. Eine zweite Stunde verging. Foster inspizierte gerade die vierte obere Reihe des Bücherregals, als ein dicker Band seine Aufmerksamkeit auf sich zog. Er hielt inne, sah das Buch daneben an und kam auf das Werk zurück, das ihm aufgefallen war.

Irgendetwas stimmte daran nicht. Es war eine umfangreiche wissenschaftliche Publikation mit einem dicken Kartondeckel. *Constitution protéinique des télomères. De l'acide aminé aux télomères* von Professor Sigmund Terkaschow. Foster runzelte die Stirn. Terkaschow war einer der Entdecker der Genetik. Er hatte zu Beginn des 20. Jahrhunderts gelebt und gearbeitet. Also neunzig Jahre vor der Entdeckung der Telomere. Er nahm das Buch aus dem Regal. Es war unglaublich schwer.

»Ich glaube, ich habe etwas gefunden.«

Hiko stürzte herbei. Foster stieg von der Leiter, das Buch in der Hand. Er legte es auf den Tisch. Der Deckel war zugeklebt.

»Was hat das zu bedeuten?«

»Da muss etwas drin sein. Das ist ein gutes Versteck. Diese Bibliothek enthält sicher mehr als zehntausend Werke, Dutzende von Polizisten hätten daran vorbeigehen können, ohne das Geheimnis zu entdecken. Nur einem Arzt konnte es auffallen.«

Hiko reichte ihm ein Schweizer Messer, das auf dem Schreibtisch lag. Foster fuhr mit der Klinge zwischen den Deckel und die Seiten.

»Ich glaube, er geht ab!«, rief er nach einigen Augenblicken.

Das Innere der Seiten war ausgehöhlt, darin war ein Versteck, in dem eine dicke Metallscheibe lag. Foster gab sie wortlos Hiko. Der Gegenstand sah ein wenig wie ein Zylinder aus. Er war glänzend und makellos glatt bis auf eine Art Ventilklappe an einer Seite. Hiko drehte sie herum und roch daran wie ein Jagdhund.

»Es ist die Festplatte, die Peter nach Hause mitgebracht hat.«

»Sind Sie sicher?«

»Nicht hundertprozentig, weil ich sie nicht anfassen durfte, aber fast. Es ist seltsam, die Hülle ist aus Aluminium, und doch ist sie schwer wie Blei. Sieht aus wie eine tragbare Festplatte. Da ist eine USB-Schnittstelle, um sie an einen Computer anzuschließen, und ein Infrarot-Sender.«

Sie schien ehrlich überrascht.

»So ein Ding habe ich noch nie gesehen. Auf jeden Fall ist das keine Standardausrüstung.«

Foster nahm die Scheibe und hielt sie fasziniert auf Augenhöhe.

»Indiz Nummer 1, wir haben die Festplatte von Peter oder eine Kopie davon gefunden. Ich frage mich, was da drauf ist.«

Der Teesalon von Ginza Dori war gemütlich, und die Serviererinnen waren ebenso höflich wie hübsch. Das warme Getränk tat Foster nach den langen Stunden in Hiro Kima gut. Auf der Rückfahrt hatte Hiko die meiste Zeit geschwiegen, doch schien sie es recht gut verkraftet zu haben, dass sie den Ort des Verbrechens aufgesucht hatten. Sie hatte seither kein einziges Mal geweint. Plötzlich legte sie ihre Hand leicht auf Fosters Arm.

»Sehen Sie mal, Professor, der Mann da an der Tür, ist das nicht der, auf den wir warten?«

Der Mann aus dem Westen war groß, hager, kahlköpfig, trug einen schwarzen Nadelstreifenanzug und einen gewendeten Fellmantel. Er blieb nahe bei der Kasse stehen, sah sich mit scharfem Blick um, bevor er Foster und Hiko wahrnahm, die ganz hinten in der Bar saßen. Ohne zu zögern, ging er auf sie zu.

»Ich heiße Jules.«

Jules hatte eine tiefe, ernste, etwas heisere Stimme. Was er war, sah man ihm deutlich an: ein früherer Militär. Jetzt arbeitete er undercover für den britischen Geheimdienst. Foster forderte ihn mit einer Handbewegung auf, sich zu setzen. Hiko bestellte ihm einen Kaffee, ohne ihn nach seinen Wünschen zu fragen.

»Haben Sie Ihre Basis in der Botschaft?«, fragte Foster höflich.

»Nein, ich arbeite für Margaret Bliker.«

Foster nickte. Er kannte diese gefürchtete Unternehmerin vom Hörensagen. Margaret Bliker hatte früher beim SIS gearbeitet, war dann Milliardärin geworden, nachdem sie eines der wichtigsten Diamantenhandelsnetze weltweit aufgebaut hatte. Inzwischen leitete sie eine multinationale Holding, die in ganz Asien tätig war. Manchmal bediente sich der SIS auch heute noch ihrer Hilfe.

»Wir haben den Auftrag, Ihnen jegliche operative Unterstützung zu geben, ohne dass Sie über die Botschaft gehen müssen«, erklärte Jules.

»Danke.«

Der Engländer grinste.

»Die Japaner sind Meister im Abfangen von Nachrichten. Wenn Sie sich an die Botschaft wenden, erfährt ihr Geheimdienst in den nächsten zehn Minuten von Ihren Recherchen.« Er räusperte sich. »Haben Sie irgendwelche Gegenstände für mich?«

Foster zog einen Plastikbeutel aus seiner Tasche, in dem sich zwei bräunliche Gegenstände befanden. Als der Engländer die Radieschen erkannte, lehnte er sich erstaunt zurück.

»Ich weiß, es ist merkwürdig, aber diese Radieschen sind am Ort des mutmaßlichen Verbrechens gefunden worden. Ich möchte Sie bitten, nach Spuren zu suchen und diese mit den Ergebnissen zu vergleichen, über die Sie schon verfügen. Ist das möglich?«

»Natürlich. Welche Daten zuerst?«

Foster zuckte die Achseln.

»Ich habe keine Ahnung. Im Zweifelsfall gehen Sie sie alle durch.«

»Sonst noch etwas?«

»Ich hätte gern, dass Sie die Analyseergebnisse auch mit der DNA-Spur vergleichen, die auf dem Jeansstoff gefunden wurde.«

»Ja, natürlich«, sagte Jules mit leichtem Zögern in der Stimme. »Aber ich habe Margaret Bliker schon gesagt, dass ich meine Zweifel habe. Glauben Sie an diese Geschichte? Meiner Meinung nach ist das Unfug. Peter kam aus dem Vergnügungsviertel Kabuchiko. Das ist alles.«

Foster warf ihm einen vernichtenden Blick zu.

»Ich verbiete Ihnen, so zu reden. Unterlassen Sie solche Bemerkungen in Zukunft in meiner Gegenwart, oder Sie werden mich kennen lernen.« Er packte Jules am Handgelenk und presste es so fest zusammen, dass dieser vor Schmerz das Gesicht verzog. »Haben Sie verstanden?«

»Ja, entschuldigen Sie.«

»Ich pfeife auf Ihre Entschuldigung. Reden Sie weiter.«

»Wir überprüfen unsere eigenen Daten, und dann gebe ich sie nach Vauxhall Cross weiter.«

»Wann haben Sie erste Ergebnisse?«

»Heute Nacht. Ich muss erst meinen Spezialisten aus Nagoya kommen lassen.«

Foster schob ihm die Festplatte zu, die sie in Hiro Kima gefunden hatten.

»Hier drauf befinden sich wahrscheinlich wichtige Informationen. Wir müssen an die Daten ran, ohne das Ding zu zerstören.«

»Wir haben jedes Wochenende einen Kurierdienst nach London. Der nächste geht in fünf Tagen ab und …«

»Ich will, dass es heute Abend rausgeht, mit einem zuverlässigen Begleiter. Dieses Ding zu entschlüsseln hat höchste Priorität.«

Fosters Ton duldete keinerlei Widerspruch.

»Gut«, sagte Jules schließlich. »Ich schicke meinen eigenen Assistenten. Er nimmt heute den letzten Flug nach London.«

Man merkte ihm an, dass er seinen Ärger nur mühsam runterschluckte.

»Ich rufe Sie dann an, sobald ich Informationen über Ihre … *Radieschen* habe«, fuhr er fort. »Ich vermute, dass der Chef Sie wegen der anderen Sache direkt anruft. Wir haben Anweisung, nur technische Hilfe zu leisten.«

Unsympathisch, dieser Jules, aber offenbar kompetent.

Jules öffnete sein Köfferchen, suchte ein paar Sekunden darin herum und förderte dann ein in Packpapier gewickeltes Päckchen zutage, das er dem Professor hinschob.

»Margaret Bliker bat mich, Ihnen das zu geben, es stammt von Scott. Es ist ein verschlüsseltes Telefon mit eingebautem Störsender. Es ist auch ein Ladegerät und eine aufladbare Batterie dabei. Es funktioniert wie ein normales Telefon und hat auch einen Lautsprecher. Die Nummer steht drauf. Warten Sie immer zehn Sekunden, bevor Sie sprechen, so lange braucht das Störgerät, um anzuspringen. Wenn es so weit ist, verschwindet das Pfeifgeräusch im Hörer, und auf dem Gerät leuchtet ein grünes Licht auf.«

»Ich werde daran denken.«

»Benutzen Sie weder das Internet noch ein normales Telefon,

wenn Sie irgendwen im Zusammenhang mit Ihrer Mission erreichen wollen, insbesondere Scott. Es wird alles abgehört.«

»Das brauchen Sie nicht ständig zu wiederholen, wir sind schließlich nicht blöd«, sagte Hiko, die seine Bemerkung über Peter noch nicht verdaut hatte.

Jules stand abrupt auf. Er hatte nicht einmal den Mantel abgelegt.

»Wenn Sie eine Waffe brauchen, lasse ich Sie Ihnen über denselben Kanal zukommen. Aber keinen Unsinn damit machen! Die Japaner sind sehr empfindlich, und nicht einmal Scott könnte etwas für Sie tun, wenn die Sie erwischen.«

Nach dieser Schlussbemerkung und einem knappen Kopfnicken verließ er mit steifen Schritten die Bar. Hiko schlug mit der Faust auf den Tisch.

»Was für ein unverschämter Kerl! Danke für Ihre Hilfe, Sie haben ihm vorhin schön eins verpasst.«

»Keine Ursache. Ich habe nur meine Meinung gesagt.«

Hikos Stimme zitterte ein wenig. Gleich würde sie wieder in Tränen ausbrechen.

»Sie haben heute viel Aufregung gehabt. Gehen Sie nach Haus, und ruhen Sie sich aus. Ich erzähle Ihnen dann, was bei meinem nächsten Treffen herausgekommen ist, versprochen.«

»Soll ich Ihnen nicht helfen? Sie sprechen doch kein Japanisch.«

Foster knöpfte seinen Mantel zu und zog die Handschuhe an.

»Ich treffe die Haushälterin von Bosko. Ich nehme an, dass sie Englisch kann, und ich will dieses Gespräch lieber allein führen ... Sie können also ruhig zu Hause bleiben, ich melde mich morgen früh bei Ihnen.«

We're arriving, Sir.

Foster wurde aus seiner Starre gerissen. Das Taxi fuhr durch ein tristes Viertel, das von den wenigen Natriumlampen, die ein schwaches, gelbliches Licht von sich gaben, nur spärlich erleuchtet war. Überall kleine, graue Häuser mit Dächern aus Kunststoffziegeln, Klone aus Beton, wie man sie in allen Vorstädten der Welt findet. Tausende elektrischer Kabel, die an Masten baumelten, der löcherige Asphalt und überquellende Mülleimer zeigten eine Seite von Japan, die Touristen ganz unbekannt war. Weitab von jahrtausendealten Tempeln und erfolgreichen Spitzentechnologien war hier die Welt der einfachen Arbeiter; hier lebten Menschen ohne soziales Ansehen, Lohnabhängige, die auf dem Altar der Produktivität und zugunsten der rasanten wirtschaftlichen Entwicklung geopfert wurden. Das Auto hielt vor einem kleinen Haus. Hier wohnte Anaki.

»Ich weiß nicht, wie lange ich bleibe«, sagte Foster. Er zog seine Uhr heraus und bedeutete dem Taxifahrer, zu warten. Dieser ließ Foster erst aussteigen und stellte dann den Zähler wieder an. Er hatte ihn während der Fahrt mindestens dreimal angehalten, weil er den richtigen Weg nicht fand. Foster unterdrückte ein Lächeln. In Europa oder den USA würde sich ein Taxifahrer lieber die Hand abhacken lassen, als einem Kunden eine Sekunde zu schenken. Diese einfache Geste verriet mehr über das moderne Japan als ein Sozialreport. Glücklicherweise änderte sich dieses mehrere Jahrtausende alte Land weniger, als man dachte – allem, was man über seine angebliche Verwestlichung las oder hörte, zum Trotz.

Foster sah sich Anakis Haus aufmerksam an. Es hatte eine Etage, dunkelbraun gestrichene Läden, Fenstervorsprünge aus gelbem Backstein und war umgeben von einem kleinen Garten, in dessen linker Hälfte Gemüse angebaut wurde. Hier wuchsen Karotten, Kohl und anderes Gemüse, das Foster in der Dunkelheit nicht erkennen konnte. Es gab auch einen Hühnerkäfig und einen Geräteschuppen aus Holz. Foster blieb ein paar Minuten reglos in der Kälte stehen, ließ die Atmosphäre auf sich einwirken. Laotse hatte geschrieben: »Der Mensch baut sein Haus entsprechend seinem Ehrgeiz.« Wahrscheinlich war in dieser traurigen Vorstadt seit ewigen Zeiten niemand mehr von Ehrgeiz beflügelt worden …

Schließlich beschloss Foster, das hölzerne Gartentor zu öffnen. Wenn er die geringste Chance haben wollte, von Anaki, die als eine ausgesprochen verschlossene Frau galt, Informationen zu erhalten, musste er, nach dem, was Jeremy Scott gesagt hatte, ihr Vertrauen gewinnen. Er wusste schon vorher, dass dies nicht einfach sein würde. Er klopfte zweimal leise an die Tür, hörte, wie sich jemand im Hausinnern bewegte, dann war es still. Er klopfte erneut zweimal. Ein paar Augenblicke später merkte er, dass jemand hinter der Tür stand.

»Miss Anaki Kozumi?«

Keine Antwort.

»Ich heiße Francis Foster.«

»Wie?«

»F-O-S-T-E-R. Ich bin Medizinprofessor, ich lehre an der Londoner Universität.«

Zuerst geschah nichts. Dann hörte er Schritte auf dem Holzboden. Knarren, dann das Geräusch von Möbeln, die jemand verrückte. Er klopfte wieder zweimal.

»Gehen Sie, ich rede mit niemandem.«

Es war eine etwas heisere Frauenstimme mit perfekter englischer Aussprache.

»Ich möchte mit Ihnen über Professor Bosko sprechen.«

»Ich bin krank.«

»Ich komme aus Europa, Miss.«

»Ich will nichts davon hören. Sie können von mir aus die ganze Nacht hier bleiben, ich mache nicht auf.«

»Ich möchte trotzdem mit Ihnen sprechen.«

Foster hörte ein Geräusch hinter der Tür, als habe sich eine zweite Person zu der ersten gesellt. Dann hörte er leises Flüstern.

»Wiederholen Sie Ihren Namen.«

»Professor Francis Foster.«

»Warten Sie einen Moment, ich spreche mit meiner Mutter darüber.«

Wieder hörte er das Geräusch von Schritten, danach das Signal, das ertönt, wenn ein Computer angestellt wird. Darauf näherten sich die Schritte wieder. Der Riegel wurde beiseite geschoben, die

Tür öffnete sich, und Foster sah noch gerade eine junge Frau von hinten, die im Hausinnern verschwand und ihn allein am Eingang stehen ließ. Er schloss die Tür. Die Diele war klein, die Wände mit einer Tapete verziert, die mit Schilfmuster bedruckt war, fast auf jedem Quadratzentimeter hingen Schwarzweißfotos.

»Setzen Sie sich ins Wohnzimmer«, rief wieder die Stimme inmitten von Geschirrklappern. »Ich bringe Tee.«

Foster hatte Anakis Gesicht nicht gesehen, nur die flüchtige, zierliche, fast geisterhafte Gestalt. Er zog sich wie in Japan üblich die Schuhe aus und folgte ihrer Aufforderung. Das Wohnzimmer lag im Halbdunkel, es war altmodisch. Mit billigen Möbeln eingerichtet, auf denen Schonbezüge mit Spitzenbesatz lagen. Der chinesische Teppich hingegen war ein echtes Kunstwerk. An den Wänden hingen ein paar billige Plakate gleich neben schönen Ideogrammen in Rahmen.

Foster sah sich jedes Detail genau an. Ein Buffet aus Kirschfurnier, weitere Schwarzweißfotos auf einer Konsole. Andere in Farbe, auf denen eine sehr modern wirkende junge Frau zu sehen war. Während Foster die Bilder betrachtete, gewann er den Eindruck, dass einige fehlten. Waren ein paar Fotos weggenommen worden, und wenn ja, warum? Auf einem Tisch standen ein hochmoderner Laptop und ein Laserdrucker. Auf dem Bildschirm war die Homepage von Google zu sehen. Offenbar hatte Anaki, bevor sie ihm öffnete, seine Identität überprüft. Ein seltsames Zimmer, eine merkwürdige Atmosphäre.

Plötzlich standen zwei Frauen im Halbdunkel. Die erste sah gepflegt aus, war klein und zierlich, trug einen graublauen Kimono, Getas und weiße Socken. Sie war zwischen sechzig und achtzig Jahre alt. Die andere war jung und unglaublich schön. Sie trat ins Licht und verbeugte sich dann tief vor ihm, den Blick gesenkt in einer perfekt einstudierten Geste. Foster spürte einen Stich im Herzen – so sehr war er von Anakis außergewöhnlicher Schönheit hingerissen. Noch nie im Leben war er einer so schönen Frau begegnet. Sie hatte eine zarte Haut, tiefdunkle, von Intelligenz sprühende mandelförmige Augen mit feinen, wohlgeformten Brauen. Das Kinn, die gerade und feine Nase, das ovale Gesicht – jeder ihrer Züge war vollkommen. Sie hatte ihr langes schwarzes Haar mit einer ziselierten antiken Elfenbeinnadel kunstvoll hochgesteckt. Ihre stolze Haltung wurde durch ihren roten Seidenkimono, der von einem goldbestickten Gürtel gehalten wurde, noch betont. Anaki sah aus wie eine Göttin, die gerade aus einem alten Bild herausgetreten war. Eine im wahrsten Sinne des Wortes atemberaubende Erscheinung.

»Professor-san. Ich bin so sehr geehrt, einen Medizinnobelpreisträger kennen zu lernen, dass mir die Worte fehlen. Ich heiße Anaki, und dies ist meine Mutter Kozumi Minato.«

Sie hatte nach japanischer Art den Nachnamen vór dem Vornamen genannt. Als Minato ihren Namen hörte, verneigte sich auch die alte Dame respektvoll vor Foster.

»Bitte entschuldigen Sie meine Mutter«, fuhr Anaki fort. »Sie ist müde und zieht sich nun in ihr Zimmer zurück.«

Foster dankte ihr mit einem höflichen Kopfnicken, noch immer wie betäubt von ihrer Schönheit.

»Entschuldigen Sie mich einen Moment, ich hole den Tee.«

Anaki verschwand für ein paar Sekunden und kam dann zurück, in den Händen ein Tablett mit einer gusseisernen Teekanne und zwei Tassen. Mit einer graziösen Bewegung stellte sie es auf dem niedrigen Tisch ab.

»Danke, dass Sie mich bei sich empfangen. Ich weiß das sehr zu schätzen.«

Anaki antwortete Foster mit einer leichten Kopfbewegung und setzte sich auf ihre Knie, sanft wie ein Reh, das sich im Moos niederlässt.

»Meine Mutter hat darauf bestanden, Sie zu empfangen, als sie sah, wer Sie sind«, sagte sie und wies mit der Hand auf den PC. »Unser Meister, Professor Bosko, verfolgt die Karrieren aller Medizinnobelpreisträger.« Sie lachte. »Er ist ein ziemlicher Patriot, obwohl er seit zwanzig Jahren in Japan lebt. Da Sie Brite sind, hat er von Zeit zu Zeit über Ihre Arbeiten gesprochen. Er bewundert Sie. Sehen Sie, wir haben sogar ein Werk von Ihnen im Bücherregal.«

Foster erkannte sein erstes Buch »Die Psychiatrie verstehen« in einer zweisprachigen englisch-japanischen Ausgabe. Jetzt verstand er auch, warum die beiden Frauen ihn eingelassen hatten, nachdem sie jeden Kontakt zum Ermittler von Scotland Yard abgelehnt hatten. Sie hatten Respekt vor der Wissenschaft und medizinischen Titeln.

»Ich freue mich sehr, dass mein Buch bei Ihnen steht, ich hoffe, es hat Ihnen gefallen.«

»Ich habe es nicht ganz gelesen«, sagte Anaki entschuldigend mit einem kleinen, verlegenen japanischen Lachen, wobei sie sich die Hände vors Gesicht hielt. »Ich war nur die Haushälterin von Professor Bosko, nicht seine Assistentin.«

Sie schwieg und goss den Tee ein. Ihre Gesten waren von natürlicher Anmut. In den folgenden Minuten bewegte sie die Hände wie in einem stillen Ballett. Foster war von der Feinheit ihrer Handgelenke fasziniert, die von Zeit zu Zeit in den weiten Kimonoärmeln zu sehen waren. Er hatte noch nie eine Frau gesehen, die Zartheit und Weiblichkeit in so vollkommener Form in sich vereinte. Dann sah er den Strauß auf dem Tisch. Darin waren eine Rose, drei Lilien, zwei ihm unbekannte weiße Blumen und ein paar Blätter kunstvoll zusammengesteckt. Anaki beherrschte Ikebana, die Kunst des Blumensteckens, ebenso wie die traditionelle Teezeremonie.

»Ich bin gekommen, um mit Ihnen über Professor Bosko zu sprechen. Ich versuche herauszufinden, weshalb er verschwunden ist.«

»Ich habe lange für den Professor gearbeitet. Seit ich sechzehn Jahre bin, um genau zu sein. Sein Verschwinden hat mich sehr getroffen.« Sie schwieg einen Moment. »Stellen Sie Ihre Fragen«, sagte sie dann. »Ich antworte Ihnen so gut wie möglich.«

»Was wissen Sie über den Tod von Professor Boskos Frau und seinem Neffen?«

»Annie und Peter sind bei einem Gasunfall ums Leben gekommen. Es ist furchtbar. Ich war an diesem Tag nicht dort, weil ich nicht mehr für Professor Bosko arbeite.«

»Sie haben erst vor kurzem aufgehört, nicht wahr?«

»Vor ungefähr einem halben Jahr, aus persönlichen Gründen«, sagte sie ein wenig kurz angebunden, »aber darüber möchte ich lieber nicht sprechen.«

»War Annie Bosko jemand, dem zuzutrauen wäre, das Gas einfach so anzulassen? Und hätte dieser Peter nicht etwas riechen müssen?«

Anaki war offenbar überrascht und wusste nicht, was sie antworten sollte. Schließlich begnügte sie sich mit dem lapidaren Hinweis:

»Fehler kommen immer vor, selbst die allerdümmsten. Auch wenn sie tragische Folgen haben. Peter hatte vielleicht getrunken oder Haschisch geraucht, wie es heutzutage zu viele junge Menschen tun.«

Haschisch. Dem muss ich mal nachgehen.

»Was suchen Sie genau?«, wollte sie wissen.

»Hiko, Peters Freundin, möchte herausfinden, was wirklich passiert ist. Ich bin gerade in Japan und habe angeboten, ihr zu helfen. Außerdem würde ich gern mehr über Professor Bosko wissen. Können Sie mir von ihm erzählen, mir sagen, was für ein Mensch er ist?«

»Professor Bosko ist in erster Linie ein großer Forscher. Er lebt ganz einfach und widmet sich ganz seiner Aufgabe.«

»Und was noch?«

»Er steht früh auf, geht spät schlafen und arbeitet das ganze Wochenende. Er sieht kaum fern, aber er surft unheimlich viel im Internet. Radio hört er nie, und auch Zeitung liest er nicht. Er ist bescheiden, isst wenig, allerdings mag er gern Geflügel und weißen Fisch. Er trinkt ein wenig Champagner, aber nur bei festlichen Anlässen. Die einzige Leidenschaft, die ich an ihm kenne, ist seine Arbeit.«

Anaki sprach langsam und teilnahmslos, als gäbe sie einen Polizeibericht wieder. Diese emotionslose Rede passte nicht zu dieser Frau mit dem Aussehen einer Göttin. Foster war irritiert.

»Ist Professor Bosko Ihrer Meinung nach noch am Leben?«

»Natürlich! Warum sollte ich annehmen, dass er tot ist?«

Das war eine klare Aussage.

»Offenbar vertrug sich Professor Bosko nicht gut mit seiner Frau. Stimmt das?«

»Ja, das stimmt«, gab Anaki zu, »seit mehreren Jahren hing bei ihnen der Haussegen schief, aber so etwas passiert ja wohl bei vielen Leuten.«

»Könnte es sein, dass Professor Bosko eine Affäre mit einer anderen Frau hatte, mit der ich eventuell mal reden könnte?«

Anaki wurde rot und erklärte – jedes Wort betonend:

»Ich weiß es nicht.«

Das war mehr als deutlich. Foster schwieg beeindruckt. Offenbar konnte diese Anaki – so zart und fragil sie auch zunächst wirkte – ganz schön bestimmt sein. Und doch sagte ihm sein psychologisch geschulter Sinn, dass Anaki ihm nicht alles verriet, was sie wusste.

»Dennoch bleibt die Frage, warum der Professor so plötzlich verschwunden ist. Manche Leute verschwinden, weil sie psychische Störungen oder Alkoholprobleme haben. Haben Sie eine Veränderung in Professor Boskos Verhalten bemerkt? Eine Neigung zum Suizid? Irgendwelche Auffälligkeiten wie zum Beispiel Absenzen?«

»Absolut nicht, Professor Bosko ist der gleichmütigste Mensch, den ich kenne. Er hat keinerlei seelische Störungen. Und er ist viel zu intelligent, um Befriedigung im Alkohol, durch Medikamente oder auf sonst irgendeine Weise zu suchen.«

Die Frage hatte sie offenbar erschreckt, und sie hatte zu eilig geantwortet.

Sie hat nicht die Distanz einer normalen Hausangestellten. Sie spricht mit einer gewissen Leidenschaft von Bosko.

»Danke für Ihre Offenheit, Miss.«

Mit demütigem Lächeln erhob sich Anaki. Sie verneigte sich tief vor Foster, doch er hatte begriffen, dass ihre Haltung nur Fassade war.

»Ich fürchte, ich habe nicht die richtigen Antworten auf Ihre Fragen, Professor-san. Glauben Sie mir, ich bedauere das sehr. Jetzt muss ich mich leider zurückziehen, um für meine Mutter das Abendessen zuzubereiten.«

Ihr Ton ließ keinen Widerspruch zu – sie warf ihn hinaus. Auch Foster erhob sich. Er ging auf den Eingang zu und zog die Schuhe wieder an. An der Tür wandte er sich noch einmal um. Anaki stand zwei Schritte hinter ihm und sah ihn wie aus weiter Ferne an. Er war sich inzwischen sicher, dass sie ihm nicht die ganze Wahrheit gesagt hatte. Es war ein großer Fehler von ihr, ihn zu unterschätzen.

»Würden Sie so freundlich sein und mir Ihre Telefonnummer geben, für den Fall, dass mir noch andere Fragen einfallen?«

»Selbstverständlich.«

Sie zögerte einen Moment, verschwand und kam gleich darauf mit einer Visitenkarte zurück, die sie ihm auf japanische Art reichte, mit ausgestreckten Händen, den Oberkörper geneigt, das Gesicht nach unten.

»*Sumimasen.*«

Er nahm die Karte auf die gleiche Art entgegen und ärgerte sich über sich selbst, weil es ihm nicht gelungen war, Anaki zum Sprechen zu bringen.

Wenig später, als das Taxi über die großen Avenuen von Omotesondo fuhr, ging Foster ein Gedanke durch den Kopf. Er zog alle Dokumente über den Fall aus seiner Tasche, um sicher zu sein. Als er sie wieder hineinlegte, machte er ein nachdenkliches Gesicht. Er war also der Einzige, der Anaki persönlich kennen gelernt hatte. Alle anderen hatte sie mehr oder weniger schlau ausgetrickst: die japanische Polizei, Boskos Versicherungsgesellschaft, den Inspektor des Yard. Warum wich sie aus? Unwillkürlich nahm er ihre Karte zur Hand. Neben den Schriftzeichen in *kanji* hatte Anaki eine Handynummer und ihren Vornamen in lateinischen Buchstaben aufgeschrieben.

»Anaki, ich bin sicher, dass du mich angelogen hast. Was hast du nur für ein Geheimnis?«, murmelte Foster leise.

Als das Taxi in die Hotelauffahrt bog, steckte er die Karte wieder ein.

Foster legte das Handy in seine Aktentasche. Da Scott nicht da war, hatte er ihm eine Nachricht hinterlassen und ihn gebeten, ihn anzurufen, wenn er zurückkäme. Langsam und gedankenverloren zog er sich aus, dann ging er ins Badezimmer. Die Begegnung mit Anaki hatte ihn irritiert. Für den Bruchteil einer Sekunde glaubte er, Vics Gesicht in dem Dampf zu erkennen. Er schob heftig die Tür der Duschkabine auf. Ob Vic es ihm übel genommen hatte? Hatte sie ihn verflucht, bevor sie die große Falltür passiert hatte, durch die niemand zurückkehrt? Er nahm etwas Shampoo und wusch sich die Haare, um auf andere Gedanken zu kommen. Da holte ihn das grelle, aggressive Klingeln des Handys aus der Duschkabine heraus.

»Professor, hier ist Jeremy Scott. Ich störe Sie sicher, sind Sie schon im Bett?«

Foster sah auf seine Uhr. Es war fünf Minuten vor Mitternacht.

»Noch nicht ganz, ich kann mich nur schwer an die Zeitverschiebung gewöhnen, und alle diese Geschichten tragen nicht gerade dazu bei, dass man gut schläft. Warten Sie bitte eine Sekunde.«

Er trocknete sich die Haare ab, goss sich ein Glas Wasser ein und leerte es in einem Zug, bevor er sich aufs Bett setzte.

»So, jetzt kann ich Ihnen zuhören.«

»Wir haben Spuren auf den Radieschen gefunden. Sie stammen von einem international bekannten Killer, genannt ›der Grieche‹. Ich habe die DNA mit seinem genetischen Code vergleichen lassen. Es stimmt überein. Dieser Mistkerl, von dem alle dachten, er sei seit über zehn Jahren tot, befindet sich in Japan.«

Nach einigem Schweigen sagte Foster mit typisch britischem Understatement:

»Dass er damit zu tun hat, macht die Dinge nicht gerade einfach. Na, wenigstens wissen wir jetzt, dass wir uns die Geschichte nicht ausgedacht haben. Und ich glaube, dass diese furchtbare Nachricht Hiko paradoxerweise erleichtern wird. Jetzt weiß sie zumindest, dass ihr Freund nichts vor ihr verborgen hielt und sie seinen Tod richtig eingeschätzt hat.«

»Wir müssen herausfinden, warum ein so außergewöhnlicher Killer wie der Grieche in die Sache verwickelt ist, und ich glaube, das Einzige, was uns weiterhelfen könnte, ist das, woran Professor Bosko gearbeitet hat.«

»Und wo der ist, wissen wir nicht«, ergänzte Foster.

»Er ist vermutlich ebenfalls tot.«

Foster dachte ein paar Sekunden nach.

»Nein, Jeremy, das glaube ich nicht. Wenn der Grieche Peter und Annie Bosko ermordet hat, lässt mich das eher vermuten, dass George Bosko geflohen ist und weder entführt noch umgebracht wurde.«

»Warum?«

»Serienmorde sind zu auffällig. Wenn diese Leute Bosko entführt hätten, um ihn zu töten, wäre es schlauer gewesen, einen einmaligen Unfall zu inszenieren.«

»Hm. Wahrscheinlich haben Sie Recht.«

»Ich habe im Übrigen nicht den Eindruck, dass Bosko jemand ist, der manische Anwandlungen oder Selbstmordabsichten hat.«

»Weist irgendetwas auf eine Liebesaffäre hin?«

»Bosko verstand sich zwar nicht mit seiner Frau, sie lebten so gut wie getrennt, aber eine Freundin hatte er offenbar nicht. Und da er vor seinem Verschwinden allen völlig normal vorkam, kann man daraus nur schließen, dass er vor irgendetwas geflohen ist.«

»Ich verstehe. In jedem Fall scheint das hier eine größere Sache zu sein. Und da der Grieche sich immer noch hier herumtreibt, sollte Hiko schleunigst aus den Ermittlungen ausgeschlossen werden.«

»Daran habe ich auch schon gedacht. Aber das ist im Moment nicht so einfach. Sie ist psychisch noch sehr labil.«

»Ein Grund mehr, auf das eine Drama nicht noch ein weiteres folgen zu lassen. Bringen Sie sie in Sicherheit, Professor. Ich spreche mit ihr, wenn Sie wollen.«

»Danke.«

Für ihn ist das einfach, er ist fünfzehntausend Kilometer von Hiko entfernt.

»Und jetzt zu Ihnen, Sie brauchen einen Leibwächter. Ich werde Bliker bitten, Ihnen Jules für die Dauer Ihres Auftrags zur Verfügung zu stellen.«

»Das kommt nicht infrage. Jules ist ein Dummkopf. Ich will das allein machen.«

»Professor!«, sagte Scott mit Nachdruck. »Der Grieche ist ein erfahrener Killer. Sie müssen einen Leibwächter haben.«

»Es kommt nicht infrage, dass ich mit einem von Ihren hirnlosen, bis an die Zähne bewaffneten Gorillas herumlaufe. Ich passe auf, das genügt.«

»Foster, bitte …«

»Sie brauchen nicht zu insistieren, Jeremy, ich will es nicht.«

Darauf herrschte lange Schweigen.

»Gut. Ich denke über eine andere Lösung nach. Bis dahin passen Sie auf sich auf.«

»Es gibt keine andere Lösung. Im Übrigen habe ich beim jetzigen Stand der Dinge keine Angst – ich weiß nicht genug, um gefährlich zu sein.«

»Sind Sie da so sicher? Ich finde, Sie haben schon erstaunlich viel in Erfahrung gebracht.«

Scott legte auf. Er war wütend. Dieser Foster! Er konnte ihn doch nicht im Alleingang weitermachen lassen. Das war purer Wahnsinn. Scott nahm den Kopf in beide Hände. Wen sollte er schicken?

Noch sieben Tage

»Sehen Sie sich die Blumen an, wie sie verwelken, bevor sie sterben. Hässlich zu werden, bevor man stirbt, ist ein unabänderliches, aber auch grausames Gesetz der Schöpfung. Ja, es wäre schön, in voller Blüte zu sterben ... Knochen, die zersplittern wie Glas; Ohren, die schlecht hören; Augen, die nicht mehr sehen; Muskeln, die schwinden; ein Körper, der schrumpft. Wie traurig! Wie schrecklich ist es doch, alt zu werden! Wollen Sie wirklich eines Tages im Spiegel ein vertrocknetes, zerknittertes Gesicht sehen, das bestenfalls wie altes Elfenbein aussieht, und sich sagen, das bin ich, und man kann nichts dagegen tun? Ich jedenfalls will das nicht.«

Aus dem Tagebuch von Professor Bosko

Anaki stieg langsam die knarrende Holztreppe hinunter und biss sich auf die Lippen. Wenn sie wach wurde, hatte sie immer diese höllischen Schmerzen in Rücken und Hüfte. Am Fuß der Treppe blieb sie eine Weile stehen, um durchzuatmen. Der Schmerz, der von der linken Seite ausging, traf ihre Wirbelsäule ruckartig von unten nach oben. Als ob eine Art kleines Nagetier sie von innen zerfräße. Die Fliesen in der Küche erschienen ihr eiskalt unter ihren nackten Füßen. Sie schimpfte über das grelle Licht der Neonröhre über dem Spülbecken und machte zwei andere Lampen an, um gemütlicheres Licht zu bekommen. Um diese Zeit war alles friedlich. Sie liebte nichts mehr als die Ruhe, die in Tokio bei Sonnenaufgang herrschte. Dann lag über der riesigen Metropole von zwanzig Millionen Einwohnern ein Frieden, eine Stille, die sie an das kleine Dorf erinnerte, in dem sie aufgewachsen war. In diesen Augenblicken genoss sie ihr neues Leben am meisten.

Sie goss sich ein Glas kalter Milch ein, nahm ein süßes Brötchen aus der Plastikverpackung, machte den Herd an, um ein paar Tofustücke zu rösten. Im letzten Moment warf sie alles in den Mülleimer. Sie hatte keinen Appetit.

»Du wachst ja immer früher auf. Du ruinierst noch deine Gesundheit.«

Das zerknitterte Gesicht von Minato zeigte sich im Rahmen der Küchentür.

»Ich habe dich schon um fünf Uhr gehört.«

»Ich bin um halb fünf aufgestanden.«

»Tat dir die Hüfte weh?«

»Es ging, ich habe zwei Gramm Aspirin und Paracetamol genommen.«

»Was hast du denn vor? Warum bringst du dich in so einen Zustand?«

»Es ist nichts. Lass mich einfach in Ruhe!«

»Du wirkst so angespannt. Ich habe dich jetzt schon seit fünf Minuten beobachtet, und du hast nichts gemerkt. Ich bin sehr beunruhigt.«

»Alte Leute machen sich immer um nichts und wieder nichts Sorgen.«

»Anaki, wie kannst du es wagen, so mit mir zu reden?«

»Entschuldigung«, stammelte Anaki.

Sie senkte beschämt den Kopf.

»Ich dachte an George, ich wäre so gern bei ihm.«

»Das ist unmöglich, das weißt du doch. Du musst dich von Bosko fern halten. Es ist dein Los, dich bis ans Ende deiner Tage zu verstecken.«

»Das kann ich nicht mehr. Es wäre egoistisch, vor allem deinetwegen.«

»Vergiss mich bitte. Es ist kein Egoismus, es ist Klugheit. Willst du, dass deine Geschichte in aller Öffentlichkeit breitgetreten wird?«

Anaki schüttelte den Kopf.

»Nein«, sagte sie leise.

Minato wies mit dem Kopf auf den leeren Tisch.

»Du musst essen. Ich wünsche mir, dass du mehr an dich und etwas weniger an Bosko denkst.«

»Ich habe keinen Hunger.«

»Natürlich hast du Hunger. Du hast immer gern gegessen. Geh wieder hinauf in dein Zimmer, ich mache dir ein westliches Frühstück, mit deinem französischen Lieblingsgeschirr.«

Anaki gehorchte, während Minato mit kleinen Schritten auf die Arbeitsplatte zuging. Eine halbe Stunde später stellte sie ein schweres, duftendes Tablett auf das Tischchen neben Anakis Bett. Es gab einen Topf mit heißer Schokolade, zwei Waffeln mit Puderzucker, dazu getoastetes Weißbrot mit Butter und Aprikosenmarmelade aus dem Roussillon.

»Wo du immer so viele Menschen aus dem Westen triffst, wird dir bald deren Küche besser schmecken als unsere«, bemerkte Minato.

»Du solltest es auch probieren. Es ist nicht zu spät.«

Minato schüttelte den Kopf und goss den Kakao ein.

»Ich mag lieber unser traditionelles Frühstück. Eine gute Miso-Suppe mit Algen, Tofu, Reiskuchen und gebratenem Fisch, das ist für den Organismus um sieben Uhr morgens das Beste.«

»Du bist zu nett zu mir«, sagte Anaki und biss in eine Waffel. »Hm, das schmeckt ja wunderbar. Sie sind ganz knusprig.«

»Endlich bist du wieder die Alte! Genieß es nur, und sag mir, wo Bosko ist.«

Anaki stellte ihre Tasse ab.

»George hält sich in Europa versteckt. Zu deiner Sicherheit will ich dir lieber nicht sagen, wo genau.«

»Warum?«

»Er ist in Lebensgefahr.«

Minato wurde blass.

»Ist es so schlimm?«

»George wollte mit dem Teufel speisen, doch er hat vergessen, dass man dazu einen langen Löffel braucht. Und jetzt ist es zu spät.«

Anaki wandte den Kopf, um den Kummer zu verbergen, der sie bei den letzten Worten überkam.

»Ja, es ist wirklich zu spät.«

Minato legte ihren Kopf auf Anakis Schulter.

»Anaki, hör auf, dich so zu grämen. Wenn du wüsstest, wie sehr ich dich beneide, wie gern ich an deiner Stelle wäre. Ich würde dafür das Wenige, das ich besitze, hergeben. Sei doch vernünftig. Hast du denn ganz vergessen, wer du noch vor sechs Monaten warst?«

»Du hast ja Recht, entschuldige, entschuldige«, sagte Anaki und umarmte sie.

Minato strich ihr sanft übers Haar.

»Und jetzt erzähl mir alles. Was hat George getan, dass er plötzlich bis ans Ende der Welt fliehen muss?«

Anaki gehorchte und verschwieg ihr nichts. Als sie geendet hatte, war Minato leichenblass.

»Mein Gott!«

Hiko trocknete ihre nassen Haare und kämmte sie, während sie an den gestrigen Abend dachte. Sie war müde, nachdem sie einen großen Teil der Nacht kein Auge zugetan hatte. Seit Peters Tod hatte sich niemand um sie gekümmert. Ihre Familie, ihre Freundinnen, ihre gesamte Umgebung – niemand hatte je akzeptiert, dass sie mit einem Gaijin zusammen war. Auch die Polizei hatte nach der Geschichte mit den Jeans hier und da Fragen gestellt, und es war sofort zu Gerüchten gekommen. Außerdem hatte sie sich mit allen, die ihr nahe standen, verkracht und musste nun allein mit ihrer Trauer zurechtkommen, ohne ihren Kummer und ihre Zweifel mit jemandem teilen zu können. Foster war der Erste, der ihr seit den schrecklichen Ereignissen ernsthaft zugehört hatte.

Sie schlüpfte in einen Pullover, zog den Reißverschluss ihrer Jacke zu, hängte sich den Rucksack über die Schultern und lief die Treppen hinunter, vier Stufen auf einmal nehmend und einen schweren Müllsack in der Hand. Sie hatte die Nacht damit verbracht, ihre winzige Wohnung aufzuräumen, und hatte alles Mögliche weggeworfen. Wie in vielen Häusern in Tokio üblich, brachte sie den Müll jeden Morgen in den Raum im Untergeschoss. Das Gebäude aus dem typischen, grau gestrichenen Backstein, mit einem von Neonlicht beleuchteten Eingang und einer Wendeltreppe, war zu dieser Tageszeit leer, alle anderen Mieter waren bereits auf dem Weg zur Arbeit. Im Erdgeschoss sah Hiko Sandsäcke, einen Generator und eine Betonmischmaschine, die bereitstanden, damit der Betonfußboden repariert werden konnte. Als sie ins Untergeschoss kam, knipste sie den Lichtschalter an, aber es blieb dunkel. *Wahrscheinlich ist eine Birne kaputt.* Sie zuckte die Achseln und ging ohne Zögern die Treppe hinunter. Japan war das bei weitem sicherste Land der Welt, und sie hatte noch nie von einem Überfall in ihrem Viertel gehört.

Vor der Nische mit den Mülleimern stellte sie den Sack hin, um den Schlüssel umzudrehen. In der Dunkelheit tastete sie nach dem Schloss. Da sprang ein Schatten auf sie zu. Sie stieß einen gellenden Schrei aus. Der Mann war fast über ihr, als er auf einem Ölfleck ausrutschte und der Länge nach hinschlug. Ohne zu überlegen, ergriff Hiko den schweren Müllsack und warf ihn mit aller Kraft gegen seinem Kopf. Das Geräusch war widerlich. Sie trat langsam zurück, bis sie die Wand im Rücken spürte. Sie war zu Tode erschrocken, aber immerhin geistesgegenwärtig genug, nicht ihr Leben zu riskieren, und rannte die Treppe hinauf. Als sie an die frische Luft gelangte, atmete sie erleichtert auf, dann aber hörte sie eilige Schritte. Jemand kam in größter Hast die Metalltreppe hinuntergelaufen. Sie rannte in den kleinen Garten. Die Werkzeuge! Die Arbeiter hatten Schaufeln und Hacken abgestellt. Fieberhaft griff sie nach einer Schaufel mit Holzstiel und kräftigem Schaft und holte aus. Das Gitter zur Treppe öffnete sich mit einem Knall, und ein riesiger Japaner, ein Monster mit dem Kopf eines alten Sumotori, stand vor ihr. Ohne zu überlegen, schlug sie ihm mit der Schaufel ins Gesicht.

Die Nase des Riesen zerbrach mit einem grässlichen Knirschen. Er stieß einen Schrei aus, kam aber weiter auf sie zu. Sie schlug erneut zu. Man hörte das Geräusch von brechenden Knochen und zerquetschtem Gewebe. Diesmal stürzte der Riese zu Boden. Hiko warf die Schaufel weg und machte sich auf und davon.

Sie kannte dieses Viertel, in dem sie seit über fünf Jahren wohnte, wie ihre Westentasche. Sie lief so schnell, dass sie den Eindruck hatte, über den Asphalt zu fliegen. Glücklicherweise trug sie ihre Laufschuhe. Sie rannte im Zickzack, benutzte Querstraßen und erreichte nach fünf Minuten verzweifelten Laufens die U-Bahn-Station. Den Wächter am Eingang schob sie zur Seite, rannte auf den Bahnsteig und sprang in den ersten Wagen. Erst dann holte sie Luft. Die anderen Passagiere sahen sie neugierig an. Sie erblickte sich im Spiegel an der Decke: Sie sah aus wie eine Wahnsinnige, mit ihrem schweißbedeckten Gesicht, dem irren Ausdruck in den Augen und dem struppigen Haar. Blut von einem ihrer Angreifer hatte ihre Jacke bespritzt. Sie achtete nicht auf die anderen und nahm am Ende des Wagens Platz, holte eine Bürste und ein Stofftaschentuch aus ihrem Rucksack, um sich ein wenig zurechtzumachen. Einfache Handgriffe, die sie beruhigten. Zwei Bahnhöfe zogen vorbei, dann waren es fünf. Eine Gruppe lärmender Schüler stieg ein, und die anderen Passagiere beachteten sie nicht länger.

Als Hiko aus der U-Bahn kam, war ihre Miene entschlossen. Jetzt hatte sie einen Grund mehr, die Leute zu finden, die Peter getötet hatten. Einer würde gewinnen. Diese Leute oder sie selbst.

Als Foster die Tür öffnete, machte er ein erschrockenes Gesicht.

»Hiko, was ist passiert?«

Trotz ihrer Bemühungen sah Foster sofort, das etwas nicht in Ordnung war.

»Darf ich hereinkommen, *sumimasen*?«, fragte Hiko, ihr Atem ging stoßweise.

»*God damned*, aber natürlich! Beeilen Sie sich.«

Foster hielt ein kleines Radio in der Hand, mit dem er gerade englische Nachrichten hörte. BBC auf Langwelle. Dieser Anblick beruhigte sie. Auch ihr Vater hörte Radio und ging dabei durchs Haus, so etwas taten nur Angehörige dieser Generation, ihre eigenen Altersgenossen machten so etwas nicht.

»Setzen Sie sich«, sagte Foster freundlich. »Ich bringe Ihnen einen Tee.«

Er war sichtlich beunruhigt und zwang ihr den Tee beinahe auf, bevor er sich neben sie setzte. Die heiße Flüssigkeit tat ihr gut. Sie trank in großen Schlucken die ganze Tasse.

»Jetzt erzählen Sie mir, was passiert ist.«

Sie sah, dass er blass wurde, während sie erzählte. Dann lehnte er sich im Sofa zurück, eine tiefe Sorgenfalte auf der Stirn.

»Professor?«

»Eine Minute, bitte. Ich denke gerade nach.«

Dieser Mordanschlag änderte alles. Wie sollte er Hiko aus den Ermittlungen heraushalten, sie sich selbst überlassen, wenn sie bei jedem Schritt ihr Leben riskierte?

Die Angreifer sind alle Japaner. Der Grieche ist also nicht allein. Wir haben es mit einer Bande zu tun, vielleicht mit einer Organisation.

Hiko stellte ihre leere Tasse ab. Mit einer zärtlichen Geste schob er eine Haarsträhne zurück, die ihr ins Gesicht gefallen war.

»Mein Kind, Sie dürfen mich nie wieder so erschrecken. Man kann sagen, dass Sie dem Tod nur um ein Haar entkommen sind.«

Er schüttelte den Kopf und stützte sein Kinn auf die Hände.

»Auch ich habe Neuigkeiten.«

»Über Peter?«

Foster wartete eine Weile, bevor er antwortete.

»Ja, die Mordthese hat sich bestätigt.«

»Ich wusste es«, murmelte sie, »ich wusste es.«

Sie brauchte eine lange Weile, um sich zu beruhigen.

»Die Radieschen haben es verraten.«

Dann erzählte er ihr mit fester Stimme alles, was Scott ihm mitgeteilt hatte, ohne etwas auszulassen.

»Diese Tatsachen und der Mordversuch an Ihnen lässt das Verschwinden von George Bosko in neuem Licht erscheinen. Die Situation wird zu gefährlich. Sie müssen Japan verlassen. Scott und ich schenken Ihnen einen Monat in einem Land Ihrer Wahl, weit weg von all dem. Fahren Sie nach Kalifornien oder Europa. Ich halte Sie regelmäßig über den Stand der Ermittlungen auf dem Laufenden. Wenn die Gefahr vorbei ist, kommen Sie wieder.«

Hiko sah Foster ernst an. Sie hatte keinerlei Absicht, aus der Sache auszusteigen, und wollte, dass der Professor dies begriff.

»Ich fahre nicht in Ferien, Professor-san, weder nach Kalifornien noch sonst wohin. Ich beteilige mich an der Jagd nach dem Mörder von Peter. Ich will meinen persönlichen Beitrag leisten.«

Foster schwieg eine Weile, während er ihre Worte einzuschätzen versuchte. Dann sagte er:

»Ich möchte nicht, dass auch Sie zwischen vier Fichtenbrettern landen. Wir haben es mit einem Berufskiller zu tun. Wir bringen Sie in Sicherheit, ob Sie wollen oder nicht.«

»Nein. Peter hat noch zwei Stunden, bevor er nach Hiro Kima gefahren ist, mit mir gesprochen ... Dann ist er gestorben ... Man hat ihm Furchtbares angetan.« Hikos Stimme zitterte. »Ich will bis zum Ende der Ermittlungen an Ihrer Seite bleiben, sonst kann ich nie wieder in den Spiegel schauen.«

Foster nickte.

»Ich muss mit Scott sprechen, wir werden dann gemeinsam eine Entscheidung fällen.«

»Danke.«

»Ich habe weder ja noch nein gesagt. Bis dahin bitte ich Sie, dieses Hotel nicht zu verlassen und auf keinen Fall zu sich nach Hause zu gehen. Ruhen Sie sich in dem zweiten Zimmer aus, bis ich wiederkomme, diese Suite ist groß genug, dass wir uns nicht stören. Geben Sie mir Ihr Wort?«

»Ja.«

»In Ordnung.«

Er schob sie mit sanftem Druck in das andere Zimmer.

Als er wieder in den Salon kam, hatte er den Eindruck, dass es dunkler geworden war. Irgendetwas geschah, und es machte ihm Angst.

Der Behinderte hatte allein gegessen und dabei einen Roman gelesen. Es war ein einfaches Essen, wie immer. Oberst Toi betrat den Raum.

»Sie wollten mich sehen?«

Der Behinderte hob den Blick von seinem Buch. *Grau.* Dies war der Name, der am besten zu Toi passte. Alles an ihm war grau: die Haare, die Augen, sogar der Teint. Er war organisiert, streng, achtete die Hierarchie, war treu bis in den Tod. Toi war ein wertvoller Mitarbeiter. Jetzt stand er vor seinem Rollstuhl, in Ehrfurcht erstarrt.

»Setzen Sie sich, Oberst. Ich bin sehr unzufrieden, dass die Entführung von Hiko nicht geklappt hat. Wir reden besser nicht darüber, ich könnte wütend werden, und Sie wissen, dass ich das gar nicht mag.«

Mit einer energischen Geste klappte er sein Buch zu.

»Das Leben ist seltsam. Seit zwei Monaten lese ich nur noch afrikanische Schriftsteller. Achebe, Farah, Brink, Diop. Ich verschlinge ihre Werke mit einer Begeisterung, die mich selbst überrascht.«

»Talent findet sich selbst an Orten, an denen man es am wenigsten erwartet«, antwortete Toi.

Wie der Behinderte glaubte auch er fest daran, dass manche Völker anderen überlegen waren.

»Sprechen wir über Bosko. Sind Sie bei Ihrer Suche weitergekommen?«

»Nein, er ist immer noch unauffindbar.«

»Meine Güte! Ihr seid wirklich alle unfähig!«

Der Behinderte wies anklagend mit dem Zeigefinger auf den Oberst.

»Er kann sich doch schließlich nicht in Luft aufgelöst haben!«

»Ich bin sicher, dass bei ihm zu Hause ein Hinweis liegt, der uns auf seine Spur bringt oder uns verrät, wie wir den Code der Festplatte knacken können. Wir haben dort eine Mannschaft, die alles auf den Kopf stellt. Wir haben begonnen, alle Mauern und Fußböden mit einem Dopplerradar zu durchsuchen, damit uns kein verborgener Schlupfwinkel entgeht.«

»Wer kümmert sich darum?«

»Sigmond, Masao, Ito und Yamamoto leiten, von mir kontrolliert, die Untersuchungen. Ich habe auch zwei Schwarzmäntel beauftragt, sie zu begleiten, falls es Probleme geben sollte.«

Der Chef brummte. Es gab achtzehn Schwarzmäntel und keinen einzigen mehr, und sie sorgten mit eiserner Hand dafür, dass die Ordnung der Organisation aufrechterhalten wurde.

»Ist das alles?«

»Jawohl.«

»Ich dachte, unsere Männer wären die besten. Trotz aller Mittel, über die Sie verfügen, sind die Ergebnisse kümmerlich. Womit muss ich jetzt rechnen? In ›Asahi Shinbum‹ ein Geständnis von Bosko zu lesen, in dem er der ganzen Welt die Entdeckung verrät, die ich für mich behalten will, für mich ganz allein?«

Der kalte Ton seines Chefs täuschte Oberst Toi nicht. Der Behinderte zeigte sich niemals wütend, nie erhob er die Stimme. Je ruhiger er war, desto gefährlicher war er.

»Wir suchen überall. Wir haben alle Flugzeuge und alle Schiffe überprüft, die die Insel verlassen haben. Wenn Bosko aus Japan abgereist ist, dann unter falschem Namen.«

»Und wie wollen Sie ihn jetzt finden?«

»Früher oder später erwischen wir ihn, ich gebe ihm nicht mehr als sechs Monate.«

»Meine Güte, Oberst, ich kann keine sechs Monate warten!«, schrie der Behinderte. »Ich will ihn *jetzt.*«

Toi legte ruhig die Hände auf die Oberschenkel, als hätte er nichts gehört.

»Niemand kann sein Leben radikal ändern. Früher oder später ruft Bosko irgendwen an, um Kontakt zu seinen Leuten aufzunehmen, früher oder später zeigt er sich. Dann packen wir ihn am Kragen.«

»Und wie? Durch welches Wunder?«

»Die Erforschung seines Umfelds ist der Schlüssel zu allem. Wir werden dort die Fäden finden, die Bosko mit seinem früheren Leben verbinden. Aus Erfahrung kann ich Ihnen sagen, dass dies die Menschen sind, die ihm nahe stehen. Niemand kann auf Dauer allein in seinem Winkel verharren. Bosko muss zumindest einen Menschen gehabt haben, dem er sich anvertraute: einen Spielkameraden, einen Wissenschaftler, der Bescheid wusste, einen Vetter, einen Freund aus der Kindheit oder der Armee, eine Geliebte oder eine Studienkollegin. Wenn unsere Leute herausgefunden haben, wer diese Person des Vertrauens ist, ob Mann oder Frau, dann haben wir Bosko am Haken.«

»Warum stehen Sie dann dumm hier herum und nehmen mir Platz weg, anstatt zu arbeiten? Tun Sie was!«

Toi wandte sich um, um zu gehen.

»Oberst?«

Der frühere Militär blieb stehen.

»Ich habe es immer als ein Zeichen der Vorsehung betrachtet, dass sich Bosko bei seinen Forschungen zunächst an mich gewandt hat und an keinen anderen. Die Chance stand eins zu einer Million. Und doch ist er auf mich gekommen. Ich lasse diese Chance nicht vorübergehen, haben Sie verstanden? Selbst wenn ich die Hälfte des Planeten durchkämmen muss, um ihn zu finden.«

»Er kann sich nicht für lange Zeit vor uns verstecken.«

Der Behinderte kniff die Augen zusammen, bis nur noch zwei schmale Schlitze zu sehen waren.

»Beeilen Sie sich, Oberst! Die Zeit spielt gegen uns, und Zeit ist das Einzige, was ich noch nicht kaufen kann.«

Foster seufzte. Hiko war immer noch im Nebenraum und ruhte sich aus. Sie lag in tiefem Schlaf, offenbar eine Reaktion auf den Überfall. Seltsamerweise fühlte er sich ohne ihre Gesellschaft ein wenig allein, so als gehörte Hiko schon zu seinem Leben. Um auf andere Gedanken zu kommen, trat er ans Fenster, sah auf die Straße hinaus und beobachtete die Passanten.

Wie ein alter, nutzloser Pensionär. Er lachte in sich hinein.

Auf den Bürgersteigen drängte sich eine Menschenmenge, alle mit ernsten Gesichtern. Erst am Abend würden Gruppen fröhlicher Menschen, Nachtschwärmer und elegante Frauen diese braven Angestellten ersetzen, dieselben Menschen mit scheinbar ganz anderer Persönlichkeit, entsprechend der Schizophrenie Japans, bei der große berufliche Strenge mit der Exzentrik des Privatlebens vereinbar ist. Diese Passanten wirkten zufrieden. Sie führten alle ein normales Leben und genossen das dazugehörige einfache, wenn auch ein wenig mittelmäßige Glück. Normale Menschen, die nichts von den Abgründen wussten, von der Gewalt, der er seit Beginn seiner Ermittlungen begegnet war.

Sein Palm klingelte, um ihn daran zu erinnern, dass er mit Doktor Kanga zum Mittagessen verabredet war. Draußen hatte es wieder begonnen, zu schneien, dicke Flocken, schmutziger, mit Regen vermischter Schnee, typisch für die Stadt. Doktor Kanga wohnte im Osten von Tokio etwa fünfzehn Kilometer von Ginza entfernt. Während der gesamten Fahrt blickte Foster zum Fenster hinaus. Er war von Tokio immer wieder fasziniert. Trotz der Dutzend Reisen hierher fiel es ihm immer noch schwer, diese Riesenstadt, von der er begeistert war, zu begreifen. Tokio, ein Patchwork, eine verrückte Mischung von Urbanität und Stil, eine Stadt wie im Comic, wie aus dem Mixer. Wider Willen entspannte er sich. Trotz der Schwierigkeiten, trotz des subtilen psychischen Stresses seit Beginn dieser Fahrt durch Japan nahm er nun Details wahr, die er bei seinen letzten Reisen nicht bemerkt hatte. Eine in feinem Muster dekorierte Fassade, ein Tempeldach, das majestätisch die Gipfel einer Baumgruppe überragte. Es war, als erwachten seine Sinne wieder, nachdem sie drei Jahre lang eingefroren gewesen waren … Das Taxi setzte ihn vor einem winzigen Wohnhaus ab, das wie eingeklemmt war zwischen zwei Gebäuden von fünfzehn Stockwerken. Am Haus stand keine Nummer, was nur von geringer Bedeutung war, da die Straße keinen Namen hatte. Foster zögerte, doch der Taxifahrer bedeutete ihm, dass er am richtigen Ort sei. Er stieg die Eingangstreppe hinauf und klingelte. Doktor Kanga öffnete ihm selbst mit einem Lächeln.

»Kommen Sie herein, Professor, ich war gerade dabei, den Tisch zu decken.«

Als sie die beiden hörte, kam die Frau des Doktors aus der Küche. Eine schöne Japanerin von sechzig Jahren, energisch und charmant. Sie trug einen blauen Baumwollkimono, weiße Socken und fein bestickte Haussandalen aus Seide. Nach dem traditionellen Gruß gab sie Foster die Hand, so fest, wie es die Amerikanerinnen gern tun.

»Ich freue mich, Sie kennen zu lernen. Ich bin Doktor Ayuko Toforo.«

Foster verbeugte sich und gab ihr einen Handkuss.

»Kazuo sagt immer ›meine Frau‹«, fügte sie hinzu, »aber tatsächlich haben wir nie geheiratet. Wir leben in wilder Ehe, was in diesem Land nicht gern gesehen wird. Aber wir waren sowieso nie besonders konventionell.«

»So ist das bei guten Wissenschaftlern«, antwortete Foster diplomatisch. »Originalität bei der privaten Lebensführung geht oft Hand in Hand mit der Neugier, die bei der Forschung wichtig ist.«

Sie stimmte ihm amüsiert zu, bevor sie mit einer entschlossenen Handbewegung in Richtung Esstisch wies.

»Sie haben sich soeben das Recht erworben, zum Essen zu bleiben. Essen wir, solange es noch heiß ist, diskutieren können wir hinterher.«

Sie setzten sich an den Tisch, auf dem eine Plastiktischdecke lag. Ayuko servierte zuerst die Suppe in großzügiger Menge. Sie schmeckte gut und war leicht gewürzt.

Danach brachte sie schweigend mehrere Speisen, alle mit Spießen. Dann stellte sie einen riesigen, in der Schale gebackenen Krebs auf den Tisch.

»Ich mariniere ihn sechs Stunden in einer Mischung aus Sojasoße und Reislikör, das ist meine Spezialität«, erklärte sie.

Foster, der ein Kenner war, genoss das Essen. Die Speisen waren köstlich. Das Wissenschaftlerpaar aß sehr schnell, die Nase über dem Teller, als fürchteten die beiden, dass Foster ihnen Fragen stellte.

»Es war ausgesprochen gut!«, sagte er aufrichtig und schob seinen leeren Teller von sich.

»Meine neue Beschäftigung. Ich bin pensioniert und habe Zeit, zu kochen.«

»Für eine Mathematikerin, die auch einen medizinischen Doktor hat, ist das eine besondere Leistung. Sie sind doch auf die mathematische Modellierung zellulärer Prozesse spezialisiert, wenn ich mich nicht irre?«

»Genau. Im Labor habe ich Projekte zur mathematischen Modellierung des Genoms geleitet.«

Das war die erste Anspielung auf ihre Arbeit für Bosko.

»Ach ja? Auf einem besonderen Gebiet?«

»Professor Bosko interessierte sich für die Art und Weise, wie Chromosomen Aminosäuren in Proteine verwandeln.«

Ayuko war jetzt völlig verändert. Ihre Hände, die vorher entspannt gewesen waren, lagen nun flach auf dem Tisch. Die Hausfrau war verschwunden, und an ihre Stelle war die brillante Wissenschaftlerin getreten. Foster verzog das Gesicht.

»Die Ribosomen, das ist eigentlich nicht originell.«

Sie lachte kurz.

»Der Unterschied besteht darin, dass George Bosko eine neue Theorie über die Funktionsweise der Chromosomen vertritt.« Sie lachte erneut. »Ich habe nie verstanden, was genau er damit meinte. Es ist sehr schwer, Professor Bosko zu folgen, selbst für erfahrene Forscher. Ich war die Leiterin einer Gruppe von etwa fünfzig

Mathematikern. Mit meiner Arbeitsgruppe habe ich stochastische Verfahren auf genetische Fragestellungen angewandt. Für George Bosko haben wir eine neue Modellierungsmethode entwickelt, abgeleitet von der von Monte-Carlo.«

»Das Tokio-Theorem?«, fragte Foster und zog die Brauen zusammen.

»Das habe ich entwickelt«, sagte sie.

Er nickte beeindruckt. Diese Frau hatte revolutionäre Arbeiten veröffentlicht, für die sie eigentlich eine Fields-Medaille, den Nobelpreis für Mathematik, bekommen müsste.

Foster überlegte fieberhaft, wie er die beiden Japaner zum Sprechen bringen konnte. Seine Intuition sagte ihm, dass er mehr herausbekommen würde, wenn er sie direkt anging, statt auf Nebenschauplätze auszuweichen. Die beiden Wissenschaftler waren geradlinige Denker, die von Dialektik wenig verstanden und noch weniger von Verstellung. Er musste ihre Gemeinsamkeit spalten, damit wenigstens einer von ihnen sich auf ein Gespräch einlassen würde. Alles andere käme dann von selbst.

»Wollen Sie wissen, aus welchem Grund ich bei Ihnen bin?«

Schweigen.

»Ich glaube, Sie haben die Zusammenarbeit mit Professor Bosko nicht zufällig abgebrochen.« Er sah beiden Wissenschaftlern in die Augen, dann verweilte sein Blick auf Ayuko. »Mathematik ist schwierig, oft schwer zu verstehen, aber sie hat eine große Qualität: Sie ist kompromisslos in ihrer Klarheit und lügt nicht. Aufgabe des Mathematikers ist es, die Wahrheit der mathematischen Gesetze darzustellen – und sonst nichts. Dies war Ihre Aufgabe und Ihr Lebensziel. Warum sollten Sie heute lügen? Warum sollten Sie das Gesetz verraten, das Ihre gesamte Arbeit bestimmt hat?«

»Was wollen Sie damit sagen?«

»Ich möchte gern mehr über Professor Bosko erfahren, und ich glaube, dass Sie entscheidende Informationen über ihn haben.«

Ayuko reagierte zuerst nicht, sie schien wie erstarrt. Dann legte sie eine Hand auf die ihres Mannes.

»Er hat Recht, warum sollen wir ewig schweigen?«

Sie hatte mit Absicht Englisch gesprochen, damit Foster sie verstehen konnte.

»Wir haben schließlich nichts Böses getan, und George ist vielleicht in Gefahr.«

»Sei still!«

Kazuo war aufgesprungen. Sie antwortete ihm mit trockener Stimme auf Japanisch. Ihre Diskussion dauerte eine ganze Weile. Schließlich wandte sich Ayuko an Foster.

»Ich bin bereit, mit Ihnen zu reden, obwohl Kazuo etwas dagegen hat.«

Foster rückte mit dem Stuhl näher heran, um größere Intimität zu schaffen.

»Danke, Doktor Toforo. Zuerst muss ich ein paar Angaben zu Bosko selbst haben. Litt er in letzter Zeit an Depressionen oder sonst irgendeiner seelischen Störung?«

»Nein, George war psychisch vollkommen stabil.«

»Gut, das ist ein sehr wichtiger Punkt.«

»Allerdings hat sich George in den letzten Monaten, die wir im Labor waren, verändert. Er war nicht mehr ganz derselbe. Aber folgern Sie nicht daraus, dass er eine psychische Krankheit hatte, das war nicht der Fall. Er war nur … anders.«

»Könnten Sie mir diese Veränderung genauer beschreiben?«

Sie überlegte.

»George war weniger fröhlich, düsterer. Er schien in ständiger Sorge. Ich weiß nicht, ob sich dieser Zustand nach unserem Weggang verstärkt hat. Wir haben ihn seither nicht mehr gesehen.«

Mehr würde ihm Ayuko nicht über die Persönlichkeit ihres früheren Chefs verraten, wohl weniger, um etwas zu verbergen, als vielmehr aus Scham und Respekt vor einem Mann, mit dem sie fast ihr ganzes Berufsleben zusammengearbeitet hatte.

»Wir waren seit dem ersten Tag an Georges Forschungen beteiligt«, begann Ayuko erneut, »aber diesen Mann zu verstehen war für mich immer eine unlösbare Aufgabe. George ist so geheimnisvoll. Ich glaube allerdings, dass Kazuo und ich die einzigen Forscher sind, die einen Überblick über seine gesamten Arbeiten haben. George teilt die Aufgaben so zwischen seinen verschiedenen Labors auf, dass seine Mitarbeiter sein letztes Ziel nie erkennen können. Wir hingegen können es.«

»Bestätigen Sie das, was ich vermute? Nämlich, dass er an einer neuen, revolutionären gentherapeutischen Technik im Kampf gegen das Altern arbeitet?«

»Das ist sein Werk, sein großes Werk. Sein Lebenswerk.«

»Das ist ein umfangreiches Gebiet. Welchen Weg ist er gegangen?«

»Die Forschungsschwerpunkte haben sich im Lauf der Zeit verschoben, aber es gibt drei Hauptgebiete: Erstens, die Verlängerung der Lebensdauer von Zellen. Zweitens, die pharmakologische Steigerung metabolischer Prozesse, insbesondere eine Erhöhung der Fettverwertung bei Erwachsenen auf das Niveau eines pubertierenden Jugendlichen. Und, drittens, die Regeneration von Hautzellen. Auf diesen drei Arbeitsfeldern hat Bosko mit seinen Modellen und Ansätzen Durchbrüche erzielt wie kein Zweiter.«

»Welche Theorie? Welche Modelle?«

Sie stand plötzlich auf.

»Warten Sie, ich habe etwas für Sie.«

Er hörte sie im Nebenzimmer nach etwas suchen. Ein paar Minuten später kam sie mit einigen Blättern Papier zurück. »Hier, nehmen Sie, diese Artikel werden Sie interessieren.«

Das erste Dokument war ein Aufsatz des Zellbiologen Olownikow, in dem dieser seine Theorie des programmierten Zelltods ausführte, den er von der Zellnekrose, dem Absterben durch äußere Schädigung, abgrenzte.

»Ich erinnere mich an diesen Artikel«, bemerkte Foster, »Olownikow war der Erste, der auf diesen Mechanismus gekommen ist. Aus seiner Sicht beruhte Hayflicks Theorie, wonach die Zellen nach einer bestimmten Anzahl von Teilungen in einen Suizidmodus geraten, auf einer strukturellen Eigenschaft der DNA.«

»Für einen Psychiater kennen Sie sich in genetischen Fragen gut aus. Lesen Sie die beiden anderen.«

In dem zweiten, 1986 erschienenen Artikel stellte Howard Cooke zum ersten Mal dar, dass die Endstücke der Chromosomen, die so genannten Telomere, unterschiedliche Längen aufweisen können. Der letzte war ein »Nature«-Artikel von verschiedenen Autoren, in dem erklärt wurde, dass beim Suizid der Zellen Dutzende Mechanismen im Spiel seien und die Telomere nur die Spitze des Eisbergs bildeten.

Ayuko räumte die abgegessenen Teller ab.

»Wenn diese Entdeckungen Sie beeindrucken, dann müssen Sie wissen, dass George Bosko dies alles schon zwanzig Jahre vor diesen berühmten Forschern begriffen hat. Kazuo und ich können es bezeugen. Allerdings hat George nie etwas veröffentlicht, denn er wollte seine Forschungen in Ruhe und ohne äußeren Druck zu Ende bringen.«

»Ist Bosko über die theoretische Arbeit hinausgegangen?«, fragte Foster plötzlich und sah Ayuko dabei durchdringend an.

»Ayuko, nein!«, rief Doktor Kanga. »Das dürfen wir nicht …«

Sie brachte ihn mit einer Geste zum Schweigen.

»Er hat ein Recht, es zu erfahren.«

Ein seltsames Licht flackerte in ihren Augen auf.

Sie hat Angst.

»*In vitro* hat unsere Arbeitsgruppe die Apoptose der S-Zelle vollständig blockiert.«

»Haben Sie sie genetisch verändert?«, rief Foster ungläubig aus. »Auf welchem Weg?«

»Wir haben sie mit Teilen der DNA eines sehr langlebigen Organismus, eines archaischen Wurms, der in Colorado vorkommt, rekombiniert. Dadurch haben wir die Lebensdauer humaner embryonaler Stammzellen, die omnipotent sind, um das Dreifache verlängert. Sie können jetzt etwa 240 Jahre alt werden.«

Foster schwieg verblüfft. Das Schweigen wurde nur von Doktor Kangas pfeifendem Atem unterbrochen.

»Wollen Sie damit sagen, dass George Bosko *in vitro* einen Mechanismus entwickelt hat, mit dem man die Lebenszeit der Zellen verlängern kann?«, sagte Foster mit schwacher Stimme. »Und das alles unter größter Geheimhaltung?«

Ein Lächeln erschien auf Ayukos Gesicht.

»Das Geheimnis der Arbeitsteilung. Jeder Forscher im Labor arbeitet nur an einem kleinen Stück eines großen, komplizierten Schlüssels, dessen genaue Form nur Bosko kennt, ebenso wie das Schloss, in das er hineinpasst.«

Kazuo Kanga stand auf.

»Ich glaube, weiter müssen wir nicht gehen. Danke, Professor.«

Er warf seiner Lebensgefährtin einen vernichtenden Blick zu. Sie neigte den Kopf, zum Zeichen, dass sie seine Entscheidung akzeptierte. Foster erhob sich ebenfalls.

»Danke für Ihre Offenheit.«

Als er wieder auf der Treppe im eisigen Flur stand, sah Foster sich noch einmal um. Die beiden Japaner blickten ihn starr an, auf den Lippen ein Lächeln, das aus weiter Ferne zu kommen schien.

»Unterschätzen Sie die Auswirkung nicht, die die Arbeit von George Bosko auf Sie haben könnte«, sagte Kazuo Kanga. »Leben Sie wohl, Professor Foster, und viel Glück. Diese Tür bleibt Ihnen künftig versperrt. Ich glaube nicht, dass wir uns noch einmal wiedersehen.«

Die schwarze Limousine verlangsamte ihre Fahrt. Die Stadt Nara lag schon mehr als zehn Meilen zurück. Margaret Bliker fuhr nun durch Berggelände und dichten Tannenwald. Hinter einer Kurve tauchte das Haus auf, das sie suchte. Es war eine *minka*, ein klassisch japanisches Haus mit einem doppelten Strohdach gedeckt, wie man sie in Miyama Cho findet. Es war von einem mit Tannen bepflanzten Park umgeben. Einen Zaun gab es nicht, oberhalb des Hauses lag dichter Wald. Das Ganze strahlte Ruhe und Heiterkeit aus, es war wie eine Rückkehr in das Japan von früher. An moderne Zeiten erinnerten nur ein kleiner, sandfarbener Nissan Cube und ein leicht verrosteter Landcruiser, die vor dem Haus standen. Margaret Bliker parkte am unteren Teil des Grundstücks. Zu dieser Mission war sie bewusst allein aufgebrochen, ohne Chauffeur oder Begleiter. Ein paar Augenblicke lang geschah nichts. Ein leichter Wind wirbelte ein paar Schneeflocken auf. In der Ferne hörte man Kindergeschrei aus einem anderen, mitten im Wald liegenden Haus. Margaret Bliker stieg aus. Sogleich öffnete sich die Haustür, und ein hoch gewachsener Japaner, ein Riese von zwei Metern, stand im Türrahmen. Sie erkannte Shelby, den früheren Exekutierer des Secret Service. Er wirkte jünger als auf dem Foto, schien eher dreißig zu sein als sechsunddreißig, wie es in den Papieren stand. Von seinem englischen Vater hatte Shelby die Körpergröße geerbt, von seiner Mutter die japanisch eckigen Gesichtszüge, die wie mit der Sense gehauen schienen, und die schrägen Augen, die aussahen wie zwei Schlitze. Shelby hatte sein Haar abrasiert und trug einen Dreitagebart. Sein Nasenbein war gebrochen, doch hässlich war er nicht. In seinen Gesten lag eine gewisse, ein wenig einschüchternde Gelassenheit, als sei jede Bewegung von Bedeutung.

»Guten Tag«, sagte Margaret Bliker. »Ich bin extra aus Tokio gekommen, um mit Ihnen zu reden.«

Als sie näher kam, sah sie, dass er haselnussbraune Augen hatte. Das hatte sie noch nie bei einem Japaner gesehen, auch nicht bei Mischlingen.

»Wer sind Sie?«

Shelbys Stimme war scharf wie ein Messer. Sie bemerkte, dass er Japanisch mit einem stark ausländischen Akzent sprach, wie jemand, der die Sprache erst spät gelernt hat.

»Ich heiße Margaret Bliker und vermute, dass Sie schon von mir gehört haben.«

»Ja, aber nichts Gutes.«

Shelby ahnte, dass dieser Besuch nur eins bedeuten konnte: Ärger.

»Ich komme als Freundin hierher. Ich möchte mit Ihnen reden.«

»Ich kenne meine Freunde, und Sie gehören nicht dazu. Kommt nicht infrage, dass ich mit Ihnen rede. Wiedersehn.«

»Shelby! Warten Sie! Wenn Sie diese Aufgabe erledigen, will Scott alles tun, um Sie wieder aufzunehmen.«

»Scott ist ein Spinner und Lügner. Er hat mir dreimal versprochen, dass ich zurückkommen kann und Prämien erhalte. Nichts ist passiert. Ich bin die Lügen des Service leid. Für mich ist es vorbei. Kapiert?«

Margaret Bliker nickte.

»Ich habe einen Brief, von ihm unterschrieben, eine verbindliche Verpflichtung. Und ein Schreiben, dass Ihnen alles ausgezahlt wird, was der Service Ihnen schuldet.«

»Es geht nicht nur um Geld. Der Service hat meinen Ruf in den Dreck gezogen.«

»Das weiß ich.«

Sie ließ ihn nicht aus den Augen und zog einen Umschlag aus der Tasche. Er riss ihn auf und las die beiden Briefe aufmerksam durch, bevor er sie in die Tasche steckte.

»Genügt Ihnen das?«

Er wies auf die Tür.

»Kommen Sie rein.«

Shelby und Margaret Bliker saßen im Wohnzimmer. Auf einem Gestell stand eine Samurai-Rüstung mitten im Zimmer, die aussah wie ein mumifizierter Wächter. Es war ein rustikales und gemütliches Haus mit klassischen Tapetenmustern und einem mit den Jahren dunkel gewordenen Parkett. Plötzlich öffnete sich eine Tür, und eine junge Frau erschien, in Jeans, Stiefeln und Ledermantel. Eine attraktive Person mit langem, rot gefärbtem Haar und einem Schmollmund. Die Ringe unter ihren Augen verrieten mehr als viele Worte. Margaret Bliker begriff, dass sie Shelby mitten in einem Schäferstündchen gestört hatte. Er wurde seinem Ruf immer noch gerecht. Dann tauchte eine weitere, noch jüngere Frau auf. Beide verneigten sich, als sei nichts weiter geschehen. Sie verließen das Haus. Der Motor des kleinen Cube sprang an, und dann war alles still. Shelby schien wütend zu sein. Er rieb beide Hände gegeneinander und sah Bliker herausfordernd an.

»Was wollen Sie?«

»Kennen Sie Professor Francis Foster?«

»Nein.«

»Foster ist Professor für Psychiatrie. Er hat vor langer Zeit für uns gearbeitet.«

»Uns? Was hab ich mit dem zu tun?«

»Er arbeitet gerade für Jeremy Scott in einer höchst vertraulichen Sache, hier in Japan. Der Professor braucht Hilfe, will aber keinen Begleitschutz. Scott will, das Sie ihn bewachen.«

»Ich als Begleitschutz? Sonst noch was? Das mache ich auf keinen Fall. Ihr habt Nerven! Ich mach mich nicht gern zur Zielscheibe, und das weiß der Service genau.«

»Scott meint, dass der Professor in Lebensgefahr ist. Ein Mörder ist mit im Spiel, der Grieche.«

»Der Grieche? Dieses Aas ist vor zehn Jahren umgekommen, irgendwo nördlich von Vilnius.«

»Der Grieche ist quicklebendig. Vor drei Wochen war er in Hiro Kima, nur sechzig Kilometer von Tokio entfernt.«

»Was sind das für Geschichten?«

Margaret Bliker legte eine Kopie des SIS-Berichts auf den Tisch.

»Lesen Sie. Die Fingerabdrücke des Griechen sind auf dem Radieschen gefunden worden. Man hat am Tatort auch eine DNA-Spur aus Körperflüssigkeit gefunden, die mit seinem genetischen Code übereinstimmt.«

»Was soll das sein, Körperflüssigkeit?«

Sie sah plötzlich seltsam verlegen aus und sagte dann:

»Sperma.«

»Sperma?«

»Ja, man hat es auf einem Jeansfetzen von einem der Opfer gefunden.«

»Und wer war das?«

»Ein britischer Staatsbürger. Ein Junge von zwanzig.«

»Dieser griechische Hurensohn!«, rief Shelby. »Dieses dreckige Schwein! Vergewaltigt er inzwischen auch Kinder?«

»Offenbar. Es war das erste Mal. Wir wissen nicht, was geschehen ist.«

Shelby legte den Bericht mit einem Kopfnicken auf den Tisch. Margaret Bliker stand vor einem Foto, auf dem vorne Shelby mit zwei Japanerinnen zu sehen war, die eine klein, mit vielen Falten und würdevoll, die andere, jünger, in einem Festtagskimono, schön und ein wenig affektiert.

»Ihre Großmutter und Ihre Mutter, nehme ich an?«

»Leute wie Sie nehmen nie etwas an, Sie wissen immer Bescheid.«

»Schöne Frauen. Ist Ihre Großmutter immer noch Vorsitzende des Witwenvereins?«

»Immer noch.«

»Die *nikudam*. Menschliche Geschosse, die aus freien Stücken in den Tod gehen. So hießen doch damals die Kamikaze, oder?«

»Man nennt sie auch *kasshitai*, ›die zum Sterben bereit sind‹, oder *hissitai*, ›einem sicheren Tod geweiht‹. Es gibt Dutzende von Ausdrücken für die Kamikaze, weil sie so hoch geachtet werden. Ich kann nicht genug Japanisch, um alle Nuancen zu verstehen.«

Im Hintergrund des Familienfotos war die letzte Aufnahme von Shelbys Vater zu sehen, auf der Plattform der British Petroleum, auf der er vor dreißig Jahren getötet worden war, als er Kameraden retten wollte, die unter Wasser festsaßen.

»Ach richtig, Ihre Mutter hat Sie im Gedenken an Ihren Vater in Liverpool aufwachsen lassen. Sie wollte, dass Sie ein richtiger Engländer werden, lieber als ein richtiger Japaner«, sagte Margaret Bliker auswendig auf. »Das Ergebnis ist, dass Sie weder das eine noch das andere sind.«

»Sind Sie jetzt zufrieden, und fahren Sie endlich wieder?«

»Zum Glück weiß Ihre Mutter nichts über Ihren wirklichen Beruf. Es ist besser so«, meinte sie lachend und nahm unbefangen eine CD aus dem Regal. »Ich bin nicht sicher, ob es eine Mutter gibt, die froh darüber wäre, einen Spion zum Sohn zu haben. Ich jedenfalls habe es meinen Söhnen ausdrücklich verboten.«

Sie stellte die CD zurück, zwischen eine Albinoni-CD und eine mit Techno und House.

»Kompetenz, Effizienz, Intelligenz. Professor Foster wird begeistert von Ihnen sein.«

»Mein Gott, hören Sie auf, dummes Zeug zu reden, und hauen Sie endlich ab«, sagte Shelby verärgert.

»Ihr Haus gefällt mir«, fuhr Margaret Bliker fort, als hätte sie seine Bemerkung nicht gehört. »Es hat Seele, für so etwas sind Frauen empfänglich. Ich hasse nichts mehr als aufgeputzte Wohnungen voll mit teuren Gegenständen, die keine persönliche Geschichte haben. Den Ort, an dem man wohnt, zu Renommierzwecken zu benutzen ist ein schlimmer Fehler. Vermutlich gehört es zu den Dingen, die ich am wenigsten ertragen kann.«

»Sie sind doch wohl nicht fünfhundert Kilometer gefahren, um mir solchen Schwachsinn zu erzählen?«

»Ich habe mir schon immer gern die Wohnungen von Leuten angesehen, so versteht man sie besser. Man kann auf diese Weise auch gut spionieren, verstehen Sie?«

Sie fuhr mit dem Finger an den Buchrücken entlang.

»Sie vermitteln einen wissbegierigen Eindruck. Erstaunlich für einen so gewalttätigen Mann, der für seine Weibergeschichten bekannt ist und wegen schräger Touren entlassen wurde.«

»Wegen unangemessenen Verhaltens.«

»Wie bitte?«

»Entlassen wegen unangemessenen Verhaltens, nicht wegen schräger Touren. Und jetzt verschwinden Sie.«

Sie lachte.

»Soweit ich sehe, sind Sie ebenso fit in Political Correctness wie im Umgang mit dem Sturmgewehr. Sie sind reif für eine Rückkehr.

Und ein anspruchsvoller Pflichtmensch wie Sie wird keine Möglichkeit verstreichen lassen, seine Fehler wieder gutzumachen.«

Sie legte einen versiegelten Umschlag auf den Tisch.

»Hier sind alle Adressen von Foster in Tokio und seine codierte Handynummer drin.«

»Ich habe nein gesagt.«

An der Türschwelle blieb Margaret Bliker stehen und zeigte auf das Foto an der Wand.

»Sie machen es ihretwegen, nicht für Scott oder Peter. Für sie.«

Ohne sich umzusehen, ging sie hinaus. Etwa eine Stunde später öffnete Shelby langsam, fast feierlich seine Schreibtischschublade. Seine zuverlässige SIG S9 lag dort auf einem weichen Tuch, schwarz, kompakt, beunruhigend mit dem kurzen Lauf und dem ergonomisch geformten Griff. Daneben lagen drei Magazine voller glänzender, spitzer Projektile, die am Ende rot bemalt waren. Eigentlich wollte er nicht mehr kämpfen, nie wieder. Doch er nahm die Pistole in die Hand. Sie fühlte sich anders an. Als ob die Waffe wie durch Zauber wieder Teil seines Körpers geworden wäre, als sei sie seine natürliche Verlängerung. Plötzlich fiel ihm der Satz ein, den Dimitri, sein Lehrer, sein bester Freund, der Mann, der ihm alles beigebracht hatte, immer sagte: »Am Ende gibt es keinen Unterschied mehr zwischen dem Schützen und seiner Waffe. Um effektiv zu sein, darfst du eine Waffe nicht nur halten, du musst selbst die Waffe werden.«

So einfach ist das also. Ein Gespräch, und alles ist wieder wie früher.

Foster stieg am Bahnhof Yokosuka aus dem U-Bahn-Wagen und landete inmitten einer Menge, die um diese Zeit nicht mehr so dicht war. Er sah auf die Uhr. Zwei Stunden zuvor hatte er Hiko geweckt, um das Hotel zu verlassen. Er hatte im Okura, dem größten Hotel Tokios, zwei neue Suiten reserviert, eine für sich, eine für sie. Nach dem Mordversuch hielt er es für besser, den Wohnort zu wechseln, für den Fall, dass ihr jemand bei einem ihrer Besuche im Seiyo gefolgt war. Er blieb auf dem Bahnhofsvorplatz stehen und wählte die Nummer des Hotelzimmers auf dem Handy.

»*Moshi moshi*«, säuselte eine Ansagerin.

Sie sprach kaum Englisch, aber Foster begriff, dass Hiko wieder eingeschlafen war. Er wollte sie nicht stören und legte auf, erleichtert. Es war besser so. Hiko musste sich von dem Schock erholen. Er wusste immer noch nicht, was er von dem Gespräch mit Kazuo Kanga und Ayuko Toforo halten sollte. Die beiden Wissenschaftler hatten ihn auf eine Spur geführt, vor der er instinktiv Angst hatte. Der Jungbrunnen! War es möglich, dass George Bosko ihm so nahe gekommen war, dass er *in vitro* menschliche Zellen erzeugt hatte, die 280 Jahre leben konnten? Wie sollte man sich vorstellen, dass sich die Menschheit diesen Gral aneignet, ohne eine größere Zivilisationskrise hervorzurufen?

Ein Schüler, der Foster anstieß und sich entschuldigte, brachte ihn in die Wirklichkeit zurück. Die Menge um ihn herum bewegte sich schneller als er. Er blieb stehen, um Atem zu holen. Zwischen Bürohäusern aus den sechziger Jahren gab es hier Hunderte von billigen Restaurants und kleinen Elektronikläden voller greller Farben und *kanji*. Er überprüfte die Adressen auf einem kleinen Zettel, den er aus der Tasche zog. Er hatte sich vorgestellt, dass Professor Boskos Labor in einem riesigen Turm oder einem futuristischen Gebäude untergebracht war. Stattdessen sah er ein hässliches altes Gebäude aus Backstein und Rauchglas. Links daneben ein Pachinko-Laden, in dem sich Angestellte und Rentner drängten, offenbar hypnotisiert von der Bewegung der Kugeln des elektronischen Billards. Rechts eine kleine Futon-Manufaktur. Eine U-Bahn fuhr vorbei und ließ die alte Eisenbrücke erzittern. Foster überquerte die Straße und folgte einer Gruppe Schüler, die mit dem Handy im Internet surften. Dem schrillen Getöse entkam er erst, als er die Tür zum Labor aufstieß. Die Halle war mit altem Linoleum ausgelegt. Die Wände waren schmutzig und grau. Alles wirkte alt und ärmlich. Hinter einem Schalter saß eine Hostess in einer lächerlichen Uniform und mit faltigem Gesicht. Foster erklärte ihr den Grund seines Besuchs, sie schien jedoch kein Englisch zu verstehen. Sie nahm seine Visitenkarte, nahm den Hörer eines alten Telefons ab und begann mit größter Schnelligkeit zu reden, dabei verneigte sie sich abwechselnd respektvoll vor dem Hörer und vor Fosters Visitenkarte und sagte dazu in ergebenem Ton *hai*, ja. Respekt war offensichtlich in Japan kein leeres Wort. Nach dem Ende des Gesprächs bedeutete sie Foster, sich auf dem grünen Kunstledersofa niederzulassen. Ein paar Minuten später kamen ein paar Wissenschaftler in weißen Kitteln durch die Sicherheitsschleuse am Eingang des Labors. Drei Männer und eine Frau. Sie kamen auf Foster zu und verneigten sich dann alle gleichzeitig vor ihm. Einer der Männer, der so dick war, dass er beim Gehen wie eine Ente watschelte, erklärte:

»Wir fühlen uns sehr geehrt, Sie hier in unserem Labor empfangen zu dürfen, Professor-san. Wir hatten noch nie die Ehre, an diesem Ort einen Medizinnobelpreisträger zu begrüßen. Wenn Sie uns bitte folgen möchten.«

Sie durchquerten nun die Schleuse in umgekehrter Richtung und gingen dann durch eine doppelte Schwingtür. Dahinter herrschte eine vollkommen andere Atmosphäre. Es kam Foster vor, als hätten sie eine Zeitreise unternommen. Die makellos weißen Wände und der weiße Marmorboden erweckten den Eindruck, dass man sich in einem Raumschiff befand. Die Beleuchtung imitierte Sonnenlicht. Geräte standen dort, die Foster noch nie gesehen hatte, auf ihrer Vorderseite zahlreiche Leuchtdioden. Ein leichtes Brummen lag in der Luft.

»Das ist außergewöhnlich.«

Foster war voll aufrichtiger Bewunderung.

»Ich habe noch nie ein so modernes Labor gesehen, nicht mal am MIT.«

Die Frau nickte.

»Professor Bosko wünscht, dass wir immer die beste Ausstattung haben. Er gibt für unser Material so viel Geld aus wie notwendig.«

Sie sprach perfekt Englisch. Sie begegneten verschiedenen Technikern, die alle Japaner waren. Foster stellte fest, dass er mit kaum verhohlener Überraschung beäugt wurde. Danach gingen sie im Gänsemarsch in einen riesigen Besprechungsraum. In einer der Wände war eine große Glasscheibe eingesetzt, die einen weiten Blick auf ein Häusermeer bot. Die beiden grauen Steintürme von Shinjuku waren im Nebel in der Ferne in Richtung Norden zu sehen.

»Danke, dass Sie mich empfangen«, sagte Foster. »Wie Sie wissen, hat mich die britische Regierung geschickt, um das Verschwinden von Professor Bosko aufzuklären. Ich analysiere die Situation wie ein Wissenschaftler. Dazu gehört ein besseres Verständnis der Persönlichkeit ebenso wie der Arbeit von Professor Bosko.«

»Wir stehen zu Ihrer Verfügung, soweit es uns das Berufsgeheimnis, dem wir verpflichtet sind, erlaubt. Möchten Sie sich nicht setzen?«

Auf dem Tisch, an dem sie Platz nahmen, standen grüner Tee und Kekse mit roten Bohnen.

»Erinnern Sie sich, was Professor Bosko am Tag vor seinem Verschwinden getan hat?«, fragte Foster direkt.

»Etwas Merkwürdiges ist passiert, aber darüber haben wir schon mit der Polizei gesprochen. Professor Bosko bewahrte in seinem Schreibtisch immer ein Exemplar seiner Arbeit auf, eine Art codierte Festplatte, für den Fall, dass ihm etwas zustößt. Er hat sie mitgenommen.«

»Haben Sie eine Idee, was er damit gemacht haben kann?«

Die Japaner wechselten einen verlegenen Blick, und dann sagte der Dickleibige:

»Diese Festplatten waren ein Geheimnis, das Professor Bosko mit niemandem teilte. Er hat ihre Herstellung außerhalb dieses Labors selbst überwacht.«

»An diesem Tag hat Professor Bosko noch etwas anderes Überraschendes getan«, fuhr die Frau fort. »Er hat die Festplatte des Computers in seinem Büro zerstört.«

Foster kniff die Augen zusammen und beugte sich vor.

»Was meinen Sie mit zerstören?«

»Er hat sie aus dem Gerät genommen, mit einem Hammer zerschlagen und dann in den Mülleimer geworfen.«

Foster nickte.

Bosko hatte Angst um seine Arbeiten und wollte sichergehen, dass er allein sie publizieren konnte und niemand sonst.

»Was sollte im Fall, dass Professor Bosko plötzlich zu Tode kommt, geschehen?«

Wieder lächelten sie einander verlegen zu.

»Wir wissen es nicht, Professor-san. Das ist ein hoch sensibles Thema. Es gibt ein Testament, aber solange Professor Bosko als lebendig gilt, kann man es nicht öffnen. Das Labor hat noch genug Geld, um siebzehn Monate zu arbeiten. Wir warten auf seine Rückkehr.«

Foster wusste, dass er diesen Forschern nicht mehr entlocken würde, nicht aus Mangel an deren gutem Willen, sondern weil sie die Informationen, die er brauchte, einfach nicht hatten.

»Sie kennen Professor Bosko gut. Man hat mir erzählt, er habe sich in letzter Zeit verändert.«

»Es trifft zu, dass der Professor seit etwa sechs, sieben Monaten einen besorgten Eindruck machte, aber nicht so sehr, dass uns das alarmiert hätte.«

»Haben Sie ihn nach den Gründen seiner Sorgen gefragt?«

»Natürlich nicht«, gab einer der Männer zurück.

Er schien mehr als überrascht von der Frage, er war höchst verblüfft.

Foster begriff plötzlich, warum Bosko in Japan geblieben war. In diesem Land gab es exzellente Wissenschaftler und unvorstellbares Gerät, die modernste Technik. Doch das Wichtigste war etwas anderes: die natürliche Diskretion der Mitarbeiter. Über Autorität wurde hier nicht diskutiert. Die Japaner waren besonders gut ausgebildet, hoch organisiert, aber niemals wäre es einem Untergebenen in den Sinn gekommen, dem Vorgesetzten indiskrete Fragen zu stellen. Bosko konnte mit der absoluten Diskretion seiner Arbeitsgruppen rechnen, mit einem Maß an Sicherheit, das man im Westen höchstens ein paar Monate aufrechterhalten könnte.

Seine Gedanken wurden von der Stimme der Frau unterbrochen.

»Haben Sie noch weitere Fragen, Foster-san?«

»Ich habe bereits Dr. Kanga und Dr. Toforo getroffen und Anaki Kozumi, die Haushälterin von Professor Bosko, was mir von großem Nutzen war. Kennen Sie jemand anderen aus der Umgebung des Professors, von dem ich noch etwas erfahren könnte? Eine bestimmte Sekretärin oder einen engen Freund zum Beispiel?«

Die Frau lachte kurz auf japanische Art.

»Ich fürchte, nein. Professor Bosko ist ein Einzelgänger, er hat kaum Freunde. Eine Sekretärin brauchte er nicht, denn er verließ dieses Labor fast nie.«

»Er hatte aber sicher jemand, der ihm nahe stand, Freunde ... Niemand lebt völlig allein.«

Sogar ich habe ja Freunde, auch wenn ich sie seit drei Jahren vernachlässige.

»Anaki ist der einzige Mensch, der George Bosko wirklich nahe steht. Professor Bosko hat absolutes Vertrauen in sie.«

»Da hat sie mir etwas ganz anderes gesagt.«

Wieder lachte die Frau ein kurzes Lachen.

»In Japan sagt man solche Dinge nicht.«

»Ich verstehe.«

»Anaki hat alles für Professor Bosko geopfert. Ihr ganzes Leben drehte sich nur um ihn. Stellen Sie sich vor, sie hat nie geheiratet, um ihm ganz für seine Arbeit zur Verfügung zu stehen. Sie lebte mit ihrer Schwester zwischen Hiro Kima und dem Labor, damit sie Professor Bosko immer zu Diensten sein konnte. Hier oder dort, zu jeder Tages- und Nachtzeit.«

»Ihre Schwester? Ich dachte, sie lebt mit ihrer Mutter.«

»Ich glaube nicht, dass ihre Mutter noch lebt«, sagte die Frau entschieden. »Angesichts von Anakis Alter würde mich das überraschen.«

»Ich verstehe nicht. Wie alt ist Miss Anaki Kozumi?«

»Etwa fünfundsiebzig. Wenn ich mich nicht täusche, ist sie schon seit Jahrzehnten in Professor Boskos Diensten.«

»Habe ich richtig gehört? Haben Sie fünfundsiebzig gesagt?«

Foster runzelte die Stirn. Er war höchst irritiert. Anaki musste zwischen zwanzig und fünfundzwanzig sein. Er versuchte, den wilden Gedankenstrom in seinem Kopf einzudämmen. War es möglich, dass eine andere an Anakis Stelle aufgetreten und er getäuscht worden war? Aber wer hätte Interesse an einer solchen Maskerade, und warum? Foster suchte nach einer logischen Erklärung, als ihm die Wahrheit schlagartig klar wurde.

Das ist nicht möglich. Nicht so etwas!

Er erhob sich langsam von seinem Sitz und nahm alle Kraft zusammen, um Ruhe zu bewahren.

»Ich danke Ihnen für Ihren freundlichen Empfang und Ihre wertvollen Antworten. Ich lasse Sie jetzt wieder arbeiten.«

Auch die Wissenschaftler erhoben sich. Wenn sie irgendeine Veränderung an Foster bemerkt hatten, ließen sie davon nichts erkennen.

»Noch etwas«, sagte er, als sie durch die Eingangsschleuse gingen, mit einer Stimme, die er so normal klingen ließ wie irgend möglich. »Seit wann haben Sie Miss Kozumi nicht mehr gesehen?«

»Anaki ist ungefähr zehn Jahre nicht mehr ins Labor gekommen. Wir haben sie nur gesehen, wenn wir zum Professor nach Hause gingen, das heißt ein-, zweimal im Jahr. Ich glaube, wir sahen sie zuletzt im Juli vergangenen Jahres. Im Übrigen wissen Sie ja sicher, dass sie nicht mehr beim Professor arbeitet.«

»Ich weiß. Wie sah Anaki aus, als Sie sie zuletzt gesehen haben?«

»Schwer zu sagen. Anaki ist eine sehr würdevolle Frau. Man kann noch sehen, dass sie in ihrer Jugend sehr schön gewesen sein muss. Sie hat viel Charakter und Hingabe.«

»Und sonst nichts?«

»Sonst kann man nicht viel sagen. Anaki ist ziemlich klein, gepflegt. Sie hat sehr lange Haare, die sie mit einer alten Elfenbeinnadel hochsteckt. Sie ist die perfekte Kopie ihrer Schwester Minato. Die beiden sind nämlich Zwillinge.«

»Danke.«

Weiß wie die Wand verließ Foster das Labor. Ihm war, als ginge er auf Watte.

»Das ist unmöglich«, sagte er laut. »Einfach unmöglich …«

Kaum hatte Foster Anakis Haus erreicht, da sprang er schon aus dem Taxi. Eilig ging er durch den Vorgarten und schlug dann mehrmals heftig an die Tür. Er hörte ein Geräusch im Innern des Hauses. Minatos Gesicht erschien im Fenster der Eingangstür. Als sie Foster sah, schien sie höchst verblüfft.

»Ich muss mit Anaki sprechen, sofort!«

Fosters Ton duldete keinen Widerspruch. Er stieß die Tür auf und ging an Minato vorbei ins Haus. Anaki stand im Wohnzimmer und bügelte in aller Ruhe. Neben einem aufgeklappten Tisch mit einem riesigen Eisen, aus dem mit einem pfeifenden Geräusch Dampf entwich, lag ein Stapel Wäsche. Wieder war Foster beeindruckt von der Atmosphäre des Hauses. Völlig zeitlos mit den Rüschen und Spitzen, den Schwarzweißfotos, den altmodischen Möbeln. Heute hatte er die Antwort gefunden, nach der er gesucht hatte.

»Ich kenne Ihr Alter, Miss.«

Die junge Frau wankte, fing sich aber wieder. Langsam stellte sie das Bügeleisen ab und ließ sich dann langsam auf dem großen Sessel nieder. Mit einer Stimme, die wenig überzeugend klang, sagte sie:

»Was wollen Sie damit sagen? Ich bin so alt, wie ich bin.«

»Sie können die ganze Welt belügen, aber nicht mich.«

Langsam näherte Foster sich ihr.

»Ich werde jetzt Ihr Gesicht und Ihre Hände untersuchen.«

»Ich …«

»Bitte. Machen Sie nicht alles noch schwieriger.«

Sie nickte mit dem Kopf und zitterte. Vorsichtig begann Foster, die Haut ihres Gesichts zu betasten.

Perfekte Elastizität, keine tiefen Falten, keine Fältchen, was auf erhöhtes Collagen und Elastin schließen lässt. Keine Alterungszeichen bei den Hautzellen feststellbar.

Foster war derart überwältigt, dass es ihm nicht gelang, weitere Schlüsse aus seiner Untersuchung zu ziehen. Er stellte nur die Gegebenheiten fest. Die Untersuchung von Anakis Hand kam zum selben Ergebnis. Er bemerkte allerdings, dass die Glieder der Finger dick waren. Dies war ein untrügliches Zeichen von Anakis wirklichem Alter, da die Knochen das ganze Leben weiterwachsen. Er verharrte lange bei den Knochen von Zeige- und Mittelfinger, stellte beginnende Entkalkung und eine ausgeprägte Arthrose fest, untrügliche Zeichen der Knochenalterung.

»Darf ich auch Ihre Wirbelsäule ansehen?«

Anaki reagierte nicht. Als hätte sie keinerlei Lust mehr, zu kämpfen.

»Ihr Skelett wirkt wie das eines alten Menschen«, bemerkte Foster, noch immer beeindruckt von seiner Entdeckung. »Eine ausgeprägte Osteoporose, nach der äußeren Wirbelsäulenverkrümmung zu urteilen wahrscheinlich mit Wirbelkörperverformung auf der Höhe des zweiten und dritten Lumbalwirbels. Ihre Hüft- und Rückenschmerzen müssen die Hölle sein.«

Sie wandte den Kopf ab zum Zeichen, dass sie nicht bereit war, mit ihm zu reden.

»Es ist erstaunlich«, sagte Foster und ließ Anakis Arm fallen. »Absolut erstaunlich! Ich hätte nicht gedacht, dass die Medizin noch zu meinen Lebzeiten solche Fortschritte macht. Miss Kozumi, Sie können mich nicht belügen. Der allgemeine Zustand Ihres Skeletts und die Knochen Ihrer Hände sind die einer alten Frau. Dafür haben Sie das Aussehen und die Haut einer Fünfundzwanzigjährigen. Ich möchte wissen, welches Geheimnis dahintersteckt.«

»Japanerinnen wissen, wie man sich jung hält. In unserer Familie sehen alle lange jung aus.«

»Das ist absurd. Ich bin Arzt, und Sie brauchen mir nichts vorzumachen. Ich möchte, dass Sie mir endlich die Wahrheit sagen. Mein Gott, mehrere Menschen sind umgekommen!« Er wandte sich Minato zu. »Ich nehme an, dass Sie nicht Anakis Mutter sind. Reden wenigstens Sie mit mir?«

Zunächst geschah nichts. Anaki war totenblass. Dann nahm Minato ihren Stock und stand mühsam auf.

»Minato, nein!«, schrie Anaki.

Auf ihren Stock gestützt, sah Minato entschlossen erst Anaki und dann Foster an.

»Sie haben Recht, Professor Foster, ich bin nicht Anakis Mutter.«

Anaki brach in Schluchzen aus, das Gesicht in den Händen verborgen.

»Ich bin ihre Zwillingsschwester«, fuhr Minato fort und legte ihre faltige Hand auf Anakis Schulter. »Wir sind vor langer Zeit in Yokohama geboren. Am 27. April 1929.«

Befand er sich in einem Albtraum? Foster konnte nur mit Mühe atmen, fast hyperventilierte er. Aber nein, er war hellwach. Die alte Dame und das strahlende junge Mädchen, die er vor sich hatte, waren Zwillinge, auch wenn es nicht danach aussah. In der wirren Gedankenflut, die ihn überkam, hob sich ein Satz deutlich hervor wie ein Schwerthieb: »Die Welt wird nie mehr dieselbe sein.« Mit äußerster Anstrengung versuchte Foster, sich zu beruhigen, er atmete langsamer. Als er sich wieder besser fühlte, betrachtete er Anaki aufmerksam. Sie wartete in herausfordernder Haltung, weit entrückt. Sie befand sich außerhalb seiner Zeit.

»Der Augenblick, mir die Wahrheit zu sagen, ist gekommen.«

Minato legte wieder die Hand auf die Schulter ihrer Schwester.

»Sag es ihm, du kannst jetzt nicht mehr ausweichen.«

Mechanisch öffnete Anaki ihr glänzendes Haar, das ihr bis zu den Hüften reichte. Dann sah sie Foster fest in die Augen.

»Ich war der treueste Mensch, dem George je im Leben begegnet ist. Er hat Gefühle großer Zuneigung zu mir entwickelt, die der Hingabe gerecht wurden, die ich ihm entgegenbrachte. Das hat uns im Lauf der Zeit einander näher gebracht. Eines Tages sprachen wir von meiner Jugend, von dem sozialen Status der Burakimen, und ich zeigte ihm ein Bild von mir, als ich zwanzig war. Er war wie geblendet. Ich glaube, an diesem Tag fasste er den Entschluss, dass ich die erste Frau auf der Welt sein sollte, die von seiner Entdeckung profitierte. Er hielt mich für würdig.«

»Dreihundert Jahre zu leben und dabei ewig jung zu erscheinen.«

»George hatte die Fähigkeit. Ich hatte natürlich Angst, aber ich erinnere mich noch, wie er sagte: ›Du hast nichts zu befürchten. Es gibt keine Nebenwirkungen; alle Tests, die ich seit zweieinhalb Jahren durchführe, haben es bewiesen. Du wirst so schön sein wie mit zwanzig, frisch wie eine schöne Frucht. Deine Haut wird weich und zart sein, deine Haare üppig. Falten, trockene Haut, die Narben der Zeit werden nichts sein als schlimme Erinnerungen. Die Steigerung deines Stoffwechsels verbrennt Fett und wird dir eine perfekte Figur verleihen, schlanke Hüften, kräftige Muskeln.‹«

»Seither leben wir in *zehn* Dimensionen«, sagte Minato, »Professor Bosko hat unserem Leben in Schwarzweiß eine Million Farben geschenkt.«

Bei diesen Worten wischte sich Anaki eine Träne weg.

»Morgens und abends gab er mir je zwei Spritzen, eine für die Verlängerung der Lebensdauer der Zellen, eine andere für ihre Erneuerung. Ich bekam auch jede Woche vier Spritzen ins Rückenmark. Und ich habe jeden Tag zehn Tabletten genommen. Zuerst geschah nichts, dann begann ich mich wohlzufühlen, auf unglaubliche Weise freudig erregt. Nur die Schmerzen in den Gelenken machen mir zu schaffen, weil der Wirkstoff auf die Knochenzellen und die Zähne weniger gut reagiert.«

Foster stellte fest, dass Anaki falsche Zähne hatte.

»George hat es noch nicht geschafft, Zähne neu wachsen zu lassen. Das ist unter anderem eines seiner nächsten Ziele.«

»Wie ist die Übergangsphase verlaufen?«, fragte Foster fasziniert.

Anakis Gesicht hellte sich auf.

»Es war eine unvergessliche Erfahrung. Jedes Mal, wenn ich in den Spiegel sah, bemerkte ich, dass ich jünger wurde. Jeden Tag ging mein Leben weiter zurück in der Zeit.« Sie seufzte. »Es gibt keine Worte, die ausdrücken können, was ich erfahren habe.«

»Waren Ihre Freunde und Nachbarn über Ihre Veränderung nicht erstaunt?«

»Während der Behandlung bin ich umgezogen, weil ich die Veränderungen an meinem Körper nicht verbergen konnte. Unsere Verwandten leben weit entfernt, auf einer kleinen südjapanischen Insel. Freunde zu finden ist fast unmöglich, wenn man für Professor Bosko arbeitet. Diese Aufgabe hat mich sieben Tage pro Woche vierundzwanzig Stunden in Anspruch genommen. Außerdem bin ich fast fünfundsiebzig, Professor. Die meisten, die mir nahe stehen, sind gestorben oder so alt, dass sie das Haus nicht mehr verlassen. Es gab kaum ein Risiko, entdeckt zu werden. Aber ich habe meine Arbeit beim Professor gekündigt, denn seine Frau oder die anderen Hausangestellten durften mich nicht sehen.«

»Anaki, wir wissen, dass Annie Bosko und Peter ermordet worden sind. Skrupellose Menschen suchen offenbar nach Professor Boskos Formel, um sie sich anzueignen. Eines Tages werden sie herausfinden, dass eine Verbindung zwischen Ihnen und George besteht. Sie werden ein Foto oder eine widersprüchliche Aussage finden, die sie auf Ihre Spur führt, so wie es auch mir gelungen ist …«

»Ich weiß von dieser Gefahr.«

»Sie müssen sich in Sicherheit bringen. Das ist unerlässlich.«

»Nein, nein und wieder nein. Ich will mein Leben nicht in einer Festungsanlage verbringen.«

»Ich mache Ihnen den Vorschlag, mir in die Botschaft des Vereinigten Königreichs zu folgen, damit ausgebildete Kräfte für Ihre Sicherheit und die Ihrer Schwester sorgen.«

»Minato und mir geht es hier gut. Ich will nicht von hier fort«, sagte Anaki in störrischem Ton.

»Begreifen Sie denn nicht? Sie tragen eine der größten Entdeckungen aller Zeiten in sich. Ihr Körper gehört nicht mehr Ihnen, sondern der Menschheit.«

»Sie täuschen sich, Professor. Mein Körper gehört nicht der Menschheit, sondern George Bosko. Ihm allein.«

Sie wandte sich brüsk von ihm ab.

»Anaki, bitte, seien Sie ein wenig kooperativer.«

Sie ignorierte seine Worte.

»Können Sie mir wenigstens sagen, wie es ihm geht?«

»Er lebt«, sagte sie nach einigem Zögern leise. »Er hat Angst. Er versteckt sich.«

»Wo?«, drang Foster in sie. »Die Situation ist sehr ernst, er braucht Hilfe.«

»Das sage ich Ihnen nicht«, zischte sie und wandte sich ab. »Niemals.«

Er glaubte ihr.

»Mir wollen Sie nichts verraten, aber was tun Sie, wenn der Mörder, der hinter Ihnen her ist, Sie findet? Kommen Sie beide mit mir in die Britische Botschaft, ich beschwöre Sie. Die Zeit eilt.«

Minato beugte sich zum Ohr ihrer Schwester. Die beiden Frauen begannen eine lebhafte Diskussion auf Japanisch.

»Wir müssen über Ihren Vorschlag nachdenken.«

»Denken Sie an die Gefahr! Stellen Sie sich vor, der Mörder findet Sie heute Abend.«

»Er hat uns bisher nicht gefunden, oder? Unser Nachbar ist Polizist, und das Haus ist gut verriegelt. Wir haben vor nichts Angst.«

Foster begriff, dass er sie nicht von ihrer Meinung abbringen konnte. Jedenfalls nicht heute. Er war in inoffizieller Mission in einem fremden Land und hatte keinerlei Macht.

»Kommen Sie morgen wieder, Professor«, sagte Minato. Sie verbeugte sich. »Wir werden es einmal überschlafen.«

Verzweifelt nahm Foster seinen Mantel. Als er schon durchs Gartentor ging, wandte er sich noch einmal um und ging auf das Haus zu. Wer hätte denken können, dass sich hier das Geheimnis ewigen Lebens befand? Durch die Fensterläden schien Licht, der Schornstein rauchte. Ein stiller und beruhigender Anblick.

Nachhaltig erschüttert von seiner Entdeckung, saß Foster auf seinem Bett, den schweren Regenmantel immer noch über der Schulter, das codierte Telefon mit eingestelltem Lautsprecher in der Hand. Am anderen Ende der Leitung hörte er Scotts schnell gehenden Atem. Der große Spion schien am Rande einer Herzattacke.

»Diese Entdeckung ist einschneidender als die Atombombe«, sagte er leise. »Sie ist einschneidender als alles, was ich bisher erlebt habe. Francis, das ist wie ein Erdbeben. Wie soll es auf unserer Welt jetzt weitergehen?«

Scotts Stimme zitterte.

»Ich weiß es nicht«, sagte Foster. »Ich bin ebenso überwältigt wie Sie. Was mir noch an klarem Verstand bleibt, sagt mir, dass es normal ist, angesichts einer solchen wissenschaftlichen Entdeckung außer sich zu sein, aber die Entwicklung der Menschheit erfolgt nun mal in Sprüngen, so unglaublich und erschreckend sie auch sein mögen.«

»Das ist mehr als unglaublich!«, schrie Scott in den Hörer, und seine Stimme überschlug sich. »Das ist ein radikaler Umbruch. Allein das Anwachsen der Bevölkerung wäre unbeherrschbar, wenn dieses Mittel Anwendung fände! Wie soll man in einer Welt leben, in der die Menschen dreihundert Jahre alt werden? Wie soll man noch die Alten von den Jungen unterscheiden? Das ist unmöglich, Professor! Diese Entdeckung ist eine Ungeheuerlichkeit!«

Foster legte den Mantel ab und zog die Schuhe aus. Er hatte Mühe, Ordnung in seine Gedanken zu bringen, in seinem Kopf herrschte ein völliger Wirrwarr.

»Ich versuche, nicht gleich an Überbevölkerung zu denken. Man muss Boskos Entdeckung sachlich analysieren. Seit Tausenden von Jahren führt medizinischer Fortschritt zur Verlängerung des Lebens. Bedenken Sie, dass die Menschen im 19. Jahrhundert im Durchschnitt mit vierzig starben. Vor drei Jahrhunderten starben zwei von zehn Kindern im Säuglingsalter. Man starb an Blinddarmentzündung, Zahninfektionen und Angina.«

»Ich bin nicht sicher, dass sie schlechter gelebt haben als wir«, murmelte Scott.

»Sie haben kein Recht, so etwas zu sagen. Das ist falsch!«, sagte Foster erregt. »Wären Sie dafür, dass man mit zehn Jahren an einer einfachen Angina stirbt? Hätten Sie gern, dass Ihre Eltern, Ihre Frau oder Ihre Kinder mit fünfunddreißig oder vierzig Jahren sterben? Nein, natürlich nicht. Sie werden gerne achtzig Jahre alt, bei guter Gesundheit und ärztlich gut versorgt, und dasselbe wünschen Sie Ihren Angehörigen. Also denken Sie nach: Wenn man Ihnen die Möglichkeit gäbe, ohne Unannehmlichkeiten dreihundert Jahre alt zu werden, und man stellte Sie vor die Wahl, was würden Sie tun?«

»Sie kennen die Antwort sehr genau«, brummte der alte Spion.

»Wir sind in der gleichen Lage wie Christoph Columbus, als er einen Fuß auf amerikanisches Land setzte. Mit Boskos Erfindung entdecken wir einen unbekannten Kontinent, reich an Versprechungen, aber auch an Gefahren. Es ist nicht in erster Linie unsere Entscheidung, ob unser Kontinent gut oder schlecht ist. Dazu haben wir kein Recht.«

»Wer hat es dann?«

»Zunächst einmal Bosko, er ist der Entdecker.«

»Er ist ein Doktor Seltsam!«

»Vielleicht, aber die Erfindung ist sein Werk.« Foster dachte eine Weile nach. »Jeremy, die Gesellschaft muss demokratisch darüber entscheiden, wie diese Erfindung in unser aller Leben eingesetzt werden soll. Seit jeher hat die Welt es verstanden, mit dem Fortschritt zu leben. Auch diesmal wird sie damit umgehen können.«

»Indem alles zunichte gemacht wird. Die Familie, die Beziehungen zwischen den Generationen, die Wirtschaft, unser Verhältnis zur Zeit ...«

»Die Wirklichkeit der Welt nach dieser Entdeckung wird tausendmal komplexer sein als alles, was wir uns heute vorstellen können. Wer will schon jetzt über die Folgen urteilen? Weder Sie noch ich.«

»Ich weiß es nicht«, sagte Scott mit veränderter Stimme. »Ich kann nicht mehr richtig denken. Ich habe den Eindruck, dass alles, was ich bisher für unverrückbar gehalten habe, um mich herum zusammenbricht. Ich habe Angst. Denken Sie nur an die Ehe – kann man sich Paare vorstellen, die dreihundert Jahre zusammenbleiben?«

»Aus dieser Entdeckung wird ein neues Gleichgewicht hervorgehen, und niemand hat das Recht, im Vorhinein zu beschließen, dass dieses Gleichgewicht schlechter ist als das frühere. Die gesamte Menschheitsgeschichte beweist das Gegenteil. Man muss auf die Weisheit der Menschen vertrauen.«

»Ich weiß es nicht«, sagte Scott erneut, »ich bin verloren.«

Foster wusste nicht, was er antworten sollte, außer dass er die Gewissheit des rational denkenden Wissenschaftlers habe, dass Forschritt gut für die Menschheit sei. Er fühlte sich Scott plötzlich sehr nahe, so als wäre die Tatsache, dass sie ein so furchtbares Geheimnis teilten, entscheidender als ihre schwierige persönliche Geschichte.

»Jedenfalls verlieren wir unsere Zeit mit Philosophieren. Bosko ist immer noch unauffindbar, und wir besitzen seine Formel nicht.«

»Das ist richtig«, pflichtete Scott ihm bei.

»Kehren wir also zu praktischen Überlegungen zurück, damit kommen wir jetzt eher weiter.«

Scott trank ein Glas Wasser. Er war beeindruckt von der Beherrschtheit des Professors, von einer Fähigkeit, in einem solchen Moment einen kühlen Kopf zu bewahren.

»Ich höre.«

»Ich brauche Ihre Unterstützung, um das Haus von Anaki überwachen zu lassen. Ich bin überzeugt, dass sie auf die eine oder andere Weise und ohne Rücksicht auf jede Gefahr versuchen wird zu fliehen, um Professor Bosko wiederzufinden.«

»Glauben Sie, dass Sie ihn genug liebt, um ihr neues Leben in Gefahr zu bringen?«

»Ich glaube, sie liebt ihn leidenschaftlich, ohne jede Vernunft. Wie soll man sich auch vorstellen, dass Anaki nur halbherzige Gefühle gegenüber dem Mann hat, dem sie alles verdankt? Sie wird für ihn jedes Risiko eingehen. Er ist ihr Pygmalion, der Mann, den sie heimlich begehrt und bewundert hat, und gleichzeitig ihr zweiter Schöpfer, der ihr ein neues Leben geschenkt hat. Bosko hat aus ihr das strahlende junge Mädchen gemacht, das sie heute ist. In gewisser Weise ist sie durch ihn auferstanden.«

Scott schniefte laut. Foster hörte, wie er auch noch gierig aus der Flasche trank. Der Schock war offenbar stärker als seine Oxforder Erziehung.

»Sie haben Recht, Professor. Ich werde sofort Margaret Bliker anrufen, damit sie einen Wachtposten bei dem Haus von Anaki aufstellt.«

»Sofort?«

»Ja, sofort. Bis wir ein geeignetes Mittel gefunden haben, wie sie Japan verlassen kann, falls es Ihnen gelingt, sie zu überzeugen …«

»Danke. Ich habe ihr versprochen, morgen ganz früh wieder zu ihr zu kommen.«

»Wie groß sind Ihre Chancen, sie zu überzeugen?«

»Wie soll ich das wissen?«, antwortete Foster unwirsch. »Ich habe noch nie eine Dreihundertjährige analysiert.«

Minato hielt Anakis Gesicht in beiden Händen.

»Zum hundertsten Mal: Kannst du mir sagen, warum du nicht auf Professor Foster hörst? Er kann uns doch helfen! Ich habe Vertrauen zu ihm.«

»Wie kannst du jemandem glauben, den du nicht kennst? Vor zwei Tagen war er noch ein Fremder für dich.«

»Er ist ein guter Mensch.«

»Vielleicht«, gab Anaki zu, »aber er ist nicht allein. Denk an seine Regierung, an die Militärs, an die Wirtschaftskreise, an die pharmazeutischen Labors, denk an all die Interessen, die mit im Spiel sind. In Wahrheit sind sie doch nur hinter der Formel her und wollen sie für sich haben. Sie alle: die Engländer, der Behinderte und vielleicht noch andere! Ich muss verschwinden, so schnell wie möglich.«

»Meine arme kleine Schwester, wo willst du denn hin?«

»Ich will zu George.«

»Sie werden dich finden, egal wo du hingehst! Dieser Krüppel hat eine ganze Armee von Killern unter sich. Selbst George wird ihnen nicht entkommen. Bring dich nicht um, ich flehe dich an. Vergiss George, und leb dein Leben.«

»Ich liebe ihn und muss ihn wiederfinden. Mit wem sollte ich sonst leben? Und ich glaube auch nicht, dass ich wirklich nur ihm zuliebe gehe.«

»Wem zuliebe dann?«

»Dir zuliebe.«

Anaki sah ihrer Schwester tief in die Augen.

»Wir sind zusammen geboren, und es ist unser Schicksal, zusammen zu sterben. Wenn ich dreihundert Jahre lebe, musst auch du dreihundert Jahre leben.«

»Unsere Wege haben sich vor sechs Monaten getrennt, Anaki. Ich habe mich mit meiner Lage abgefunden.«

»Du bekommst die Behandlung auch. Ich schwöre es dir.«

»Nein. Um mich geht es nicht. Es genügt mir, zu wissen, dass du glücklich, schön und jung bist.« Minato begann zu schluchzen.

»Ich brauche dieses Wundermittel nicht. Lieber sterbe ich, als zu sehen, dass du dich in Gefahr begibst.«

»Es ist meine Pflicht als Schwester, dir zu helfen.«

»Werde glücklich, und hör auf, dauernd von Pflichten zu reden. Haben wir unter dieser Pflicht nicht genug gelitten? Seit wir ganz klein waren, haben wir nie etwas anderes gehört: Man muss arbeiten, man muss sich opfern, man muss sich hingeben. Man muss, man muss, man muss. Für mich ist Schluss damit. Ich habe jetzt die Wahl und habe beschlossen: Dein Leben und dein Glück gehen vor. Mach dir keine Sorgen um ein altes Ding wie mich.«

»Du bist meine Schwester! Wie soll ich glücklich sein, wenn du dich für mich opferst? Ich würde den Rest meines Lebens darunter leiden. Willst du, dass ich hundert Jahre lang Gewissensbisse habe?«

Sie fielen einander in die Arme. Dann schob Anaki Minato vorsichtig von sich, weil ihr Körper so zerbrechlich war. Sie strich ihr zart über die Wangen. Diese furchtbar verwelkte Haut zu berühren, die sie vor nicht langer Zeit selbst noch gehabt hatte, fiel ihr ungeheuer schwer.

»Vertrau mir, kleine Schwester. Ich bringe die Formel wieder zurück. So wird alles gut, wir werden wieder zusammen sein, du und ich, bis zum letzten Tag.«

»Ich habe Angst, von dir getrennt zu werden. Lass mich nicht allein. Lass uns zusammen ins Kitokyushu fahren. Dort wird uns kein Mörder finden. Und ich kann dort in Frieden sterben.«

Anaki wurde es schwer ums Herz. Minatos Anblick mit ihrem gebeugten Rücken, den zur Hälfte gelähmten Händen und den Beinen, die sie kaum noch trugen, schmerzte sie. Wie zerbrechlich sie war, verletzlich wie eine Blume. Die Ungerechtigkeit dieser Situation machte Anaki zornig.

»Es gibt keine andere Lösung, als die Formel selbst zu suchen. Mehr will ich darüber nicht hören.«

Anaki stand auf, einen Ausdruck der Entschlossenheit im Gesicht. Dann ließ sie sich plötzlich in den Sessel fallen.

»Anaki, was ist los?«

Ihr Pass! Er stammte von 1979, als sie mit George Bosko nach Hongkong gereist war. Darin war ihr altes Foto mit dem richtigen Alter. Damit konnte sie keine Grenze passieren. Sie erklärte es ihrer Schwester.

»Ich könnte eine meiner Freundinnen von der Uni um ihren Pass bitten, aber keine von ihnen hat einen, sie sind nie aus Japan herausgekommen.«

Sie nahm ihren Kopf in beide Hände. Plötzlich hatte sie eine Idee.

»Erinnerst du dich an die Tochter unserer Nachbarn in Nummer 246? Die, mit der ich Biologie gemacht habe, als wir hier eingezogen sind?«

»Die Tochter der Kenzais?«

»Genau, Wana. Sie ist drei- oder vierundzwanzig und sieht mir etwas ähnlich.«

»Aber sie hatte einen Motorradunfall. Sie ist noch bettlägerig.«

»Weil eines ihrer Beine zerquetscht wurde. Eben. Sie kann Tokio mehrere Monate nicht verlassen. Ich weiß, dass sie einen Pass hat, denn sie war letztes Jahr in den USA: Sie hat mir sogar ihr Visum gezeigt. Ihr Pass liegt in ihrer Schreibtischschublade. Die in der Mitte, wenn ich mich recht erinnere, und du weißt, mein Gedächtnis ist gut.«

»Willst du ihr etwa den Pass stehlen?«

Die alte Dame schien ehrlich erschrocken.

»Genau ... Sie braucht ihn doch sowieso nicht. Das ist die einzige Lösung.«

Anaki stand auf und lief zu ihrem Mantel.

»Ich gehe schnell, warte so lange.«

Eine knappe Stunde später war sie wieder da. Wortlos zog sie den regennassen Mantel aus und trocknete sich die Haare. Minato beobachtete sie schweigend. Anaki zog einen Pass aus ihrer Tasche, den sie zum Beweis ihres Erfolgs auf den Tisch legte.

»Wana hat sich gefreut, mich zu sehen.«

»Du hast ihn ihr gestohlen!«

»Nur ausgeliehen, genau wie ihren Führerschein. Ich habe gewartet, bis ihre Mutter mit ihr aufs Klo ging. So, wie es ihr im Moment geht, kann sie die Papiere sowieso nicht brauchen. Sie kommt erst in ein paar Wochen in die Reha.«

Minato schüttelte den Kopf.

»Ich kenne dich nicht wieder.«

»Es kommt immer irgendwann im Leben ein Moment, in dem man keine Wahl mehr hat. Für mich ist dieser Augenblick jetzt gekommen.«

Anaki stieß einen Seufzer der Erleichterung aus, als sie das Passfoto sah. Wana Kenzai konnte höchstens zwölf oder dreizehn gewesen sein, als es aufgenommen wurde. Wana war lange nicht so schön wie sie, aber das unterschiedliche Aussehen konnte ja durch den Altersunterschied erklärt werden. Anaki zuckte die Achseln. Bei europäischen Polizisten, die es nicht gewöhnt waren, asiatische Gesichter zu unterscheiden, konnte es funktionieren. Sie wich dem vorwurfsvollen Blick ihrer Schwester aus und ging langsam zur Kommode hinüber. Hinter der Rückwand der untersten Schublade befand sich ein kleines Versteck, aus dem sie einen Umschlag aus Packpapier herauszog. Darin befand sich eine codierte Festplatte, identisch mit der, die Foster in Hiro Kima entdeckt hatte. Wortlos steckte sie den Umschlag in ihre Handtasche.

»Was ist das für ein Päckchen?«

»Ein Geschenk von George. Eine codierte Festplatte. Es gibt noch vier andere mit demselben Inhalt. Sie enthält die Geheimnisse der Formel, aber ich habe nicht den Code, um sie zu dechiffrieren. Den hat nur George.«

Sie ging ins Badezimmer und kam wenige Minuten später wieder heraus, geschminkt und frisch gekämmt.

»Ich bin fertig«, sagte sie. »Ruf mir ein Taxi.«

Minato lächelte schwach, zum Zeichen, dass sie Anakis Entscheidung respektierte. Schweigend warteten sie auf das Auto und hielten sich dabei die Hand.

»Ich rufe dich nicht sofort an«, sagte Anaki. »Ich warte damit, bis ich George und eine sichere Kommunikationsmöglichkeit gefunden habe. Mir wird nichts passieren, ich verspreche es dir. Ich werde mit der Formel für dich zurückkommen.«

Als das Taxi mit ihrer Schwester losfuhr, winkte Minato heftig und kämpfte vergeblich mit den Tränen. Sie sah Anakis Gesicht im Rückfenster. Eine Sekunde lang beneidete sie sie. Anaki war schön, jung und verliebt, was bedeuteten da Gefahren? Dann tauchten die Gesichter von Peter und Annie Bosko vor ihr auf, und Minatos Gesicht verdüsterte sich. Das Taxi verschwand in der Ferne an einer Kreuzung.

»In was für einer Welt leben wir eigentlich? Anaki, meine Schwester, was hast du getan?«, murmelte die alte Dame.

Trotz der späten Stunde saßen John Bradley, der technische Leiter des SIS, und Karim Benaissa, sein Assistent, über eine Grafik gebeugt. Mit seinem kahlen Kopf, seiner spitzen Nase und seiner zierlichen Gestalt erinnerte Bradley an ein Wiesel, aber seine hohe Intelligenz flößte all seinen Gesprächspartnern sofort Respekt ein. Karim Benaissa war das genaue Gegenteil, ein Schrank von einem Meter neunzig und hundertdreißig Kilo schwer, mit einer üppigen schwarzen Mähne, die ihm bis zu den Schultern reichte. Die Agenten des SIS nannten die beiden Wissenschaftler liebevoll »Dick und Doof«, nicht ohne ihnen aufrichtige Bewunderung entgegenzubringen.

»Was hältst du davon?«, fragte Benaissa.

»Du hattest Recht. Sieht so aus, als hättest du das große Los gezogen.«

Sie hatten die in Hiro Kima gefundene Festplatte mit allen möglichen Apparaten untersucht. Das Ergebnis war verblüffend.

»Die Tests bestätigen, dass sie zwei dünne Schichten aus Aluminium und aus Ammoniumnitrat enthält.«

»Hast du die Analysen mehrfach überprüft?«

Karim Benaissa sah seinen Chef vorwurfsvoll an.

»John, ich bin mir mit meinen Analysen sicher, und das weißt du genau. Das Fehlerrisiko ist gleich null.«

Sie verstummten, als sie sich der Bedeutung dieser Entdeckung bewusst wurden.

»Warum ist Bosko ein solches Risiko eingegangen, was meinst du? Ist das ein Fehler?«

Benaissa hielt ihm einen Stapel Grafiken hin.

»Diese Festplatte besteht aus achtundzwanzig verschiedenen Schichten, die dicke Kupferhülle unter der Titanumhüllung nicht mitgerechnet. Es kann kein Fehler sein. Ich habe die Schichten analysiert. Die Konstruktion dieser Festplatte ist von perfekter Logik. Das ist evident. Es gibt nicht nur das Aluminium und das Ammoniumnitrat. Sieh mal.«

John Bradley fuhr hoch, als er die Analyse der achten Schicht sah. Als er die der neunten las, hatte er keinen Zweifel mehr. Erschrocken und mit tiefem Ernst blickte er auf die Festplatte. Damit hätte er nie gerechnet.

Noch sechs Tage

»Ich habe manchmal daran gedacht, meine Forschungen abzubrechen. Wie kann man auch furchtlos bleiben, wenn man dem Unbekannten begegnet. Und welche Entdeckung ist beängstigender als die eines neuen Kontinents mit seinen Geheimnissen von Leben und Tod? Im Grunde empfinde ich mehr Stolz für meine Ausdauer als für meinen Erfolg, denn darin lag meine Pflicht als Wissenschaftler – in der Selbstverleugnung. Ich glaube, der Wert eines Menschen bemisst sich eher an seinen Absichten als am Ergebnis. Und meine Absichten sind rein. Ich habe nur das Gute im Auge, den Fortschritt der Menschheit. Weder mehr noch weniger.«

Aus dem Tagebuch von Professor Bosko

Anaki sah auf den Radiowecker auf dem Nachttisch. Sie hatte sich auf den Bettüberwurf gelegt, ohne Mantel und Schuhe auszuziehen. Sie hatte kaum geschlafen. Durch die schmalen Wände ihres Zimmers im Studentenheim hörte sie nun die üblichen Geräusche eines beginnenden Tags, und das beruhigte sie. Gespräche zwischen Studenten, klingelnde Mobiltelefone, das Wasser in den Duschen, klapperndes Geschirr … Es lag der Duft von Kaffee und Miso-Suppe in der Luft. Ihre Nachbarin stellte das Radio an, und die Stimme von Takuya Kimura, dem Sänger von SMAP, deckte die anderen Geräusche zu. Anaki stand auf und betrachtete sich im Spiegel. Zwei Existenzen, zwei völlig verschiedene Lebensweisen. Obwohl ihr Gesicht müde aussah, war sie von ihrer unglaublichen Schönheit verblüfft. Hatte sie das Recht, so auszusehen, während ihre Zwillingsschwester schon an der Schwelle des Todes stand? Sie wandte nun den Blick zu ihrem Schreibtisch, den Kopien, Vorlesungsnotizen, Büchern, Stiften ... Alles, worüber sie sich zwei Monate lang so gefreut hatte, erschien ihr nun sinnlos. Vermutlich waren nun schon brutale Mörder hinter ihr her. Sie hatte geglaubt, ganz neu anfangen zu können, ohne die Folgen tragen zu müssen, doch heute musste sie zugeben, dass das unmöglich war. Jetzt forderte das Leben sein Recht. Ihre Angst vermischte sich mit einem Schuldgefühl, weil sie Minato verlassen hatte, die Schwester, mit der sie seit siebzig Jahren alles geteilt hatte ... Der Gedanke an Selbstmord ging ihr durch den Kopf, aber dann verwarf sie ihn heftig. Als Japanerin konnte sie Suizid zwar ernsthaft als akzeptables Ende in Erwägung ziehen, als einen Weg betrachten, selbst wenn ihr der Gedanke an den Tod einen eiskalten Schauer über den Rücken jagte. Aber jetzt war es noch zu früh. Sie musste zuerst alle anderen Mittel ausschöpfen. Zuerst musste sie kämpfen.

Sei tapfer, Mädchen, nimm den Stier bei den Hörnern. Du hast immerhin vierundsiebzig Jahre Erfahrung. Zeig, was du kannst.

Langsam sah sie sich im Zimmer um. Tokio zu verlassen war mit Wana Kenzais Pass kein Problem. Außerdem verfügte sie über ein beträchtliches Sparguthaben, das sie im Lauf ihres Berufslebens angehäuft hatte. Sie brauchte nur auf die Bank zu gehen und etwas Bargeld abzuheben, nur für den Notfall. Eilig nahm sie ihre Reisetasche, warf eine Jeans, ein paar Blusen, zwei Pullover, drei Röcke und zwanzig Teile Unterwäsche hinein. Sie vergaß auch nicht, zwei Korsetts für ihre Wirbelsäule einzupacken, das Medizinköfferchen und das Reinigungsmittel für ihr Gebiss. Dann nahm sie ihren Computer. Es war eine Spezialanfertigung mit einem Verschlüsselungsmodul und einem Programm, das nach jedem Gebrauch Festplatte und Cookies löschte. Mit diesem Computer konnte sie George E-Mails schicken, ohne dass er in Gefahr geriet. Sie legte ihn in ihre Tasche und merkte nicht, dass sie das Aufladekabel liegen ließ.

Als sie auf den Flur hinaustrat, wurde Anaki von heftiger Erregung gepackt, doch das hinderte sie nicht daran, sorgfältig die Tür zu schließen. Sie schloss zweimal ab. Von jetzt an war sie genau wie George ein Flüchtling.

Shelby stieg aus dem Shinkansen. Er hatte nach den zwei Jahren, die er mitten im Wald gelebt hatte, die Atmosphäre von Tokio ganz vergessen, doch als er in die Stadt hineinfuhr, kehrte er in die Wirklichkeit zurück. Riesige Wolkenkratzer, Stadtautobahnen auf Pfählen und auf mehreren Ebenen, endlos lange Mauern mit bunter, blinkender Werbung, ein Meer aus Blech, Lichtern und Beton, in dem von Zeit zu Zeit ein Garten mit einem majestätischen Tempel auftauchte, Zeugnisse des Japans von früher. Es war riesig und faszinierend, aber er war nicht sicher, ob er dieses Japan mochte. Sein kleines Holzhaus inmitten der Birken von Nara, die unkomplizierten Beziehungen zu den Nachbarn und die nächtlichen Geräusche im Wald waren ihm tausendmal lieber. Er hängte seine Tasche über die Schulter, in der eine S9-Pistole steckte, ein Schalldämpfer von Stopson und ein Dutzend Magazine. Er brauchte jedoch noch mehr. Gegenüber einem Café entdeckte er eine Reihe öffentlicher Telefone. Es war Zeit, sich um seine Ausrüstung zu kümmern, und er wollte dazu nicht das Handy benutzen. Vor einer Zelle stand zwischen zwei Toyotas ein alter Ford Cabriolet. Er verzog das Gesicht. Sein Vater, eigentlich ein seriöser Mann, hatte ihn nach diesem geradezu mythischen Auto Mustang genannt. Das hatte er nie akzeptiert. Er fand, dass es erniedrigend war, wenn jemand seinem eigenen Kind einen Autonamen gab, das zeugte von mangelndem Respekt. Aber darüber hatte er sich nie mit ihm auseinander setzen können, um so vielleicht seine Gründe nachzuvollziehen. Sein Vater war gestorben, und der idiotische Vorname war geblieben. Er schüttelte den Kopf und nahm den Hörer ab.

»In deinem Beruf ist deine Waffe wie die Luft zum Atmen, sie macht den Unterschied zwischen Tod und Leben aus. Mach dich wegen deiner Waffe nie von anderen abhängig. Dein erster Reflex muss immer darin bestehen, dich selbst mit Waffen zu versorgen, auch wenn die Lage ruhig ist, ja gerade dann.« Das war eine der Lieblingsregeln von Dimitri. Er hatte ihm beigebracht, sich bei den örtlichen Händlern zu versorgen, die undurchsichtige Gestalten und oft wenig vertrauenswürdig waren, doch Leute wie er wussten damit umzugehen. Er rief die erste Nummer an, die ihm in den Sinn kam, und betete, dass der Mann noch im Dienst war. Das Telefon klingelte zwölfmal ins Leere. Er legte auf und begann erneut. Zweimal. Er wollte schon aufgeben, als endlich jemand abnahm.

»*Moshi moshi*?«

In der Leitung knisterte es.

»Ist dort Masajuro Muri?«

Schweigen.

»*Yes.*«

»Ich habe oft mit Riu gearbeitet.«

Riu war der Bruder seines Gesprächspartners, einer von Shelbys üblichen Waffenlieferanten. Im vergangenen Jahr hatte Shelby aus der Zeitung von seinem gewaltsamen Tod erfahren.

»Ich brauche Material.«

»*What do you want*?«

Na, ein Glück, der Bruder hat den Laden nicht aufgegeben.

Shelby blickte sich um. Niemand konnte ihn hören. Er beschrieb genau die Waffe, die er suchte, sprach sehr deutlich und wiederholte es zweimal, um sicher zu sein, dass sein Gesprächspartner ihn verstand. Waffen wie diese konnte er unmöglich bei sich aufbewahren, und deshalb kaufte er für jede Mission eine neue.

Schweigen auf der anderen Seite der Leitung, dann sagte der Mann:

»Das ist eine sehr seltene Waffe, Sir. Ich muss mich erst erkundigen.«

»Ich muss sie hier nach Tokio geliefert bekommen, und zwar schnell.«

»Geben Sie mir eine Nummer. Ich rufe Sie in fünf Minuten an.«

Shelby gab ihm die Nummer der Telefonzelle und den Codenamen »Robert«. Genau fünf Minuten später klingelte es.

»Robert.«

»Morgen Abend, acht Uhr, Industriegebiet von Yawatajuku. Südöstlich von Tokio zwischen Chib und Kizarazu. In der Zone zwei, wo die Lagerhallen stehen, vor dem Gebäude D 27. Ich leihe Ihnen einen Wagen, um das Material zu transportieren. Zweiundzwanzigtausend Dollar in Fünf-Dollar-Scheinen oder die entsprechende Summe in Yen oder Euro. Weder Schweizer Franken noch Pfund Sterling.«

»Das ist teuer.«

»Über Preise diskutiere ich nicht. Ja oder nein. Der SIS hat Geld genug.«

»Einverstanden.«

Jetzt brauchte er nur noch mit Foster und Hiko Kontakt aufzunehmen, Margaret Bliker hatte ihn vermittelt. Als er seinen Palm ausschalten wollte, blieb sein Blick an einem Namen hängen: Rili, eine junge Frau, die in einem Architekturbüro in Omotesondo arbeitete. Jedes Mal wenn er in Tokio war, hatten sie zusammen geschlafen. Rili war verheiratet und hatte ein Kind, aber ein Schäferstündchen mit ihm kam ihr immer gelegen. Eine echte Rakete mit einer grenzenlosen Fantasie in Sachen Erotik. Wenn die Mission es zuließ, würde er versuchen, sich zwei oder drei Stunden Zeit zu nehmen. Er rief sie an, winkte gleichzeitig einem Taxi und sagte sich, dass es ihm trotz seines zurückgezogenen Lebens im Wald nicht gelungen war, die Teufel, die in ihm hausten, zu zähmen.

Wenige Minuten später durchquerte Shelby mit schnellen, nervösen Schritten einen öffentlichen Park. Nach Aussagen des Portiers im Hotel Okura waren Foster und Hiko ihm nur ein paar Minuten voraus. Der Park war riesig, breite Kieswege schlängelten sich durch hundertjährige Bäume, die von den Bombardierungen im Juni und Juli 1945 verschont geblieben waren. Mühsam kämpfte sich die Spätwintersonne durch die Wolken und warf fahles Licht auf die blätterlosen Bäume. In der Ferne sah man Betontürme. Ohne die Passanten und die in *kanji* beschrifteten Schilder hätte er geglaubt, in Europa oder im Norden der USA zu sein. Es war noch früh am Morgen, und doch gingen schon einsame alte Männer spazieren. Weiter hinten begegnete Shelby einigen Paaren, die Kinderwagen auf hohen Rädern schoben. Hier und da hörte man Kindergeschrei zwischen den Bäumen, Büschen und auf Spielplätzen. Das beruhigende Bild einer normalen Welt. Er bog in einen schmalen Kiesweg ein, um möglichst wenig aufzufallen. Das war nicht einfach, denn er war zwei Köpfe größer als die anderen Leute.

Der Weg führte in einem Bogen von etwa fünfhundert Metern bis zu einem See. Inmitten der Bäume standen vier Tempelchen aus schwarzem Stein. Am Ufer ein größerer Tempel aus Holz, wie vom Himmel gefallen. Plötzlich sah Shelby eine junge Frau und einen Mann dort am See, in ein eifriges Gespräch vertieft. Die junge Frau war Japanerin und ungeachtet ihres dicken Pelzmantels und ihrer Mütze sehr schön. Sie bewegte lebhaft die Hände, wenn sie sprach, und aus ihrem Mund drang Atemhauch. Der Mann war um die sechzig, hatte graue, mit Gel nach hinten gekämmte Haare, breite Schultern und war von altmodischer Eleganz. Sein Mantel und sein Regenschirm schienen aus einem Geschichtsbuch zu stammen, von einem vergilbten Foto aus den dreißger Jahren, auf dem ehemalige Stundenten aus Eton oder Cambridge zu sehen sind. Shelby ging weiter. Als er ungefähr zehn Meter hinter ihm war, drehte sich der Mann plötzlich um. Seine Augen leuchteten auf.

»Scott hat Sie geschickt.«

Es war eine Behauptung, keine Frage.

»Ich heiße Shelby und bin Ihr Leibwächter.«

Foster sah Shelby durchdringend an. Dann erschien ein Lächeln auf seinem Gesicht.

»Scott konnte es also nicht lassen. Er meint es nicht böse, aber er lügt, wie andere atmen. Er kann einfach nicht anders.«

Auch Shelby lächelte. Er wusste nicht warum, aber Foster gefiel ihm.

»Das ist Hiko«, fuhr Foster fort. »Ich nehme an, Scotts Handlanger haben Ihnen bereits erklärt, wer sie ist.«

Aus der Nähe fand Shelby sie noch hübscher. Hiko hielt die Augen gesenkt, aber er spürte, dass er sie irritierte. Mit seinen zwei Metern, seinen hellen Augen und dem Kopf eines japanischen Kämpfers fiel er immer auf.

Foster zeigte auf einen kleinen Durchgang, der parallel zum Seeufer verlief.

»Nehmen wir diesen Weg.«

Shelby nickte zustimmend. Man hörte in der Ferne Autos brummen. Bei seinem letzten Tokio-Aufenthalt war er nur ein paar Stunden hier gewesen. Er hatte ein Auto und ein paar Möbel für sein Haus gekauft, bevor er sich wieder aufs Land zurückzog. Er ertrug die Aufgeregtheit der Großstädter nicht mehr und wünschte sich nur noch zwei Dinge: Ruhe und viel Platz. Eines Tages wird man ein Vermögen ausgeben, um Platz zu haben, dachte er. Hätte er einen Sinn für Spekulation gehabt, er hätte Hunderte Hektar Wald in Indonesien, Thailand oder Malaysia gekauft. Da der See abseits von der Hauptallee lag, war hier kein Mensch; nur ein paar Vögel waren zu sehen. Foster wies auf ein Vogelpaar, das sich auf dem Gras ausruhte.

»Das sind Eiderenten, eine Spezies, die normalerweise weiter nordwestlich lebt, in Sibirien. Sie kommen nur selten hierher. Man hat Glück, wenn man sie zu sehen bekommt.«

Die Vögel flogen mit schwerem Flügelschlag davon.

»Schade, dass diese Tiere so ängstlich sind«, sagte Foster weiter. »Aber wahrscheinlich können sie deswegen besser überleben.« Er schwieg eine Weile und sagte dann: »Hiko und ich haben vor zwei Tagen eine umwerfende Entdeckung gemacht.«

Shelby trat gegen einen Stein und gab keine Antwort.

»Sagen Sie, mit welchem Argument hat Scott es geschafft, Sie zu überzeugen?«

»Ich werde wieder in den Dienst aufgenommen und bekomme endlich die Prämien für meine drei letzten Aufträge. Da laufe ich schon seit drei Jahren hinterher.«

Foster blieb stehen. Er machte eine Handbewegung in der eiskalten Luft.

»Ich kenne Sie zwar nicht, aber Sie sehen nicht wie jemand aus, der sich mit Geld beschwichtigen lässt. Was ist der Clou an der Sache?«

»Sie haben mich zu Unrecht bestraft.«

»Eine Rehabilitierung? Dieser gerissene Scott!«

Foster blickte auf, und in seinen Augen las Shelby die Weisheit eines Mannes, der gewohnt ist, den menschlichen Geist kompromisslos zu erkunden. Trotz seiner geringen Größe und seines vorgerückten Alters strahlte der Professor eine unglaubliche Kraft aus, eine Macht, die Shelby noch bei niemandem gesehen hatte.

»Sie machen einen mutigen und zugleich verzweifelten Eindruck«, sagte Foster. »Sie erinnern mich an einen Ronin.«

Sie gingen weiter. Foster hielt sich jetzt hinter den anderen und blieb von Zeit zu Zeit stehen, um einen Baum zu bewundern. Shelby war verunsichert.

Verdammt, der Kerl weiß nichts über mich, ich habe ihm doch kaum etwas gesagt, und trotzdem …

Er war tief in Gedanken, als Hiko ihm ein Schild mit einer Aufschrift in *kanji* zeigte.

»Hier entlang geht es schneller.«

»Ich kann keine Ideogramme lesen. Ich kann nicht gut genug Japanisch.«

Hiko sah ihn ungläubig an, aber ihre gute Erziehung gewann die Oberhand.

»Gehen wir nach links. Der Ausgang ist gleich da hinten.«

Sie gingen weiter.

»Was hältst du vom Professor?«, fragte sie.

»Er ist merkwürdig.«

»Er ist immer so komisch und sagt den Leuten persönliche Sachen. Manchmal sagt er einfach unglaubliche Dinge, aber wenn man darüber nachdenkt, merkt man, dass er Recht hat.«

»Ja, ja, mal sehen.«

Er zuckte die Achseln. Er hatte Lust, mit ihr über Peter zu sprechen und ihr zu schwören, er werde alles tun, um das Schwein zu finden, das das getan hatte. Doch solche Erklärungen waren noch nie seine Sache gewesen. Foster trat auf sie zu und zeigte auf ein Auto, das vor dem Eingang parkte.

»Da wären wir. Wir müssen jetzt weiter, mein Kind, wir sind schon spät dran.«

Shelby nickte. Seit langem hatte ihn niemand mehr »mein Kind« genannt, jedenfalls nicht mehr, seit er im Auftrag des Service mehr als dreißig Leute umgebracht hatte. Doch es war ihm eigentlich nicht unangenehm ... Foster hatte die Ruhe und die Sicherheit, die er sich bei seinem Kamikaze-Großvater immer vorgestellt hatte, oder auch bei dem Vater, den er nicht genug gekannt hatte. Eine ruhige, gesunde Überlegenheit, die Kraft spendete. Als Shelby in den Wagen stieg, lag die Andeutung eines Lächelns auf seinem Gesicht.

Mit bekümmerter Miene kam Hiko aus dem Studentenheim, gefolgt von Foster. Sie setzten sich hinten in den Wagen.

»Ist sie abgehauen?«

»Ja.«

Shelby wandte sich Foster zu, doch der reagierte nicht. Er legte nur die Hände zusammen und bedeckte sein Gesicht, als wolle er nachdenken.

»Das ist zu dumm«, sagte er schließlich. »Ich wusste es. Mein Gott, ich wusste es!«

»Habt ihr keine Hinweise gefunden?«

Hiko schüttelte den Kopf.

»Nicht nur dass das Zimmer leer war, es haben auch Sachen gefehlt. Nicht viel, aber persönliche Dinge wie der Waschbeutel«, erklärte Hiko. »Die Pförtnerin hat uns sogar erlaubt, schnell ihre Papiere durchzusehen, aber wir haben nichts Besonderes entdeckt.«

Shelby fuhr los und beobachtete dabei Foster im Rückspiegel. Der Professor sah verärgert aus und schüttelte unentwegt den Kopf. Bereits zwei Stunden früher, als sie bei Anaki zu Hause waren und ihre Flucht bemerkt hatten, hatte Shelby festgestellt, dass er unruhig wurde. Immerhin war es Foster gelungen, Minato die Adresse von Anakis Studentenzimmer zu entlocken.

»Warum ist diese dumme Kuh so schnell abgehauen?«, fragte Shelby.

»Gerade weil sie nicht dumm ist«, sagte Hiko.

Shelby warf Hiko einen finsteren Blick zu, der Foster nicht entging.

»Anaki hat begriffen, dass ich ihre Schwester zum Reden bringen würde«, erklärte er. »Deshalb hat sie sich aus dem Staub gemacht.«

»Sie reagiert wie ein störrisches Kind!«

»Anaki ist kein Kind«, sagte Hiko.

»Sie ist beinahe fünfundsiebzig, hat viel Erfahrung und einen klaren Kopf«, fügte Foster hinzu. »Anaki gehört nicht zu denen, die einfach zu Hause sitzen bleiben und die Hände ringen, während das Gewitter sie heimsucht. Wir haben es mit einer Frau von großer Selbstbeherrschung zu tun, die den Krieg und alle seine Gefahren erlebt hat, die Entbehrungen und die Zeit des Wiederaufbaus in Japan. Sie hat den Krieg überlebt und ist in der Lage, sich in schwierigen Situationen selbst zu helfen. Sie ist nicht aus Panik unterwegs, sondern weil sie kein Vertrauen zu uns hat und nicht glaubt, dass wir sie wirklich schützen können.«

Shelby hielt an einer Ampel und warf erst Hiko und dann Foster einen eisigen Blick zu.

»Verfolgungsjagden sind nicht meine Sache.«

»Ich weiß, aber wir können uns auf Margaret Bliker verlassen.«

Shelby nickte wenig überzeugt.

»Wohin jetzt?«

»Wir fahren wieder zu Minato«, sagte Hiko. »Sie weiß bestimmt etwas, und jedes Detail kann uns dabei nützen, Anaki zu finden.«

Shelby fuhr wieder los und nahm die Stadtautobahn oberhalb von Azabu.

»Wir dürfen nicht resignieren. Niemand verschwindet spurlos, schon gar nicht in einem Land wie Japan«, fuhr Hiko fort. »Wir können Anakis Spur finden, wenn sie ein Flugzeug nimmt oder die Grenze passiert.«

»Anaki kann ihren Pass nicht benutzen, weil sie in Wirklichkeit viel älter ist, als sie aussieht. Keine guten Voraussetzungen, um Japan zu verlassen, es sei denn, sie macht es heimlich. Aber dafür hat sie nicht das notwendige Netzwerk«, sagte Foster.

»Ich will Sie nicht verärgern, Professor, aber Sie kommen mir ziemlich unbedarft vor.«

Foster antwortete nicht, doch er wusste, dass Shelby Recht hatte. Von Anfang an war er immer zu spät gekommen. Vielleicht war er zu alt und hatte nicht mehr denselben Biss wie früher. Vielleicht war er tatsächlich ein Auslaufmodell oder geistig nicht mehr genug auf der Höhe, was letztlich auf dasselbe hinauslief.

Die Fahrt dauerte nur kurz, denn Shelby fuhr schnell, und die Staus hatten sich aufgelöst. Er parkte direkt vor dem Haus der beiden Schwestern, weniger als vierzig Minuten nachdem sie das Studentenheim verlassen hatten. Eilig liefen sie durch den Vorgarten.

»Kommen Sie rein«, rief Minato, als sie die Klingel hörte. »Die Tür ist offen.«

Die alte Dame stand im Wohnzimmer und erwartete Foster. Vermutlich wegen der Wichtigkeit des Augenblicks hatte sie einen feinen, goldbestickten Kimono angezogen und sich auf altmodische Weise geschminkt, mit einer dicken Schicht Weiß im Gesicht. In ihrer ganzen Haltung lag Trauer, zugleich aber auch eine große Würde. Sie begrüßte Foster mit einer tiefen Verbeugung, den Blick gesenkt.

»Guten Tag, Professor-san.«

Sie hielt erschrocken inne, als sie Shelby sah. Der ehemalige Exekutierer reichte fast bis zur Decke. Mit seinem rasierten Schädel, dem dunklen Anzug, dem Rollkragen und dem langen schwarzen Ledermantel sah er ziemlich furchterregend aus.

»Das ist Shelby, ein Freund, der sich um meine Sicherheit kümmert«, sagte Foster schnell.

Shelby verneigte sich respektvoll vor Minato. Sie erwiderte den Gruß ein wenig schüchtern, bevor sie mit Trippelschritten auf den Professor zuging.

»Es tut mir sehr Leid, Professor. Anaki wollte unbedingt los, um George wiederzufinden. Sie ist gleich nach Ihrem Besuch gegangen. Ungefähr vor drei Stunden.«

Minato machte eine müde Handbewegung.

»Ich nehme an, die Männer draußen in dem Lieferwagen sind Ihre Leute. Er kam, zehn Minuten nachdem Anaki fort war. Ich hatte nicht den Mut, es Ihnen zu sagen.«

»Wenn Sie uns Bescheid gesagt hätten, dann hätten wir Ihrer Schwester helfen und viele Probleme vermeiden können. Jetzt müssen wir alles von vorn beginnen.«

»Anaki ist dickköpfig. Sie hört nie auf mich. Sie hat immer alles bei uns bestimmt.«

»Sie ist in Lebensgefahr.«

Foster setzte sich neben die alte Dame.

»Ich glaube, Ihnen ist nicht klar, wie ernst die Lage ist. Der Mörder, der in diese Sache verwickelt ist, hat schon über hundert Menschen umgebracht.«

»Das ist alles zu viel für mich, und ich bin sehr müde«, seufzte Minato.

»Wohin ist Ihre Schwester gegangen? Ich bin sicher, Sie wissen etwas darüber.«

Minato zögerte, bevor sie antwortete, die Stimme leise wie ein Hauch.

»Ich habe nichts hinzuzufügen, denn ich habe ihr ein Versprechen gegeben. Es tut mir aufrichtig Leid, dass Sie sich deswegen Sorgen machen.«

Foster beugte sich zu ihrem Ohr.

»Mein einziger Wunsch ist, das Leben Ihrer Schwester und das von Professor Bosko zu schützen. Ich arbeite für die britische Regierung. Sie wissen, wer mein Premierminister ist. Sie haben auch etwas über mich gelesen. Glauben Sie wirklich, ich könnte Ihrer Schwester oder Professor Bosko etwas Böses tun?«

Minato schüttelte den Kopf, in ihren Augen standen Tränen.

»Nein, aber Sie verlieren Ihre Zeit, wenn Sie glauben, dass George wieder auftaucht. Er kann nicht mehr zurück. Es ist vorbei.«

»Wenn seine Entdeckung geheim bleibt, wird er keine Schwierigkeiten haben, und wir werden ihm allen Schutz gewähren, den er braucht. Tritt das Gegenteil ein, wird er der berühmteste Mensch der Welt.«

»Das Problem ist nicht seine Berühmtheit. George sitzt in der Klemme, verstehen Sie? Es ist etwas geschehen, über das ich nicht mit Ihnen sprechen darf. George hat einen riesigen Fehler gemacht, Professor. Und jetzt ist es zu spät, ihn wieder gutzumachen.«

»Unsere Regierung kann seine Fehler wettmachen. Es ist die Aufgabe von Regierungen, solche Probleme zu lösen.«

Minato lächelte schwach. Sie legte ihre faltige Hand auf die von Foster.

»Glauben Sie mir, Professor, die Regierung kann gar nichts tun. Weder Ihre noch irgendeine andere auf der Welt. Was George getan hat, ist unverzeihlich.«

Sie schüttelte den Kopf, vollkommen deprimiert, und wiederholte: »Unverzeihlich.«

Foster begriff, dass er nicht mehr von ihr erfahren würde. Er musste das Thema wechseln, damit sie weitersprach, sonst würde Minato sich endgültig verschließen.

»Erzählen Sie mir von Ihrer Schwester, ich muss sie besser verstehen, wenn ich ihr helfen will.«

»Arme Anaki«, antwortete Minato nach einem Seufzer und mit einer Stimme, in der Melancholie hörbar wurde. »Als George ihr vorschlug, das Elixier zu nehmen, hat sie nicht gezögert. Nicht eine Sekunde. Anaki fühlte sich so … minderwertig – sie, die kleine Burakimen voller Falten neben dem großen Wissenschaftler, der ein reicher und gutaussehender Mann war. Sie lebten auf zwei verschiedenen Planeten, das ist die reine Wahrheit. Er hat ihr ihre Jugend wiedergeschenkt, und damit hat der Professor mehr getan, als bloß die Zeit zurückzudrehen, er hat meiner Schwester ihren Stolz wiedergegeben, die Kraft, sich zu wehren. Das ist das Wunder seiner Formel!«

»Ich verstehe«, sagte Foster leise.

»Anaki war so stolz, dass sie studieren konnte. Für uns Burakimen war es in den vierziger Jahren fast unmöglich, eine normale Schulausbildung zu bekommen. Ich war keine besonders gute Schülerin, aber Anaki war sehr intelligent. Ihre Lehrer hielten sie für hochbegabt und sagten ihr eine brillante Karriere voraus, trotz ihrer niedrigen Herkunft. Doch mit zwölf Jahren musste sie die Schule verlassen und arbeiten.«

»Warum?«

»Wegen des Krieges. Unsere Eltern kamen im März 1945 bei Bombenangriffen um. Danach mussten wir unseren Lebensunterhalt allein verdienen. In diesen Jahren war das Leben sehr hart. Das Land war verwüstet, den Leuten fehlte es an allem und jedem, und wir Unberührbaren hatten es noch schwerer. Anaki und ich waren schöne Mädchen, aber wir waren Menschen zweiter Klasse, noch unterhalb des Proletariats, und niemand war da, der uns helfen konnte. Wir hatten die Wahl zwischen einem Leben als Dirnen in einem Bordell von Kabuchiko und dem als Dienstmädchen. Wir verdingten uns bei reichen Leuten aus dem Westen, und damit hatten wir noch Glück …«

Sie brach ab, und ein nervöses Zucken lief über ihr Gesicht, als erlebe sie diese Zeit wieder.

»Wenn Sie wüssten, wie unglücklich Anaki mit ihrem Leben als Dienstmädchen war. Sie hatte keinerlei Verantwortung, konnte in nichts investieren, hatte nichts, für das sie ihre unglaublichen geistigen Fähigkeiten hätte einsetzen können. So ging unsere Jugend vorüber, ohne dass wir je ausgehen oder uns amüsieren konnten. Wir steckten bis zum Hals in Arbeit, nichts anderes vor Augen, als wie wir für unsere Wohnung, unsere Kleidung, unsere Nahrung aufkommen konnten. Ich kam mit dieser Situation einigermaßen zurecht, aber Anaki fand, dass ihr ganzes Leben verpfuscht war. Immer wieder sagte sie mir, man habe ihr die Jugend, ja das ganze Leben gestohlen. Sie weinte sehr viel ... Durch den Kummer und die viele Arbeit alterte sie frühzeitig. Mit dreißig sah sie aus wie eine alte Frau. Dann lernte sie Professor Bosko kennen, 1970 war das, glaube ich. Er suchte eine Hausangestellte. Und sie begriff sofort, was für ein Genie er war. Sie ging ganz auf ihn ein, arbeitete voller Hingabe für ihn. Sein Erfolg war auch der ihre.«

»Wann hat George Bosko begriffen, was für geistige Fähigkeiten Ihre Schwester besaß?«

»Es hat Jahre gedauert. Als es zwischen ihm und seiner Frau zu Spannungen kam, begann der Professor, mit Anaki über persönliche Dinge zu reden. Ich glaube, da erkannte er, wer sie wirklich war.«

»Wie sieht Anaki ihre Beziehung zu Bosko, seit sie durch sein Mittel verändert worden ist?«

»Zu Anfang hatte sie sehr zwiespältige Gefühle. Sie glaubte, sie sei seiner nicht würdig, aber wenn sie sich im Spiegel betrachtete, wusste sie, dass das nicht stimmte. Das Verlangen, das George nach ihr hatte, überwältigte Anaki, es kam zu schnell. Sie versuchte zu verhindern, dass sie einander näher kamen. Sie hat sogar einen Freund gehabt, einen jungen Studenten. Im Grunde hat Anaki, seit sie das Mittel genommen hat, die Kontrolle über sich verloren. Ihr ist nicht klar, dass sie nicht wirklich die junge Frau ist, deren Rolle sie spielt. Manchmal habe ich Angst vor ihr.«

»Eine solche körperliche Veränderung ist nicht möglich ohne Auswirkungen auf die Psyche. Es ist normal, dass Ihre Schwester dadurch irritiert ist, aber sie hat eine starke Persönlichkeit. Wenn ihr jemand zur Seite steht, kann sie sich ohne größere Schwierigkeiten an ihr neues Leben gewöhnen.«

»Anaki ist so schön!«, rief Minato bewundernd aus. »Sie hatte sich so lange gehen lassen, doch jetzt achtet sie sehr auf sich. Sie kleidet sich immer nach der neuesten Mode und kennt sich darin bestens aus. Wenn ich bedenke, dass wir uns unsere erste Handtasche erst 1957 gekauft haben, aus miserablem Schweinsleder, das so schlecht roch, dass wir sie nachts auf den Balkon stellen mussten.«

Plötzlich verbarg Minato ihr Gesicht in den Händen und brach in Tränen aus.

»Entschuldigen Sie bitte, ich benehme mich wirklich idiotisch. Es fällt mir schwer, mich zusammenzunehmen.«

Foster war von Minatos Bericht tief berührt. Er nahm ein Taschentuch und wischte der alten Dame die Tränen ab, so sanft, wie er konnte.

»Sie müssen mich verstehen. Letztes Jahr waren wir noch zwei alte Frauen, die ihre Tage damit verbrachten, von der Vergangenheit zu sprechen. Wir hatten keine Pläne mehr für die Zukunft. Ohne Kinder oder Enkel waren Krankheit und Tod unsere einzigen Aussichten. Und da verwandelte sich Anaki in eine Märchenprinzessin, während ich hier weiter den Garten pflegte. Ich bin immer allein, aber Anaki hat in drei Monaten mehr Freunde gefunden als in unserem ganzen Leben. Was uns das Leben immer verweigert hat, kann sie jetzt genießen: ausgehen, eine interessante Arbeit, Zeit zum Nachdenken und Lernen. Sie kann sich pflegen, sie gefällt den Menschen, und sie kann alle Möglichkeiten der Zerstreuung nutzen. Ich habe nichts als meine Tränen. Vorgestern noch ging ich am Friedhof vorbei und dachte: ›Hier ist deine Zukunft, Minato. In ein paar Monaten wirst du hier liegen.‹«

Wieder brach sie in Tränen aus.

»Trotzdem bin ich glücklicher als vorher. Ich lebe in Anaki wieder auf. Wir sind eins, verstehen Sie? Sie ist meine Zukunft geworden.«

Minato war kurz davor, ihren Widerstand aufzugeben. Foster beschloss darum, weiter in sie zu dringen. Wenn er jetzt die richtigen Worte fand, würde sie vielleicht zu ihm überlaufen.

»Es gibt keine Alternative. Wollen Sie, dass Ihre Schwester lebt oder dass sie stirbt? Wenn Sie mir nichts sagen, verdammen Sie sie. Schweigen bedeutet, sie zu töten.«

Wieder wurde es still im Zimmer, man hörte nur das Ticken der alten chinesischen Wanduhr. Minato schien tief in Gedanken versunken.

»Ich habe meiner Schwester versprochen, zu schweigen. Es ist nicht leicht, diesen Schwur zu brechen, selbst wenn es zum Vorteil der Person ist, der ich ihn geleistet habe. Aber ich glaube, in meinem Alter kann ich andere Menschen richtig beurteilen. Ich vertraue Ihnen.«

Mit ihrer knochigen, weißen Hand, zart wie ein Ästchen, wies Minato auf den Kamin. Ein paar Blumen, ein paar Rollen mit Kalligrafien und Räucherstäbchen waren um einen kleinen Shinto-Altar angeordnet.

»Ich spreche morgen mit Ihnen. Ich muss noch nachdenken und beten. Ich bete die ganze Nacht, damit mir mein Wortbruch vergeben wird.«

»Danke. Ich werde sorgfältig mit Ihren Informationen umgehen.«

Foster dachte plötzlich an einen Satz von Jeremy Scott vom Vorabend: »Der Grieche ist kein Killer wie andere. Er ist der Tod in Person.«

»Wenn wir bis morgen warten, besteht die Gefahr, dass Ihnen etwas zustößt. Sind Sie bereit, die heutige Nacht in der Residenz unseres Botschafters zu verbringen? Er ist eine Woche verreist. Sie werden dort zuvorkommend behandelt und gut bewacht.«

Minato lächelte müde.

»Ich verlasse mein Haus ungern. Glauben Sie, dass es wirklich sein muss?«

»Ja, das glaube ich wirklich, wegen Ihrer Sicherheit. Vertrauen Sie mir auch hierbei.«

Hiko ging auf Minato zu und verneigte sich tief vor ihr.

»Bei allem Respekt, Minato-san, Sie sollten auf den Rat des Professors hören. Er ist ein weiser Mann, Sie werden es nicht bedauern.«

Nachdem sie gesprochen hatte, verbeugte sie sich erneut mit gesenktem Blick.

»Also gut«, sagte Minato. »Ich bereite mich vor. Eine Sache will ich Ihnen aber sofort sagen. Anaki ist nicht mit leeren Händen gegangen. George hatte ihr eine codierte Festplatte gegeben, die sie in einer Geheimschublade in dieser Kommode verborgen hielt. Sie hat sie mitgenommen, als sie ging.«

Foster zog ein Foto aus der Tasche.

»Sah sie aus wie dieser Gegenstand?«

»Ja.«

Sie ging mit kleinen Schritten aus dem Zimmer.

Jules stieg aus dem Lieferwagen, als er sie durch den Garten kommen sah. Er trug eine weite Jacke, um seine Waffe zu verbergen, was ihm das Aussehen eines Ganoven gab, obwohl er sich bewegte wie ein früherer Offizier der Indienarmee.

»Was machen wir?«

»Rufen Sie einen anderen Wagen. Wenn Minato herauskommt, bringen Sie sie in die Residenz des Botschafters.«

»Hm, das gefällt mir nicht. Wenn die Japaner das merken ...«

»Das ist ein Befehl. Wenn Ihre Chefin Zweifel daran hat, braucht sie mich nur anzurufen.«

Jules zuckte die Achseln.

»Sie sind der Boss.«

Sie gingen zum Wagen zurück. Bevor Shelby einstieg, nahm er Hiko beiseite.

»Was willst du?«

»Es ist nicht richtig von dir, dass du unbedingt mitmachen willst. Das ist zu gefährlich für ein Mädchen ohne Erfahrung. Lass uns das machen, das ist unser Job.«

»Ich träume wohl! Du sprichst von einem Job? Darum geht es doch gar nicht. Ich rede vom Mord an meinem Freund!«

Shelby bekam ein nervöses Zucken am Auge.

»Ich sage das nur, um dir zu helfen. Lass es sein, Hiko.«

»Wenn ich ein Kerl wäre, hättest du dich nicht getraut, so mit mir zu reden. Ich bin keine unterwürfige Geisha, Shelby, und falls du es noch nicht bemerkt hast, wir befinden uns im 21. Jahrhundert.«

Sie ging so dicht auf ihn zu, dass er ihren Atem spürte.

»Ich will selbst dabei sein, wenn das Schwein, das Peter getötet hat, die Handschellen angelegt kriegt.«

»Mit Handschellen habe ich nichts im Sinn. Bei mir gibt es eine Kugel in den Kopf.«

»Umso besser, wenn du das Schwein umbringst. Ich werde zusehen, wie er stirbt.«

Sie wandte sich ab, stieg ins Auto und schlug die Tür zu.

»Starker Charakter, was?«

»Das Mädchen ist verrückt, Professor.«

»Sie hat Mut, das gefällt mir.«

»Und was machen wir jetzt?«

»Ich gebe Ihnen ein paar Stunden frei. Ich muss nachdenken, wie wir aus der Sache herauskommen, und ich rede mit Scott.«

»Wir sehen uns dann im Hotel, ich muss jemanden treffen.«

Rili würde in irgendeinem Stundenhotel in Ebisu auf ihn warten.

»Wo du willst, wann du willst«, hatte sie ihm mit heiserer Stimme gesagt, als er ein Stelldichein vorgeschlagen hatte. »Ich press dich aus wie 'ne Zitrone.« Shelby machte ein harmloses Gesicht, als der prüfende Blick des Professors ihn wie ein Laserstrahl traf.

»Jemanden?«, fragte Foster in ungläubigem Ton. »Na meinetwegen. Viel Vergnügen.«

Foster war so sarkastisch, dass sich Shelby fragte, wie er wohl dahintergekommen war, was er vorhatte. Doch dies hinderte ihn nicht daran, in ein Taxi zu steigen.

Der Behinderte brüllte, als er den Bericht zu Ende gelesen hatte. Er warf ihn mit einer wütenden Geste auf den Schreibtisch.

»Diese Hure, diese kleine, dreckige Hure!«

Toi senkte den Kopf und wartete das Ende des Donnerwetters ab. Sie waren allein in dem großen Büro des Behinderten, in dem nur eine kleine Lampe brannte.

Der Behinderte öffnete das Fenster und holte tief Luft, um sich zu beruhigen. Draußen schneite es heftig. Eisige Kälte drang ins

Zimmer. Toi fröstelte. Er war um zehn Uhr mit der ersten Version des Berichts über Boskos persönliches Umfeld eingetroffen. Die wesentliche Information, die seinen Leuten entgangen war, sprang seinem Chef auf Seite fünf sofort ins Auge. Ein drei Monate altes Foto von Anaki, die 1929 geboren war! Der Behinderte fuchtelte mit dem Bericht in der Luft herum.

»Drei Jahre lang haben wir mit Bosko gearbeitet! Drei Jahre lang. Ohne zu ahnen, dass diese Gans von Haushälterin in alle seine Geheimnisse eingeweiht war.«

»Das ist sehr ärgerlich.«

»Ärgerlich? Sie machen wohl Witze! Er hat uns nicht nur verarscht, er hat auch noch sein Elixier einer Burakimen gegeben! Ich will nicht, dass eine Burakimen als Erste in den Genuss seiner Erfindung kommt, Oberst! Diese … diese Maden, dieses Gewürm besudelt japanisches Blut!«

»Ich werde alles wieder gutmachen.«

Der Behinderte wandte Toi sein bleiches Gesicht zu. Er schnitt eine furchtbare Grimasse, Speichel rann ihm aus dem Mund und tropfte auf seinen Hemdkragen. Er sah aus, als sei er dement. Oberst Toi hatte ihn oft in diesem Zustand gesehen, und doch war er immer noch fasziniert von diesem Mann, der etwas besaß, was tausendmal mehr wert war als Geld oder Macht: Er hatte eine Vision. Der Behinderte gehörte zu jenen Menschen, die Einfluss auf den Gang der Geschichte nehmen. Sein Name würde den Leuten unauslöschlich im Gedächtnis bleiben.

»Ich habe schon letztes Jahr die Untersuchung der Umgebung von Professor Bosko vorgeschlagen«, bemerkte Toi.

»Ich hätte auf Ihren Rat hören sollen, aber jetzt ist es zu spät.«

Der Behinderte fuhr mit seinem Rollstuhl auf das Fenster zu.

»Wenn ich Fehler mache, korrigiere ich sie immer sofort, ohne Zeit mit Klagen zu vertrödeln. So bin ich dahin gekommen, wo ich heute bin, Oberst.«

Er streckte die Hand nach einer Flasche aus, die auf dem Tisch stand.

»Wissen Sie, wie viel ich für diese beiden Kisten Château Rieussec von 1928 bezahlt habe, Oberst? Achtunddreißigtausend Euro. Für Weintrauben! Und wissen Sie was? Ich hätte notfalls das Doppelte, das Dreifache oder Zehnfache dafür bezahlt. Wenn etwas wichtig ist, wirklich wichtig ist, dann muss man bereit sein, viel zu opfern.«

Er fuhr mit dem Rollstuhl auf Toi zu.

»Und für mich ist nichts wichtiger als Professor Boskos Formel. Ich bin bereit, alles dafür zu opfern, mein Vermögen, die Organisation, und wenn es sein muss, auch mein Leben, damit diese Formel meinem Plan dient. Verstehen Sie mich, Oberst?«

»Ja. Das tu ich.«

»Jetzt sagen Sie mir, was die andere schlechte Nachricht ist, die Sie mir mitzuteilen haben.«

»Heute ist alles schief gegangen. Wir haben Pech gehabt.«

»Genauer bitte!«

»Anaki ist nicht zu Hause, meine Männer haben sie verpasst. Und Minato, ihre Zwillingsschwester, ist in der britischen Botschaft. Einer unserer Leute durchsucht gerade das Haus, aber bisher hat er noch nichts gefunden. Ich nehme an, dass Anaki geflohen ist und die Engländer ihre Schwester in Sicherheit gebracht haben, um sie zum Sprechen zu bringen.«

Der Behinderte schloss die Augen. Oberst Toi fürchtete schon, er werde in Ohnmacht fallen, und ging beunruhigt auf ihn zu.

»Was ist mit Ihnen …?«

Der Behinderte unterbrach ihn mit einer Handbewegung.

»Wo haben die Engländer diese Minato hingebracht?«

»In die Residenz ihres Botschafters.«

Der Behinderte machte eine halbe Drehung mit seinem Rollstuhl.

»Jetzt steht alles auf dem Spiel«, sagte er.

»Nicht unbedingt. Diese Flucht ist vielleicht eine gute Gelegenheit.«

Der Behinderte sah Toi aufmerksam an.

»Was meinen Sie damit?«

»Warum hätte Anaki fliehen sollen, wo die Engländer doch bereit sind, ihr Schutz zu gewähren? Für mich gibt es nur eine Erklärung. Sie ist verschwunden, um sich mit Bosko zu treffen.«

»Und?«, brummte der Behinderte.

»Anaki bietet uns eine einmalige Chance, ihn wiederzufinden. Bosko ist seit über einem Monat verschwunden, und er hat Geld. Anaki aber hat nur wenig Ressourcen, und sie ist gerade erst untergetaucht. Und eine alleinstehende Frau, besonders wenn sie so schön ist, wie ihr Foto verrät, ist viel leichter zu finden als ein Mann. Wir finden sie viel eher als Bosko. Vertrauen Sie meiner Erfahrung.«

»Wollen Sie sie als Köder benutzen?«

»Genau.«

»Das ist sehr vernünftig, Oberst. Das Problem ist nur, dass wir spät dran sind. Ihre Schwester weiß bestimmt, wo sich Anaki versteckt.«

»Da kann man nicht sicher sein.«

»Denken Sie nach, Oberst. Wenn Minato nichts weiß, wenn sie nicht von Bedeutung ist, warum haben die Engländer sie dann in der Residenz ihres Botschafters untergebracht? Wie viel Männer braucht man, um die Residenz des Botschafters zu stürmen?«

Zum ersten Mal während dieses Gesprächs schien Toi um eine Antwort verlegen.

»Darüber habe ich noch nicht nachgedacht. Normalerweise ist in dem Viertel natürlich viel los, aber in der Nacht sind die Straßen leer, und niemand würde etwas bemerken. Und wenn ich mich recht erinnere, ist die britische Botschaft von einem großen Park umgeben. Es muss möglich sein, dort einzudringen, aber das ist nicht ungefährlich.«

Der Behinderte wischte mit einer wütenden Geste die Papiere vom Tisch, die in alle Richtungen flogen.

»Gefährlich? Gefährlich? Reden Sie mir nicht von Gefahr!«, brüllte er, während ihm die Augen aus dem Kopf traten. »Die einzige Gefahr besteht darin, die Formel zu verlieren und zuzulassen, dass eine Burakimen als Erste davon profitiert!«

So plötzlich, wie er sich erregt hatte, ließ er sich in den Rollstuhl zurückfallen und sagte mit dumpfer, vor Wut zitternder Stimme:

»Was eine Gruppe nicht schafft, das kann ein Einzelner versuchen. Bestellen Sie den Griechen.«

Während der Oberst unwillig gehorchte, rollte der Behinderte dicht an ihn heran.

»Sie haben den Griechen nie gemocht, Oberst. Vielleicht weil er Ihnen nicht gehorcht? Sie mögen keine unabhängigen Charaktere, stimmt's? Unabhängigkeit ist Ihnen unangenehm, oder noch schlimmer, sie irritiert Sie.«

»Er tötet für Geld und zu seinem Vergnügen«, erwiderte Toi und wich dem steinernen Blick des Behinderten aus. »Er ist kein Japaner. Er teilt unsere Werte und Ideale nicht. Er benutzt uns nur.«

Der Behinderte schüttelte den Kopf.

»Im Grunde sind Sie trotz all Ihrer Qualitäten ein bornierter Kommisskopf geblieben. Ein Oberst, dumm wie ein Zinnsoldat.«

Toi senkte beleidigt den Kopf.

»Glauben Sie etwa, das Einzige, was Menschen zusammenschweißen kann, sei Disziplin und Treue zum Ideal? Das ist falsch! Der Grieche ist der Beste seiner Art, weil er gern tötet. Wir verschaffen ihm nur die Gelegenheit zu töten, na und? Wir haben ihn in der Hand, Oberst. Seit zehn Jahren sind wir die Dealer, die ihm seine Dosis besorgen, und glauben Sie mir, diese Abhängigkeit ist wichtiger als jede teuer errungene Disziplin. Nur unsere Organisation kann ihm so viele Gelegenheiten zum Töten bieten, und das alles, ohne dass er Kontakt zu einem Milieu halten müsste, das von Verrätern und Denunzianten verseucht ist.«

Der Behinderte sprach mit erhobenem Zeigefinger.

»Der Grieche hält sich für unabhängig, aber er frisst uns aus der Hand. Er ist eine Kobra in einem Terrarium, das wir gebaut haben, und wir werfen ihm jeden Morgen eine lebende Maus vor.«

Zufrieden über diesen Schluss, warf sich der Behinderte nach hinten, ein wenig außer Atem, während der Oberst die Papiere vom Boden aufsammelte.

Zehn Minuten später öffnete sich die Tür, und der Mörder trat ein. Er ging mit natürlichem Schritt durchs Zimmer und lehnte sich dann gegen das Bücherregal. Obwohl er ihn seit Jahren kannte, war der Behinderte beeindruckt. Erst seit wenigen Sekunden war der Grieche im Zimmer, und schon war es, als sei er gar nicht mehr da. Seine Banalität war frappierend, so als existierte er gar nicht.

»Lieber Freund, Oberst Toi und ich haben eine besonders interessante Zielscheibe im Auge«, erklärte der Behinderte mit schnarrender Stimme. Er reichte dem Griechen den Bericht, den dieser wortlos an sich nahm.

»Es gibt da diese alte Frau, die Minato heißt, und die weiß, wo sich die Haushälterin unseres Ex-Freundes Professor Bosko befindet. Ich will diese Minato haben. Sie hat sich in die Residenz des Botschafters des Vereinigten Königreichs geflüchtet. Mitten ins Diplomatenviertel von Tokio. Ich will, dass Sie sie entführen und lebend hierher bringen. Heute Nacht. Ist das eine Aufgabe, die Sie reizt?«

Der Grieche blickte auf. Sein Gesichtsausdruck war immer noch ohne jede Regung. Er zog ein Radieschen aus der Tasche und biss geräuschvoll hinein.

Shelby betrat erst spät am Abend Fosters Suite.

»Gibt's was Neues?«, fragte er und nahm auf dem Sofa Platz.

Er hatte es am Nachmittag wie wild mit Rili getrieben und dabei das Zimmer völlig verwüstet. Sie hatte ihm versprochen, seidene Wäsche zu tragen, wenn er am nächsten Tag wiederkäme. Er hatte ja gesagt, einmal, weil er Lust hatte, sie in Spitzen zu sehen, zum anderen, weil er noch nie einer Frau, die etwas von ihm wollte, einen Korb gegeben hatte. Zugleich hatte aber dieser Nachmittag einen unangenehmen Nachgeschmack hinterlassen, ohne dass er genau wusste, warum.

»Minato ist in der Botschaft in Sicherheit«, sagte Foster. »Sie empfängt uns morgen früh um acht zum Frühstück. Sie hat darum gebeten, dass man ihr dabei hilft, einen Shinto-Altar in ihrem Zimmer aufzubauen, damit sie beten kann.«

Shelby hob die Arme in die Höhe, worauf seine Pistole im Halfter an seiner Hüfte sichtbar wurde.

»Soll ich dort auch die Nacht verbringen?«

»Sie wird schon von mehreren bewaffneten Soldaten bewacht.«

»Wie Sie wollen.«

»Bleiben Sie hier bei uns«, sagte Foster nach einigem Zögern. »Ruhen Sie sich aus, wir brauchen später Ihre ganze Kraft.«

»Okay.«

»Hiko geht es etwas besser. Sie erholt sich allmählich.«

Shelby trank eine Cola light.

»Ich mag diese Kleine gern.«

»Ach, tatsächlich?«

Shelby ignorierte die leichte Ironie.

»Sie hat etwas Rührendes an sich.«

»Wo Sie schon davon sprechen: Mir wäre es lieber, Sie verbrächten Ihre Zeit mit ihr, als den ganzen Nachmittag mit irgendwem im Bett zu liegen. Sie haben überall am Hals Knutschflecken. Ihr Nacken hat Kratzer von Fingernägeln. Sie sehen aus, als kämen Sie aus der Wäscheschleuder.«

Shelby wurde tiefrot.

»Verurteilen Sie mich?«, fragte er in bitterem Ton.

»Sie allein sind Richter über Ihre Taten. Nun lasse ich Sie in Ruhe, ich gehe in die Bar. Ich habe eine große Suite für Sie und Hiko reserviert, mit zwei Schlafzimmern. Machen Sie es sich bequem.«

Shelby wartete, bis Foster gegangen war. Dann löschte er das Licht. Er trank im Dunkeln seine Cola aus und dachte nach. Es war seit Jahren dasselbe. Sobald es mit einem Mädchen ernst wurde, machte er schnell mit ihr Schluss. Er wechselte die Freundinnen, so oft er konnte, um sicherzugehen, dass sie ihm nicht lästig wurden. Am Anfang hatte er sich immer einzureden versucht, dass es wegen seines Berufs wäre, aber jetzt hatte er keine Rechtfertigung mehr. Einerseits gefiel es ihm, ohne Liebe oder Gefühle mit einem Mädchen zu vögeln, das er irgendwo aufgegabelt hatte; andererseits sehnte er sich nach Stabilität und wollte eine richtig nette Frau kennen lernen und nicht eine, die ihren Mann in einer Absteige betrog.

Irgendwo draußen vor seinem Fenster ging eine Neonröhre an. Shelby war betrübt. Foster hatte Recht.

Eine Stunde verging, Foster kam nicht zurück, und er hatte keine Lust, in Hikos Suite zu gehen und ihren Blick zu ertragen. Er hatte wieder Verlangen nach einer Frau. Bedauernd schaltete er seinen Palm ein. Rili hatte ihn gebeten, ihr Treffen für morgen zu bestätigen. Er hinterließ eine Nachricht auf ihrer Mailbox, um ihr zu sagen, dass sie sich um fünf Uhr nachmittags treffen könnten, am selben Ort. Hikos Zimmer war abgeschlossen. Er war erleichtert. Er duschte und legte sich schlafen. Zum ersten Mal seit langem hatte er ein Gefühl, das ihm verhasst war: Scham. Er versteckte seinen Kopf unter dem Kopfkissen, um den rachsüchtigen Augen von Hiko zu entkommen, die ihn aus der Dunkelheit anzufunkeln schienen.

Als Jeremy Scott John Bradley und Karim Benaissa zur Tür hereinkommen sah, strahlte er über das ganze Gesicht. Seit er Chief im SIS war, hatte er vertraulichen und sogar freundschaftlichen Kontakt zu den beiden Wissenschaftlern.

»Da sind Sie ja endlich. Guten Tag, John, guten Tag, Karim! Setzen Sie sich, wo Sie wollen.«

Er begleitete den Satz mit einer großzügigen Armbewegung und wies auf das breite Chesterfield-Sofa.

»Möchten Sie Tee? Ich habe einen exzellenten Earl Grey von Baring Bros.«

Die beiden Männern lehnten mit der gleichen Handbewegung ab. Vorsichtig stellte Bradley die verschlüsselte Festplatte, die Foster in Hiro Kima gefunden hatte, auf den Tisch. Scotts Gesicht erhellte sich, als er sie sah.

»Ich hoffe, Sie bringen mir gute Neuigkeiten.«

»Eigentlich nicht, eher das Gegenteil.«

Scott erschrak.

»Legen Sie los.«

»Karim und ich haben die Festplatte untersucht, Sir. Ich muss sagen, dass es die komplizierteste und genialste Hardware ist, die wir seit langem gesehen haben.«

Nach ein paar Sekunden fuhr er fort:

»Ich muss Ihnen leider sagen, dass es uns nicht gelungen ist, die Platte zu entschlüsseln.«

Scott schlug mit der Faust auf den Tisch.

»Verflucht! Ich hatte so sehr gehofft, dass Sie es schaffen!«

»Tut mir Leid, Chief. Dieser Datenträger ist mit einem PGP-ähnlichen Verfahren verschlüsselt, das dem PGP allerdings noch überlegen ist. Und ich darf Sie daran erinnern: Die großen Parallelrechner der NASA scheitern schon daran, die PGP-Verschlüsselung zu knacken. Wir haben alles versucht, aber ohne Erfolg.«

»Und wenn Sie mehr Zeit hätten?«

John Bradley antwortete steif:

»Leider reden wir nicht von Tagen, Sir. Karim, kannst du es vielleicht erklären?«

»Man würde mindestens zehntausend Jahre brauchen, um diese Festplatte zu entschlüsseln, und dazu müsste man alle Computer der Erde verwenden, und der Fortschritt der Rechner der nächsten fünfzig Jahre wäre schon mit einberechnet.«

»Natürlich ist das nur eine theoretische Rechnung. Die richtige Antwort wäre: Diese Festplatte kann man nicht knacken, niemals!«

Scott sah die beiden Mitarbeiter ernst an.

»Also war unsere ganze Mühe umsonst?«

Bradley kratzte sich verlegen am Hals.

»Unser Versagen ist bedauerlich, Sir, aber was unmöglich ist, ist unmöglich. Und das ist noch nicht alles. In die Festplatte ist ein Selbstzerstörungsmodul integriert.«

»Diese Festplatte ist nicht nach dem klassischen Muster konstruiert«, fuhr Karim fort. »Die darauf festgehaltenen Informationen sind auf einem besonderen Träger abgelegt, der aus seltenen Metallen besteht, die in einem komplexen Muster angeordnet sind. Wir haben lange gebraucht, um das zu kapieren.«

»Erklären Sie mir das.«

»Die Platte ist nur deshalb stabil, weil auf ihr hochreaktive Metalle abwechselnd mit Edelmetallen angeordnet sind. Wenn man versucht, die Platte aufzubohren, wird eine Kettenreaktion ausgelöst, die zu einer Explosion führt. Das haben wir daran erkannt, dass der Datenträger eine Aluminiumschicht und eine Ammoniumnitratschicht hat.«

Scott schüttelte den Kopf.

»Ich verstehe kein Wort.«

»Aluminium und Ammoniumnitrat sind die wichtigsten Komponenten des Schwarzpulvers, eines klassischen Sprengstoffs. Durch eine verfeinerte Analytik haben wir außerdem drei Bestandteile des hochexplosiven Penthrits in der Platte entdeckt. Die Außenhülle besteht aus einer Mischung verschiedener Legierungen, die bei einer Explosion des Kerns zu hochbeschleunigten Projektilen würden. Es ist ein Meisterstück der Ingenieurskunst, da diese Platte weder einen Zünder noch fertigen Sprengstoff enthält. Der Sprengstoff entsteht erst durch eine chemische Reaktion der in der Platte vorhandenen Komponenten. Deshalb ist der Datenträger durch gängige Sicherheitssysteme nicht detektierbar. Man könnte jeden Grenzübergang passieren, ohne damit auch nur Verdacht zu erregen.«

Scott war wie vom Blitz getroffen.

»Wollen Sie damit sagen, dass dieses Ding auf meinem Schreibtisch eine Bombe ist?«

»In gewisser Weise ja. Aber das ist nicht das Schlimmste. Wir haben noch ein anderes, sehr ärgerliches Problem entdeckt.«

»Worum handelt es sich, um Himmels willen, Bradley?«

»Wir haben festgestellt, dass sich an der Festplatte etwas verändert hat. Da ist ein winziges Loch.«

»Was ist das für eine Geschichte?«

Die beiden Wissenschaftler sahen einander verlegen an.

»Die Zusammensetzung dieser Festplatte ist äußerst komplex, das haben wir ja schon gesagt. Wir nehmen an, dass es bei ihrer Herstellung zu einem Zwischenfall gekommen ist. Es kam zu einer ersten hydrolytischen Reaktion, die zu einer winzigen Kettenreaktion führte, sodass es heute dieses winzige Loch gibt. Mit bloßem Auge ist es nicht zu erkennen, ebenso wenig mit Röntgenstrahlen oder einem konventionellen Mikroskop. Wir mussten Dutzende komplizierter Tests machen, bis unsere Spezialisten das Problem bemerkt haben. Wir glauben nicht, dass die Konstrukteure davon wissen.«

»Wieso?«

»Weil es bessere Mittel gäbe, die Zerstörung der Festplatte aus der Ferne auszulösen.«

»Was wir sagen wollen, Sir, ist: Die chemische Reaktion der Selbstzerstörung hat bereits begonnen«, sagte Karim Benaissa.

»Meinen Sie, dass das Ding bald explodiert?«, fragte Scott erschrocken. Er warf einen besorgten Blick auf die Festplatte auf seinem Schreibtisch.

»Genau. Und nichts kann es aufhalten.«

»Und die anderen Festplatten? Foster sagte mir, dass es mehrere gibt.«

»Wenn es ein Konstruktionsfehler ist, dann ist die gesamte Serie beschädigt.«

Scott richtete sich halb in seinem Stuhl auf.

»Mein Gott, Anaki und Bosko haben beide eine bei sich. Wissen wir ungefähr, wann die Explosionen stattfinden werden?«

»Nach unserer Rechnung in ungefähr hunderteinundzwanzig oder hundertzweiundzwanzig Stunden.«

Bradley sah müde auf den Kalender. »Also in fünf Tagen.«

Noch fünf Tage

»Wer hat geschrieben, dass das 21. Jahrhundert entweder religiös würde oder gar nicht existieren wird? Ein historischer Irrtum! Dummes Gerede! Die Religion hat schon verloren, sie wurde durch wissenschaftliche Kenntnisse besiegt. Auch das pathetische Aufbäumen des Islam wird früher oder später von der Moderne weggefegt werden. Das 21. Jahrhundert und alle folgenden werden Jahrhunderte der Wissenschaft sein. Politiker, Soldaten und Gottesmänner werden in Vergessenheit geraten. Die neuen Propheten werden die Physiker, Chemiker und Genetiker sein.«

Aus dem Tagebuch von Professor Bosko

Der Grieche blieb einen Moment ruhig auf der Mauer der Residenz der britischen Botschaft stehen, dann glitt er behände auf der Innenseite nach unten. Es war fast zwei Uhr morgens, die Stunde, in der die menschliche Aufmerksamkeit nachzulassen beginnt. Er hatte sich Zeit gelassen, nach der Stelle zu suchen, an der man am besten in das Grundstück eindringen konnte. Er fand sie an der nördlichen Ecke an einer Art Mauerverstärkung, bei der er seinen Van geparkt hatte. Der einzige Polizeiwagen, der die Residenz bewachte, war zu weit entfernt, um gefährlich zu werden, mindestens dreihundert Meter, und er war in Gegenrichtung geparkt. Der Grieche kniete sich hinter eine Mauer, um die Örtlichkeiten zu erkunden. Es gab keine Überwachungskameras; es war also noch einfacher, als er gedacht hatte. Ungefähr eine Dreiviertelstunde lang beobachtete er jede Bewegung des Wachpersonals. Im Gebäude waren mindestens drei Mann. Einer in Zivil und zwei Soldaten standen im Garten. Sechs hervorragend trainierte, professionelle Engländer ... Ein Muskel unter dem Auge des Griechen zitterte.

In aller Ruhe ging er alle Einzelheiten durch, die er beobachtet hatte. Die Engländer trugen automatische Neun-Millimeter-Browning-Pistolen vom neuesten Typ und Sturmgewehre XLR 03, die Standardausrüstung der britischen Armee. Jeder hatte zwei Ersatzmagazine von dreißig Kugeln vom Kaliber 5,56, einen Kurzwellensender und einen Kampfdolch des Typs K Bar mit doppelter Schneide. Ein Nachtsichtgerät oder Handgranaten hatte keiner.

Der Grieche grinste böse und robbte auf sein erstes Opfer zu. Er selbst hatte eine automatische Stechkin mit einem vierzig Zentimeter langen Schalldämpfer, der über den gesamten Lauf ging. Auf dem Rücken trug er eine kleine schallgedämpfte Maschinenpistole. An seiner rechten Hüfte hingen Handgranaten, einfache ebenso wie Flash-Bang-Granaten, alle von einem weichen Gummimantel umgeben, damit sie kein Geräusch machten, wenn er sich bewegte.

Leise näherte sich der Grieche dem Wächter in Zivil, der am weitesten von dem Haus entfernt stand. Er rauchte eine Zigarette, unter Missachtung der Sicherheitsvorschriften. Der Grieche tötete ihn mit einem Dolchstich in den Rücken, wobei er die Klinge drehte, bevor er sie wieder herauszog, damit sie nicht hängen blieb. Danach schnitt er ihm in einer fließenden Bewegung die Kehle durch. Er brauchte zehn Minuten, bis er sich den beiden Soldaten, die am Rand der Terrasse standen, auf zehn Meter genähert hatte. Der eine war blond, der andere brünett, beide noch jung. Sie steckten in dicken Militärparkas, über denen sie dicke, durch eine Stahlplatte verstärkte, kugelsichere Westen aus Kevlar trugen. Der Grieche ließ sich durch ihre scheinbar entspannte Haltung nicht täuschen. Es waren Elitesoldaten. Sie standen da, reglos und schweigend, und achteten auf jeden verdächtigen Laut. Er beschloss, zuerst den Braunhaarigen zu töten, weil er hübscher war als der andere. So würde er von allem nichts merken. Als der Blonde sich einen Augenblick von seinem Kollegen abwandte, griff der Grieche an. Man hörte ein gedämpftes Klacken. Dann traf den Blonden eine warme, schleimige Masse – das Gehirn seines Kameraden. Der Grieche hatte ihm den Schädel mit einer perfekt platzierten Kugel zertrümmert. Dem Blonden blieb keine Zeit, zu reagieren. Wieder das Klacken eines berstenden Schädels, und der Soldat fiel leise ins Gras. Mit seinem Dolch öffnete der Grieche das Hemd des Brünetten: Er hatte keine Brusthaare, ganz so wie er es mochte. Er hätte darauf wetten können, und als er es sah, überkam ihn ein Schauer der Lust. Er strich über seine blutüberströmte Wange, fuhr mit der Hand über seine Augenlider, streichelte seinen Oberkörper. Er hatte im Moment eindeutig eine Schwäche für Engländer.

Der Grieche schlich ins Haus. Alles war dunkel. Er blieb eine Weile reglos stehen, um sich an die wärmere Atmosphäre im Inneren zu gewöhnen. Ein Radio spielte leise am Ende des Flurs, wo er vom Garten aus schon die Gestalten der anderen Wächter gesehen hatte. Es war zwei Minuten nach zwei.

Gut. Alles läuft nach Plan.

Mit leisen Schritten ging er Richtung Flur, die Waffe in der Hand. Mit dem linken Arm schob er an der Ecke der Wand das Ende einer optischen Fiber nach vorn, die mit dem Display seines Handys verbunden war. Die Mikrokamera zeigte ihm das Bild der drei vor der Tür postierten Bewacher. Zwei von ihnen standen aufrecht, das Gewehr umgehängt. Der dritte saß an einem Tisch hinter einer aufgeschlagenen Zeitung, nur seine Hände und der obere Teil seines Kopfs waren zu sehen. Sein Gewehr lehnte in greifbarer Nähe an der Wand.

Die Stechkin in beiden Händen, sprang der Grieche in den Flur. Ein Kugelhagel ging auf die Engländer nieder, die umfielen wie Kegel. Er lud nach, setzte einen neuen Schalldämpfer auf und ging gemessenen Schrittes den Flur herunter, die Beine gespreizt und die Füße flach aufgesetzt. Der lesende Engländer hatte die Kugeln durch die Zeitung ins Gesicht bekommen, ein schönes Muster mitten auf der Stirn. Der Grieche grinste stolz und wich der Leiche aus. Das Blut war überallhin gespritzt, auf die Wände, den Fußboden, bis zur Decke.

Mit dem Fuß stieß er die Tür auf, die sie bewacht hatten. Er verzog das Gesicht. Da waren noch mehr Wächter. Der Atem der beiden Männer war in dem kleinen Vorzimmer zu hören, den ein starker Geruch von kaltem Tabak und Schweiß erfüllte. Der Grieche tötete den Soldaten auf der linken Seite mit einer Kugel in den Kopf. Der zweite, ein Rothaariger mit großen Ohren, erwachte in dem Moment, als er ihm den Dolch ins Herz stieß. Der Soldat versuchte in seinem Schrecken noch verzweifelt, die Waffe herauszuziehen, doch schon fiel er tot in sich zusammen. Einer Eingebung folgend, schnitt der Grieche ihm die Ohren ab, um ihn dafür zu bestrafen, dass er nach Schweiß roch. Das widerte ihn an, denn es erinnerte ihn an seinen Stiefvater, der ihn als Kind geschlagen hatte. Auch der hatte immer nach Schweiß gerochen, und der herbe Geruch verfolgte ihn bis in seine Albträume.

»Engländer, Landsleute, hört mich an. Ich komme, um die Haushälterin zu begraben, nicht um sie zu preisen«,[2] flüsterte er dem Soldaten ins Ohr, dessen tote Augen für immer die Ewigkeit anstarrten.

Begeistert von seinem Scherz, unterdrückte er ein Lachen und warf die beiden Ohren ans andere Ende des Zimmers. Mit einem kleinen Plop schlugen sie gegen die Wand.

Das war lustig!

Zehn Minuten später durchquerte er den Garten, die ohnmächtige, geknebelte Minato auf der Schulter. Er wartete, bis ein nächtlicher Passant um die Straßenecke verschwunden war, dann ließ er zur Sicherheit noch zwei Minuten verstreichen und kletterte, so diskret wie er gekommen war, über die Mauer. Die Tür des Lieferwagens, die er sorgfältig geölt hatte, schloss lautlos, nachdem er Minato hineingelegt hatte. Als er in Sicherheit war, erstickte er ein zufriedenes Lachen. Er hatte noch nie eine alte Frau gefoltert und hoffte, dass dies eine bereichernde Erfahrung sein würde.

---

[2] Nach Shakespeare: »Freunde, Römer, Landsleute, ich bin gekommen, Caesar zu begraben, nicht um ihn zu preisen.«

Der Behinderte stellte seine Kaffeetasse neben den französischen Grand Cru, den er zu seinem ganz eigenen Vergnügen herausgeholt hatte. Bei Sonnenaufgang eine kostbare Flasche zu bewundern bereitete ihm besonderes Vergnügen, zumal wenn es etwas zu feiern gab. Diese Flasche war prächtig in ihrer Schlichtheit mit dem weißen Etikett, auf dem »Romanée Conti« stand und darunter »Domaine Monopole, 1899«. Der Behinderte betrachtete sie lange, als sei sie sein einziges Exemplar.

»Ich bin glücklich, Oberst«, sagte er.

Toi wartete, wie gewohnt schweigend, im anderen Teil des Raumes. Manchmal meditierte der Behinderte in seiner Gegenwart eine oder zwei Stunden lang, ohne das Wort an ihn zu richten. Dann wieder redete er lange ununterbrochen und erwartete, dass der frühere Militär ihm aufmerksam zuhörte.

»Ich auch. Ich hätte nicht gedacht, dass der Grieche es schafft.«

»Wenn die beste Technik und unbedingte Entschlossenheit zusammenkommen, kann sie nichts aufhalten. Ich habe das Gefühl, dass wir diesen Tag mit einem weißen Stein markieren können, Oberst. Unsere Weihe steht kurz bevor.«

In diesem Augenblick betrat der Grieche das Zimmer. Er wirkte erschöpft, doch auf seinem Gesicht lag ein Ausdruck des Triumphes.

»Ach, da sind Sie ja endlich! Also, was haben Sie aus Anakis Schwester rausgekriegt?«

»Ich hab die alte Zicke noch schneller zum Sprechen gebracht, als ich gedacht hatte.«

»Erzählen Sie, erzählen Sie, ich bin höchst neugierig und Oberst Toi ebenso.«

Erwartungsvoll drehte der Behinderte seinen Rollstuhl dem Griechen zu. Dieser setzte sich auf eine Tischkante, zog ein Radieschen aus der Tasche und biss hinein.

»Ich fange mit dem Wichtigsten an. Anaki ist nach Europa geflohen. Sie reist mit einem ordentlichen Pass, den sie einem Mädchen in der Nachbarschaft gestohlen hat. Sie haben richtig vermutet, sie ist unterwegs zu Bosko.«

»Wissen Sie, unter welchem Namen sie reist?«

»Nein, das Herz der Alten hat nicht lange genug durchgehalten. Dabei war ich so vorsichtig. Aber man müsste den Namen des Mädchens leicht herausfinden können. Wir wissen, dass sie irgendwo in derselben Straße wohnte, in der Sawagaza, etwa fünfhundert Meter von Anakis Haus entfernt.«

»Europa ist groß. Wo kann Bosko sich versteckt haben?«

»Es wäre logisch, dass er nach Schottland gegangen ist, wo er herstammt. Anaki hat es Minato aber nicht gesagt. Tut mir Leid, ich kann aus den Leuten nur Informationen herausholen, die sie auch haben.«

Der Behinderte nickte. Auf den Griechen konnte man sich verlassen.

»Noch eine gute Nachricht«, fuhr dieser fort. »Minato hatte ihr Geheimnis den Engländern noch nicht verraten. Sie hatte heute Morgen eigentlich eine Verabredung mit dem Mann, der diese Mission leitet, dem wollte sie trotz des Verbots ihrer Schwester alles erzählen.«

»Warum war sie bereit, zu reden?«

»Sie hatte Vertrauen zu dem Kerl.«

Der Grieche zog ein Papier aus der Tasche, das er laut vorlas, während er ein Radieschen kaute:

»Er heißt Francis Foster, Professor Francis Foster, ist Psychiater und Medizinnobelpreisträger. In seiner Begleitung ist Hiko, die Ihre Männer nicht erwischt haben, und ein Leibwächter, ein Eurasier offenbar, ein Riese von zwei Metern mit einer boshaften Ausstrahlung.«

»Wie, ein Psychiater?«

Die Engländer hatten schon immer außergewöhnliche Köpfe zu Geheimdienstaktivitäten herangezogen. Das war schon so, als er 1939–45 selbst gegen sie kämpfte. Der Grieche kaute geräuschvoll auf seinem Radieschen. Die Bestürzung seines Chefs ließ ihn kalt.

»Wir sind gut weitergekommen, ich werde sie finden.«

»Wann?«, fragte der Behinderte erregt. »Wie viel Zeit brauchen Sie?«

»Anaki hat den Krieg überlebt, sie hat schwierige Zeiten durchgemacht. Sie ist intelligent, hat viel Erfahrung und Sinn für praktische Dinge. Sie gerät nicht in Panik, und es wird nicht leicht sein, sie zu finden, aber auch nicht allzu schwierig. Ich würde sagen ... fünf oder sechs Tage von dem Moment an, an dem ich weiß, in welchem Land sie sich aufhält.«

Toi trat vor:

»Ich schlage vor, eine Frau in die Sawagaza-Straße zu schicken. Einer Frau misstrauen die Leute nicht so schnell. Meiner Meinung nach brauchen wir nicht mehr als einen Tag, um das Mädchen zu finden, dem Anaki den Pass gestohlen hat. Wenn wir wissen, unter welchem Namen sie geflohen ist, finden wir schnell den Flug, den sie genommen hat. Und damit auch das Land, in dem sich Bosko versteckt.«

Der Grieche räusperte sich.

»Toi hat Recht, Anaki macht es uns leichter, Bosko zu finden.«

»Also tun wir, was Toi vorschlägt. Ich lasse Ihnen volle Handlungsfreiheit.«

»Ich möchte gern den Augenblick nutzen, in dem wir alle zusammen sind, um über etwas zu sprechen, das wir noch nie erwähnt haben«, sagte der Grieche. »Die Formel.«

Der Behinderte und der Oberst erstarrten.

»Wenn ich Anaki und George Bosko finde«, fuhr der Grieche fort, »möchte ich aber auch an eurem medizinischen Programm teilnehmen. Auch ich will dreihundert Jahre alt werden. So lange werde ich wohl brauchen, um das ganze Geld auszugeben, das ich angehäuft habe.«

Der Grieche breitete die Arme aus, um sich entspannt zu geben.

»Kurz, ich hätte auch nichts gegen eine Jungbrunnen-Kur.«

»Sie wollen also die Formel?«, brüllte der Behinderte. »Das Problem ist nur, dass ich sie nicht habe!«

Der Grieche wurde blass. Nervös warf er das Radieschen, das er gerade essen wollte, zu Boden.

»Wollen Sie mich auf den Arm nehmen?«

»Bosko hat mich erst ein halbes Jahr zappeln lassen und mir das Mittel nicht injiziert. Er wäre sich nicht sicher, dass es unschädlich ist. Dann habe ich darauf bestanden, dass er es mir verabreicht, aber er hat mich getäuscht. Er hat zwar angefangen, mir irgendwas zu spritzen, aber das war nur ein einfaches Serum. Zwei Tage später war er dann verschwunden.«

Als der Grieche begriff, dass der Behinderte keine Scherze machte, zeichnete sich ein Lächeln auf seinem Gesicht ab, das zu einem breiten Grinsen wurde.

»Aha, ganz schön schlau, dieser Bosko, er hat Sie hinters Licht geführt. Haha, Sie müssten jetzt mal Ihr Gesicht sehen!«

»Ich verbiete Ihnen, unserem Chef den Respekt zu verweigern«, sagte Toi, bereit, ihn anzugreifen.

Der Grieche lachte lauthals. Der Behinderte stoppte Toi mit einer Handbewegung.

»Finden Sie die Formel, dann können Sie davon genauso profitieren wie wir. Es hängt nur von Ihnen ab. Sie müssen George Bosko mithilfe von Anaki finden, und er muss Ihnen sagen, wie der Code der verschlüsselten Festplatte heißt, damit wir das Mittel selbst herstellen können.«

Der Grieche sah auf den Rollstuhl hinunter. Mit ruhiger Stimme sagte er langsam und gewichtig:

»Genau so habe ich es mir gedacht. Ich bringe Ihnen Bosko, da können Sie Gift drauf nehmen, und Anaki wird sterben. Das ist so sicher wie das Amen in der Kirche.«

Foster war noch immer außer sich. Margaret Bliker war um sechs Uhr morgens persönlich bei ihm erschienen, um ihm von Minatos Entführung zu berichten: Gegen fünf hatte eine Wachablösung das Massaker entdeckt. Danach war alles sehr schnell gegangen. Spezialisten suchten mit der Unterstützung von Jules den Park und das Haus nach Indizien ab. Das Einzige, was sie bisher gefunden hatten, waren die Fußspuren eines einzigen Mannes.

Foster benetzte sein Gesicht mit kalten Wasser. Es war Zeit, Hiko und Shelby zu alarmieren. Er hatte einen Teil der Nacht damit verbracht, Shelbys Akte zu lesen, und dabei waren ihm zahlreiche Zwischenfälle aufgefallen, die es während seiner früheren Missionen gegeben hatte. Eine erhellende Lektüre, aber eher im negativen Sinn. Er mochte den explosiven Cocktail, den der Eurasier verkörperte, gar nicht. Eine Mischung aus gewalttätigen Neigungen, mal gegen andere, mal gegen sich selbst gerichtet, bis zur Grenze der Selbstzerstörung. Er musste ihm helfen, diese Gewalttätigkeit einzudämmen. Shelby würde immer ein Außenseiter bleiben, wenn es ihm nicht gelang, den Drachen zu töten, der in ihm hauste, aber dazu musste Foster erst seine Geschichte rekonstruieren, die Vergangenheit begreifen, die Shelby zu dem gemacht hatte, was er war. Er hatte schon eine bestimmte Idee … Er klopfte an und trat ein. Shelby stand in Gedanken versunken am riesigen Wohnzimmerfenster und trank einen Kaffee. Draußen begann ein grauer Tag. Shelby trug Unterhosen, sein Oberkörper war nackt, überall waren Narben zu sehen. Auf dem rechten Arm hatte er eine Tätowierung, eine rosafarbene Blume mit fünf Blütenblättern.

Seltsam. Warum hat er sich eine Blume eintätowieren lassen? Was bedeutet das?

»Hiko schläft noch.«

Shelby stellte die leere Tasse auf den Fernseher.

»Schlechte Neuigkeiten, nach Ihrem Gesicht zu urteilen.«

Foster erzählte ihm von der neuesten Entwicklung.

»Der Grieche«, sagte Shelby. »Wenn die Engländer nur eine Sorte Spuren gefunden haben, dann muss es ein Einzeltäter gewesen sein. Ich wüsste nicht, wer in Tokio sonst eine solche Tat verüben könnte.«

»Jules denkt genau wie Sie und Margaret Bliker auch.«

»Da haben uns die anderen brillant überholt.«

Foster seufzte bestürzt. Er fühlte sich schuldig, dass er die Gewaltaktion ihrer geheimnisvollen Gegner nicht vorhergesehen hatte.

»Es könnte gar nicht schlimmer sein. Minato hatte nämlich darum gebeten, mich heute Morgen zu sprechen.«

»Und?«, fragte Shelby und nahm noch einen Schluck Kaffee.

»Das bedeutet, dass sie etwas wusste. Jetzt erzählt sie es den anderen. Die Mörder werden Anakis Spuren folgen, und wir tappen noch immer im Dunkeln.«

»Haben Sie eine Idee, wie wir den Vorsprung wieder einholen können?«

»Nein«, sagte Foster. Er schüttelte den Kopf, bevor er hinzufügte: »Aber wir dürfen nicht aufgeben, nicht jetzt.«

»Was wollen Sie tun? Eine Kerze anzünden?«

Foster ignorierte den Zynismus.

»Das Einzige, was ich kann. Nachdenken! Ich komme wieder, wenn ich eine Idee habe.«

Shelby wies auf die hintere Tür.

»Und was machen wir mit Hiko?«

»Da gibt es nichts zu entscheiden. Was für ein Problem haben Sie mit ihr?«

»Sie hat hier nichts zu suchen. Sie könnte abgeknallt werden, oder sie hält uns auf, oder was noch schlimmer ist, sie bringt uns in Gefahr.«

»Ich habe beschlossen, sie bei mir zu behalten. Sie ist bei uns in größerer Sicherheit als allein. Außerdem ist sie intelligent, und wir brauchen jemanden, der fließend Japanisch spricht.«

»Das ist doch idiotisch.«

»Sagen Sie mir lieber den wahren Grund, weshalb Sie sie loswerden wollen.«

»Ich mag sie«, sagte Shelby. »Sie ist unschuldig und mutig, und deswegen wird sie zwangsläufig Dummheiten machen. Man muss sie in Sicherheit bringen.«

»Ich mag sie auch und weiß, dass sie unschuldig und mutig ist und zwangsläufig Dummheiten machen wird. Gerade deswegen muss sie bei uns bleiben. Unter unserem Schutz.«

Shelby hob beide Hände, die Handfläche nach oben, zum Zeichen, dass er aufgab.

»Wortgefechte sind nicht mein Ding, Professor. Sie sind der Boss, und ich bin da, um für Ihren Schutz zu sorgen. Aber wenn es Probleme mit ihr gibt, dann sagen Sie bloß nicht, dass ich Sie nicht gewarnt hätte.«

»Ich gehöre jedenfalls nicht zu den Leuten, die Problemen ausweichen. Ich stehe zu meiner Verantwortung, wenn Sie das meinen. Aber ich habe eine Frage an Sie: Warum sorgen Sie sich eigentlich so um Hiko? Ich dachte, es wäre gar nicht Ihre Art, auf Frauen Rücksicht zu nehmen.«

»Ich habe keine Lust, über all das nachzudenken, Professor. Sagen Sie mir lieber, ob Sie einen Plan entwickelt haben, mit dem wir weiterkommen.«

»Vielleicht. Ich werde Scott anrufen, alles noch einmal überdenken. Aber vorher habe ich eine andere Frage: Können Sie allein gegen mehrere Bewaffnete kämpfen, oder soll ich Margaret Bliker um Verstärkung bitten?«

Shelbys Augen verengten sich und wurden zu feinen Schlitzen. Plötzlich sah Foster ihn so, wie er war.

Ein methodischer, unversöhnlicher Killer, der schon seinen nächsten Jagdplan ausheckt.

»Gruppenarbeit ist nichts für mich«, sagte er. »Allein gegen mehrere Männer, das ist schwierig, es hängt von der Situation ab und ob sie bewaffnet sind.«

»Darüber weiß ich nichts Genaues, und ich werde es auch nicht erfahren. Ich weiß nur, dass es mehrere sein werden.«

Shelby nickte. Er dachte ein paar Sekunden nach und sagte dann:

»Ich brauche einen Mann, der mir hilft. Einen einzigen, aber einen guten.«

»In Ordnung«, sagte Foster. »Ich werde Bliker bitten, dass sie uns Jules ausleiht.«

»Können Sie mir jetzt Ihre Idee verraten?«

»Später. Wenn ich mir sicher bin.«

Mittags trafen sie sich bei Foster wieder.

»Setzen Sie sich. Ich habe den ganzen Vormittag darüber nachgedacht, wie wir ihren Vorsprung wieder einholen können. Wir werden beim Essen darüber reden.«

Foster goss Tee ein, bevor er fortfuhr: »Wir müssen uns zuallererst der Grenzen unserer Bemühungen bewusst sein. Macht euch nicht zu viele Illusionen. Ich bin von dem ersten Ereignis ausgegangen, das das gesamte Geschehen ausgelöst hat. Meine ganze Theorie beruht auf dem Tod von Annie Bosko und Peter. Damit fängt alles an. Weshalb also hat der Grieche Annie Bosko und Peter ermordet?«

Hiko dachte nach und versuchte, die letzten Worte aufzunehmen.

»Man hat sie vermutlich getötet, um von ihnen zu erfahren, wohin Bosko geflohen ist.«

Foster schüttelte den Kopf.

»Nein, das ist die falsche Spur, jedenfalls glaube ich das.« Er schwieg eine Weile, bis der Room-Service ihnen rohen Fisch serviert hatte. Toro, Maguro und gelben Fisch.

»Wir wissen, dass sich Annie Bosko nicht gut mit ihrem Mann verstanden hat«, fuhr Foster fort, als der Kellner gegangen war. »Alle, mit denen ich gesprochen habe, haben mir das bestätigt. Auch der Grieche muss es gewusst haben, denn es ist sogar öffentlich bekannt. Deshalb können wir davon ausgehen, dass Bosko seiner Frau nicht gesagt hat, wohin er fliehen wollte.«

»Bis hier kann ich Ihnen folgen«, sagte Hiko.

»Warum also sollte Boskos Frau getötet werden? Das war äußerst gefährlich. Es musste die Aufmerksamkeit der Polizei und der Presse zusätzlich auf diese Familie lenken, wo doch schon das Verschwinden von George Bosko in aller Munde war.«

Shelby zuckte die Achseln.

»Ich weiß nicht, worauf Sie hinauswollen.«

Foster beugte sich über den Tisch.

»Die Auftraggeber dieser Morde haben es aus einem bestimmten Grund getan. Einem Grund, der wichtig genug war, um das Risiko einzugehen, Aufmerksamkeit zu erregen. Der einzige Grund, der mir das wert zu sein scheint, ist Boskos Entdeckung. Die Mörder wollen seine Formel.«

Er warf sich nach hinten und trank einen Schluck Tee. Über seine Theorie zu reden bestärkte ihn darin, dass sie richtig war.

»Dank Minato wissen wir, dass der Behinderte eine codierte Festplatte besitzt. Er muss entschlossen sein, den Code zu knacken, um jeden Preis.«

»Ja, genau das suchen sie«, sagte Hiko.

»Gewiss, aber was machen Sie, wenn Sie eine Strategie entwickeln, mit der Sie zu Ihrem Ziel kommen wollen? Sie entwerfen einen Plan A, aber Sie haben immer einen Plan B in Reserve oder sogar einen Plan C, für den Fall, dass die anderen scheitern.«

Shelby schob seinen Teller beiseite.

»Na und? Natürlich haben sie einen Plan B.«

»Als ich überlegte, welcher das sein könnte, bin ich auf die Lösung gekommen. Für mich ist der Plan B die Alternative zur Gefangennahme von Anaki oder Professor Bosko. Sie besteht darin, den Schlüssel für die Dekodierung dort zu finden, wo Bosko ihn versteckt hat. Nach Minatos Aussagen muss er irgendwo in Hiro Kima sein.«

»Nichts beweist, dass unsere Feinde das wissen.«

»Nichts beweist das Gegenteil. Diese Leute sind doch nicht dumm. Versuchen Sie jetzt mal, den Standpunkt zu wechseln. Wenn Sie unser Feind wären, was würden Sie im Zweifelsfall tun?«

»Ich würde das Haus auf den Kopf stellen.«

Hikos Augen leuchteten.

»Ich weiß, worauf Sie hinauswollen ... Wie sollte man das Haus durchsuchen, solange Annie Bosko dort wohnte?«

»Sehen Sie, jetzt sind auch Sie darauf gekommen. Jetzt haben der Grieche und seine Leute freie Hand. Dieses Haus ist riesig. Selbst wenn sie am Tag nach Annie Boskos Tod begonnen haben, es zu durchsuchen, können sie damit unmöglich fertig sein. Sie kommen also regelmäßig dorthin zurück, vermutlich nachts.«

»Ich verstehe. Und Sie wollen einen von ihnen erwischen?«

»... und zum Sprechen bringen. Daher meine Frage von vorhin, Shelby.«

»Ich verstehe. Jules ist genau der Richtige für diese Arbeit.«

»In Ordnung. Hiko, Sie warten hier auf uns, und Sie schließen sich in Ihrem Zimmer ein.«

»Aber ich kann Ihnen in Hiro Kima von Nutzen sein«, wehrte sie sich. »Ich kenne Haus und Park genau.«

»Das kommt nicht infrage. Es ist zu gefährlich.«

»Wann greifen wir ein, Professor, heute Nacht?«, fragte Shelby.

»Die Zeit läuft, in fünf Tagen werden die Festplatten explodieren. Wir haben keine Minute zu verlieren.«

Shelby wischte sich den Mund mit der warmen Serviette ab, bevor er aufstand. Er sah Foster und Hiko mit einem Raubtierblick an.

»Also dann heute Nacht.«

Der Behinderte stieß einen Schrei der Erleichterung aus, als er den Griechen entdeckte. In Erwartung guter Nachrichten war er während des ganzen Mittagessens voller Unruhe gewesen.

»Nun, lieber Freund, wird dieser Tag so ergiebig wie der letzte?«

»Es sieht so aus«, antwortete der Grieche zufrieden.

Der Behinderte seufzte erleichtert. Ein paar Tage hatte er die Dinge nicht mehr fest im Griff gehabt, und nichts hasste er mehr als das. Er fuhr auf den Weinschrank zu, eine Spezialanfertigung, um mühelos vom Rollstuhl aus Flaschen entnehmen zu können. Er zog eine staubbedeckte Flasche heraus.

»Es könnte nur ein einfacher Bordeaux sein, aber es ist ein Lafitte von 1870. Das letzte Jahr, in denen es noch reinrassige französische Weine gab. Danach kam die Reblaus, und man pflanzte Reben aus der Neuen Welt an«, erklärte er voller Respekt. »Sehen Sie diese Farbe, sie schwankt zwischen Purpur und Granatfarben, man könnte meinen, es sei Blut.«

Er entkorkte die Flasche selbst, prüfte das Aroma, bevor er ein wenig in ein Kristallglas von Leonardo goss. Er roch wieder daran, und seine Nasenflügel bebten.

»Ich höre«, sagte er schließlich.

»Wir haben mit Sina Anakis Viertel abgesucht. Sie hat vorgegeben, eine Studienfreundin von Anaki zu sein, die auf der Suche nach ihr ist.«

»Hat niemand unangenehme Fragen gestellt?«

»Sina hat so getan, als sei Anaki einen Monat vor dem Examen auf einer Exkursion. Es hat gut funktioniert. Wir haben alle Nachbarn getroffen, mit denen Minato und Anaki Kontakt hatten. Es waren nicht viele, denn Anaki und Minato lebten noch nicht sehr lange in dem Viertel.«

»Und das Ergebnis?«

»Wir haben ein Mädchen gefunden, mit dem Anaki gleich nach ihrem Einzug gearbeitet hat. Sie sieht ihr ähnlich und ist gleich alt. Sie kann wegen eines Unfalls nicht das Haus verlassen. Sie hat einen Pass, da sie zweimal in den USA war und einmal in Singapur. Sie hat auch einen Führerschein. Anaki hat sie einen Tag vor ihrem Verschwinden unter einem fadenscheinigen Vorwand besucht.«

Der Grieche zog eine Visitenkarte aus der Tasche.

»Sie heißt Wana Kenzai: Unter diesem Namen müssen wir nach Anaki suchen.«

»Bravo!«, rief der Behinderte aus und hob sein Glas.

Der Grieche nahm mit einer geschickten Bewegung eine Lilie aus einer Vase und hielt sie sich unter die Nase.

»Freuen Sie sich nicht zu früh. Sie hat Japan sicher schon verlassen.«

Der Behinderte schnalzte mit der Zunge. Dann sagte Toi:

»Ich kenne einen Mann, der uns helfen kann. Er wohnt in Singapur. Früher war er bei British Airways Chef der Informatikabteilung, und er hat eine gut gehende Firma aufgemacht, die an die wichtigsten Airlines Reservierungssoftware verkauft. Mit seiner Hilfe erfahren wir in wenigen Minuten, welchen Flug Anaki genommen hat. Ich habe mich schon zweimal seiner Hilfe bedient, und immer war er sehr effizient.«

Der Grieche lachte böse.

»Wie kann dieser Typ arbeiten, ohne vorher dreißig Zwischenstationen einzuschalten?«

»Es gibt nur sieben verschiedene Reservierungssysteme für Flugtickets weltweit. Das größte heißt Sabre und wird heute von mehr als fünfzig Airlines verwendet. Dieser Engländer hat sich einen Teil der informatischen Entwicklung von Sabre verschafft. Dann hat er einen raffinierten Konverter entwickelt, mit dem er in alle anderen Systeme reinkommt. Die Informationen lädt er dann auf seine eigene Basis und entschlüsselt sie in Rekordzeit. Er ist ziemlich schlau. Er verkauft seine Informationen jedem, der sie haben will, an Unternehmen, die wissen wollen, ob ihre Konkurrenten in diese oder jene Stadt geflogen sind, Frauen von Milliardären, die herausfinden wollen, ob ihr Mann allein unterwegs ist, usw. Eine Recherche kostet bei ihm zwanzigtausend amerikanische Dollar, die man vor der Arbeit online auf ein Bankkonto auf den Caiman-Inseln überweisen muss.«

»Rufen Sie ihn an«, befahl der Behinderte. »Jetzt gleich.«

Toi nahm sein gesichertes Telefon ab. Er klingelte fünf Mal.

»Ich höre.«

Die Stimme war klar, laut und hatte einen leichten irischen Akzent.

»Bradley Luren? Ich habe eine dringende Anfrage.«

Der Mann lachte höflich.

»Alle sind immer dringend.«

»Ich möchte gern wissen, ob jemand vor kurzem japanisches Territorium verlassen hat.«

»Schicken Sie sofort zwanzigtausend Dollar auf folgendes Konto, dann beginnen wir die Recherchen.«

Toi notierte die Kontonummer und den IBAN-Code. Dann lief er aus dem Zimmer. Als er wiederkam, machte er mit einer Handbewegung deutlich, dass die Überweisung getätigt war.

»Haben Sie den Namen?«, fragte der Informatikpirat.

»Wana Kenzai, Japanerin. Vermutlich vor zwei, höchstens drei Tagen von Narita oder Kix abgeflogen.«

Sie hörten, wie jemand eilig auf einer Computertastatur tippte.

»Ich hab's.«

Zehn Minuten vergingen.

»Ja, da ist es«, sagte der Ire dann. »Ich habe das Geld. Ihr Mädchen ist mit Alitalia von Narita nach Mailand geflogen. Nach einer Stunde hat sie ein One-way-Ticket nach Paris Charles-de-Gaulle genommen. Dort hat sie sich für einen Monat einen Wagen geliehen, einen schwarzen Renault Twingo. Wollen Sie ihre Flugnummer und die Autonummer aufschreiben?«

Der Grieche hörte mit verkniffenem Mund dem Gespräch zu. Kaum hatte der Oberst aufgelegt, stand er auf und verließ den Raum. Der Behinderte entspannte sich ein wenig. Sie waren in Rekordzeit einen Riesenschritt weitergekommen.

»Oberst, können Sie sich vorstellen, wie es weitergeht?«

»Wir müssen dem Griechen zehn Stunden Zeit geben, um seine Reise in aller Ruhe vorzubereiten, aber er kann sehr schnell aktionsbereit sein.«

»Aber Sie glauben nicht, dass diese Maßnahme genügt? Ich fühle doch, dass Sie beunruhigt sind, Oberst.«

»Es ist nicht klug, sich nur auf einen Mann zu verlassen, um Bosko und Anaki wiederzufinden.«

»Ich überlasse es Ihnen, so viele Leute nach Frankreich zu schicken, wie Sie für nötig halten.«

»Das ist keine gute Lösung. Keiner unserer Leute kann Französisch. Wir haben dort kein Netzwerk und keinerlei Verbindungen. Unsere Leute werden nicht nur nutzlos sein, sondern uns sogar schaden.«

Der Behinderte schnaubte. Der Oberst hatte Recht.

»Ich beginne zu erraten, worauf Sie hinauswollen. Sie möchten, dass wir uns Hilfe an Ort und Stelle suchen.«

Toi nickte.

»Ja.«

»Bei welcher Organisation?«

»Der italienischen Mafia. Sie haben viele Leute, sind klar strukturiert und gut organisiert. Sie sind die Einzigen, die uns in Frankreich operationell unterstützen können. Wir müssen nur gut zahlen.«

»Warum sollten sie uns trauen?«

»Weil wir auf höchster Ebene ein Treffen vereinbaren.«

Der Behinderte machte eine unwillige Handbewegung.

»Auf dem Papier sieht das alles gut aus, aber wie sollen wir Kontakt zur italienischen Mafia aufnehmen? Wir haben keine Verbindungen dahin.«

»Ein Mann hat sie, Junichiro Nishima. Der Chef des Yamaguchigumi.«

Der Behinderte legte die Hände zusammen und stützte sein Kinn darauf. Er dachte nach. Yamaguchigumi war die größte kriminelle Vereinigung Japans, deren Einfluss sich über das gesamte Archipel und darüber hinaus erstreckte. Yunichiro Nishima war ihr sagenumwobener Anführer. Ein Mann, dem er bisher immer sorgfältig ausgewichen war.

»Ich möchte Nishima nicht treffen. Er wird ständig von der Polizei überwacht.«

»Man kann sich heimlich mit ihm treffen. Ich nehme Kontakt zu ihm auf.«

»Warum sollte er zu einem Treffen bereit sein?«

Toi lächelte böse.

»Ich habe eine Akte über ihn, die ihn in größte Verlegenheit bringen kann. Letztes Jahr ist Nishima bei einer Operation in der Bank TBI ein großes persönliches Risiko eingegangen. Unsere Informatiker hatten das Glück, auf seine Spur zu stoßen, als sie gerade auch eine Börsenmanipulation vornahmen. Was meinen Sie, wie froh die Regierung wäre, ihn endlich einlochen zu können …«

Der Behinderte drehte seine Flasche in der Hand.

»Das Manöver kann losgehen«, sagte er. »Aber können wir das Risiko eingehen, von den italienischen Mafiosi überholt zu werden?«

»Wir müssen eine glaubwürdige Geschichte erfinden, damit sie unser Geheimnis nicht erfahren. Und wir werden sie nur darum bitten, Anaki und Bosko zu finden, nicht darum, selbst einzugreifen. Der Grieche und nur er allein soll die Operation zu Ende führen.«

Der Behinderte drückte auf eine Taste des Haustelefons.

»Stellen Sie mein Flugzeug bereit. Toi und ich fliegen heute Abend in mein Haus nach Südfrankreich.«

Der Behinderte ließ die Taste los.

»Kommen Sie her, Oberst.«

Als Toi in seiner Nähe war, gab der Behinderte ihm ein Zeichen, sich zu bücken, bis ihr Gesicht auf gleicher Höhe war. Er packte ihn bei den Schultern.

»Achten Sie darauf, dass die Sache nicht schief geht. Wenn ich dieses Mittel habe, kennt unsere Macht keine Grenzen mehr!«

Jules fuhr einen Kilometer in langsamer Fahrt, bevor er unter einer Tanne parkte. Die Nadeln knackten unter den Reifen. Er stellte den Motor des Toyota ab. Alle drei verharrten reglos im Auto, ließen das Schweigen des Waldes auf sich wirken. Dann sagte Foster: »Gehen wir!«

Im Kofferraum hatte Jules eine Tasche mit den Utensilien: eine aus Eisen gewirkte Decke, einen Air Taser, zwei Tränengasbomben, vier Flash-Bang-Granaten, um Gegner außer Gefecht zu setzen, drei Funkgeräte mit Hörer und Mikro und eine dicke Maglite-Taschenlampe.

Mit geschickten Bewegungen öffnete Shelby einen Beutel und zeigte seinen Inhalt, den er so feierlich ausbreitete wie ein Juwelier seine Diamanten. Es war eine mattschwarze Waffe mit zwei Spitzen, ein Gewehr mit kurzem Lauf und geformtem Plastikkolben, einem Griff aus Kautschuk und einem riesigen Lader, der die Waffe aussehen ließ wie die Maschinenpistole der amerikanischen Gangster der dreißiger Jahre.

»Was ist denn das für ein Teil?«, fragte Jules irritiert.

»Ein Tier. Eine TG. Tausenddreihundert Schuss pro Minute, Lader mit dreihundert Kugeln, Kaliber 22 LR Schnellfeuer, mit verstärkten Stahlspitzen Marke ›cop killer‹, die auch eine schusssichere Weste durchschlagen. Damit kannst du in wenigen Sekunden zehn Männer zerfetzen.«

»Warum eine solche Waffe?«, fragte Foster. »Wir sollten vorsichtig agieren.«

»Dimitri sagte immer: ›Was man im Kampf zwischen Nationen verwendet, kann man auch für den Einzelkampf gebrauchen. Man muss dem gegnerischen Feuer immer überlegen sein und darf dem Gegner keine Chance zur Gegenwehr lassen. Wir kämpfen einen industriellen Kampf.‹«

Shelby legte sein Headphone an, probierte das Mikro aus, indem er darauf pustete, zog den Reißverschluss seiner Tasche zu und hängte sie über die Schulter.

»Es ist schon nach acht. Wir müssen als Erste da sein, wenn wir sie überraschen wollen.«

Sie liefen durch die dunkle Nacht. Es war eiskalt, in der Luft hingen verschiedene Gerüche: Erde, Harz, verwitterte Blätter. Hinter dem Wald erreichten sie eine Art Heidelandschaft. Jules wies auf einen kleinen, mit Unkraut überwachsenen Pfad. Es war unwegsames Gelände, das Foster ab und zu zwang, stehen zu bleiben und irgendwelche Hindernisse zu überwinden, die Shelby und Jules nicht einmal zu bemerken schienen. Nach zwanzig Minuten ruhten sie sich einen Moment aus.

»Warum müssen wir einen so schwierigen Weg gehen?«, fragte Foster außer Atem.

»Wir können nicht riskieren, dass sie unser Auto finden.«

Jules blickte auf sein GPS-System.

»Es ist nicht mehr sehr weit. Professor Boskos Haus liegt einen Kilometer Luftlinie von hier, gleich hinter dem Hügel.«

Endlich wurde die Mauer des Anwesens sichtbar, die Höhe von zweieinhalb Metern war beeindruckend. Die Mauerkrone war mit Flaschenscherben bestückt. Shelby kletterte schnell hinauf und schützte seine Hände mit der »Decke«. Danach half er Foster und Jules nach oben.

Shelby und Jules gingen tief geduckt vorweg und erkundeten den Weg. Der Professor versuchte zunächst, es ihnen gleichzutun, dann richtete er sich wieder auf, denn er kam sich lächerlich vor. Er blieb neben einer kleinen Steinmauer stehen und flüsterte:

»Wenn ihr mich noch lange im Kampftempo laufen lasst, dann räche ich mich, indem ich euch bis zum Ende unserer Mission analysiere.«

Shelby antwortete nicht. In solchen Augenblicken hatte er keinen Sinn für Gefühle, und für Scherze schon gar nicht. Seine ganze Aufmerksamkeit galt seiner Mission. Als gäbe es nichts auf der Welt als dieses Anwesen und das, was er hier zu erledigen hatte …

In der Nacht wirkte das große Haus mit seinen dunklen Simsen, den großen, braun gestrichenen Fenstern und dem Spitzdach eines buddhistischen Tempels noch trauriger als sonst.

»Wo warten wir?«, fragte Jules.

»Nicht im Haus, das ist zu gefährlich«, sagte Shelby. Er ließ den Blick langsam über das Gebäude schweifen und blieb dann an einem kleinen Anbau hängen.

»Wir verstecken uns da drin. Es liegt an der Seite, und so haben wir einen guten Ausblick.«

Plötzlich erstarrte Jules.

»Vorsicht! Da ist schon jemand. Ich habe innen im Erdgeschoss den Schein einer Lampe gesehen.«

Shelby nahm sein Fernglas aus der Tasche und richtete es auf das Haus. Nach einer langen Weile legte er es weg und nahm den Air Taser zur Hand.

»Da ist nur einer. Versuchen wir, ihn zu schnappen, ohne zu schießen. Diese Waffe wirft zwei Haken aus, die mit elektrischem Strom verbunden sind. Die Ladung kann jeden umhauen. Jules, bleib hier, um uns zu decken.«

»Verstanden. Ich rufe dich, wenn ich etwas Verdächtiges sehe.«

Hintereinander betraten Shelby und Foster das Haus durch die Hintertür. Trotz seiner Größe bewegte der Eurasier sich mit beeindruckender Lautlosigkeit.

»Bleiben Sie hinter mir!«, flüsterte Shelby. »Ich gehe vor.«

Er hob den Air Taser auf Schulterhöhe und drang in das Zimmer vor. Foster hörte einen erstickten Schrei, eine Art dumpfes Klacken und dann nichts mehr. Nach ein paar Sekunden trat auch er in das Büro. Im Halbdunkel sah er eine Frau vor sich. Foster ging noch ein paar Schritte weiter.

»Hiko?«, fragte er und traute seinen Augen nicht.

»Warum hat dieser Idiot auf mich geschossen?«, rief sie wütend und wies auf Shelby.

»Spinnst du? Jetzt bin ich wieder schuld. Geh mal zum Arzt!«

In diesem Moment kam auch Jules herein, die Pistole in der Hand. Als er Hiko erkannte, steckte er sie ins Halfter und murmelte: »Das wird ja immer besser.«

Foster fasste Hiko am Arm.

»Können Sie mir bitte erklären, was Sie hier machen? Ich hatte Sie gebeten, im Hotel zu bleiben.«

»Wenn Sie glauben, dass ich mich von Ihnen vertreiben lasse, dann kennen Sie mich schlecht, Professor. Ich will dem Schwein, das Peter umgebracht hat, in die Augen sehen. Er soll erfahren, dass er für mich nichts ist als ein Regenwurm.«

»Sind Sie verrückt? Sie werden umgebracht, und das ist alles, was Sie davon haben.«

»Mit Verrückten kennen Sie sich aus, stimmt's?«

»He!«, rief Shelby. »Das wird jetzt hier nicht hundert Jahre lang diskutiert. In dieser Hütte sind schon zwei Menschen ermordet worden!«

»Das ist ein privates Gespräch zwischen dem Professor und mir.«

Wütend sammelte Shelby seine Haken wieder ein und steckte eine neue Batterie in den Air Taser.

»Wir haben jetzt keine Zeit, zu quatschen, verdammt noch mal! Wir müssen Posten beziehen.«

Nach der Wärme, die im Haus herrschte, spürten sie die Kälte draußen besonders stark. Die schwarzen Umrisse des Anbaus wirkten im Halbdunkel unheimlich. Shelby ging den Kiesweg hoch.

»Wir gehen hier lang, dann hinterlassen wir weniger Spuren als im Gras. Jules, du wartest im Gebüsch, da in der Nähe des Eingangs, klar? Wenn sie kommen, gib mir über das Walkie-Talkie Bescheid.«

Aus der Nähe war der Anbau wesentlich größer, als es den Anschein hatte. Die dicken Wände waren aus grauem Stein mit kleinen Öffnungen wie Schießscharten. Die Fenster hatten Sprossen im französischen Stil. Sie stießen eine schwere Holztür auf und gingen über die Treppe bis zur ersten Etage. Von einem langen Flur gingen hintereinander fünf große Zimmer ab, die sie sich schweigend ansahen. Sie waren mit Kästen, alten Papieren und ausrangierten Möbeln voll gestellt.

»Wir gehen in den letzten Raum, er ist der einzige, der zu beiden Seiten des Gebäudes Fenster hat.«

Shelby stellte seine Utensilien auf dem Boden ab. Eine dicke Katze, die eingerollt auf einer Decke lag, miaute, als sie sie bemerkte, und floh in die hintere Ecke des Raumes.

»Also, ich erkläre jetzt das Manöver«, sagte Shelby. Er stellte seinen Sender an und setzte den Helm auf.

»Jules, kannst du mich hören?«

»Laut und deutlich.«

»Okay. Wenn unsere Freunde kommen, sag nur ›Kontakt‹ und wie viele es sind und wohin sie gehen.«

»Verstanden.«

»Wir lassen sie ins Haus gehen und bleiben ganz ruhig. Dann greifen wir zu zweit ein, wenn wir wissen, wie viele es sind und wo sie stehen. Wir setzen sie diskret außer Gefecht, einen nach dem anderen, und wir bleiben ständig in Funkkontakt. Ich nehme den vorderen Teil des Hauses, du den hinteren.«

»Verstanden.«

Shelby nahm den Helm ab und wandte sich an Foster.

»Es kann eine Weile dauern. Warten Sie hier auf mich. Wenn wir fertig sind, gebe ich Bescheid. Auch du verhältst dich ruhig«, sagte er, an Hiko gewandt. »Ich will dich weder sehen noch hören. Jetzt ist Schluss mit dem Unsinn.«

Entweder war diese Kleine nicht ganz bei Trost, oder sie war übertrieben draufgängerisch. In beiden Fällen war das beunruhigend, und dieses Gefühl mochte er gar nicht.

»Hiko, haben Sie gehört, was Shelby gesagt hat?«, fragte Foster.

»Selbst wenn Jules und ich einen seltsamen Eindruck machen, bewegen Sie sich nicht, und du auch nicht!«, wiederholte Shelby. »Wir wissen, wie wir vorgehen müssen.«

»Na gut«, sagte Hiko mit einem Seufzer. »Ich bleibe beim Professor.«

Gut, sie reißt sich zusammen, das ist die Hauptsache.

Shelby löschte seine kleine Taschenlampe. Sofort standen sie in tiefem Dunkel.

»Jetzt bewegen wir uns nicht mehr«, murmelte er.

Foster schrak hoch, als Hiko mit erstickter Stimme ausrief:

»Ich habe etwas durchs Fenster gesehen, die Gestalten von Männern.«

Shelby stellte seinen Sender an.

»Shelby an Jules, Shelby an Jules.«

Es antwortete zweifaches Krächzen. Zweimal wiederholte er seinen Ruf erfolglos.

»Was ist los?«, fragte Foster.

»Ich habe keinen Funkkontakt mehr.«

Er sprang ans Fenster, blickte aufmerksam in die Dunkelheit auf der Suche nach einer verdächtigen Bewegung.

»Ich sehe nichts«, sagte er leise, »und Jules antwortet nicht.«

»Sie sind von links aufgetaucht, da drüben, und dann sind sie auf der Seite verschwunden«, sagte Hiko.

»Wie viele?«

»Mindestens drei oder vier. Mit Taschen, glaube ich.«

»Dann sind sie es«, bestätigte Shelby.

Wieder versuchte er, Jules über den Sender zu erreichen.

»Jules, Jules?«

Während er sprach, suchte er weiter den Park ab. Plötzlich entdeckte er sie.

»Ich habe sie«, murmelte er, »bei sechzehn Uhr.«

Es waren acht Männer in schwarzen Kampfdrillichen, Waffen in der Hand, Sturmgewehre oder Maschinenpistolen.

»Was soll das denn?«, rief Shelby leise aus.

Sie sind für eine militärische Operation ausgestattet, nicht für eine Hausdurchsuchung.

Plötzlich trennten sich die Männer in zwei Gruppen in perfekt eingeübter Bewegung. Shelby blieb fast das Herz stehen. Er hatte das Manöver begriffen. Diese Männer gingen nicht auf das Gebäude zu, sondern nahmen sie in die Zange.

Sie kamen auf sie zu.

»Sie kommen auf uns zu«, sagte Foster im selben Augenblick.

»Warum komm …«

»Pst!«, machte Shelby und presste seine Hand auf Hikos Mund. »Sonst finden sie uns noch!«

Hiko verzog vor Schmerz das Gesicht, Shelby stieß sie heftig zu Foster hinüber. Der einzige Ort, an dem sie sich verstecken konnten, war ein Stapel alter Holzkästen voller Papiere, zwei Meter hoch und drei Meter breit. Sie verschwanden dahinter.

»Es sind mindestens fünfzig Zentimeter Papier drin, da kann nichts passieren, das hält jede Kugel auf«, flüsterte Shelby.

»Ich will mich nicht verstecken, gib mir eine Waffe!«

»Seien Sie ruhig«, befahl Foster, »und lassen Sie Shelby machen. Er leitet die Aktion.«

Der Eurasier zwinkerte, um Foster zu danken. Er lud die S9 und zog die TG hervor, unter der er einen Lader befestigte. In der Stille des Raumes klickte der Gewehrlauf wie ein Donnerschlag. Dann stellte er sich in Warteposition, die TG auf die Tür gerichtet. Schweiß lief ihm über die Stirn. Wenn Jules tot war, dann war das wirklich ein schlechtes Zeichen. Nur echte Profis waren in der Lage, den Engländer zu überraschen. Es herrschte absolute Stille.

Plötzlich hörte man es im Erdgeschoss rumoren, dann knarrten die Dielen.

Sie kommen hoch.

Shelby horchte gespannt. Die Angreifer bewegten sich die Fußleisten entlang vorwärts. Noch ungefähr zehn Meter, bis sie an ihrem Raum sein würden. Paradoxerweise fühlte er sich erleichtert. Seine alten Reflexe waren also immer noch da.

Die Männer sahen sich in allen Räumen um, wie Foster, Hiko und Shelby eine Stunde zuvor. Im Flur gleich nebenan knarrte es. Shelby hob ein wenig den Kopf, hörte es atmen und dann ein leichtes Trappeln. Leise öffnete sich die Tür, aber niemand erschien im Eingang. Es geschah nichts, plötzlich aber erhellte ein schmaler Lichtschein die Wände und erlosch wieder. Shelby zwinkerte.

Typische Prozedur eines Kommandos.

»Hiko, wir wissen, dass Sie hier sind, mit Ihren beiden Freunden. Werfen Sie die Waffen weg, und ergeben Sie sich.«

Hiko öffnete den Mund wie ein Fisch, der nach Luft schnappt, und sah Foster erschrocken an, bevor sie sich wieder fing. Er spürte ihre Angst und presste sie an sich.

Der Unbekannte hatte Englisch gesprochen, mit einem kaum wahrnehmbaren japanischen Akzent. Der Ton war ruhig, sicher.

Ein früherer Bulle, dachte Shelby, oder ein Militär.

»Sie haben zwanzig Sekunden. Danach stürmen wir ins Zimmer, und Sie werden sehen, was dann passiert.«

Der Mann sprach deutlich, wie jemand, der es gewohnt ist, zu befehlen. Seine Worte waren präzise und wirkungsvoll. Keine Spur vom Slang eines Straßenganoven. Shelby überlegte angestrengt, die Hände an der TG. Der Mann hatte einen Fehler gemacht, indem er »wir« gesagt hatte. So hatte er verraten, was Shelby bereits wusste: Er war nicht allein.

Langsam ging die Tür auf. Mechanisch registrierte Shelby jedes Detail, als spiele sich die Szene in Zeitlupe ab. Ein Schatten betrat in einer fließenden Bewegung das Zimmer. Schwarzer Drillich, Ranger, ein Gewehr auf der Schulter, eine Pistole im Halfter. Auf der Schulter ein Sender mit Übertragungsantenne. Keine Nachtsichtbrille. Eine schwarzrote Mütze mit einem Spalt für die Augen. Wie ein Dämon …

Er kam noch einen Schritt näher und wandte sich um. Shelby erkannte seine Waffe. Eine M89 mit Lampe unter dem Lauf. Ein Gewehr für Profis, stark und präzise. Auf dem Rücken trug der Angreifer noch eine Maschinenpistole. Der Strahl seiner Lampe bewegte sich langsam von rechts nach links, in einer so regelmäßigen Bewegung, als sei er lebendig.

Der Dämon bewegte sich vorsichtig, die Füße leicht nach außen gesetzt, beide zur größeren Stabilität hüftbreit auseinander. Er bewegte sich wie jemand in einem professionellen Kommando, in einer Art, die Shelby vage an etwas erinnerte.

Plötzlich eine schnelle Bewegung zu seiner Rechten. Der Mann drehte sich mit der Geschwindigkeit einer Schlange um und drückte auf den Abzug. Die Katze explodierte, schwarze Haare und Fleischfetzen flogen in alle Richtungen. Hiko stieß einen Schreckensschrei aus. Sogleich wandte sich der Mann in ihre Richtung. Eine weitere Detonation erfolgte. Das starke Projektil schlug nur wenige Zentimeter von Hikos Kopf ins Holz ein. Hiko stöhnte, da sie ein Holzsplitter, scharf wie eine Klinge, getroffen hatte. Nun drückte Shelby auf den Abzug der TG. Die Salve erleuchtete das Zimmer mit einem orangefarbenen Blitz. Der metallische Lärm zerriss ihnen fast die Trommelfelle. Der Kopf des Dämons sprang in Stücke. Die Tür, der Rahmen und ein Teil der Wand zerbrachen in einer Wolke von Holzsplittern, zersprungenem Gips und Beton. Drei weitere Angreifer erschienen in der Tür, die Waffen in der Hand. Shelbys zweite Salve mähte auch sie um. Den Bruchteil einer Sekunde standen sie erstarrt, dann flogen sie, von Kugeln durchsiebt, nach hinten. Nachdem sie gegen den Schrank zwei Meter hinter ihnen geschlagen waren, fielen sie um wie blutige Puppen.

Shelby lud die TG nach. Ratsch, ratsch. Er war bereit. Was jetzt kam, war noch schneller und furchterregender, als was bereits geschehen war: Er richtete sich nach einer kurzen Entspannung auf und stürzte auf die Wand zu. Die Augen traten ihm fast aus den Höhlen, als er mit durchdringender Stimme rief:

»*Tenno Heika Banzai*!«

Mit der TG am ausgestreckten Arm feuerte er einen wahren Kugelhagel durch die Wand, und noch während er schoss, sprang er mitten durch sie hindurch in den Flur. Die vier letzten Mörder stürzten um wie Kegel. Zwei weitere Detonationen übertönten noch das schreckliche Geräusch, mit dem er die TG das zweite Mal nachlud, aber die Kugeln flogen über seinen Kopf hinweg. Shelby hatte den Lader im Eiltempo gewechselt und leerte nun seine Waffe erneut und mit todbringendem Lärm. Die blutenden Körper seiner Angreifer wurden bis ans Flurende geschleudert. Erst jetzt trat Stille ein. Der Eurasier ließ die TG sinken und sah sich um – ein Anblick wie vom Ende der Welt: Die Mauern waren nur noch Staub, das Parkett hatte sich in Millionen Konfettiteilchen aufgelöst und ließ den nackten Estrich darunter erkennen. Was von den Angreifern übrig war, lag zermetzelt und von Einschüssen durchsiebt am Boden. Foster ging zu ihm hin.

»Ist es vorbei?«

Shelby wandte den Kopf nach rechts, dann nach links. Er näherte sich dem Fenster.

»Ja, ich gehe Jules suchen«, sagte er mit einer eisigen Stimme, die fast nichts Menschliches mehr hatte.

Er betrat die Reste der Treppe und verschwand. Hiko näherte sich dem Professor, am ganzen Leib zitternd, und sagte ihm mit tonloser Stimme ins Ohr:

»Professor, der ist ja … völlig durchgeknallt.«

Foster nickte.

»Haben Sie gehört?«, wiederholte sie. »Er ist auf ihre Gewehre zugerannt und hat *›Tenno Heika Banzai‹* gebrüllt.«

»Was bedeutet das?«

»Das war der Ruf der Kamikaze, als sie sich über die amerikanischen Kriegsschiffe hermachten.«

Der Junge ist wahnsinnig. Ich muss mich ernsthaft mit seinem Fall befassen. Sonst könnten wir riesige Probleme bekommen.

Einen Moment später tauchte Shelby wieder auf.

»Was ist?«

»Jules ist tot«, sagte er mit einem schmerzlichen Ausdruck im Gesicht.

»Sie haben ihm die Kehle durchgeschnitten. Ich habe noch versucht, ihn zu reanimieren, aber er war schon verblutet.«

»Kümmern wir uns um unsere Besucher«, sagte Foster.

Shelby sah seinen finsteren Blick.

Ich bin ja wahnsinnig. Ich habe alle diese Kerle hingemetzelt, dabei wollten wir sie lebend gefangen nehmen.

Der Professor ging wütend von einer Leiche zur nächsten.

Plötzlich rief er:

»Einer atmet noch.«

Vorsichtig zog er dem Mann die blutgetränkte Mütze ab und bemühte sich, ihm nicht unnötig wehzutun. Der Japaner warf ihm einen hasserfüllten Blick zu. Foster betastete vorsichtig seine Wunden und löste zweimal einen lauten Schmerzensschrei aus.

»Und?«, fragte Shelby nervös.

»Er ist am Unterleib, Hals und Oberkörper schwer verletzt, ich zähle ungefähr zehn Einschläge, aber ich glaube, kein lebenswichtiges Organ ist betroffen. Er kann es noch schaffen.«

Foster setzte die Untersuchung fort.

»Weder die Leber noch die Lunge oder die Milz haben etwas abbekommen. Wir müssen unverzüglich einen Krankenwagen rufen.«

»Geben Sie mir eine Minute«, sagte Shelby und beugte sich über den Verletzten. »Hiko, komm her, um zu übersetzen.«

Er packte den Verletzten am Kragen.

»He, hörst du mich? Verstehst du mich, wenn ich rede?«

Er war so aufgeregt, dass er mit englischem Akzent Japanisch sprach. Der Verwundete spuckte ihm ins Gesicht.

»Hau bloß ab!«

Er redet, das ist schon ein Anfang.

»Wir suchen eine junge Frau, Anaki, und einen Wissenschaftler, Professor Bosko. Deine Kumpels jagen sie. Wir wollen wissen, wer Peter und seine Tante umgebracht hat. Weißt du etwas darüber?«

»Arschloch«, sagte der Mann hasserfüllt.

Er hatte einen Schluckauf und spuckte etwas Blut auf Shelby.

»Du hast mehrere Kugeln abgekriegt. Wenn du mir nicht sagst, wo Anaki ist, lass ich dich hier abkratzen wie eine Ratte. Kapiert?«

»Die S. kriegt euch schon noch, du Arsch. Ihr habt keine Chance, hier rauszukommen. Ihr werdet alle draufgehen.«

Shelby ließ sein Hemd los. Der Mann fiel schwer auf den Rücken.

»Von wegen! Dich wird es erwischen. Du pisst überall Blut.«

Der Mann verzog das Gesicht und starb ohne ein weiteres Wort. Foster kniete sich dicht neben die Leiche.

»Übersetzen Sie mir Ihr Gespräch.«

Als Shelby fertig war, fragte Foster:

»Die S.? Haben Sie eine Ahnung, was das ist?«

»Nein.«

»Und Sie, Hiko?«

»Ich auch nicht.«

Shelby stand auf und wischte seine vom Blut klebenden Hände an seiner Hose ab.

»Ihre Ausrüstung ist modern, die Uniformen sind aus bestem Material. Sieht ganz nach paramilitärischer Organisation aus. Und die Kerle schlagen sich wie die Profis. Meiner Meinung nach wurden sie in einer Spezialeinheit der Armee ausgebildet. Ihre Art, sich zu bewegen und zu schießen, erinnert mich irgendwie an etwas.«

Trotz der Abscheu, die sie empfand, beugte sich Hiko ebenfalls über eine der Leichen, die des Ersten, den Shelby erledigt hatte, und die wie ein groteske Puppe dalag, die Beine unter dem, was noch vom Körper übrig war.

»Professer, Shelby, sehen Sie mal! Sieht so aus, als trüge der Mann eine Art Mantel am Rücken.«

Sie traten hinzu und stellten fest, dass Hiko Recht hatte.

»Shelby, haben Sie schon mal einen solchen Drillich gesehen?«

»Noch nie.«

»Wozu würde ein solcher Umhang bei einem Kampfeinsatz dienen?«

»Zu gar nichts, der stört eher.«

»Hm. Das ist ja interessant. Sehr sogar. Wenn dieses Cape eher ein Handicap ist als ein nützliches Accessoire, dann muss es eine symbolische Bedeutung haben.«

»Und das wäre?«

»Vielleicht ein bestimmter Dienstgrad? Helfen Sie mir, die Leiche auszuziehen.«

Der Mann war ein Japaner von etwa fünfzig, hatte weiße Haare, einen kräftigen, muskulösen, von Narben übersäten Körper.

»Man hat ihn nach Kugel- und Stichverletzungen behandelt«, stellte Foster fest, nachdem er die Leiche genau untersucht hatte. »Ich kann außer den Narben keinerlei besonderes Merkmal erkennen.«

»Doch hier!«, rief Hiko. »Unter der Achsel, sieht so aus, als wäre da was.«

Inmitten der Haare war mit schwarzer Tinte ein S eintätowiert.

»Sehen wir uns die anderen an«, sagte Foster.

Auch die anderen Mitglieder des Kommandos waren Japaner gewesen, alle etwa vierzig Jahre alt. Sie hatten keine Tätowierung.

»Hiko, können Sie in die Küche gehen und mir Mehl und irgendeine Flüssigkeit bringen, am besten Bier?«

»Wozu?«

»Sie werden schon sehen.«

Sie lief los.

Foster näherte sich Shelby.

»Stoßen Sie immer Kamikaze-Rufe während Ihrer Operationen aus?«

»Manchmal, wenn ich Wut habe.«

»Warum hatten Sie Wut?«

Wegen Hiko.

»Sie hat geschrien, ich glaubte, sie wäre getroffen. Da bin ich ausgerastet.«

»Danke«, sagte Hiko, die wieder ins Zimmer kam. »Du warst großartig.«

Foster schüttelte den Kopf.

Es war nicht wegen Hiko. Er ist wahnsinnig.

Hiko war halb eingeschlafen und hielt sich mit der Hand an der Tür fest. Die Wärme im Auto umgab sie wie ein wohltuender Kokon, und das Brummen des Motors verstärkte diese Wirkung. Die Gewalt, mit der Shelby in Hiro Kima vorgegangen war, und sein Geständnis, es habe mit ihr zu tun, hatten sie verblüfft. Sie sah ihn immer noch vor sich, von Flammen umgeben und wie er unter dem Dröhnen seiner Waffe durch die Wand ging, als sei ihm sein Leben nichts wert. Und jetzt war er hier, ruhig und fast entspannt. Er fuhr den Wagen ohne Anstrengung, saß gerade da, das Gesicht entspannt, ein leichtes Lächeln auf den Lippen, beide Hände flach auf das Steuer gelegt. So als sei nichts geschehen, als habe er nicht wenige Minuten zuvor acht Menschen in Stücke gemetzelt. Als ob Jules nicht die Kehle durchgeschnitten worden wäre. Sie schauderte. In gewisser Weise war Shelby alles, was sie hasste, ein wilder Mörder, blutrünstig und zu jeder Wahnsinnstat bereit. Er verachtete den Tod und damit auch das Leben, während sie Pazifistin und Umweltaktivistin war. Und doch kam ihr etwas in den Sinn und wurde ihr immer deutlicher: Sie empfand keinerlei Abscheu vor ihm. Shelby löste etwas anderes in ihr aus, eine Art unwillkürliche Erregung, wie sie sie noch nie empfunden hatte. Es war verrückt, aber Shelbys Gewalttätigkeit zog sie an.

In diesem Moment legte Foster schützend eine Hand auf ihren nackten Arm.

»Wir kommen nach Ginza. Setzt mich beim Hotel ab, ich muss Scott berichten.«

»Und wir?«

»Ihr fahrt zu Margaret Bliker. Shelby, sagen Sie ihr, was mit Jules passiert ist.«

»Okay.«

»Überlegt mit ihr, was man tun kann, um seine Leiche und die der Angreifer zu bergen. Nehmt auch ein paar Abdrücke mit.«

Er öffnete die Wagentür und stieg aus, ohne eine Antwort abzuwarten.

»Zeig mir den Weg, wir fahren nach Shinjuku Ni Chome.«

Margaret Blikers Büros lagen in einem zehn Etagen hohen Gebäude aus Glas und Stahl. Als Hiko und Shelby den Aufzug verließen, erwartete sie eine Hostesse in zeremonieller Kleidung – mit rotgoldenem Kimono, Seidensandalen, kompliziert hochgestecktem Haar und weißer Schminke im Gesicht. Sie verneigte sich tief, bevor sie ihnen bedeutete, ihr zu folgen. Sie gingen durch einen Flur mit einer dunkelvioletten Tapete, der Fußboden war mit dickem, rotem Teppich ausgelegt. Feine japanische Zeichnungen hingen an der Wand. Die Hostesse schob eine gepolsterte Doppeltür auf und verneigte sich dann wieder zum Zeichen der Ergebenheit. Sie betraten ein riesiges Büro mit Glaswänden, Marmorfußboden, einem dicken, weißen Teppich, Möbeln aus kostbarem Holz mit Intarsien und mit weißen Ledersofas. Das ganze Zimmer war von unerhörtem, unübersehbarem Luxus. Überall hingen weibliche Akte in Schwarzweiß. Margaret Bliker stand am Fenster und rauchte eine riesige Pfeife. Als sie hörte, wie die Tür zuging, drehte sie sich um.

»Ah, da sind Sie ja.«

Die Engländerin war von einer Wolke schweren Parfums umgeben. Außer ihrer Kette und Manschettenknöpfen mit einem großen Diamanten trug sie an jedem Finger einen riesigen Ring mit Brillanten. Einen japanischen Arbeiter hätte der Schmuck sicher zehntausend Jahre Lohn gekostet.

»Warum ist Jules nicht mitgekommen?«, fragte sie plötzlich.

Shelbys Blick machte jeden Kommentar überflüssig. Sie wurde blass und nahm ein Glas, das sie in einem Zug leerte.

»Er war ein Mistkerl, aber ich mochte ihn. Er wird mir fehlen.«

Sie ließ sich auf das Sofa fallen und forderte sie mit einer müden Handbewegung auf, sich ebenfalls zu setzen.

»Wo ist Foster?«

»Zum Bericht bei Scott.«

»Foster … der frühere Star des Secret Service. Als ich noch im Auftrag des SIS Smaragdhandel in Thailand betrieb, hatte er die Aufgabe, das Gehirn des verlogenen alten Markus Wolf zu erkunden.[3] Genie gegen Genie, der alte deutsche Geheimdienstfuchs gegen das junge britische Wunder, Doktor der Psychiatrie. Es war ein Titanenkampf, wissen Sie. Wolf war so beeindruckt von ihm, dass er sogar verhindert hat, dass der KGB Foster umbringt.«

---

[3] Legendärer Chef der Hauptverwaltung Aufklärung der Stasi, des ostdeutschen Geheimdienstes, bekannt für seine Gerissenheit.

Margaret Bliker goss sich ein neues Glas ein, das sie in einem Zug leer trank, und füllte sich ein drittes.

»Das Kommando, das Foster umlegen sollte, wurde nach Moskau zurückgerufen, als es sich schon in Dover befand. Jetzt, wo Wolf endlich mal einen Gegner hatte, der ihm gerecht wurde, wollte er ihn auf keinen Fall verlieren ... Dank Foster haben wir ein paar tolle Coups gelandet, wir, der dekadente, korrupte Westen.« Sie bekam einen Hustenanfall und leerte wieder ihr Glas. »Aber jetzt Schluss mit dem Geschwätz.«

Daraufhin zog Hiko einen Tupperware-Behälter aus ihrer Tasche, in dem sich eine weißliche, schon steif gewordene Masse mit einem Gebissabdruck befand. Es gab auch ein Blatt Papier mit Fingerabdrücken. Margaret Bliker, die sich erneut nachgeschenkt hatte, sah sich die Proben einen Moment im Licht an und legte sie auf eine Kommode.

»Wollen Sie, dass ich das analysieren lasse?«

Ihre Redeweise war ein wenig abgehackt, der Alkohol begann zu wirken.

»Ja. Könnten Sie auch die Leichen vor Ort bergen lassen? Es tut mir sehr Leid wegen Jules.«

Margaret Bliker senkte den Kopf. Sie bemühte sich sichtlich, normal zu reden.

»Wie viele Leichen gibt es denn?«

»Im Ganzen neun.«

»Wir haben keinen Platz, um so viele zu bergen. Ich schicke eine Gruppe hin, um Jules und zwei andere abzuholen.«

»Nehmen Sie wenigstens den Ältesten, der unter der Achsel tätowiert ist«, sagte Hiko.

»Sonst noch was?«, fragte Margaret Bliker.

»Meiner Meinung nach haben unsere Angreifer in Spezialeinheiten der Armee oder der Polizei gedient«, sagte Shelby. »Sie haben M89-Gewehre benutzt und HK-Maschinenpistolen, Modell MP5. Diese Waffen findet man in Japan nicht auf der Straße.«

»Ich forsche bei Segikun und den Yakuzas nach, sie sollen sich auf frühere Bullen oder Soldaten konzentrieren.«

Sie legte die Pfeife auf den Rand eines riesigen Basalt-Aschenbechers.

»Sie bekommen die Ergebnisse vor morgen Mittag. Ich werde veranlassen, dass alles über Nacht passiert, und schwöre Ihnen, dass die Mannschaft sich nach Kräften bemühen wird. Ich mache es zur Chefsache.«

»Da ist noch etwas, das vielleicht wichtig ist«, sagte Shelby. »Ein Mann hatte unter der Achsel eine Art S tätowiert.«

»Ich habe hier noch nie von einer Tätowierung mit einem Buchstaben aus einem westlichen Alphabet gehört.«

»Kennen Sie jemanden, der uns weiterhelfen könnte?«, fragte Hiko.

Die Engländerin lehnte sich in ihrem Sessel nach hinten. Sie überlegte ein, zwei Minuten, dann hellte sich ihr Gesicht auf.

»Ja, es gibt jemanden, den Kommissar Matasuko Ori.«

»Wer ist das?«

Shelby nahm die Informationen, die sie ihnen gab, kaum zur Kenntnis, denn er wusste, dass so jemand ihnen wohl kaum nutzen würde. Als Margaret Bliker zu Ende geredet hatte, stand Hiko auf und verneigte sich tief vor ihr, mit gesenktem Blick zum Zeichen von Unterwerfung und Respekt.

»*Arigato.* Vielen Dank für Ihre Hilfe, Bliker-san, und noch einmal mein ganzes Beileid für Jules-san. Wir werden jetzt gehen.«

Die Engländerin verneigte sich ebenfalls. Der Alkohol hatte ihre Wangen rosig gefärbt, bald würde sie völlig betrunken sein.

»*Arigato Gozaimas.* Ach, noch ein Letztes ...«

Die beiden wandten sich um.

»Ihr seid beide sehr nett, aber ihr wirkt ein wenig verklemmt. Bedenkt, was Jules passiert ist. Diese Welt ist einfach beschissen, und man macht nie genug aus seinem Leben. Ihr solltet miteinander vögeln – so nennt man das doch heute, oder? Meiner Meinung nach würde es euch gut tun.«

Sie goss sich wieder ein Glas ein, ohne die beiden anzusehen. Hiko schob Shelby wütend aus dem Zimmer.

»Sie hat getrunken«, sagte sie, als sie wieder auf der Straße waren.

»Sie hat einen ihrer Leute verloren, sie ist besorgt. Alle Leute reden in einer solchen Situation Blödsinn. Selbst Foster würde das tun.«

Während der Rückfahrt schwiegen sie. Shelby musste immer wieder an das unangenehme Gefühl denken, das ihn überkommen hatte, als er das Stundenhotel verließ, in dem er sich mit seiner Geliebten vergnügt hatte. Er hatte das Gefühl, dass dieses Unbehagen wuchs. Doch das, was Foster und Margaret Bliker über Hiko gesagt hatten, ging ihm nicht aus dem Kopf. Was war bloß los, verdammt? Er wusste nichts über dieses Mädchen, vor zwei Tagen hatte er sie nicht einmal gekannt, und schon war sie dabei, ihm ein schlechtes Gewissen zu machen.

Als er wieder im Hotel war, verbrachte er zwei Stunden damit, nachzudenken. Dann schaltete er seinen Palm ein und löschte systematisch alle Telefonnummern seiner Geliebten. Dann sprach er ein stilles Gebet für Jules, der im Kampf gefallen war. Danach fiel er in den Schlaf des Gerechten.

Foster wälzte sich im Bett, während er an sein letztes Gespräch mit Scott dachte. Der machte sich Sorgen über den Lauf der Dinge, aber was sollte er Scott zur Beruhigung sagen? Sie hatten zum Schluss über Shelby gesprochen, über den Foster Zweifel geäußert hatte: »Was wissen Sie über Shelbys japanischen Großvater?«, fragte er.

»Den Kamikaze?«

»Ja.«

»Nach seiner Akte war er einer der Adjutanten von General Ugaki, er leitete ein Trainingsprogramm für *keiten*-Piloten, Selbstmordkommandos. Im April 1945 – wenn ich mich recht erinnere, war es der 15. – beschloss er, seinen Admiral an Bord einer Baka, eines Kamikaze-Flugzeugs, in den Tod zu begleiten, ebenso wie zweiundzwanzig seiner Kameraden. In Okinawa versenkten sie vier amerikanische Schiffe, man weiß nicht genau, auf welches Shelbys Großvater sich gestürzt hat.«

Foster hatte schweigend zugehört.

»Wissen Sie mehr darüber?«

»Ich glaube, ich habe irgendwo in seiner Akte einen Bericht eines Kameraden seiner Einheit. Warten Sie.«

Scott nahm ein paar Minuten später wieder den Hörer zur Hand.

»Ich habe es gefunden. Es ist eine Übersetzung. Susumi Nakatashi, Shelbys Großvater, bewegte sich auf die Brücke des Flugzeugträgers zu. Er wirkte so ruhig, so beherrscht, dass niemand auf der Welt hätte glauben können, dass er in den sicheren Tod ging. Er war bereits ein Held und hatte sich den Ruhm erworben, die Feinde Japans zu zerstören. Dieser große Soldat hatte seinen Schädel rasiert und seine Uniform ausgezogen. Er trug eine lange weiße Tunika, auf dem Rücken bestickt mit einer rosa Kirschblüte mit fünf Blütenblättern. Diese Blume hatte er auch auf seine Bombe gemalt, um die ganze Kraft seines Tuns zu unterstreichen: Es war kein Akt der Gewalt, sondern ein Zeugnis der ewigen Werte Japans, an die er glaubte.«

»Warten Sie«, rief Foster. »Eine rosa Blume mit fünf Blütenblättern ... Aber Shelby hat eine auf den Arm tätowiert!«

»Und er hat auch einen kahlen Schädel ... Ich weiß das alles«, sagte Scott sanft. »Hatten Sie vergessen, was es heißt, im Geheimdienst zu arbeiten? Willkommen im Land der Verrückten, Professor.«

Noch vier Tage

»Normalerweise definiere ich Alter als fortschreitende Verringerung der Stoffwechselfähigkeit der Zellen in der Zeit, die eine progressive Auslöschung der Lebensfähigkeit nach sich zieht und dann den Tod. Nach einer anderen Definition ist es ein fragwürdiger Prozess, dumm und ungeheuer ungerecht. Man wird mir sagen, dass es ohne Alter und Tod keine Erneuerung der Menschen, der Ideen, der Talente gäbe. Dies ist aber eine unvollständige und eingeschränkte Vision. Wer könnte an dem außerordentlichen schöpferischen Geist zweifeln, an der ungewöhnlichen moralischen und intellektuellen Kraft einer Frau oder eines Mannes, die dreihundert oder tausend Jahre leben?«

Aus dem Tagebuch von Professor Bosko

Wie geblendet, blinzelte Anaki mit den Augenlidern. Erinnerungen stiegen in ihr hoch. Nachdem sie in Paris gelandet war, war sie die ganze Nacht gefahren und hatte fünfzig Kilometer von Lyon entfernt nur ein paar Stunden Pause gemacht. Gegen Mittag war sie in Marseille angelangt und hatte ein kleines Hotel an der Canebière gleich hinter dem Bischofspalast gewählt. Zuerst legte sie sich hin, um ein wenig zu schlafen, erschöpft, aber glücklich. Durch das geöffnete Fenster drang heller Sonnenschein in ihr Zimmer. Ein leichter Wind bewegte die Gardine, der Lärm von der Straße war sanft und beruhigend. Hier fühlte sie sich sicher. Mit einem Ausdruck des Schmerzes im Gesicht stand sie auf und bereitete sich rasch eine Tasse Tee zu, nahm zwei Paracetamol und zwei Aspirin und legte sich dann gegen die Schmerzen eine Wärmflasche auf die Hüfte. Gott, tat das weh! Würde sie noch zweihundert Jahre mit so furchtbaren Schmerzen aushalten? Ja, George würde schon einen Weg finden, die Wirksamkeit seines Mittels auf die Knochen zu verbessern, er hatte es ihr versprochen. Als sie an ihn dachte, durchdrang Anaki ein Gefühl wohltuender Wärme. George war nicht weit, irgendwo zwischen Montpellier und Nizza, ganz nah bei ihr. Während ihrer Reise hatte sie Zeit gehabt, über ihr künftiges Leben nachzudenken. Doch sie stellte sich immer noch eine Menge Fragen: Wer war sie eigentlich? Ein junges Mädchen, das glücklicherweise die Erfahrung einer reifen und intelligenten Frau hatte? Oder eine alte Dame, die die Leute betrog und die die moderne Wissenschaft mit einer künstlichen Schminke versehen hatte? Sie konnte nachdenken, so viel sie wollte, sie wusste immer noch nicht, wer sie war. Würde man sie nach ihrem Alter fragen, wäre sie unfähig, zu antworten. Vierundzwanzig oder vierundsiebzig? Sie spürte beides zugleich, und dieser Gedanke machte ihr Angst.

Sie atmete tief, legte die Wärmflasche weg und steckte sich den Elfenbeinkamm ihrer Mutter ins Haar. Das vollkommene Gesicht, das sie im Spiegel sah, überwältigte sie. Es war wohltuend, so schön zu sein. Sie konnte sich immer noch nicht an den Gedanken gewöhnen, dass dies tatsächlich ihr Gesicht war, dass sie es war, nach der die Männer sich umsahen, und dass andere Frauen sie heimlich beneideten oder bewunderten. Trotz der Spannnung, der Angst, trotz der Killer, die ihr auf den Fersen waren, und trotz der Trennung von ihrer Schwester musste sie zugeben, dass sie nie im Leben so glücklich gewesen war. Sie drückte die Festplatte an ihren Körper und streichelte sie gedankenverloren. Das glänzende Äußere war schön anzufassen, fast wie Seide. Sie lachte. Manche heben Liebesbriefe auf oder Schmuck, manche ein Buch oder eine CD mit Musik, die sie an den geliebten Menschen erinnern. Für George und sie gab es das alles nicht. Der einzige persönliche Gegenstand, den sie von George besaß, war diese absurde Festplatte. Sie war ihr Glücksbringer, eine zarte und unsichtbare Verbindung zu ihm.

Jetzt ist es Zeit, ihm zu sagen, dass ich da bin. Er muss wissen, dass wir nicht mehr weit voneinander entfernt sind, dass wir uns, wenn er will, wiedersehen können.

Sie nahm den verschlüsselten Laptop zur Hand und merkte erst nach einigem Suchen, dass sie das Stromkabel in Tokio vergessen hatte. Als sie den Stromanzeiger sah, war sie tief besorgt. Es waren nur noch zehn Prozent Ladekapazität übrig. Ohne eine Sekunde zu verlieren, schaltete sie ihn ein, gab den Code aus zwanzig Zeichen ein, den sie auf Georges Geheiß auswendig gelernt und auch nirgendwo notiert hatte, und stellte die Verbindung zum Internet her. Einen Monat zuvor hatte George auf Hotmail eine Mailbox eingerichtet, die sie für vertrauliche Nachrichten verwenden wollten. Sie schrieb den Namen, dann das Passwort. Die Mailbox war leer. Eine Weile war sie ratlos, hin- und hergerissen zwischen Mutlosigkeit und Aufregung. Dann beschloss sie, die Initiative zu übernehmen, da George es noch nicht gewagt hatte, ihr zu schreiben.

Lieber George,
ich bin gestern nach Frankreich gekommen. Ich bin überglücklich, so nah bei dir zu sein. Aber ich bin auch traurig, wenn ich an Minato denke, die immer noch darauf wartet, auch das Mittel zu bekommen. Um meine Sicherheit brauchst du nicht zu fürchten, ich bin mit einem gestohlenen Pass und Führerschein unterwegs. Ich eröffne heute oder morgen ein Konto mit falschem Namen, damit du mir ein bisschen Geld von einem deiner Geheimkonten überweisen kannst für den Fall, dass ich nicht mehr genug habe. Meine Kreditkarte kann ich ja nicht verwenden. – Ich habe natürlich die codierte Festplatte bei mir und passe auf sie auf wie auf meinen Augapfel. Noch etwas, ich habe mein Stromkabel in Tokio vergessen. Muss ich einen neuen Laptop kaufen? Kann ich dich mit einem nicht codierten Gerät erreichen, oder ist das Risiko zu hoch? Ich erwarte deine Antwort.

Ich habe dir so viel zu sagen, dass ich nicht weiß, wo ich anfangen soll. Ich beschränke mich deshalb auf das Wesentliche. Ich möchte dich bald sehen. Ich liebe dich und verdanke dir alles,
Anaki

Auf dem Flug in seinem Privatjet saß der Behinderte in seinem tiefen Ledersessel und blätterte unter den wachsamen Augen von Oberst Toi in einem Bericht. Nishima, der mächtige Yakuza, hatte in den Handel eingewilligt. Toi war zwar ohne sein kostbares Dossier zurückgekommen, das Nishima in seiner Gegenwart mit sichtlicher Freude zerrissen hatte, wohl aber mit der Telefonnummer eines Mafia-Bosses, der ihnen, wie Nishima sagte, in Frankreich helfen könnte. Ein Neapolitaner, der eine Armee von über fünftausend Gaunern in ganz Südeuropa befehligte, wie Nishima neidvoll erwähnte. Der Behinderte schloss die Augen und schlief fast sofort ein. Sein Traum kehrte zurück, derselbe, den er seit fünfzig Jahren immer wieder träumte. Der Tag, an dem alles angefangen hatte, der 7. August 1945.

Das Reich der Sonne lag darnieder. Unaufhörlich fielen amerikanische Bomben auf Tokio. Fliegende Festungen verwandelten die Stadt unter Tosen und schrillem Pfeifen in eine Ruine. Am Boden knallten unaufhörlich Explosionen. Die Erde zitterte, der ganze Horizont brannte. Er lief durch das unterste Geschoss des kaiserlichen Regierungsbunkers, außer Atem, mit offenem Mund, überzeugt, dass sein Ende gekommen war. Wie viele andere hatte er mit Schrecken zusehen müssen, wie die kaiserliche Armee, die er für unbesiegbar gehalten hatte, unter den Schlägen der Amerikaner, Australier und Engländer überall im Pazifik unterging. Die Marine hatte ihre meisten Flugzeugträger und Kreuzer verloren, Malaysia war gefallen, dann die Philippinen und Okinawa. Im März waren die ersten amerikanischen Bomben auf Tokio herabgeregnet, das inzwischen zu zwei Dritteln zerstört war. Nach der deutschen Kapitulation hatte der Kaiser erklärt, dass Japan das Unerträgliche ertragen müs-

se. Er mobilisierte die letzten Kräfte in dem lächerlichen Versuch, den unausweichlichen Zusammenbruch aufzuhalten. Einheiten aus Kindern, Zivilisten und Alten wurden von den amerikanischen Kräften vernichtet, aber sie gaben keinen Zentimeter Land auf. Guam und Okinawa hatten als Erprobungsstätte dieses kollektiven Selbstmords gedient. Bei seinem Weg durch den Bunker hielt er im Laufen seine Ledertasche fest an den Körper gepresst, darin seine Nambu-Pistole mit aufgesetztem Schalldämpfer, zwei falsche Pässe, mehrere Bündel Dollars, Schweizer Franken und Sterling. Bald erreichte er die Tür, hinter der der Privatbunker des Kaisers lag. Hinter Sandsäcken und Maschinengewehren beschützten ihn Kempetei- und Tokumu-Kommandos. Sie würdigten ihn keines Blickes. Sie rochen nach Sake, nach Sake und Angst. Sie hatten erfahren, dass Hiroshima im Bruchteil einer Sekunde von einer neuen amerikanischen Bombe ausgelöscht worden war, einer so starken Bombe, dass nichts und niemand in einem Radius von zwanzig Kilometern Umkreis noch am Leben war. Er lief an ihnen vorbei. Er wusste es seit dem 6. August. Der Oberst, der ihn vor ein paar Minuten angefordert hatte, wartete vor einer zweiten Panzertür auf ihn. Sein Abzeichen als Lehrer der berühmten Schule von Nakano[4] *hing an seinem Arm wie eine alte, vom Umschlag abgelöste Briefmarke. Er sah darin ein Zeichen, sagte aber nichts.*

»A So! *Da bist du ja endlich. Du hast sie gefunden. Komm mit.*«

Sie gingen eine Weile durch den Bunker. Es stank entsetzlich, die Luft stach in den Augen noch mehr als im Gemeinschaftsschutzraum. Er hielt an, um sich zu übergeben. Der Oberst packte ihn am Kragen, noch bevor er fertig war. Er zog ihn hinter sich her und brüllte:

»Los schnell, wir haben nicht viel Zeit!«

Erbrochenes war auf seine schöne Uniform gefallen. Er schämte sich. Hinter seinem Mentor durchquerte er zwei weitere Panzertüren. In diesem Teil des Bunkers herrschte eine seltsame Atmosphä-

[4] Legendäre japanische Spionageschule

re. Dort waren keine Leichen, aber Offiziere, hager und mit leeren Augen. Sie waren schon anderswo, das konnte er spüren. Die Welt um sie herum brach zusammen. Er glaubte seinen früheren Lehrer zu erkennen, den finsteren Doktor Ishii, der mit einem Schatten diskutierte, der an General Oshima erinnerte, aber der Oberst lief weiter, zog ihn buchstäblich hinter sich her. Dann kam noch ein Flur, und ehe er sich's versah, fand er sich in einem kleinen Raum wieder. Die Betonwände waren weiß gestrichen und mit Bildern verziert, was an einem solchen Ort lächerlich wirkte. Ein schmutziger Teppich lag auf dem Boden. Auf der Seite stand ein Tisch mit Intarsien und auf einem Spitzentischtuch eine Lampe mit Spitzendekor am Schirm. Ein rotes Samtsofa, ein anderes aus violettem Leder. Er blickte zur Seite und erkannte General Shonikara, den Chef der Kempetei, den mächtigsten Mann Japans. Er warf sich zu Boden, die Stirn am Fußboden.

»Lassen Sie uns allein«, sagte der General zum Oberst. »Wir müssen reden.«

Der Offizier verbeugte sich, doch er gab dem General ein Zeichen, und der folgte ihm auf den Flur.

Der Behinderte zitterte im Traum. Er hasste die Erinnerung an den Moment, in dem er sein Ohr an die Tür gehalten hatte, wie ein primitiver Hauswart.

»Was ist los?«, fragte der General.

»Sind Sie sicher, dass er der Richtige ist?«, fragte der Oberst zurück. »Er ist in Siam schwer ausgerastet. Unser Botschafter erzählt, dass er manchmal Halluzinationen hatte. Außerdem ist er extrem ehrgeizig. Ich bin beunruhigt. Er ist vierzig, also jünger als wir. Wer kontrolliert ihn, wenn wir nicht mehr am Leben sind?«

»Willst du etwa eine meiner Entscheidungen kritisieren?«, brüllte General Shonikara.

»Nein General, ich teile Ihnen nur meine Ansichten mit, bevor Sie sie treffen.«

»Ich habe mich bereits entschieden! Zum Zaudern ist es jetzt zu spät.«

Der General beendete das Gespräch und kehrte zurück in den kleinen Raum, in dem er in Hab-Acht-Stellung wartete. Dumpfe Wut hatte ihn gepackt, ihm dröhnte der Kopf. Wenn er nur den Oberst zu fassen kriegen könnte, er würde ihm Stück für Stück die Haut abziehen.

»Hiroshima ist völlig zerstört«, erklärte ihm der General. »Die Amerikaner haben gedroht, dass eine zweite japanische Stadt dasselbe Schicksal erleiden wird, wenn wir den Widerstand nicht aufgeben. Danach seien Tokio und Kyoto an der Reihe. Die Niederlage ist schlimmer als der Tod, aber haben wir die Wahl?«

Nachdenklich strich sich der General den kleinen Schnurrbart glatt.

»Für uns ist es zu spät. Japan wird besiegt, und die für den Krieg Verantwortlichen werden sterben. So ist das.«

Er unterdrückte einen Aufschrei, war stumm vor Schreck.

»Ich habe dir eine Mission anzuvertrauen«, fuhr der General fort. »Sie wird dich dein ganzes Leben beschäftigen. Kann ich mit deiner uneingeschränkten Loyalität rechnen?«

Er verneigte sich tief.

»Ja, Herr General.«

»Wir müssen über diese Niederlage nachdenken. Nicht die amerikanischen Soldaten haben uns besiegt, sondern ihre Fabriken, die hundertmal mehr Flugzeuge, Schiffe und Panzer hergestellt haben als unsere.«

Shonikara öffnete den ersten Knopf seiner Tunika, dann die beiden folgenden und ließ etwas von seiner weißlichen Haut sehen. Ein langer, flacher Schlüssel tauchte auf, der an einer Goldkette um seinen Hals hing. Der General riss ihn ab und reichte ihn ihm. Dann ergriff er ihn am Arm und zwang ihn, ihm in die Augen zu sehen.

»Die Mission, die ich dir anvertraue, ist nicht naibu *oder* himitsu. *Sie ist* gohuki[5]. *Verstehst du? Niemand auf der Welt außer dir, mir und Oberst Azaki weiß etwas davon. Nicht einmal der Kaiser.«*

---

[5] Vertraulich, geheim, streng geheim.

»Ich werde es zu würdigen wissen.«

»Ich habe dich wegen deiner Fähigkeiten, deines Muts und deines Willens ausgesucht. Von allen meinen Männern bist du der beste, der intelligenteste und der listigste – auch der wildeste. Dies ist der Schlüssel zu einem Panzerschrank in der Schweiz. Darin ist alles, um später den Kampf fortzusetzen. Mit diesem Geld kannst du eine Geheimorganisation gründen. Du nennst sie …«

»Zu welchem Zweck?«

Der General hatte einen Gesichtsausdruck wie ein Irrer, als er ihn bei den Schultern packte und es ihm ins Ohr sagte.

Danach war er eine halbe Stunde gelaufen, ohne stehen zu bleiben. Panzertüren, weitere Flure aus Beton, wieder neue Türen, dann ein Durchgang, der zur Kanalisation führte. Überall draußen das Dröhnen der amerikanischen Bomber. Sie waren über der ganzen Stadt, dazwischen Geschosse mit Feuerschweif. Er lief durch die Ruinen, betete, dass die Bomber nicht dieses Viertel unter Beschuss nahmen, bevor er endlich an die verabredete Stelle kam, einen Park, dessen Bäume nur noch zerstörte und verkohlte Holzstücke waren. Da war der Lastwagen, der auf ihn warten sollte – mit laufendem Motor, umgeben von bewaffneten Kommandos, bedrohlich. Dahinter sah er die massive Gestalt des Bankiers Otto Manfield, eines der Finanziers des Nippon-Regimes. Er sprang auf den Lastwagen. Die gepanzerte Tür schlug mit einem dumpfen Geräusch zu. Im Halbdunkel leuchteten unwirklich die gelben Zähne des Bankiers Manfield.

»Kann ich mit Ihnen reden?

Der Behinderte schreckte hoch. Er brauchte ein paar Sekunden, um wieder in der Wirklichkeit anzukommen. Es war nicht 1945. Er war kein junger, hoffnungsvoller Offizier mehr, sondern ein an den Rollstuhl gefesselter alter Mann. Er zwinkerte mit den Augen. Toi stand da, über ihn gebeugt, vor Respekt versteinert, beunruhigt.

»Sie haben krank ausgesehen. Entschuldigen Sie, das ich Sie gestört habe. Es ist besser, wenn Sie sich jetzt anschnallen. Es soll auf unserer Strecke starke Turbulenzen geben.«

Der Behinderte beruhigte ihn mit einer Geste.

»Wo sind wir?«

»Im italienischen Luftraum, wir werden bald landen.«

Während sich Toi auf seinen Platz setzte, legte der Behinderte den Sicherheitsgurt an. Doch er hielt mittendrin inne. Durch seinen Traum war ihm etwas Wichtiges bewusst geworden. Er konzentrierte sich. Die Zähne des Bankiers Manfield, die in der Dunkelheit geleuchtet hatten, vor fünfzig Jahren.

»Toi!«, brüllte er, die Hände um die Sitzlehnen gekrallt.

Der Oberst drehte sich um.

»Gibt es ein Problem?«

»Wie viel Zeit haben Ihre Männer auf einer amerikanischen Militärbasis verbracht?«

Das Flugzeug schaukelte immer mehr. Toi kam auf ihn zu, mit verschlossenem Gesicht, die Hände zu beiden Seiten ausgestreckt, um nicht zu fallen.

»Als wir in Okinawa zur Ausbildung waren? Mehr als ein Jahr.«

Toi setzte sich dem Behinderten gegenüber.

»Woran denken Sie?«

Er erklärte es ihm.

»Wir können diese Möglichkeit nicht ausschließen«, gab Toi zu. »Ich entschuldige mich, dass ich nicht selbst daran gedacht habe.«

Der Behinderte spürte, wie es ihm eng in der Brust wurde. Zum ersten Mal seit Jahrzehnten fühlte er sich verwundbar. Er sah aus dem Fenster. Die Turbulenzen wurden immer stärker, das Flugzeug, der ganze Rumpf zitterte in den Luftlöchern und heftigen Wirbeln. Der Copilot kam aus dem Cockpit.

»Ja, wir haben gesehen, dass da ein Gewitter ist, lassen Sie mich in Ruhe«, brüllte der Behinderte.

Der Pilot zog sich schnell wieder zurück. Oberst Toi dachte

nach. Man hörte das trockene Klacken beim Ausklappen des Fahrwerks.

»Wir dürfen den Gegner nicht unterschätzen«, begann der Behinderte erneut. »Wir sind einmal geschlagen worden, als wir uns überlegen fühlten«, sagte er leise, als spreche er mit sich selbst. »Wir müssen bescheiden, flexibel und einfallsreich sein. Wir müssen unserem Gegner mehr Intelligenz zutrauen, als wir selbst haben, und damit rechnen, dass er versteckte Reserven hat, einen unerschöpflichen Vorrat an strategischen Einfällen, die unseren Untergang bedeuten können. Gibt es irgendein Risiko? Denken Sie nach.«

»Im Verteidigungsministerium wird niemand reden, doch in Tokio gibt es einen Mann, der eine Gefahr darstellen könnte. Und er hat mich gekannt.«

Das Flugzeug geriet wieder in ein Luftloch und zwang den Behinderten, sich an die Sitzlehnen zu klammern, um nicht trotz des Sicherheitsgurts aus seinem Sitz zu fliegen.

»Es ist Wahnsinn, dass wir ihn am Leben gelassen haben. Wir hätten ihn schon vor Jahren erledigen sollen. Beseitigen Sie ihn, Toi. Ich will, dass der Grieche sich darum kümmert, ohne eine Minute zu zögern, s-o-f-o-r-t!«

»Ich fürchte, der Grieche macht sich gerade auf den Weg nach Frankreich. Und wenn dem so ist, befindet er sich vielleicht schon im Flugzeug. Ich werde einen Schwarzmantel bitten, sich um die Sache zu kümmern.«

»NEIN!«

Der Behinderte brüllte so laut, dass Toi hochfuhr.

»Nein«, wiederholte er. »Ich will, dass der Grieche sich um das Problem kümmert und niemand sonst. »Schicken Sie ihn zurück, und zwar sofort.«

Oberst Toi öffnete seinen Gurt, als die Räder den Boden berührten.

Foster blickte im Badezimmer in den Spiegel. Wie würde er jetzt sein, was würde er für ein Leben führen, wenn er jetzt zweihundertfünfzig Jahre alt wäre? Er benetzte sein Gesicht mit Wasser, sah wieder in den Spiegel. Er sah einen Mann, eher sechzig als fünfzig, der aber trotz der Wechselfälle des Lebens in den Augen noch dasselbe Leuchten hatte wie mit zwanzig. Er betastete seine Gesichtshaut. Sie war trocken, etwas schlaff, nicht die Haut, die man gern streichelt, und das hatte auch seit drei Jahren keine Frau mehr getan. Er nickte. Er musste sich seines Lebens nicht schämen. Er hatte zwar Fehler gemacht, aber er war der Vorstellung von sich selbst treu geblieben. Er würde sich bei seinem Tod manches vorzuwerfen haben, aber niemals, dass er sich nicht immer wie ein Mann betragen hätte, und das war in seinen Augen das Wichtigste.

Er zog seinen Krawattenknoten fester, als sei dies das Wichtigste auf der Welt, und er dachte dabei an Hiko und Shelby. Hiko ging es eindeutig besser. Seit zwei Tagen hatte er sie nicht mehr weinen sehen. Er hatte das vage Gefühl, dass sich ihre Psyche veränderte, aber er wusste den Grund noch nicht, und das ärgerte ihn. Er schrieb in sein Notizheft: »Trauerarbeit fast abgeschlossen, wieder in der Lage, sich in die Zukunft zu orientieren. Warum?« Auch die Diagnose von Shelby wurde ihm zunehmend klarer. Der junge Mann war von Mutter und Großmutter zu einer Art morbidem Opferkult erzogen worden. Er war vom Tod fasziniert, und diese Fixierung bestimmte sein ganzes Verhalten. Seine lebhafte sexuelle Aktitivität und seine Unfähigkeit, eine feste Gefühlsbindung einzugehen, waren das Gegenstück zu dieser Besessenheit. Er schrieb in sein Heft: »Shelby – Todestrieb, in Familiengeschichte begründet. Kann er sich für das Leben entscheiden statt für den Tod?« Er legte seinen Stift beiseite.

Im Grunde mache ich mir Sorgen um Shelby.

Es klopfte an der Tür. Ein junger Japaner mit einer intelligenten Ausstrahlung, der einen dicken weiße Parka trug, reichte ihm einen Umschlag.

»Von Margaret Bliker.«

Nach einer Verbeugung verschwand er wieder.

Der Unschlag enthielt zehn Seiten, die Foster gierig verschlang. Er las sie zweimal, dann setzte er sich aufs Sofa und dachte nach. Als er wieder aufstand, erhellte ein Lächeln sein Gesicht. Er hatte in Hiro Kima durchaus keine Zeit verloren ... Er ging eiligen Schrittes zu der zweiten Suite, voller Aufregung über seine Entdeckung. Die beiden jungen Leute saßen untätig herum und tranken Kaffee.

»Die Waffen des Kommandos wurden vor über einem Jahr in einem holländischen Militärdepot gestohlen«, erklärte Shelby. »Die Umstände des Diebstahls sind unbekannt.«

»Das ist zu dumm«, rief Hiko aus. »Haben Sie denn gar nichts entdeckt?«

Foster sah Hiko über seine runde Brille hinweg an.

»Vielleicht doch. Ich habe den Autopsiebericht der beiden Leichen, die aus Hiro Kima mitgenommen wurden. Die Gesichter und Fingerabdrücke haben nichts ergeben, doch es gibt einen kleinen Hinweis mitten in dem Bericht. Das Ergebnis der Zahnuntersuchung. Sehen Sie.«

»Sie haben Kunststofffüllungen von Anfang der achtziger Jahre«, las Hiko. »Ich wüsste nicht, was daran interessant sein sollte.«

Foster rieb seine Hände gegeneinander und zeigte ein leichtes sardonisches Grinsen.

»Das ist wichtig, ihr jungen Leute, es ist sogar sehr wichtig. Ihr werdet sehen.«

Er wählte die Nummer der Engländerin und stellte den Lautsprecher ein.

»Wir haben Ihre Notiz bekommen«, sagte er, sobald Margaret Bliker den Hörer abgenommen hatte.

»Ich weiß, es tut mir Leid, diese Mörder finden sich in keinem Register.«

»Nein, nein, ganz im Gegenteil. Ich bin überzeugt, dass Sie einen sehr wichtigen Hinweis entdeckt haben. Schauen Sie nochmal in den Bericht. Die Stelle mit dem Ergebnis der Zahnanalyse.«

»Wenn Sie wollen.«

Sie sprach in leicht ungläubigem Ton. Sie hörten die Engländerin schneller atmen, bevor sie zugab:

»Professor, ich wüsste nicht, was daran so besonders ist. Sie haben sich die Zähne behandeln lassen, na und?«

»Sie haben Kunststofffüllungen, das ist nicht die normale Behandlung. Wie alle aus dem Westen bin ich erstaunt über die schlechte Qualität der japanischen Zähne. Manchmal denkt man, sie seien um dreißig Jahre im Rückstand. Wenn man bedenkt, wie weit die Japaner sonst in vielfacher Hinsicht sind und wie hoch das Gesundheitsniveau des Landes ist.«

»Das stimmt«, sagte Margaret Bliker.

»Aber heute benutzt jeder in Japan Kunststoff als Zahnersatz«, sagte Hiko dazwischen.

»Diese Männer wurden aber schon Anfang der achtziger Jahre behandelt«, sagte Foster. »Zu einer Zeit, als dieses Material noch kaum irgendwo verwendet wurde. Außer in den USA, da gab es das schon überall.«

»Glauben Sie, sie wurden in den USA behandelt?«, fragte Bliker nach einem Moment des Nachdenkens.

Foster bejahte, erfreut, dass die alte Spionin ihm zustimmte.

»In den USA oder in Japan, in einer amerikanischen Militärbasis. Shelby ist der Meinung, dass sie eine exzellente militärische Ausbildung gehabt haben. Kann das auf einer amerikanischen Militärbasis in Japan passiert sein?«

»Das ist möglich, es gibt welche in Japan.«

»Können Sie Ihren Chemiker fragen, ob er das Polymer, das für die Plombe verwendet wurde, kennt?«

»Ich erkundige mich, warten Sie bitte.«

Foster war sich sicher, dass er eine neue Spur entdeckt hatte. Er legte den Hörer auf den Tisch. Shelby sprang auf.

»Moment mal! Jetzt, wo ich drüber nachdenke ... Die Angreifer und diese Art, sich zu bewegen ... Das habe ich in den SBS gelernt. Es ist eine Technik, die man auch in den amerikanischen Delta Forces beigebracht kriegt. Die Art, wie man den Oberkörper bewegt, von links nach rechts, wie man die Füße aufsetzt. Die haben sich genauso bewegt wie englische oder amerikanische Kommandos. Ich hätte vorher drauf kommen müssen, aber genau das war's, was mich in Hiro Kima so verblüfft hat: Diese Kerle bewegten sich genauso wie ich selbst!«

»Tausende japanischer Soldaten sind wahrscheinlich im Rahmen des Verteidigungsabkommens zwischen beiden Ländern so ausgebildet worden«, entgegnete Foster. »Aber wie lange waren sie dort? Der erste Mann hatte drei Plomben, der zweite sechs, das bedeutet, sie haben mindestens einige Monate wenn nicht mehr als ein Jahr auf einer amerikanischen Basis verbracht.«

»Wieso?«

»Ich glaube kaum, dass man ihnen die Zähne saniert hätte, wenn sie nur ein paar Wochen dort gewesen wären. Immerhin hatten diese Männer auf einer amerikanischen Miltiärbasis Besseres zu tun, als zum Zahnarzt zu gehen!«

»Professor? Ich habe die Information. Die Polymere im Zahnersatz stammen aus Amerika.«

»Margaret, haben Sie einmal etwas von einer japanischen Kommandoeinheit gehört, die komplett von den Amerikanern übernommen wurde?«

»Darüber weiß ich nichts. Die Japaner achten sehr auf ihre Rechte. Zumal sie seit dem letzten Krieg ihre militärischen Fähigkeiten nicht mehr unter Beweis stellen müssen. Im Bereich der Technik haben sie von den Amerikanern nicht viel zu lernen.«

»Wir müssen dieser Spur nachgehen«, sagte Foster. »Kann uns jemand helfen, mehr Informationen zu bekommen?«

»Da kenne ich nur einen, John Friedrich. Das ist ein früherer CIA-Mitarbeiter, der enge Beziehungen zu uns hat. Er war für ein paar Spezialoperationen der Nippon-Armee zuständig. Er hat bei einer ganzen Reihe von düsteren Operationen die Hand im Spiel gehabt. Wenn Sie von einem diese Informationen bekommen können, dann von ihm. Er hat, glaube ich, eine Japanerin geheiratet und lebt auch immer noch in Tokio. Wollen Sie seine Adresse?«

»Ja, bitte.«

»Ich brauche nochmal drei Minuten. Ich werde mich erkundigen.«

Foster legte wenig später auf.

»Shelby, gehen Sie mit Hiko zu ihm, inzwischen erörtere ich mit Scott die Lage, bevor er sich mit dem Premierminister trifft.«

Mit einem großen Plan von Tokio auf den Knien versuchte Hiko so gut wie möglich, Shelby durch ein Labyrinth von Straßen zu führen, die alle gleich aussahen, im Karree angelegt waren und in denen es keinerlei Hinweisschilder gab. Sie waren zur Wohnung von John Friedrich unterwegs, in den südwestlichen Vororten zwischen Miyamaedaira und Miyazadijkai. Sie befanden sich im Nirgendwo. Die Gegend bestand aus einer Unmenge aneinander gereihter Lagerhallen, kleinen Industriebetrieben und neonerleuchteten Einkaufszentren. Überall Unmengen von Menschen, denn um diese Zeit waren die Leute alle auf dem Weg zur Arbeit.

»Das ist ja grauenhaft«, sagte Shelby, »wir werden nie ankommen! Warum haben sie hier bloß keine Straßenschilder?«

»Wozu denn Schilder? Du kannst doch sowieso kein Ideogramm lesen. Und ich habe dir schon gesagt, dass ich es hasse, wenn du den Deppen vom Dorf spielst. Soll ich vielleicht einen Laden mit Strohhüten suchen, damit du dich zurechtfindest, oder eine Frittenbude?«

»Versuch wenigstens, mich richtig zu führen.«

»Ich versuch's ja. Hör auf, dich dauernd zu beschweren, deine Haltung ist wirklich nicht konstruktiv.«

Shelby nickte. Noch nie hatte eine Frau zu ihm gesagt, seine Haltung sei nicht konstruktiv. Er war sich nicht mal sicher, ob seine Bettgenossinnen dieses Wort überhaupt kannten. Es war warm im Auto. Er spürte Hikos Gegenwart deutlich. Manchmal berührten sich auch ihre Schultern in der engen Karosserie. Er hatte ein wunderbares Gefühl, wie er es seit Jahren nicht mehr erlebt hatte. Er fühlte sich einfach wohl. Erfüllt, ruhig, jenseits der Lust.

Aber sie ist wie eine Witwe, also freu dich nicht zu sehr.

»Warum bist du eigentlich hierher nach Japan gekommen?«, fragte sie.

»Weil das hier auch mein Zuhause ist. Ich liebe Japan. Manchmal fühle ich mich mehr als Japaner denn als Engländer. Es ist schwer zu erklären ...«

»Du wohnst mitten im Wald, hat Foster mir erzählt. Weitab aller Zivilisation. Das könnte genauso gut irgendwo in einem englischen Wald sein, ist das wirklich anders?«

Er verzog das Gesicht.

»Eins zu null für dich.«

»Und?«

»Ich muss darüber nachdenken. Ich bin solche Gespräche nicht gewöhnt.«

»Oh, Tanako Dori!«, rief sie. »Nimm die nächste Straße links.«

Shelby steuerte den Wagen in eine etwas breitere Querstraße. Hinter seinem unbeweglichen Gesicht verbargen sich tausend wirre Gedanken, die ihm durch den Kopf gingen. Konstruktive Haltung, damit meinte sie wohl vor allem Professionalität. »Keine Gefühle, nur Ergebnisse«, wie Dimitri immer gesagt hatte. Er war für sie wahrscheinlich nichts anderes als ein Mittel zum Zweck und nicht mehr. Er war so durchschaubar.

»Fahr langsamer, ich bin sicher, die Richtung stimmt. Jetzt nach rechts.«

Er bog mechanisch ein. Ein durchschaubarer Killer für die einen, ein Sexualobjekt für die anderen, aber niemand trug ihn im Herzen. Der Gedanke tat ihm weh. Wenn Foster und er George Bosko finden würden, wenn das geschah, dann würde Hiko ihn vergessen und einen neuen Mann in ihrem Leben finden, der Peter ersetzte. Einen Journalisten oder Banker oder vielleicht auch einen Informatiker. Einen normalen Mann, nicht einen, der nachts schweißgebadet aufwachte, weil er Dutzende Menschen auf dem Gewissen hatte, und der jede Nacht mit einer anderen schlief.

»He, Shelby!«

»Was ist?«, fragte er grimmig.

»Woran denkst du?«

Er legte den Mund an ihr Ohr.

»Ich hab an dich gedacht.«

In der nächsten Viertelstunde legten sie ihren Weg schweigend zurück. Shelbys Geständnis lag zwischen ihnen. Wenn sie nicht den Weg auf dem Plan verfolgte, drückte Hiko ihr Gesicht gegen die Scheibe, als sei sie weit weg. Sie fuhren an Geschäften, kleinen Bars, Arbeiterrestaurants, Elektronikläden vorbei, Traditionsgeschäften, Schustern, Läden für Kimonostoffe. Dann kamen sie an einer Art Lagerhalle vorbei, die Metallwand weiß gestrichen mit roten Neonröhren. Hiko zischte wie eine wütende Schlange.

»Sieh dir diese Schweinerei an: *›Sushi Land‹*. Das ist ja ekelhaft. Früher hätten sich solche Läden keine drei Monate gehalten. Die Leute wollten frischen Fisch, von einem echten Koch zurechtgeschnitten. Man ging in kleine Restaurants um die Ecke, wo man den Chef kannte und ihn beim Vornamen nannte. Heute wollen sie alle nur schnell irgendwas futtern, Zeit sparen. Die strömen ja praktisch in diese Fast-Food-Fabrik, wo es nur mieses Essen gibt.«

Shelby hielt an einer Ampel. Die Umgebung war noch hässlicher geworden, die Straßen waren voller Schlaglöcher. Die Leute, an denen sie vorbeifuhren, gingen eilig vor sich hin, den Kopf gesenkt, die Schultern eingezogen. Zwei Jugendliche mit Tatoos an Hals und Händen überquerten vor dem Wagen die Straße und starrten Hiko unverblümt an.

»Yakuzas. Die Schande unseres Landes.«

»Solche Leute gibt es doch in jedem Ghetto dieser Welt, Hiko. In solchen Gegenden wie hier verlieren die Leute alles, sogar ihr Selbstwertgefühl, nur die Kriminellen haben überhaupt noch Lebenskraft, die Energie, mit der sie andern in die Augen sehen können.«

»Das ist traurig.«

Und weiter:

»Ich hätte nicht gedacht, dass du so etwas sagen würdest.«

Die beiden Jungen spuckten vor dem Auto aus, und einer hob den Mittelfinger. In Shelby kochte Wut hoch. Er hatte schon die Hand am Türgriff, doch Hiko hielt ihn zurück.

»Geh nicht hin.«

Innerlich kochte Shelby, und er hatte Lust, aus dem Auto zu springen und die beiden miesen Typen so lange zu schlagen und zu treten, bis sie um Gnade bitten würden. Die beiden waren vor dem Auto stehen geblieben und warteten mit höhnischem Grinsen. Hiko hielt Shelbys Hand fest.

»Bitte.«

Zum ersten Mal berührte sie ihn. Sie musste es im selben Augenblick gemerkt haben, denn sie zog die Hand zurück. Die Ampel wurde grün.

»Hinapa Dori, es ist hier rechts«, sagte sie eine Weile später. »Genau, hier einbiegen, das ist die richtige Straße.«

Eine Unmenge von Drähten hing über den Häusern. Nichts unterschied Hinapa Dori von den anderen Straßen in der Gegend, überall standen Häuschen aus dunklem Backstein, der Kleinwagen davor war sorgfältig geputzt, und in den winzigen Gärten hing die Wäsche. Es war sauber, beruhigend und traurig.

»Nach dem Krieg musste alles schnell wieder aufgebaut werden«, sagte Hiko. »Nirgendwo gab es einen vernünftigen Bebauungsplan. Ich schäme mich, dass Menschen in so hässlichen Gegenden leben müssen. Wenn ich bedenke, dass die Japaner die schönsten Tempel der Welt gebaut haben!«

»Wenn du die Vorstädte von London kennen würdest, dann wäre es dir weniger peinlich.«

Er parkte das Auto. Das Haus der Friedrichs sah genauso aus wie die anderen, auch wenn die Dachziegel rot waren, wahrscheinlich, um europäisch zu wirken. Ein alter grauer Subaru stand vor dem Haus. Alles war ruhig. Eine Frau kam an ihnen vorbei und sah sie erstaunt an. Trotz der Öffnung des Landes nach außen gab es in diesem armen, verlorenen Viertel wahrscheinlich kaum Gaijins, und allein Shelbys Größe ließ erkennen, dass er ein Mischling war. Sie gingen die ausgetretenen Treppen zum Eingang hoch. Wenige Augenblicke später ging die Tür auf, und ein alter Mann aus dem Westen erschien.

»Sind Sie John Friedrich?«

Friedrich war fast so groß wie Shelby, kahl und gebeugt, er trug eine ausgewaschene, aber sorgfältig gebügelte Jeans und einen khakifarbenen Pullover. Sein Verhalten verriet eine gewisse militärische Strenge.

»Was wollen Sie?«

Er sprach so sehr durch die Nase, dass man ihn für Daffy Duck hätte halten können, und hatte zusätzlich einen starken texanischen Akzent.

»Ich arbeite für die Cousins.«

Friedrichs blaue Augen leuchteten auf.

»Kommen Sie herein.«

Die Hände in der Manteltasche, verließ der Grieche den Metrowaggon an der Station Miyazadikai. Er trug eine Leinenhose, Schuhe mit Kreppsohlen und einen unauffälligen grauen Mantel, der diskret mit einer Kevlarschicht gefüttert war. Er sah aus wie der typische Mantel des bei einer westlichen Gesellschaft angestellten Ausländers. Er nahm den Aufzug und bog ohne das kleinste Zögern in die Straße ein, die parallel zum Bahnhof verlief. Ein Mann, der mit der Karte in der Hand seinen Weg sucht, fällt viel zu sehr auf – mehr noch ein Gaijin in einer Gegend, in die die Ausländer niemals kommen. Für die Viertel, in denen er zu tun hatte, lernte er deshalb immer den Stadtplan auswendig. Er ging mit schnellem Schritt und hielt seinen alten Lederkoffer fest in der Hand. Von Zeit zu Zeit warf er einen Blick auf die Läden. Er liebte die alten Ramen- und Yakitori-Restaurants, die von schwarzen Holzhäusern gesäumten engen Straßen, die ihn an das Asien der Karate- oder Kung-Fu-Filme seiner Kindheit erinnerten. Sein Blick blieb bei einem jungen japanischen Studenten hängen, den er im Spiegel eines kleinen Cafés sah. Er hatte eine gebleichte Haarsträhne und war sehr dünn, ja graziös. Der Grieche fuhr sich mit der Zunge über die Lippen. Er hätte ihn gern zu einem Glas Wodka eingeladen, serviert mit den kleinen Algenhäppchen, die er so mochte, bevor er etwas anderes mit ihm tun würde ... Leider war es unmöglich. Er hatte einen Anruf von Oberst Toi erhalten, als er schon in Narita war und sich gerade für seinen Flug nach Paris eincheckte. Er hatte gerade noch Zeit gehabt, nach Hause zu gehen und seine Ausrüstung zu holen, bevor er in die nächste Metro sprang. In dem Koffer, der so schwer an seinem Arm hing, befanden sich ein 7,62 Millimeter Ruger-Karabiner mit kurzem Lauf, eine Viking-Pistole mit eingebautem Schalldämpfer und, um sich im Fall einer Verfolgung zu wehren, drei Brandt-Splittergranaten. Aus Erfahrung wusste er, dass Polizisten vor Kriegsgerät Angst haben. Einen Moment hielt er inne, um auf seinem Handy nachzusehen, wie spät es war. 16.16 Uhr. Er seufzte zufrieden. Schon immer hatte es ihm Spaß gemacht, die Momente zu erwischen, in denen Stunde und Minute übereinstimmten. Am liebsten waren ihm 13.13 Uhr und 16.16 Uhr. Es war ein guter Tag.

Schließlich stand er gegenüber dem Haus Hinapa Dori 784. Er war gerade rechtzeitig gekommen, um noch zu sehen, wie ein hochgewachsener Mann und eine Frau hineingingen. Mit Expertenblick sah er sich den Rücken der sportlichen Gestalt an, die kurzen Haare am Nacken und die typische Beule einer Waffe auf der rechten Hüfte. Ein Eurasier und eine Japanerin, die Hiko ähnlich sah. Er ging weiter, als sei nichts geschehen, und zog ruhig sein Mobiltelefon aus der Tasche.

Shelby und Hiko zogen ihre Schuhe aus und folgten John Friedrich in sein ärmliches, aber gepflegtes Haus. Sie durchquerten die Diele, in der eine vergilbte Tapete hing, und betraten ein gemütliches Ess-Wohnzimmer. Die Einrichtung bestand aus einem Samtkanapee mit Holzlehnen, zwei großen Sesseln, alt, aber aus edlem Material, und den unvermeidlichen Möbeln aus Holz mit Intarsien: Esszimmertisch und Buffet. Die Wände waren mit japanischem Stoff bespannt, der Boden mit Kokosfasern ausgelegt. Japanische Unterhaltungsmusik plärrte aus einer Stereoanlage, die aus den achtziger Jahren stammen musste. In einer Ecke stapelten sich Zeitschriften. »Armer Kerl«, dachte Shelby.

»Sedoooo!«

Shelby erschrak: Friedrich hatte laut geschrien. Der alte Amerikaner sah ihn an und erklärte mit verkniffenem Lächeln:

»Sedo ist meine Frau. Sie hört nicht mehr so gut.«

Ein paar Augenblicke später erschien Friedrichs Frau. Die Japanerin war so klein, wie ihr Mann groß war, wog ein paar Kilo zu viel und wirkte wie eine sechzigjährige Hausfrau aus einer TV-Serie. Sie trug einen Kimono aus weißgelber Seide, einen orangefarbenen Gürtel mit zahlreichen Motiven und die traditionellen Sandalen. Hinter ihr trottete eine graue Promenadenmischung mit merkwürdigen Ohren, die aussah wie die Kreuzung eines Gremlin mit einem unbekannten Säugetier. Das scheußliche Tier begann heftig zu bellen und flüchtete dann in ein anderes Zimmer.

»Achten Sie nicht auf Pollux, er ist zu allen so«, sagte Friedrich. »Sedo, kannst du uns Tee und Kekse bringen? Der Herr und die Dame und ich müssen uns unterhalten.«

Das Gesicht der Dame erhellte ein freundliches Lächeln.

»Ich habe gerade ein paar kleine Kuchen für das Frühstück vorbereitet. Mein Mann und ich lieben alles Süße. Möchten Sie sie probieren?«

»Warum nicht? Von Zeit zu Zeit ist es schön, mal was anderes zu essen«, antwortete Hiko mit gesenktem Blick. »Ich habe heute noch nichts gegessen.«

Sedo dankte ihr mit einer Kopfbewegung und trippelte in die Küche. John Friedrich bat seine Besucher, Platz zu nehmen, und setzte sich seufzend in einen der Sessel.

»Ich habe immer mehr Rückenschmerzen. Es ist die Feuchtigkeit. Ich würde gern im Südwesten der USA leben, wo ich herkomme, in Miami. Aber Sedo möchte nicht aus Tokio weg. Sie hat Angst vor Unsicherheit. Sie möchte nicht auf die japanische Ordnung verzichten, auf die Polizisten in ihren *koban* im Viertel. Und so werde ich wohl den Rest meiner Tage hier in den Vororten von Tokio verbringen, ohne das Glück, noch ein paar Jahre in den Staaten zu verbringen. Das Leben ist hart.«

Shelby ließ den alten Spion reden. Aus Gewohnheit. Man erfährt immer mehr von den Leuten, wenn man sie nicht drängt.

»Also, was wollen Sie? Ich habe meine Kontakte von früher seit Jahren nicht mehr gesehen. Ich bin ihnen nicht mehr von Nutzen.« Friedrich lächelte verbittert. »Sie begnügen sich damit, mir eine winzige Pension zu überweisen, vierhundert Yen pro Monat, und sie hoffen, dass ich einen Angina-Pectoris-Anfall bekomme, damit sie nicht mehr lange zahlen müssen. Diese Schweine, was habe ich nicht alles für sie getan.«

Im selben Moment trat seine Frau ins Zimmer, ein Tablett in den Händen, und bewahrte Shelby davor, eine passende Antwort zu finden. Ja, die Mitglieder der Geheimdienste waren Schweine, überall in der Welt, na und? Friedrich hatte zwanzig Jahre für sie gearbeitet. Da musste er doch wissen, mit wem er es zu tun hatte.

»*Oto ocha, sumimasen*?«, fragte Sedo.

»*Ai Gosaimas.* Gern«, antwortete Hiko und hielt ihre Tasse in zwei Händen, wie in Japan üblich.

Die alte Dame stellte einen Teller mit Scones aus roter Bohnenpaste und eine Schale voller Kuchenstücke auf den Tisch.

»Ich habe sie mit grünem Tee gemacht, mein eigenes Rezept«, sagte sie.

Shelby war gerührt über ihre Mühe und langte unter ihrem liebevollen Blick kräftig zu. Sie legte noch einen Scone auf seinen Teller mit einem schüchternen *sumimasen* und einem kleinen einvernehmlichen Lächeln, bevor sie in die Küche floh, als habe sie zu viel des Guten getan. Friedrich warf ihr einen zärtlichen Blick nach.

»Ja, ich liebe meine Frau. Im Grunde ist es mir egal, mein Leben weit von der Heimat zu beenden. Dabei hasse ich rohen Fisch und Sake, doch das Wichtigste ist, mit Sedo zusammen zu sein.«

Während er Tee trank, hielt er den kleinen Finger in die Luft. Diese Geziertheit wirkte ein wenig lächerlich für einen Westler, der in einem derartigen Schuppen in einer hässlichen Vorstadt lebte. Dann kam Shelby in den Sinn, dass er mit seiner geringen Pension in den USA wesentlich komfortabler leben könnte. Er war letztlich doch ein aufrechter, ein respektabler Mann.

Der frühere Spion stellte sorgfältig seine Teetasse ab und achtete darauf, nichts auf den Holztisch zu verschütten.

»Sie können reden. Hier im Wohnzimmer gibt es keine Lautsprecher, und die Vorhänge sind zugezogen. Niemand kann uns hören.«

»Vor zwei Tagen bin ich auf einer geheimen Mission von Männern angegriffen worden, die versucht haben, mich zu töten. Es war ein perfekt trainiertes Kommando. Sie waren ungefähr vierzig Jahre alt bis auf einen, der eher fünfzig war. Es waren Japaner, aber wir glauben, sie müssen eine längere Ausbildung bei den Amerikanern bekommen haben. Ich vermute, sie sind bei den Delta Forces trainiert worden.«

Friedrich hörte seinem Bericht mit offenem Mund und größtem Interesse zu.

»Wie kommen Sie darauf?«

Shelby erklärte es. Als der alte Mann am Ende des Berichts aufstand, sah man in seinem Blick ein frohes Leuchten.

»Sie haben Recht, den alten Friedrich zu besuchen. Was Sie da beschreiben, erinnert mich an eine Akte, die nur wenige Leute kennen: ein Kommando der japanischen Armee, das auf Bitten der Amerikaner gebildet wurde und mehr als zwei Jahre auf einer geheimen Militärbasis in Okinawa bei Naha trainiert wurde.«

Friedrich machte eine Pause.

»Die Einheit 231.«

»Die Einheit … 231.« Shelby schüttelte den Kopf. »Hab ich nie von gehört.«

»Das wundert mich nicht, es war ja eine geheime Einheit, entstanden in der Paranoia der bleiernen Jahre des Kalten Krieges. Damals fürchtete der amerikanische Generalstab, Japan könne durch die kommunistische Partei destabilisiert werden. Nach einer heftigen Kampagne in der Zeitung ›Akahata‹ war es Hideyo Fudesaka, einem der Führer der Kommunisten, gelungen, den Rücktritt eines Regierungsmitglieds zu erreichen, das zu enge Verbindungen zu Lockheed hatte, was wiederum Ärger bei der amerikanischen Luftwaffe auslöste. Zur selben Zeit begannen Gewerkschaften, vehement die Entwicklung in Richtung eines amerikanischen Kapitalismus zu kritisieren. Es kam sogar zu Streiks und schließlich zu linksextremen Terroranschlägen. Ende der siebziger Jahre, während des Einmarschs der Sowjetunion in Afghanistan, forderte der amerikanische Generalstab die japanische Regierung auf, eine Kommandoeinheit zu bilden, die sich um die Hauptverantwortlichen der japanischen kommunistischen Partei kümmern sollte. Eine Vorsichtsmaßnahme für den Fall, das die UdSSR oder China tatsächlich versuchen sollten, Japan zu destabilisieren.«

»Sollten sie umgebracht werden?«, rief Hiko erschrocken aus.

Friedrich warf ihr einen mitleidigen Blick zu.

»Glauben Sie, es war ihre Aufgabe, ein Schwätzchen mit denen zu halten? Natürlich sollten sie eliminiert werden! Der Zweck heiligt die Mittel … Die Führer der Kommunistischen Partei Japans waren harte Brocken, nicht so halbe Portionen wie Tesuzo Fuwa, der jetzige Generalsekretär.«

»Woher wissen Sie von dieser Spezialeinheit?«

»Weil ich den Auftrag hatte, sie aufzubauen.«

Es herrschte vielsagendes Schweigen in dem Zimmer. Schließlich fuhr Friedrich fort:

»Diese Männer waren speziell ausgewählt worden, weil sie radikal antikommunistisch eingestellt waren. Dies war die Voraussetzung, und daran hielten sich alle. Alles ging gut, bis die CIA eine Untersuchung zur Einheit 231 verlangte. Das war Anfang der achtziger Jahre in der Reagan-Ära während der Contra-Affäre, und das Außenministerium versuchte, sich einen Überblick über alle ähnlichen Initiativen zu verschaffen.«

»Da gab es eine ausführliche Untersuchung, stimmt's?«

»Genau. Es kam dabei heraus, dass die Japaner uns getäuscht hatten. Sie hatten uns nämlich glauben lassen, dass der Chef und die fünfzehn Mitglieder des Kommandos 231 mehr oder weniger normale Soldaten waren. Aber diese Leute waren alle Psychopathen, die fanatisch an der alten kaiserlichen Ordnung hingen und die einen wilden Hass gegen alles Westliche hatten. Die meisten von ihnen waren Söhne von Offizieren der kaiserlichen Armee, die im Krieg 1941–1945 an Massakern und barbarischen Aktionen teilgenommen hatten. Dafür war der Chef dieser Einheit, ein junger Oberst namens Toi, verantwortlich.«

»Ich verstehe nicht, hatten Sie das nicht gemerkt?«

»Wieso? Man hatte mich schließlich beauftragt, Mörder zu finden, die keine Kommunisten mögen, nicht Leute mit Harvard-Diplom und guter Erziehung. Der Rest war nicht von Belang.«

»Ich verstehe. Und dann?«

»Langley fand heraus, woher diese Männer kamen, und war entsetzt. Der Gipfel war, wie sich herausstellte, was ich alles schon wusste, dass nämlich Toi der Sohn eines Kommandanten der kaiserlichen Armee war, der rechte Arm von General Iwane Matsui in Nanking.«

Als Friedrich merkte, dass die beiden jungen Leute mit seiner Erklärung nichts anzufangen wussten, fuhr er fort:

»In Nanking hat die japanische Armee eines der schlimmsten Massaker der Geschichte verübt. Bei dieser Operation wurden zweihunderttausend Zivilisten umgebracht und zwanzigtausend Frauen vergewaltigt. Ich habe diese Zahlen nicht erfunden, sie stammen vom Roten Kreuz.«

»Wurde die Einheit dann aufgelöst?«

Friedrich zog geräuschvoll die Nase hoch, dann schnäuzte er sich, bevor er neugierig ins Taschentuch blickte.

»Ja, die Einheit und zugleich mein Vertrag mit der CIA. Ende November 1989, um genau zu sein. Die Akten des Kommandos wurden verbrannt, sämtliche Archive zerstört. Offiziell hat es diese Einheit nie gegeben!«

Shelby und Hiko warfen sich einen schnellen Blick zu. Sie hatten keine Zeit verloren. Doch was Friedrich dann sagte, traf sie wie eine eiskalte Dusche.

»Ich hoffe, Sie haben nicht die Absicht, Toi oder seine Leute wiederzufinden. Ich selbst habe es vor zwölf Jahren versucht.«

»Warum?«

Friedrich lächelte giftig.

»Aus ungesunder Neugier. Ich wollte wissen, was aus den Mistkerlen geworden war. Nichts, Sie sind nicht mehr da, wie weggeflogen. Toi und seine Männer sind verschwunden.«

»Wie meinen Sie das, verschwunden?«, fragte Hiko.

»Sie haben sich in Luft aufgelöst.« Friedrich schnippte mit den Fingern. »Wie vom Erdboden verschluckt.«

Interessiert beobachtete der Grieche, wie der riesige Eurasier aus John Friedrichs Haus kam. Wer war dieser Mann? Das Mädchen erinnerte an Hikos Foto, aber er war sich nicht hundertprozentig sicher, dass sie es war. Sie stiegen in einen Nissan, der ein Stück entfernt geparkt war. Der Grieche machte eine missmutige Bewegung. Er hätte sich persönlich um diesen Mann und das Mädchen kümmern müssen, doch der Behinderte hatte diese Aufgabe anderen übertragen. Der Behinderte machte immer mehr Fehler, das würde ihn noch teuer zu stehen kommen.

Während er überlegte, stieg der Grieche die Stufen zu Friedrichs Haustür hoch. Er klingelte und sagte sich, er müsse bei dem alten Militär vorsichtig sein. Man war schließlich nicht zwanzig Jahre im

Geheimdienst, ohne sich bestimmte Reflexe zuzulegen. Er hörte lautes Schreien im Haus.

»Sedoo!«

Ein paar Momente später erschien das freundliche Gesicht einer alten Frau am Fenster der Eingangstür. Der Besucher schien ihr vertrauenswürdig, und sie öffnete.

Der Grieche lächelte sie freundlich an.

»Guten Tag, Frau Friedrich, ich würde gern mit John sprechen, bitte.«

Der Grieche benutzte immer den Vornamen seiner Opfer, wenn er darum bat, mit ihnen zu sprechen. Niemand konnte sich vorstellen, dass man jemand umbringen konnte, den man beim Vornamen nannte.

»Heute ist Besuchstag«, sagte sie fröhlich.

»Mein Mann ist im Zimmer, bitte folgen Sie mir.«

Der Grieche schloss sorgfältig die Tür hinter sich und hielt dabei seinen Marttiini fester. Er hörte das Geräusch einer Wasserspülung und das Einschalten des Fernsehers. Das war der richtige Augenblick. In drei Schritten war er bei der Frau. Ohne zu zögern, drückte er ihr mit dem linken Arm die Kehle ein. Er spürte ihren warmen Körper an dem seinen. Eine Grimasse der Abscheu verzerrte sein Gesicht. Sie hatte einen dicken, weichen Hintern, der gegen seine Schenkel wabbelte, und so gut wie keine Brüste. Er stieß ihr das Messer in den Rücken, gleich unter der Kimonoschleife. Sie stieß einen Schrei aus, der sogleich erstickt wurde. Die feine Klinge war tief in ihr Fleisch gedrungen. Er bewegte sie nach rechts, um die Rückenarterie zu treffen. Eine unfehlbare Technik, mit der die Bewegungsfunktionen ausgeschaltet und die Luft in der Lunge des Opfers blockiert wurde, sodass es nicht schreien konnte. Die Frau von Friedrich bekam einen Schluckauf und sackte in sich zusammen, während der Grieche sie noch einmal mitten ins Herz traf, wobei er darauf achtete, dass die Klinge zwischen zwei Rippen hindurchging. Befriedigt packte er sie am Kragen und zerrte sie bis zur Küchentür, wobei sich eine lange bräunliche Spur auf dem Boden bildete. Plötzlich sah er ein mit Erde gefülltes Glas auf einer Konsole stehen. Einer der Ehegatten hatte es mit einem weißen Etikett versehen, auf dem stand: »Erinnerung an die Farm der Eltern«. In einer plötzlichen Eingebung nahm er es und schüttete in einer schnellen Bewegung die Erde auf die Leiche.

»Von Erde bist du genommen, zu Erde sollst du wieder werden«, murmelte er.

Was für eine schöne Idee, und das fast unter der Nase ihres Mannes!

Im Wohnzimmer saß John Friedrich vor dem Fernseher, wo gerade ein Baseballspiel lief. Als er aufblickte, sah er, wie sich der Grieche auf ihn stürzte.

»Wir werden verfolgt«, sagte Hiko.

»Ich sehe nichts bei diesem Verkehr.«

»Drei Autos hinter uns, in der anderen Spur. Ein Isuzu. Ein brauner Lieferwagen mit mehreren Männern drin. Er ist schon vier oder fünfmal genauso abgebogen wie wir.«

Konzentriert fuhr Shelby noch einen Kilometer weiter und sah dabei in den Rückspiegel.

»Du hast Recht, die folgen uns.«

»Fahr nach rechts Richtung Hatagaya. In den kleinen Straßen können wir sie besser abhängen.«

»Ach, Quatsch. Ich habe nicht die Absicht, sie abzuhängen.«

Shelby griff nach der Stofftasche mit der TG. Er stellte sie zwischen die beiden Vordersitze.

»Was machst du da?«

Shelby sah mit Augen so kalt wie der Tod auf die Straße, unbeweglich wie eine Salzsäule. Hiko hatte plötzlich das Gefühl, dass er den ganzen Raum des Autos einnahm.

»Willst du eine regelrechte Schlacht mitten in Tokio veranstalten?«, sagte sie laut, als traue sie ihren eigenen Worten nicht.

»Ich bereite mich vor. Lass mich nachdenken.«

Seine Stimme war so schneidend, dass Hiko erschrocken ihre Hand vor den Mund legte. Man hätte meinen können, dass Shelby mit einer Unbekannten sprach. Schweigend fuhren sie noch eine gute Viertelstunde weiter. Bald war vor ihnen das Bahnhofsgebäude von Ebisu zu sehen.

»Und was machen wir jetzt?«

»Ich will sie zum Sprechen bringen. Diese Verfolgung ist die ideale Gelegenheit, die Situation umzudrehen. Wir füttern sie einfach mit Informationen darüber, wohin Anaki geflohen ist.«

Shelby hielt vor der nächsten Ampel. Der Lieferwagen war immer noch hinter ihnen, aber außer Sicht, da mehrere Autos dazwischen standen.

»Warte, ich halte beim Fußgängerüberweg. Wenn die Menge vor dem Auto vorbeigeht, steig aus und misch dich unter die Leute. Bleib unbedingt immer mitten drin, und dreh dich auf gar keinen Fall um.«

Er sprach leise und betonte jedes Wort. Dann fasste er nach hinten und ergriff seinen Mantel.

»Leg ihn dir über die Schultern. Nach hundert Metern, wenn du immer noch mitten in der Menschenmenge bist, lass ihn fallen, ohne dich umzusehen. Wenn sie dir folgen, suchen sie eine Gestalt mit einem schwarzen Mantel und nicht deinen beigefarbenen. Verstehst du? Dann nimm die Metro, und fahr direkt ins Hotel. Ich komme dann zu dir. Erzähl Foster alles. Wir suchen Oberst Toi von der Einheit 231.«

Hiko fasste ihn am Arm und sagte in bittendem Ton:

»Lass mich bei dir bleiben. Du verirrst dich sonst in Tokio, und sie bringen dich um. Du brauchst Hilfe.«

Oh, hat sie etwa Gefühle für mich?

Shelby wurde von Zittern gepackt. Plötzlich tauchte der Isuzu in einer Art Nebel auf.

»Ich muss es tun. Das ist meine Pflicht.«

»Das ist Wahnsinn!«

»›Ich finde mein Grab dort, wo so viele tapfere Männer dahinsanken, wie sich Kirschblüten entblättern.‹«

»Was redest du da? Du bist ja wahnsinnig!«

Er knöpfte die Manschette auf und zeigte ihr seinen Arm.

»Es gibt keinen Zufall«, sagte er. »Alles hängt miteinander zusammen, alles.«

Dann öffnete er die Tür und stieß Hiko brutal nach draußen. Er sah noch gerade ihren erschrockenen Blick, bevor sie von der Flut der Fußgänger verschluckt wurde. Hinter ihm sprang ein Mann eilig aus dem Lieferwagen. Shelby grinste. Der Japaner würde Hiko nicht so schnell finden! Mehrere tausend Menschen gingen über den Platz, eine so dichte Menge, dass man nicht mal die Eingangstüren des Bahnhofs sah. Langsam fuhr er los, damit sie nicht den Eindruck bekamen, er hätte sie bemerkt. Jetzt brauchte er sie nur noch an eine ruhige Stelle zu locken, wo er auf seine Art agieren konnte. Einer Eingebung folgend, fuhr er Richtung Süden. Ein Unwetter brach los, und sintflutartiger Regen fiel auf die Straßen. Eine Mauer aus Wasser, durch die hier und da die *kanji* der Werbeplakate und die Rückscheinwerfer von Autos schienen. Shelby stellte seine Scheibenwischer an. Es kam ihm gelegen, dass die Elemente die Passanten vertrieben. Schließlich entdeckte er ein Schild mit westlicher Schrift: »Tsukiji« stand darauf. Er war also in der Nähe des großen Fischmarkts, nur wenige Häuserblocks von Ginza entfernt. In diesem Viertel nahe der Kais würde er sicher eine Gegend mit Lagerhallen finden.

Perfekt für mein Vorhaben.

Er fuhr weiter, angespannt, bis er wieder ein neues Schild fand, »Shibaura«. Hier hielt er an. Er zog seine kugelsichere Weste über und lief zu Fuß los, als wäre er auf dem Weg zu einer Verabredung. An seinem linken Arm hing die schwere Tasche mit der TG. Ein sicheres Gefühl. Er konnte nicht mehr als zehn Meter weit sehen. Ohne seine Schritte zu verlangsamen, stellte er den Kragen seiner Jacke hoch, um sich vor dem Regen zu schützen.

Es waren vier Männer, die ihm folgten. Sie kamen zu Fuß hinter ihm her, am Ufer entlang, in größerem Abstand. Sie wollten ihn offenbar lebend.

Das trifft sich gut, Jungs, auch ich will euch lebendig. Zumindest einen …

Zwei seiner Verfolger trugen dunkelblaue Mäntel, ihre Köpfe waren kahl geschoren, ihr Teint dunkel. Zwillinge. Ein dritter ging zwanzig Meter hinter ihnen. Sein Pferdeschwanz passte kaum zu seinem pockennarbigen Gesicht. Seine Jacke hatte eine merkwürdige Form auf einer Seite. Er trug eine großkalibrige Maschinenpistole mit einem gebogenen Lader. Der vierte überholte ihn mit schnellem Schritt, ohne ihn anzusehen. Sie nahmen ihn in die Zange. Der letzte war noch jung, wahrscheinlich unter fünfundzwanzig. Sein Gang verriet ihn, er war zu leicht, zu raubtierhaft. Er hatte die Hände in den Manteltaschen, fest an den Faustwaffen, die zwei deutlich sichtbare Beulen bildeten.

Shelby verspürte ein fiebriges Kribbeln. Der Wolkenbruch hörte so plötzlich auf, wie er gekommen war. Es fing an, dunkel zu werden, feuchter Nebel legte sich über die Docks. Drei weitere Männer tauchten auf.

Sie waren mindestens sieben!

Das Blut stieg ihm in den Kopf und klopfte in seinen Schläfen. Sein Herz schlug schneller als hundertvierzig pro Minute, Ströme von Adrenalin flossen in seine Arterien, Schweiß rann ihm über die Stirn, über den ganzen Körper. Seine Muskeln verkrampften sich und er wusste, er stand kurz davor, zu hyperventilieren. Er hatte das unglaubliche Gefühl, dass sich seine Sinne vervielfacht hatten, dass er weiter sah und Laute hörte, die er normalerweise nicht wahrnahm.

Bereit!

Er fuhr mit der Hand in die Tasche, packte den Griff der TG und drehte sich um. Eine ganze Wolke von Kugeln flog durch die Luft. Die Köpfe der Zwillinge explodierten, ein anderer Killer flog in Fetzen, ein weiterer schlug in einer Garbe von Purpur gegen den Rumpf eines Schiffs. Shelby warf sich zu Boden und ignorierte die

Kugeln, die um ihn her flogen. Er lud die TG nach. Die Killer hatten sich hinter einer Reihe Autos versteckt. Die Waffe im Anschlag stand er auf und leerte das Magazin erneut. Er war von Feuer und Kugeln umgeben und sah nichts, hörte nichts und brüllte wie ein Verdammter.

»Tennooo Henkaaa Banzai!«

Die Autos gerieten ins Wanken, ein Regen von zerbrochenem Glas um sie her. Einer der Killer erhob sich und stieß einen gellenden Schrei aus. Er verschwand, durchsiebt von der Ladung, zerfetzt von einer ganzen Wolke von Kugeln. Ein tiefer Riss spaltete die Betonmauer. Ein Pfeiler brach zusammen und begrub mehrere Fahrzeuge unter sich. Shelby zählte die Ladungen nicht mehr, wie ein Roboter leerte er das Magazin und lud wieder nach. Er ging über ein Meer von Hülsen und schoss immer weiter.

Nur noch einer ist am Leben. Und ich habe nur noch eine Ladung.

Shelby tat einen letzten Sprung, hechtete über die Autos und hörte dabei nicht auf zu schießen. Einen Moment lang hatte er den Eindruck, im Raum zu schweben, in einer Wolke aus Pulver und Feuer. Dann war die TG leer und verstummte. Heftig schlug er auf dem Asphalt auf, während um ihn her die letzten Patronenhülsen mit metallischem Klang vom Boden abprallten. Sein ganzer Körper schmerzte. Er ließ die TG neben sich fallen. Es war vorbei. Stille. Eine furchtbare Stille. Menschliche Körperteile lagen in einer Mischung aus Blut, Schweiß und Eisentrümmern herum. Eine beißende Wolke aus Pulver und Betonstaub hing in der Luft und vermischte sich mit dem Gestank von verbranntem Plastik, Benzin und versengten Körpern. Er lebte. Er war der einzige Überlebende. Er hatte sie alle getötet, massakriert ... Eine Weile lief er in den Trümmern umher, kam langsam wieder zu sich und suchte nach einem Lebenszeichen. Er hatte einen am Leben gelassen. Wo war er?

»Ah.«

Ein Mann lag stöhnend in einem Winkel, der ihm ein wenig Deckung gegeben hatte. Es war der letzte, und er hatte ihn verpasst, weil er auf ein Auto gezielt hatte. Durch die Erschütterung des Fahrzeugs war der Mann zwischen der Karosserie und dem Gehsteig eingeklemmt worden. Er war noch am Leben, aber sein halb zerquetschter Körper und seine Beine bildeten eine einzige Blutlache. Sein Gesicht war schmerzverzerrt. Shelby kniete sich hin.

»Willst du reden?«

Der Mann verzog das Gesicht, ohne zu antworten. Es grenzte an ein Wunder, dass er noch lebte. Shelby hob seinen Kopf an, zwang ihn, ihm ins Gesicht zu sehen. Der Killer schien außer sich vor Angst. Eine seiner Arterien musste getroffen sein, denn seine Kräfte verließen ihn, doch er wollte um jeden Preis am Leben bleiben.

»Willst du reden?«, wiederholte Shelby.

Der Verletzte nickte zweimal mit dem Kopf.

»Du kannst vielleicht gerettet werden, wenn ich dich rechzeitig ins Krankenhaus bringe. Willst du mir helfen?«

»Aua!«

»Anaki, ein Mädchen auf der Flucht. Ich bin auf der Suche nach ihr. Hast du von ihr gehört?«

»Aua! Sie … alle … alle suchen nach ihr …«

»Wo ist sie?«

Der Verwundete gab eine Art Seufzer von sich, ein wenig roter Speichel floss aus seinem Mund.

»Keine … Ahnung.«

Shelby lockerte seinen Griff.

»Du stiehlst mir meine Zeit, Mann. Keine Infos, kein Krankenwagen.«

Der Verwundete packte Shelbys Unterarm. Angst und Schmerz gaben ihm außergewöhnliche Kraft.

»Warte! Ich … weiß. Unser … Chef … ist körperbehindert …«

»Los, sprich.«

»… mit … Flugzeug geflogen …«

»Wohin?«

»… eine Treibjagd zu organisieren …«

»Wo?«

Von neuem spuckte der Verwundete blutgefärbten Speichel. Das Atmen fiel ihm immer schwerer.

»Auf dem Weg ... zu Bosko ... sie ...«

»Wo? In welchem Land?«

Reflexartig begann der Mann zu zittern und den Kopf von rechts nach links zu schlagen, wobei er unverständliche Worte auf Japanisch stammelte.

»In welchem Land?«

Die Augen des Verwundeten verdrehten sich in den Augenhöhlen.

»Verflucht!«

Shelby hatte so viel Adrenalin in seinem Körper, dass er glaubte, all seine Bewegungen seien verlangsamt. Als er wieder in seinem Wagen saß, wartete er, bis sich die Anspannung legte. Da fiel es ihm schlagartig ein. Die Friedrichs! Die Vorbereitung des Kampfes hatte ihn so sehr beansprucht, dass er völlig vergessen hatte, sie vor der Gefahr zu warnen. Bestimmt waren die Männer vor ihrem Haus gewesen und dort auf Hiko und ihn aufmerksam geworden. Fiebrig wählte er ihre Telefonnummer. Es läutete einmal, zweimal ... zwanzigmal. Keiner nahm ab.

»Scheiße! Scheiße, Scheiße und nochmals Scheiße!«, schrie er und hämmerte auf das Steuer. »Ich bin ein Idiot! Verdammt, was habe ich getan? Was habe ich getan?«

Er öffnete die Wagentür und kotzte sich die Seele aus dem Leib.

Der Grieche betrachtete den Leichnam mit einem Ausdruck von Abscheu. Friedrich war an Herzversagen gestorben, und das kam ihm sehr ungelegen. Wer waren der Mann und die Frau, die ihn zu Hause besucht hatten, und warum waren sie gekommen? Sechsunddreißig Mal hatte der Grieche Friedrich diese Frage gestellt – der Grieche notierte alles, was er tat, auch das gehörte zu seiner Vorgehensweise. Friedrich hatte nichts ausgeplaudert, stoisch hatte er über eine Stunde Folter über sich ergehen lassen. Oft hatten die Leute, von denen man es am wenigsten erwartete, den größten Mut, so wie dieser scheinbar so harmlose Alte.

»Idiot! Du bist völlig nutzlos gestorben!«

Wütend riss der Grieche ein Bild von der Wand und schmetterte es auf den Boden, dann erstarrte er. Nein, das war keine angemessene Haltung. Um sich zu beruhigen, zwang er sich dazu, einige Tai-Chi-Übungen zu machen. Als er sein merkwürdiges, stummes Ballett beendet hatte, aß er zwei Radieschen. Sein Herzschlag hatte sich wieder beruhigt. Es war an der Zeit, einen Satz zu finden, der der Situation angemessen war.

»Jeden von uns erwartet dieselbe Nacht.«

Der Grieche wiederholte sein Motto zweimal, einmal auf Lateinisch, einmal auf Japanisch, wobei er sich in dem Spiegel betrachtete, der über der Leiche hing. Es war eine gute Idee gewesen, Horaz zu zitieren, das hatte er schon viel zu lange nicht mehr getan. Vor sich hin singend, trug er den leblosen Körper von Friedrichs Frau in das Wohnzimmer, wo er ihn auf einem Sofa neben ihren Mann ablegte. Mit seinem Zippo setzte er einen Lehnsessel in Brand. Schnell loderten die Flammen in dem kleinen Zimmer auf.

Gut, nun konnte er gehen.

Plötzlich hörte er ein Bellen.

Der Hund! Ich habe den Hund vergessen!

Ein Rüde oder ein Weibchen?

Im Laufschritt eilte er noch einmal in das Schlafzimmer hinauf. Es war ein Rüde. Er nahm das verängstigte Tier in seine Arme. Durch den Flammenvorhang hindurch schlüpfte er in die Küche und ließ den Hund, der am ganzen Körper zitterte, in den Garten hinaus.

»Auf Wiedersehen, Alter«, sagte er mit sanfter Stimme. »Genieß dein Leben. Treib es mit den Mädchen oder auch mit deinen Kumpeln. Du bist ein Hund, die beknackten Moralvorstellungen der Menschen können dir egal sein, oder?«

Mit schnellem Schritt machte er sich auf den Weg, seinen alten Koffer in der Hand und einen alten Rap pfeifend. »*Fuck the police, fuck the law, I fuck your mothe', kill you brothe', I'm a gansta' man, I'm cool.*«

Während er sang, zeigte sich ein breites Lächeln auf seinem Gesicht. Ja, dieser verkommene Sänger hatte Recht, es war *cool*, zu töten.

Es blieben ihm knappe zwei Stunden, bevor sein Flug ging. Noch vor Einbruch der Nacht wollte er in Paris ankommen. Er aß noch ein Radieschen. Entspannt, sehr entspannt.

Nun zu uns beiden, Anaki.

Shelby war niedergeschlagen, er lag allein auf seinem Hotelbett. Mit unsicherer Hand goss er sich ein ordentliches Glas Whisky ein.

Das Brennen des Alkohols im Gaumen tat ihm gut. Er hatte den Friedrichs gegenüber einen schlimmen Fehler begangen.

Wenn ich nur einen Moment Pause gemacht hätte, anstatt wie immer drauflos zu stürmen.

Wenn er sich die Zeit genommen hätte, auf Hiko zu hören und zehn Sekunden zu überlegen, dann hätte Margaret Bliker ein paar Männer geschickt, und der alte Amerikaner und seine Frau wären noch am Leben. Stattdessen hatte die Polizei nur noch zwei verkohlte Leichen in den rauchenden Überresten des kleinen Hauses gefunden. Shelby nahm einen zweiten Schluck. Mitten in der Handbewegung hielt er inne. Wenn er wieder mit dem Trinken anfing, war sein Untergang vorprogrammiert. Er stand auf und goss den Rest ins Waschbecken. Aus dem Spiegel blickte ihn ein kantiges Gesicht mit schwarzen Haaren an. Ein Gesicht, das nicht zu der Niederlage passte, die er gerade eingesteckt hatte. Er schaltete das Licht aus, damit das Gesicht verschwand. Mechanisch zog er sich einen Pullover über sein Hemd und steckte ein neues Magazin in seine Pistole. Der Verschluss rastete mit einem beruhigenden

Klicken ein. Er schreckte auf, als er hinter der Tür Fosters Stimme vernahm.

»Shelby, sind Sie fertig? Wir warten auf Sie.«

Foster und Hiko standen im Flur, sie hatten ihre Mäntel an. Hiko lächelte ihm komplizenhaft zu. Entweder hatte sie seinen Fehler nicht wahrgenommen, oder sie deckte ihn. Er tendierte eher zur letzteren Erklärung. Sie war viel zu intelligent, um einen solchen Patzer nicht zu bemerken. Foster hingegen schien distanzierter als sonst.

»Wohin gehen wir?«

»Wir treffen Kommissar Ori, den Spezialisten für Yakuzas, von dem uns Margaret Bliker erzählt hat«, sagte Foster.

Sie gingen zum Auto und fuhren los, Hiko am Steuer. Plötzlich drehte sich Foster zu Shelby um.

»Warum haben Sie mich nicht angerufen, als Sie merkten, dass Sie Killer im Schlepptau hatten?«

»Ich habe keine Erklärung dafür. Ich habe nicht nachgedacht, das ist alles. Ich habe überlegt, wie ich vorgehen soll und was passieren wird ...«

»Ah ja, wie Sie vorgehen wollen ...«

Foster nickte mit dem Kopf, als stelle ihn die Erklärung vollkommen zufrieden.

»Es tut mir Leid«, sagte Shelby.

Es tut ihm Leid, aber er ist unfähig, sich zurückzuhalten. Dieser Junge ist eine Gefahr für die Öffentlichkeit.

»Und dieser Vers, den Sie Hiko gegenüber zitiert haben. Ich nehme an, dass er in Zusammenhang mit dem Selbstmord Ihres Großvaters steht? War es dieser Satz, den er sagte, bevor er sich auf einen amerikanischen Panzerkreuzer warf?«

»Die letzten Worte von Admiral Ugaki«, gab Shelby zu.

»Verdammt, wir sind aber nicht mehr im Jahre 1945, wie kannst du nur solche schrecklichen Sätze sagen?«, brach es aus Hiko hervor.

»Du verstehst nicht, was diese Männer empfunden haben. Sie

waren glücklich. Sie sind im festen Glauben gestorben, ihre Pflicht zu tun.«

»Sich umzubringen bedeutet nicht unbedingt, seine Pflicht zu erfüllen«, antwortete Foster. »In der Tsahal ist nichts wertvoller als das Leben eines Menschen. Und das ist immerhin eine der mutigsten Armeen, die die Welt je gesehen hat.«

An Shelbys Miene konnte er ablesen, dass sein Argument saß. Der Rest des Wegs verlief in völligem Schweigen, bis das schrille Läuten des codierten Telefons ertönte. Nach zwei langen Minuten, in denen er kein Wort sagte und mit angespanntem Kiefer, das Telefon ans Ohr gepresst, dasaß, legte er auf.

»Sechshundertvierzig kommerzielle Flüge haben Japan in den letzten zwei Tagen verlassen, die achtundneunzig Privatflüge nicht mitgerechnet. Sie alle zu überprüfen wird enorm viel Zeit kosten, aber Scott hat entschieden, eine ganze Truppe dafür abzustellen. Der Behinderte muss mit einem von ihnen geflogen sein.« Foster seufzte. »Sie haben in Tsukiji die Nerven verloren, aber dank Ihrer Aktion können wir mit unseren Ermittlungen fortfahren, Shelby. Deshalb kann ich Ihnen nicht gänzlich böse sein. Die Neuigkeit, die Sie aus den Docks mitgebracht haben, ist tatsächlich entscheidend. Sie ist im Moment der Schlüssel unserer Nachforschungen. Der Behinderte ist selber aufgebrochen, um die Hetzjagd anzuführen, und zwar dahin, wo Anaki und Bosko sich verstecken. Das macht seine Identifizierung umso dringlicher. Sobald wir ihn identifiziert haben, werden wir sein Reiseziel ausfindig machen und wissen, *wo* wir nach Anaki und Bosko suchen müssen.«

»So weit sind wir aber leider noch nicht«, seufzte Hiko.

Foster schob den Einwand mit einer Handbewegung beiseite.

»Shelby hat uns einen Riesenschritt weitergebracht. Niemals waren wir ihnen so nahe.«

Der Mann, den sie suchten, wohnte in Sugosando, im Osten der Stadt. Hiko bog in ein Arbeiterviertel ein, das aus kleinen, engen Straßen mit niedrigen alten Häusern bestand. Sie fuhr schnell und gut, hatte die Lippen zusammengepresst und sah konzentriert auf das Display des GPS-Systems. An einer Kreuzung parkte sie vor einer Pagode.

»Die kleinen Straßen sind viel zu eng für Autos. Wir müssen das letzte Stück zu Fuß zurücklegen.«

Trotz der Kälte waren hier viele Menschen auf der Straße. Viele Frauen trugen traditionelle Kleidung, und es gab an jeder Straßenecke kleine Läden. Ein altertümliches, zeitloses Japan. Alle fünfzig Meter blieb Hiko stehen, um nach dem Weg zu fragen, wobei sie jeden Satz mit einem »*Sumimasen*« begann. Schließlich blieb sie vor einem kleinen Holzhaus stehen.

»Hier ist es«, verkündete sie, bevor sie den Glockenzug betätigte.

Einige Augenblicke später öffnete sich die Tür, ein Japaner erschien, würdevoll und winzig. Er trug einen Bürstenhaarschnitt, der ihm das Aussehen eines Militärs in Zivil verlieh. Es war Kommissar Ori.

»*Konnichi Wa*?«, fragte er mit einer durchdringenden Stimme, die nicht zu seinem mickrigen Äußeren passte.

Hiko zögerte einen Augenblick. Der Mann musterte sie mit einem undurchdringlichen Blick. Dabei hatte Bliker ihnen gesagt, dass er blind sei. Sie nahm all ihren Mut zusammen und verbeugte sich tief vor dem ehemaligen Polizisten.

»*Gomen kudasai, Ori-san*. Mein Name ist Hiko. Dies ist Professor Foster, der aus London kommt, und das ist Shelby, ein Freund von ihm. Wir würden gerne mit Ihnen sprechen.«

Der alte Japaner wandte den Kopf Foster zu. Er verbeugte sich seinerseits, bevor er in ausgezeichnetem Englisch sagte:

»Angesichts meines Zustands ist jeder Besuch ein Segen für mich. Umso mehr, wenn jemand aus dem Ausland kommt, um einen alten Rentner wie mich um Hilfe zu bitten. Treten Sie ein.«

Sie folgten ihm in ein kleines Wohnzimmer. Der ehemalige Polizist bewegte sich völlig natürlich. Er bot ihnen Stühle an, bevor er sich selber in einen großen Ledersessel setzte.

»Wir können versuchen, die Unterhaltung auf Englisch zu führen. Wir kommen nur dann auf Ihre Hilfe zurück, mein Fräulein, wenn mir die Worte im Englischen fehlen. Mein Wortschatz ist nicht sehr reichhaltig, auch wenn mein guter Akzent das Gegenteil glauben macht.«

Der Polizist saß aufrecht in seinem Sessel und spielte gedankenverloren mit einem Siegelring, auf dem sich ein Shinto-Motiv befand. Es schien ihm Spaß zu machen, seine Gesprächpartner zu verunsichern, indem er ihnen geradewegs in die Augen sah, mit einem strahlenden Blick, der von seiner Blindheit nichts ahnen ließ. Foster hatte dieses Phänomen bereits bei einigen seiner blinden Patienten erlebt. Das Gehör und der Geruchssinn wurden so fein, dass sie die genaue Position ihrer Gesprächspartner noch an ihren leisesten Geräuschen erkennen konnten. Er lächelte, als er sah, wie Hiko unwohl auf ihrem Stuhl hin- und herrutschte. Sie hatte immer noch nicht begriffen, dass der Japaner sie an ihrem feinen Geruch erkannte und dass er sie nicht *sehen* musste, um mit Genauigkeit zu wissen, wo sie sich befand.

»Herr Ori«, begann Foster, »wir ermitteln in privater Mission wegen mehrerer Morde, in deren Zusammenhang auch ein junger britischer Staatsbürger umgekommen ist. Er war der Freund der hier anwesenden Hiko. Zu diesem Zeitpunkt unserer Ermittlungen möchten wir ungern die japanische Polizei einschalten.«

Der Blinde zeigte ein ironisches Lächeln.

»Wen sollte ich informieren? Ich bin zwar erst seit knapp sechs Jahren im Ruhestand, aber es ist, als säße ich hier tief in der Wüste Kalahari. Meine Kollegen wenden sich immer seltener an mich, als wäre all das, was ich in fast dreißig Jahren Berufserfahrung gelernt habe, plötzlich für keinen mehr von Interesse. Stellen Sie sich vor, mein Telefon hat nun schon seit zweiundzwanzig Tagen nicht mehr geläutet! Ich weiß es genau, ich habe mitgezählt. Seien Sie also unbesorgt. Wenn Sie keine Straftat verübt haben, wird alles, was Sie mir sagen, strikt unter uns bleiben. Kommen wir also zur Sache. Womit kann ich Ihnen helfen?«

Der Professor unterdrückte erneut ein Lächeln. Der Blinde beherrschte seine Nummer unglaublich gut.

Was für ein Schauspieler! Er ist sicher ein großartiger Polizist gewesen.

»Wir möchten mit Ihnen über eine Tätowierung sprechen.«

»Da sind Sie auf dem Holzweg!«, rief der Blinde aus. »Tätowierungen verändern sich ständig, und aus gutem Grund bin ich über die neuesten Modelle nicht auf dem Laufenden ... Die alten kenne ich allerdings ohne Ausnahme. Da bin ich ein wandelndes Lexikon.«

»Die Tätowierung, über die wir mit Ihnen sprechen wollen, ist von besonderer Art. Wir haben sie unter der Achsel eines Mannes gefunden, von dem wir glauben, dass er ein ehemaliger Militär ist.«

Ori verzog den Mund.

»Das ist nicht sehr originell. Die Yakuzas lieben Tätowierungen, und bei ihnen gibt es viele frühere Militärs. Wie sah sie aus?«

»Erstaunlich einfach. Ein S mit schwarzer Tinte eintätowiert. Dieser Mann hat uns auch etwas gesagt, nämlich: ›S. wird sie erwischen.‹ – Kennen Sie eine kriminelle Vereinigung, die diesen Namen trägt?«

Der alte Mann stieß einen kehligen Laut aus und versank tief in seinem Sessel, dabei wurde sein Gesicht aschfahl. Foster, der dies für einen Schwächeanfall hielt, stand schnell auf.

»Herr Ori, geht es Ihnen gut?«

Der alte Polizist fuchtelte abwehrend mit den Händen in der Luft herum.

»Ja, ja, es geht gleich wieder«, antwortete er mit schwacher Stimme.

Foster setzte sich nur halb beruhigt wieder hin.

»Herr Ori, warum hat Sie meine Frage derart getroffen?«

Der Japaner holte tief Luft.

»Dieses Zeichen, diese Tätowierung … ist außergewöhnlich. Ich habe den Eindruck, eine Stimme aus sehr weiter Ferne zu hören. Aus einer längst vergangenen Zeit seit … so lange her.«

Er fuhr sich mit zitternder Hand über die Stirn. Mit einer entschiedenen Handbewegung bedeutete Foster Hiko und Shelby, sich still zu verhalten und sich nicht in das Gespräch einzuschalten. Ori tastete nach der Karaffe und goss sich ein Glas Wasser ein. Er schüttete einen Teil der Flüssigkeit neben das Glas, und als er es zum Mund führte, um zu trinken, tropfte es auf seine Hose. Sein Gehabe hatte sich völlig verändert, er konnte seinen Besuchern nun nichts mehr vormachen.

Er sieht aus wie ein Mensch, der gerade ein Gespenst gesehen und die Fassung verloren hat.

»Herr Ori, würden Sie mir sagen, worum es geht?«

»Das ist unmöglich. Das brächte Ihr Leben in Gefahr. Es ist besser, Sie gehen jetzt.«

»Wir können uns verteidigen, Herr Ori. Sie sollten uns verraten, was Sie wissen.«

Der Japaner kam wieder zu Kräften. Dann begann er seinen Bericht.

»Es geschah vor ungefähr dreißig Jahren. Ich war damals ein blutjunger Journalist, für die ›Asahi Shinbum‹ als Korrespondent in Hongkong. Ich war gerade dabei, meinen ersten Artikel über die Triaden, kriminelle Vereinigungen in China, zu schreiben und hatte schon mehrere Informanten getroffen, die unterschiedlich ergiebig waren. Da schlug mir einer von ihnen vor, mich mit jemandem in Kontakt zu bringen. Einem Killer erster Güte. Ich verabredete mich mit ihm, und wir trafen uns zu einem Gespräch. Der Killer war ein Chinese, hatte aber einen japanischen Vater. Er war ein ehemaliger Militär der Spezialeinheit der Kuomintang, ein Experte des Wu Shu und ein ehemaliger Mönch aus dem Shaolin-Tempel, eine regelrechte Killermaschine. Niemals zuvor war ich einem Mann mit solch einem Charakter begegnet. Seine Aufgabe bestand darin, seine Organisation nach außen komplett abzuschotten und alle zu töten, die sie bedrohten. Aber er glaubte, selbst unter Verdacht geraten zu sein, und fürchtete nun um sein Leben.«

»Warum?«

»Er war opiumsüchtig, und seine Auftraggeber hatten es erfahren. Da er kein reiner Japaner war, konnte er keine Milde von ihnen erwarten. In seiner Welt bedeutete die Entdeckung seines Lasters, dass er möglichst schnell beseitigt werden musste. Wir unterhielten uns den ganzen Abend, aber je mehr Zeit verstrich, desto verschlossener wurde er. Er schwitzte vor Angst. Am Ende der Mahlzeit hatten wir viel getrunken, und er stammelte nur noch. Plötzlich zog er sein Hemd aus, um mir, wie er sagte, etwas Wichtiges zu zeigen. Eine Tätowierung. Ein einfaches S unter der Achsel. Als ich ihn fragte, wofür das stünde, verriet er mir, dass es das Erkennungszeichen der Hinrichtungsspezialisten seiner Organisation war.«

Der frühere Polizist ließ seinen Satz einige Augenblicke im Raum stehen.

»Exekutierer konnte man an einer schwarzroten Gesichtsmaske und einer Art Cape erkennen, das sie immer über ihrem Kampfanzug trugen. Man nannte sie die ›Schwarzmäntel‹.«

Foster warf Shelby einen Seitenblick zu. Sie waren aufs Höchste gespannt.

»Diese Organisation war keine Mafia, sondern ein Geheimbund mit politischen, beziehungsweise geostrategischen Zielen. Sie wollte die Nachfolge der Sekte des Schwarzen Drachen antreten.«

Ori, der spürte, dass dieser Name seinen Gesprächspartnern nichts sagte, fügte hinzu:

»Der Schwarze Drache war der wichtigste japanische Geheimbund vor dem Krieg. In ihm hatten sich Militärs, Geheimdienstleute, Politiker, Finanziers und Industrielle zusammengeschlossen. Es war die mächtigste Lobby, die jemals in Japan gewütet hat. Wahrscheinlich war der Schwarze Drache auch Urheber der Invasion in der Mandschurei und der militärischen Expansion der Japaner in

Asien[6]. Der Geheimbund, von dem wir hier reden, ist zwar kleiner, geheimer und weniger offiziell, doch er ist der würdige Nachkomme des ersten. Eine seiner Spezialitäten war es, weltweit auf allen großen Finanzmärkten die Kurse zu manipulieren und sich zu bereichern, indem er unerklärliche Börsenschwankungen verursachte. Er war außerdem besonders geschickt im Fälschen von Diplomen und in der Kopie von Substanzen in den Bereichen Chemie und Medizin. Die diversen kriminellen Aktivitäten brachten hunderte Millionen von Dollar pro Jahr ein; niemand ahnte etwas davon. Das Geld wurde gehortet und auf geheimen Konten versteckt. Die kriminellen Geldgeschäfte waren nur ein Mittel zum Zweck, kein eigentliches Ziel.«

Der Blinde schwieg, als fürchte er, zu viel gesagt zu haben, doch Foster ermunterte ihn, weiterzusprechen.

»Wir hören Ihnen zu, Herr Ori. Wo wir schon einmal so weit sind, ist es besser, Sie sagen uns wirklich alles, was Sie wissen.«

»Das Ziel dieses Geheimbundes war es, die fundamentalen Interessen Japans zu schützen. Er brachte Menschen um, die in seinen Augen der Entwicklung des Landes schadeten. Politiker, die als nicht hart genug eingestuft wurden, Schriftsteller, die sich über Kriegsverbrechen äußerten, ausländische Firmenchefs, die japanische Unternehmen in Gefahr brachten, wissenschaftliche Konkurrenz aus Laboratorien des Archipels, antijapanisch eingestellte amerikanische Politiker ... Die Morde waren fast immer getarnt – Unfälle, schändliche Verbrechen. Die Schwarzmäntel erledigten die Drecksarbeit.«

Der Blinde wischte sich erneut über die Stirn und nahm noch einmal geräuschvoll einen Schluck Wasser.

»Sie können sich nicht vorstellen, was für Gefühle die Unterhaltung mit dem Killer bei mir auslöste. Ich war in heller Aufregung bei dem Gedanken an eine derartige Sensationsnachricht, fasziniert von meinem Gesprächspartner und erschrak zugleich vor der frag-

---

[6] Dies entspricht der Wahrheit.

würdigen Welt, in die er mich einführte. Es gab also eine geheime höhere Macht, die sich einem neuen japanischen Expansionismus verschrieben hatte, und ich war derjenige, der dies entdeckt hatte!«

»Wie war der Name der Organisation?«

»Sie nannte sich ...«

Ori hielt erneut im Satz inne, bevor er fortfuhr:

»Sie nannte sich *Shaga*.«

Die Shaga. Der Name schlug wie ein Blitz ein.

»Ich weiß«, fuhr der Blinde fort und wandte sich Hiko zu, deren Unbehagen er gespürt hatte. »Der Name allein macht schon Angst. Ich erinnere mich noch, wie erschrocken ich war. Shaga, das klingt nach Düsternis, Geheimnis und Macht. Es klingt teuflisch.«

»Wer war der Anführer der Shaga?«

»Ein Japaner, ein an den Rollstuhl gefesselter Behinderter, der ein außergewöhnliches Charisma besaß. Ich kenne weder sein Alter noch seinen Beruf oder gar seinen Namen. Mein Informant verließ mich brüsk, ohne dass es mir gelang, ihm ein weiteres Wort zu entlocken. Drei Tage später arrangierte mein Mittelsmann mir ein weiteres Treffen in den Hafendocks. Ich fuhr zu spät hin, weil der Chefredakteur meiner Abteilung mich mit Verwaltungsproblemen aufgehalten hatte. Als ich ankam, fand ich nur noch zwei Leichen, in einem Blutbad ... noch jetzt habe ich Albträume davon. Als ich zurück nach Japan kam, wollte ich mit den Recherchen fortfahren, doch ich hatte ja nichts als die Aussagen eines drogenabhängigen Killers, der auf einem Kai von Hongkong verschollen war ... Die Polizei hat seinen Leichnam nie gefunden. Zudem galt dieses Thema nicht als politisch korrekt. Meine Vorgesetzten verlangten von mir, die Nachforschungen einzustellen, ich wechselte den Beruf und hatte nie wieder Gelegenheit gehabt, sie wieder aufzunehmen. Es ist, als hätte ich die ganze Geschichte geträumt. Nichts als ein Albtraum. Eine Halluzination.«

Der frühere Polizist richtete sich in seinem Sessel auf.

»Lassen Sie sich nicht mit der Shaga ein. Sie haben einmal Glück gehabt, ein zweites Mal werden sie keins mehr haben. Kehren Sie in Ihr Land zurück. Sie spielen mit dem Feuer und werden darin verbrennen.«

»Wir haben keine Wahl. Der Behinderte verfolgt zwei Personen, die wir zu finden versuchen. Wir müssen unbedingt herausbekommen, wer er ist.«

»Sie sind wahnsinnig«, sagte der Blinde mit leiser Stimme. »Sie müssen wissen, dass ich in ständiger Angst lebe, seitdem ich von der Existenz der Shaga weiß. Ja, jeden Tag fürchte ich, dass sie mich finden. Ich habe Angst, dass jemand ihnen von mir erzählt und ihnen sagt, dass ich von ihnen weiß. Die Shaga ist der Tod.«

Draußen empfing sie ein Schneegestöber. Eine Gruppe junger Jogger im Kimono kam im Laufschritt am Haus vorbei. Einer von ihnen warf Hiko einen feindseligen Blick zu, den Foster bemerkte. Japanerinnen, die sich mit Westlern abgaben, waren immer noch schlecht angesehen, selbst in Tokio.

»Was machen wir nun?«, fragte sie, die Hand auf der Wagentür.

Die Enthüllungen des Kommissars Ori hatten ihr einen Schock versetzt. Foster begriff, dass die Entlarvung des Behinderten für sie nun noch dringlicher war. Die Shaga war für pazifistische Japaner eine tiefe moralische Verletzung. Beschwichtigend nahm er sie beim Arm.

»Ich fahre noch einmal zu Margaret Bliker. Gehen Sie mit Shelby ins Hotel zurück, ich rufe Sie an, wenn es Neuigkeiten gibt.«

Er verabschiedete sich mit einer kleinen Handbewegung und winkte sich ein Taxi heran. Hiko sah ihm einige Augenblicke nach und sagte dann:

»Es gibt noch eine Menge zu tun. Wir müssen diese Saukerle finden.«

Shelby nickte. Sie schwiegen während der ganzen Fahrt. Im Aufzug lehnte Hiko sich gegen die Wand und fuhr sich mit dem Handrücken über die Stirn.

»Ich bin völlig erschöpft.«

Shelby sagte nichts. Hikos Gesicht war völlig entspannt, anders als ihre Worte erwarten ließen. Nie zuvor hatte er sie so hübsch gefunden. Er ließ ihr im Bad den Vortritt und streckte sich in seinen Kleidern auf dem Bett aus. Die Augen waren ihm schon zugefallen, da weckte ihn eine Bewegung. Hiko stand auf der Türschwelle zu seinem Zimmer. Sie hatte sich den Kopf unters Wasser gehalten und wirkte mit ihren nach hinten gekämmten Haaren noch zarter. Sie hatte ihren Pullover ausgezogen, und ihre Bluse war mit kleinen Wassertropfen übersät, der Stoff klebte an ihrer Haut. Andere Tropfen funkelten wie Hunderte kleiner Sterne auf der nackten Haut ihrer Arme.

»Jetzt geht's mir besser«, sagte sie.

Offensichtlich war sie sich nicht im Klaren über die Wirkung, die sie auf ihn ausübte.

»Ich lege mich jetzt schlafen. Weck mich, wenn der Professor wiederkommt«, sagte sie.

Shelby wartete einige Minuten, dann ging er ins Wohnzimmer. Hiko war auf dem Sofa eingeschlafen. Ihre Brüste zeichneten sich unter der dünnen Bluse ab. Ihre Jeans umgab ihre Schenkel wie eine zweite Haut, sie schlief in einer reizvollen Pose, ein Bein baumelte über der Sofalehne, das andere hing wie verlassen in der Luft. Shelbys Blick wanderte zu Hikos Gesicht. Sie atmete langsam mit halb offenem Mund in regelmäßigen Zügen. Es überkam ihn eine wilde Lust, sie zu küssen.

Das ist unmöglich. Sie hat immer noch Peter im Kopf.

Dennoch spürte er, dass Hiko wider Willen von ihm angezogen wurde und nur die Erinnerung an Peter sie daran hinderte, es sich einzugestehen. Er setzte sich ihr gegenüber, der Sessel ächzte unter seinem Gewicht. Er hatte noch nie mit einer so zierlichen Frau geschlafen, aber er konnte nicht umhin, sich ihre beiden Körper vorzustellen, nackt aneinander gepresst. Er legte seine Sig, die ihn störte, auf das Tischchen, machte es sich, die Arme hinter dem Kopf verschränkt, im Sessel bequem und verbrachte die nächsten zwei Stunden damit, Hiko zu betrachten. Ab und zu bewegte sie sich im

Schlaf und machte dabei kleine, hübsche Grimassen. Dann hatte sie wohl einen Albtraum, der sie ängstlich aufschreien ließ. Als sie abrupt aufschreckte, trank Shelby gerade Mineralwasser aus einer Flasche und hatte den Blick auf sie gerichtet.

»Hallo.«

»Habe ich lange geschlafen?«

»Zwei Stunden.«

Sie räkelte sich, und ihre Brüste gerieten in Bewegung.

»Ich bin ganz erschlagen. Ich muss mich hin- und hergewälzt haben.«

»Du hast im Schlaf gesprochen. Du hattest Angst vor etwas.«

»Was habe ich gesagt?«

Shelbys Miene verdüsterte sich.

»Du hast mit Peter gesprochen. Du hast versucht, ihn zu retten.«

Hiko sprang verstört auf. Als sie aus dem Bad zurückkam, hatte sich Shelby, der nicht wusste, wie er sich verhalten sollte, noch nicht von der Stelle gerührt.

»Erzähl mir davon«, schlug er vor.

Sie verneinte.

»Warum nicht?«

»Ich habe keine Lust, über persönliche Dinge mit dir zu reden.«

»Hast du Angst?«

Augenblicklich taten ihm seine Worte Leid, aber es war zu spät.

»Peter ist noch nicht einmal einen Monat tot, Shelby. Was glaubst du? Du trittst in mein Leben mit deinen Kanonen, deiner Selbstsicherheit, deiner Wut. Du siehst gut aus, du hast Prinzipien und Stolz.« – Sie schniefte. – »Manchmal kommst du mir wie eine Erscheinung aus vergangenen Zeiten vor. Also, es stimmt, ich habe Angst, persönliche Fragen mit *dir* zu besprechen.«

»Du bist schön. Auch du hast Wut in dir.«

Einem Impuls folgend, trat er dicht neben sie. Er strich ihr über das Haar. Hiko schien wie gelähmt, mit ihren weit aufgerissenen Augen glich sie einer Ertrunkenen. Shelbys Hand glitt langsam über ihr Gesicht, verharrte auf ihren Augenlidern, der Nase. Als er sie zu küssen versuchte, machte sie sich los.

»Das ... das ist unmöglich. Das dürfen wir nicht tun.«

Sie wirkte verletzt, den Tränen nahe.

»Hiko ... Ich bin ein ziemlicher Dreckskerl Frauen gegenüber. Ich habe viele Dinge getan, auf die ich nicht gerade stolz bin. Und seit wann kennen wir uns? Seit weniger als drei Tagen. Und doch bin ich mir ganz sicher. Ich finde dich wunderbar, Hiko. Es hört sich dumm an, aber seitdem ich dich kenne, sehe ich mein Leben anders. Es gibt viele Dinge, die mir unmöglich erschienen, wie zum Beispiel Treue. Nun scheinen sie mir plötzlich normal und selbstverständlich. Verstehst du?«

Sie brach in Tränen aus.

»Entschuldige, ich bin eine Idiotin. Ich weiß nicht, warum ich weine. Wir können nicht zusammen sein, Shelby. Ich muss Peter rächen.«

Sie nahm das Taschentuch, das er ihr reichte. Jetzt trennte sie wieder eine unsichtbare Schranke, so unüberbrückbar wie ein Gletscher. Er war verzweifelt. Das Telefon klingelte. Hiko stand ein paar Sekunden verwirrt da, dann nahm sie den Hörer ab.

»Ja? Ah, Sie sind es, Professor! Natürlich, ich weiß, wo das ist. In einer halben Stunde können wir dort sein.«

»Was wollte er?«

Sie schniefte.

»Er ist bei Margaret Bliker. Sie haben wichtige Informationen über Oberst Toi gefunden.« Sie zog ihren Mantel an und vermied es dabei, ihn anzusehen. – »Wir sollen sie in Ikebukuro treffen. Beeil dich, das ist ziemlich weit weg.«

Es war merkwürdig für Shelby, wieder neben Hiko im Auto zu sitzen. Die Hauptverkehrsstraßen des Stadtzentrums waren leer, im Wagen war es warm, von der eisigen Luft spürte man hier drinnen nichts. Es schien Shelby, als sei die ganze Atmosphäre von seinem Verlangen nach Hiko durchdrungen.

Hiko machte beim Fahren zuweilen brüske Lenkradbewegungen, so als fürchtete sie sich davor, dass er etwas sagte. Wendig bog sie in eine kleine Straße ein.

»Ich kenne eine Abkürzung.«

Er schwieg. An solchen Dingen merkt man, woher jemand wirklich stammt. Wenn man seine eigenen Wege, seine Tricks und Abkürzungen hat. Er hatte so etwas nirgendwo, weder in London noch in Tokio. Überall war er ein Fremder. Sie fuhren in eine Geschäftsstraße hinein, in der es nur Tuchhändler gab. Unzählige Limousinen und Sportwagen parkten kreuz und quer und behinderten den Verkehr.

»Was ist das für ein Chaos?«

»Hier kaufen die Geishas den Stoff für ihre Festkimonos. Einige kosten mehrere hundertausend Yen und die vornehmsten Modelle sogar mehrere Millionen. Sie geben einen großen Teil ihres Einkommens für ihre Kleidung und ihre Frisuren aus.«

»Ich dachte, sie sind nur für die Konversation zuständig. Warum geben sie dann so viel Kohle für Klamotten aus?«

Hiko überraschte diese Frage.

»Das ist schwer zu erklären. Die Geishas stehen für ein bestimmtes weibliches Idealbild. Sie sind es sich schuldig, in allem ganz vorne zu sein: schön, elegant, intelligent, gebildet, voller Humor und Schlagfertigkeit. Eine Geisha kann nicht an ihrem Kimono sparen.«

»Und keine arbeitet mit Tricks?«

Hiko lachte. Sie wirkte unangenehm berührt, als hätte er eine Obszönität gesagt.

»Das tut man nicht.«

»Woanders würde man das tun.«

»Im Westen könnten Geishas nicht überleben. Es wird noch lange dauern, bis du wie ein echter Japaner denkst.«

Sie sagte dies in bestimmtem Ton, und Shelby ließ es sich gesagt sein.

Er schaltete das Radio ein. Er suchte nach einem guten Sender, aber die Musik wurde ständig von den schrillen Stimmen der Moderatoren unterbrochen. Nach einer Viertelstunde gab er auf und schaltete aus. Sie überholten eine große schwarze Limousine, die ein Chauffeur mit weißen Handschuhen fuhr. Ein alter Mann las auf dem Rücksitz Zeitung.

»Unsere Firmen geben zu viel Geld für ihr Führungspersonal aus«, bemerkte Hiko missmutig.

»Diese alten Säcke ruinieren das Land. Sie sind durch so viele Intrigen auf die Stellen gekommen, auf denen sie heute sitzen, dass sie nicht in der Lage sind, zu sparen und auf ihre kleinen Privilegien zu verzichten. Und in der Zwischenzeit versinkt das Land in der Rezession. Es sind Parasiten, man muss sie loswerden!«

Shelby war von ihrer Vehemenz überrascht.

»Die Menschen sind nicht wirklich reif für einen Wandel«, fuhr Hiko fort. »Sie sind unkritisch und hören immer noch auf Hierarchie und Autorität. Ich dachte, Japan würde sich mit Politikern wie Mirayama oder Koizumi verändern, aber die Situation ist genau die gleiche geblieben. Es müsste einen großen Streik geben, um das Establishment zu Fall zu bringen. Einen *Zenesto*, einen Generalstreik«, fügte sie mit Nachdruck hinzu, nachdem sie einige Sekunden nachgedacht hatte.

»Klar, ein ganzes Land gelähmt durch Streikende, das ist die super Lösung!«

»Was für eine Vorstellung!«, rief sie aus, von seiner Reaktion ernsthaft überrascht. »Hier arbeitet man weiter, wenn gestreikt wird.«

Ein Generalstreik, bei dem die Menschen arbeiten ... Shelby fragte sich, ob sie ihn wohl auf den Arm nähme, aber Hiko schien sehr ernst, also ließ er es auf sich beruhen.

Nach einigen Minuten erklärte sie: »Wir kommen jetzt nach Ikebukuro.«

Das lebhafte Viertel lag an einem Kanal, den sie ihm zeigte.

»Der Fluss Kanada. Wir sind ganz in der Nähe unseres Treffpunktes. Ich parke das Auto.«

Die Gegend war etwas hügelig und wurde von schmalen Straßen durchkreuzt, die sich zwischen den Gärten schlängelten. Es gab hier weniger Bürogebäude, mehr Wohnhäuser und keine einzige Neonwerbung.

»Das ist ein zauberhafter Ort«, sagte sie entzückt. »Als ich klein war, fuhren wir immer im Frühling hierher, um die Kirschblüten zu sehen. Es gibt mehrere Schulen für Ikebana hier in der Gegend.«

»Es ist schön hier«, gab er zu.

»Das ist mein liebstes Viertel. Musashino, das am Ufer des Sumida liegt, gefällt mir auch, aber auf andere Weise.«

Shelby war nun wieder entspannt. Er war nun im richtigen Tokio, einer überschaubaren Stadt. Er war mit einem tollen Mädchen unterwegs, und zwischen ihnen bahnte sich etwas an. Ihr Spaziergang kam ihm so selbstverständlich vor, als sei er die Fortsetzung und die Ankündigung von hundert anderen. Sie kamen an einem Shinto-Tempel vorbei und gingen an einer langen Absperrung entlang, hinter der ein Park lag.

»Der Chinzan Park«, sagte Hiko. »Wir sind fast da.«

»Wo gehen wir hin?«

»Hierher. In das Hotel Four Seasons«, kündigte sie an und bog vor ihm in einen großen Garten ein, in dessen Mitte sich ein modernes, protziges Gebäude befand.

Foster erwartete sie in der Eingangshalle. Er trug einen großen, schwarzledernen Koffer bei sich, den er am Mittag, als sie sich trennten, noch nicht gehabt hatte. Als er sie sah, winkte er mit der Hand.

»Es tut mir Leid, wir müssen so schnell wie möglich zum Bahnhof.«

»Wohin fahren wir denn?«

Foster war bereits draußen und schleppte die Tasche, die sehr schwer zu sein schien.

»Nach Kioto. Gehen wir zum Auto. Ich werde euch alles erklären.«

Er seufzte, als sie durch das Gartentor gingen.

»Ich wäre gerne in Ruhe mit euch spazieren gegangen, anstatt mich um Mordfälle, Killer und Personen auf der Flucht zu kümmern. Schade, dass die Welt nicht freundlich, sondern düster ist und voller Gewalt. Alles ist verdorben, schmutzig ... Und das Schlimmste ist, dass man sich damit abfindet.«

»Ich werde mich niemals mit Gewalt oder dem Tod Unschuldiger abfinden«, versetzte Hiko.

Foster lächelte über ihre entschlossenen Worte. Bevor er weiterging, blieb er stehen.

»Sie haben keine Ahnung. Sie sind noch so jung.«

»Gewalt widert mich an, und ich weiß, dass es in dreißig Jahren immer noch so sein wird!«

»Sich an Dinge zu gewöhnen bedeutet nicht, sie gutzuheißen«, stellte Foster klar. »Gewalt gehört zum Leben, man kann sie als unausweichliches Übel akzeptieren und sie doch weiter bekämpfen. Man kann sich der Dinge bewusst sein, ohne dass man daran gehindert wird, seine Moralvorstellungen oder die Fähigkeit, sich zu entrüsten, zu behalten. Wie denken Sie darüber, Shelby?«

Shelby wusste nicht, was er sagen sollte. Er hatte Lust, Foster anzuschreien:

Was wollen Sie von mir hören? Ich habe mein Geld damit verdient, für eine Regierung zu töten, mit der ich absolut nichts am Hut habe. Alle meine Kameraden sind tot.

Sie kamen an einem Bettler vorbei, der auf einem Stück Karton lag.

»Von welcher Art Gewalt reden Sie? Von einem Penner, der vor Kälte auf der Straße stirbt, oder einem Kind, das sich prostituiert – ist das vielleicht weniger gewalttätig als eine Schießerei mit Gewehren?«

Foster drehte sich überrascht zu Shelby um, erwiderte aber nichts.

Der mächtige Mercedes verließ die kleine geteerte Straße und bog in einen Weg ein. Auf den fünfzig Hektar, die den provenzalischen Besitz des Behinderten umgaben, standen Weinberge, Wiesen und zwei grüne Eichenwälder. Das Auto brauste durch das geöffnete Fallgitter, das den Eingang sicherte, dann fuhr es auf das Hauptgebäude zu, einen großen, steinernen Bau aus dem sechzehnten Jahrhundert, einen ehemaligen, festungsartigen Palast, der an einem Berghang errichtet worden war. Er hatte einen großen viereckigen Turm, der mit jahrhundertealten, im Laufe der Jahre ausgeblichenen Dachziegeln gedeckt war. Das Haus war schön, jedoch nicht luxuriös, und es unterschied sich nicht von den anderen Häusern der Provence, in denen reiche Ausländer wohnten. Die bewaffneten japanischen Wachleute, die unauffällig im Garten patrouillierten, waren von außen nicht zu entdecken. Einer von ihnen grüßte, als er den Behinderten in seinem Auto erkannte, da parkte der Mercedes schon vor dem Gebäude. Oberst Toi, der auf der Freitreppe wartete, öffnete die Wagentür, um dem Behinderten beim Aussteigen zu helfen.

»Danke, Oberst«, sagte dieser. »Ich bin ein wenig müde; seit ich Tokio verlassen habe, hatte ich kaum Zeit zum Verschnaufen.«

»Ist das Treffen gut gelaufen?«

»Exzellent.«

Das Gesicht des Behinderten hellte sich flüchtig auf. Während Toi schon auf dem Weg nach Frankreich war, hatte er den Mafiaboss auf einem Parkplatz des Flughafens von Neapel getroffen, im hinteren Teil eines eigens umgebauten Tourismusbusses. Der Italiener war von ungefähr zehn bedrohlich wirkenden Männern umgeben gewesen, die seine Berater und Leibwächter waren. Er war völlig anders gewesen, als der Behinderte ihn sich vorgestellt hatte. Der Mafioso war ein Mann um die fünfzig, mit rotem Gesicht, dem Aussehen und Auftreten eines Bauerntölpels, und er trug Schuhe und Kleidung, für die sich selbst ein Landarbeiter hätte schämen müssen. Der Schein trog. Seit der Verhaftung von Toto Riina war der Italiener einer der mächtigsten Männer der Mafia geworden.

Für zehn Millionen Dollar, von denen fünf im Voraus zu zahlen waren, war er damit einverstanden gewesen, den französischen Teil seiner Organisation der Shaga zur Verfügung zu stellen.

Toi folgte dem Behinderten ins Haus hinein, in dem es im Gegensatz zu der Hitze draußen angenehm kühl war.

»Verraten Sie mir, was Sie ihnen erzählt haben, um sie zu überzeugen?«

Der Behinderte hatte sich bislang noch nicht dazu bequemt, ihm sein Vorhaben zu erläutern.

»Ich bin ein japanischer Milliardär, dessen Tochter von Bosko getötet wurde, bevor er mit Anaki, seiner Geliebten, geflüchtet ist. Ich würde alles dafür geben, um sie zu finden und dafür zu bestrafen. Ich will sie lebend haben, um mich eigenhändig um sie zu kümmern. Ich dachte, ein Italiener würde auf so eine Geschichte einsteigen.«

»Verstehe.«

Der Behinderte lenkte seinen Rollstuhl auf die Rampe, die in den Salon führte.

»Ich bin sehr optimistisch, Oberst, und Sie wissen, dass ich das nur selten bin. Wir werden sie kriegen, lange können sie uns nicht mehr entkommen!«

Sie setzten sich ins Arbeitszimmer, einen riesigen Raum mit Boden und Wänden aus altem Stein. Sie hatten sich eine staubige Flasche alten Haut-Brion aus dem Weinkeller des Behinderten kommen lassen. Behutsam goss dieser sich Wein in ein Ballonglas, roch lange daran und ließ die feinen Gerüche in seine Lungen strömen.

»1947, der Jahrgang des Jahrhunderts. Dieser Wein ist ein Segen, Oberst. Jedes einzelne Aroma ist ein Gaumenkitzel. Ein wahres Kunstwerk. Wenn mich Boskos Formel dazu befähigt, werde ich davon tausend Jahre lang trinken.«

»Das wird der Fall sein.«

»Sehen Sie, Oberst, Wein ist etwas ganz Besonderes für mich. Nur der Wein besitzt zugleich zwei seltene und beinahe adelige Eigenschaften: seine Lebensdauer ist begrenzt, und es ist unmöglich, zweimal den gleichen herzustellen. Doch entscheidend ist etwas anderes. Wissen Sie, was den Wein von allen anderen vom Menschen erschaffenen Kunstwerken unterscheidet?«

Toi musste zugeben, dass er keine Ahnung hatte.

»Man muss ihn zerstören, um ihn genießen zu können.« Der Behinderte trank einen Schluck. »Ja, ihn zerstören. Im Gegensatz zu einem meisterhaften Bild oder einem musikalischen Werk kann man eine Flasche nicht ewig bewundern. Es kommt der Tag, an dem man sie trinken muss. Verstehen Sie, was ich meine?«

»Ehrlich gesagt, nicht genau.«

Der Behinderte hob sein Glas und bewunderte die purpurnen Reflexe auf dem kristallenen Fuß.

»Es gibt nur noch einige hundert Flaschen dieses Jahrgangs, Oberst. Dieser Haut-Brion 1947 ist einzigartig, er unterscheidet sich ebenso sehr vom 1946er oder 1948er wie zwei Picassos aus unterschiedlichen Epochen. Jedoch wird es eines Tages nichts mehr davon geben. Alle Flaschen werden bis auf die letzte ausgetrunken sein. Und da es unmöglich ist, ihn noch einmal herzustellen, wird niemand je wieder das liebliche Aroma eines Haut-Brion 1947 genießen. Im Degustieren eines Grand Cru liegt eine Art Grausamkeit, an der ich mich immer wieder ergötzen kann. Er ist eine *zeitlich begrenzte Besonderheit*. Verstehen Sie mich nun, Oberst?«

»Ich glaube schon.«

Sie schwiegen eine ganze Weile. Oberst Toi dachte über die letzten Sätze des Behinderten nach. Eine Frage brannte ihm auf den Lippen.

»Ich habe Ihnen noch nie eine persönliche Frage gestellt.«

»Das ist richtig.«

Der Behinderte zog sein Jackett aus und ordnete seine Haare. Dann roch er erneut an seinem Glas, bevor er es vorsichtig an die Lippen setzte.

»Nur zu, Oberst, nur zu.«

»Sie sind wahrscheinlich einer der größten Weinsammler der

Welt, wir befinden uns in Frankreich auf Ihrem Gut. Warum meiden Sie die Weinberge?«

Widersprüchliche Gefühle zeigten sich auf dem zerfurchten Gesicht des Behinderten. Es sah nach Traurigkeit oder Melancholie aus. Toi wurde klar, dass er gerade einen Fehler begangen hatte.

»Es ist mir unmöglich, diese wundervollen Orte ohne meine Beine zu besuchen. Wenn ich dreihundert Jahre leben werde, kann ich mich dank Boskos Wissenschaft eines Tages wieder selbst bewegen, dessen bin ich mir sicher. Bis dahin bleibt mir nichts, als mich zu langweilen. Die Größe kann man nicht aus der Tiefe verstehen, Oberst. Man muss sich zu ihr aufschwingen, um ihrer würdig zu sein. Niemals werde ich den Château Pétrus in diesem Rollgefährt besuchen, eher sterbe ich.«

»Ich verstehe.«

»Etwas spät, Toi, etwas spät.«

»Entschuldigen Sie bitte.«

»Lassen Sie mich nun allein.«

Als Toi schon an der Tür war, hielt der Behinderte ihn noch einmal zurück.

»Oberst?«

Toi drehte sich um.

»Ja bitte?«

Der Behinderte sah ihn mit merkwürdigem Blick an. Seine Hand ruhte mit besitzergreifender Geste auf dem Fuß seines Weinglases.

»Zwingen Sie mich niemals mehr dazu, etwas von mir preiszugeben. Andernfalls werde ich Sie töten, so groß Ihre Treue zu mir auch sein mag.«

»Können Sie es uns erzählen, Professor?«, fragte Hiko. »Ich brenne darauf, es zu erfahren.«

Foster wandte seinen Blick von der vorbeiziehenden Landschaft ab. Sie waren allein in einem riesigen Abteil des Shinkansen, der sie nach Kioto brachte.

»Scott hat endlich einen Hinweis auf die Einheit 231 gefunden. Seit meinem letzten Anruf hat er die Büros in Tokio, Osaka, Peking, Seoul und Washington mobilisiert, um Informationen für uns zu finden. Anscheinend sind 1990 ausnahmslos alle Akten über die Mitglieder und die persönlichen Unterlagen der Einheit 231 einem Brand zum Opfer gefallen.«

»Wie sind sie vorgegangen?«, fragte Shelby.

»Einer von ihnen hatte eine Idee.«

»Wer?«

Foster lächelte gequält.

»Ich weiß es nicht mehr genau.«

Er war es, erriet Hiko, *aber er ist zu bescheiden, um es zuzugeben.*

Diese vornehme Geste berührte sie.

»Können Sie uns darüber berichten, Professor?«

»Wie immer in einer Situation, in der man nicht weiterkommt, war es auch diesmal eine ganz einfache Idee. Es genügte, sich vorzustellen, dass die Sowjets Nachforschungen über diese berüchtigte Einheit 231 angestellt haben. Schließlich gehörten sie zu den Betroffenen, da die Einheit das Ziel verfolgte, die Mitglieder der kommunistischen Partei zu liquidieren, nicht wahr? Scott hat sich also an einen ehemaligen General des GRU, des Geheimdienstes der russischen Armee, gewandt. Gute Fährte: Sein Mann hat eine komplette Akte über Oberst Toi gefunden. In Russland vollbringt Geld noch immer Wunder. Für dreißigtausend Euro wurde die Akte innerhalb einer Stunde anstatt in einem Monat geliefert.«

Mit der Schnelligkeit eines Taschenspielers schnap te sich Foster seine Tasche und holte einen Stapel Faxe hervor, die in kyrillischer und lateinischer Schrift geschrieben waren. Er setzte eine Brille mit kleinen runden Gläsern auf.

»Es ist nicht alles übersetzt, aber aus diesen Dokumenten geht hervor, dass die Sowjets seit 1983, dem Gründungsjahr der Einheit, alles über Toi und seine Männer wussten. Sie hatten sogar mehr

Informationen als die Amerikaner, die ja immerhin die Urheber gewesen waren. Es ist unfassbar!«

»Was ist aus Toi geworden?«, fragte Hiko.

»Er hat sich 1987 in der Offizierskantine seiner Kaserne erhängt. Er wurde auf dem Militärfriedhof von Yokohama begraben. In der 48. Straße, 14. Reihe. Jedenfalls ist das die offizielle Version. Wie immer sieht die Wahrheit ein wenig anders aus. Unsere sowjetischen Freunde sind schlau gewesen. Zu dieser Zeit funktionierte ihr Nachrichtendienst noch einigermaßen. Ihnen kam die Selbstmordgeschichte merkwürdig vor, und sie haben Nachforschungen angestellt. Einige Wochen nach dem Tod ihres Mannes ist die Frau von Toi spurlos verschwunden. Sie wusste nicht, dass die Russen ihr ständig folgten. Sie war zwar vorsichtig, doch sie hat sie schließlich über Nagoya und Osaka nach Kioto geführt. Daher unsere Reise.«

Hiko hörte mit offenem Mund zu.

»Haben die Russen herausgefunden, warum sie all diese Vorsichtsmaßnahmen getroffen hat?«

»Nein. Die Berliner Mauer ist gefallen, und die Geheimdienste sind langsam zerbröckelt. Der Agent, der die Sache verfolgte und diesen Bericht verfasst hat, hat die GRU verlassen. Scott und Bliker versuchen, ihn ausfindig zu machen, aber in nur wenigen Stunden ist das unmöglich.«

»Steht in dem Bericht, unter welchem Namen sich die Tois in Kioto aufhalten?«

Gute Reaktion, dachte Shelby. *Dieses Mädchen achtet auf alles.*

»Nein«, antwortete Foster. »Wir haben keinerlei Information darüber.«

Hiko verzog das Gesicht.

»Es wird nicht leicht sein, sie zu finden. Kioto hat immerhin mindestens eine Million Einwohner, die Vororte mitgerechnet.«

»Wir haben keine Alternative. Toi ist das letzte Verbindungsglied zum Behinderten. Wir *müssen* ihn finden.«

»Wie?«

Foster reichte Hiko einen Stapel Fotos.

»Die Antwort findet sich in diesen Abzügen.«

Sie schaute sie einen Moment lang durch.

»Ich gebe auf.«

Foster lachte. Dann erklärte er mit sichtlicher Freude, jedes Wort betonend:

»Sie sind noch jung, sehr jung! Und so ungeduldig! Sie müssen lernen, analytisch zu denken. Sie müssen sich vom Moment lösen, um sich dem Kern des Problems zuwenden zu können. Sie müssen leidenschaftslos sein.«

»Wie ein Zyniker?«

Die Erwiderung war ihr herausgerutscht, ohne dass sie darüber nachgedacht hatte.

Mist! Ich habe ihn gekränkt.

Er machte eine beschwichtigende Geste.

»Nein, nicht wie jemand, der zynisch ist. Man sollte nicht zynisch werden, das macht unglücklich. Man muss einfach sein Bestes geben, sich wie jemand verhalten, der sich keinen Fehler erlauben darf. Meinen Sie, Sie können sich einen Irrtum erlauben, Hiko?«

Er zeigte ein seltsames Lächeln. Sie schüttelte langsam den Kopf. Foster steckte die Akte wieder in seine Tasche.

»Diese Fotos sind Gold wert. Heute Abend müssten wir wissen, wo Toi steckt.«

Eine Lautsprecheransage ertönte, während der Shinkansen seine Fahrt stark verlangsamte. Sie fuhren in den Bahnhof von Kioto ein. Shelby stand auf, um die Tasche mit seinen Waffen zu holen. Der Zug kam mit einem letzten Ruck zum Stehen. Es war das neueste Modell des Schnellzugs, eine lange, ultra-moderne Röhre, makellos weiß und mit einer merkwürdig langen und platten Zugspitze in der Form eines Entenschnabels. Als sie ausstiegen, empfing sie ein unglaubliches Gewühl, das durch Touristengruppen verursacht wurde, die überall auf dem Bahnsteig standen. Der Bahnhof war hässlich und funktional, ein perfektes Exemplar jener Bauwerke der siebziger Jahre, die ganz Japan verwüsteten. Der Bahnhof war von zusammenhanglos errichteten, stillosen modernen Betonbauten umgeben, ungepflegt und heruntergekommen. Ohne den Schwarm von Japanern, die sich in den Gängen drängten, hätten sie sich irgendwo auf der Welt befinden können, in einem Vorort von Helsinki ebenso wie in einem von Turin.

Hiko hatte einen Mitsubishi mit Allradantrieb gemietet, in den sie sich hineinzwängten. Die beiden jungen Leute setzten sich nach vorn, Foster stieg hinten ein. Zum ersten Mal seit Jahren hatte er das unbestimmte Gefühl, nicht ganz dazuzugehören, überholt zu sein. Ein Lachen Hikos, die vor ihm saß, verstärkte seinen Eindruck mit überraschender Deutlichkeit. Niemals wieder würde er auf so eine Art lachen. Er war zu alt. Seine Freuden hatten bereits den bitteren Beigeschmack der Melancholie.

Nie zuvor hatte Hiko so ausgelassen gelacht. Einige Gesten erweckten in ihm den Eindruck einer neu entstandenen Komplizenschaft zwischen Shelby und Hiko, eines unbewussten und dennoch sichtbar vorhandenen Einvernehmens.

»Wohin fahren wir?«, fragte Hiko.

»Zur Industrie- und Handelskammer.« Foster machte eine vage Handbewegung. »Sie ist auf dem Plan eingezeichnet.«

Hiko studierte den Plan mit konzentriertem Gesicht, bevor sie losfuhr. Foster versank im Rücksitz. Vorn unterhielten sich Hiko und Shelby nicht mehr, jedoch berührte Hikos Schulter ab und zu die des Eurasiers, wenn das Auto in den Kurven schwankte. Sein Blick heftete sich auf den Nacken der beiden vor ihm. Er erahnte Hikos feine Haut unter ihrem dichten, seidigen Haar. Shelbys Nacken war kräftig und gerade. Ein Nacken in Hab-Acht-Stellung. Die Köpfe der beiden jungen Leute wackelten bei jedem Ruck und in jeder Kurve. Es sah so aus, als ließe ein eigener Rhythmus sie in einer gleichen Bewegung schwingen. Foster erstarrte. Es gab keinen Zweifel, Hiko und Shelby wussten es selber noch nicht, doch sie waren ineinander verliebt.

Eine weitere Komplikation!

»Was haben wir eigentlich in der Handelskammer zu erledigen?«, Shelbys Satz holte Foster in die Realität zurück. Er war wohl tatsächlich schon ziemlich zynisch geworden, wie Hiko vermutet hatte, um in der Liebe zunächst eine »Komplikation« für seine Ermittlungen zu sehen. Ein Lächeln erhellte sein Gesicht.

Dabei ist es eine wunderbare Neuigkeit, die erste gute Nachricht seit meiner Ankunft in Japan!

»Wir werden tun, wofür wir gekommen sind«, sagte er, »das heißt, wir werden Oberst Toi ausfindig machen. Hiko, wie lange brauchen wir, um unseren Zielort zu erreichen?«

»Bei diesem Verkehrsstau brauchen wir mindestens noch eine Stunde, vor siebzehn Uhr sind wir nicht da. Wir fahren eine andere Route über den Norden der Stadt.«

»Ausgezeichneter Plan.«

Sie nahm die erste Straße rechts und beschleunigte, um so schnell wie möglich die verstopften Hauptverkehrsstraßen zu verlassen. Einige Minuten später zog sie Shelby am Ärmel.

»Sieh mal, da ist der Kinkaku-ji.«

»Der was?«

»Der Garten, in dem sich der Rokuon-ji, der berühmte goldene Tempel befindet«, schaltete sich Foster ein. »Dieses Monument wurde 1950 von einem Mönch in Brand gesteckt und danach genau wie vorher aufgebaut. Diese schreckliche Geschichte hat Mishima zu einem der schönsten Bücher der japanischen Literatur inspiriert.«

Shelby nickte mit dem Kopf.

»Ich habe es gelesen.«

Als Hiko kicherte, sagte er verärgert:

»Aber ja doch, ich schwöre dir, dass ich es gelesen habe! Ich bin schließlich kein Analphabet.«

»Du kannst die Buchstaben bis M lesen und Zahlen bis 16. Bravo!«

Foster zeigte ihnen einen hässlichen grauen Betonblock, der nur einige Meter vom Park entfernt errichtet worden war.

»Entschuldigen Sie, dass ich Ihre Unterhaltung störe, aber schauen Sie sich lieber diesen Horror an. Es scheint, dass in Kioto das Erhabene dazu verdammt ist, neben dem Allerhässlichsten zu stehen. Vierzig Jahre mangelnder Stadtplanung haben das historische Juwel, das Kioto ist, stärker zerstört als drei Jahre Krieg und Entbehrungen. Wenn ich daran denke, dass MacArthur mit all seinen Kräften dafür gekämpft hat, dass Kioto nicht bombardiert wird! Er würde sich im Grabe umdrehen, könnte er sehen, was die Japaner selber daraus gemacht haben!«

Hiko warf ihm einen kurzen Blick im Rückspiegel zu.

»Warum sollte Kioto bombardiert werden? Hier gibt es keine Waffenfabriken.«

»Während des Krieges war diese Region ein großes Industriezentrum. Aber ich glaube nicht, dass das die richtige Erklärung ist. Meiner Meinung nach hätte Kioto aus denselben Gründen zerstört werden können, die MacArthur dazu veranlasst haben, es zu bewahren.«

»Warum?«

»Weil diese Stadt das Herzstück der japanischen Kultur und Seele ist. Sie zu vernichten wäre ein hochgradig symbolischer Akt gewesen, der darauf abzielte, die Japaner zu demoralisieren, die sich mit einem Mut und einer Opferbereitschaft schlugen, die man selten in der Geschichte gesehen hat. Sie ergeben sich nicht? Also lösche ich ihre Kultur aus, ich tilge sie aus der Geschichte. Kioto war die fünfte Stadt auf der Liste atomarer Angriffsziele. Hätte der Krieg nur ein paar Tage länger gedauert, würde es diese Tempel nicht mehr geben.«

»Wie viele *boys* blieben durch einen zerstörten Tempel verschont?«, fragte Shelby ironisch.

Fosters Miene verdüsterte sich.

»Mit solchen makaberen Überlegungen muss man sich abgeben, wenn man öffentliche Verantwortung in einem Land hat, das im Krieg ist. Ich selber musste es im SIS tun. Das war keine einfache Aufgabe.«

»Überlegungen anzustellen, selbst wenn sie, wie Sie sagen, makaber sind, ist immer noch leichter, als Auge in Auge zu töten«, erwiderte Shelby. »Am Anfang der Kette sitzen die Verantwortlichen und stellen sich metaphysische Fragen, aber an ihrem Ende sind es Typen wie ich, die die Drecksarbeit machen. Wer hat das Blut an den Händen und erntet kein bisschen Ruhm?«

»Das ist eine alte Geschichte«, antwortete Foster. »Zao Mergfu, der große chinesische Dichter, hat schon vor mehr als sieben Jahrhunderten gesagt: ›In den Geschichtsbüchern überlebt allein der Name des Generals.‹«

Die Industrie- und Handelskammer befand sich im Erdgeschoss eines riesigen modernen Gebäudes in der Innenstadt. Eine junge Frau im Kimono wartete am Empfangsschalter.

»Guten Tag, sprechen Sie Englisch?«, fragte Foster.

»In einer Handelskammer ist das üblich, oder?«, antwortete sie scherzend mit einer leichten Verbeugung. »Was kann ich für Sie tun?«

Auf einen Wink Fosters hin holte Hiko das Foto von Oberst Toi hervor. In der Akte der GRU, die Bliker für Foster beschafft hatte, waren sechsundzwanzig Fotos von Toi. Foster war aufgefallen, dass der Oberst auf zwei Fotos vor ein- und demselben Gebäude stand, jedoch unterschiedlich angezogen war. Foster ging deshalb davon aus, dass Toi mit hoher Wahrscheinlichkeit in diesem Gebäude wohnte oder arbeitete. Es galt aber noch, das Gebäude ausfindig zu machen.

»Ich vertrete eine große europäische Immobiliengruppe. Wir haben einen Hinweis bekommen, dass das Gebäude auf diesem Foto zu einem guten Preis zum Verkauf steht, ich weiß aber nicht, wo es sich befindet. Können Sie mir weiterhelfen?«

Die Frau nahm das Foto und betrachtete es einige Augenblicke aufmerksam, bevor sie es schulterzuckend zurückreichte.

»Ich kenne es nicht, aber ich frage meine Kollegen.«

Sie rief etwas auf Japanisch. Eine weitere junge Frau im Kimono erschien.

»Kennst du dieses Gebäude?«

»Nein. Ich werde Aki fragen.«

Eine drittes junges Mädchen, die deutlich weniger hübsch war, kam zu den zweien dazu. Auch sie trug einen Kimono. Sie betrachtete das Foto aufmerksam.

»Das Gebäude sagt mir nichts, aber ich glaube, ich erkenne den metallenen Pfeiler auf dem Hochhaus im Bildhintergrund. War der nicht auf dem Dach des ehemaligen Gebäudes der NHK, das letztes Jahr abgerissen wurde?«

»Ich erinnere mich nicht. Vielleicht«, sagte die erste Hostess.

»Ich bin mir ganz sicher«, sagte die dritte.

Sie verbeugte sich vor Foster und gab ihm das Foto zurück.

»Meiner Meinung nach steht Ihr Gebäude in der Nähe des öffentlichen Fernsehsenders. Sie werden ein wenig durch das Viertel gehen müssen, bis Sie es entdecken. Es ist nicht sehr groß.«

»Können Sie mir das Viertel auf dem Stadtplan zeigen?«

Es herrschte ein solcher Verkehrsstau, dass die Suche länger dauerte, als Foster sich vorgestellt hatte. Es gab mehrere Gebäude, die dem auf dem Foto ähnelten, aber keines war das richtige. Plötzlich streckte Hiko den Arm aus.

»Da hinten, schauen Sie! Das Gebäude links. Ich glaube, das ist es.«

Als sie daran vorbeikamen, fuhr sie langsamer. Wenn das nicht das Haus war, das die Russen fotografiert hatten, war es sein genaues Ebenbild. Shelby wies auf einen leeren Platz neben dem Bürgersteig.

»Halten Sie an, Hiko. Ich sehe mich ein wenig um.«

»Sie fallen zu sehr auf, Shelby, deshalb werde ich mit Hiko allein losgehen. Es gibt so viele Touristen in Kioto, dass mich niemand bemerken wird.«

Auf den Bürgersteigen war viel los. Einige Gruppen westlicher Touristen liefen herum, auch weiter vom Tempelviertel entfernt. Sie mischten sich darunter und näherten sich dem Gebäude. Neben dem Hauseingang waren zahlreiche vergoldete Tafeln angebracht.

»Ein Geschäftsgebäude«, murmelte Hiko.

Die Namen der Firmen waren sowohl in *kanji* als auch mit lateinischen Buchstaben geschrieben. Keiner der Namen war besonders auffällig. Sie gingen um das Gebäude herum. Als sie eine Garageneinfahrt bemerkten, gingen sie hinein. Sie führte in einen Innenhof, in dem inmitten von etwa dreißig Reisebussen einige Lastwagen geparkt waren. Foster bemerkte zwei ungewöhnlich große Japaner, die Säcke in einen der Lieferwagen luden. Ohne weiter Aufmerksamkeit zu erregen, setzten sie ihren Weg fort und kamen in die Eingangshalle. Eine Dame reiferen Alters saß würdevoll hinter einem Empfangsschalter. Sie war wie die Geishas ganz weiß geschminkt. Eine Rentnerin, die sich hier offenbar ein Zubrot verdiente. Auf ein Zeichen Fosters hin holte Hiko das Foto mit Oberst Toi hervor.

»*Sumimasen*, ich suche meinen Onkel. Wissen Sie, ob er hier arbeitet?«

Die Frau nahm das Foto. Die Schminkschicht auf ihrem Gesicht war so dick, dass sie wie eine Maske wirkte. Sie verneinte mit einer japanischen Geste, indem sie mit gesenktem Kopf beide Hände bewegte.

»Es tut mir Leid. Ich habe ihn noch nie gesehen.«

Sie sah Hiko bösartig an, und Foster merkte, dass sie sie für seine Geliebte hielt. Er zog sie am Arm.

»Gehen wir.«

Draußen gingen sie wieder um das Gebäude herum und fanden schnell den Eingang zur Garage. Die beiden Lieferanten waren verschwunden, der Ort war leer. Foster holte erneut die Fotos der Russen hervor. Auf einem von ihnen sah man Toi in Nahaufnahme, wie er am Fuß einer Betontreppe eine Metalltür schloss. Foster drehte sich um die eigene Achse. Dort war die Tür, genau gegenüber! Sie befand sich ungefähr fünfzig Meter entfernt am Ende des Hofes, hinter einem Mauervorsprung. Er traute seinen Augen nicht und ging gefolgt von Hiko näher heran. Neben der Tür war eine kleine Plakette mit halb verblassten *kanji* angebracht.

»3J – Nippon Security und Transport – Liefereingang«, übersetzte Hiko.

»Eine Sicherheitsfirma, das wäre eine ausgezeichnete Tarnung für eine paramilitärische Vereinigung. Ich glaube, ich habe schon einmal etwas über eine ähnliche Tarnung in Südamerika gelesen.«

Eine raue Betontreppe führte ziemlich tief hinunter bis zu einer Art Gang, der in das Gebäude hineinführte. Von dort waren die beiden Lieferanten vorhin gekommen. Hiko war schon auf der Treppe.

»He, warten Sie auf mich.«

Trotz einer unbestimmten Angst machte sich Foster auf den Weg über die Treppe und in den engen Gang. Er lief Hiko hinterher und hielt sie am Arm fest, um sie anzuhalten.

»Sie sind verrückt. Wollen Sie, das uns jemand umbringt?«

Sie flüsterten. Plötzlich ertönten fremde Stimmen vom Ende des etwa hundert Meter langen Betonflurs. Foster erspähte eine Tür und schob Hiko vor sich hinein. Es war der Raum für die Mülleimer, er war dreckig und stank.

»Sie reden Japanisch. Können Sie etwas verstehen?«

»Nein, sie sind zu weit weg, aber ich glaube, sie kommen in unsere Richtung.«

Der Hall der Schritte kam immer näher, die Stimmen waren jetzt deutlicher zu hören. Einer der beiden Männer schien wütend zu sein, der andere antwortete stammelnd.

»Was sagen Sie?«

»Sie räumen das Archiv um. Der eine schimpft, weil sie nicht rechtzeitig fertig werden. Der andere antwortet ihm, dass sie sich beeilen müssen, Punktum und Schluss, sie hätten den Befehl, ohne Widerworte alles schnell verschwinden zu lassen. Ach, warten Sie.«

Sie spitzte die Ohren.

»Der Erste bleibt stehen, denn er trägt gerade ein schweres Gerät. Der andere schimpft erneut, da es sich dabei um den wichtigsten Server handelt und der andere aufpassen soll, dass er beim Abstellen nicht kaputtgeht. Er geht ins Büro zurück, weil er zu tun hat, und sagt dem anderen, er solle sich trotzdem beeilen.«

Sie drückte ihr Gesicht an den Türspalt, um etwas zu sehen.

»Das sieht nach einem Sun Solaris aus.«

Foster zog sie weg und fasste sie an den Schultern.

»Und was bedeutet das?«

»Das ist ein superstarker zentraler Server, mit dem man Datenbanken verwaltet. Ein umfassendes elektronisches Archiv, wenn Sie so wollen.«

Sie drückte ihr Gesicht erneut an den Spalt.

»Der Typ kommt näher, in weniger als zwanzig Sekunden wird er an uns vorbeigehen. Wir müssen etwas unternehmen.«

»Das ist zu gefährlich. Wir wissen nicht, wie viele sie sind. Warten wir lieber, bis sie draußen sind, dann holen wir Shelby.«

»Dazu ist keine Zeit.«

Bevor Foster reagieren konnte, öffnete sie die Tür genau in dem Augenblick, in dem der Mann an ihnen vorüberging. Die schwere eiserne Tür traf seinen Körper. Sie stieß eine Mülltonne auf Rädern wie einen Rammbock vor sich her und drückte den Mann damit gegen die Mauer. Der Japaner stieß einen Schmerzensschrei aus. Hiko zog die Mülltonne zurück und stieß noch einmal zu, diesmal so stark, dass der Mann sein Gleichgewicht verlor.

Er beschimpfte sie, während er sich aufrappelte und dabei eine Hand in seine Tasche schob.

»Hiko, Achtung!«, schrie Foster.

Hiko machte einen Satz. Der Mann wollte gerade ein Messer aus seiner Tasche ziehen, da sprang sie mit ihrem ganzen Gewicht auf sein Knie. Ein furchtbares Knacken war zu hören.

»Matsuo?«, rief eine Stimme vom anderen Ende des Ganges.

»Los, wir verschwinden!«, schrie Hiko.

Sie ergriff den Server. Er war so schwer, dass sie nicht glaubte, ihn tragen zu können. Foster nahm ihn ihr aus den Händen.

»Guter Gott, geben Sie mir das, und laufen Sie!«

»Matsuo?«

Foster und Hiko liefen, so schnell sie konnten. Sie sprangen gerade die Treppe hinauf, als der zweite Mann brüllend hinter ihnen im Gang auftauchte. Hiko schmetterte die Tür zum Gang zu. Foster entdeckte eine Eisenstange und rief:

»Die Stange, dort.«

Sie ergriff sie und versperrte die Türklinke. Sie rannten weiter, während die Tür zu vibrieren begann. Der Mann schlug schreiend dagegen, doch sie war so dick, dass sie den Lärm erstickte.

Als sie wieder auf der Straße waren, sah Foster das Auto in der Ferne, viel zu weit weg. Sie waren erst fünfzig Meter gelaufen, als sie hinter sich ein lautes, scheppherndes Krachen hörten. Foster kam es vor, als bliebe ihm das Herz stehen.

Die Tür. Sie haben die Tür eingerammt.

Ihr Wagen tauchte plötzlich auf der Straße auf, im Rückwärtsgang kam er mit voller Geschwindigkeit herangefahren, wobei er mehrere andere Autos um Haaresbreite verfehlte. Shelby hielt vor ihnen in genau dem Augenblick, in dem drei kahlrasierte Männer auf dem Gehsteig erschienen. Foster zögerte keine Sekunde: Er warf den Server auf die Rückbank und sprang hinterher, Shelby fuhr los, bevor Hiko die Tür zugemacht hatte. Sie knallte gegen ein parkendes Auto. Einer der Männer lief ihnen fluchend mit einem Wurfmesser in der Hand hinterher. Shelby drückte auf das Gaspedal. Der Mann blieb stehen und warf das Messer nach ihnen. Mit dumpfem Lärm prallte es am Kofferraum ab. Hiko brach in Gelächter aus.

»Verdammt, was ist passiert?«, fragte Shelby.

Hikos Bluse war zerrissen, ihr Gesicht verschmiert von Schweiß, Blut und Staub. Sie brach erneut in hysterisches Lachen aus.

»Oh verdammt! Noch nie in meinem Leben habe ich so eine Angst gehabt … aber ich habe es getan! Ich habe es getan!«

Foster, noch leicht unter Schock, klopfte seine Jacke ab.

»Für diese Art von Abenteuer bin ich zu alt. Ich dachte, ich bekomme einen Herzinfarkt!«

»Aber was haben Sie denn getan?«

Foster blickte liebevoll auf den Server.

»Vielleicht einen Teil des Archivs der Shaga in die Hände bekommen. Ich glaube, Hiko hat uns soeben einen außerordentlichen Dienst erwiesen.«

Anaki legte die Kleidungsstücke an die Kasse. Sie hatte fast eine Stunde gebraucht, um sie auszusuchen. Nach dem Besuch mehrerer Läden hatte sie sich endlich für eine Hose von Kenzo aus hellem Wildleder entschieden, die so fein gearbeitet war, dass sie sich perfekt ihren Formen anschmiegte, dazu ein Hemd aus Seide. Um eine gute Figur zu machen, hatte sie dazu einen kurzgeschnittenen Blazer von Lanvin und ein Paar Schuhe von Hogan ausgewählt, alles zusammen für sechshundertzwanzig Euro. Ohne Bedauern zahlte sie in bar und verstaute die ihr verbleibenden viertausendfünfhundert Euro in der Innentasche ihrer Jacke. Tief zufrieden verließ sie den Laden und schwenkte dabei lässig ihre Einkaufstasche. Erst mit vierundsiebzig Jahren zu begreifen, was Shopping bedeutete, war wirklich etwas Besonderes. Mit Vergnügen entdeckte sie, was für einen Spaß es macht, unnütze, hübsche Dinge zu kaufen, nachdem ihr ganzes Leben nur aus Pflichten und Arbeit bestanden hatte. Zum Teufel mit düsteren Gedanken! Es war schön, Geld auszugeben, Kleider nach der neuesten Mode auszusuchen und zu spüren, dass man attraktiv war. In Japan war sie nur selten aus dem Haus gegangen, und die Männer waren ihr gegenüber zurückhaltend. Hier in Frankreich war das anders. Sie hatte sich noch nicht an die interessierten Blicke der Franzosen und sogar mancher Französinnen gewöhnt. Sie riefen bei ihr einen angenehmen Schauder hervor. Sie blieb stehen, um sich in einem Spiegel zu betrachten, und pustete sich eine Haarsträhne aus dem Gesicht. Sie war schön. Sie war lebendig. Vor fünfzig Jahren war sie dieselbe Person gewesen, aber nie hatte jemand so reagiert. Damals war sie eine Unberührbare gewesen, ein Wesen von niederem Rang, nur für die gemeinsten Arbeiten gut genug.

Jetzt seufzte sie vor Wohlbehagen, lächelte und zwinkerte ihrem Spiegelbild zu. Jede Sekunde, die verstrich, entschädigte sie nun für das Leben, das sie durch die Umstände, den Zufall ihrer Geburt und aufgrund menschlicher Dummheit hatte führen müssen. Mit schnellem Schritt machte sie sich zum Hotel auf.

Sie war nicht einmal zwanzig Schritte gegangen, da vernahm sie ein Geknatter hinter sich, drehte sich um und sah zwei junge Männer auf einem Motorroller geradewegs auf sie zusteuern. Sie hatte keine Zeit, zu reagieren. Sie spürte, wie sie heftig mitgerissen und nach vorne geschleudert wurde. Sie fiel hin. Eine geübte Hand ergriff ihre Einkaufstüten, während eine andere ihr die Jacke herunterzerrte und entzweiriss. Einer der Angreifer war von dem Roller gestiegen. Mit ihrer zerfetzten Jacke in der Hand warf er sich auf sie und versuchte, ihr die Handtasche zu entreißen, die mit dem Henkel in ihrer Armbeuge hängen geblieben war. Anaki stockte der Atem.

Die verschlüsselte Platte!

Mit einer heftigen Armbewegung machte sie sich los und schrie laut auf. Der Ganove holte, überrascht von ihrer Reaktion, zum Schlag gegen sie aus. Sie warf sich auf ihn und zerkratzte ihm das Gesicht. Der Ganove schrie und taumelte zurück. Anaki holte schwungvoll aus und versetzte ihm mit all ihrer Kraft einen Fußtritt. Er schrie erneut auf und fiel hin. Nur mühsam stand er wieder auf, die Hand über das eine Auge gelegt. Anaki ließ sich nach hinten fallen und presste ihre Handtasche an den Körper, bereit, sie um jeden Preis zu verteidigen. Humpelnd stieg der Gauner wieder auf den Roller, der in dem Augenblick losfuhr, als zwei Passanten angelaufen kamen, um Anaki zu Hilfe zu eilen.

»Alles in Ordnung? Sind Sie verletzt?«

Anaki schüttelte den Kopf. Der Arm tat ihr weh, an der Stelle, an der der Gauner am Riemen der Tasche gerissen hatte. Sie hatte starke Schmerzen im Rücken. Aber wenigstens hatte sie die Tasche nicht hergegeben, die die wertvolle codierte Festplatte enthielt.

»Wir rufen die Polizei«, rief einer der Passanten.

»*No, no police. It's okay.*«

Mit einer Geste machte sie ihren beiden »Rettern« klar, dass es ihr gut gehe. Dann machte sie kehrt und hastete eilig davon. Ihr Hotel war nicht einmal mehr achthundert Meter entfernt. Als sie dort ankam, weinte sie vor Wut und Schmerz und zitterte an allen Gliedern. Ihr gesamtes Geld war weg, ihr blieb kaum noch etwas. Und der Gedanke, dass sie beinahe die codierte Festplatte verloren hätte!

Als sie gerade die Eingangstür des Hotels öffnen wollte, erblickte sie ein Lederwarengeschäft, das genau gegenüber lag. Sie musste sich unbedingt eine der kleinen Taschen für Touristen besorgen, die man um die Taille trägt. Sie eilte in das Geschäft. Es gab mehrere Modelle dieser Art. Die Verkäuferin riet ihr, sich für eines von guter Qualität zu entschieden, das nicht das teuerste war. Dreißig Euro. Anaki zählte bei dieser Gelegenheit ihr restliches Geld, das noch in der Tasche ihrer Jeans steckte. Es war weniger als vierhundert Euro.

»Geht es Ihnen gut? Sie sind ganz blass, und Sie haben eine Schramme im Gesicht.«

Die Verkäuferin sah sie mitleidig an. Anaki verstand nicht, was sie zu ihr sagte, aber sie lächelte ihr zu.

»*Thank you.*«

Die Festplatte passte in den Beutel. Er war schwer, aber sie konnte ihn tragen, und so war es sicherer. Als Anaki das Geschäft verließ, ging es ihr besser. Von nun an würde sie keinerlei Risiko mehr eingehen, sie würde die Festplatte nun immer bei sich tragen!

Noch drei Tage

»Man muss der Wahrheit ins Auge sehen, auch wenn es schmerzt. Der Mensch bräuchte keine Götter und Kirchen, keine Tempel und Moscheen, keine Engel und Propheten, würde er nicht beständig von diesen beiden Schrecken bedroht: dem Altern und dem Tod. Kein vernunftbegabter Mensch kann sich mit einer solchen vorherbestimmten Niederlage abfinden. Für einen Geist wie den meinen, der sich nicht zum Glauben entschließen kann, gibt es nur zwei Lösungen: zu vergessen und nicht mehr nachzudenken, oder aber nicht mehr zu altern.«

Aus dem Tagebuch von Professor Bosko

»Bringen Sie das französische Netzwerk auf Trab«, hatte ihm der Behinderte gesagt. »Ich will, dass diese Leute ihr Bestes geben und merken, dass es uns ernst ist. Sie können tun und lassen, was sie für richtig halten, aber bringen Sie mir Bosko und Anaki.«

Der Grieche drückte auf den Klingelknopf und blickte in die oben eingebaute Überwachungskamera. Natürlich wollte er die Leute auf Trab bringen, nur wie? Die Tür öffnete sich automatisch. Er gelangte zunächst in einen weiten Innenhof, ging durch ein zweites Eingangstor und stand dann in einem großen, von Kastanienbäumen umgebenen Garten. In der Mitte des Parks sah er eine Villa. Er ging an einem überdachten Schwimmbecken vorbei, aus dem Dampfschwaden emporstiegen. Und all das mitten im achten Bezirk von Paris! Das neueste Modell eines BMW 750 sowie ein Porsche Cabriolet standen etwas seitlich geparkt.

Eine junge, freundliche blonde Frau mit kurzem Haar erwartete ihn auf der Freitreppe des Anwesens. Sie hätte gut in das Haus eines der großen Pariser Couturiers gepasst, wäre da nicht die von ihrer Waffe hervorgerufene leichte Wölbung links unter ihrer Kostümjacke gewesen. Der Grieche fuhr sich mit der Zunge über die Lippen. Es war lange her, dass er eine Frau gevögelt hatte, aber diese da gefiel ihm gut, sie hatte Chic und wirkte aufregend mit ihrer Wespentaille und ihren geschwungenen Hüften. Nach dem Auftrag, vielleicht im Dreier mit einem Jungen?

Ohne ein Wort zu sagen, bedeutete ihm die junge Französin, ihr zu folgen, zunächst in eine luxuriöse Eingangshalle mit einem Boden aus schwarzweißem Marmor, dann weiter über eine doppelt geschwungene Treppe. Sie traten durch zwei Türen, durchschritten einen Gang mit antikem Parkett, dann eine gepolsterte Tür und gelangten schließlich in einen riesigen barock eingerichteten Salon mit einer fünf Meter hohen vergoldeten Decke. Die Begleiterin schloss mit einem kleinen Kopfnicken die Tür und ließ den Griechen allein.

Dann traten leise zwei Männer ein. Der erste war groß, schon älter, hatte ein ebenmäßiges Gesicht, ergrautes Haar und trug einen makellosen Anzug von größtem Pariser Chic. Der zweite Mann war ein ebenso hoher wie breiter Gorilla mit geschorenem Kopf und Ringerhänden.

»Ich bin der Mann, der Präfekt genannt wird. Freut mich, Sie hier zu empfangen«, bemerkte der Ältere in leicht snobistischem Tonfall, nachdem er sich in einen der Sessel gesetzt hatte.

Der Grieche antwortete ihm mit einem Kopfnicken. Bevor er zu der Verabredung gekommen war, hatte er den Steckbrief des Mannes überflogen. Er wusste, dass der verantwortliche Mafioso mit richtigem Namen Henri de Sarzeau hieß. Er war früher tatsächlich Präfekt gewesen. Seine früheren Mitarbeiter dachten naiverweise, er sei nun Chef einer Beraterfirma für strategische Fragen. In gewisser Hinsicht traf dies zu, nur bestanden seine Ratschläge und Strategien darin, die Reichtümer der Mafia durch Drogenhandel, Prostitution – gerade auch die Prostitution Minderjähriger –, durch die Erpressung von Schutzgeldern und durch Korruption zu vermehren. Der Präfekt hatte dabei besonders auf dem Gebiet der Korruption gute Erfolge zu verzeichnen. Seine Organisation beherrschte unauffällig, aber unumstritten das gesamte französische Gebiet, Korsika inbegriffen. Die Entscheidungen wurden jedoch in Italien getroffen. Der Präfekt war nichts weiter als ein ausführendes Organ, ein bloßer Wink würde ausreichen, und man könnte ihn absetzen.

»Ich habe alle Informationen über die Flüchtigen bei mir«, begann der Grieche. »Wir haben keine Minute zu verlieren.«

Der Präfekt lachte herablassend.

»Machen Sie sich keine Sorgen, meine Männer sind längst kampfbereit. Man sagte mir, Sie würden mir Material liefern, um sie zu identifizieren. Es geht um eine Japanerin und einen Mann aus dem Westen, richtig? Einen gewissen George Bosko und eine Frau namens Anaki.«

Der Grieche reichte ihm eine CD.

»Sie versteckt sich in Frankreich unter dem Namen Wana Kenzai.«

Er sprach den Namen mit einem gewissen Genuss aus.

»Auch George Bosko läuft vermutlich mit falschem Namen herum, aber den kennen wir nicht«, fügte er hinzu. »Auf dieser CD finden Sie verschiedene Informationen, die Ihnen nützlich sein werden, sowie Fotos der beiden. Wie viele Männer können Sie bereitstellen?«

»Etwa hundert. Neben dem zentralen Einsatzkommando können wir noch eine Gruppe von Informanten in Hotels, Restaurants, Bars und Tankstellen postieren.«

Der Präfekt sah den Griechen offen an.

»Ich könnte natürlich noch weitere Männer mobilisieren, indem ich mich an andere Familien wende, aber das wäre nicht so diskret. Die Bullen hier sind sehr tüchtig, sie haben überall Spitzel.«

»Lassen Sie die Wellen nicht zu hoch schlagen.«

»Wir werden Ihren Wissenschaftler und seine schlitzäugige Schlampe schon finden«, bemerkte der Leibwächter mit einem vulgären Lächeln, »und zwar schneller, als Sie meinen! Wir liefern sie Ihnen mundgerecht wie eingerollte Sushis in einer Reisschale.«

Der Grieche warf ihm einen verächtlichen Blick zu.

»Dafür werden Sie bezahlt.«

Er strich seine Jacke glatt und erhob sich.

»Wir erwarten von Ihren Leuten einen hundertprozentigen Einsatz«, sagte er zum Schluss, an den Präfekten gewandt und mit eisiger Stimme. »Glauben Sie nicht, dass Sie scheitern können, ohne dass das Folgen hätte.«

Der Leibwächter trat einen Schritt nach vorne. Er überragte den Griechen um gut zwei Köpfe.

»He, Blödmann, soll das eine Drohung sein?«

Der Grieche beachtete ihn nicht und schien in Verzückung zu geraten.

Bringen Sie die Leute auf Trab!

Eine Klinge blitzte auf, ein Zischlaut ertönte. Eine Sekunde später steckte der Marttiini-Dolch wieder in der Scheide. Der Leibwächter stieß einen erstickten Schrei aus und taumelte langsam zurück. Ein heftiger Blutstrahl spritzte aus seiner durchschnittenen Kehle und besudelte seine Jacke mit einer zähflüssigen purpurnen Flüssigkeit. Wie in einem Film in Zeitlupe ruderte er mit den Händen, bevor er der Länge nach zu Boden sank. Der Grieche betrachtete ihn mit teilnahmslosem Ausdruck, ein Zucken im Mundwinkel.

»In der Tat. Das *ist* eine Drohung.«

Er wandte sich dem Präfekten zu.

»Es tut mir sooo Leid, mein Lieber, ich konnte nicht widerstehen«, bemerkte er mit heuchlerischer Freundlichkeit. Er gab den zweifarbigen Weston-Schuhen des Sterbenden einen kleinen Tritt. »Im Übrigen gefielen mir seine Schuhe nicht.«

So, nun hatte er sie »angespornt«. Jetzt wussten sie, dass die Shaga sie ohne Zögern hart bestrafen würde, sollten sie die Aufgabe, für die sie bezahlt wurden, nicht perfekt ausführen.

Das Letzte, was er sah, bevor er den Raum verließ, war der Versuch des früheren Präfekten, die Wunde seines Leibwächters mit seiner Anzugjacke zusammenzupressen. Hochzufrieden lief er die Treppe hinab, je zwei Stufen auf einmal nehmend. *Mir gefielen seine Schuhe nicht.* So ein gutes Motto war ihm seit langem nicht eingefallen.

Anaki schaltete ihren Computer aus. George hatte ihre letzte Nachricht nicht gelesen. Sie musste sich gedulden. Sie zog ihren Mantel an, vergewisserte sich, dass der Reißverschluss der Tasche, in die sie die verschlüsselte Festplatte gesteckt hatte, richtig zugezogen war, und trat aus der Tür. Drei junge polnische Touristen verließen gerade ihr Zimmer, das ihrem genau gegenüberlag. Sie warfen ihr interessierte Blicke zu.

»Wow!«, bemerkte einer von ihnen. »Nicht übel!«

»Hallo!«, sagte der zweite zu Anaki. »Machst du hier Urlaub?«

»So ungefähr! Ciao, Ciao!«

Sie winkte lachend und tat, als spiele sie das Spiel mit. Es war so angenehm, mit normalen Jungs wie diesen zu plaudern. Unverdorbene Jungs, die einfach nur Lust hatten, sie anzusprechen, nur so, zum Spaß. Das tat gut. Für sie hatte der Begriff »Burakimen« keinerlei Bedeutung, sie sahen in ihr nichts weiter als eine hübsche fünfundzwanzigjährige Japanerin. Sie winkte ihnen zum Abschied, worauf die anderen begeistert zurückwinkten und ihr Luftküsse zuwarfen, unterbrochen von lautem Gelächter, das ihr auf der Treppe nachhallte.

»Ciao, Ciao.« Wie lange hatte sie diese Worte nicht mehr benutzt? … Vierzig oder fünfzig Jahre? Als sie jung waren, hatten Minato und sie sie oft gesagt. Sie bedeuteten Italien, Reisen, Liebe, all das, was ihnen vorenthalten blieb. Ein Ausdruck von Sehnsucht erschien auf ihrem Gesicht. Was sie am Altwerden am meisten gestört hatte, war nicht, dass die Männer kein Verlangen mehr nach ihr hatten, sondern dass sie gar keiner mehr ansah. Sie war aus dem Blick der anderen verschwunden. Die Formel von George hatte sie wieder zu einer Frau gemacht, auf die man achtete …

Als sie ins Erdgeschoss gelangte, war sie kaum außer Atem und sagte sich, dass seit ihrer Ankunft in Frankreich die Schmerzen in ihrer Hüfte stark nachgelassen hatten. Auch hatte sie gut geschlafen, die Anspannung der letzten Tage war beinahe völlig verschwunden, trotz des Überfalls vom Vorabend. Sie konnte es sich kaum erklären, aber sie fühlte sich in Sicherheit. Die Welt war groß und weit, und trotz der Warnungen von George konnte sie sich kaum vorstellen, dass die Killer des Behinderten sie hier, Tausende Kilometer von Japan entfernt, finden könnten.

Vier Personen warteten an der Rezeption. Artig reihte sie sich in die Schlange ein. Sie hatte ja Zeit ... Als Jugendliche hatten ihr so viele Dinge Angst gemacht, dass sie nicht die Ruhe fand, ihr Jungsein zu genießen. Sie dachte über ihr Glück nach: Welche Frau hätte nicht alles darum gegeben, ihre Jugend und Schönheit wiederzuerlangen und dabei die Charakterstärke von jemandem zu behalten, der Herausforderungen gemeistert, Erfahrungen gemacht und Abstand gewonnen hat? Anaki seufzte. Sie hätte gerne ihre Wahrheit in die Welt hinausgeschrien und allen, die ihr über den Weg liefen, erklärt, dass sie optimistisch und zuversichtlich sein sollten. Aber wer hätte sie verstanden?

Gerne wäre sie in diesem netten Hotel geblieben, doch George hatte ihr ausdrücklich gesagt: »Jeden Tag ein neues Hotel, selbst wenn du dich in Sicherheit wähnst – gerade wenn du dich in Sicherheit wähnst.«

Ob George wirklich Grund dazu hatte, so misstrauisch zu sein, wusste sie nicht, doch im Zweifelsfall war es wohl besser, seine Ratschläge zu befolgen.

Endlich war sie an der Reihe.

»Guten Tag, ich hätte gern die Rechnung.«

»Miss Kenzai, es ist schade, dass Sie schon wieder abreisen. Ich hoffe, Marseille hat Ihnen gefallen. Sie verlassen uns also?«

»Ja, leider«, seufzte Anaki. »Ich muss weiterreisen.«

»Genießen Sie es! Hier ist Ihre Rechnung, es macht fünfundsiebzig Euro.«

»Danke. Ich warte allerdings immer noch auf das Fax aus der Botschaft wegen der Eröffnung meines Kontos. Könnten Sie es bitte für mich hinterlegen, wenn es ankommt? Ich rufe jeden Tag an.«

»Natürlich. Warten Sie mal, ich sehe eben nach, ob ein Fax gekommen ist.«

Kurz darauf kam die Rezeptionistin zurück und winkte triumphierend mit einem Papier. Anaki nahm es begierig an sich. Es handelte sich um eine Bescheinigung auf den Namen Wana Kenzai, die das japanische Konsulat in Paris ausgestellt hatte. Die Bank hatte sie verlangt, damit sie als Ausländerin ein Konto eröffnen konnte. Sie prüfte nach, ob eine Kopie an ihre neue Bank geschickt worden war. Unten auf der Bescheinigung konnte sie lesen: »Kopie an die Banque Populaire Vieux Port, 13 000 Marseille.«

Sie steckte das Papier ein, ohne zu ahnen, dass sie gerade ihren ersten Fehler begangen hatte.

Shelby fuhr auf und öffnete die Augen. Das Erste, was er sah, war der Wecker, der auf der Kommode leuchtete. Sechs Uhr morgens. Er war verkatert und stützte sich auf den Ellenbogen. Ein fahles Licht fiel durch die Vorhänge. Er war völlig angezogen auf dem Sofa der Suite eingeschlafen, seine S9 lag neben ihm auf dem Boden. Automatisch griff er nach ihr und legte sie auf den Couchtisch, wobei er bemerkte, dass er vergessen hatte, die Waffe vor dem Einschlafen zu entsichern.

Auf diese Weise endet man mit einer Kugel im Kopf.

Zwei Jahre zuvor wäre ihm dieser Anfängerfehler nicht passiert. Er zog eine Grimasse und richtete sich vollends auf.

»Hallo! Gut geschlafen?«

Am anderen Ende des Zimmers saß Hiko vor dem Computer, den sie in Kioto entwendet hatten und an den sie einen Bildschirm und einen Drucker angeschlossen hatte. Ein gewaltiger Stapel Ausdrucke lag neben einer Thermoskanne mit Kaffee. Ihre Gesichtszüge waren müde, sie wirkte verletzlich. In ihrer zarten und natürlichen Art fand er sie viel aufregender als alle zurechtgemachten Frauen, mit denen er geschlafen hatte. Ihn überkam große Lust, sie in die Arme zu nehmen.

»Hallo. Kein unangenehmer Anblick, neben dir aufzuwachen!«

»Danke.«

»Was tust du hier?«

»Ich hatte keine Lust, alleine in meinem Zimmer zu arbeiten. Ich war deprimiert, und da habe ich mich lieber ins Wohnzimmer gesetzt.«

Ich habe gar nicht gehört, wie sie hereingekommen ist.

»Du hast übrigens geschnarcht wie ein Tier, Terminator!« Sie verzog den Mund zu einem ironischen Lächeln. »Ich bin enttäuscht. In den Filmen schnarchen die Superhelden nie.«

»Arbeitest du schon lange?«

»Ich habe die halbe Nacht daran gesessen. Einer muss ja arbeiten, während du schnarchst.«

Es wird immer besser!

Sie reckte ihre Glieder wie eine Katze.

»Unmöglich, mit diesem Kasten voller Informationen neben mir zu schlafen, es war zu verlockend. Außerdem waren die anderen auch am Werk. Die Superinformatiker vom SIS und von Margaret Bliker haben die ganze Nacht über mit ihren Riesencomputern an einer Kopie der Festplatte gearbeitet.«

»Und du? Hast du eine Spur gefunden?«

Shelby hatte sein T-Shirt ausgezogen und ging mit nacktem Oberkörper in Richtung Badezimmer. Hiko konnte nicht umhin, ihn anzusehen. Niemals hätte sie es für möglich gehalten, dass ein Mann so breite Schultern und dabei eine so schmale Taille haben könnte.

»Zwei, drei Sachen, aber so schnell werden wir keine heiße Spur finden. Wir können nicht erwarten, im Handumdrehen auf etwas zu stoßen. Da sind Tausende von Seiten mit Abrechnungen, Verwaltungsvorgängen und Kundenkonten drin. Es ist wirklich eine Art Sicherheits- und Überwachungsunternehmen.«

»Keine Spur von Oberst Toi oder seinen Leuten?«

Shelby blieb vor der Badezimmertür stehen. Hiko schaute etwas zu schnell weg, jedoch nicht schnell genug.

Sieh an. Sie schaut mich an!

Nachdenklich schloss er die Badezimmertür. Ob sie sich gerade in ihn verliebte? Das war nicht unbedingt positiv. Hiko war eine reine Seele, ein Mensch, der sich ganz hingibt, aber er war nicht sicher, ob er solche Gefühle verdiente. Was würde er, wenn sie jetzt ein Paar würden, in drei oder sechs Monaten machen? Er konnte Frauen glücklich machen, besser als die meisten Männer, aber er hatte es nie geschafft, ein guter Lebenspartner zu sein. Ein Mann, dessen Freundin sicher weiß, dass er nicht mit anderen schläft, wenn er außer Haus ist. Als er sich eine Viertelstunde später neben sie setzte, war ihm nicht ganz wohl in seiner Haut. Er hatte kein Recht, sie zu verführen und sich wie ein Saukerl zu benehmen, weil er ihr Dinge vorgaukelte, die sicherlich niemals wahr würden.

»Los. Erzähl mir, was du gefunden hast.«

Hiko drehte den Bildschirm in seine Richtung.

»Ich habe nach irgendetwas Auffälligem gesucht. Schau mal, hier ist eine Bestellung an einen Kühlschrankhersteller in Yokohama für achtunddreißig maßgeschneiderte Weinschränke, riesige Schränke, in die dreihundert Flaschen passen. Die Lieferadresse ist die des Hauses in Kioto. Unten ist angemerkt, dass die Schränke in ihrer Verpackung bleiben sollen, da sie weiterverschickt werden sollen, darüber habe ich aber nichts gefunden. Ich habe auch Rechnungen über den Kauf von Hunderten Flaschen großer französischer Weine gefunden. Sie wurden alle von einem französischen Weinversand geliefert, der TIVR heißt, Trading International de Vins Rares.«

»Hast du das überprüft?«

»Der SIS ist schon dabei. Laut ihren ersten Nachforschungen scheint die Firma sauber zu sein.«

»Nicht besonders aufregend.«

»Warte, ich habe das Beste für den Schluss aufgehoben. Ich habe alle Dokumente im Computer nach dem Kürzel ›TIVR‹ durchsuchen lassen und dabei die Kopie einer Nachricht gefunden, die an die Mailbox des Wachdienstunternehmens gesendet wurde. Sie war an einen gewissen Herrn Ito gerichtet. Sieh mal, das ist wirklich interessant.«

Shelby nahm den Laserausdruck, den sie ihm hinhielt. Die auf Englisch verfasste Mail enthielt gut sichtbar oben links den Briefkopf des Absenders. »Trading International de Vins Rares.«

Paris, den 27. September 2003

Sehr geehrter Herr Ito,
hiermit bestätige ich Ihnen, dass ich trotz meiner Nachforschungen in den letzten drei Jahren die Flaschen Unico der Jahrgänge 1901 bis 1914, die Sie zu erwerben wünschen, leider nicht ausfindig machen konnte. Nach all den Bemühungen möchte ich diesen Auftrag nun abschließen, denn nach meinen gründlichen Nachforschungen in alle Richtungen schiene mir ein Weitersuchen kaum sinnvoll. Nur aus privater Hand könnte man dieses edle Gewächs eventuell noch erwerben, aber ich bin wenig optimistisch, dass sich eine solche Gelegenheit finden wird. Ich halte dennoch weiter die Augen offen.
Es tut mir aufrichtig Leid, dass meine Nachforschungen nicht von Erfolg gekrönt waren.
Ihr ergebener
Monsieur Pierre

»Gar nicht schlecht! Ob der Behinderte vielleicht Ito heißt?«

Hiko zuckte resigniert mit den Schultern.

»Man merkt, dass du ein ziemlicher Gaijin bist, Shelby! Ito heißen in Japan so viele wie Smith in England. Es gibt wahrscheinlich eine Million Itos …«

»Okay. Und wenn man unter den Aktionären der Firma sucht?«

»Foster hat sich darum gekümmert, während du schliefst. Das ist ein undurchdringliches Spinnennetz. Die Eigentümer verlieren sich in einer Unzahl von Strohmännerfirmen in Hongkong, Panama und Luxemburg. Ich kenne mich da nicht aus, aber der Professor meint, dass man ohne internationales Rechtshilfeersuchen Tage, vielleicht sogar Wochen braucht. Ich habe deshalb lieber in anderen Ordnern gesucht.«

Sie verzog das Gesicht zu einer niedlichen Grimasse. Zwischen ihrer baumwollenen Bluse und dem breiten Gürtel ihrer Hose war ihre goldbraune Haut zu sehen. Eine Haut, die dazu einlud, sie zu küssen. Ihr Gesicht erschien Shelby plötzlich als das schönste, das er je gesehen hatte. Er stieß seinen Stuhl zurück und verließ hastig die Suite. Ihm war, als sei er von Nebelschleiern umgeben.

»Shelby, Shelby, was ist los?«

Im Freien angekommen, atmete er, den Kopf im Nacken, tief durch und genoss die frische Luft. Im Bruchteil einer Sekunde lief sein gesamtes Leben an ihm vorüber, seine Kindheit, die Beerdigung seines Vaters, seine ersten Reisen nach Japan mit seiner Mutter, das düstere Apartment in Lexington, die schwierigen Jahre, die Verpflichtung bei der Armee, der SBS, Dimitri, die Begegnung mit Foster. Natürlich würde er sich ändern; er würde treu sein. In diesem Augenblick war er sich sicher, das Monster getötet zu haben, das in ihm schlummerte.

Ja, er liebte Hiko.

Er musste lachen und bemerkte die Passanten nicht, die sprachlos diesen großen, allein auf dem Gehsteig stehenden, lachenden Mann anstarrten.

Foster hatte die Nacht damit verbracht, die Computerausdrucke zu studieren, unterstützt von einem Übersetzer, den ihm Margaret Bliker ausgeliehen hatte. Das Flimmern des Bildschirms setzte ihm zu, und auch die mit dem Übersetzen vom Japanischen ins Englische verlorene Zeit hatte ihm starke Kopfschmerzen verursacht, und nun war er todmüde. Glücklicherweise hatte er in seinem Beruf gelernt, sich nichts anmerken zu lassen. Er massierte sich die

Schläfen. Als Shelby ganz durchnässt von seinem Spaziergang ohne Mantel zurückkehrte, teilte Hiko ihm gerade ihre Entdeckungen mit.

»Das ist alles, was ich gefunden habe«, schloss Hiko.

Foster zwinkerte mit den Augen.

»Sie haben gute Arbeit geleistet. Diese Mail des Weinhändlers ist wirklich eine wichtige Entdeckung: Sie verrät uns eine verwundbare Stelle des Behinderten. Wir wissen nun, dass dieser Mann bereit ist, viel Kraft und sicher auch viel Geld aufzuwenden, um diesen Wein zu finden.«

»Was macht diesen Wein denn so besonders?«

»Ich kenne mich mit den spanischen Weinen nicht sehr gut aus, aber der Vega Sicilia in seiner Variante Unico ist äußerst selten. Liebhaber schätzen ihn besonders.«

»Verstehe«, sagte Hiko, wenig überzeugt. »Und Sie, was haben Sie herausfinden können?«

»Bislang noch nichts. Der Übersetzer ist keine große Hilfe, da ihm der Gesamtüberblick fehlt. Ich habe mich deshalb auf Einkäufe von Geräten konzentriert, die einem Behinderten dienlich sein könnten.«

»Natürlich!« Hiko schlug mit der Faust auf ihre Handfläche. »Daran hätte ich denken sollen.«

»Beruhigen Sie sich. Ich habe nicht den leisesten Hinweis gefunden. Es bleiben uns nur noch die Autos, wir können nachforschen, ob eines von ihnen umgebaut wurde, sodass ein Behinderter besser einsteigen kann.«

Hiko begann auf der Tastatur zu tippen. Nach einer Viertelstunde sagte sie:

»Sie haben Lastwagen für den Geldtransport, ich habe zwei Mercedes S 320, einen Nissan Präsident, einen Audi A8 und einen Toyota Celsius gefunden. Was soll ich als Nächstes machen?«

»Schauen Sie in die Versicherungspapiere, und vergleichen Sie die auf die Fahrzeuge zugelassenen Personen mit den Mitgliedern der Firmenleitung«, schlug Foster vor.

Hiko tippte erneut auf der Tastatur.

»Die beiden großen Mercedes sind die Firmenwagen des Präsidenten und des Generaldirektors, der Nissan ist für den kaufmännischen Leiter. Was den Toyota betrifft, … der gehört dem Finanzvorstand der Firma.«

»Diese Personen sind bekannt, hat mir Margaret Bliker gesagt. Bleibt also der Audi.«

Hiko gähnte.

»Ich versuche, die Kaufrechnung zu finden.«

Ein paar Augenblicke später stieß sie einen Freudenschrei aus:

»Ich habe sie. Ach, das ist ja seltsam!«

Sie sah Foster und Shelby mit großen Augen an.

»Er hat über vierzig Millionen Yen gekostet! Das sind mehr als dreihunderttausend Dollar!«

»Können Sie alle Rechnungen für die Instandhaltung dieses Autos ausdrucken?«

»Ja, das ist möglich. Die Buchhaltung ist wirklich genau. Alles ist im Computer vermerkt: Rechnungen, Benzinverbrauch, Kilometerzahl. Aber ich sage Ihnen gleich, alles ist auf Japanisch.«

Hiko vertiefte sich in die Dokumente. Von Zeit zu Zeit gab sie ihre Eindrücke wieder. Nach mehreren Minuten stellte sie fest:

»Ich kann nichts Außergewöhnliches entdecken. Dieser Audi wurde vor etwas mehr als zwei Jahren gekauft. Er ist zweiunddreißigtausend Kilometer gefahren.«

»Das ist nicht gerade viel«, bemerkte Foster. »Das passt zu einem Dienstwagen.«

»Denken Sie an einen obersten Chef, der im Verborgenen bleibt? Dann wäre der offizielle Chef des Wachdienstunternehmens ein Strohmann, und der Audi A8 würde von jemandem genutzt, der ihm übergeordnet ist. Vom Behinderten?«

»Genau das«, bestätigte Foster. »Was haben Sie noch gefunden?«

Sie reichte ihnen ein Blatt, das mit Zahlen und *kanji* bedruckt war.

»Oh, Pardon«, entschuldigte sie sich. »Ich übersetze. Es geht um zwei Reifensets für fünf Millionen Yen.«

Foster schien erstaunt.

»Reifen, die im Viererpack siebenundzwanzigtausend Dollar kosten?«

»Die sind gepanzert«, sagte Shelby und schaltete sich zum ersten Mal in das Gespräch ein.

Foster nickte. Er hatte ein Kribbeln in den Händen, und das Herz schlug ihm bis zum Hals.

Wir sind auf der richtigen Fährte, dafür lege ich meine Hand ins Feuer.

»Übersetzen Sie mir den Führerschein. Ich rufe Margaret Bliker an.«

Als Foster aufgelegt hatte, leuchteten seine Augen. Er lehnte sich in seinen Sessel zurück und kreuzte triumphierend die Hände hinter dem Nacken.

»Auf der Kaufrechnung ist eine Nummer angegeben, die man ›VIN‹ nennt. Diese Codenummer dient dazu, das Auto beim Hersteller zu identifizieren: Modell, Seriennummer usw. Bliker hat sich direkt an Audi in Deutschland gewandt. Dieses Fahrzeug gehört zu acht Spezialanfertigungen, die mit verstärktem Fahrgestell für eine starke Panzerung gebaut wurden, die sogar einem Raketengeschoss standhalten kann. Es ist der einzige Wagen der Serie, der mit einem rechtsseitigen Lenkrad gebaut wurde. Offiziell war er für Südafrika bestimmt, aber nun ist er in Japan. Erstaunlich, nicht?«

Hiko presste die Fäuste zusammen, ihre Augen leuchteten.

»Das ist gut«, murmelte sie.

Foster nickte.

»Ja, das ist gut. Nehmen Sie sich noch einmal alle Rechnungen über dieses Auto vor. Vielleicht gibt es weitere Dokumente, die Sie übersehen haben.«

»Ich seh mal in den gelöschten Dateien nach.«

Tabellen voller *kanji* und Zahlen erschienen auf dem Bildschirm. Sie zeigte mit dem Finger auf eine Zeile.

»Umbauarbeiten an der Karosserie für 6,2 Millionen Yen. Das ist nicht besonders genau, aber es könnte passen. Die Arbeiten wurden von einer Firma in Osaka ausgeführt … Ashihara Company. Warten Sie, ich seh mal nach, ob die eine Website haben.«

Sie öffnete ein neues Fenster.

»Da ist es. Es handelt sich um ein Unternehmen, das Fahrzeuggestelle herstellt. Ich übersetze Ihnen: ›Wir sind im asiatischen Raum die Spezialisten für den Umbau von Fahrzeugen, um Menschen mit Behinderung den Einstieg in Serienwagen zu erleichtern. Wir bieten einen Umbau der Fahrerkabine, den Austausch der Hintersitze durch spezielle Sitze, eine Veränderung der Türen und den Einbau einer Fernsteuerung zum Öffnen der Türen aus der Distanz.‹«

»Bravo! Jetzt haben wir eine Spur, die wir verfolgen können. Wir haben den Wagen des Behinderten identifiziert. Finden wir ihn, werden wir auch den Behinderten finden. Finden wir den Behinderten, können wir Anaki und Bosko retten. Kinder, der Kreis schließt sich.«

Shelby und Hiko nahmen die Ankündigung schweigend auf.

»Ich will nicht nerven, Professor, aber ich glaube, in Ihrer Überlegung steckt ein Fehler«, sagte Hiko plötzlich.

»Ach ja? Und welcher?«

»Wie sollen wir ein Auto in einem Land mit hundertzwanzig Millionen Einwohnern ausfindig machen?«

»Zunächst grenzen wir den Umfang der Nachforschungen ein. Sehen Sie sich schon mal die Rechnungen für die Wartung des Wagens an. Befindet sich die Werkstatt in Kioto?«

Hiko machte sich wieder an die Arbeit.

»Nein! Sie ist in Kamakura.«

Der Professor lächelte zufrieden. Hiko legte ihre Hand auf die von Shelby.

»Kamakura ist eine kleine historische Stadt, die für ihre Tempel berühmt ist. Sie war der Sitz der ersten Regierung der Shogun und liegt ungefähr dreißig Kilometer südwestlich von Tokio.«

»Sehr weit von Kioto entfernt«, fügte Foster hinzu. »Das bedeutet, dass der Behinderte höchstwahrscheinlich in Kamakura wohnt. Es handelt sich um eine kleine Stadt, das Auto wird also einigermaßen leicht zu finden sein.«

»He, einen Moment mal!«, erwiderte Shelby. »Wir können uns doch nicht an einer Kreuzung aufstellen und darauf warten, dass ein Audi A8 gemütlich an uns vorbeifährt! Wir haben nur noch drei Tage Zeit!«

Foster nickte.

»Stimmt. Lassen Sie mich nachdenken.«

Er ließ einen langen Seufzer hören, schloss die Augenlider und stützte den Kopf in die Hände. Bevor sich seine Augen ganz schlossen, bemerkte Hiko noch seinen Blick, der schon ganz seiner inneren Gedankenwelt zugewandt war. Einige Minuten lang saß Foster da wie erstarrt, nur seine Augenlider zwinkerten zuweilen ganz kurz, während aus seiner Brust ein Grummeln zu hören war. Plötzlich schnaubte Foster. Er schlug die Augen auf.

»Unter uns!«

»*Sumimasen?*«

»Wir werden nicht darauf warten, dass der Wagen an uns vorbeifährt, sondern dass er unter uns herfährt.«

Shelby zog die Augenbrauen zusammen.

»Was?«

Foster hob triumphierend einen Finger.

»Hören Sie mir zu!«

»General Brooks erwartet Sie, Lord Scott«, rief die Ordonnanz.

Mit ihrem unnachahmlichen Londoner Vorstadtdialekt, ihrer leuchtend roten Mähne und ihren opulenten Formen in der engen Dienstuniform entsprach die junge Frau kaum dem Bild, das sich Scott von einem Adjutanten machte. Er erhob sich folgsam, seine alte Aktentasche in der Hand.

»Ich folge Ihnen, Lance-Corporal.«

Seit Fosters letztem Anruf war weniger als eine halbe Stunde vergangen. Scott hatte nicht versucht, über das Anliegen des Professors zu diskutieren, er hatte seine Regenjacke und seine Tasche genommen und um ein sofortiges Treffen mit dem Chef des Generalstabs gebeten.

Der Militär stand sogleich auf, als er Scott erblickte. Mit seiner kolossalen Größe und seinem hochroten, fröhlichen Gesicht, das von zwei riesigen Ohren eingerahmt wurde, war General Joseph Brooks eine auffällige Erscheinung.

»Oh, der Chef des SIS höchstpersönlich!«

Er stürzte Scott, den er um drei Köpfe überragte, entgegen und zerdrückte ihm fast die Hand mit seinen zwei Pranken, nicht ohne vorher einen anzüglichen Blick auf seine Adjutantin geworfen zu haben. Er nahm Scott bei den Schultern und nötigte ihn, sich auf ein zerschlissenes Chesterfield-Sofa zu setzen.

»Lord Scott höchstpersönlich bei den Grenadieren zu empfangen! Das ist mehr als eine Anerkennung! Das ist eine Huldigung!«

»Es ist sehr schön hier«, bemerkte Scott »vollkommen funktional, aber mit besonderer Note.«

»Besondere Note! Nun hat also meine Bruchbude eine besondere Note! Ah, Jeremy, du hast dich nicht verändert. Mit zweiundsechzig Jahren noch genauso zynisch, heuchlerisch und berechnend wie mit zwanzig. Gute Leistung!«

Er reichte ihm eine Tasse Kaffee.

»Nebenbei, wie gefällt dir meine Adjutantin? Nicht übel, wie?«

»Wie ich sehe, hast du dich auch nicht verändert! Als Generalstabschef hat man Vorteile, die wir beim SIS nicht besitzen.«

Brooks errötete vor Freude.

»Was für eine Frau! Ein Hoch auf die Suffragetten, Feministinnen und die Frauen in der Armee! Ich bin übrigens für eine Frauenquote von 50 Prozent, seitdem sie aus meiner Abteilung gefeuert werden, wenn sie heiraten! Verstehst du, Jeremy«, fuhr er in leiserem Tonfall fort »wenn diese teuflischen arabischen Terroristen beschließen, uns eins drauf zu geben, und sie mich in einem Linienflugzeug erwischen oder wenn ich irgendeinen Virus abkriege, sterbe ich wenigstens in der Gewissheit, dass ich das Leben genossen habe.«

Er steckte sich eine dicke Zigarre an, mit der er auf Scott zeigte. »Vögeln, Essen und Befehlen, das sind die drei Quellen des Lebens. Und alle zehn Jahre der irakischen Armee eins reinzuwürgen.«

Er zog lange an seiner Zigarre und blies unter dem amüsierten Blick Scotts eine dichte Tabakwolke in den Raum. Der General Joseph Brooks – Joe oder »Boom Boom« Brooks für seine Freunde – war ein echter Held der britischen Armee. Als junger Leutnant, er war gerade erst aus Sandhurst entlassen worden, wurde er in geheimer Mission nach Oman geschickt und ging in die Legende ein, als er in Begleitung von zwei Sergeants mit seiner Sten einen Bunker stürmte, in dem sich zahlreiche Revolutionsmilizen versteckten. Es hieß auch, er habe persönlich mit den Guerillabanden abgerechnet, die Mozambique in den achtziger Jahren terrorisierten, bevor er sich erneut im Oman und dann im Irak während des Golfkriegs an der Spitze der Wüstenratten hervortat.

»Ich dachte, dass du mit den Jahren artiger wirst!«

»Machst du Witze? Artigkeit ist etwas für impotente Opas.«

Brooks wies auf ein Regal über seinem Kopf, auf dem blaue Tabletten lagen.

»Die Alten haben die Artigkeit erfunden, die Pharmaindustrie Viagra. Ich überlasse das Erste den alten Säcken und halte mich an Letzteres. Eine Tablette alle zwei Tage, und ›Boom Boom‹ Brooks ist zurück.« Er blies Rauch aus, rülpste laut und machte mit seiner Zigarre eine große Geste in der Luft. »Gut, kommen wir zu deinem Anliegen.«

»Ich habe kein ...«

»Komm schon, nicht mit mir, Jeremy. Die letzten Male, die du dir die Mühe gemacht hast, den halben Kilometer zwischen unseren Büros auf dich zu nehmen, wolltest du etwas von mir. Ein Ex-Bankier der City, Sohn von Lord Scott, Peer des Königreichs und selber Lord, hat Wichtigeres zu tun, als seine Zeit mit einem ungehobelten Militär wie mir zu verlieren. Also, kommen wir zur Sache. Was willst du?«

Scott legte seine Handflächen auf die Knie.

»Ich will eine deiner Drohnen.«

»Eine meiner was?«, rief Brooks verwundert aus.

»Du hast richtig gehört. Ich brauche eine Phoenix, neuestes Modell. Außerdem brauche ich eine ganze Mannschaft zur Unterstützung für eine sofortige Datenanalyse, den Informatikerpool, das Flugzeug und den Transportlastwagen. Und all das in weniger als vierundzwanzig Stunden.«

»Was willst du denn mit einer Drohne anfangen?«, brummte der General. »Wenn du sie brauchst, um die Sexorgien auszuspionieren, die der Verteidigungsminister in seinem Landhaus veranstaltet, lass es gut sein, ich habe bereits alles auf Fotos festgehalten. Ich warte nur darauf, dass dieser Schleimer mir einen weiteren Streich spielt, um dann alles im Internet zu veröffentlichen.«

Scott brach in Lachen aus, doch er wurde schnell wieder ernst.

»Ich brauche diese Drohne für eine streng vertrauliche Mission, und ich will mich nicht an den Informationsdienst der Armee wenden.«

»Hast du einen Einsatzbefehl?«

»Nein. Außer mir weiß in meiner Abteilung keiner von dieser Mission.«

Brooks deutete mit dem Finger an die Schläfe, die berühmte Geste, mit der man zum Ausdruck bringt, dass der Gesprächspartner nicht ganz richtig im Kopf ist.

»Du bist verrückt, *my lord.* Bekloppt. Völlig bescheuert. Deine Spione haben dir das Hirn aufgeweicht, oder war es der Gin oder die lila Unterwäsche deiner Geliebten? Du weißt doch wohl, dass die Armee nur fünfzehn Phoenix-Drohnen besitzt und dass sie mehrere Millionen Pfund pro Stück kosten. Mehrere Millionen! Wenn ich ein Spielzeug dieser Preisklasse durch eine deiner Schnapsideen verliere, noch dazu einer inoffiziellen, dann bin ich geliefert. Keine Ehrungen mehr, keine Eskorten, keine Adjutanten.

Weder rothaarig noch blond, noch brünett. Keine Büros und sicher keine Soldaten mehr zu befehligen. Ich würde entlassen, im Ruhestand mit Fußball im Fernsehen und warmem irischem Bier.«

»Gib dir einen Ruck.«

»Gut, ich gebe mir einen Ruck. Anstatt dir eine Absage zu geben, verlange ich ein offizielles Schreiben R 32 in sieben Ausführungen mit dem Sichtvermerk des Finanzkontrolleurs und dem Stempel des Verteidigungsministeriums.«

»Joseph! Kannst du mal ernst sein? Ich habe grünes Licht vom Premierminister, dem ich stündlich über meine Mission berichte. Nur wird es leider kein schriftliches Dokument geben.«

Der General brummte unwillig.

»Ist es eine so große Sache?«

»Mehr noch. Übrigens, ich verrate dir, wer die Mission leitet, es ist nicht irgendwer, sondern Professor Foster.«

»Mister Genius? Der, den du auf die Sache mit dem Rinderwahn losgelassen hattest?«

»Höchstpersönlich.«

Der General drückte seine Zigarre in einem Aschenbecher aus. Ein persönliches Andenken, angefertigt aus der Patronenhülse, die einen Teil seines linken Schlüsselbeins weggeblasen hatte. Er zündete gleich darauf eine neue an.

»Gut, wohin sollen wir dir den kleinen Vogel liefern?«

»Nach Kamakura, an die Südwestküste Japans.«

Der Militär schnappte nach Luft.

»Kama-was? Machst du dich über mich lustig?«

»Sehe ich aus, als ob ich Witze mache?«

Der General hielt in seiner Bewegung inne, die Zigarre in der Luft.

»Das ist wirklich zu komisch! *Mister Spook* braucht in den nächsten vierundzwanzig Stunden das neueste Spielzeug unserer Militärtechnologie, um ein Kaff irgendwo bei den Schlitzies auszuspionieren. Ich glaube, ich träume!«

Plötzlich wurde er ernst.

»Ist es wirklich wichtig?«

»Ich brauche das un-be-dingt. Ich weiß, dass einige deiner Drohnen ununterbrochen über die Kontinente fliegen.«

Der General schüttelte den Kopf.

»Ihr Spione! Mich erschüttert nichts mehr.«

Er nahm den Telefonhörer ab, wählte eine Nummer und rief mit mürrischer Stimme:

»Ich bin's. Ja, ich, Brooks, wer soll es denn sonst sein, mit dieser Stimme? Deine Schwester? Wo befindet sich unsere Drohne ›Asien‹? Nein, verdammt, ich will die Antwort auf der Stelle, nicht in zwei Tagen, ruf GEC Marconi an.«

Zufrieden legte er auf.

»Viele asiatische Länder wollen Drohnen von uns kaufen, entweder für die Grenzüberwachung oder um so zu tun, als kämpften sie gegen den Drogenhandel. So bekommen sie von uns Subventionen als Belohnung. Diese kleinen Tierchen sind furchterregend. Sie sehen alles und werden von keinem gesehen.«

Brooks wies mit dem Finger auf Scott.

»Du schuldest mir nun etwas.«

»Was du willst«, antwortete Scott seufzend. »In meiner Situation bleibt mir sowieso nichts übrig, als unbesehen zu allem ja zu sagen.«

»Ich werde mich daran erinnern.«

Das Telefon läutete. Der General nahm eilig ab.

»Ja? Ah, sehr gut. Nein, das ist gleich nebenan. Warte eine Sekunde.« Er hielt mit der Hand die Muschel zu. »Unsere Phoenix ›Asien‹ befindet sich auf dem Weg nach Seoul.«

Der General zwinkerte ihm zu und setzte sein Gespräch fort.

»Okay, ich will diese Drohne unverzüglich in Tokio haben. Leite sie um und das Trägerflugzeug auch. Ja, ich wiederhole: Du leitest beide Maschinen um. Wie? Die Versicherungen? Und der Treibstoff? Die Versicherungen interessieren mich einen Dreck, und der Treibstoff ist mir wurscht.«

Brooks lief rot an vor Zorn und schnaufte.

»Du sagst dieser Horde von erbsenzählenden Buchhaltern und Ingenieuren, dass das ein Befehl ist und dass er von mir kommt. Keine Widerrede, ich erwarte sofortiges Handeln!«

Er legte auf und wandte sich mit zufriedener Miene Scott zu.

»Ich traue meinen Ohren nicht. Sie hätte gerade in Reparatur in Petaouchnok, in Thailand oder auf den Philippinen sein können, aber sie befindet sich eine Flugstunde von Japan entfernt. Weißt du, *my lord*, du bist nicht nur bösartig, durchtrieben, verlogen, lasterhaft und hässlich, du hast auch noch Glück. Du besitzt wirklich alle Eigenschaften eines guten Spions.«

»Genau das hat mir meine Frau auch gesagt, bevor sie sich scheiden ließ«, antwortete Scott, säuerlich lächelnd.

»Wir gehen folgendermaßen vor. Die Drohne wird gewöhnlich in einem zivilen Frachtflugzeug transportiert, das von einem anderen Flugzeug begleitet wird, in dem sich das Material zur Datenverarbeitung befindet. Das ist unauffälliger und praktischer. Offiziell transportiert es eine Maschine zum Spritzen von Pestiziden in der Landwirtschaft. Das Frachtflugzeug wird vom Kurs abbiegen und unter dem Vorwand einer Panne auf einem Flughafen in der japanischen Provinz landen – meine Männer suchen den aus, der am schlechtesten bewacht ist. Die technische Überwachungsmannschaft fliegt nach Kix oder Narita, wo deine Jungs mit ihr Kontakt aufnehmen können. Die Drohne lassen wir über der Region von Kamakura kreisen, und von heute Nacht an kannst du sie nach Belieben nutzen.«

»Danke.«

Brooks stieß eine dicke, bläuliche Tabakwolke aus.

»Nicht so schnell! Ich leihe sie dir für zwei Nächte, nicht mehr. Du kennst die Japaner, sie sind radarbesessen, ihnen entgeht nichts. Nach zwei Tagen werden sie sicher etwas merken. Wonach suchst du eigentlich?«

»Nach einem Auto.«

»Dann ist es sehr einfach. Die Erkennungssoftware der Phoenix ist bei bestimmten Formen sehr genau.«

»Du rettest mir das Leben, Boom Boom.«

Dieser nahm wieder einen Zug aus der Zigarre.

»He, he, he! So entkommst du mir nicht, *my lord*. Ich habe noch nicht gegessen. Da wir gute Freunde sind, gebe ich mich mit einer Einladung auf deine Kosten bei Marco und Pierre White[7] zufrieden. Mit dem Geld, das die Bürokraten im Staatshaushalt mir zugunsten deiner Möchtegern-James-Bonds wegnehmen, kannst du mir ruhig eines der raffinierten und feinen Mittagessen spendieren, auf die ihr Peers euch so gut versteht. Mit Kaviar und französischem Champagner nach Belieben, natürlich.«

»Einverstanden.«

»Kannst du mir jetzt, wo du deine Phoenix hast, sagen, hinter was du eigentlich her bist?«

Scott zuckte mit den Schultern und sagte majestätisch:

»Hinter einer wissenschaftlichen Entdeckung, neben der der Stein der Weisen ein dummer Jungenstreich ist. Das Problem ist, dass sie in drei Tagen zusammen mit ihrem Erfinder und dem einzigen lebenden Versuchskaninchen in Rauch aufgehen wird, wenn ich sie nicht vorher finde.«

Der dröhnende Lärm von Abschleppfahrzeugen, Sattelschleppern und Triebwerken umgab Shelby. In der schweren feuchten Luft hing Kerosingeruch. Das Flugzeug, auf das er zuging, war eine MD11, die die Waffen der United Fret Airways transportierte. Diese kleine Fluggesellschaft hatte richtige Handelsverträge mit »tatsächlichen« Kunden. Vor allem aber diente sie der britischen Luftwaffe als Tarnung für heimliche Operationen. Eine ausfahrbare Leiter war an das Cockpit gefahren. Shelby stieg hinauf. Auf nachdrückliches Bitten des Professors hatten die Männer von Margaret Bliker und dem SIS in London in ihren Akten recherchiert, ob es einen Behinderten mit dem Namen Ito gab, der in Kamakura

---

[7] Berühmtes Londoner Restaurant

wohnte. Sie hatten nichts gefunden. Es gab nicht mehr viel Hoffnung, und so war jetzt die Drohne das Instrument, das den Durchbruch bringen sollte. Shelby war sich dessen bewusst, und so war seine Kehle trocken, als er an das Cockpit klopfte. Die Kabinentür des Flugzeugs öffnete sich, und es erschien ein großer Schwarzer im grauen Anzug, der am Handgelenk ein goldenes Kettchen trug.

»Du bist der Eurasier? Du kommst genau pünktlich, wir haben dich erwartet. Willkommen. Ich bin John Portillo, diese Drohne ist mein Job.«

Sie tauschten einen kräftigen Händedruck aus, das Goldkettchen klickte. Das Hemd des Engländers war oben offen und ließ eine beharrte Brust sehen, auf der an einer schweren Goldkette mehrere Abzeichen baumelten. Er war groß, muskulös und hatte kleine, intelligente, tief in den Höhlen liegende Augen. Er hinkte stark. Als er Shelbys Blick bemerkte, erklärte er:

»Ich bin der Unglücksrabe der Abteilung, Kumpel. Ich war im Irak, Target Saddam, wie der Schlachtplan in meiner Einheit hieß. Target, verflucht! Ich war Hauptmann im Geheimdienst, habe die Drohnen verwaltet, die das Schlachtfeld inspizierten. Mich hat in Bassorah eine irakische Granate erwischt, als ich gerade pennte. Kannst du das glauben? Ein echtes UFO, Mann, die einzige Granate, die die Iraker im ganzen Krieg gezündet haben, und ausgerechnet ich hab sie abgekriegt. Seitdem ziehe ich das Bein nach wie ein Schakal seine Pfote, nachdem er in die Rattenfalle getappt ist.«

Er schüttelte den Kopf, dann gab er blitzschnell einen Code in einen Kasten an der Tür ein, die weiter hinten in die Kabine führte. Sie öffnete sich mit einem leisen Geräusch. Sie betraten nun einen Raum voller Computer. Alle Fenster waren verhängt. Überall an den Wänden waren Fotos der Drohne zu sehen.

»Sie sind maßstabgetreu, 1:1«, erläuterte Portillo stolz und wies auf ein Foto. »Ja, das ist sie, das Tier der Tiere. Die Drohne Phoenix, neuestes Modell, exklusiv von GEC Marconi für die britische Armee angefertigt. Fünf Meter fünfzig Spannweite, wenn die Flügel ausgefahren sind, und ein Gewicht von hundertzehn Pfund.

Dieses Exemplar ist das neueste der Serie, das raffinierteste, was wir jemals in Gebrauch hatten, dank der Detektoren an der Unterseite der Tragflächen. Sie kann fünf Zentimeter große Gegenstände ausmachen, das bedeutet zum Beispiel, dass sie ein Autonummernschild lesen kann. Und das müsste dich doch interessieren.«

Shelby trat an das Poster, das am nächsten hing, überrascht von der geringen Größe der Drohne. Sie hatte einen Rumpf von ungefähr zwei Metern Länge, lange Doppeldecker-Flügel, eine bauchige Silhouette, die ein wenig altmodisch wirkte, was vermutlich an dem großen, an einen Torpedo erinnernden Zylinder lag, der an ihrer Unterseite befestigt war. Die Maschine sah wie ein Miniaturflugzeug aus, nur hatte sie kein Führercockpit. Sie war grau, bis auf eine Identifikationsziffer, die ganz klein auf die hintere Steuerfläche gemalt war. Portillo streichelte liebevoll über eines der Fotos.

»Unser Baby ist im Süden von Kitakyushu gestartet und ist jetzt eine Flugviertelstunde von Kamakura entfernt.«

»Nicht schlecht. Ihr wart verdammt effizient.«

»Alles ist geplant. Man braucht zehn Minuten, um die Drohne aus dem Transporter zu bringen. Sie wird mit einer Winde durch eine Klappe am Frachtraum an der Flugzeugunterseite heruntergelassen. Dann startet sie auf einer Landstraße. Perfekt, die Japse haben nichts bemerkt, niemand hat etwas gesehen oder gehört. Ha, ha, die waren wohl alle gerade dabei, ihren klebrigen Reis zu essen, wie blöd auf den Fernseher zu starren und Sumoringen zu glotzen ...«

»Von wo aus werden die Bilder kontrolliert?«, fragte Shelby.

»Komm mit«, antwortete der Engländer ernst.

Er öffnete eine Tür, die ebenfalls mit einem Code versehen war und in den hinteren Teil des Flugzeugs führte. Zahlreiche Bildschirme säumten die Kabinenwände. Vier Männer, drei Europäer und ein weiterer Schwarzer, saßen vor Steuerpulten. Sie begrüßten Shelby mit einem Kopfnicken.

»Unsere Spezialisten«, bemerkte Portillo. »Gut, jetzt, wo du alles gesehen hast, mach's dir bequem, es könnte eine Weile dauern.«

Shelby setzte sich zwischen zwei der Techniker.

»Ein kleines Bierchen, Kumpel? Kein asiatisches Asahi für drei Yen, sondern ein rein englisches, ein echtes Helles, schön süß«, sagte Portillo.

Ein kühles Bier war wahrscheinlich das, worauf Shelby im Augenblick am meisten Lust hatte. Der Gedanke, dass ihm eine eiskalte Flüssigkeit die Kehle hinunterlief, machte ihm den Mund wässrig, aber er schüttelte den Kopf.

»Nein, danke.«

Auf den Radarbildschirmen sah man einen leuchtenden Punkt, der sich fortbewegte.

Was würde geschehen, wenn die Japaner den Flugkörper entdeckten?

Als habe er seine Gedanken gelesen, beugte sich Portillo zu ihm und legte ihm die Hand auf die Schulter.

»Cool bleiben, hör auf, dich zu stressen. Diese Drohne ist nicht detektierbar, vor allem nicht im Stadtgebiet, nicht mal von den Japanern, den Königen des Radars. Es gibt zu viele Störungen, und sie fliegt zu niedrig. Ihre Farbe wurde mit dem Computer errechnet, damit sie auch nachts für einen Bodenspäher so gut wie unsichtbar ist. Sie könnte vor einem Heer wartender Nutten vorbeifliegen, die auf den Strich gehen, ohne dass sie irgendetwas bemerken würden. Außerdem besitzt sie einen Radar, der Hindernisse im Gelände erkennt, wie Strommasten oder Hochspannungsleitungen. Sie ist der absolute Renner, die perfekte Waffe.«

Plötzlich ertönte eine Stimme durch den Lautsprecher.

»Die Drohne ist nun drei Meilen von Kamakura entfernt.«

Einer der Techniker drückte auf einen Knopf.

»Okay, hier spricht das Analyseteam, wir übernehmen. Übergeben Sie uns die Kontrolle.«

»Kontrolle der Drohne, in Ordnung, nun habt ihr Zugang zur Steuerung.«

»Ich bestätige«, sagte der Techniker, der rechts neben Shelby saß.

»Schaltet alle Kameras an«, befahl Portillo.

Auf den Monitoren wurden Bilder sichtbar. Portillo legte seine Hand auf Shelbys Arm.

»*Yeah, man*, siehst du? Die Bildauflösung der Kameras unter dem Flugzeug ist ausgezeichnet. Das Problem der Grünstichigkeit der Wärmebildkamera haben wir mit einer Software beseitigt, die die Bilder überarbeitet und quasi sofort wieder zusammensetzt.«

Portillo machte eine Pause. Mit erstaunlicher Leichtigkeit wechselte er von der Imitation eines amerikanischen Rappers in einen ernsten und professionellen Tonfall. Es war schwer, ihm zu folgen.

»Was wir hier sehen, ist keine Direktübertragung, sondern ganz leicht verzögert, ungefähr um eine Sekunde. Nun heißt es abwarten. Sie durchforstet das Gebiet jetzt in Abschnitten von je zwei Kilometern.«

Die Drohne beschrieb einen weiten Kreis. Alle drei Minuten markierte einer der Techniker einen Punkt auf einer Karte, um ihren Weg nachzuvollziehen. Eine Viertelstunde verging. Dann eine halbe Stunde. Shelby trank schweigend ein Glas Wasser, ohne sich in die spärliche Unterhaltung einzuschalten.

»Tut sich noch nichts?«, fragte er nach einer Stunde.

»Nein.«

»Hier liegt die Schwachstelle. Sie fahren nur mit japanischen Autos in dieser blöden Stadt! Man müsste ihnen einen guten Schwall Napalm verpassen, diesen Idioten, und ihnen dann die Herren von Audi vorbeischicken.«

Durch diesen Witz lockerte sich die Stimmung. Eine weitere halbe Stunde verstrich. Da bemerkte einer der Techniker:

»Zone 1 abgeschlossen. Wir kommen in die Zone 2.«

»Mach nicht so ein Gesicht«, sagte Portillo, als er Shelbys niedergeschlagene Miene sah. »Verdammt, vielleicht ist euel bekloppter Behindeltel im Audi gal nicht in del Innenstadt.«

Wie hatte Scott nur einem so dummen Plan zustimmen können? Als könne man diese Karre in einer Stadt von mehreren zehntausenden Einwohnern ausfindig machen!

Foster war die Sache *wirklich* aus der Hand geglitten, er war nicht ganz zurechnungsfähig. Und ihnen blieben nicht einmal mehr drei Tage.

Die Drohne neigte sich zur Seite und flog in Richtung Westen näher ans Meer, wo ein vornehmes Viertel lag. Das Warten ging von neuem los. Eine Viertel-, eine halbe Stunde. Eine Stunde. Shelbys Anspannung wuchs. Derselbe Techniker kündigte an:

»Zone 2 abgeschlossen, wir gehen zu Zone 3 über.«

Es handelte sich um einen anderen vornehmen Stadtteil, der etwas außerhalb von Kamakura an der Straße nach Tokio lag. Auch diesen überflog die Drohne eine halbe Stunde lang ergebnislos.

»Zonen abgeflogen. Resultat negativ.«

Portillo und Shelby standen auf. Man konnte die Enttäuschung auf ihren Gesichtern lesen.

»Uns bleiben noch eine frei verfügbare Stunde und zwei Nachtstunden. Willst du, dass wir nach dem Zufallsprinzip weitersuchen?«

Shelby zuckte mit den Schultern.

»Wir haben nichts zu verlieren.«

»Stadt oder ländliches Gebiet?«

»Wo ihr wollt.«

Foster empfing Margaret Bliker in seiner Hotelsuite. Die Engländerin begrüßte Hiko und setzte sich Foster gegenüber.

»Shelby ist bei der Mannschaft der Drohne?«

»Ja«, bestätigte Foster. »Er hat mich noch nicht angerufen, also nehme ich an, dass sie nichts gefunden haben.«

Er hielt dem vorwurfsvollen Blick Margaret Blikers stand. Er wusste, was sie von seinem Plan hielt: vergeudete Zeit.

»Und Sie? Wie weit sind Sie mit Ihren Nachforschungen?«, fragte er mit ruhiger Stimme.

»Wir haben einiges über Ihren Weinhändler herausbekommen«,

sagte Margaret Bliker und reichte ihm einen Stapel Papiere. »Ich bin mir aber nicht sicher, ob Sie damit glücklich werden.«

Auf der ersten Seite war ein Schwarzweißfoto eines Mannes um die fünfzig zu sehen, elegant, mit offenem Blick und blondem, zur Seite frisiertem Haar. Man konnte erkennen, dass er vor einem französischen Schloss stand.

»So sieht Monsieur Pierre aus«, erläuterte sie. »Dies ist ein Foto aus der französischen Zeitschrift ›Le Point‹ von 1991. Es ist das einzige Bild von ihm, das in der Presse veröffentlicht wurde. Er gibt niemals Interviews.«

»Was weiß man über ihn?«

»Er scheint sauber zu sein. Er stammt aus einer verarmten Einwandererfamilie unbedeutender Herkunft. Mal sehen. Remy Pierowski, 1967 umbenannt in Pierre. Zweiundsechzig Jahre alt, Sohn des rumänischen Roma Gerard Pierowski, der sich in der Pariser Region niedergelassen hat, und Nadine Moulard aus der Auvergne, Pflegehelferin von Beruf. Schule in Reims, Studium in Paris. Mit vierundzwanzig beginnt er bei Alcatel als kaufmännischer Ingenieur. Mit etwa dreißig entdeckt er seine Leidenschaft für den Wein. Dann ergibt sich eines aus dem anderen. Er baut eine Weinkellerei auf, mit Weinsorten, die immer rarer und erlesener werden. Nach und nach macht er immer teurere Weine ausfindig, die er an Weinkenner in seinem Bekanntenkreis verkauft. Das Geschäft weitet sich aus. Er verlässt Alcatel Ende der siebziger Jahre, um sich als Händler erlesener Weine selbständig zu machen. Sein Geschäft ist im Laufe der Jahre immer größer geworden, bis er die Nummer Eins weltweit wurde. Eine beachtliche Leistung. Er macht über fünfzehn Millionen Euro Umsatz. Einer unserer Hacker ist in sein Computersystem eingedrungen, aber dort ist nicht alles aufgeführt. Wahrscheinlich verfügt er über ein detailliertes Abrechnungssystem in einem eigenständigen Intranet, auf das man von seinem normalerweise genutzten Datensystem nicht zugreifen kann.«

»Wäre es möglich, mehr darüber herauszubekommen?«

»Wir haben eine verdeckte Überprüfung vorgenommen, aber

Scott wollte nicht noch weiter gehen. Das Sicherheitssystem scheint ungewöhnlich ausgeklügelt. Wir können das Risiko nicht eingehen, die Aufmerksamkeit der französischen Behörden auf die Sache zu lenken.«

Foster blätterte weiter. Es folgte eine Auflistung.

»Seine Kunden. Eintausenddreihundert Namen«, fuhr Bliker fort. »Wir sind gerade dabei, einen nach dem anderen zu überprüfen. Er hat an die vierzig japanische Kunden, auf die wir uns logischerweise konzentrieren.«

Auf dem letzten Blatt standen etwa fünfzig Namen. Er stutzte, als er einen japanischen Namen las. Ito.

»Die Telefonnummer gehört zu einem Handy, zugelassen auf eine Person, die es nicht gibt. Wir haben das schon überprüft. Es nimmt keiner ab.«

»Könnten Sie es nicht mit einem dieser raffinierten Tricks versuchen, die man im Film sieht? Einer Ortung über Satellit?«, schlug Hiko schüchtern vor.

»Die Wirklichkeit ist leider etwas komplizierter. Die einzige Möglichkeit, ein Telefon zu lokalisieren, besteht darin, den Sender ausfindig zu machen, der das von ihm ausgehende Signal empfängt. Genau das haben wir mit dieser Nummer über die Satelliten des Verteidigungsministeriums versucht. Das CHGQ hat uns einen negativen Bericht zurückgeschickt. Sie haben innerhalb einer Minute vier verschiedene Signale empfangen.«

»Was bedeutet das?«, fragte Foster.

»Die Nummer ist an ein Sicherheitssystem angeschlossen. Das Telefon zapft automatisch andere Netze an und bedient sich ihrer, um das eigene Signal zu verschleiern. Das ist ein sehr raffinierter Mechanismus, der von Hackern im Internet benutzt wird, aber ich habe noch nie erlebt, dass es jemandem gelungen ist, das auf ein Handy anzuwenden.«

Hiko strich eine widerspenstige Haarsträhne nach hinten. Ihre Gesichtszüge waren angespannt, sie war müde und gestresst.

»Und wenn man den Weg der Telefonrechnung nachvollzieht?«

»Um sie zu überprüfen, müsste man in das Computersystem des Telefonanbieters eindringen, aber es gibt in Japan unzählige. Keiner unserer Kontaktmänner kommt schnell an eine solche Information heran. Das würde mindestens zwei Wochen dauern, wenn es rasch geht.«

Enttäuscht nahm Foster die Liste der speziellen Weinkunden noch einmal zur Hand. Es gab da angelsächsische, französische, deutsche, arabische, russische Namen. Einige waren in der Geschäftswelt bekannt, andere nicht. Ein wahrer Rundumschlag des Business-Jetsets. Ito, das musste er sein.

»Es ist vorbei«, entfuhr es Margaret Bliker. »Uns bleibt nicht mehr genug Zeit.«

»Tsss, tsss«, machte Foster. »Wir sind noch lange nicht am Ende, im Gegenteil.«

Ein Plan zeichnete sich in seinem Kopf ab.

Die Drohne setzte ihren Flug ergebnislos fort. Portillo stand auf und machte, das Bein nachziehend, eine Runde in der Kabine.

»Ich hab die Nase voll, aber wir geben uns nicht einfach so geschlagen. Wir werden das Beobachtungsgebiet vergrößern, über Kamakura hinaus, um so viel Fläche wie möglich abzudecken. Bist du einverstanden?«

»Du bist der Spezialist.«

Portillo gab einige Befehle. Die Drohne flog einen Kreis. Zehn Minuten verstrichen, dann dreißig.

»Wenn sie diese verdammte Karre in einer Garage parken, nützt das hier alles nichts«, bemerkte Portillo plötzlich. »Und tagsüber können wir die Drohne unmöglich losschicken.«

»Wir haben daran gedacht, aber uns bleibt keine Wahl. Ich hoffe nur, dass wir hier nicht unsere Zeit verlieren.«

Professor, wenn Sie sich geirrt haben, sind wir geliefert. Mein Gott, mach, dass er Recht hat und dass wir mit dieser blödsinnigen Drohne nicht unsere Zeit verschwenden!

Plötzlich stieß einer der Ingenieure einen Schrei aus.

»Identifizierung! Ich bestätige eine Identifizierung!«

Shelby und Portillo stürzten beide zu ihm.

»Sind Sie sicher?«

»Positiv. Eine Limousine Audi A8. Schauen Sie.«

Das Wort »match« leuchtete blinkend auf dem Computerbildschirm auf.

Portillo schnippte mit den Fingern. Trotz seines Hinkens vollführte er einige Tanzschritte, eine Mischung aus Gigue und Bauchtanz, und Shelby sah ihm fassungslos zu.

»Wir haben es! Wir haben es! Los, wir fliegen noch einmal über diesen Abschnitt, Jungs!«

Die Drohne überflog sehr langsam ein großes Anwesen, das von einer hohen Mauer umgeben war. In der Mitte des Gartens stand ein herrschaftliches Haus aus Holz. Um das Haus herum war ein Steingarten angelegt, in dessen Mitte sich ein Bächlein schlängelte. Dahinter erstreckte sich eine riesige, mit Sträuchern bepflanzte Fläche.

»Was ist das für ein Anwesen?«, fragte Portillo.

»Keine Ahnung«, antwortete der Techniker. »Es ist sicher zehn Hektar groß.«

Etwas abseits des Haupthauses standen zwei kleine Häuschen. Es gab auch ein Schwimmbad mit einem Badehaus. Eine Rampe führte seitlich davon ins Wasser.

»Eine Zugangsrampe für Behinderte«, sagte Portillo. »Das ist das richtige Haus.«

Zehn Autos parkten unter einer Zeder. Drei breite Geländewagen, vier große Personenwagen, zwei kleine Stadtautos und eine Limousine: der Audi, den sie suchten.

»Das Infrarotgerät zeigt an, dass der Motor kalt ist«, bemerkte einer der Techniker.

»Logisch. Wir wissen, dass der Behinderte im Ausland ist.«

»Keiner ist im Haupthaus, aber im ersten Anbau befinden sich vier und im zweiten ungefähr zehn Leute.«

»Sicherlich Wachleute, das Anwesen sieht riesig aus«, sagte Shelby.

»Laut Computer ist es neun Kilometer lang und sechs Kilometer breit. Insgesamt vierundfünfzig Hektar groß. So nah an Tokio muss das ein Vermögen kosten. Er will jedenfalls nicht von den Nachbarn gestört werden, euer Typ.«

»Können Sie in den Garten zoomen? Ich würde gern ihr Sicherheitssystem ansehen.«

Die Drohne stoppte ihren Propeller und sank einige Meter hinab. Fast augenblicklich kündigte einer der Techniker mit lauter Stimme an:

»Erfassung des Ziels. Dreihundert Meter.«

»Das reicht. Mal schauen, was das ergibt.«

Die Techniker sahen konzentriert auf ihre Bildschirme. Einer deutete plötzlich mit dem Finger auf seinen Monitor:

»Hier. Da ist ein Detektor. Und da ein zweiter. Und da noch ein anderer. Zeichnest du das auf?«, fragte er seinen Kollegen.

»Ja.«

Portillo war über den Bildschirm gebeugt.

»Ich glaube, wir können die Marke bestimmen. Druckt mir das schärfste Foto auf Papier aus, Jungs.«

Während der Drucker surrte, stand ein Techniker auf und nahm eine CD aus einem Regal. Auf die Hülle hatte jemand mit schwarzer Tinte »Sicherheitssysteme« geschrieben. Einige Minuten verstrichen, von rhythmischen Mausklicken begleitet.

»Ich habe sie. Es sind Vilentis. Modell U247 mit Bewegungsdetektoren.«

Er sah zu Shelby auf und zeigte ihm den Bildschirm. Sein Kollege nickte mit dem Kopf, er wirkte aufgeregt.

»Das ist deutsches Material. Dieser Typ Detektor kostet ein Vermögen. Und ich rede von einem Stück ohne Anwendungssoftware. Sie dienen zum Schutz von äußerst heiklen Anlagen wie zum Beispiel Atomkraftwerken. In einem Privatwohnsitz habe ich die noch nie gesehen.«

»Da ist eine Fensterfront im Erdgeschoss«, sagte Shelby. »Können Sie einen langsamen Zoom darauf machen? Ich hätte gerne Bilder vom Inneren des Hauses.«

»Das kann ich machen. Sind Sie sicher, dass Sie lieber das Erdgeschoss als den ersten Stock haben wollen?«

Shelby beugte sich über einen Bildschirm.

»Ein Gehbehinderter hat sein Büro notgedrungen im Erdgeschoss.«

»Einverstanden. Wir werden den Propeller noch einmal ausschalten und auf den elektronisch gesteuerten Modus schalten, die Geschwindigkeit verlangsamen und die Höhe auf ein Minimum reduzieren.«

Der Techniker führte einige Handgriffe aus.

»Ich lasse die Drohne hundert Meter entfernt in einem Meter Höhe in langsamem Flug mit angehaltenem Motor an der Terrassentür vorbeigleiten, mit Minimalgeschwindigkeit, siebzig Stundenkilometer. Wir fliegen nur einmal daran vorbei, damit wir nicht entdeckt werden.«

»Sehr gut. Los geht's!«

Die Maschine führte eine langsame Drehung aus, wobei sie noch etwas an Höhe verlor. Der Ingenieur schaltete den Motor aus. Die Drohne flog an der Fensterfront entlang, schneller als Shelby erwartet hatte, und flog, nachdem sich ihr Propeller wieder eingeschaltet hatte, wieder in die Höhe.

Shelby war enttäuscht: Man hatte nichts sehen können.

»Keine Sorge«, sagte Portillo und legte ihm die Hand auf die Schulter. »Dieser Vorbeiflug reicht vollkommen aus, um das Innere zu sehen, und da es minus zehn Grad sind, bezweifele ich, dass jemand sein Fenster offen stehen hat. Sicherlich hat niemand etwas bemerkt. Wir werden die Aufnahme komprimieren und auf CD brennen. Du kannst sie dann auf einem Laptop Bild für Bild ansehen.«

»Ihre Majestät erwartet Sie, Lord Scott.«

Wie bei jedem seiner Besuche war der Chef des britischen Geheimdienstes von der Ausstattung des Palastes überwältigt. Es kam einem vor, als sei man um zweihundert Jahre zurückversetzt. Die Wandbespannung wechselte von einem lebendigen Rot ins Hellblaue oder Grüne, in all seinen Farbnuancen, die Decken waren mit Engelchen bemalt. Überall standen üppig verzierte Möbelstücke herum. An den Fenstern waren dicke Vorhänge drapiert. Schwere Leuchter, die Tonnen zu wiegen schienen, hingen von den Decken. Alles war mit Vergoldungen versehen. Obwohl Scott genau wusste, dass all diese Gegenstände Millionen von Pfund wert waren, war ihm, der für modernes Design schwärmte, der Buckingham Palace ein Graus. Ihn erinnerte er immer an eine staubige, überdimensionierte Hausmeisterwohnung, die sich eine Kokotte eingerichtet hatte. Er verjagte diese ungehörigen und eines Chefs des Secret Service unwürdigen Assoziationen und konzentrierte sich auf das anstehende Gespräch.

Einige Augenblicke später trat er in einen kleinen Salon, der in Rosa und Apfelgrün gehalten war. Die Königin saß auf einem barocken Kanapee, in einer Haltung, die ihre natürliche Eleganz unterstrich. Ein Wasserglas stand auf einem Tischchen in ihrer Nähe. Scott erblickte auch ein Milchkännchen, einen Teller mit Plätzchen und ein offenes Buch. Er verbeugte sich respektvoll.

»*Your Majesty.*«

Er bemerkte, dass es sich bei dem Buch um einen einfachen Liebesroman handelte.

»Ein Glas frische Milch, Lord Scott?«

Sie müsste inzwischen eigentlich wissen, dass ich Milch hasse, vor allem Vollmilch. Warum bietet sie mir immer wieder Milch an?

Er lehnte das Angebot höflich ab.

»Nun, Lord Scott, was verschafft mir das Vergnügen eines so dringlichen und unangekündigten Besuchs?«, fragte die Königin mit heiterer Stimme. »So wie ich Ihre Machenschaften kenne, nehme ich an, dass es sich um eine furchtbare Verschwörung handelt?«

Sie war lebhaft und geistreich wie eh und je. Eine Frau mit Verstand, wie man sie selten im Leben trifft.

Aber klar, du Idiot, sie bietet dir ihre Milch absichtlich an. So viel ist sicher!

»Das ist leider der Fall, Madam. Ich bin gekommen, weil ich Ihre Hilfe benötige. Der Premierminister hat mir die Erlaubnis erteilt, mich mit dieser Bitte direkt an Sie zu wenden. Sie sind unsere einzige Hoffnung.«

Sie trank einen Schluck.

»Das ist ja äußerst schmeichelhaft! Ich glaube, diesen Satz hat man hier im Palast nicht mehr gehört, seit mein Vater im April 1944 entsandt wurde, um Winston Churchill aufzulesen, als er sturzbetrunken in seiner Unterkunft hingefallen war und die Verbündeten sich nicht trauten, die Tür aufzubrechen.« Sie wurde wieder ernst. »Da ich Sie gut kenne, habe ich allen Grund, misstrauisch zu sein. Also, worum handelt es sich, Lord Scott? Diese Mauern haben schon vieles gehört.«

»Ich brauche tausend Flaschen Ihrer besten Weine. Alte und äußerst seltene Jahrgänge, die es nur noch hier gibt und für so manchen unschätzbar wertvoll sind.«

»Tausend Flaschen meines Weins? Das ist originell!«

Die Königin trank einen Schluck Milch und zeigte ein amüsiertes Lächeln.

»Ich denke, ich habe das Recht, die Wahrheit zu erfahren, bevor ich mein Einverständnis gebe? Zumindest einen Teil davon?«

»Ich kann Ihnen nur verraten, dass die Flaschen dazu dienen sollen, einem Mann eine Falle zu stellen, der den Interessen der Krone ernstlich schadet.«

»Ihm eine Falle zu stellen?«, wiederholte die Königin. »Stellt dieser Mann tatsächlich eine schwerwiegende Gefahr für das Land dar?«

»Er ist ein Monster, Majestät. Er ist für den Tod von mindestens zwei britischen Staatsbürgern verantwortlich, der Frau eines Wissenschaftlers und seines jungen Neffen, der vergewaltigt wurde, bevor man ihn getötet hat. Ihr Wein wird als trojanisches Pferd dienen, als eine List, die ihn vernichten soll.«

»Hm, hm.«

Die Königin schenkte sich noch etwas Milch ein.

»Es ist nicht *mein* Wein, er gehört mir nicht, Lord Scott, er gehört dem Königreich. Ich überlasse es Ihnen allein, zu beurteilen, ob das von Ihnen geplante Vorgehen angebracht ist. Aber es soll nicht heißen, ich hätte Sie daran gehindert, sich für das Wohl des Landes einzusetzen. Der gesamte Weinkeller steht Ihnen zur Verfügung, wenn nötig. Bedienen Sie sich großzügig.«

»Tausend sorgfältig ausgewählte Flaschen genügen mir ... aber ich danke Ihnen, *Ma'am*.«

Die Königin erhob sich, um ihn zuvorkommend bis zur Eingangstür zu begleiten.

»Ich werde Anweisungen geben, dass Ihr Anliegen mit all der gewünschten Sorgfalt ausgeführt wird. Wann kommen Ihre Leute vorbei?«

Scott erlaubte sich ein kleines Lächeln.

»In drei Minuten, *Ma'am*. Zugegebenermaßen wartet der Lieferwagen schon bei Hyde Park Corner. Wir stehen ein wenig unter Zeitdruck.«

»Gut, wenn Sie bereit sind, Professor, fange ich an«, erklärte Hiko.

Die Schärfe der von der Drohne aufgenommenen Fotos war hervorragend, ganz so, als hätte man das Innere des Hauses mit einer professionellen Kamera mit gutem Zoom fotografiert. Der hochsensible Film und der Lichtverstärker gaben den Bildern eine leichte Pastellfarbe, dennoch waren sie realitätsnah. Man konnte eine Küche erkennen, ein Wohnzimmer, ein Esszimmer und eine große Eingangshalle. Vor den übrigen Fenstern hingen Vorhänge. Es blieb ein großes Zimmer, das sie noch näher anschauen mussten.

»Schauen wir mal, was wir dort haben«, murmelte Foster und beugte sich über den Bildschirm.

Er war so nah neben ihr, dass er Hikos feines Parfum und sogar den dezenten Duft ihrer Haut riechen konnte. Ein feiner Duft nach Mandeln und heißer Milch, den er auskostete und mit zitternden Nasenflügeln und ein wenig betrübt einatmete. Seit fast einem Jahr hatte er den Geruch einer Frau nicht mehr aus solcher Nähe wahrgenommen. Nach Vics Verschwinden hatte er erst eine Affäre mit einer ihrer Nachbarinnen gehabt, dann mit einer Bankierswitwe. Er hatte sich aber nicht verlieben können und sich lieber in die Einsamkeit zurückgezogen, als eine Beziehung ohne Zukunft fortzusetzen. Gott, was tat das gut, erneut die Haut einer Frau zu riechen!

»Es ist ein Arbeitszimmer«, kündigte Hiko an.

Es war sehr groß. Man konnte Wände aus japanischem Papier erkennen, einen Tisch aus dunklem Holz, Stühle aus schwarzem Leder. Der Boden war mit dunklem Parkett belegt.

»Können Sie näher heranzoomen?«

Die Schärfe ließ etwas nach, dann konnte Foster das Motiv des auf dem Boden liegenden Teppichs erkennen, das aus einem verworrenen Muster aus blassgrünen Arabesken bestand. Im hinteren Teil des Arbeitszimmers war eine kleine Sitzecke mit modernen Möbeln eingerichtet.

Hiko zoomte mit ein paar Mausklicken immer weiter ins Bild. Nach jedem Klick entstand eine Wartezeit, in der die Bilder neu berechnet wurden und ihre Schärfe nachgestellt wurde. Nach einigen Sekunden konnte man die Marke des Schließfachs erkennen. »Vilentis«, die gleiche wie die des Sicherheitssystems auf dem Grundstück. Hiko druckte das Foto auf dem Laserdrucker aus und klickte dann die weiteren Fotos an. Dasselbe Zimmer erschien, nun aus einem leicht verschobenen Blickwinkel. Zwei hochmoderne Leuchtstrahler umrahmten große gläserne Schrankvitrinen, die eine ganze Wandseite einnahmen.

»Ich glaube, wir sehen hier einige der Weinschränke, deren Rechnungen Sie gefunden haben«, murmelte Foster.

»Sieht so aus.«

Plötzlich bemerkten sie die linke Zimmerwand. Vom Boden bis

an die Decke hingen hier Fotografien. Dutzende, vielleicht Hunderte von Bildern in schwarzen Rahmen.

»Was ist das denn!«, rief Hiko aus. »Haben Sie das gesehen?«

Foster stellte eine schnelle Berechnung an, wobei er genau hinsah. Es gab siebenundzwanzig Fotoreihen mit je zwölf Fotos. Eine perfekte Aufreihung, in der nichts dem Zufall überlassen schien.

»Ich kann eine Vergrößerung machen«, schlug Hiko vor.

»Darum wollte ich Sie gerade bitten.«

Erstaunt entdeckten sie, dass die Bilder nach einem genauen Ordnungssystem in drei Blöcken gehängt waren. Links waren Personen in traditioneller Kleidung abgebildet, an einem Ort, der wie ein Palast aussah; in der Mitte hingen Fotos aus der Armee; rechts hinten asiatische Städtelandschaften aus der Vorkriegszeit.

»Ich glaube, die Fotos links zeigen den kaiserlichen Hof. Ich bilde mir ein, den Kaiser Hiro-Hito zu erkennen«, murmelte Foster.

»Ich dachte, der Kaiser sei vor 1945 niemals fotografiert worden?«

»Das stimmt. Der Kaiser lebte abgeschottet von der Welt. Die Japaner kannten nicht einmal seine Stimme, sie hörten sie erst an dem Tag, an dem er die Kapitulation bekannt gab, über das Radio. Fotos vor 1945 durften nicht veröffentlicht werden, aber es gab einige in Privatsammlungen von Mitgliedern des kaiserlichen Hauses. Der Behinderte hat wahrscheinlich ein Vermögen ausgegeben und großen Einfallsreichtum bewiesen, um sie zu bekommen.«

»Ist das eine mögliche neue Fährte?«

»Vielleicht, ich weiß es noch nicht.« Foster massierte sich die Schläfen. »Und Sie, was halten Sie davon?«

»Er trauert vielleicht dem alten Regime nach.«

»Raffiniert. Das ist eine Idee, die wir nicht aus den Augen verlieren sollten. Machen wir weiter, bitte.«

Die Bilder in der Mitte zeigten Flugzeugträger, die mit Zeke-Jagdflugzeugen bestückt waren. Panzerkreuzer mit der rotgestreiften Flagge, die MacArthur nach 1945 verboten hatte. Offiziere in einer Übung oder beim Aufmarsch. Dann eine ganze Reihe Bilder, die denselben jungen Mann in Offiziersuniform zeigten. Er war groß und muskulös, mit einem ernsten Gesicht und einem kurzen Bürstenhaarschnitt.

»Ist das er, als er jung war? Der Behinderte?«

»Gut möglich. Das würde bedeuten, dass er während des Kriegs Offizier gewesen ist.«

Mein Gott, er war Offizier, er war kräftig. Wenn er durch eine amerikanische Kugel zum Krüppel wurde, muss sein Hass furchtbar sein.

Die letzten sechs Reihen zeigten eine asiatische Stadt, den Autos nach zu urteilen, die auf einigen Bildern zu sehen waren, zweifellos in den dreißiger Jahren.

»Tokio?«, fragte Foster.

»Ich glaube, schon. Diese Viertel mit Holzhäusern wurden durch die Bombardements zerstört, aber dies hier auf dem Foto könnte der Yoyogi-Park sein. Und hier, das ist das Marinemuseum.«

Auf der nächsten Fotoreihe erkannten sie erstaunt Aufnahmen der Verbotenen Stadt, des Großen Palasts von Bangkok und des berühmten Tempels Bagan in Birma. An die zehn Fotos des deutschen Reichstags mit Naziflagge. Abzüge eines Militärlagers, dessen Ort sie nicht kannten. Auf einem Foto war der junge Mann neben einem älteren Japaner in weißem Kittel, wie ihn Wissenschaftler tragen, und neben einem westlichen Militär zu sehen. Ein Deutscher, mit einem gut sichtbaren Hakenkreuz auf dem Kragen seiner Uniform. Im Hintergrund des Bildes konnte man verschwommen Gesichter von Gefangenen erkennen.

»Ein SS-Mann!«, rief Hiko erstaunt aus. »Das ist ja verrückt! Was hat das zu bedeuten?«

»Keine Ahnung«, sagte Foster. »Ich habe den Eindruck, dass es westliche Gefangene sind, aber ich bin mir nicht sicher.«

Er betrachtete das Foto aufmerksam.

»Es gab während des Zweiten Weltkriegs zahlreiche japanische Internierungslager in Südostasien. In Indochina, Birma, China, auf den Philippinen …«

»Auf der Vorderfront eines der Gebäude kann man eine Inschrift erkennen, vielleicht könnte ein Spezialist für Militärgeschichte uns sagen, wo es sich befand.«

»Vielleicht.«

Foster deutete auf die Bilder von Berlin und auf die Fotos, die den Deutschen und den Japaner im weißen Kittel zeigten.

»Können Sie einen Papierausdruck davon machen? Wir müssen diesen Mann auf alle Fälle identifizieren, ebenso wie den Nazi in seiner Begleitung.«

Was hatte der Behinderte in Asien gemacht? Und warum bewahrte er ein Foto auf, auf dem er mit einem SS-Mann abgebildet war? War er an den von der kaiserlichen Armee durchgeführten Massakern beteiligt gewesen?

Foster legte die Blätter zur Seite und berührte Hikos Hand.

»Machen wir weiter. Könnten Sie einen Zoom auf die Bibliothek machen, bitte?«

Sie vertieften sich in die Betrachtung dieser neuen Bilder, während Hiko den Bildausschnitt mit der Maus langsam von links nach rechts wandern ließ. Die riesige Bibliothek umfasste Tausende von Büchern. Bücher mit politischen, wirtschaftsbezogenen, historischen Themen, Romane, viele Gedichtbände, Hunderte Anthologien mit Theaterstücken in allen möglichen Sprachen, französisch, englisch, deutsch, italienisch. Eine umfassende Sammlung von Kunstbänden über die Renaissance.

»Literatur, Geschichtsbücher, viele Bücher über Kabuki und das Nô-Theater«, stellte Hiko fest.

Liebhaber großer Weine und alter Fotografie. Chef einer Killerbande. Ehemaliger Offizier der kaiserlichen Armee und nun auch noch hochgebildeter Intellektueller, Dichter und Theaternarr.

Noch nie war Foster ein derart vielschichtiger Krimineller begegnet. In seinem Kopf zeichnete sich ein psychologisches Profil des Behinderten ab. Ein genialer und vielschichtiger Genießertyp, der die diesseitigen Freuden zu schätzen wusste, zugleich aber berechnend, kühl und perfekt organisiert war. Allein die Art, wie er seine Bücher geordnet und seine Bilder an die Wand gehängt hatte, verriet eine geradezu zwanghafte Liebe zur Ordnung. Hiko unterbrach ihn in seinen Überlegungen.

»Dieser Mann macht mir Angst. Ist das ein Verrückter?«

Foster lächelte. Es tat gut, sich mit Hiko zu unterhalten und aus dem furchterregenden Ordnungssystem auszubrechen, in dem der Behinderte lebte. Eine gefängnisartige Welt, tot, hervorgegangen aus einer mörderischen Zeit.

»Nein, wir Psychiater benutzen niemals das Wort ›verrückt‹. Für mich ist der Behinderte ›krank‹. Er ist entweder pervers oder paranoid.«

Sie zuckte gleichgültig mit den Schultern.

»Die Beweggründe sind fundamental verschieden«, fuhr Foster fort. »Dem Perversen bereitet das Leiden, das er anderen zufügt, Lust. Er liebt es, andere zu beherrschen und sie zu seinem persönlichen Vergnügen zu benutzen. Der Paranoide ist von seiner Höherwertigkeit überzeugt und meint, stets im Recht zu sein. Er sieht sich allein gegen den Rest der Welt gestellt. Ihm bereitet es keine Lust, andere zu töten, wenn er auch nicht zögert, jeden auszuschalten, der sich seinem Ziel in den Weg stellt, das ihm notgedrungen als ganz außergewöhnlich erscheint. Ich schwanke zwischen diesen beiden Diagnosen.«

Foster hatte einen Geistesblitz.

Er hat den Rollstuhl im Kopf. Er will die Welt ändern, um seine Stärke wiederzuerlangen. Die Formel will er nicht nur für sich, sondern er hat eine historische Mission. Nichts wird ihn stoppen, außer der Tod.

Foster hatte einen derart versteinerten Gesichtsausdruck, dass Hiko Angst bekam. Zum ersten Mal begriff sie, wie unerbittlich Foster war und dass er entschieden gefährlicher sein konnte als Shelby.

Die vier Männer in weißen Anzügen beobachteten, wie der Techniker die Weinkiste auf der Arbeitsfläche abstellte. Sie befanden sich in einem gepanzerten Laboratorium im dritten Untergeschoss des Hauptquartiers des SIS.

»Das war die letze Kiste. Noch ganz warm, wenn Sie mir den Ausdruck erlauben.«

»Danke. Sind Sie bereit?«, fragte der Chef der Sprengstoffeinheit des SIS seine Assistenten. »In spätestens zwei Stunden müssen wir hier fertig sein, Befehl des Chief.«

»In Ordnung«, bestätigte sein Assistent, ein Mann von den Antillen, mit dichtem grauen Bart. »Wir können beginnen.«

Der Chef der Sprengstoffeinheit zog sich seine chirurgischen Handschuhe an. Vorsichtig nahm er die erste Flasche aus den Händen seines Assistenten entgegen, darauf bedacht, das wertvolle Etikett nicht zu beschädigen. Mit einem Skalpell machte er einen Schnitt, sodass man den Korken herauslösen konnte, ohne dabei den Verschluss zu beschädigen. Die zwei anderen Techniker beobachteten das Unternehmen mit großer Aufmerksamkeit, während der Assistent die Instrumente bereitlegte.

Der Chef der Sprengstoffeinheit ergriff eine Karaffe, die auf einem Inoxtablett stand, wie man sie bei chirurgischen Operationen benutzt, um die Instrumente abzulegen. Langsam goss er den Wein hinein. Als die Flasche Unico gänzlich leer war, schaute er zu einem der Techniker. Sofort reichte der Mann ihm einen kleinen Ballon aus Glas. Er war mit einigen Schichten aus rotem Kautschuk beklebt, auf dem mit schwarzer Tinte ein Totenkopf gezeichnet war. Dieser Glasballon enthielt den ganzen Stolz des Sprengmeisters: eine neue explosive Flüssigkeit, deren Erfinder er war. Sie bestand aus einer hochkomplexen Mischung aus Trinitramin, Isobutylen und Nitroglyzerin, vermischt mit einem Stabilisator aus der modernen Chemie und Propergol. Dieses explosive Gemisch war höchst wirkungsvoll und dabei vollkommen stabil, sodass es einfach zu bearbeiten und zu transportieren war.

Dennoch galt es, einige Vorsichtsmaßnahmen zu treffen.

Der Abteilungsleiter setzte einen metallenen Trichter auf die Unico-Flasche und goss das Gemisch vorsichtig hinein. Dann ergriff er eine kleine Phiole, die mit Farbstoff gefüllt war, und leerte den Inhalt in die Flasche. Mit einer Pipette gab der Sprengmeister schließlich einige Kristalle in die Flasche, die das Depot eines alten Weins vortäuschen sollten.

»Alles läuft gut«, sagte er laut. »Nun kommen wir zur kritischen Phase.«

Er griff nach einem merkwürdigen Gegenstand, der auf einem Tablett bereitlag. Auf den ersten Blick hielt man ihn für einen gewöhnlichen Korken. Er war jedoch innen in der Mitte gespalten, und eine Art Faden schaute hervor. An ihm hing ein kleines Metallstück.

Der Sprengmeister hielt den Korken in Augenhöhe. Dann drehte er sich zu dem dicken gepanzerten Bullauge um, das in die Mauer eingelassen war. Auf der anderen Seite des Fensters stand Scott, der mit an die Scheibe gepresster Nase das ganze Unterfangen beobachtete.

»Wir haben künstlich gealterte Korken benutzt, um bei demjenigen, der die Flasche öffnet, nicht den geringsten Verdacht zu erregen, und sie mit der Aufschrift ›Vega Sicilia Unico‹ versehen, die auch auf dem Original steht. Der Korken, den ich hier halte, wurde dann millimetergenau mit einem winzigen Bohrer ausgehöhlt. Die Abschlussarbeiten wurden mit einem Laser ausgeführt. Wir haben ein winziges elektronisches Zündungssystem eingebaut, dessen Auslöser, wie Sie hier sehen können, herausschaut. Alles ist aus Plastik, Harz und Keramik hergestellt, sodass die Vorrichtung von Metalldetektoren nicht erkannt wird. Ich möchte Sie auf den Auslöser aufmerksam machen. Er ist besonders ausgeklügelt, da er eine Zündungsvorrichtung in Gang setzt, die Krytons nachempfunden ist. Ich rufe Ihnen in Erinnerung, dass Krytons die Auslöser sind, die man zur Zündung von Nuklearwaffen benutzt. Sie entfachen während einer Hundertstelsekunde einen unglaublich starken Funken, der im Stande ist, eine Kettenreaktion auszulösen. Dieser Sprengstoff ist hundertmal schwächer als ein Kryton, aber der Funke, den er auslöst, wird länger als zwanzig Zentimeter sein. Er trifft auf die Flüssigkeit in der Flasche und löst sofort eine Explosion aus.«

Scott schaltete sein Mikro ein.

»Was hat der Sprengstoff für eine Stärke?«

»Alles im Umkreis von fünfzehn Metern der Flasche schmilzt. Die Sprengkraft liegt um hundertachtundsiebzig Prozent über der des C4. Außerdem besitzt das Gemisch durch das Propergol einen besonders interessanten Feuerballeffekt, ähnlich dem bei Napalm. Wer diese Flasche öffnet, wird von einer tausendzweihundert Grad heißen Flammenwolke erfasst und unverzüglich zu Asche.«

Scott war noch nie auf den Gedanken gekommen, ein Feuerballeffekt könne »interessant« sein. Wissenschaftler waren wirklich ein Schlag für sich.

»Wie stehen die Chancen, zu überleben?«

»Es gibt keine, Sir.«

Scott zeigte ein zufriedenes Lächeln.

»Ausgezeichnet. Fahren Sie fort.«

»Wir kommen nun zu der heiklen Phase. Jetzt wird der explosive Korken in die Flasche eingeführt. Wenn mit der Zündung irgendetwas nicht in Ordnung ist, wird die zur Explosion führende Flamme am Zünder ausgelöst. Nun, das Fenster, das uns trennt, ist dafür gebaut, derartigen Unfällen standzuhalten. Jedenfalls laut Angabe des Herstellers in Manchester, der uns die Scheibe verkauft hat, wir haben es aber noch nie getestet ...«

Scott lächelte über diesen typisch britischen Humor, rückte aber dennoch ein wenig von der Scheibe ab. Der Sprengmeister führte den Korken in einen sehr feinen Zylinder ein. Dann schob er den Zylinder vorsichtig Zentimeter für Zentimeter in die Flasche hinein. Danach zog er achtsam den Zylinder, der an einer Art Henkel aus dem Flaschenhals ragte, wieder heraus. Nun musste nur noch die Kapsel über dem Korken wieder angeklebt werden. Schließlich übermalte der Mann mit sehr feinem Pinsel die Einschnittstelle mit einer Farbschicht.

Der Sprengmeister legte die Flasche vorsichtig in die Transportkiste. Diese erste war fertig präpariert. Es blieben noch achtundzwanzig weitere zu bearbeiten.

Scott hatte genug gesehen. Seiner viel gerühmten Ruhe zum Trotz ging er beklommen hinaus. Er hätte alles, was er besaß, dafür gegeben, auch nur zwei Tage länger am Leben zu bleiben.

Noch zwei Tage

»Alle Veränderungen haben etwas Schreckliches. Der Mensch sieht im Fortschritt immer eine Bedrohung, bevor er seine positiven Seiten erkennt, denn er ist ein Primat, dessen erster Reflex darin besteht, Angst zu haben, bevor er nachdenkt und konstruktiv wird. Doch seit dem ersten Tag ist unsere Zivilisation in ständiger Bewegung. Die frühere Ordnung zerfällt, eine neue entsteht, so lautet das unabänderliche Gesetz des Fortschritts. Deswegen müssen Sie keine Angst haben, wenn ich Ihr Haus sprenge. Ich, George Bosko, errichte Ihnen an seiner Stelle einen Wolkenkratzer.«

Aus dem Tagebuch von Professor Bosko

Das vom SIS gecharterte Flugzeug hatte Tokio um ein Uhr morgens verlassen und sollte um sechs Uhr morgens Ortszeit in London landen. Nachdem er gleich nach dem Aufwachen mit Scott konferiert hatte, gab Foster das Zeichen zur Abfahrt. Zweifel und das Bewusstsein, dass der Count-down lief, hatten ihm den Schlaf geraubt.

Ich muss Koffein nehmen, sonst halte ich nicht durch. Ich bin für einen solchen Rhythmus zu alt.

Nun standen sie vor einem schmalen Gebäude in einer düsteren Straße in der Nähe der London Bridge. Hiko blieb hinter ihm stehen, schniefte leicht, verbarg ihr Gesicht in den Händen, zog dann ihren Schal hoch und ihre Mütze ein wenig tiefer in die Stirn, sodass man nur noch ihre fröhlichen Augen sah. Foster lächelte. In dieser Aufmachung sah Hiko aus wie ein kluges kleines Tier.

»Sind Sie sicher, dass es hier ist?«, fragte Hiko. »Das Gebäude sieht so verlassen aus.«

Der Professor überprüfte die Adresse. Die lange nicht erneuerte Fassade schien kurz vor dem Einsturz. Die Farbe der Holzläden war abgeblättert, die schwarzen Fensterstürze starrten dermaßen vor Dreck, als seien sie seit fünfzig Jahren nicht mehr gereinigt worden. Sie betraten die Halle. Hier herrschte ein unbeschreiblicher Geruch, eine Mischung aus gebratenem Fisch, orientalischen Gewürzen, Müll und Reinigungsmitteln. An der linken Wand waren zerbeulte Briefkästen angebracht. Foster fand den gesuchten Namen schnell: John Weinderberg, vierte Etage. Einen Aufzug gab es selbstverständlich nicht.

»Darf man endlich mal erfahren, wen wir hier besuchen?«, brummte Hiko hinter ihn.

»John Weinderberg ist der Historiker im Westen, der die Geschichte der kaiserlichen Armee am besten kennt. Er ist ein Spezialist für japanische Kriegsverbrecher. Nach Meinung des SIS liegt das Militärlager, vor dem der Behinderte fotografiert worden ist, wahrscheinlich in Indochina: Die Gefangenen trugen nämlich französische Uniformen. Es gibt auch Fotos aus China und Birma. Der Behinderte war wohl auf Sondermission in ganz Asien.«

»Und der Mann mit dem weißen Kittel?«

»Der wurde noch nicht identifiziert. Ich hoffe, John Weinderberg wird das können.«

Auf der vierten Etage machten sie eine kleine Pause, damit Foster Luft holen konnte. Hier lag ein langer brauner Flur mit etwa zwanzig Türen. Die von Weinderberg war die letzte zur Straßenseite hin.

»Ihr Freund ist vorsichtig«, sagte Shelby und wies zur Decke.

Hiko kniff die Augen zusammen. Erst nach ein paar Sekunden sah sie die kleinen, hinter Stuckornamenten versteckten Kameras, die kreisförmig um eine Stahltür angeordnet waren, die aussah wie ein Banktresor.

»1940 war Weinderberg Soldat. Er hat vier Jahre in einem japanischen Internierungslager verbracht und dort so sehr gelitten, dass er den Rest seines Lebens damit verbracht hat, die Leute zu bestrafen, die ihn dort hingeschickt haben. Damit hat er sich viele Feinde gemacht. Man kann ihm seine Vorsicht nicht verdenken«, erklärte Foster.

Der Mann, der ihnen die Tür öffnete, war ein winziger Greis, kahlköpfig, mit gebeugtem Rücken und langen, leicht spitzen Ohren und einer Haut, gespannt wie eine Trommel. Im Grunde sah er wie eine Mumie aus.

»Aha, Francis Foster und sein kleines Team«, sagte Weinderberg mit heiserer, hoher Stimme. »Ich habe gerade erst von Ihrem unerwarteten Besuch erfahren. Kommen Sie bitte herein. Es ist mir eine Ehre, Sie zu empfangen.«

Der Blick des alten Mannes sprühte vor Intelligenz. Sie folgten ihm in eine riesige Wohnung, deren Luxus in starkem Kontrast zu dem Gebäude stand. Ein altes Eichenparkett, dicke Teppiche und Ledersofas. Ein schwarzer Holzschrank nahm fast eine ganze Wand ein. Foster zählte allein in diesem Zimmer zwölf Fenster zur Straße hin. Die Wohnung ging über die gesamte Etage. Die Türen zum Flur waren verriegelt, aber Weinderberg hatte den Flur draußen in seinem Zustand gelassen. Das war merkwürdig, aber Foster sagte nichts dazu.

Weinderberg ging mit kleinen Schritten bis zu einem Sofa, auf das er sich eher hievte, als dass er sich setzte, nachdem er sich in eine Decke gewickelt hatte. Mit seinen kurzen Beinen, die im Leeren hingen, seinem Stock, seiner kratzigen Stimme und seinem merkwürdig geformten Schädel sah Weinderberg ein wenig aus wie Yoda, der alte Weise aus dem »Krieg der Sterne«. Foster und Hiko setzten sich ihm gegenüber auf ein Sofa mit einem Blumenmuster, das vor allem aus Lilien bestand. Shelby blieb stehen. Eine dicke Katze tauchte auf und strich dem Professor um die Beine, dann sprang sie plötzlich auf seinen Schoß und rollte sich dort ein. Weinderberg sah seine Besucher eine Weile schweigend an, dann sagte er:

»Sie sehen alle ein wenig erschöpft aus.«

»Wir sind gerade mit dem Nachtflug aus Tokio gekommen«, erklärte Foster, »aber wir haben ein Messer an der Kehle und nur zwei Tage Zeit, um einen früheren Offizier der kaiserlichen Armee zu identifizieren.«

Weinderberg antwortete mit einem kleinen Geräusch seines Mundes, das so gut wie alles bedeuten konnte. Foster hielt ihm die CD hin.

»Dies sind alle Daten, die wir besitzen. Unser Mann scheint eine gewisse Faszination für diese Zeit zu haben.«

Weinderberg bekam einen Hustenanfall, als werde er gleich seine Lunge ausspucken.

»Woher wissen Sie das?«

Foster erklärte es ihm und vergaß auch nicht, das Foto von dem Mann in dem weißen Kittel und dem Nazi zu erwähnen.

»Vielleicht ist er ein früherer Kriegsverbrecher«, ergänzte Hiko.

Mit der Schnelligkeit einer Schlange bewegte sich Weinderbergs Kopf um neunzig Grad in ihre Richtung.

»Es gibt keine früheren Kriegsverbrecher. Wer ein Kriegsverbrecher ist, bleibt es sein Leben lang. Die Ideologien, denen solche Leute dienen, sind ein so starkes Gift, dass sie die, die sich ihnen hingeben, bis aufs Mark vergiften. Für immer.«

Hiko stimmte ihm mit einem ehrerbietigen Kopfnicken zu.

Weinderberg hustete, spuckte und holte tief Luft.

»Ein Nazi in Begleitung von Japanern? Das wundert mich nicht. Ein paar deutsche Offiziere wurden als technische Berater in die kaiserliche Armee geschickt und umgekehrt. Die Durchlässigkeit zwischen der Ideologie Japans und der des Hitler-Regimes war groß. Wussten Sie zum Beispiel, dass das Hakenkreuz der Nazis ein umgekehrtes Shinto-Kreuz ist und dass Rudolf Hess sich rühmte, es bei einer seiner Japan-Reisen selbst entdeckt zu haben? Hess war übrigens selbst Mitglied einer großen shintoistischen Sekte, der Nichiren.«

»Das wusste ich nicht«, sagte Foster.

»Zeigen Sie mir das Foto, auf dem man den Deutschen und den Mann im weißen Kittel sieht.«

Weinderberg fuhr auf, als er das Bild sah.

»Erkennen Sie jemanden?«

»Der Mann im weißen Kittel ist Doktor Ishii, der Chef der Einheit 713.«

»Einheit 713?«

»In ganz Asien von trauriger Berühmtheit. Ishii hat abscheuliche medizinische Versuche gemacht, vor allem in China. Er war der japanische Mengele. Ein ekliges Scheusal.«

Weinderberg seufzte.

»Wissen Sie, die meisten japanischen Kriegsverbrecher brauchten 1945 nicht zu fliehen. Nur acht Schuldige wurden von den Amerikanern gehängt. Die anderen genießen Hochachtung und ein vollkommen ruhiges Leben, sie brauchten sich niemals Sorgen zu machen. Manche haben wichtige Ämter in Regierung und Wirtschaft innegehabt, manchmal sogar mit Unterstützung der CIA. Es ist eine Schande.«

Weinderberg versank in tiefes Schweigen. Auf ein Zeichen des Professors hin zog Hiko ein Foto aus der Tasche und zeigte es ihm.

»Nach seinem Gesicht, seinen Händen und Gelenken zu urteilen, meinen die Ärzte des SIS, dass der Behinderte zwischen zwanzig und dreiundzwanzig Jahre alt war, als das Bild aufgenommen wurde, zwischen 1940 und '45«, erklärte Foster. »Dieser Mann müsste also heute zwischen fünfundsiebzig und dreiundachtzig Jahre alt sein.«

Weinderberg legte den Kopf zur Seite, als sei er zu schwer.

»Er war also während des Krieges noch sehr jung. Aber wissen Sie, am Beispiel der Deutschen kann man sehen, dass jemand, der 1945 keine Rolle mehr spielte, nicht die Chance hatte, in der Hierarchie der Organisationen alter Kämpfer eine wichtige Funktion zu bekommen. In Deutschland hat die Organisation Gehlen ganzen Bataillonen ehrgeiziger Nazis die Mittel verschafft, ein neues Leben anzufangen und sich im Geheimdienstmilieu oder bei der im Ausland tätigen deutschen Wirtschaft einzunisten. In Japan haben die Zaibatsus, der moderne Name für die Zahais, die Unterstützung geliefert, mit der aktiven Hilfe der Ministerien und derer, die von der Armee übrig waren. Die Geheimgesellschaften haben sich aufgelöst, aber ihre Mitglieder haben sich weiterhin getroffen und auch Aktionen durchgeführt. Die Entmilitarisierung durch MacArthur war nur oberflächlich, eine Attrappe. Der Teil Japans, der die Welt erobern wollte, ist völlig ungestraft geblieben. Er hat überwintert. Es gibt ihn also immer noch, zwar in schwächerer Form, aber er existiert. Ihr Mann ist ein schönes konkretes Beispiel dafür.«

Weinderberg nahm seine Katze auf den Arm, die wie eine Maschine zu schnurren begann.

»Ich kann Ihnen versichern, dass ich mithilfe meiner Assistenten schnell seine Spur finden werde. Ein früheres Mitglied der Einheit 713, früherer Verbindungsoffizier zum deutschen Militär in Asien, das gibt es nicht so oft.«

»Wir müssen ihn innerhalb von vierundzwanzig Stunden identifizieren. Das Leben von mindestens zwei Menschen hängt davon ab. Von der Gefahr, die es bedeutet, dass diesem Mann unschätzbar wertvolle wissenschaftliche Entdeckungen in die Hände fallen, ganz abgesehen.«

»Ich fürchte die Herausforderung nicht«, sagte der alte Mann, »aber einfach wird es nicht. Ich werde alle meinen Assistenten mit der Sache beschäftigen.«

»Wir haben sonst nichts zu tun und können hier bleiben, um Ihnen behilflich zu sein«, sagte Foster.

Auf dem engen Bett seiner mittelmäßigen Pension in der Rue de la Gaîté in Montparnasse blickte der Grieche zur Decke, während der junge Stricher, ein Araber mit blauen Augen, den er im Internet bestellt hatte, ihn bediente. Der Grieche drückte auf den Nacken des Jungen, damit er seinen Rhythmus beschleunigte. Den Blick ins Leere gerichtet, ließ er seinen Geist umherschweifen, ließ

Bilder in seinem Inneren vorbeiziehen, die ohne logischen Zusammenhang waren. Minatos letztes Röcheln, die Hände, die krampfhaft den Griff des Marttiini umklammerten, den er Millimeter um Millimeter in ihr Fleisch geschoben hatte. Sein erster Mord, der in ihm größte Lust geweckt hatte, die Vergewaltigung von Peter, seine Verbrechen, die ihm nacheinander durch den Kopf gingen, wie ein langsamer Film und mit größtem Vergnügen – ja, er liebte sie alle! Die Sprüche, die er mit seinen Morden in Verbindung brachte:

»Gewiss werden sie dich beweinen, aber es ist gut, dass sie weinen.«

»Von Erde bist du genommen, zu Erde sollst du wieder werden.«

»Ein Abgrund zieht den anderen nach sich.«

»Schnell wie der Blitz geht das Leben vorbei.«

Der Grieche brauchte einige Sekunden, bis er das Geräusch hörte, das seine Träumerei störte. Sein Telefon. Mit einem Fingerschnippen bedeutete er dem Stricher aufzuhören, warf ihn aus dem Bett und ging ans Telefon.

»Anaki hat in Frankreich ein Bankkonto eröffnet.«

Es war die Stimme von Oberst Toi. Kalt, effizient, unpersönlich.

»Sie machen immer Fehler«, antwortete der Grieche. »Alle, immer, man braucht nur zu warten.«

»Das Konto wurde in Marseille eröffnet. CIC-Bank, die Filiale am alten Hafen. Anaki hat eine Hoteladresse hinterlassen. Der Präfekt hat ein paar Spezialisten hingeschickt, aber sie war schon weg.«

»Damit ist noch nichts verloren. Wir haben endlich etwas in der Hand.«

Der Grieche pfiff durch die Zähne und legte auf. Mit Air France konnte er noch am Nachmittag an Ort und Stelle sein. Wieder schnippte er mit den Fingern zum Zeichen, dass der Stricher fortfahren sollte. Er konnte es nun noch mehr genießen, wo er wusste, dass er dem Ziel nahe war. Zuerst dachte er an Peter, doch dann trat Anakis Gesicht an dessen Stelle. Er versuchte, sich den Gesichtsausdruck vorzustellen, wenn er sie schnappte. Ihr Gesicht würde vor Schreck ganz verzerrt sein und aussehen wie von Goya gemalt. Der Grieche stieß einen wilden Schrei aus, als er den Höhepunkt erreichte und dabei an Anaki dachte. Kein Zweifel, die Schlampe machte ihn an. Ein Grund mehr, sie wiederzufinden.

Monsieur Pierre war groß, trocken und vornehm. Er beschäftigte einen schottischen Majordomus, einen thailändischen Koch und einen französischen Gärtner, um sein luxuriöses Haus zu pflegen, die Villa Montmorency, in der er mit seiner Frau in der Allée des Tilleuls lebte. Er besaß auch ein schönes Heim bei Hyde Park Corner und in der Upper East Side. Monsieur Pierre trug nur Yves-Saint-Laurent-Anzüge, Collection Rive Gauche, weiße Popelinehemden von Lanvin oder Ermengildo Zegna. Und da Monsieur Pierre ein diskreter Mann war, wie es bei der Pariser Intelligenzia Mode ist, fuhr er nicht in einer deutschen Limousine mit Chauffeur, sondern er fuhr selbst, und zwar einen zurückhaltenden Peugeot 607 in dunkler Farbe. Sein Büro lag am Boulevard de La Tour-Maubourd in einer reizenden kleinen Villa, der man nicht ansah, dass sie die Drehscheibe des internationalen Handels mit großen Weinen war. Es gab in der Branche niemanden wie Monsieur Pierre. Wenn man tausend Flaschen des edlen Weines des Comte Antinori suchte, in bestem Zustand selbstverständlich, Monsieur Pierre beschaffte ihn. Oder dreitausend Puligny-Montrachet, fünfzig Jahre alt, oder drei Kisten vom besten Pomerol 1947? Auch das fand er. Monsieur Pierres Dienstleistungen waren teuer, sehr teuer sogar, aber seine Kunden mussten sich auch nicht mit lästigen materiellen Problemen herumschlagen. Sie wollten den besten, erlesensten, exzellent erhaltenen Wein, und der Spezialist, der ihn beschaffte, hieß Monsieur Pierre.

Er beendete gerade sein Frühstück und las dabei den »Figaro«, als seine Assistentin kam und sagte, ein unangemeldeter Kunde wolle ihn sprechen. Sie zeigte ihm die Visitenkarte: Félix de la Fuega. Adresse und Telefonnummer in Buenos Aires. Monsieur Pierre hasste Termine ohne Voranmeldung, doch von der Karte hatte er einen angenehmen Eindruck: Sie war aus dickem weißem Karton, trug ein Monogramm, war mit matter schwarzer Farbe gedruckt und machte nicht übertrieben viel her.

»Wie ist er?«, fragte er mit einer Grimasse.

»Groß, sehr gut angezogen, elegant. Er räumt ein, es sei wenig höflich, ohne Vereinbarung zu kommen, aber er muss morgen nach Buenos Aires zurück.«

»Will er kaufen oder verkaufen?«

»Ich weiß es nicht.«

Monsieur Pierre zögerte eine Sekunde, bevor er eine Entscheidung traf. Dann sagte er:

»Schicken Sie ihn herein.«

Der Argentinier, groß und schlank, hatte eine natürliche vornehme Ausstrahlung, die sein perfekt geschnittener Anzug noch betonte. Sein nach hinten gekämmtes Haar war grau, und seine blaue Krawatte passte zu seinen Manschettenknöpfen aus Weißgold. An seinem Handgelenk prangte eine Chaumet-Uhr. Er hatte eine ernste und vornehme Sprechweise und verstand, seine Umgebung mit Leichtigkeit und Brillanz zu unterhalten. Er hatte den Anflug eines spanischen Akzents. Auch dies beeindruckte Monsieur Pierre, denn wie alle Franzosen wusste er es zu schätzen, dass jemand seine Sprache sprach …

Nach zehn Minuten beschloss er, zur Sache zu kommen.

»Monsieur de la Fuega, was kann ich für Sie tun?«

»Es ist nicht ganz einfach. Ich besitze eine ganz außerordentliche Weinsammlung, die bereits mein Vater angelegt hat. Ich habe sie dann im Lauf der Jahre noch erweitert.« Er lachte vornehm, dann fuhr er fort:

»Ich kann ohne Weiteres behaupten, dass es eine der schönsten Kollektionen Südamerikas ist.«

Monsieur Pierre lachte nun auch. Der Mann war also ein Verkäufer und kein Käufer, vermutete er. Als Käufer muss man sich nicht so um sein Äußeres kümmern.

»Das ist interessant«, sagte er vorsichtig.

»Ich besitze hundertsiebenundzwanzigtausend Flaschen. Fünfundsiebzig Prozent davon sind französische Grand Crus. Der Rest stammt aus den besten Weinen der neuen Welt, Weiße aus Napa Valley oder Stellenbosh und aus Europa, darunter fünfzehntausend italienische und fünftausend spanische Flaschen. Zu meinen französischen Weinen gehören achtundzwanzigtausend Flaschen Châteauneuf-du-Pape, fast alle nummerierte Jahrgangsweine, und eine außergewöhnliche Sammlung von Saint-Emilion-Weinen, davon zweitausendfünfhundert Angélus. Von meinen spanischen Weinen sind fünfhundert einzigartige Flaschen.«

»Welche?«

»Vega Sicilia Unico, darunter dreißig höchst seltene Flaschen von 1901, nummeriert von eins bis dreißig.«

Monsieur Pierre gab ein dumpfes, glucksendes Geräusch von sich.

»Das ist beeindruckend«, sagte er schließlich, »ich wusste nicht, dass eine solche Sammlung existiert.«

»Meine Familie hat immer darauf geachtet, es nicht publik zu machen. Wir stammen aus Deutschland, wir haben noch nie etwas von Werbung gehalten und noch weniger von indiskreten Fragen.«

Deutsche, die in Argentinien lebten. Monsieur Pierre begriff sofort. Er streckte seine Hände vor, als wolle er eine so schreckliche Idee weit von sich weisen.

»Ich pflege zu sagen, dass Politik und Wein nicht gut zusammenpassen.«

Und auch nicht mit dem Geld, das er scheffelte.

»Sie haben sicher von der Krise gehört, die unser Land momentan erschüttert.«

Monsieur Pierres Gesicht wurde so ernst, als höre er von einer schlimmen humanitären Katastrophe.

»Argentinien ist dabei, um zwanzig Jahre zurückzufallen«,

fuhr sein Besucher fort. »Meine Familie hat den größten Teil ihres Vermögens in der Automobilbranche gemacht. Damit Sie eine Größenvorstellung bekommen: Letztes Jahr haben wir über vierundsechzigtausend Wagen verkauft. Dieses Jahr sind es nur fünftausendsechzig. Fünftausendsechzig! Monsieur Pierre, ich will nicht länger um den heißen Brei herumreden. Wir verkaufen unter Einhaltung größter Diskretion einen Teil unseres nicht strategischen Besitzes. Dazu gehört diese Weinkollektion. Eine einzigartige Sammlung, wie ich schon sagte.«

»Interessant«, sagte Monsieur Pierre wieder. »Sehr interessant.«

»Damit Sie mich richtig verstehen, ich möchte schnell verkaufen, aber nicht zu Flohmarktpreisen. Ich wünsche mir also, dass zu einem günstigen Preis an einen Kenner verkauft wird, der den Wert zu schätzen weiß.«

»Die meisten meiner Kunden wissen einen so fantastischen Keller wie den Ihren zu schätzen, Monsieur de la Fuega. Allein für den Unico kann ich Ihnen zwanzig Käufer nennen, die bereit wären, einen hohen Preis zu zahlen. Das Problem ist die Größe Ihrer Sammlung. Ebenso die Kontrolle der Flaschen, die Sie verkaufen, wenn man an die Menge denkt.«

Der Argentinier schob dieses Argument mit einer Handbewegung beiseite.

»Über den Preis werden wir uns schon einigen, daran zweifele ich nicht. Was die Überprüfung der Flaschen betrifft, so habe ich tausend Flaschen nach Frankreich kommen lassen, darunter hundert meiner kostbarsten. Sie sind heute in Le Bourget per Flugzeug eingetroffen, das ist aber nur der erste Teil. Meine Sammlung soll in zwei Teilen verkauft werden. Ich schlage Folgendes vor: Tausend höchst seltene Flaschen sofort, der Rest wird per Schiff geliefert, falls wir uns einigen. Ein kleiner Teil der Summe, sagen wir zwei Prozent, wird bei Ankunft der ersten Sendung fällig, der Rest bei Ankunft der zweiten, in einem Monat mit einer Kaufverpflichtung, wenn die Qualität Ihren Erwartungen entspricht.«

Monsieur Pierre begriff sofort, worum es ging. Der Argentinier wollte bei einer Bank seine Kreditwürdigkeit unter Beweis stellen, wodurch er schnell über eine große Menge Geld würde verfügen können. Er war offenbar abgebrannt.

»Sie sprechen von tausend höchst seltenen Flaschen als erster Ladung. Kann ich etwas mehr darüber wissen?«

Trotz seiner Erfahrung war es Monsieur Pierre nicht gelungen, das Zittern in seiner Stimme zu verbergen.

»Diese Partie enthält hundert Flaschen Château-Talbot, von 1923–1939 und 1947, fünfhundert Mouton-Rothschild – vierhundert von 1945, Flaschen, die auf der Welt einzigartig sind, mit Originaletikett, auf dem das V von ›Victory‹ gedruckt ist –, dreihundertsiebzig Flaschen Château-d'Yquem der Jahrgänge 1910, 1918, 1935, 1954 und 1962, dazu die dreißig Unico. Alle in perfektem Zustand.«

Während Monsieur Pierre diese Aufzählung hörte, schien er plötzlich von göttlicher Gnade erfüllt. Seine Augen leuchteten.

»Wenn ich es mir erlauben darf, zu fragen: Wie können Sie im Besitz der ersten dreißig Unico 1901 sein? Ich dachte, es gäbe nur im Palais de la Moncloa noch welche.«

»Sie gehören Ihnen, wenn Sie es wünschen. Ich habe übrigens noch eine Überraschung.«

Der Argentinier öffnete seinen Aktenkoffer und entnahm ihm eine Flasche, die in Noppenfolie eingewickelt war. Er wickelte sie aus und hielt sie Monsieur Pierre mit einer feinen Geste hin.

»Vega Sicilia 1901, Flasche Nummer 29. Ich dachte, Sie würden sie gern probieren. Nehmen Sie sie als Vorschuss.«

Er zog einen Korkenzieher aus der Innentasche seiner Jacke und öffnete die Flasche. Monsieur Pierre hatte zwei Weingläser auf den Tisch gestellt. Sie tranken beide einen Schluck, nachdem sie an dem alten Wein geschnuppert hatten.

»Großartig, fantastisch, ganz außerordentlich!«

Monsieur Pierre hielt sein Glas vorsichtig, voll Respekt und fast liebevoll in der Hand.

»Er ist höchst edel. Ich habe noch nie einen so alten Vega Sicilia in so hervorragendem Zustand gesehen.«

Er hatte bereits große Verkaufsangebote erhalten, noch nie jedoch eines von diesem Umfang: Hundertsiebenundzwanzigtausend Flaschen waren zweimal so viel wie der Keller eines Drei-Sterne-Restaurants im Michelin, das hier war wirklich ein außergewöhnliches Ereignis. Er hatte dreißig Kunden, die wohlhabend genug waren, um ein derart kühnes Angebot anzunehmen.

»Ich kann vielleicht Interessenten für Ihr Angebot finden«, sagte er vorsichtig.

Er wollte sich nicht allzu interessiert zeigen, das erhöhte nur die Preise.

»Gut, aber es gibt zwei Bedingungen für diesen Verkauf, die unbedingt eingehalten werden müssen.«

Bei dem Wort »Bedingungen« verzog Monsieur Pierre schmerzlich das Gesicht. Da war es. In geschäftlichen Dingen ist es wie in Liebesangelegenheiten: Das Unangenehme kommt immer zum Schluss.

»Zum einen muss es schnell gehen. Der Abschluss muss innerhalb von vierundzwanzig Stunden getätigt werden.«

»Vierundzwanzig Stunden? Das ist ja wahnsinnig kurz!«

»Es muss so sein.«

»Das ist zwar schwierig, aber möglich«, antwortete Monsieur Pierre, nachdem er eine Weile nachgedacht hatte. »Für die ersten tausend Flaschen, die in Paris sind, bekommen Sie meine Zusage, wenn ich mir die Flaschen angesehen habe. Ich mache pro fünfhundert eine Stichprobe.«

»In Ordnung. Sie geben mir eine verbindliche schriftliche Kaufverpflichtung, vorausgesetzt, dieser Wein sagt Ihnen zu.«

»Und die zweite Bedingung?«

»Meine Familie wünscht, dass diese Operation in absoluter Vertraulichkeit abgewickelt wird.«

»Es sind noch nie irgendwelche Informationen aus diesem Büro herausgelangt.«

»Ihnen vertraue ich natürlich vollkommen, aber wie kann ich sicher gehen, dass dies auch für Ihren Kunden gilt? Wir wissen beide, dass diese Sammlung einzigartig auf der Welt ist und äußerst seltene Stücke enthält. Wer garantiert mir, dass Ihr Kunde nicht auf irgendwelchen Jetset-Einladungen damit prahlt oder, schlimmer noch, in der Presse? Dass er nicht Informationen weitergibt, mit denen man auf meine Familie kommen könnte?«

»Ich werde Ihre Identität geheim halten. Das mache ich im Übrigen immer.«

»Dieser Verkauf ist allerdings etwas so Besonderes, dass der Käufer sicher fragen wird, wo die Flaschen herkommen. Sie sagen dann, dass ich Argentinier bin. Aber in diesem Fall braucht er meinen Namen noch nicht einmal zu kennen, um mich ausfindig zu machen. Immerhin bin ich in Argentinien der einzige Weinkellerbesitzer, dem so viel gehört, auch wenn davon noch nie etwas in der Presse stand.«

Monsieur Pierre saß in seinem Sessel und sagte nichts. Er musste seinem Gesprächspartner Recht geben.

»Was verlangen Sie also?«

»Ich möchte als Käufer jemanden, der nie ein Interview gegeben hat, keinen Kontakt zu den Medien sucht und auch sonst völlige Diskretion wünscht. Aus all diesen Gründen möchte ich keinen amerikanischen Käufer, weder aus Süd- noch aus Nordamerika. Auch keinen Europäer, besonders keinen Franzosen. Auch niemanden aus China, Singapur oder Taiwan, denn wir haben mit diesen Ländern zu enge wirtschaftliche Beziehungen.«

»Sie machen mir die Aufgabe nicht leicht«, antwortete Monsieur Pierre trocken. »Es sei denn, ich fände einen Milliardär in Somalia, Papua-Neuguinea oder am Nordpol.«

»Ich muss auf dieser Bedingung bestehen. Wenn sich das Gerücht verbreitet, dass wir den Familienschmuck verkaufen, dann bricht das gesamte Gebäude, das wir in Jahrzehnten aufgebaut haben, in sich zusammen wie ein Kartenhaus.«

Monsieur Pierre hatte sieben Kunden, die den Kriterien entsprachen. Einen Südafrikaner, einen Ägypter koptischer Herkunft, einen Milliardär in Malaysia, einen Marokkaner, einen Tunesier und einen Russen. Einen Namen hatte er jedoch im Kopf, seit er das magische Wort »Unico 1901« gehört hatte: Ito, ein Japaner. Sein geheimnisvollster Kunde, aber vielleicht auch der reichste, ein Mann von perfekter Höflichkeit, der hervorragende Weinkenntnisse besaß. Hundertsiebenundzwanzigtausend Flaschen auf einmal zu kaufen entsprach ganz seiner Art.

In diesem Moment sagte der Argentinier:

»Versuchen Sie einen echten Liebhaber zu finden, einen Mann, der sich auskennt, und nicht einen Milliardär, der ein großes Geschäft machen will. Lieber einen kultivierten Asiaten als einen neureichen Russen, der gerade aus der Tundra kommt. Ich möchte nicht, dass ein Kulturbanause Eiswürfel in meinen Unico wirft.«

»Was würden Sie von einem Japaner halten?«, fragte Monsieur Pierre vorsichtig.

Nachdem er Monsieur Pierres Büro verlassen hatte, ging der Argentinier zu einem Taxi, das mit laufendem Zähler an der Ecke des Boulevards La Tour-Maubourg auf ihn wartete.

»Elf Uhr, du bist genau wie verabredet wiedergekommen. Wie ist es gelaufen?«, fragte der Chauffeur und blickte in den Rückspiegel.

»Er hat angebissen und gleich noch die Angelschnur und die ganze Angel mit verschluckt.«

»Gut. Der Chef wird sich freuen. Gute Arbeit!«

Erst gegen elf Uhr morgens gestatteten sich Weinderberg und Foster ihre erste Pause. Weinderberg schloss die Akte, die auf seinem Schreibtisch lag, und presste Zitronen für Saft aus. Fünf Minuten lang dachten sie nicht an die Sache, dann arbeiteten sie weiter. Das Schwarzweißfoto des jungen Offiziers mit dem Deutschen und

Doktor Ishii, das Foster an einem Lampenfuß festgeklebt hatte, war wie eine stumme Herausforderung.

»Sein Blick ist anders.«

Weinderberg wandte sich Foster zu.

»Wie bitte?«

»Er ist nicht kalt und leer wie der der meisten Kriegsverbrecher. Im Gegenteil, er ist bewegt, tiefsinnig. Es ist ein geradezu romantischer Blick.«

»Das stimmt.«

Diese Entdeckung regte Weinderberg dermaßen auf, dass ihm die Decke von den Knien fiel. Als er sie wieder ausbreitete, kam Hiko ins Zimmer. Sie war aufgeregt.

»Einer Ihrer Assistenten hat einen Gestapo-Bericht vom 18. Mai 1942 gefunden.« Sie hielt Weinderberg ein Dokument hin. »Ein Hauptmann Beker spielt auf die Ankunft eines jungen japanischen Offiziers in Berlin an, der General Shonikara nahe steht, er soll eine Ausbildung bei den Einsatzgruppen machen.«

»Wird ein Name erwähnt?«

»Nein, leider nicht.«

»Das ist seltsam. Für wen war der Bericht denn bestimmt?«

Einer von Weinderbergs Assitenten trat hinzu.

»SS-Oberstandartenführer Müller, verantwortlich für Gegenspionage für die Abteilung D der Einsatzgruppen«, sagte er.

»Gut, gut, wir kommen weiter. Professor, können Sie mir die Akte geben, die über Ihrem Kopf steht? Darin sind die Biografien der zweihundert wichtigsten japanischen Kriegsverbrecher.«

Sie suchten eine Weile in dem Ordner, bis Foster bei General Shonikara hängen blieb.

»Sehen wir uns das mal genauer an«, sagte der alte Deutsche.

»Shonikara war ein hervorragender Offizier und Chef der Kempetei, der japanischen Gestapo. Er hatte sich bei der Vernichtung von Widerstandskämpfern in China und Korea einen Namen gemacht. Shonikara hatte die Organisation der Einsatzgruppen kopiert, jener SS-Einheiten, die in Osteuropa bestimmte Bevölkerungsgruppen ermordeten. Vorher jedoch hatte er veranlasst, dass ein paar junge japanische Offiziere, die dem Kaiser tief ergeben waren, nach Europa geschickt wurden, um dort Nazi-Methoden zu erlernen. Die meisten dieser Leute waren in der Gruppe D aktiv, die in Rumänien und im Kaukasus von Kischinew bis Rostow gewütet hatten.

Die Einsatzgruppen waren kleine Einheiten, doch sie haben mehr als eine Million Menschen umgebracht«, sagte Weinderberg, als lese er in Fosters Gedanken. »Ihre Organisation wurde zum Vorbild. Zu jeder der vier Gruppen gehörten zwanzig Offiziere der Armee, der Waffen-SS, der Gestapo des SD und der Kripo sowie Leute der örtlichen Miliz. Die Japaner haben ihre Organisationen nach diesem Muster gebildet, und sie standen ihnen in Grausamkeit in nichts nach.«

»General Shonikara hat dort seine Mörder ausbilden lassen«, sagte Foster.

Weinderberg fuhr fort:

»Shonikara spielte in der politischen und militärischen Szene Japans eine Sonderrolle. Er war gebildet, ein brillanter Redner, ein hervorragender Kenner der westlichen Welt und verließ 1927 seinen Posten in der Leitung eines Bankenkonsortiums, um in die Armee einzutreten. Er war ein grausamer Mensch, ein Henker, der systematisch vorging. Im Dezember 1945 schrieben Geheimagenten von General MacArthur: ›Es handelt sich um eine Persönlichkeit, wie sie Robert Louis Stevenson in *Dr. Jekyll and Mr. Hyde* beschreibt. Es wäre interessant, sich mit dieser Doppelnatur zu beschäftigen, aber das Gericht muss sich an den Shonikara halten, der nach eigenem Geständnis hundertzehntausend Menschen ermordet hat, darunter siebzig chinesische Zivilisten.‹ General Shonikara war einer der acht Hauptschuldigen, die die Amerikaner 1948 erhängten, und das haben sie auch verdient«, sagte Weinderberg, blätterte um und las auf der Rückseite die Hinweise zur Person Shonikaras.

»Seine Frau und die beiden Töchter waren beim Bombenangriff

auf Tokio am 23. April 1945 von einer Brandbombe getötet worden.«

»Von einem Sohn keine Spur«, sagte Foster. »Vielleicht gab es einen entfernteren Verwandten, einen Neffen vielleicht oder sogar einen geistigen Sohn? Es muss doch ein Foto oder einen Bericht über den Behinderten geben.«

Weinderberg nickte. Er wandte sich an einen seiner Assistenten. »Wir konzentrieren uns jetzt auf Bilder. Seht alle Kisten über japanische Kriegsgefangenenlager in Südostasien durch, fangt bei Birma an.«

»Aber das sind über hunderttausend Fotos!«, stöhnte der junge Mann. »Das schaffen wir nie rechtzeitig.«

»Würdest du es schaffen, wenn dein Leben auf dem Spiel stünde?«, fragte Weinderberg trocken.

Beschämt eilte der Assistent aus dem Raum.

Der Behinderte saß im Schatten einer Pinie auf der Terrasse seines Anwesens in der Provence und las gerade die Tageskorrespondenz zu Ende. Den Leuten seiner Organisation in Amerika war es gelungen, ein Dossier zu erstellen, das einen Journalisten in Verruf brachte, dessen antijapanische Artikel ein öffentliches Echo gefunden hatten. Bei Cisco lief eine Wirtschaftsspionageaktion zu Gunsten von Osaka, das bisher nicht dieselben Technologien entwickeln konnte. Die japanische Firma würde nie erfahren, woher die geheimen Informationen kamen, die ihnen überraschend ins Haus flatterten. Die Shaga bekannte sich nie zu ihren Diensten, sondern lieferte ihre Informationen anonym, in der Hoffnung, dass die Empfänger den richtigen Gebrauch davon machten. Und das war im Allgemeinen der Fall.

Ein leichtes Lächeln zeigte sich im Gesicht des Behinderten, als er den Bericht über das Verfahren las, das wegen der Ermordung eines Washingtoner Lobbyisten durch den Griechen nach drei Jahren ergebnisloser Nachforschungen eingestellt worden war. Er schluckte eine Aspirintablette mit etwas Wasser und bewegte sich dann auf das Esszimmer zu. Matsuo, seine treue Haushälterin, die aus Tokio mitgekommen war, stand gegen die Wand gelehnt und erwartete seine Anweisungen. Er nickte ihr zu und fuhr mit dem Rollstuhl bis an den großen Tisch. Sogleich stellte sie ihm eine Tasse Tee hin und trat zurück, bevor sie ihm feierlich eine Silberschale mit Enten-yakitori, zwei Scheiben Graubrot und zwei Räucherwürste mit Preiselbeerkonfitüre hinstellte, eine Spezialität, die er besonders mochte. Er hatte die Würste auf einer Deutschlandreise kennen gelernt und seither nicht mehr darauf verzichten können. Es war immer dasselbe Ritual: Der Behinderte aß seit fünfzig Jahren die gleichen Dinge. Während er die Wurst aß, las er im ›Wall Street Journal‹. Dann nahm er ein paar Scheiben rohen Fisch und eine große Portion *natto*.[8]

»Sie wirken besorgt in den letzten Tagen«, sagte die Frau laut, ohne ihn anzusehen.

»Ach, Matsuo, du liest in mir wie in einem Buch.« Der Behinderte seufzte: »Ich gehe ein in diesem Rollstuhl.«

»Sie haben die Kraft und den Willen, Berge zu versetzen. Ich vergesse nie, dass ich Sie schon kannte, als Sie noch ein junger Offizier waren, der hundert Meter lief. Bevor diese verfluchte amerikanische Bombe Ihnen die Beine geraubt hat. Sie waren immer zu großen Dingen ausersehen, und dieser schreckliche Rollstuhl wird nichts daran ändern.«

Sie reichte ihm eine neue Tasse mit heller Flüssigkeit.

»Sie werden sich rächen. Die Zeit ist auf Ihrer Seite. Trinken Sie diesen Tee, er wird Ihnen gut tun. Dieser seltene Gyokuro stammt aus der Gegend von Kochi, ich habe ihn extra für Sie bestellt.«

Er trank das Gebräu in einem Zug, den Blick ins Leere gerichtet. In diesem Moment trat Toi ins Zimmer.

»Kommen Sie, wir unterhalten uns besser draußen«, sagte der Behinderte.

Sie begaben sich auf die schattige Terrasse. Der Blick von dem

---

[8] Teigwaren aus Soja und Fisch, in Tokio sehr beliebt.

Hügel hier oben war atemberaubend. Im blassen Schein der Sonne lag ein geheimnisvolles Leuchten über den umliegenden, von Zypressen bestandenen Bergen ringsum. Der Behinderte spürte, wie ihm die Tränen kamen. Wie schön das war! Würde es jemanden geben, der eines Tages seine Suche begreifen würde? Dem klar sein würde, dass er nicht von dem Streben nach Gewalt, sondern von der brennenden Notwendigkeit getrieben war, eine Zivilisation zu verteidigen, für die Schönheit einer der höchsten Werte war? Die Schönheit hatte einen höheren Rang als der Materialismus der Angelsachsen, die er hasste.

Ich bin weder ein Mörder noch ein Terrorist, ich bin Ästhet. Eines Tages wird die Geschichte dies anerkennen.

»Ich höre, Oberst«, sagte er, als er sich beruhigt hatte.

»Der Grieche ist soeben in Marseille eingetroffen.«

»Na endlich, dann haben wir es ja fast geschafft. Nur noch wenige Stunden bis zum Sieg.«

Monsieur Pierre telefonierte gerade mit einem wichtigen Kunden, als er das Piepen hörte. Er entschuldigte sich ehrerbietig und stürzte auf die Tasche zu, aus der er ein großes Gerät zog. Ein codiertes Satellitentelefon, das ihm der Behinderte vor drei Jahren für ihre Gespräche geliefert hatte.

»Sie haben mir eine Nachricht hinterlassen«, sagte dieser.

Der Japaner schien nervös, was eigentlich nicht seine Art war.

»Ich habe ein recht originelles Angebot, das Sie interessieren könnte«, begann Monsieur Pierre.

Dann gab er ausführlich das Gespräch mit dem Argentinier wieder.

»Wer ist der Verkäufer?«, fragte der Behinderte plötzlich.

»Ich darf seinen Namen nicht nennen, ich kann Ihnen nur sagen, dass es sich um eine Person aus einer hoch angesehenen, bekannten Familie handelt.«

»Aus welchem Land?«

»Argentinien.«

Eine Weile herrschte Schweigen am Telefon. Der Behinderte erwog Vor- und Nachteile. Er stellte das Telefon auf den Tisch und fuhr mit dem Rollstuhl ans Fenster, ohne sich Gedanken darüber zu machen, dass Monsieur Pierre auf ihn warten musste. Dieser aber hatte Geduld. Der Händler schätzte den Wert der argentinischen Lieferung auf mindestens fünf Millionen Euro, vielleicht sogar fünfeinhalb. Die übliche Kommission betrug zehn Prozent. Fünfhunderttausend Euro für ein paar Stunden Arbeit, es lohnte sich, demütig zu warten, bis sein Kunde sich entschied.

»Ich kaufe ungern auf ein so kurzfristiges Angebot hin. Wie wollen Sie vorgehen?«

»Ich kontrolliere die ersten Flaschen, bezahle die erste Rate von fünfhunderttausend Dollar und unterschreibe eine Zahlungsverpflichtung für die zweite Rate nach Überprüfung der Ladung.«

»Ich bin mit diesem Procedere einverstanden«, sagte der Behinderte.

»Die dreißig Vega Sicilia sind per Flugzeug vor weniger als einer halben Stunde nach Le Bourget gebracht worden. Die tausend weiteren Flaschen der ersten Lieferung kommen in einer knappen Woche.«

»Einverstanden, ich kaufe es. Der Preis darf nicht mehr als zwei Millionen zweihunderttausend Euro für beide Lieferungen betragen. Die Zahlung wird mit dem üblichen Konto in Luxemburg abgewickelt. Sie brauchen mich danach nicht mehr anzurufen.«

»Soll ich die tausend ersten Flaschen in meinem Keller aufbewahren, bevor ich Sie zu Ihnen schicke?«

Das Flugzeug des Behinderten stand startbereit in Marignane, aber seine Maschine in Florenz konnte die Flaschen in Paris abholen und sie in weniger als sechs Stunden nach Südfrankreich bringen.

»Lassen Sie die Unico-Flaschen in Le Bourget ausladen«, sagte er. »Mein Flugzeug holt sie heute Abend ab. Ich erwarte morgen eine sehr erfreuliche Nachricht. Die will ich würdig feiern.«

Unico 1901, der Wein, von dem er seit zwanzig Jahren träumte. Gab es etwas Besseres, um seinen Sieg zu feiern?

Einer von Weinderbergs Assistenten hatte ein Dokument des japanischen Generalstabs über einen Leutnant der Kempetei gefunden, der an der Grenze zwischen Birma und Thailand stationiert war. Sein Name wurde nicht erwähnt, doch der junge japanische Offizier hatte mit Doktor Ishii, der in Siam wütete, zusammengearbeitet, war in Europa in einer der Einsatzgruppen ausgebildet worden und hatte den Auftrag, die dort erworbenen Fähigkeiten anzuwenden.

Foster konnte sich nicht erinnern, je so schreckliche Berichte gelesen zu haben. Der »junge japanische Offizier« war dermaßen hemmungslos, dass der japanische Botschafter in Birma, besorgt über mögliche Folgen dieser Aktionen, eine Protestnote an den Generalstab in Tokio sandte, damit der Mann nach Hause geschickt würde. Dieser Offizier schreckte vor nichts zurück. Weniger als vier Monate nach seiner Ankunft hatte er den Ruf eines Psychopathen, und man hatte ihm den Spitznamen »Dogge von Siam« verliehen. Unter diesem Namen tauchte er auch systematisch in dem Bericht auf. Seine Grausamkeit hatte die Bevölkerung vor Ort so beeindruckt, dass Eltern zu ungehorsamen Kindern sagten, dass die »Dogge von Siam« kommen und sie fressen würde. Foster gab den Bericht wortlos an Weinderberg weiter.

»Die Dogge von Siam«, sagte dieser nach einigen Augenblicken, »das kommt mir bekannt vor …«

Sie gingen zu Hiko, Shelby und dem Dutzend junger Leute, die die Kästen mit den Fotos durchsahen.

»Noch nichts gefunden?«, fragte Foster.

Hiko antwortete ihm mit einem Ausdruck des Bedauerns. Ohne zu zögern, nahmen sich auch Foster und Weinderberg einen dicken Stapel Fotos und machten sich an die Arbeit.

Es war zwei Uhr nachmittags und Zeit, zu gehen. Anaki bezahlte und ging eilig zu ihrem Wagen, der gleich nebenan geparkt war. Um diese Jahreszeit konnte man die Sonne genießen. Sie entriegelte die Tür und schlüpfte in den Wagen. Der Mistral blies in heftigen Stößen, aber sie beachtete ihn nicht weiter und konzentrierte sich darauf, den Führer über Südfrankreich zu finden, der neben den Beifahrersitz gefallen war. Plötzlich kam ein Windstoß, der heftiger war als die vorherigen. Ihre Tür flog auf. Sie hörte eine Bremse kreischen, dann fuhr ein Auto in voller Fahrt gegen die Tür. Anaki schrie laut auf. Es dauerte ein paar Sekunden, bis sie wieder ihre Sinne beisammenhatte. Der Aufprall hatte einen höllischen Lärm gemacht. Sie hatte das Gefühl, dass er immer noch in ihrem Kopf widerhallte. Der kleine Golf, der die Tür eingefahren hatte, stand mit laufendem Motor auf der Mitte der Straße. Ein junger Mann lief auf sie zu, er war bestürzt.

»Alles in Ordnung? Sind Sie nicht verletzt?«

»*It's okay. Everything is alright.*«

»Aha, Sie sprechen kein Französisch«, antwortete er auf Englisch. »Ist aber nicht schlimm, ich habe ein Jahr in den USA studiert. Sie sind ja ganz blass! Soll ich nicht doch einen Krankenwagen rufen?«

»Nein, bestimmt nicht, mir ist nichts passiert.«

In ihrer Situation konnte ein Krankenwagen nur Unannehmlichkeiten bedeuten.

»Wir müssen den Schaden feststellen. Das muss sein. Es tut mir sehr Leid, aber in Frankreich ist derjenige für solche Unfälle verantwortlich, der die Wagentür geöffnet hat, ohne hinauszusehen.«

Sie kam langsam wieder zu sich und nickte.

»In Japan ist es auch so.«

Immer mehr Leute versammelten sich um sie. Sehr bald würde die Polizei kommen, um zu sehen, was los war, und das wollte sie um jeden Preis verhindern. Sie wollte auch nicht vor all diesen Leuten hier auf der Straße warten.

»Das war ein Mietwagen, ich tausche ihn um. Parken Sie ein

bisschen weiter vorne«, befahl sie in einem Ton, der keinen Widerspruch erlaubte. »Wir gehen in mein Hotel, da können wir ungestört reden.«

Eine Stunde später unterhielten sie sich wie zwei alte Freunde. Der junge Mann hieß Grégory. Er besuchte in Salon-de-Provence eine Pilotenschule der Armee und lebte mit seiner Freundin und vier Kameraden in einer großen Wohnung im Stadtzentrum.

»Wenn du willst, komm bei uns vorbei«, schlug Grégory vor. »Salon-de-Provence ist eine sehr angenehme Stadt. Man kann schöne Ausflüge in die Umgebung machen. Meine Freundin schwärmt für Japan. Sie würde sich sehr freuen, ein bisschen Zeit mit dir zu verbringen.«

»Oh ja, sehr gern«, antwortete Anaki vorsichtig. Der Vorschlag hatte sie überrascht.

In Japan nahmen Mädchen keine Einladung von Männern an, die sie nicht kannten, aber in Frankreich? Sie hatte nur noch vierhundert Euro Bargeld, damit konnte sie noch ein paar Tage durchhalten, aber sie wusste nicht, wann George Gelegenheit hätte, ihr Geld zu schicken. So kam ihr diese Einladung sehr zupass.

»Gut, dann komm«, sagte Grégory.

Anaki wurde plötzlich traurig. Es war ihr peinlich, sich wie ein Mädchen zu benehmen, und mit einem Jungen von dreiundzwanzig … Immerhin war sie vierundsiebzig! Dann aber dachte sie nach. Außer dem Geld ging es auch um ihre Sicherheit. Wenn sie bei Franzosen wäre, wäre es viel schwieriger, sie zu finden.

»Gut«, hörte sie sich sagen. »Ich tausche erst mal das Auto um. Sobald ich ein neues habe, fahre ich los. Wie weit ist es bis Salon?«

»Weniger als eine halbe Stunde.«

Der junge Mann gab ihr ein Stück Papier in die Hand.

»Hier ist meine Adresse, Festnetz- und Handynummer. Es ist oft besetzt, aber probier es einfach immer wieder. Meine Freundin heißt Céline. Bis nachher, Wana.«

Er küsste sie auf französische Art auf beide Wangen. Sie errötete.

Sie nahm den Durchschlag des Unfallberichts zur Hand. Er war schwer zu lesen. Es kostete sie Überwindung, den Hotelgeschäftsführer um Hilfe zu bitten. Die perverse Art, in der er sie mit seinen kleinen Augen ansah, missfiel ihr. Aber sie hatte keine Wahl.

»Könnten Sie mir bitte eine Kopie machen, so dunkel wie möglich?«, fragte sie.

Er sah ihr tief in den Ausschnitt, und sie trat etwas zurück. Dieser Kerl widerte sie an.

»Aber natürlich, meine kleine Dame«, sagte er mit schmieriger Stimme.

Eine knappe Viertelstunde später kam sie wieder in die Halle, die Festplatte am Gürtel, die Tasche in der Hand. Sie zahlte die Rechnung, ohne auf das Geschwätz des Geschäftsführers zu achten, der mit einer Putzfrau diskutierte. Erleichtert verließ sie diesen Ort.

Sie hatte gerade ihren zweiten schweren Fehler gemacht.

Ununterbrochen zogen die Fotos vor Fosters Augen vorbei und erzählten schreckliche Geschichten. Lange Reihen von Kindern, Frauen und Zivilisten in Lumpen, von bösartigen Soldaten getrieben. Widerstandskämpfer, die mitten im Dschungel ihr eigenes Grab schaufeln mussten, von bewaffneten Milizen bewacht. Männer auf den Knien, auf deren Rücken japanische Offiziere leidenschaftslos eine Waffe richteten. Dieselben Offiziere, die mit einem Lächeln vor Haufen von Leichen posierten wie Fischer vor ihrem Tagesfang. Jedes Mal, wenn Offiziere auf einem Foto zu sehen waren, hielt Foster inne, sah sich genau die Gesichter an und überprüfte mit einer Lupe, ob ihr Mann nicht darunter war. Die Offiziere der Kempetei waren eher alt und gut im Futter, also dick. Da war keine Ähnlichkeit mit den traditionellen schlanken und bartlosen Offizieren der kaiserlichen Armee. Er zwang sich, alle Fotos nacheinander durchzusehen. Auf einem wartete eine Gruppe von Zivilisten vor einem Grab unter freiem Himmel. In der Ferne sah man einen Bambuswald. Ein Milizionär war nicht zu sehen, aber ein paar Zivilisten standen dort, resigniert. Hatten sie sogar die Hoffnung aufgegeben, zu fliehen? Foster fand dieses Foto noch beeindruckender als die vorherigen. Er konnte seinen Ekel nur mit Mühe unterdrücken.

»Seit fünfzig Jahren ist das mein tägliches Brot«, sagte Weinderberg. »Seit dem Krieg lassen mich diese Schweine damit leben. In einem üblen Gefängnis voller Leichen.«

Foster zog ein neues Foto aus dem Stapel, das den jungen Offizier, Ishii und sogar den Nazi in Galauniform zeigte. Sein Herz begann schneller zu schlagen.

»Ich hab was«, sagte er, laut genug, dass ihn jeder hören konnte.

Weinderberg, Hiko, Shelby und die Assistenten stürzten auf ihn zu. Auf der Rückseite des Fotos hatte jemand in einer mit den Jahren verblassten schwarzen Schrift geschrieben:

Doktor Ishii mit einem deutschen Instrukteur, irgendwo in Birma, nahe der thailändischen Grenze. Dann folgte der Satz: *Sie sind in Begleitung eines Schützlings von General Shonikara, dem Leutnant Izu Katana, genannt »Dogge von Siam«.*

Sie hatten ihn gefunden! Hiko und mehrere Assistenten applaudierten nervös. Foster nickte, auch ihm ging es nahe. Langsam, fast feierlich wählte er Scotts Nummer. Der Agent antwortete sofort.

»Wir haben einen Namen. Izu Katana.«

»Bleiben Sie dran, ich gebe ihn gleich weiter.«

Alle beteten, dass der Japaner sein Land nicht mit einem falschen Pass verlassen hatte. Dann hörten sie wieder Scotts Stimme, die vor Erregung zitterte.

»Wir haben einen Privatflug entdeckt, registriert auf den Namen Izu Katana. Er hat Tokio am 22. Februar verlassen.«

Foster hob den Daumen und strahlte. Alle waren ganz ausgelassen vor Freude.

»Es war ein Flug nach Neapel«, sagte Scott weiter. »Eine Falcon 9000 Transocéanic. Sie gehört einer Gesellschaft, die in Panama angesiedelt ist. Die Aktionäre sind unbekannt. Das Flugzeug ist fünf Stunden in Neapel geblieben, dann ist es nach Frankreich weitergeflogen und auf dem Flughafen Marseille-Marignane gelandet. Dort steht es immer noch. Sie haben ihn Francis, Sie haben ihn!«

Foster legte auf, seine Gedanken rasten.

Frankreich. Sie sind alle in Frankreich. Wir können es noch schaffen.

»Hôtel des Gardénias« verkündete ein Leuchtschild, das in der Nacht blinkte. Der Grieche sah auf die Uhr. Zwanzig Uhr dreißig. Vor ein paar Augenblicken hatte ihn der Präfekt angerufen, um ihm einen Tipp zu geben. Offenbar hatte eine Japanerin dort geschlafen. Er fragte ihn auch, ob er seine Männer dorthin begleiten wolle. Der Grieche sagte, er ginge selbst hin – und zwar allein. Er holte tief Luft und blickte immer noch auf das Schild. Dann ging er auf die Eingangstür zu. Er kannte die Natur des Menschen, hatte also einen Stapel Fünfzig-Euro-Scheine bei sich – keine größeren Scheine, um keinen Verdacht zu erregen. Damit würden sich die Zungen lösen. Schwierige Fälle waren das nicht, er hatte auch seinen Marttiini-Dolch dabei. Diskussion, Geld oder Folter. Seit er seine Arbeit machte, hatte der Grieche nur diese drei Methoden angewandt, um die Informationen, die er brauchte, zu bekommen. Die Reihenfolge änderte sich je nach Laune und Situation.

Er schob die Glastür auf. Draußen im weißen Mondlicht wirkten das Dach aus ockerfarbenen Ziegeln, der hellrosa Verputz und die grün gestrichenen Fenster und Läden einladend. Innen sah es allerdings alt und verstaubt aus. Am Boden lag altes, graues Linoleum, die Empfangstheke aus hellem Holz war rissig, die Wände schmutzig. Hinter dem Mann am Tresen hingen Kästen mit dicken Schlüsseln. Es war ein älterer Mann aus Marseille, stark gebräunt und voller Falten, der Mund war für sein Gesicht zu groß, er wirkte verbittert. *Perfekt*, dachte der Grieche, *ein künftiger Verbündeter*. Er wusste aus Erfahrung, dass käufliche Leute paradoxerweise immer am billigsten waren. Als der Mann in lässiger Haltung aus seinem Büro kam, legte er zwei Fünfzig-Euro-Scheine auf die Theke. Eine gierige Hand ließ sie sofort verschwinden. Der Mann lächelte schamlos.

»Was wünscht der Herr?«

Der Grieche zog Anakis Foto aus der Tasche und ließ nichts von seiner Abneigung merken. Der Mann erinnerte ihn vage an ein altes faltiges Chamäleon.

»Ich suche dieses Mädchen. Man hat mir gesagt, sie hat hier gewohnt.«

Der Man drehte das Foto zwischen den Fingern hin und her und ließ es nicht los.

»Ja, die alleinstehende Japse. Man kann sagen, sie ist ganz schön ruhig, Ihre Freundin, sie hat den ganzen Tag auf ihrem Zimmer gearbeitet, dann geschlafen, amüsiert hat sie sich kein bisschen. Vorhin wollte sie die Rechnung. Warum suchen Sie nach ihr, ist sie mit der Kasse durchgebrannt?«

»Ja, so ungefähr. Haben Sie eine Ahnung, wo sie hin wollte?«

»Ich weiß nur, dass sie mit einem Typen in der Halle davon gesprochen hat, Moment mal, gleich fällt's mir wieder ein ... Ja, ich hab's. Sie wollte nach Salon-de-Provence.«

Der Mann an der Rezeption sagte nicht alles, was er wusste. Der Grieche wirbelte mit zwei brandneuen Scheinen durch die Luft und legte sie auf die Theke. Der Mann steckte sie ein. Auf seinem faltigen Gesicht erschien ein listiges Lächeln.

»Ich sehe, Sie kennen sich aus. Die Tusse ist auf dem Parkplatz mit irgendeinem Typ zusammengestoßen. Er wird Pilot. Mit dem hat sie über Salon geredet. Hier auf meinem Tisch haben sie den Unfallbericht gemacht«, sagte er mit einer weit ausholenden Geste, als sei in dieser mickrigen Halle eine höchst bedeutende Unterschrift getätigt worden. »Dann wollte sich der Junge entschuldigen und hat sie zu sich in die Provence eingeladen, und sie hat die Einladung angenommen.«

»Aha. Haben Sie Namen oder Adresse des Piloten?«

Der Portier wartete ein paar Sekunden, bevor er begriff, dass er nicht mehr Geld bekommen würde. Der Grieche starrte ihn an wie ein Insekt. Plötzlich bekam er Angst.

»Und?«, fragte der Grieche in sanftem Ton.

»Ich glaube, ich habe eine Kopie des Unfallberichts irgendwo im Mülleimer. Sie wollte eine Kopie haben.«

»Los, suchen Sie danach, ich habe es eilig.«

Den Griechen packte ein freudiger Schauer, als er sah, dass der Pilot Namen und Adresse auf den Unfallbericht geschrieben hatte. Er steckte die Kopie mit einer natürlichen Bewegung in die Tasche. Dann zog er den Marttiini heraus und schnitt dem Portier die Kehle durch. Er wischte ein paar Tropfen Blut mit einem Taschentuch von seiner Jacke ab und achtete darauf, sich nicht mit dem Blut zu beschmutzen, das auf dem Fußboden eine lange Spur hinterließ. Er dachte nach, aber ihm fiel kein passender Spruch ein. Er biss in ein Radieschen, ein wenig traurig. Es machte ihm keinerlei Spaß mehr, so miese Typen zu töten. Es war, als schlage man mit der Fliegenpatsche eine Fliege tot.

Er ging hinter die Theke und zog brummend die Leiche an den Füßen ins Büro. Er brauchte noch zehn Minuten, um das Blut mit einem Aufnehmer und Putzmittel zu entfernen. Dann legte er Feuer.

Als er mit seinem Wagen aus Marseille herausfuhr, blickten seine Augen in die Ferne, und seine Kiefer waren angespannt. Noch nie war er so nah an ihr dran gewesen. Ein Lastwagen hupte wütend, während er ihn rechts überholte, aber er hörte es nicht. Sein Geist arbeitete schon, um den passenden Spruch zu finden, den perfekten Spruch. Für den Moment, in dem er Anaki finden würde.

Diesmal war die Krawatte des Kabinettchefs lila. Der hohe Beamte verneigte sich vor Scott.

»Guten Abend, Sir. Der Premierminister speist heute Abend mit einer Gruppe Biotechnologie-Unternehmer. Es dauert noch ein bis zwei Stunden.«

»Wären Sie so freundlich, ihm zu sagen, dass ich ihn dringend sprechen möchte?«

»Sehr wohl, Sir. Folgen Sie mir.«

Scott stieg die Treppe zur ersten Etage hinauf und ignorierte die Porträts der ehemaligen Hausherren von Downing Street, die an der blassgelben Wand hingen. Wie oft war er in den letzten Jahren diese Treppe hinaufgegangen? Vermutlich mehr als hundert Mal.

Weniger als zehn Minuten später erschien der Premierminister in dem Büro.

»Ich höre, Scott.«

»Foster ist nach Südfrankreich unterwegs. Interpol Europa ist in Alarmbereitschaft. Wir suchen nach Anhaltspunkten für eine Spur – Unfälle, verdächtige Tote, Feuer … Die Botschaft ist ebenfalls alarmiert.«

»Diese Operation hat erste Priorität.«

»Foster wird Hilfe brauchen. Er hat um ein Team von Spezialisten gebeten, um Anaki und Bosko im Bedarfsfall retten zu können. Wir brauchen etwa zehn Leibwächter, gepanzerte Wagen und Waffen.«

»Mobilisieren Sie so viele Leute, wie Sie brauchen.«

»Ich habe auch vor, vier Business-Flugzeuge zu chartern, um sie in Deutschland, Italien, Spanien und der Schweiz bereitzustellen, ebenso wie Schiffe.«

»Einverstanden. Hauen Sie rein. Unsere Leute kommen weiter, aber, wenn Sie ehrlich sind, können wir es noch schaffen?«

»Wenn ich ehrlich bin? Ich habe verdammt noch mal nicht die geringste Ahnung, Herr Premierminister.«

Noch ein Tag

»Der Ruhm hat seine Qualitäten, aber ich bin zu weise, um ihm große Bedeutung beizumessen. Genauso wenig interessiere ich mich für die Spuren, die ich in der Geschichte hinterlassen könnte. Was hätte das auch für einen Sinn verglichen mit der furchtbaren Ewigkeit des Todes? Meine einzige Aufgabe, mein einziges Ziel ist es, dafür zu arbeiten, dass alle Menschen, Männer und Frauen, ein besseres Leben haben werden. Wer sagt, ich sei ein Idealist, dem antworte ich: Nein, ich bin Forscher!«

Aus dem Tagebuch von Professor Bosko

Der junge Pilot stieg aus dem Wagen. Er schwankte dabei ein wenig. Es war fünf Uhr morgens, er hatte zu viel getrunken und die halbe Nacht in Bars und Nachtlokalen verbracht. Er konnte sich kaum auf den Beinen halten, doch es gelang ihm, die Wagentür zu schließen. Plötzlich sah er einen Mann aus dem kleinen Auto steigen, das in der Nähe geparkt war. Ein wenig beunruhigt blieb er einen Augenblick stehen. In Salon-de-Provence gab es viel Kriminalität, die Gauner hatten inzwischen nicht einmal mehr Hemmungen, Militärs anzugreifen. Der Mann war ungefähr vierzig Jahre, schlecht angezogen und trug einen kleinen Koffer in der Hand. Grégory beachtete ihn nicht weiter. Sie betraten hintereinander die Eingangshalle. Der Mann grüßte ihn und blieb neben ihm vor dem Aufzug stehen. Die Tür ging auf, die enge Kabine war von weißlichem Neonlicht beleuchtet.

»Welche Etage?«, fragte Grégory.

Auf dem Gesicht des Mannes erschien ein grausames Lächeln. Ein Zischen durchdrang die Luft, und Grégory spürte irgendetwas an seinem Hals. Allmählich erkannte sein vom Alkohol benebeltes Gehirn die Lage. Der Unbekannte hielt ihm ein scharfes Messer an die Kehle.

»Wir fahren jetzt beide nach unten, mein junger Freund«, sagte der Grieche mit sanfter Stimme.

Er hielt das Messer fester an die Kehle und verzog das Gesicht. »Ich habe ein paar Fragen an dich.«

Dann drückte er auf den Knopf des zweiten Untergeschosses. Mit Schrecken spürte der Pilot, wie die Kabine in die Tiefe des Gebäudes hinabfuhr.

Die Falcon 900 mit der Nummer Charlie Charlie Delta 789 landete um 6:17 Uhr morgens auf dem Flugplatz Marseille-Marignane. Die drei Insassen passierten die Zoll- und Polizeikontrolle in ein paar Minuten, sie hatten nichts zu verzollen. Ein 607, den ihnen der SIS zur Verfügung gestellt hatte, wartete auf dem Parkplatz, die Schlüssel waren hinter dem rechten Vorderrad festgeklebt. Im rückwärtigen Kofferraum entdeckte Shelby eine Tasche mit drei kugelsicheren Westen und einer großen HK70-Pistole. Er steckte die Waffe ein und setzte sich hinters Steuer.

»Und jetzt?«

»Wir fahren Richtung Marseille«, erklärte Foster. »Der SIS hat alle Medien abgegrast und nach einem besonderen Vorfall in der Gegend von Marseille geforscht, dabei haben sie einen Hotelbrand ausfindig gemacht, Les Gardénias. Der Geschäftsführer ist verbrannt.«

»Ein Brand mit einem Toten. Das sieht ganz nach dem Griechen aus.«

»Ein Ermittler des SIS hat sich als Journalist ausgegeben und erfahren, dass am Ort des Geschehens am Tag zuvor eine junge Touristin aus Japan war.«

»Ich verstehe. Ich fahre sofort los.«

Der Professor reckte sich. Seine Müdigkeit war einer dumpfen, mit Angst vermischten Erregung gewichen.

Foster, du darfst dich jetzt nicht mehr irren. Es bleiben uns nur noch knapp sechsunddreißig Stunden.

Die kopflose Leiche von Grégory Labrune lag in der Nische zwischen dem Heizofen des Gebäudes und dem Öltank. Er hatte alles gesagt, was er wusste. Um sich einen Spaß zu machen, hatte der Grieche so getan, als ließe er ihn entkommen. Es war eine Art Test, um festzustellen, wie ein künftiger Pilot wohl in einer verzweifelten Situation reagieren würde. Der Grieche war nicht enttäuscht worden. Der junge Mann hatte zuerst versucht, durch einen Luftschacht zu fliehen, bevor er begriff, dass die Klappe verschlossen war. Dann hatte er mit einem großen Sprung versucht, auf den Heizkessel zu klettern, um die Tür zu erreichen. Schließlich stand er dem Griechen genau gegenüber. Eine Kugel in die Kniescheibe machte seinen verzweifelten Fluchtversuchen ein Ende. Der Grieche ließ ihn noch ein paar Minuten über den Boden kriechen wie eine zerschnittene Raupe, bevor er ihm die Kehle durchschnitt. Danach trennte er ihm den Kopf ab.

Eine Weile blieb der Grieche ruhig stehen, den Kopf des Piloten in der Hand, er hielt ihn an einem Ohr fest, dann schüttelte er ihn in alle Richtungen, damit das Blut ganz herauslief.

Wie lustig, sieht aus wie eine Kasperlepuppe!

Er schwenkte den Kopf noch mehrere Male. Dann biss er in ein Radieschen.

Er musste die Leiche verstecken, aber wo?

Natürlich, im Öltank!

Das war genau der richtige Ort, die Leiche würde im Brennöl liegen wie eine Marone in Sirup. Er stöhnte, als er die Leiche bis zu der oberen Öffnung hievte, die der Kesselreinigung diente und breit genug war, dass ein Mensch hindurchpasste.

»Wer nicht gehorcht, dem wird der Kopf abgetrennt«, zitierte der Grieche feierlich.

Dann bekam er einen Lachanfall. Er hatte das Buch des großen

Dschingis Khan seit mindestens zwölf Jahren nicht mehr aufgesagt. Was für ein Glück, hier in Europa, im Herzen des Kontinents, in dem der Khan gewütet hatte, jetzt genau die passende Maxime darin zu finden.

Danach ließ er auch den Kopf in den Tank fallen. Es machte leise plupp.

In einem Öltank zu enden, das ist für einen Piloten, der Tankmaschinen fliegt, geradezu ein natürlicher Tod.

Zufrieden goss der Grieche Öl auf den Boden, um das Blut und die Spuren unsichtbar zu machen. Dann drückte er vorsichtig die Türklinke mit einem kleinen Taschentuch herunter. Als er wieder im Wagen saß, nahm er die Straßenkarte für die Umgebung zur Hand.

Danach, was der nette kleine Grégory sagte, ist Anaki schnell wie der Teufel nach Nizza gefahren, nachdem sie eine E-Mail erhalten hatte. Mal sehen, wie kommt man denn nach Nizza?

Shelby trat mit Bedauern durch die Tür des Hotels Les Gardénias. Foster blieb gleich vorne stehen.

»Gute Arbeit«, bemerkte er. »Wirklich professionell. Sehen Sie mal, die Polizei hat es nicht mal abgesperrt.«

Hiko seufzte.

»Hier gibt es nichts mehr zu sehen. Gehen wir?«

»Wo wollen Sie hingehen?«, erwiderte Foster in trockenem Ton. »Am besten bleiben wir hier und versuchen zu verstehen, warum der Grieche das Hotel in Brand gesteckt hat.«

Hiko zuckte die Achseln.

»Hier ist alles abgefackelt. Die Zeit läuft uns davon. Wir verlieren hier bloß Zeit.«

Sie hielt inne, als ihr bewusst wurde, wie respektlos sie war. Foster sah sie wütend an.

»Meine liebe Hiko, tun Sie mir einen Gefallen, und sagen Sie sich, dass Nachdenken niemals verlorene Zeit ist. Vor allem in unserer Situation.«

Er sah sich die umliegenden Gebäude an. Man hörte die typischen Geräusche eines frühen Morgens, Gespräche zwischen Nachbarn, das Schreien von Kindern, die sich auf den Schulweg machten, Streit, Lastwagen, die ihre Güter abluden.

»Ich sage Ihnen, dass an diesem Ort etwas Wichtiges geschehen ist«, wiederholte er.

»Wie sollen wir das herausfinden? Wir wissen doch nicht mal, was wir suchen«, sagte Shelby.

»Ist das ein Komplott?«, fragte Foster ironisch. »Zwei junge Menschen, die sich gegen den schwächlichen Alten zusammentun? Ihr jungen Leute, ich will euch mal was sagen, ich glaube, wir müssen Hilfe bei jemandem suchen, dessen Hauptinteresse darin besteht, alles zu erfahren, was in diesem Viertel vorgeht.«

Mit einer Bewegung seines Kinns wies er auf eine alte Dame, die Ellbogen aufgestützt, auf einem Balkon zwei Häuser weiter.

»Seht euch diese Frau in der dritten Etage da an. Seit wir angekommen sind, ist sie auf dem Balkon. Hiko, kommen Sie mit, wir werden uns mit ihr unterhalten. Und Sie, Shelby, bleiben hier, sonst bekommt sie noch Angst.«

Das Gebäude war mit der Wäsche, die an den Festern hing, der abgeblätterten, schwärzlichen Farbe und den Radioklängen aus den offenen Fenstern alles andere als einladend.

»Was ist mit Ihnen?«

Sie verbeugte sich tief vor dem Professor.

»Es tut mir Leid, dass ich Ihnen widersprochen habe. Ich weiß es sehr zu schätzen, dass Sie mich trotzdem gebeten haben, mit Ihnen hinaufzugehen.«

»Das ist nur in meinem Interesse«, antwortete Foster ein wenig bösartig. »Mit einem Paar redet man leichter als mit einem Mann allein.«

Der Satz tat ihm gleich darauf Leid.

Verflucht, ich scheine ja richtig biestig zu werden.

Der Eingang, durch den sie gingen, war so eng, dass Fosters Schultern beinahe die beiden Wände berührten. Es gab keinen

Aufzug, um nach oben zu gelangen, nur eine enge Treppe mit halb eingetretenen Stufen. In der dritten Etage gab es nur eine Tür, Foster klingelte. Zuerst geschah nichts, dann hörte man ein leises Geräusch an der Tür.

»Wer ist da?«, fragte eine beunruhigte, zittrige Stimme.

»Wir kommen von der Versicherung. Wir möchten Ihnen ein paar Fragen zum Brand im Les Gardénias stellen.«

Foster sprach fast akzentfrei Französisch; dass er Engländer war, hörte man kaum. Dann bewegte es sich hinter dem Spion, und zwei Riegel sprangen auf. Die alte Frau trug ein unförmiges Wollkleid, unter dem ihre behaarten Waden hervorsahen, ausgetretene Pantoffeln mit Synthetikfutter und weiße Socken. Sie musste an die hundert sein.

»Ich habe keine Ahnung, wie der Brand ausgebrochen ist.«

»Haben Sie vielleicht etwas Wichtiges gesehen, ohne sich dessen bewusst zu sein? Irgendetwas, was Ihnen vielleicht völlig unbedeutend vorkommt. Ich habe das Gefühl, dass Sie gut beobachten können; bestimmt gibt es nicht viel, was Ihnen in diesem Viertel entgeht.«

Die Frau öffnete die Tür ein Stück weiter.

»Kommen Sie rein.«

Sie folgten ihr in die Wohnung, die mit alten Sachen vollgestellt war. Ein unangenehmer Geruch lag in der Luft, eine Mischung aus Küche, Putzmittel und Staub. Die alte Dame bat sie, im Wohnzimmer Platz zu nehmen, und trottete in die Küche. Sie kam mit einem Tablett wieder, auf dem drei Senfgläser standen, eine angebrochene Flasche Limonade und Kekse.

»Ich habe hier noch Fanta und ein paar Galettes Saint-Michel«, sagte sie in einem Ton, als wären es besondere Köstlichkeiten. »Ich hoffe, Sie mögen sie.«

»Mit größtem Vergnügen.«

Foster nahm einen etwas weichen Keks und einen Schluck abgestandener Limonade. Dann beugte er sich einfühlsam zu der alten Dame.

»Es ist hübsch bei Ihnen.«

Ein amüsiertes Leuchten erschien in ihren Augen.

»Das glauben Sie ja wohl selbst nicht, aber es ist nett, dass Sie mir das sagen. Also, womit kann Ihnen eine alte Rentnerin von achtundneunzig Jahren behilflich sein? – Sonst interessiert sich ja keiner mehr für mich.«

»Wir nehmen an, dass das Feuer etwas damit zu tun hat, dass eine junge Japanerin hier war. Anaki, sie hat im Hotel gewohnt, und wir möchten wissen, ob Sie die junge Dame gesehen haben.«

Die alte Frau stellte ihr Glas ab.

»Ist die Person, von der Sie sprechen, eine Freundin der jungen Dame in Ihrer Begleitung?«

»Ja, das kann man so sagen.«

»Ihre Geschichte mit der Versicherung glaube ich Ihnen zwar nicht, aber ich habe am Tag des Feuers eine Chinesin gesehen. Na ja, ob es eine Chinesin, Japanerin oder Vietnamesin war, weiß ich natürlich nicht. Sie kam jedenfalls aus Asien, das ist alles, was ich weiß.«

»War das diese Frau?«, fragte Foster und zog ein Foto von Anaki aus der Tasche.

Die Alte sah sich das Bild einen Moment an, und dann antwortete sie mit bedauernder Miene:

»Ich weiß es nicht, das könnte sie sein. Oder vielleicht war es doch eine andere, für mich sehen sie alle gleich aus. Sie war auf jeden Fall jung, das ja, und sie sah sehr schön aus. Wie eine Varieté-Tänzerin, sie hatte sehr schöne Beine. Ich habe, als ich jung war, in einem Schönheitssalon gearbeitet. Für so was habe ich einen Blick.«

»Warum ist Ihnen diese Frau denn aufgefallen?«

»Wegen des Unfalls.«

Foster fuhr hoch:

»Was für ein Unfall?«

»Also, das war so: Als sie sich ins Auto setzte, ist ihr nämlich ein junger Mann mit seinem Wagen gegen die Tür gefahren. Das war vielleicht ein Menschenauflauf!«

»War Anaki verletzt?«

»Nein, aber ihre Tür war fast abgerissen. War das ein Riesenlärm! Ich hatte schreckliche Angst, ich war ganz außer mir.«

»Und was ist dann passiert?«

»Die Chinesin ist wieder ins Hotel gegangen, um alles mit dem Jungen zu klären. Das hat mindestens eine Stunde gedauert. Sie hatten sich wohl viel zu erzählen. In der Zwischenzeit hat dann ein Abschleppwagen das Auto abgeholt.«

»Gab es vielleicht einen Firmennamen auf dem Abschleppwagen?«

»Es war ›Avus‹ oder ›Avis‹ oder so. Es stand in großer Schrift drauf, rot auf weißem Grund.«

Foster verbarg seine Aufregung. Mit dieser alten Frau hatten sie das große Los gezogen.

»Der Junge war gar nicht wütend«, fuhr sie fort. »Die Frau, die im Hotel sauber macht, hat mir erzählt, dass sie gehört hat, wie sie geredet haben, als sie mit dem Geschäftsführer sprach. Ob Sie's glauben oder nicht, aber der junge Mann hat sie eingeladen, eine Zeit lang bei ihm zu wohnen. Das hat er wirklich gesagt! Ja, ja, die jungen Leute von heute, die lassen nichts anbrennen. Zu meiner Zeit hätte es das nicht gegeben.«

»Sind Sie sicher?«

Sie senkte die Stimme.

»Ja, natürlich bin ich sicher. Mireille hat es mir gesagt, Mireille kriegt immer alles mit, der entgeht nichts. Eine echte Quatschliese.«

»Wissen Sie, wo ich Mireille finden kann?«

»Nein, sie arbeitet montags bis mittwochs im Hotel, aber an den anderen Tagen ist sie anderswo.«

»Und wo?«

»Sie hat es mir gesagt, aber ich weiß es nicht mehr«, sagte die alte Dame kläglich.

»Haben Sie irgendeine Idee, wer der junge Mann sein könnte?«

»Mireille hat gesagt, er wohnt in Salon-de-Provence.«

Und leiser, als handele es sich um ein Staatsgeheimnis, fügte sie hinzu:

»Ich glaube, er ist Pilot bei der Luftwaffe, und mit seiner schönen Uniform wird er wohl nicht lange brauchen, um Ihre kleine Chinesin zu vernaschen.«

Der Grieche wollte den Geschäftsführer des Hotels töten, weil er wusste, mit wem Anaki verschwunden war.

Foster verabschiedete sich mit einem herzlichen Händedruck von der Alten.

»Sie waren uns eine sehr große Hilfe. Mehr, als Sie ahnen können.«

»Es war nicht besonders wichtig, das weiß ich schon, aber das macht nichts. Kommen Sie wieder, wann Sie wollen, Limonade und Kekse gibt es hier immer.«

»Ich habe kein Wort verstanden. Was ist dabei herausgekommen?«, fragte Hiko, während sie die Treppe hinuntereilten.

Foster erklärte es ihr, während er schon die nächsten Schritte plante.

»Der Unfall muss Avis gemeldet worden sein. Ich werde Scott bitten, sofort seine Leute zu aktivieren.«

»Wozu?«

»Haben Sie es denn nicht begriffen? Wenn wir eine Kopie des Mietvertrags bekommen, kennen wir den Namen, unter dem sich Anaki in Frankreich versteckt.«

»Ich habe Ihnen doch gesagt, dass sie nach Nizza gefahren ist. Ich verstehe nicht, wieso Sie nicht in der Lage sind, sie in einer so kleinen Stadt zu finden. Sie kennt da keinen Menschen.«

Der Grieche war wütend und hielt sein Telefon dicht ans Ohr. Das Gespräch mit dem Präfekten war ziemlich gereizt.

»Wie kommt es, dass Sie immer noch keine Informationen haben?«

»Ich muss sehr diskret sein, sonst wissen die Bullen spätestens in zwei Stunden, dass wir das Mädchen suchen, und dann kann es nur schlimm ausgehen.«

»So eine Scheiße!«, brüllte der Grieche außer sich und schlug mit der anderen Hand auf das Steuer. »Sie hätten an allen wichtigen Straßen der Stadt diskret Leute postieren können. Selbst wenn Anaki das Auto gewechselt hat – es ist doch nicht so, als ob es zehntausend Japanerinnen in Nizza gäbe.«

»Meine dreißig besten Leute patrouillieren unauffällig in der Stadt. Mehr kann ich nicht tun. Meine Leutnants wollen schließlich keine Aufmerksamkeit erregen, sie handeln genau richtig.«

»Nein, die machen alles falsch, aber auch alles! Die haben das Mädchen entwischen lassen. Ihre Leute sind totale Nullen, haben Sie verstanden, so was von Nullen!«

»Wir werden sie schon finden. Sie entkommt uns nicht.«

»Das will ich schwer hoffen. Ich hoffe es wirklich«, sagte der Grieche mit eiserner Stimme. »Für Sie.«

Er klappte sein Telefon zusammen und warf es wütend auf den Beifahrersitz. Erst nach mehreren Kilometern hatte er sich wieder beruhigt. Er war jetzt zu nahe an Anaki, als dass sie ihm noch einmal entkommen durfte. Beim nächsten Fehler, und er war sicher, dass sie wieder etwas falsch machen würde, hätte er sie. Bei diesem Gedanken ging sein Atem schneller. Auch jetzt war er wieder sexuell erregt. Er zog sein Glied hervor und onanierte am Steuer. Bei dem Gedanken an seinen Sieg lief ihm der Speichel aus dem Mund. Sie zu fangen war sein großer Triumph. Er würde die Formel bekommen und könnte dann noch zweihundertfünfzig Jahre länger töten und foltern.

»Tausende von Maximen«, rief er begeistert, während ihm die Augen aus den Höhlen traten und er zusah, wie sein Samen spritzte. »Niemand wird es je mit mir aufnehmen können.«

Oberst Toi steckte den Kopf durch die Tür. Katana saß am Fenster und las in aller Ruhe. Angesichts der schwerwiegenden Ereignisse war dies so überraschend, dass Toi beinahe die Fassung verlor.

»Haben Sie je etwas von Italo Calvino gelesen, Oberst?«, fragte er.

»Nein, aber ich habe …«

»Das ist ein Fehler, Oberst, ein sehr großer Fehler, dass Sie sich immer mit dümmlichen Biografien und Ihren trockenen Büchern über Militärstrategie zufrieden geben. Calvino ist ein ganz großer Schriftsteller, von ihm wird man noch in tausend Jahren sprechen.«

Er schloss das Buch und warf es Toi zu, der es in der Luft auffing.

»›Der Baron auf den Bäumen‹. Ein Mann, der als Außenseiter lebt, aber über den anderen, auf dem Baum. Er ist nicht gesellschaftsfähig, aber der durchschnittlichen Menschheit weit überlegen. Was wollen Sie, Oberst?«

»Ich habe schlechte Nachrichten.«

»Schon wieder! Immer nur schlechte Nachrichten.«

Katana entkorkte eine Flasche Château Pétrus. Er goss sich ein und roch lange an dem bauchigen Glas.

»1992, eines der schlechtesten Jahre, und doch ein exzellenter Tropfen. Dieser Wein ist hervorragend mittelmäßig. Eine interessante Kreation.«

Er trank einen Schluck, bevor er sein Glas abstellte.

»Schwierigkeiten haben auch eine positive Seite, sie sind eine Art natürlicher Selektion. Durch sie werden wir größer und stärker. Ohne die Gefahren und Schwierigkeiten, die unsere Lebensweise mit sich bringt, wären wir immer noch dumme Grasfresser ohne Sprache. Wären Sie gern ein Schaf, Oberst?«

»Nein.«

»Dann vergessen Sie nicht, dass Herausforderungen für höhere Lebewesen nicht ein Unglück darstellen, sondern eine Chance.«

Es trat Stille ein, als denke Katana tief über seinen letzten Satz nach.

»Was ist also die schlechte Nachricht, Oberst?«

»Der Engländer, Foster. Heute Morgen ist in Marseille ein Flugzeug aus London gelandet. Ein Mann mit weißem Haar, ein zwei Meter großer Japaner und ein Mädchen waren darin. Der Spitzel hat Fotos gemacht, und ich habe Professor Foster und Hiko erkannt.«

Katanas Kiefer verkrampften sich. Bei jedem Atemzug hob und senkte sich seine Brust, in einer Art schrillem Pfeifen, als führe sie ein Eigenleben.

»Ich bin enttäuscht, Oberst, wirklich furchtbar enttäuscht. Sie haben gut trainierte Leute, Soldaten, Ingenieure, ausgezeichnete Techniker. Und dennoch sind uns dieser Psychiater, diese Hiko und der dreckige Bulle, der ihnen als Wachhund dient, ständig auf den Fersen. Als könnten sie unsere Gedanken lesen, Oberst. Wenn sie so schnell sind, bedeutet das, dass wir zu langsam sind. Und vorhersehbar.«

»Ich biete Ihnen meinen Rücktritt an.«

»Mir ist Ihr Rücktritt scheißegal, Oberst! Ich verbiete Ihnen, ihn mir noch einmal anzubieten und überhaupt dieses Wort zu verwenden, haben Sie verstanden!«, brüllte Katana lauthals.

Zitternd vor Wut rollte er auf wenige Zentimeter an Toi heran.

»Sie lächerlicher, aufgeputzter kleiner Offizier! Sie Operettenfallschirmspringer! Für wen halten Sie sich eigentlich? Für einen Büroangestellten, der bei der kleinsten Schwierigkeit die Richtung wechselt? Sind Sie Beamter beim Wasserwerk? Sie arbeiten für die Shaga. Sie arbeiten für MICH. Sie verdanken der Shaga alles, Ihr Leben und Ihr Blut gehören der Shaga. Ohne die Shaga existieren Sie gar nicht. Es gibt keinen Rücktritt, wenn man für die Shaga arbeitet, haben Sie mich verstanden? Entweder Sie werden mit dieser Aufgabe fertig, oder Sie gehen zugrunde.«

Mit einer heftigen Handbewegung stieß Katana die Flasche um, die auf dem Boden zersprang.

»Ich will, dass Sie ab sofort alle zwei Stunden Kontakt zum Griechen aufnehmen, ebenso wie mit dem Präfekt. Lassen Sie sie keine Sekunde in Ruhe. Sie müssen ständig unter Druck stehen.«

»Jawohl.«

»Und jetzt verschwinden Sie. Warum sind Sie überhaupt noch da?«

Toi nahm allen Mut zusammen und sagte, den Blick zur Decke gerichtet:

»Der Grieche und ich hätten gern die Erlaubnis, unsere Mannschaft zu vergrößern.«

»Ist der Grieche nicht genug? Wollen Sie mir das sagen? Wir haben doch noch die französische Mafia.«

»Der Grieche hätte gern zwei Söldner, mit denen er bei schwierigen Sachen schon oft zusammengearbeitet hat, Z 1 und Z 2. Sie sind sehr effizient und diskret.«

Katana beruhigte sich wieder. Irgendwie hatte er Achtung vor Toi. Der alte Militär redete wie ein Handbuch, leidenschaftslos, mit dem einzigen Vorsatz, alles richtig zu machen.

»Ich nehme an, sie sind bereits auf dem Flug nach Frankreich?«

Toi errötete leicht. Es war schön, sich fast ohne Worte zu verstehen.

Foster hatte gerade die Nummer des SIS gewählt, als ihr Auto an dem Straßenschild mit der Aufschrift »Salon-de-Provence« vorbeifuhr. Scott nahm gleich ab.

»Haben Sie etwas von Avis gehört?«

»Gerade eben. Es hat tatsächlich ein Unfall stattgefunden, der der Beschreibung Ihrer Zeugin entspricht. Beteiligt sind eine japanische Touristin mit Namen Wana Kenzai und ein gewisser Grégory Labrune, der in Salon wohnt. Er macht seine Pilotenausbildung.«

Foster spürte, dass sein Herz heftig klopfte.

»Wana Kenzai, sagen Sie?«

»Alle unsere Männer sind alarmiert.«

»Können Sie mir die Adresse des Piloten und das Kennzeichen sagen? Moment, ich nehme einen Stift.«

Die Fassade des Gebäudes war aus weißem Marmor und rotem Backstein, die Balkons hatten schmiedeeiserne Gitter. Es war elegant, aber nicht luxuriös, hier wohnten wohlhabende, aber nicht superreiche Bürger aus der Provinz.

»Sehen wir uns den Parkplatz an, vielleicht steht sein Auto dort«, schlug Hiko vor.

Es dauerte nicht lange, bis sie den Golf gefunden hatten. Hiko nahm das Papier zur Hand, auf dem Foster die Nummer aufgeschrieben hatte.

»876 GVA 13, die Nummer stimmt. Vorne ist das Auto beschädigt, der rechte Scheinwerfer ist zerbrochen und das Blech eingedrückt. Wir haben Glück, er ist da.«

Die Wohnung 5 A lag in der 5. Etage dem Aufzug gegenüber. Auf dem Flur war laute brasilianische Musik zu hören. Die Tür ging auf, und ein junges Mädchen in einer engen Fahrradhose und einem weißen Oberteil, das den Oberkörper weitgehend freiließ, öffnete ihnen. Foster begrüßte sie.

»Guten Tag. Wir suchen Grégory.«

»Wir auch!«, rief das junge Mädchen. »Oh, ein japanischer Surfer«, sagte sie und warf Shelby einen kecken Blick zu. »Kommt rein, die anderen sind im Wohnzimmer.«

Sie folgten ihr durch eine Diele mit orangefarbenem, abgetretenem Teppichboden in ein großes Wohnzimmer, in dem der Lärm noch größer war. Zehn junge Leute beiderlei Geschlechts hatten sich auf dem Sofa oder am Boden niedergelassen und diskutierten miteinander trotz der ohrenbetäubenden Musik. Auf dem niedrigen Tisch standen Flaschen mit Spirituosen und Unmengen von Zigarettenschachteln.

»Sie suchen Grégory auch«, verkündete das Mädchen laut.

Einer der jungen Männer erhob sich mühsam, um die Musik leiser zu stellen.

»Sind Sie Freunde der Japanerin, die gestern hier war?«

»Ich bin ihr Onkel, Hiko ist ihre Schwester, und das ist Bill, ihr Freund. Wir suchen sie, um ihr eine schlimme Nachricht zu überbringen, ein Todesfall in der Familie.«

Das Mädchen, das ihnen die Tür geöffnet hatte, steckte sich eine Zigarette an und nahm einen tiefen Zug.

»Bedauere, mein herzliches Beileid. Ich bin Céline, Gregs Freundin. Er wollte gestern Abend in die Kneipe gehen, aber ich war müde. Wahrscheinlich hat er in der Air-Base übernachtet. Das macht er oft, wenn er getrunken hat. Er wird mich sicher am frühen Nachmittag anrufen, wenn er seinen Rausch ausgeschlafen hat.«

Foster hütete sich, ihr zu sagen, dass sein Auto unten stand.

»Wissen Sie, was aus Wana geworden ist?«

Das Mädchen drückte die Zigarette in einem Aschenbecher aus und steckte gleich eine neue an.

»Wir haben uns beide lange unterhalten. Ihre Nichte ist sehr nett. Zum Glück ist sie nicht lange geblieben, denn die Jungs hatten alle nur eins im Kopf, sie flachzulegen.«

Die anderen brachen in Lachen aus. Als sie sich wieder beruhigt hatten, fuhr sie fort.

»Gegen sechs hat Wana gefragt, ob sie ins Internet kann. Offenbar hatte sie eine wichtige Nachricht in ihrem Posteingang. Danach hat sie sich entschuldigt und ist gleich gegangen.«

»Sie hat mich gefragt, wie man am schnellsten zur Autobahn nach Nizza kommt«, sagte einer der Jungen.

Dem folgenden Gespräch entnahm Foster, dass die jungen Leute sonst nichts wussten. Er gab Shelby ein Zeichen, dass es Zeit war, zu gehen.

Anaki schob wütend die Tür ihres Hotels auf. Sie war in zwei Elektronikläden gewesen, ohne das passende Aufladekabel zu finden.

Die Verkäufer hatten nicht mal die Marke ihres Geräts gekannt. Dabei hatte George in seiner letzten E-Mail ausdrücklich gesagt: »Sie sind sehr mächtig. Nimm auf keinen Fall mit einem normalen Rechner Kontakt zu mir auf. Benutz nur den codierten Laptop. Besorg dir ein Aufladekabel. Ich liebe dich.«

Besorg dir ein Aufladekabel. Das war leichter gesagt als getan. George war immer noch derselbe – keine Ahnung, wie es in der Wirklichkeit aussah. Genauso hätte er zu ihr sagen können: Besorg dir einen Eisberg mitten in der Sahara. Sie lächelte. Das war sein größter Fehler, aber deswegen liebte sie ihn auch, weil er nicht so war wie die anderen.

Sie hatte ein wenig Hunger und ging ins Hotelrestaurant. Es warteten schon einige Leute vor ihr, und sie nahm eine Zeitung. Sie konnte zwar kein Französisch, aber das war immerhin besser, als gar nichts zu tun und sich von allen Männern der Umgebung anbaggern zu lassen. Plötzlich glaubte sie, ihr Herz würde stehen bleiben. Ein Foto von der Größe einer halben Seite, auf dem sie das Hotel des Gardénias erkannte, vom Feuer halb zerstört. Sie stürzte sich auf den ersten jungen Mann, der vorbeikam.

»Können Sie mir diesen Artikel übersetzen?«, fragte sie mit bittendem Unterton.

Als sie erfuhr, dass der Geschäftsführer im Feuer umgekommen war, fiel sie fast in Ohnmacht. Sie war leichenblass, rannte nach oben, schloss ihr Zimmer von innen ab und ließ sich aufs Bett fallen. Ihre Beine schmerzten heftig. Hatte der Behinderte vielleicht schon ihre Spur in Frankreich gefunden? Das schien ihr unmöglich. Wenn aber die Mörder sie ausfindig gemacht hatten, würden sie Grégory ausfragen.

»Mein Gott, wo habe ich nur seine Nummer hingetan?«, rief sie und leerte ihre Handtasche aus.

Als sie das viermal gefaltete Papier fand, stieß sie einen Seufzer der Erleichterung aus. Sie versuchte anzurufen, dann wieder, fünfmal. Immer wieder hörte sie nur denselben Anrufbeantworter. Bleich im Gesicht legte sie auf und entschloss sich blitzschnell, das

Hotel zu verlassen. Eilig packte sie die wichtigsten Sachen in eine Tasche und versuchte, einen Stadtplan zu finden. Wenn die Männer des Behinderten ihr Hotel in Marseille aufgespürt hatten, würden sie das in Nizza ebenso leicht finden.

Sie wurde von Panik ergriffen, beruhigte sich dann aber wieder. Sie hatte die Bombardierungen überstanden, die Entbehrungen der Nachkriegszeit, den Tod ihrer Eltern, den Hass der Mitbürger auf die Burakimen. Ja selbst ein Erdbeben.

Sie würde sich nicht so schnell unterkriegen lassen. Sie machte die Tasche zu und setzte sich an den Schreibtisch. Sie musste jetzt methodisch vorgehen. Das einzig Sinnvolle bei diesem Stand der Dinge war, alle Orte aufzulisten, an denen sie Unterschlupf finden konnte, bevor sie Kontakt zu George aufnahm.

Ein Hotel in der Innenstadt kam nicht infrage.

Ein Hotel auf dem Land, das war schon eher möglich, aber nicht ideal.

Ein Bahnhof oder Flughafen, das war zu gefährlich, da konnte sie jemand überfallen und ihr die Festplatte stehlen.

Eine Jugendherberge, das war zu riskant.

Ein Kloster, darauf würden sie sofort kommen.

Anaki legte mutlos ihren Stift hin. Diese Orte waren viel zu leicht zu entdecken.

Sie öffnete ihr Heft wieder.

Eine Privatunterkunft.

Sie machte zwei kleine Sterne auf dem Papier, denn das war eine Möglichkeit, vorausgesetzt, sie würde ein abgelegenes Haus finden, das nicht im Tourismus-Büro verzeichnet war.

Ein Campingplatz.

Sie machte drei kleine Sterne. Das war die am wenigsten schlechte Lösung, aber Zeit würde sie damit kaum gewinnen.

Die Wohnung eines Franzosen.

Einen Moment saß Anaki reglos da und hielt den Stift in die Luft. Das war ein sicherer Weg. Sie brauchte nur in ein Lokal zu gehen, den erstbesten Mann zu verführen und die Nacht bei ihm zu verbringen. – Sie schüttelte den Kopf. Sie hatte keine Lust, mit einem Mann zu schlafen, nur weil sie ein Dach über dem Kopf brauchte. Plötzlich dachte sie an ein Gespräch, das sie vor ein paar Wochen mit ihren Freundinnen an der Uni geführt hatte. Die drei Mädchen hatten von ihren Ferien in Frankreich erzählt. Weil sie kaum Französisch konnten und von Europa und den Sitten dort kaum etwas wussten, waren sie irrtümlicherweise an einem sehr merkwürdigen Ort in der Nähe von Nizza gelandet. Kaum waren sie dort angekommen und hatten begriffen, worum es sich handelte, waren sie schnell wieder weggegangen. Genau das brauchte sie. Einen Ort, an dem niemand eine Japanerin, die auf der Flucht war, suchen würde. Fieberhaft suchte sie im Telefonbuch. Nichts. Dann rief sie bei der internationalen Auskunft an und hatte Erfolg. Ja, vier Kilometer von Nizza entfernt gab es so einen Ort.

Sie war wieder voller Hoffnung, verließ heimlich das Hotel und ließ ihren Wagen im Parkhaus mit den meisten ihrer Sachen im Kofferraum.

Als sie an den Ort dachte, an dem sie sich verstecken würde, unterdrückte sie ein Lächeln. Dort würde sie niemand finden.

Monsieur Pierre trug einen dreiviertellangen Ledermantel, einen Anzug aus feiner Wolle und ein weißes Popelinehemd. Er sah sehr elegant aus und ging in Erwartung des Jets von Katana zwischen den Büroräumen und der Piste des Flughafens von Le Bourget auf und ab. Ein feiner Regen fiel auf die Umgebung von Paris, aber Monsieur Pierre achtete nicht darauf. Er hatte einen altmodischen Stock in der Hand und überwachte mit heftigen Drehbewegungen, wie die Weinkästen in die große Cessna geladen wurden.

»Nach links, nach links!«, rief Monsieur Pierre einem der Arbeiter zu. »Passen Sie doch auf!«

»Alles in Ordnung«, rief einer der Aufseher. »Ihre Kisten sind gut verankert.«

Monsieur Pierre murmelte eine unverständliche Antwort. Er wandte sich seinem Nachbarn zu. Der Argentinier kam auf ihn zu.

»Machen Sie sich keine Sorgen. Alles geht gut. Meine Flaschen sind hervorragend geschützt. Ihr Kunde wird sie in perfektem Zustand erhalten.«

Die Tür des Flugzeugs ging zu, der Pilot stellte die Motoren an. Monsieur Pierre grüßte mit der Hand und ging wieder zu seinem Wagen. Der Argentinier blieb am Rand der Piste stehen. Solange das Flugzeug manövrierte, ließ er es nicht aus den Augen. Es war genügend Sprengmaterial an Bord, um ein ganzes Viertel in die Luft zu jagen. Endlich stieg das Flugzeug mit lautem Brummen in die Luft und verschwand dann mit seiner tödlichen Ladung in der Nacht.

»Die wär ich los«, sagte er leise.

Mohamed »Shit« Ben Barka und Kevin »der Holzfäller« saßen vorn in ihrem Citroën Variant Xsara. Es war ein einfaches Modell mit einem kleinen 75-PS-Motor, aber Kevin der Holzfäller hatte es kirschrot gespritzt, hatte Chromfelgen, ein hinteres Seitenfenster, einen Inoxschalldämpfer mit Remus-Auspuffrohren und schwarz getönte Scheiben eingebaut. Jetzt war er, wie er Mohamed Shit jeden Tag erklärte, mit dem Auto zufrieden, damit konnte man Frauen anlocken. Er hatte ihn auf einen Parkplatz beim Flughafen Nizza-Côte-d'Azur, am Ausgang der Autobahn A8 abgestellt, gleich neben dem Gebäude der Firma Edhec.

Hinten im Wagen lagen zwei Baseball-Schläger und eine amerikanische Pumpgun. Unter einer Decke versteckt lag Rocco, ein riesiger deutscher Schäferhund. Die beiden Männer waren normalerweise für die Sicherheit der Nachtclubs zuständig, die dem Präfekten gehörten. Zusammen mit fünfundzwanzig anderen hatten sie den Auftrag, Anaki zu suchen, auf die eine hohe Prämie ausgesetzt war. Mohamed flätzte sich auf seinem Sitz, auf dem schmalen, pockennarbigen Gesicht nervöse Zuckungen, rauchte einen riesigen Joint – ganz neuer Stoff erster Hand aus Warzazate – und las ein Spiderman-Heft. Kevin der Holzfäller sah auf die Autos, die vor ihnen vorbeifuhren, und kratzte sich die Körperbehaarung unter seinem prachtvollen Lacoste-Pullover. Von Zeit zu Zeit nahm er ein Fernglas zur Hand, um sich Details oder eine Autonummer anzusehen. Zu dieser Jahreszeit, in der es wenig Touristen gab, passierte nie etwas besonders Interessantes, außerdem hatten sie Anweisung, diskret vorzugehen. Als der Hund auf dem Rücksitz zu bellen begann, klappte Mohamed Shit den Comic zu, drehte sich um und sagte: »Halt die Schauze, Rocco.«

Der Hund knurrte der Form halber, bevor er sich beruhigte. Der Gauner schob die Hand nach hinten und streichelte ihm die Nase. Obwohl er nur Porno- und manchmal auch Karatefilme sah, hatte er für seinen Hund einen Schauspielernamen ausgesucht. Rocco, das war ein cooler Name, ein Kerl mit einem Schwanz von fünfundzwanzig Zentimetern, fast so dick wie seiner, und er erzählte es jedem, der es hören wollte. Außerdem hatte Rocco auch mehr Klasse als Bruce oder Arnold …

Plötzlich sah er an einer Tankstelle ein Mädchen mit einem Paket in der Hand, das auf ein Taxi zuging. Eine kleine Asiatin. Zuerst zog er die Augenbrauen zusammen, dann rüttelte er heftig seinen Begleiter.

»He, Kevin, da ist die Frau!«

»Was ist los?«

»Verdammt, die Tussi! Da, die Schlampe, die gerade ins Taxi steigt mit ihrer Tasche!«

»Ich sehe nichts. Von wem redest du?«

»Sieh doch mal, die Japse da drüben, auf der anderen Seite! Ist das nicht die, die wir suchen?«

Der kleine Ganove sah genauer hin.

»Du hast Recht, das ist sie. Aber was soll das denn jetzt? Ist die nicht mit ’nem schwarzen Twingo von Avis unterwegs? Hat die jetzt den Wagen gewechselt, oder was?«

»Klar hat sie den Wagen gewechselt!«, rief Mohamed. »Das ist doch ein Taxi! – Was machst du eigentlich? Nimm schon das Fernglas, und schreib die Nummer auf, du Schwachkopf, sie hauen schon ab!«

Mohamed Shit fuhr mit quietschenden Reifen los. Er gab Vollgas, um zum nächsten Kreisverkehr zu kommen, dort wendete er, dass die Räder quietschten, und machte sich mit aufheulendem Motor an die Verfolgung des Taxis.

»Pass auf die Karre auf, Momo, pass auf! Die muss erst noch eingefahren werden!«

»Du willst mich wohl verarschen, das Ding hat doch schon hundertfünfzigtausend drauf. Und wenn wir die erwischen, hast du bald 'n Mercedes!«

»Ja. Sie hatte Essvorräte dabei, vielleicht Konservendosen. Die ist bestimmt in irgendein Versteck unterwegs!«

»Das Taxi fährt Richtung Stadtmitte.«

Während er redete, zog Kevin der Holzfäller seinen Stift heraus und schrieb mit der Sorgfalt derer, die zu früh die Schule verlassen haben, die Autonummer auf.

»Ich ruf den Chef an. Hol ihn ein, aber diskret, den drängen wir ab.«

»Für was hältst du mich? Ich behalte ihn im Auge und lasse drei, vier Autos zwischen uns, auf die vorsichtige Art, dass man uns nicht sieht.«

Beide Fahrzeuge fuhren nun über die Promenade. Am Telefon berichtete Kevin der Holzfäller mit ausholenden Gesten, die seine Worte unterstrichen. Als er fertig war, legte sein Gesprächspartner, ein zwielichtiger Barbesitzer aus Toulon, sofort auf und wählte eine Nummer.

»Sie sagen dem Chef Bescheid.«

»Was machen wir?«

»An der nächsten Ampel schnappen wir ihn uns.«

Der Kofferraum des Taxis war schon dicht vor ihnen.

»Warte, bis wir in einer Straße sind, wo nicht so viel los ist«, sagte Mohamed Shit leise.

»Okay.«

Etwa einen Kilometer lang fuhren beide Autos hintereinander her. Dann bog das Taxi nach links in eine kleine Straße ohne Geschäfte.

»Okay, an der nächsten Ampel geht's los«, rief Kevin der Holzfäller aufgeregt.

Fünfzig Meter weiter hielt das Taxi. Sofort sprangen die beiden Männer aus ihrem Auto. Mohamed Shit packte den Griff der Tür, hinter der Anaki saß. Verriegelt. Anaki stieß einen Schrei aus. Wütend schlug Mohamed Ben Barka mit aller Kraft gegen die Scheibe, um sie einzuschlagen. Der Taxifahrer fuhr so eilig los, dass er Reifenspuren hinterließ. Die beiden Gauner versuchten, sich an der Tür festzuhalten, liefen fünf, sechs Meter hinter dem Auto her, doch es war umsonst. Das Taxi beschleunigte noch mehr, und sie mussten aufgeben, außer sich vor Wut.

»Scheiße, so eine Scheiße, das hatte ich ja total vergessen, die Lagunas sind doch automatisch verriegelt!«, brüllte Mohamed Shit.

»Krieg dich ein, wir holen sie schon wieder ein. Wir schnappen uns den Wagen und knallen den Fahrer ab.«

Jetzt fuhr Kevin der Holzfäller, ebenfalls mit quietschenden Reifen. Hinten bellte der Hund wie verrückt. Die Ampel war immer noch rot, aber der Gauner kümmerte sich nicht darum.

Im selben Moment hörte man Sirenengeheul. Kevin schrie auf.

»Die Bullen!«

»Du Idiot! Konntest du nicht warten?«

»Nein. Ich hatte Angst, sie zu verlieren.«

Das Blaulicht des herankommenden Polizeiwagens unterbrach ihn. Kevin der Holzfäller parkte sein Auto am Rand und stellte den Motor ab. Zwei Polizisten stiegen aus dem Polizeiwagen.

Mohamed wollte zum Gewehr greifen, aber sein Begleiter hielt ihn auf.

»Versuch es gar nicht erst. Das ist die BAC.«

Die beiden Polizisten im schwarzen Drillich kamen näher, die

Hand am Gewehrkolben. Ein dritter wartete an der Fahrzeugtür, zu allem bereit. Mohamed legte die Pumpgun unter die Decke. Sie sahen, wie das Taxi Ecke Cours Saléya verschwand.

»Shit! Das war's!«, murmelte Mohamed. »Ich glaub's ja nicht, wir hatten sie, und jetzt haben wir sie verpasst.«

Der Peugeot 607 hielt an einer Ampel, nachdem er das Schild »Nizza« passiert hatte. Foster klammerte sich an die Hoffnung, Anaki finden zu können. Dabei musste er zugeben, dass die Spur, die sie in Salon-de-Provence gefunden hatten, äußerst dünn war.

»Wo sollen wir uns mit ihnen treffen?«

Hiko meinte die Mannschaft des SIS, die mit gepanzerten Wagen und allen notwendigen Waffen aus London gekommen war, um Bosko und Anaki zu schützen.

»Etwas außerhalb des Zentrums.«

Sie fuhren in die Stadt hinein, über die Promenade des Anglais. Seit Fosters letzter Reise hatte Nizza sich nicht verändert. Es waren nicht viele Menschen zu sehen – reiche Leute in offenen Wagen, Familien, ein paar Touristen. Sie alle hatten ihre Gründe, in den sonnigen Süden zu fahren: junge Arbeiter, die von der Lebendigkeit der Stadt angezogen wurden, ebenso wie die, die herkamen, um hier zu sterben, nachdem sie ihr Leben im Nebel des Nordens und Ostens verbracht hatten. Mittelklassehotels standen in langer Reihe nebeneinander wie bei einer Parade.

»Scott hat fünf Agentinnen mit asiatischem Aussehen losgeschickt, um in den Hotels der Stadt zu suchen. Sie behaupten, Freundinnen von Anaki zu sein, aber sie müssen eines nach dem anderen abklappern.«

»Vor morgen werden die nie fertig«, sagte Hiko.

Foster nahm den Kopf in die Hände.

»Halten Sie bitte an«, sagte er, »ich muss nachdenken. Und der Autolärm stört mich.«

Shelby fuhr auf einen Parkplatz, stellte den großen Peugeot

unter einen Eukalyptusbaum und stellte den Motor ab. Im Auto herrschte Stille. Shelby öffnete die Wagentür.

»Ich gehe mir die Beine vertreten.«

Auch Hiko stieg aus.

»Ich komme mit.«

Foster blieb allein im Wagen, schloss die Augen und versuchte, sich zu konzentrieren. Der Lärm von draußen drang nur gedämpft herein. Jedes Mal, wenn ein Lastwagen vorbeifuhr, zitterte der Boden. Foster hatte die Augen geschlossen und dachte intensiv nach. Über sein Gesicht lief ein Zittern. Plötzlich öffnete er die Augen wieder und suchte fieberhaft in allen Taschen, bis er die Nummer des Piloten gefunden hatte.

»Hallo, hallo?«

Céline war dran, das Mädchen, das ihnen vorhin die Wohnungstür geöffnet hatte.

»Hallo, hier ist noch einmal Wana Kenzais Onkel«, erklärte er. »Darf ich Ihnen eine Frage stellen?«

»Bitte.«

»Wissen Sie, über welchen Provider Wana Kenzai ihre Mail bekommen hat?«

»Es war Hotmail.«

»Hat Sie Ihnen irgendeinen Hinweis gegeben, mit dem ich die Adresse identifizieren könnte?«

Das Mädchen dachte gut zehn Sekunden nach, bevor sie sagte, sie wisse nichts.

»Es tut mir Leid, dass ich Sie gestört habe«, sagte Foster entschuldigend, bevor er tief enttäuscht auflegte.

Er hatte das unangenehme Gefühl, etwas sehr Wichtiges nur um Haaresbreite verpasst zu haben. Er öffnete das Fenster. Shelby und Hiko saßen im Gras unter einer Pinie.

»Fahren wir.«

Sie liefen zum Auto zurück. Vom Vordersitz wandte sich Hiko nach hinten, beide Hände an der Kopfstütze.

»Darf man wissen, woran Sie denken, Professor?«

»Ich habe den Eindruck, einer der Schlüssel zu der Sache ist die Art und Weise, wie Anaki und Bosko miteinander korrespondieren. Wenn sie einen Computer braucht, dann haben sie wahrscheinlich eine gemeinsame Mailbox.«

»Ohne die IP-Adresse ihres Computers brauchen wir erst gar nicht weiterzumachen, oder wir können gleich eine Stecknadel im Heuhaufen suchen ...«

Foster machte eine hilflose Handbewegung. Der Computer, die Verbindung zu Bosko. Eine leise Stimme sagte ihm, dass dies der Schlüssel zu allem war. Aber warum?

»Zum ersten Mal seit zehn Tagen habe ich echte Zweifel«, sagte er. »Wir sind zu langsam.«

»Da wären wir«, sagte Shelby. »Hier ist das Hotel.«

Er parkte den Peugeot vor dem Eingang. Foster stieg aus, um die Schlüssel zu holen. Er kam mit einem Papier in der Hand zurück.

»Man erwartet uns in Zimmer 242.«

Zimmer 242 war das letzte auf dem Flur, gleich vor dem Notausgang. Kaum hatte Foster an die Tür geklopft, da ging sie auch schon auf. Es öffnete ein kleiner, athletischer Mann von etwa vierzig Jahren.

»Guten Tag, Professor. Ich heiße Gordon. Dies ist mein Assistent Sean. Sir Scott hat uns geschickt, um Ihnen bei Ihrer Mission zu helfen.«

Dann trat er zur Seite. Foster ging hinein, gefolgt von Shelby und Hiko. In dem Zimmer befanden sich mehrere Männer. Der Mann mit dem Schnurrbart zeigte auf sie.

»Meine Leute kommen alle von den SAS. Sie sind darauf trainiert, in Krisensituationen eingesetzt zu werden, in denen Menschen in Lebensgefahr gerettet werden müssen. Was sind Ihre Anweisungen?«

»Warten«, sagte Foster. »Im Moment können wir nicht mehr tun.«

Anaki blieb auf der Schwelle des Eingangs stehen, zitternd vor Angst, denn sie sah noch immer die Gesichter ihrer beiden Angreifer vor sich. Ihr war ganz übel geworden. Sie ließ sich auf eine alte Bank fallen und wartete, bis ihr Herz ruhiger schlug. Der Taxifahrer hatte zuerst verlangt, dass sie bei der Polizei Anzeige erstatteten. Offenbar glaubte er noch an die Gerechtigkeit oder an jene Dinge, an die Anaki nicht mehr glaubte, seitdem amerikanische Brandbomben ihre beiden Eltern getötet und ihr Viertel dem Erdboden gleichgemacht hatten. Sie hatte den Taxifahrer inständig gebeten, die Polizei nicht zu informieren. Schließlich ließ er sich überzeugen, dass es nur zwei Gauner waren, die sie hatten bestehlen wollen, und gab nach. Er setzte sie am Bahnhof ab, wo sie einen Bus nahm, den Kopf mit einem Tuch bedeckt und mit einer Sonnenbrille. Der Ort, zu dem sie fuhr, lag fernab von allen touristischen Gegenden und den interessantesten Stadtvierteln. Nach etwas mehr als einem Kilometer stieg sie aus. Den Rest des Weges legte sie zu Fuß zurück, zog die Tasche hinter sich her und fluchte über die Schmerzen in ihrer Hüfte.

Der Campingplatz, auf dem sie Unterschlupf gefunden hatte, hieß »La Réserve«. Der Besitzer hatte ihn aus Spaß so genannt wie ein berühmtes Luxushotel der Gegend, doch so etwas wie ein Ruhepol für Milliardäre war er nicht. Es war ein Gelände von fünfhundert mal sechshundert Metern voller Unkraut, an einem Hügel gelegen inmitten von Dickicht und niedrigem Wald. Gleich daneben gab es eine Müllkippe, und manchmal wehte der Wind unangenehme Gerüche herüber. Der Blick allerdings war herrlich. In der Ferne sah man das Hinterland von Nizza und die Voralpen. Vor einer Stunde hatte sich Anaki in einem alten, heruntergekommenen Wohnwagen eingerichtet. Für die bescheidene Summe von zehn Euro pro Tag. Es war zwar hässlich hier, aber immer noch besser, als durch die Hand der Mörder des Behinderten zu sterben.

Der Ort sah eigentlich wie ein normaler Campingplatz aus, trotz der beiden Schilder am Eingang, auf denen in französischer, italienischer, englischer und deutscher Sprache zwanzig Regeln aufgeführt waren, die man zu beachten hatte, andernfalls musste man den Campingplatz verlassen. Zehn davon betrafen die Einführung unerlaubter Substanzen auf das Gelände, nur Gras war ausgenommen. Offenbar war es in kleiner Menge erlaubt. Sie hatte auch ein paar Leute rauchen sehen. Zu dieser Jahreszeit gab es kaum Zelte, aber in mehreren Wohnwagen lebten Rentnerpaare mit wenig Geld das ganze Jahr über. Auch frühere Rucksacktouristen hatten ihr Kokain, Heroin und LSD aufgegeben und sich hier zur Ruhe gesetzt. Sie hatten winzige Gemüsegärten angelegt und Hecken um ihre Bungalows oder Campingwagen gepflanzt. Die Atmosphäre war freundlich, wenn auch ein wenig deprimierend, mit den alten Dieselautos vor den mehr oder weniger schönen Wohnwagen, die so romantische Namen trugen wie »Mein Glück« oder »Das Blumenschloss« oder »Eine Hütte an der Riviera«. Anaki konnte stolz auf ihre Idee sein. Wer würde schon auf einem alternativen Campingplatz für frühere Drogenkonsumenten nach ihr suchen?

»Hallo!«

Das Büro war leer, nur Lucien war da, der Besitzer, ein fünfzigjähriger früherer Hippie mit grauen, zu einem Zopf geflochtenen Haaren, einer ausgefransten Jeans wie in den sechziger Jahren und einem Palästinensertuch um den Hals. Man konnte ihm seine Vergangenheit am Gesicht ansehen – und an den Augen mit dem sanften Blick. Lucien drehte sich um, als er sie hörte.

»Hallo Wana, was möchtest du?«

Als sie sich angemeldet hatte, hatte er nicht nach dem Nachnamen, sondern nur nach dem Vornamen gefragt.

Merkwürdig, wie ihre Auffassung vom Leben sich verändert hatte, seit sie das Mittel nahm, sagte sie sich. Vorher hätte sie sich nie getraut, einen solchen Ort zu betreten, überzeugt, dass sie dort nur Verrückte getroffen hätte, die sich dauernd Spritzen setzen.

»Ich brauche ein Aufladekabel für meinen Computer, aber ich möchte nicht nach Nizza. Kann ich anderswo eins bekommen, wenn es sein muss, auch weiter weg? Ich brauche einen Laden, der alle Marken verkauft.«

Lucien nickte, als sei Anakis Frage ganz normal. Da hatte er schon ganz andere Dinge gehört, und in La Réserve wurden niemals Fragen gestellt.

»Du kannst nach Cannes oder Antibes fahren. Da gibt es große Elektronikläden.«

»Ich brauche ein Auto. Ich kann als Kaution mein ganzes Bargeld dalassen, können Sie mir Ihr Auto leihen? Ich habe einen japanischen Führerschein.«

»Tja, das haben wir noch nie gemacht, aber ich glaube nicht, dass die Versicherung einen anderen Fahrer zulässt als meine Frau oder mich.«

Als er sah, wie verzweifelt sie war, fuhr er fort:

»Ich habe einen alten R4, der da hinten am Ende der Allee verrottet. Ich kann ihn dir leihen, er ist in Ordnung. Aber er ist über dreißig Jahre alt, und schneller als fünfzig kannst du damit nicht fahren.«

Anaiki war voller Hoffnung und sagte schnell:

»Das macht doch gar nichts, es ist perfekt. Es ist sehr wichtig für mich.«

Lucien sah sie ein paar Sekunden kritisch an, bevor er sich entschied.

»Also gut, dann komm, Mädchen, ich muss dir zeigen, wie die Gänge funktionieren. Beim R4 ist die Schaltung auf dem Armaturenbrett, man muss sich daran gewöhnen, wenn man es nicht kennt.«

Er fuhr sie bis ans Ende des Campingplatzes zu einer Art Abstellraum unter freiem Himmel gleich neben dem Trafo. Dort verrotteten alte Möbel neben einem Auto, über dem eine Plane lag. Er nahm sie ab, und da wurde ein Gefährt sichtbar, wie Anaki es noch nie gesehen hatte. Hätte Lucien einen Rolls Royce abgedeckt, hätte sie sich kaum mehr gefreut.

Er beugte sich über Anakis Schulter und erklärte ihr, wie man die Gänge bediente. Dann gab er ihr noch eine Straßenkarte. Sie setzte die Sonnenbrille und das Kopftuch auf. In dieser Aufmachung würde sie niemand erkennen, da war sie fast sicher. Sie winkte mit der Hand und fuhr langsam los. Lucien grüßte mit einem Kopfnicken, als sie den Campingplatz verließ.

»Armes Mädchen! Ich weiß ja nicht, wer hinter dir her ist, aber du scheinst wirklich Bammel zu haben.«

Der Söldner mit dem Codenamen Z 2 stieg aus dem Jumbo-Jet. Er reckte sich müde. Z 2 war gerade erst fünfundzwanzig, hatte aber schon lange Kampferfahrung. Fünf Jahre hatte er in einem Geheimkommando der Tsahal gearbeitet, bevor er wegen unangemessener Gewalt entlassen wurde. Im Sharon-Israel war das kein leeres Wort ... Seitdem arbeitete Z 2 als Söldner für Kunden, die in der Lage waren, ihm für jede Mission mindestens zwanzigtausend Dollar zu bezahlen. Durchschnittlich übernahm er drei pro Jahr. Der Grieche wandte sich immer bei ganz großen Sachen an ihn, bei denen er dann mit seinem Lieblingspartner, Z 1, im Tandem arbeiten konnte. Er arbeitete besonders gern für den Griechen, denn er schätzte dessen Professionalität und seinen Sinn fürs Detail, den nur die ganz Großen haben. Deshalb hatte er nicht gezögert, als er seinen Anruf erhielt.

Er sah sich angewidert um. Nach fünf Monaten Südamerika hatte er von Kokosnüssen und Palmen genug. Und jetzt fand er sich statt in Paris am Mittelmeer wieder! Er war müde vor lauter schlechter Laune, nachdem er siebzehn Stunden hinten im Flugzeug in der Touristenklasse geflogen war. Sein Flugzeug hatte einen halben Tag Verspätung, außerdem hatte es zwei Stürme gegeben, einen über dem Atlantik, den anderen kurz vor der Landung. Dies war für Z 2, der Flugzeuge zutiefst verabscheute, besonders schlimm.

Er trat auf den Platz vor dem Flughafen und suchte seinen Partner. Dann sah er ihn am Steuer eines kleinen Opels. Z 1 winkte ihm freundlich zu. Der slowakische Söldner war fünfundvierzig, dick und hatte ein rundes Gesicht. Seit er zwanzig war, trug er einen dicken Schnurrbart und sah eher aus wie ein guter Familienvater als wie ein Killer. Z 1 hatte eine Gabe, die Sympathie der Leute auf sich zu ziehen. Z 1 fuhr vorsichtig, beide Hände wie die Uhrzeiger um zehn nach zehn am Steuer, ganz wie es die Straßenverkehrsordnung vorschreibt. Z 1 war immer bereit, Menschen in Schwierigkeiten zu helfen. Er war sich nie zu fein, einer alten Dame auf der Straße die Einkaufstasche zu tragen. Dennoch war er ein Elitekiller von internationalem Rang und hatte einen schwarzen Gürtel in Karate, vierter Dan. Er hatte blitzschnelle Reflexe, was man bei einem Mann mit seiner Figur kaum erwartete. Z 1 und Z 2 bildeten ein umso gefährlicheres Tandem, als sie in keinem Polizeiregister standen. Z 2 warf seine Tasche in den Kofferraum und öffnete die vordere Tür des Opels.

»Grüß dich, Schütze. Tut mir Leid, dass ich so spät komme.«

»*Buenas tardes, amigo.*«

»Erspar mir die Höflichkeiten«, brummte Z 2, als er sich setzte. »Ich bin nicht der Gringo von Jacques Vabres.«

»Holla! Du bist ja völlig von der Rolle. Wirst du jetzt verrückt, oder was?«

»Ich werd echt noch verrückt, Mann. Außerdem musste ich eine Armee schlecht gelaunter Makaken zurücklassen, weil ich Hals über Kopf losgefahren bin. Der Grieche hätte sich wirklich einen besseren Moment aussuchen können.«

Z 1 grinste. Der Grieche rief immer im falschen Moment an.

»Bevor du den Griechen triffst, musst du ordentlich duschen. Du weißt ja, wie viel Wert er auf Äußeres legt.«

»Ja, ich mache mich schön und das alles, aber ich passe trotzdem auf. Diese alte Schwuchtel ist noch in der Lage, mich zu bespringen.«

»Pass auf, wie du redest, mein Freund, das kann gefährlich werden, weißt du. Hast du in Brasilien so Schlimmes erlebt, dass du in einem solchen Zustand bist?«

»Nein, aber ich war zwanzig Stunden in einem fliegenden Sarg. Im Übrigen ist Brasilien etwas für Spießer. Ich arbeite in Uruguay.

Uruguay ist kleiner und cooler. In drei Monaten komme ich nach Hause. Bis dahin mache ich so viel Kohle wie möglich.«

»Kriegst du Dollars?«

»Was dachtest du denn? Vielleicht Cruzeiros? Das ist nicht mehr wert als Klopapier, und außerdem …«

»Kannst du mir erzählen, was du in Uruguay machst? Beim letzten Mal warst du nicht gerade gesprächig.«

»Ich arbeite für eine Gruppe von Großgrundbesitzern.«

»Und für welche?«

»Die, die pro Tag mehr Bananen produzieren, als es Einwohner im Land gibt.«

»Berater für innere Sicherheit?«, fragte Z 1 ironisch.

»Wenn man so will. Im Moment bringe ich ihnen die Grundregeln bei. Warum der Chauffeur nicht vollgefressen am Steuer einschlafen darf, während das Kommando unterwegs ist. Warum der Späher sich dauernd konzentrieren muss und keine Weiber anglotzen darf. In zwei- oder dreitausend Jahren sind diese Nieten vielleicht einsatzfähig …«

Z 1 brach in Lachen aus.

»Schön, dich wiederzusehen. Wir sind doch ein gutes Team, selbst wenn du ’ne Meise hast. Aber sag mir, mein Freund, ist es nicht schwierig mit den Frauen in Uruguay? Wie sind sie?«

»Wie soll man eine in Uruguay finden, wenn man aus Tel-Aviv kommt, wo es die schönsten Frauen der Welt gibt? Sie sehen aus wie unbehaarte Affen, und sie sind außerdem dumm wie Bohnenstroh. Aber das hindert mich nicht. Ich habe schon mit halb Montevideo geschlafen, und in den nächsten zwei Monaten bin ich mit der anderen Hälfte verabredet.«

Z 1 lachte. Z 2 war wirklich ein Sex-Fanatiker. In der israelischen Armee hatte man ihn den Schwanzosaurier genannt, wegen seines dauernden Appetits, aber auch wegen seines riesigen Glieds.

»He, Schwanzosaurus! Mit dem Geld, das wir bei dieser Mission verdienen, kannst du dir die teuersten Pariserinnen leisten! Der Grieche hat mir zwar noch nicht alles gesagt, aber ich glaube, diesmal ist es ihm besonders wichtig. Wir müssen schnell und effektiv sein.«

»Bei größtem Risiko, wenn ich richtig verstanden habe.«

Z 1 machte eine provokante Geste.

»Musst halt bei der Post arbeiten, wenn du kein Risiko willst.«

»Ja, ja. Sagst du mir jetzt, wer diese Anaki ist, die wir finden sollen?«

Anaki nahm den Kopf in die Hände, Zweifel überkamen sie. Sie hatte schon zwei Elektronikläden in Cannes und einen in Antibes aufgesucht, aber ohne Erfolg. Es gab jetzt nur noch einen, aber der würde bald schließen, und dann war es vorbei. Überall hatte man ihr dasselbe gesagt. In Frankreich gab es ihren Computer nicht, und es gab auch kein passendes Aufladekabel. Wütend schlug sie auf das Lenkrad. Es war wirklich zu ungerecht! Selbst wenn sie jetzt darauf verzichten wollte, einen codierten Computer zu verwenden, hatte sie seit dem Überfall in Marseille ja gar kein Geld mehr, um einen zu kaufen. Natürlich hätte sie in ein Internet-Café gehen können, aber wie sollte sie da mit Kopftuch und Sonnenbrille arbeiten, ohne aufzufallen! Außerdem war sie sicher, dass die Organisation des Behinderten mächtig genug war, um alle Internet-Cafés der Gegend zu überwachen. Es war schon ein wahnsinniges Risiko, überhaupt durch die Gegend zu fahren, trotz ihrer lächerlichen Verkleidung. Wenn sie sie erst ablegen würde, dann würde man sie sofort erkennen. Es gab in Südfrankreich nicht viele Asiatinnen.

Sie fröstelte. Sie müsste es doch wohl schaffen, Kontakt mit George aufzunehmen, gerade in dieser Situation! Die Ampel wurde grün. Weil sie nicht schnell genug anfuhr, hupte der Fahrer hinter ihr. Sie fuhr rechts ran, um den Heißsporn vorbeizulassen, und dann weiter zum Geschäft in der Avenue de la République, dessen Adresse Lucien ihr gegeben hatte. Sie fand den schmalen Laden zwischen einer Bäckerei und einer Boutique. Er schien trotz geringer Größe sehr gut ausgestattet. Zum Glück war gleich davor ein Parkplatz frei, so brauchte sie nicht durch die Straße zu gehen. Sie parkte vorsichtig ein, um ja nicht gegen andere Autos zu stoßen, und wartete, bis niemand in der Nähe war. Im Laden waren zwei junge Verkäufer, die gerade miteinander diskutierten.

»Guten Tag, sprechen Sie Englisch?«, fragte sie beim Hereinkommen.

»Ein bisschen«, sagte einer von beiden.

Er ließ den Kollegen stehen und ging zur Ladentheke. Er hatte einen großen Kopf, wirres Haar und leicht geschwollene Augen, als habe er nicht genug geschlafen. Anaki hatte den Eindruck, dass sie ihm vertrauen konnte.

»Ich suche ein Aufladekabel für diesen Computer«, sagte sie und stellte den Laptop auf den Ladentisch.

Er runzelte die Stirn.

»Was ist denn das für ein Modell? Ich glaube nicht, dass wir es haben.«

Er winkte seinem Kollegen.

»He, Hans, guck dir das mal an. Haben wir ein Kabel für diese Kiste hier?«

Der andere kam näher. Er schien sich mehr für Anaki als für das Gerät zu interessieren, doch warf er einen Blick auf den Anschluss.

»Kenn ich«, sagte er, »das ist ein codiertes Modell.« Er pfiff zwischen den Zähnen. »Verdammt tolles Gerät. Leider zu modern für uns, das Ding ist gerade erst in Japan auf den Markt gekommen. Ich hab einen Artikel in der Computerzeitschrift darüber gelesen; den gibt es erst in einem Monat in Frankreich, vielleicht sogar noch später.«

Er hob den Kopf und lächelte schmeichelnd:

»Sie sind vielleicht eine. Sie fahren einen R4, der zwanzig Jahre alt ist, aber Sie haben den neuesten Spitzencomputer mit 120-Bit-Verschlüsselung.«

Anaki wurde tiefrot und verließ schnell den Laden.

Als sie im Wagen saß, wusste sie, dass sie so nicht weiterkam. Sie musste Kontakt zu George aufnehmen, ohne Codierung. Sie hatte keine andere Wahl.

Foster konnte nicht einschlafen. Theoretisch gab es für ihn nichts, wofür es keine Lösung gab, doch die Wirklichkeit sah anders aus: Er war gescheitert. Er zog die Decke bis ans Kinn. Den ganzen Abend war seine Unruhe wegen dieses Computers stärker geworden, und er wußte nicht mehr, wo es lang ging. Das ärgerte ihn über die Maßen. Er klappte plötzlich die Decke zurück und setzte sich aufs Bett. Er musste alles noch einmal von Anfang an durchgehen, von dem Moment an, in dem er Anakis Haus betreten hatte. Er versuchte, sich jeden Augenblick ins Gedächtnis zu rufen. Das Wohnzimmer, in dem die beiden Schwestern ihn empfangen hatten, Anakis Zimmer im Studentenheim. Dann wieder das Haus, nachdem sie geflohen war. Plötzlich durchzuckte es ihn. Das Zimmer im Studentenheim! Er führte sich jedes Detail vor Augen, das sein Gehirn wahrgenommen hatte, wie bei einer Dia-Show: das Bücherregal. Das ungemachte Bett. Die Haarbürste auf dem Waschbecken im Badezimmer. Der Schreibtisch voller Papiere. Er richtete seine Aufmerksamkeit auf den Schreibtisch, versuchte, sich an jede Einzelheit zu erinnern. Eine Kollegmappe, ein Etui mit Markern. Ein kleiner Rechner. Zwei Plasma-Bildschirme. Ein großer Stapel Informatikbücher. Ein Aufladekabel. Foster schnellte hoch, als habe ihn eine Springfeder in Bewegung gesetzt. Sie hatte keinen Computer auf dem Schreibtisch, aber der Laptop, den er bei seinem ersten Besuch bei ihrer Schwester gesehen hatte, war beim zweiten Besuch nicht mehr da gewesen!

»Mein Gott, wieso habe ich nicht eher daran gedacht?«

Er stürzte zu seinem Telefon und suchte in der Manteltasche nach seinem Palm. Er hatte noch elf Stunden Zeit, er konnte es noch versuchen. Die Freundin des Piloten nahm ab.

»Greg?«

»Nein, es tut mir Leid, hier ist schon wieder Wanas Onkel.«

»Ach so.«

Dann sagte sie mit angespannter Stimme: »Ich habe Grégory noch nicht wieder gesehen. Ich hoffe, ihm ist nichts passiert. Ich habe sogar in den Krankenhäusern angerufen, weil ich dachte, dass er vielleicht einen Unfall hatte.«

»Da kann ich Ihnen leider nicht helfen. Aber ich würde Ihnen gern noch eine Frage über Wana stellen. Wissen Sie, was für einen PC sie benutzt hat?«

»Ihren Laptop, aber sie hatte Probleme damit. Darüber hat sie sich beklagt.«

»Was für Probleme?«

»Sie hatte in Tokio ihr Aufladekabel vergessen, und in Marseille hat sie keins gefunden. Ich habe ihr geraten, in die Fnac zu gehen, weil es dort mehr Auswahl gibt.«

Foster stieß einen Seufzer der Erleichterung aus.

Endlich eine Spur!

Er wählte die Nummer von Margaret Bliker.

»Bliker.«

Die Engländerin war direkt wie ein Mann, keine blumigen Sprüche.

»Margaret, hier ist Foster, haben Sie Anakis Akte bei sich? Können Sie mir sagen, ob wir die Marke ihres Laptop kennen?«

Er wartete zehn Minuten.

»Ich hab's. Bei einer Durchsuchung ihres Zimmers im Studentenheim haben wir die Rechnung gefunden. Sie hat ein Spezialgerät gekauft.«

»Was verstehen Sie unter ›spezial‹?«

»Es ist ein gesicherter Laptop, mit dem man sich codiert ins Internet einloggen kann. Dafür braucht sie diesen Computer. Bosko hat vermutlich das gleiche codierte Gerät.«

»Ist es einfach, in Frankreich ein Aufladekabel zu bekommen?«

»Warten Sie, ich frage nach.«

Nach fünf Minuten war sie wieder am Apparat.

»Mein Fachmann sagt, nein. Dieses Modell gibt es in Frankreich noch nicht.«

Fieberhaft hatte Foster alles registriert. Als er auflegte, schöpfte er neue Hoffnung.

Shelby und Hiko lächelten einander zu. Es war fast Mitternacht, aber keiner von beiden hatte Lust, ins Bett zu gehen. Shelby sah auf die Uhr. Der Count-down machte ihn nervös.

»Es ist bald so weit, stimmt's? Macht es dir was aus?«

Shelby zuckte die Achseln.

»Ich weiß nicht genau. Sonst ist es einfacher, weil ich weiß, gegen wen ich losschlagen soll. Meine Hauptarbeit besteht darin, alles zu tun, damit mich hinterher keiner schnappt.«

»Du hast eine seltsame Arbeit. Du bist ein seltsamer Kerl, Shelby.«

»Sieht ganz so aus.«

»Was machst du, wenn du plötzlich dem Griechen gegenüberstehst?!«

»Ich bringe ihn um.«

Ihr schauderte.

»Hast du nie daran gedacht, dass er auch dich töten könnte?«

»Das ist mein Job«, antwortete er.

Sie ging ganz nahe an ihn heran und sagte ihm leise ins Ohr:

»Hast du dich niemals gefragt, ob jemand leiden könnte, wenn du stirbst?«

»Wer denn?«

»Ich, zum Beispiel.«

»Ich habe eine Entscheidung getroffen. Ich bin bereit, zu sterben, um meine Ideen zu verteidigen.«

Ein wenig beleidigt zog sie sich zurück.

»Immer deine verdammte Familiengeschichte! Du bist ja verrückt.«

Er näherte sich ihr, berührte sie.

»Was passiert hier?«, flüsterte sie.

Shelby sah in ihren Augen, dass sie es genau wusste und dass sie darauf wartete. Er zog sie zu sich heran und küsste sie. Sie machte sich los.

»Du bist verrückt! Hör auf!«

Er küsste sie wieder, und diesmal wehrte sie sich nicht, ihre Lippen öffneten sich. Shelby presste ihren Körper an den seinen. Hiko küsste ihn zurück, zuerst schüchtern, dann hemmungslos. Ihre Zungen berührten sich, drängten aneinander. Die junge Frau stieß einen Seufzer aus. Sie wankten, eng umschlungen, und fielen zu Boden. Hikos Atem ging schneller. Sie fuhr mit der Hand über sein Gesicht, seine Haare, sah ihm tief in die Augen.

»Shelby ...«

Sie hatte seinen Namen mit unendlicher Sanftheit geflüstert.

»Pssst!«

Er streichelte sie zärtlich. Hiko sah ihn die ganze Zeit an. Sanft zog er ihr nacheinander die Kleider aus, und sie wehrte sich nicht. Er war starr vor Verlangen. Sie lagen nebeneinander, Hiko nackt, hingebungsvoll, als habe sie ihr ganzer Wille verlassen. Sie hatte einen prachtvollen Körper, fest und beweglich wie eine Liane, volle und feste Brüste und einen Venushügel fast frei von Haaren. Er begann von neuem, sie zu küssen, besonders die empfindlichsten Stellen.

Stunden später, gegen zwei Uhr morgens, legte Hiko den Kopf auf seine Brust. Beide hatten ihr Verlangen voll ausgekostet. Sie begann zu weinen.

»Ist etwas nicht in Ordnung?«

»Doch, und wie!«

Shelby streichelte ihre Wange.

»Auch ich bin glücklich, du weißt nicht, wie sehr.«

Er hatte plötzlich diesen Gedanken, dass es auf Erden nur einen Menschen gibt, der für einen bestimmt ist, und dass er ihn gefunden hatte.

Hiko war erschöpft und kuschelte sich in seine Arme. Eine Stunde bleiben sie so liegen, begierig, diesen zauberhaften Moment so lange wie möglich auszukosten.

»Shelby?«

»Ja.«

»Ich liebe dich.«

»Ich liebe dich auch.«

»Ich will dich nicht verlieren. Ich habe wegen morgen ein ungutes Gefühl. Schwör mir, dass du dich nicht unnötig in Gefahr bringst.«

Er küsste sie auf die Stirn.

»Ich schwör's.«

Der Tag X

»Allein die Wissenschaft ist revolutionär. Die Militärstrategie, die Politik, die Künste – gemessen an der Gesamtheit des Universums sind sie alle nur kleine Erschütterungen. Im Gegensatz dazu wird meine Arbeit die ganze Welt grundlegend verändern: das Leben selbst, die ganze Gesellschaftsordnung, die Art und Weise, wie Menschen sich organisieren, wie sie funktionieren und wie sie sich selber begreifen.«

Aus dem Tagebuch von Professor Bosko

Noch fünf Stunden

Anaki rollte sich in ihren Pullover. Nie hätte sie gedacht, dass ihr so kalt sein könnte. Der alte Wohnwagen war am Nachmittag noch richtig heiß gewesen, aber gegen Abend hatte er sich trotz des Heizöfchens in einen Eiskeller verwandelt. Sie hatte die ganze Nacht unter ihrer zu dünnen Decke gefroren. Um elf Uhr abends hatte dann auch noch der Akku ihres Laptops den Geist aufgegeben. Deshalb hatte sie nur wenig geschlafen und darüber nachgedacht, wie sie bloß George eine E-Mail schicken könnte, ohne den Mördern, die ihr auf den Fersen waren, in die Hände zu fallen. Trotz ihrer Bemühungen hatte sie nicht die geringste Idee, wie sie es vermeiden könnte, das Gelände zu verlassen, mit all den Gefahren, die so ein Abenteuer mit sich brächte.

Der alte Teekessel flötete. Sie bereitete ihren Tee in einem Becher mit Disney-Figuren zu, der sicher zwanzig Jahre alt war. Plötzlich hatte sie genug von all der Anspannung. Sie hatte nur noch eines im Auge, George wiederzufinden und mit ihm und

Minato weit wegzugehen, auf die Karibischen Inseln oder irgendwohin im Indischen Ozean, an einen Ort, an dem der Behinderte sie niemals finden würde. Sie fühlte sich schmutzig, als habe die Umgebung auf sie abgefärbt. Glücklicherweise war der Wagen mit einer kleinen Dusche ausgestattet; das Becken war schmutzig, der Vorhang zerrissen, aber immerhin funktionierte der Brausekopf. Sie blieb so lange darunter wie möglich, nutzte den Tank von hundert Litern weidlich aus. Das warme Wasser tat ihr gut. Zweimal wusch sie sich die Haare mit dem scheußlichen Apfelshampoo, dass sie in dem kleinen Laden am Eingang des Campingplatzes gekauft hatte. Es war vom letzten Sommer übrig geblieben und hatte einen Euro dreißig gekostet. Es war jetzt neun Uhr morgens. Nachdem sie eine einfache Jeans und ein Sweatshirt angezogen hatte, ging sie zur Rezeption. Lucien empfing sie mit einem breiten Lächeln.

»Hallo Wana, hast du gut geschlafen?«

»Nein, nicht sehr gut.«

Sie zögerte, doch dann nahm sie ihren Mut zusammen:

»Ich brauche noch einmal Hilfe. Ich muss ins Internet, aber der Akku meines Laptops ist leer. Wo kann ich das machen, ohne an einen öffentlichen Ort zu gehen?«

In den Augen des Franzosen blitzte es auf.

»Du hast Probleme, Mädchen, stimmt's?«

Sie nickte zustimmend.

»Das kann man sagen, ja.«

»Wir haben im Leben alle mal Probleme. Deshalb gibt es uns hier.«

Er ging durch das Büro auf eine Tür zu, deren Farbe abblätterte. Dahinter sah Anaki einen weiteren Raum, ein wenig kleiner und niedriger gelegen, ohne Fenster. Lucien machte die Neonröhre an. Es stand nur ein Tisch im Zimmer, auf dem ein nagelneuer Computer stand.

»Wir in der Réserve sind hochmodern«, sagte Lucien ironisch. »Das ist ein PC mit Breitbandanschluss zum Internet. Jeder Bewohner kann täglich fünf Minuten umsonst surfen, aber wenn es länger dauert, muss ich es dir berechnen. Das ist die Regel.«

Zitternd vor Aufregung nickte sie zustimmend mit dem Kopf.

»So lange brauche ich nicht. Ich muss nur eine Nachricht lesen.«

»Tu, was du tun musst, Mädchen. Mich geht es nichts an.«

Das gewohnte Geräusch des Modems versetzte ihr buchstäblich einen elektrischen Schlag in den Nacken. In weniger als zwei Minuten würde sie Bescheid wissen. Sie klickte Hotmail an. Im Nebenraum unterhielt sich Lucien mit einem Bewohner. Plötzlich hielt ein kleiner Lastwagen vor dem Eingang. Anaki erzitterte, aber es war nur der Bäcker. Er trat ein, legte zehn Baguettes auf den Tisch, grüßte den Besitzer und ging wieder.

Anaki gab das Passwort ihrer Mailbox ein. Da war eine neue Nachricht. Sie öffnete sie.

Meine Liebste, komm heute um 15 Uhr ins Hotel Rascasse in Nizza. An der Rezeption fragst du nach mir. Du brauchst ein Auto. Miete es nicht in Nizza, sondern in Cannes, das ist sicherer. Pass auf alles auf, und versichere dich, dass dir niemand folgt. Heute Abend werden wir zusammen sein. Wenn du die geringste Gefahr spürst, komm nicht zu dem Treffen, und hinterlass mir eine Nachricht. GEH KEIN RISIKO EIN!
Ich liebe dich
George

»Mein Gott«, murmelte sie, die Hände vor dem Gesicht. »Ich werde ihn sehen, ich sehe ihn bald.«

Luciens Kopf erschien in der Tür.

»Gute Nachrichten?«, fragte er freundlich.

»Ja, kann man sagen.«

Er kam in den Raum und zögerte einen Moment, bevor er sich ihr gegenübersetzte.

»Weißt du, ich hatte hier mal eine, die war sehr nett, diskret, ein liebes Mädchen. Ein bisschen so wie du. Sie hatte Probleme mit

Drogen wegen einem ihrer miesen kleinen Freunde. Sie hat es nicht überlebt.«

Lucien hielt mitten in seiner Rede inne. Er hatte Tränen in den Augen, seine Lippen zitterten. Er musste sich sichtbar anstrengen, um sich wieder zu fassen.

»Deswegen habe ich beschlossen, Leuten zu helfen, da wieder rauszukommen. Ich habe einen Ort geschaffen, an dem sie Frieden finden können. Nicht groß, kein Luxus, aber hier kann sie keiner stören, wenn sie aus der Sache rauskommen wollen. Meine Freundin hatte so etwas nicht. Wenn also irgendwelche Schweine hinter dir her sind, die Mafia, die Yakuzas oder irgend so was, kannst du so lange hier bleiben, wie du willst, auch wenn du kein Geld hast. Meine Frau und ich kümmern sich um dich.«

Anaki spürte, wie auch ihr die Tränen kamen.

»Danke, Lucien. Aber jetzt, wo ich die E-Mail bekommen habe, glaube ich, dass ich es allein schaffe.«

Dann herrschte Stille in dem Raum. Keiner von beiden wagte es, weiterzusprechen. Sie beschloss, es zu tun.

»Ich brauche einen Plan von Nizza und für ein paar Stunden den R4.«

Wortlos reichte ihr Lucien den Plan. Das Rascasse lag an der Promenade des Anglais, zwischen dem Radisson und dem Negresco. Sie prägte sich die Adresse ein und gab ihm den Stadtplan zurück. Dann verließ sie das Büro, mit einem Blick, der mehr sagte als viele Worte. Als sie draußen war, rannte sie zu ihrem Wohnwagen. Drinnen stellte sie das Radio an und begann, wild zu tanzen. Sie würde George wiedersehen. Sie würde Minato wiedersehen und sie retten! Sie berühte mit der Hand den breiten Gürtel und nahm die Festplatte heraus. Sofort spürte sie, dass etwas nicht stimmte. Die Festplatte war ein wenig warm, während sie sonst immer kalt war. Sie betastete sie, ein wenig beunruhigt. Draußen schien die Sonne so hell, dass sie es für normal hielt. Wahrscheinlich war die Festplatte durch das Fenster und das Leder der Tasche warm geworden. Sie vergaß den Zwischenfall, steckte die Platte in die Tasche zurück und machte sie sorgfältig am Gürtel fest.

»Heute Abend ist alles vorbei«, murmelte sie.

Sie hatte keine Ahnung, wie Recht sie damit hatte.

Noch vier Stunden

Kevin der Holzfäller stoppte den Wagen vor der Bäckerei. Der Inhaber war einer ihrer üblichen Kontakte, ein Mann, der immer viel wusste, weil er in die ganze Stadt auslieferte. Mohamed Shit unterdrückte ein Gähnen.

»Wir verlieren mit diesem Loser bloß unsere Zeit.«

»Wir haben oft gute Infos von ihm gekriegt. Geh du rein, ich bleibe beim Kläffer.«

»Du gehst mir auf die Eier mit deinen blöden Plänen.«

»Du gehst mir auf die Eier. Und jetzt gehst du rein, ist das klar?«

Mohamed Shit machte eine wütende Handbewegung, stieg aber aus, reckte sich übertrieben und ging dann auf den Laden zu, ein wenig zu langsam. Seine drei Nummern zu großen Jeans, seine hohen Turnschuhe und die Tätowierungen an seinen Händen ließen leicht erkennen, dass er ein Krimineller war. Es gefiel ihm, dass die Leute es merkten, er freute sich über die Angst, die er in ihren Augen las. Er stieß die Tür der Bäckerei auf, eine kleine Glocke bimmelte. Die Bäckersfrau kam aus dem hinteren Raum. Sie war die Karikatur einer Matrone, wog vierzig Kilo zu viel, hatte fahles blondes Haar und war übertrieben geschminkt.

»Was wollen Sie?«

»Was ich will? Wie redest du mit mir? Hör mal zu, Weight-Watcher, ich stelle hier die Fragen! Hol lieber deinen Kerl, du alte Nutte!«

Mohamed Shit hatte schon immer gewusst, wie man mit Frauen zu reden hatte.

Ohne Hemmungen wühlte er in einem Korb und schob sich ein Croissant in den Mund. Ein paar Sekunden später erschien der Bäcker. Als er den Gauner erkannte, zeigte sich Angst in seinem Gesicht. Mohamed Shit warf den Rest des Croissants auf den Boden und legte die Fotos von Anaki und Bosko auf den Ladentisch.

»Die hier suche ich. Hast du sie gesehen? Erzähl mir keine Geschichten, oder ich hau dir eine in die Fresse, bevor ich deinen Scheißladen anzünde.«

Mit leichtem Zittern nahm der Spitzel die Fotos zur Hand und sah sie sich lange an.

»Die Tussi, irgendwie kommt die mir bekannt vor.«

Mohamed hatte ein Gefühl, als würde man ihm heiße Lava in die Adern gießen. Er packte den Bäcker am Kragen.

»Wo hast du sie gesehen, Fettsack? Los, beeil dich, ich habe noch andere Dinge zu tun.«

»Ich hab's gleich, ich hab's gleich! Ich hab sie auf dem Campingplatz für Drogenleute gesehen, heute Morgen.«

»Was erzählst du da? Was soll so eine Tussi wie die bei den Drogentypen machen? Du willst mich wohl verarschen!«, brüllte der Gauner und packte den Bäcker noch fester am Kragen.

»Nein, ich schwör's!« Dem Bäcker traten Tränen in die Augen. »Das ist im Norden der Stadt, im Tal hinter den Hügeln. Der Campingplatz sieht eigentlich ganz normal aus, aber sie nehmen nur frühere Junkies auf. Ich liefere denen Brot.«

»Was hat die Japse dort gemacht?«

»Sie war im Büro des Chefs und arbeitete am Computer. Ich schwör dir, das war sie.«

»Ein Computer, echt?«

Mohamed Shit ließ den Mann los und stürzte fluchend nach draußen.

Foster ließ den Wagen vor dem Geschäft anhalten.

»Sollen wir es hier probieren?«, fragte Hiko.

Beim Aufwachen hatten sie sich wieder geliebt, Shelby und sie, mit einer Heftigkeit, die sie noch nie erlebt hatte. Wie zwei zum Tode Verurteilte, die vielleicht nie mehr Gelegenheit dazu hätten. Shelby war, wie sie schon geahnt hatte, ein außergewöhnlicher Liebhaber, manchmal fast brutal, aber auch von einer Zärtlichkeit und einer Behutsamkeit, die sie in einen absoluten Glückszustand versetzt hatte. Sie kam sich etwas seltsam dabei vor, schämte sich ein wenig, weil ihr war, als ob sie Peter betrog. Andererseits sagte ihr eine kleine Stimme, dass sie den Mann ihres Lebens getroffen hatte, einen Mann, mit dem sie etwas Dauerhaftes aufbauen könnte.

Foster stieß die Tür auf. Sie waren mit Anakis Foto in den wichtigsten Computerläden von Nizza gewesen, aber ohne Ergebnis. Dieses Geschäft war modern und gut ausgestattet. Es standen mindestens drei Dutzend Computer und zwanzig Laptops im Fenster, an Ketten befestigt, damit sie nicht geklaut würden.

Die Verkäufer waren zwei junge Männer mit kurzen Haaren. Der eine trug ein Khakihemd, der andere ein T-Shirt mit der Aufschrift »Web-Piraten« unter einem Totenkopf. Foster lächelte ihnen freundlich zu.

»Guten Tag, wir suchen diese junge Frau. Wir möchten wissen, ob sie in den letzten Tagen einen Laptop oder ein Aufladekabel gekauft hat.«

Während er sprach, zog er ein Foto von Anaki hervor.

»Ja, die war gestern hier«, rief der im Khakihemd. »Aber wir hatten das Teil nicht. Sie hat enttäuscht das Gesicht verzogen, aber wir haben ihr auch gesagt, dass sie das, was sie sucht, nirgendwo findet. Ihr Modell gibt es in Europa noch gar nicht.«

Foster beugte sich über den Ladentisch.

»Es ist nicht leicht, Ihnen die Situation zu erklären, aber wir müssen sie unbedingt finden. Haben Sie irgendetwas bemerkt, was uns weiterhelfen könnte?«

Die beiden jungen Männer sahen sich an.

»Warum suchen Sie sie denn? Sie ist sympathisch, und wir wollen nicht, dass sie Ärger bekommt.«

Hiko spürte, dass es ein Problem gab, und fragte den Professor, was los sei. Er übersetzte es ihr. Daraufhin ging sie auf den Ladentisch zu und sagte auf Englisch:

»Sie ist meine Schwester, und sie ist mit einem Typen zusammen, von dem sie sich eine schlimme Krankheit holen könnte. Wir müssen sie vorher erwischen, es ist dringend!«

»Also gut«, sagte der junge Mann im Khakihemd. »Ihre Schwester hat nichts gekauft, wir haben uns nur kurz unterhalten, aber wir wissen keine Adresse oder so. Vielleicht können Sie aber ihr Auto finden.«

»Was für ein Auto?«, fragte Foster mit größtem Interesse.

»Ihr R4. So viele von den Dingern gibt's ja nicht mehr.«

»Ein R4?«

»Das ist ein alter Renault«, erklärte der junge Mann, »in Frankreich kennt den jeder. Ihrer war ein ganz altes Modell, eins der ersten mit runden Rücklichtern. Ich weiß das, weil meine Großmutter auch so einen hatte.«

Sie sprachen noch eine Weile mit den beiden Verkäufern, aber Foster merkte, dass sie nichts mehr erfahren würden. Sie liefen zu ihrem Wagen; Shelby wartete hinter dem Steuer und war bereits leicht beunruhigt. Foster hatte sein codiertes Telefon schon in der Hand.

»Jeremy, Jeremy, hören Sie mich?«, fragte er nervös, bis der Engländer in der Leitung war.

»Ja, sehr gut. Haben Sie sie gefunden?«

»Wir können es vielleicht schaffen. Setzen Sie sich mit irgendwem in Verbindung, der Zugang zum zentralen Kraftfahrzeugregister hat. Anaki fährt in einem auffälligen Wagen, den sie offensichtlich ausgeliehen hat.«

»Warten Sie, ich erkundige mich.«

»Wir fahren jetzt zum Hotel«, befahl Foster Shelby, die Hand vor dem Hörer.

Sie waren schon auf der Autobahn, als Scott sich wieder meldete.

»Gehen Sie zum Hauptkommissariat von Nizza. Fragen Sie nach einer jungen Kommissarin, die Lucie Monteuil heißt, berufen Sie sich auf John Kuzak. Kuzak, haben Sie den Namen verstanden?«

»Ja. Sind Sie sicher, dass sie mitspielt?«

»Sie wird Ihnen helfen, keine Sorge. Monteuil ist vor zwei Jahren bei einem Wochenende in London mit fünfzig Gramm Gras geschnappt worden, als sie gerade aus der Polizeischule kam. Wenn das die französischen Behörden erfahren hätten, wäre sie sofort rausgeworfen worden. Das MI5 wollte lieber keine große Sache daraus machen, aber natürlich wurden alle Beweise aufgehoben. Lucie Monteuil weiß, dass sie Schonzeit hat und dazu verurteilt ist, uns zu helfen, wenn wir es verlangen.«

»Und wer ist Kuzak?«

»Das ist der Deckname ihres Führungsoffiziers im MI5. Sie hat ihn nicht mehr gesehen, seit sie im Kommissariat von Soho freigelassen wurde. Und dies ist der erste Gefallen, um den wir sie bitten.«

»Und?«, fragte Hiko, nachdem Foster aufgelegt hatte.

»Wir müssen zum Hauptkommissariat.«

Noch hundertfünfzig Minuten

Kevin der Holzfäller legte das Fernglas zwischen die beiden Sitze.

»Was machen wir jetzt?«, fragte Mohamed Shit.

»Der Präfekt schickt uns Verstärkung. Im Moment passen wir nur auf, dass sie nicht abhaut.«

Der Gangster tätschelte seinen Hund am Hals.

»Ich sehe sie immer noch nicht. Was macht die bloß die ganze Zeit? Wahrscheinlich treibt sie es gerade mit ihrem Engländer, was?«

»Du Idiot, wenn die zusammen wären, hätten die schon längst die Biege gemacht und wären jetzt weit weg von hier.«

Er steckte sich eine Zigarette an.

»Rauch nicht, Kevin, rauch jetzt bloß nicht! Das schadet dem Köter!«

»Du Arschloch! Lass mich bloß in Ruhe. Wenn ich nicht so genervt hätte, wären wir nicht mal zu dem Bäcker gefahren und hätten nie rausgekriegt, wo die Tussi jetzt ist.«

Nach dieser Antwort hielt Mohamed Shit den Mund und steckte sich selbst auch eine Zigarette an.

Er nahm wieder das Fernglas zur Hand. Plötzlich rief er:

»Da ist sie, ich sehe sie.« Und leiser fuhr er fort: »Sie trägt Shorts, ein grünes Top und einen weißen Pullover über der Schulter. Die Haare hat sie hochgesteckt. Verflucht hübsch, die kleine Drecksau! Sie ist allein, geht den Weg entlang, sieht aus, als ob sie nachdenkt. Stellt sich sicher vor, dass sie ihren Kerl wiedersieht.«

Jetzt nahm Kevin der Holzfäller das Fernglas in die Hand.

»Ja, ja, das ist sie, Anaki, die blöde Schlampe. Denkt sich wohl gerade aus, wie sie hier wegkommt.« Er lachte zufrieden. »Siehst du die Schnalle, Momo? Die ist die Knete wirklich wert. Ich rufe den Präfekten an.«

Zehn Minuten später parkte eine Limousine hinter ihnen. Mohamed gab Kevin dem Holzfäller einen Seitenhieb.

»Da ist ja die Kavallerie! Natürlich im Mercedes! Verflucht, Kevin, guck dir den Sechshunderter an! Der ist ja mega out, der hat nicht mal Alufelgen!«

»Spinn hier nicht rum, da ist Schumi am Steuer.«

Der Mercedes wurde vom besten Chauffeur der Organisation gefahren. Er hieß Michael, aber alle nannten ihn Schumi, weil er sich für nichts anderes interessierte als Autos und in seiner Jugend Rallye gefahren war. Gleich nach den Autos kamen Knarren. Schumi besaß achtundfünfzig Stück, aber er benutzte bei wichtigen Einsätzen immer nur den Zwölfkaliber-Mossberg aus Aluminium mit abgesägtem Lauf von 1967, auf den er wie bei einer Kalaschnikow ein Magazin mit acht Kugeln Brennecke-Munition montiert hatte. Damit konnte man einen Menschen mühelos zerfetzen.

»Ach so, Schumi«, sagte er mit leichter Bewunderung. »Aber trotzdem hätte er BBS draufmontieren können …«

Der Grieche stieg aus, allein, und ging auf den Xsara zu. Als Kevin ihn sah, ließ er das Fenster herunter.

»Wir haben sie gesehen, sie ist aber noch nicht rausgekommen. Sie geht irgendwo da drin spazieren.«

Der Grieche knackte ungerührt mit den Fingergelenken. Als ginge ihn das alles nichts an.

»Sagt mir noch mal, wie ihr sie gefunden habt.«

Als der Gauner ihm die Geschichte mit dem Computer erzählt hatte, leuchtete es in seinen Augen. Er hatte begriffen. Wortlos zog er ein Bündel Euroscheine hervor und warf es ihm auf den Schoß.

»Hier ist die Prämie, es ist etwas mehr. Das war gute Arbeit. Und jetzt haut ab hier!«

Kevin der Holzfäller nickte gehorsam. Er hatte Angst vor dem Griechen, instinktiv. Der Grieche ging wieder zu seinem Wagen, zog Schuhe, Jacke, Hemd und Hose aus, zerknüllte alles und riss noch einen Ärmel heraus. Dann brachte er sein Haar in Unordnung, zog sich wieder an und betrachtete sich im Rückspiegel. Sah gut aus, aber irgendwas fehlte noch. Er hob das Papier eines Schokoriegels vom Boden auf und schmierte es sich vorne aufs Hemd. Es gab einen scheußlichen Fleck. Zufrieden mit dem Ergebnis ging er auf den Eingang zu. Er wusste schon, welche Rolle er zu spielen hatte, um das Mitleid des Inhabers dieses besonderen Campingplatzes zu erregen.

Er ging durch das Gittertor und näherte sich langsam dem Häuschen. Im Büro waren zwei Leute, eine sechzigjährige Frau mit rot gefärbtem Haar, knochig und eher hässlich, und ein etwa fünfzigjähriger Mann, ein älterer Hippie, der die Zeitung »Nice-Matin« las. Die Frau verabschiedete sich und ging. Der Grieche setzte eine freundliche Miene auf und wandte sich dem Mann zu.

»Hallo, störe ich?«

Er sprach bewusst mit stark griechischem Akzent. Lucien legte die Zeitung beiseite und sagte freundlich:

»Aber nein, mein Freund. Brauchst du Informationen?«

»Also, ich wohne bei griechischen Freunden, etwas weiter hinten im Tal, aber sie haben kein Telefon. In Frankreich ist ein Anschluss teuer, oder?«

Er legte zwei Eurostücke auf den Tisch.

»Ich wollte fragen, ob ich in meine Mails gucken kann, es dauert nur eine Minute, ich erwartete eine dringende Nachricht. Es geht um eine Stelle in einem Restaurant. Ich bezahle für die Verbindung.«

Lucien sah auf das verschmierte Hemd, die zerzausten Haare und die unförmige Hose des Griechen. Ein Rucksacktourist. Er schob ihm mit einer entschiedenen Geste die Eurostücke hin.

»Leg los. Nimm den PC auf dem anderen Schreibtisch, und mach schnell. Normalerweise geht so was nicht.«

Der Grieche lächelte untertänig. Er war die Dankbarkeit selbst.

»Danke, das ist nett, dass du mir hilfst. Ich kann es wirklich brauchen.«

Jetzt ging es ums Ganze. Er klickte auf den Internet-Explorer. Jemand hatte vor kurzem Hotmail benutzt. Ein Lächeln ging über das Gesicht des Griechen. Wenn Hotmail benutzt worden ist, verbleibt immer ein Cookie. Er brauchte es nur anzuklicken, und schon würde er in die zuletzt geöffnete Mailbox gelangen. Wenn nach Anaki niemand sonst im Internet war, würde er es schaffen ... Er klickte es an und betete leise, dass niemand nach ihr das Gerät benutzt haben möge. Zehn Sekunden später war die erste Seite einer Mailbox zu sehen. *Bothofus*. Der Grieche lächelte triumphierend. Treffer! Das sah ganz nach einer Mailbox aus, die zwei

Leute teilten. Und wer außer Anaki würde eine englische Mailbox verwenden?

Jetzt musste er noch das Passwort finden. Er gab »Anaki« ein. Error. Er versuchte es mit »Anaki-and-George« in Großbuchstaben und Kleinbuchstaben in allen möglichen Varianten. Dasselbe Ergebnis. Er versuchte verschiedene Kombinationen. Schließlich probierte er es mit »Iloveyou« und siehe da, die Mailbox ging auf! Er verzog den Mund zu einer scheußlichen Grimasse. Die Leute waren doch alle gleich. Sie trafen unglaubliche Vorkehrungen, um sich zu schützen, aber am Ende übersahen sie immer das Detail, das ihnen zum Verhängnis wurde. Mit Herzklopfen klickte er auf die letzte Nachricht.

»Meine Liebste, komm heute um 15 Uhr …«

Vor Freude aß er zwei Radieschen schnell hintereinander.

Noch hundertdreissig Minuten

Z 1 sah gelassen auf den Kalender und kratzte sich dabei die Brusthaare. Er hatte die halbe Nacht damit verbracht, die Waffen auseinander zu nehmen, wieder zusammenzusetzen und alles zehnmal zu überprüfen: Sind die Zielfernrohre richtig eingestellt, die Lader gefüllt, die Federn in bestem Zustand … Er hatte die Schalldämpfer ab- und wieder angeschraubt, und jetzt lag alles auf dem kleinen Sofa. Im Bett nebenan schlief Z 2 und schnarchte leise. Z 2 hasste die Warterei, also schlief er normalerweise vor der Aktion. Z 1 dagegen liebte es geradezu, zu warten. In seinem Beruf war die eigentliche Aktion nur das Ergebnis langer Vorarbeit. Am Ende zog man den Abzug eines Präzisionsgewehrs und sah dann im Fernglas vierhundert Meter weiter einen Kopf explodieren. Das gab eine rötliche Explosion, wie wenn eine Wassermelone platzt. Alles dauerte nur eine Sekunde, und dann geschah nichts mehr. Man brauchte Tage um Tage für die Vorbereitung, manchmal sogar Wochen, bis der kostbare Augenblick endlich da war. Aber was wirklich zählte, war die Vorbereitung dieser einen Sekunde, und wenn man es so sah, war sie letztlich nur die Folge all dieser mühseligen, sich ständig wiederholenden Arbeiten, die man alle mit Meisterschaft und größter Sorgfalt erledigen musste. Z 1 war kein Träumer, er hatte gleich begriffen, dass es bei Geheimaktionen genau hierauf ankam, und aus diesem Grund gehörte er auch zu den Besten. Er hatte Hunger. Eine Viertelstunde später öffnete Z 2 ein Auge. Helle Sonne schien ins Zimmer, die Läden waren geöffnet. Überall lagen Waffen herum. Z 1 aß einen Joghurt, das Sturmgewehr auf den Knien, den Blick ins Leere gerichtet.

»Verflucht, hast du schon wieder die ganze Nacht die Knarren kontrolliert, anstatt zu schlafen?«, sagte Z 2. »Wie spät ist es?«

»Jedenfalls Zeit, aufzustehen. Es findet heute statt.«

»Woher willst du das wissen?«

Z 1 klickte mit der Sicherung seines Gewehrs.

»Das sagt mir mein Gefühl. Der Grieche wird gleich anrufen.«

Noch hundertzehn Minuten

Die Kommissarin Lucie Monteuil war eine große und geschmeidige junge Frau. Sie hatte schöne blaue Augen, ihre langen, kastanienbraunen Haare waren hochgesteckt, sie hatte eine leichte Stupsnase, klein und gerade, und sie hatte Sommersprossen. Sie trug enge Jeans, Turnschuhe und einen Pullover mit V-Ausschnitt, der den oberen Teil einer zarten Brust sehen ließ. Ohne das leere Halfter an ihrem Gürtel hätte man sie für ein Model halten können. Foster war aus Gründen der Diskretion allein ins Kommissariat gegangen. Er hatte sich bei einem mürrischen einfachen Polizisten vorgestellt: »Francis, im Auftrag von John Kuzak.« Die Kommissarin Monteuil bat ihn darauf gleich nach oben. Foster schämte sich, Erpressung ausüben zu müssen, vor allem gegenüber einer Frau, aber er hatte keine Wahl. Während seiner langen Karriere beim Geheimdienst hatte er gelernt, dass man so etwas nicht tun sollte, wenn man sich nicht die Finger schmutzig machen wollte. Jetzt saßen sie einander gegenüber, die Polizistin und er, in dem etwas mickrigen und wenig gemütlich eingerichteten Büro. Lucie Monteuil hatte Angst, das war nicht zu übersehen.

»Was wollen Sie von mir?«

Ihr Ton war kalt.

Sie hat Angst vor mir, die Arme. Sie weiß genau, dass ihr dieser Fehler bis ans Ende ihrer Tage hinterherlaufen wird.

»Sie wissen, wer mich schickt, nicht wahr?«

»Ersparen Sie mir das Vorgeplänkel, ich kenne die Lage. Je schneller wir fertig sind, desto besser.«

»Ich habe nichts gegen Sie, und ich will Ihnen nicht unrecht tun. Eine Frau ist in Lebensgefahr. Meine Aufgabe ist es, sie zu retten, und ich habe nur wenige Stunden, vier, höchstens fünf. Ich brauche Sie.«

»Wie kann ich Ihnen helfen?«

Ihr Ton war jetzt etwas weniger aggressiv, wie Foster feststellte. Die Situation normalisierte sich.

»Ich möchte Sie bitten, im zentralen Register nachzusehen, wer hier im Departement einen R4 besitzt.«

Sie nickte und zog die Tastatur ihres PCs heran.

»Das ist nicht sehr kompliziert.«

Sie tippte eine Weile auf der Tastatur.

»Zweiundneunzig Einträge.«

»Könnten Sie die ältesten Modelle herausfinden? Der Wagen, den wir suchen, soll eines der ältesten sein.«

Sie tippte wieder auf der Tastatur und sagte dann:

»Drei Einträge.«

Sie druckte die Liste aus und gab sie Foster wortlos. Foster las sie durch, aber keiner der Namen sagte ihm etwas.

»Was suchen Sie?«

»Jemanden, der einer Unbekannten sein Auto leihen würde.«

»Zeigen Sie mir die Liste.«

Sie war jetzt freundlicher und zeigte mit dem Finger auf den ersten Namen.

»Den Typ kenne ich. Lucien Ledoux. La Réserve, Route de la Reine in Nizza. Das ist ein Campingplatz für frühere Drogenabhängige, Ledoux ist der Chef. Er ist zwar noch nie aufgefallen, aber wir haben ein Auge auf ihn. Bullen mag er nicht besonders, und das beruht auch auf Gegenseitigkeit, aber das wäre jedenfalls ein idealer Ort, um zu verschwinden.«

Ein Campingplatz für Drogenabhängige! Anaki hat wirklich Fantasie.

»Würde Ledoux Leuten helfen, die er nicht kennt?«

»Das ist genau seine Art. Aber ich glaube nicht, dass er mit Ihnen redet. Sie können meinen Namen verwenden, wenn es Ihnen hilft. Wenn es größere Probleme gibt, komme ich mit.«

»Danke. Ich versuche es erst mal allein.«

Noch neunzig Minuten

Der Mercedes parkte genau um 14 Uhr auf einer Seite der Place Masséna. Schumi, der Chauffeur, stellte den Motor ab. Der Grieche überprüfte seinen Marttiini.

»Wir rühren uns erst mal nicht von der Stelle«, sagte er.

Zehn Minuten vergingen, von Zeit zu Zeit durch ein Husten oder ein noch lauteres Geräusch der Wageninsassen unterbrochen.

»Was machen wir, wenn jemand sich wehrt?«, fragte Schumi.

»Ihn eliminieren. Die Mission hat vor allem anderen Vorrang.«

»Auch Bullen? Allmählich fängt's an, mir zu gefallen!«

»Red keinen Unsinn, Kleiner!«

»Aber wir …«

»Ich sage, du sollst die Klappe halten«, unterbrach der Grieche ihn energisch.

Er saß immer noch da, reglos wie ein Stein, den Blick auf den Eingang des Rascasse gerichtet.

»Okay«, sagte der Chauffeur eingeschüchtert, »ich sag ja schon nichts mehr.«

Es hatte sich schon herumgesprochen, was mit dem Leibwächter des Präfekten in Paris passiert war.

»Das ist schön.«

Der Grieche kaute ein Radieschen. Das Rascasse war ein großes Gebäude, typisch für die siebziger Jahre des 19. Jahrhunderts. Früher hatte es vier Sterne gehabt, aber jetzt war es etwas heruntergekommen. Es war hässlich, kitschig bis dorthinaus und hatte die traurige Ausstrahlung früherer Paläste, die längst keine mehr sind. Der Chauffeur öffnete die Tür.

»Bleib im Wagen.«

Der Grieche hatte den Kopf immer noch abgewandt.

»Aber ... ich habe Anweisungen.«

Der Chauffeur beugte sich zum Griechen hinüber.

»Ich soll Sie nicht allein lassen.«

Den Bruchteil einer Sekunde später hatte er den Marttiini-Dolch am Hals.

»Wenn du tot bist, kannst du keine Anweisungen mehr befolgen, stimmt's? Ich wiederhole mich nicht gerne. Verstanden?«

Schumi lief kalter Schweiß über den Rücken. Das Messer war auf die Hauptschlagader gerichtet und schnitt ihm leicht in die Haut. Blut lief über seinen Hemdkragen.

»Kapiert?«, fragte der Grieche sanft.

»Ja!«, schrie der Chauffeur. »Ich tue alles, was Sie wollen.«

Der Grieche steckte die Klinge weg. Er zeigte ein falsches respektvolles Lächeln und stieg aus dem Wagen. Der Chauffeur holte tief Luft, bevor er die Hände flach aufs Steuer legte, auf dem Gesicht den Ausdruck stummer Wut.

Was für eine halbe Portion! Und so einen miesen Kerl musste er ertragen, er, der Michelangelo des Verbrechens! Der Grieche war schon Hunderten von »Schumis« in aller Welt begegnet; die meisten landeten in der Gosse, und die, die es bis ins Rentenalter schafften, fanden sich meistens auch nicht gerade auf der ersten Seite der Zeitungen wieder.

»Wenn's irgendein Problem gibt, nimm das Handy. Ich warte drinnen auf Anaki.«

Der Grieche betrat die Lobby. Überall schlecht gekleidete Touristen, ein paar Einheimische. Ein Mann in einem braunen Anzug mit gespielt freundlichem Gesichtsausdruck machte sich hinter der Rezeption zu schaffen.

»Haben Sie eine Reservierung auf den Namen George Bosko oder Wana Kenzai?«

Der Rezeptionist suchte in seinen Papieren.

»Keine Reservierung, nein, aber eine Botschaft von George Bosko für Wana Kenzai. Arbeiten Sie mit ihr zusammen?«

»Ich bin Privatdetektiv und arbeite für ihren Mann«, versetzte der Grieche. »Bosko ist ihr Liebhaber.«

Der Mann an der Rezeption wurde rot, aber der Grieche hatte schon einen Hundert-Euro-Schein auf die Theke gelegt, ganz wie ein gewiefter Privatdetektiv.

»Ich will sie auf frischer Tat ertappen.«

»Nein, das ist unmöglich! Stellen Sie sich vor, Sie prügeln sich hier in der Halle, dann werde ich entlassen.«

»Ich mich prügeln«, entfuhr es dem Griechen, »was stellen Sie sich denn vor? Ich will sie nur fotografieren. Dann kriegt mein Klient eine Scheidung, ohne dabei allzu viel Federn zu lassen.«

Der Grieche legte zwei weitere Hundert-Euro-Scheine auf die Theke. Der Mann zögerte noch, aber nur der Form halber, dann nahm er die Scheine mit einer schamhaften Geste an sich und steckte sie schnell in die Tasche. Nachdem er sich überzeugt hatte, dass ihn niemand gesehen hatte, zog er ein zusammengerolltes Blatt Papier aus dem Fach und reichte es dem Griechen.

Nimm die Autobahn A 8 in Richtung Marseille. Hinter Nizza nimmst du die Ausfahrt 22, Le Muy. Wenn du in Muy bist, fahr über die Landstraße nach Lorgues, dann über die D 563 Richtung Carces. In Carces, gleich hinter dem Ortsausgangsschild führt eine nicht asphaltierte Straße nach rechts. Fahr diesen Weg vier Kilometer, dann nach rechts auf einen anderen nicht asphaltierten Weg, und den fährst du fünf Kilometer. Mein Haus ist das letzte, ganz hinten, zwei Kilometer hinter einer großen Farm, deren Tor gelb angestrichen ist. Pass auf, und achte darauf, dass dir niemand folgt. Noch mal: Geh kein Risiko ein! Wenn es auch nur das kleinste Problem gibt, komm lieber erst morgen.
Ich liebe dich
George

Ein Adrenalinstoß ging durch die Adern des Griechen. Er hatte ihn gefunden. Endlich hatte er George Bosko gefunden!

Noch fünfundachtzig Minuten

Z 1 steckte gerade sein riesiges Sturmgewehr in das Futteral, als das Telefon ging.

»Ich weiß, wo Bosko ist«, sagte der Grieche. »Schreiben Sie alles genau auf, ich will, dass Sie sofort dorthin fahren, um seine Entführung vorzubereiten.«

»Ich höre.«

»Markieren Sie alles«, sagte der Grieche, nachdem er sie informiert hatte, »Eingangsachsen, Ausgangsachsen, Positionen, Vorbereitung der eigentlichen Entführung, Schießwinkel. Wir handeln, sobald Anaki in unserer Hand ist.«

»Kann es sein, dass die Engländer auch hinkommen?«

»Rechnen Sie mit dem Schlimmsten.«

»Wer stirbt, wer bleibt am Leben?«

»Überleben: Bosko und Anaki. Sterben: alle anderen, falls da welche sind.«

»Okay.«

Z 1 legte auf.

»He, Schwanzosaurus, hast du gehört? Nimm deine Knarren, auf in die Schlacht!«

Noch siebenundsechzig Minuten

Der Jaguar hielt mit quietschenden Reifen vor dem Parkplatz des Campingplatzes und wirbelte eine Staubwolke auf, die die beiden anderen Wagen einhüllte – ein Rover und ein VW.

»Sollen wir mitkommen?«, fragte Shelby.

»So wie Lucien Ledoux geartet ist, wäre das ein Fehler. Ich gehe lieber nur mit Hiko.«

Lucien sah Foster, als er eintrat, misstrauisch an. Mit seinem anthrazitgrauen Anzug und seiner Krawatte sah Foster tatsächlich nicht aus wie seine normale Kundschaft. Lucien ging langsam auf die Empfangstheke zu. Er wirkte zurückhaltend, etwas zu ruhig …

Es wird schwer sein, ihn zu überzeugen.

»Was wollen Sie?«

»Das Leben einer Frau retten, die hier Unterschlupf gefunden hat. Anaki, eine Japanerin.«

»Ich kenne keine Anaki.«

»Sie nennt sich Wana Kenzai.«

»Ich frage Leute, die herkommen, nie nach ihrem Familiennamen. Und seit zwei Jahren hatte ich keine Japanerin hier auf meinem Campingplatz. Und eine junge Frau allein …«

»Woher wissen Sie, dass sie allein ist? Ich habe es Ihnen nicht gesagt.«

»Keine Ahnung«, sagte Lucien Ledoux. »Sie können das Gelände ja durchsuchen, wenn Sie wollen.«

Foster erschrak.

Anaki hat La Réserve schon verlassen.

»Wo ist Ihr Renault 4?«

»In der Werkstatt«, antwortete Lucien ironisch. »Er hatte eine Panne. Das wird Sie bei einem über dreißig Jahre alten Auto kaum wundern.«

Er war feindselig und schien kurz davor, sie hinauszuwerfen. Aber er konnte nicht umhin, Hiko anzusehen. Foster hielt er für einen Polizisten, aber Hiko konnte er nicht einordnen.

»Monsieur Ledoux, haben Sie schon mal jemanden umgebracht?«

»Wie können Sie mir nur eine solche Frage stellen?!«

»Weil Anaki in weniger als zwei Stunden tot sein wird, wenn Sie mir nicht helfen, sie wiederzufinden, und dann tragen Sie die Verantwortung.«

Foster sprach mit seiner ganzen Überzeugungskraft, als er sagte: »Ich beschwöre Sie: Helfen Sie mir, sie zu retten.«

Der Franzose zögerte, aber sein Hass auf Autoritäten siegte.

»Ich kann nichts für Sie tun, tut mir Leid.«

Foster stieß einen verzweifelten Seufzer aus. Es gab nur noch einen Weg: Shelby zu holen und die Informationen mit Gewalt aus dem Franzosen herauszubekommen. Er wollte es gerade tun, als er im Nachbarzimmer einen Tisch mit Computer sah. Neben der Tastatur lag ein Radieschen.

»Mein Gott, Sie haben den Mörder hereingelassen!«, schrie er so laut, dass Lucien zwei Schritte zurückwich.

»Was sagen Sie?«

»Sie haben heute einen Unbekannten Ihren Computer benutzen lassen.«

»Ich verstehe nicht«, stammelte Lucien, der nicht mehr wusste, woran er war.

Foster schlug mit der Faust auf die Theke.

»Hiko, holen Sie die Akte des Griechen aus dem Auto. Sie ist in meiner Tasche im Kofferraum.«

Er ließ den Franzosen nicht aus den Augen, bis Hiko wiederkam. Dann warf er die Akte auf die Theke.

»Jetzt werden Sie mir hoffentlich glauben. Hiko, sehen Sie nach, was Sie im Computer finden können.«

Lucien wurde totenblass, als er die Akte las, auf der »Interpol« stand. Es war kein Foto darin, aber mehrere Indizien passten zusammen: die Nationalität, die Radieschen. Er hörte auf zu lesen, als er an die Stelle mit der Zahl der Morde des Griechen kam.

»Es tut mir Leid. Das konnte ich nicht wissen.«

»Ersparen Sie mir Ihre Entschuldigungen, und erklären Sie mir lieber, wo ich Anaki finden kann, bevor es zu spät ist.«

»Der Grieche hat alle Cookies entfernt«, erklärte Hiko. »Unmöglich, herauszufinden, was er im Internet gesucht hat.«

Lucien verschränkte nervös die Arme.

»Anaki hat vorhin nach einem Stadtplan von Nizza gefragt. Ich werde versuchen, mich zu erinnern.«

Plötzlich kam Leben in ihn. Er entfaltete die Karte vor Foster und legte sie an dieselbe Stelle wie am Morgen.

»Gehen Sie mit dem Finger auf den Plan. Nein, ein wenig mehr nach links, westlich von der Promenade des Anglais. Noch etwas weiter links, nein, weiter rechts. Hier, an der Stelle machte ihr Finger halt.«

Sie beugten sich gemeinsam über den Plan. Eine Nummer in einem Kreis war an dieser Stelle zu sehen. Foster sah im Verzeichnis nach.

»Hotel Rascasse«, sagte er laut.

Er stürzte aus dem Empfangsbüro und hörte, wie Lucien ihm nachrief:

»Mein Gott, passen Sie bloß auf Wana auf. Was haben Sie vor?«

»Ihr Leben zu retten«, schrie Foster, »wenn mir genug Zeit bleibt.«

Er warf sich ins Auto.

»Wir müssen uns beeilen, diesmal haben wir sie.«

Es war 14:38 Uhr.

Noch achtundfünfzig Minuten

Katana fühlte sich wohl. Alle Fenstertüren, die auf das Tal hinausgingen, waren geöffnet, und er lauschte dem Gesang der Zikaden. Sie waren früh dran in diesem Jahr. Er ließ seinen Gedanken freien Lauf. Als er ganz ruhig und entspannt war, drehte er seinen Rollstuhl und fuhr zu seinem Schreibtisch. Die drei Kisten Wein standen auf dem großen Tisch. Darin waren höchst seltene, einzigartige Flaschen, die er zwanzig Jahre lang vergeblich gesucht hatte. Die letzten auf der Welt in diesem Jahrtausend, die schönsten …

Gerührt fuhr er darauf zu. Mit den Fingerspitzen berührte er die oberste Kiste, fast zärtlich. Wenn er diese Flaschen getrunken hatte, würde es keine einzige mehr geben. Oberst Toi stand reglos vor dem Bücherregal, bemüht, ihn nicht zu stören. Katana nahm eine der Flaschen heraus. Sie war prächtig, leicht angestaubt, wie es sich gehört. Das Etikett war vollständig erhalten und enthielt nur wenig Text: Vega Sicilia Unico. Und darunter: 1901. Das war einfach und magisch.

Katana nahm einen silbernen Korkenzieher und ein kleines Messer, um die Kappe abzuschneiden. In diesem Moment klingelte es. Er runzelte die Stirn und legte den Korkenzieher nieder.

»Ein dringender Anruf vom Griechen«, verkündete Oberst Toi.

Noch zweiundfünfzig Minuten

Der Professor hielt die Tür zur Eingangshalle des Rascasse einen Moment fest, bevor er sie zu sich heranzog. Hiko und Shelby rahmten ihn ein, zwei englische Leibwächter folgten in einigem Abstand, zu allem bereit. Die kleine Gruppe durchquerte die Halle, in der es von lärmenden japanischen Touristen wimmelte. Anaki stand mit dem Rücken zu ihnen und las eine Nachricht, die ihr der Mann von der Rezeption gegeben hatte. Sie trug Shorts, die ihre gebräunten Beine sehen ließen, und ein kleines grünbraunes Top; nichts Besonderes. Foster gab Shelby ein Zeichen, ihn allein zu lassen. Langsam ging er auf Anaki zu und blieb dann zwanzig Zentimeter hinter ihrem Rücken stehen.

»Guten Tag, Anaki.«

Sie sah sich um, als habe sie ein Skorpion gestochen, und fiel fast in Ohnmacht, als sie ihn erkannte.

»Sie?«

Er nickte und packte sie am Arm.

»Ja, ich. Sie haben Glück, dass ich Sie vor dem Griechen gefunden habe.«

Sie befreite sich aus seinem Griff und sah ihn feindselig an.

»Lassen Sie mich in Ruhe, sonst schreie ich. Ich habe nicht die geringste Absicht, Ihnen zu folgen.«

Foster lächelte nicht. Mit einer Kopfbewegung wies er auf die Leibwächter.

»Diese Männer sind englische Polizisten, Anaki. Ihre Schwester und viele andere Menschen sind bereits tot. Bringen Sie uns nicht in die Verlegenheit, Sie zu zwingen, uns zu folgen.«

Das Blut wich aus Anakis Gesicht.

»Das kann nicht sein, Minato ist nicht tot!«, rief sie ungläubig.

»Minato wurde von dem Griechen entführt und ermordet, schon vor über einer Woche. Ihre Leiche wurde von der japanischen Polizei gefunden, sie ist im Leichenschauhaus von Tokio.«

Er hatte sich bewusst so detailliert geäußert, um ihren Widerstand zu brechen.

»Das ist nicht wahr. Ich muss ihr die Formel mitbringen«, sagte Anaki mehrmals hintereinander mit einer fast hysterischen Stimme. »Sie ist nicht tot.«

»Ihre Schwester ist tot, und wenn Sie mir nicht folgen, wird es Ihnen ebenso gehen. Um Gottes willen, Anaki, können Sie mir nicht endlich vertrauen?«

Unter dem verschämten Blick des Rezeptionisten brach sie in Tränen aus. Foster zog sie langsam zum Ausgang.

»Kommen Sie mit, wir haben nicht viel Zeit.«

Sie liefen beinahe, als sie die Treppen hinabstiegen. Sogleich sprangen drei Leibwächter aus den Autos, die vor dem Eingang warteten, und rahmten sie ein.

»Wo ist die Festplatte?«, fragte Foster.

»Hier bei mir.«

»Diese Festplatte hat einen Fabrikationsfehler. Sie kann jeden Moment explodieren. Sie müssen sie einem dieser Männer geben, damit wir sie in eine feste Verpackung tun können.«

»Das stimmt nicht, Sie wollen bloß die Festplatte haben. Niemals werde ich sie Ihnen geben. Ich habe George geschworen, dass ich mich nie von ihr trennen werde.«

Shelby, der näher gekommen war, um das Gespräch mit anzuhören, flüsterte Foster ins Ohr:

»Was sollen wir tun, Professor – sie ihr mit Gewalt wegnehmen?«

Foster warf Anaki einen müden Blick zu: Ihr Gesicht war voller Tränen, sie zitterte und hielt krampfhaft ihren Gürtel fest, bereit, ihn mit aller Kraft zu verteidigen. Er würde sie nicht umstimmen können.

»Nein. Wir tun die Platte in den Container, den Gordon beschafft hat. Ich fahre mit ihr allein im Auto, in dem gepanzerten Jaguar, und wenn die Festplatte explodiert, gibt es wenigstens außerhalb keine Schäden. Im Übrigen haben wir auch noch etwas Zeit.«

Theoretisch zumindest.

»Professor, das ist Wahnsinn, lassen Sie mich diese Festplatte nehmen«, sagte Shelby eindringlich und sah Anaki böse an. »Sie wird Sie beide umbringen.«

Foster hob die Hand zum Zeichen, dass Weiterreden zwecklos war. Er öffnete Anaki die Tür des Jaguars.

»Machen wir schnell. Je eher wir George Bosko gefunden haben, desto schneller können wir dieses Ding loswerden.«

Noch zweiundfünfzig Minuten

Z 1 und Z 2 lagen im Unterholz, im Dickicht völlig unsichtbar. Die Landschaft war von wilder Schönheit, überall dichtes Unterholz, gemischt mit grünen Eichen, so weit das Auge reichte. Sie waren über den Plan gebeugt, den Z 1 vorbereitet hatte. Ihre Positionen waren mit einem Kreuz markiert, darüber waren die besten Schusswinkel in Richtung Haus mit Bleistift eingezeichnet.

»Alles in Ordnung? Sind wir so weit?«, fragte Z 2.

»Wenn das viele Engländer sind, können sie die ganze Umgebung abdecken. Dann stellen sie sich im Kreis um das Haus auf, in so großem Abstand wie möglich, um eine gute Sicht zu haben, also zwischen zwanzig und fünfzig Meter. Das müsste hier, da und dort sein.«

Mit einem roten Kugelschreiber kennzeichnete er die Stellen auf dem Plan.

»Wir schießen einmal, eine Garbe pro Ziel. Dabei können wir in den ersten zehn Sekunden vier oder fünf abknallen.«

»Ja, das geht. Aber ich würde an ihrer Stelle noch weiter vorne einen Typ mit Fernglas und Walkie-Talkie aufstellen. Weiter vorne, aber nicht zu weit.«

»Gut gesehen. Wo genau?«

»Ich würde sagen: hier, auf dieser Höhe, hinter dem Haus.«

»Ja, das stimmt. Dann stellen wir uns hier in der Mitte auf, auf halber Höhe, und der Grieche bezieht unterhalb von uns auf halbem Abstand Position. Zu dritt decken wir die Umgebung über 360 Grad ab, ohne toten Winkel.«

»Besteht nicht die Gefahr, dass wir uns gegenseitig abschießen?«

»Das ist unmöglich, weil es abschüssig ist. Guck in das Lasergerät, das Haus liegt dreißig Meter hoch, und wir sind auf einer Höhe von fünfundzwanzig.«

»Ja, du hast Recht. Ich halte jetzt die Klappe.«

»Wir haben drei Sig mit fünfunddreißig Schuss, wir können in zwei Minuten zweihundert Schuss abgeben, plus eine Minute, um die Schalldämpfer zu wechseln, wenn sie kaputt sind. Wir können die Sache in sieben, acht Minuten erledigen, zehn, falls es viele sind, die Widerstand leisten.«

Z 2 sah weiter auf den Plan, dann hob er konzentriert den Kopf.

»Mein Bester, das wird ein echtes Blutbad.«

Noch fünfzig Minuten

Der Grieche hatte gewartet und verließ nun das Hotel. Er würde jetzt bald direkt auf die Engländer stoßen: Foster, Hiko, den japanischen Riesen und die wie unbeteiligt am Rand stehenden Leibwächter. Er hatte sie gleich an den Augen erkannt, die ständig in Bewegung waren, an den breiten Schultern und den Taschen, die sie trugen, um ihre Maschinenpistolen zu verbergen. Zuerst war die Wut in ihm aufgestiegen, dann aber war ihm klar geworden, dass er jetzt die Gelegenheit zum ganz großen Coup hatte: Er konnte Bosko und Anaki gefangen nehmen und diese ganzen Engländer erledigen, die ihm seit Beginn der Sache auf die Nerven gegangen waren. Als Schumi sah, wie der Grieche aus dem Hotel kam, ließ er den in einigem Abstand geparkten Mercedes langsam vom Bürgersteig herunterrollen. Der Grieche sprang hinein.

»Sie sind nur zwanzig Meter vor uns«, sagte Schumi. »Ist das die Gruppe mit der Japse?«

»Ja, fahr los«, befahl der Grieche, »aber bleib in vernünftigem Abstand.«

Der Mercedes fädelte sich vorsichtig in den Verkehr ein. Der Grieche nahm sein codiertes Telefon zur Hand. Z 2 meldete sich.

»Sind Sie vor Ort?«

»Ja.«

»Die Engländer haben Anaki eine Minute vor mir geschnappt. Wir müssen uns prügeln.«

»Kein Problem. Wie viele sind es?«

»Sieben Leibwächter, darunter auch der Eurasier aus Tokio. Wir sind drei. Aber das Terrain ist zu unserem Vorteil, und wir haben den Überraschungseffekt.«

»Kein Problem.«

»Stellen Sie die Falle auf, errechnen Sie die Schusswinkel, das sind Profis.«

»Kein Problem. Sind Sie auf der Straße hinter ihnen?«

»Ja, ich rufe wieder an, wenn wir durch Carces fahren.«

Er legte auf.

»Siehst du sie noch?«, fragte er den Chauffeur.

»Ja, aber da sind drei Autos, nicht zwei. Der Passat dahinter gehört auch zu ihnen.«

»Sind die Wagen gepanzert?«

»Der Jaguar ja, der Passat nicht, beim Rover weiß ich es nicht. Aber ich glaube, der auch.«

»Hm«, sagte der Grieche nur, beeindruckt, wie viel Kräfte die Briten aufboten.

Er überlegte, ob er den Präfekten anrufen sollte, um ihm von der Lage zu berichten, doch dann steckte er das Handy ein.

Der kann mich mal.

»Was machen Sie denn?«, fragte der Chauffeur, als er sah, dass der Grieche das Telefon einsteckte.

»Ich habe dir gesagt, du sollst den Mund halten.«

»Aber der Chef wollte doch, dass wir ihn anrufen, damit er weiß, wie viel Engländer dabei sind.«

»Halt die Schnauze!«

Als der Mercedes an einer Ampel hielt, verzog der Grieche keine Miene. Die Engländer waren hundert Meter weiter vorn blockiert, sie hatten die Blinker an. Den Mercedes hatten sie nicht entdeckt. Die Ampel wurde grün. Der Grieche wartete, bis die drei Wagen um die Kurve gefahren waren, dann handelte er. Der Marttiini fuhr dem Chauffeur mit solcher Gewalt in die Leber, dass das Ende der Klinge in den Sitz stieß. Schumi öffnete den Mund, die Augen traten aus den Höhlen, er hielt die Hände vor lauter Schmerz starr am Steuer, aber schon hatte der Grieche erneut zugestoßen, diesmal mitten ins Herz. Er zog die Klinge heraus, wartete, bis auch die Wagen vor ihm angefahren waren, und dann stieß er die Leiche mit dem Fuß aus dem Wagen und brüllte lauthals:

»Ich hatte dir doch gesagt, du sollst die Klappe halten!«

Er setzte sich an Schumis Platz und fuhr in rasendem Tempo los. Die Autofahrer hinter ihm waren erstarrt vor Schreck, keiner reagierte. Der Grieche fuhr konzentriert und mit zusammengepressten Lippen, er brauchte nur eine Minute, um die anderen einzuholen. Nach ein paar hundert Metern entspannte er sich.

Für den Chauffeur hatte er keine schöne Maxime gefunden, aber bei Anaki und den Engländern würde er das wieder wettmachen. Auf der Autobahn fuhren sie Richtung Carces. Der Grieche beschleunigte auf 180, um den kleinen Konvoi zu überholen. Jetzt, wo er sicher war, wo sie hinfuhren, wollte er vor ihnen da sein. Er aß ein Radieschen.

In einer Stunde würde alles vorbei sein.

Noch fünfundvierzig Minuten

Z 1 sah auf die Uhr, stand auf, lief hundert Meter, den Oberkörper weit nach vorn gebeugt, und legte seine Waffe wieder an die Wange. Mit seinem Laser-Entfernungsmesser maß er den Abstand, um das Zielfernrohr optimal einzustellen. Zehn Minuten vergingen, dann fünfzehn. Er trug denselben Kampfdrillich wie Z 2, den Gesichtsschutz nach hinten geschoben wie eine Mütze, und war in der Vegetation nicht zu erkennen. Die Spannung wuchs ständig, wie vor jeder Operation. Normal. Nach einer halben Stunde stellte er seinen Sender an, den er wie immer auf dem Rücken hatte. Sein schweißgebadeter Körper hatte einen säuerlich-herben Geruch.

»Hier Alpha 2. Alpha 3, kannst du mich hören?«

»Hier Alpha 3. Ich höre dich sehr gut«, sagte die leicht raue Stimme von Z 2 in den Hörer.

»Kannst du mich lokalisieren?«

»Ja, bei elf Uhr, fünfzig Meter weiter oben.«

»Stimmt. Siehst du was?«

»Ja. Das Ziel ist im Wohnzimmer. Ah, jetzt geht er in den Garten. In fünf Sekunden hast du ihn im Blickfeld.«

»Bestätige Sichtkontakt«, sagte Z 1, als er plötzlich einen Mann erkannte, genau in der Mitte des Zielkreuzes.

Das war also der berühmte Professor Bosko, der den Griechen in diese Aufregung versetzte. Bosko war groß und hatte grau meliertes, wirres Haar. Er war schlicht gekleidet, mit einer Leinenhose und einem Polohemd von Lacoste, von dem jede Einzelheit im Fernrohr sichtbar war. Bosko war elegant und sah ziemlich gut aus, er war sportlich, trotz seiner sechzig Jahre. Er wirkte nervös und ging unaufhörlich im Garten auf und ab. Ein Lächeln erhellte das Gesicht von Z 2. Er sagte leise:

»Du hast allen Grund, nervös zu sein, mein Freund.«

Plötzlich zog eine Staubwolke seine Aufmerksamkeit auf sich. Sie kam von Nordwesten, von dem Zufahrtsweg. Er richtete das Fernglas darauf. Mehrere Autos waren zu erkennen.

»Alpha 2. Sichtkontakt bei zehn Uhr. Drei Wagen«, sagte Z 1 im selben Augenblick.

»Alpha 3. Ich bestätige.«

Die Stimme des Griechen drang ihnen ins Ohr:

»Alpha 1. Ich bin auf Position. Bei zwei Uhr von Ihnen aus gesehen, Alpha 2; bei zehn Uhr von Ihnen aus gesehen, Alpha 3, fünfzig Meter oberhalb von Ihnen, wie Alpha 2 gesagt hat.«

»Alpha 2. Verstanden.«

»Alpha 3. Verstanden.«

»Alpha 1. Over.«

Die Staubwolke kam schnell näher. Wieder die metallische Stimme des Griechen in den Kopfhörern der Killer:

»Laden Sie die Gewehre. Schalten Sie die Infrarot-Sichtgeräte ein.«

Das Durchladen der Waffen machte ein tiefes Geräusch, gefolgt vom helleren Ton beim Einschalten der Nachtsichtgeräte. Dann zogen der Grieche, Z 1 und Z 2 mit der gleichen Bewegung den Gesichtsschutz mit schwarzrotem Zebramuster herunter.

Noch fünfzehn Minuten

Aus dem Auto sah Foster Professor Bosko hinter dem Gitter stehen – wie versteinert, als die Autos vorfuhren. Dann ging die rechte Vordertür des Jaguars auf. Anaki sprang heraus und stürzte auf Bosko zu.

»George!«

Zuerst schien Bosko nicht so recht zu wissen, was er tun sollte, dann aber nahm er die junge Frau in die Arme. Er küsste sie. Die beiden Liebenden hielten sich eng umschlungen und wiegten sich hin und her. Foster wartete in einigem Abstand mit strenger Miene. Nach einer Minute zärtlicher Liebesbezeugungen schob George Bosko Anaki sanft zur Seite. Er warf ihr einen Blick unendlicher Zärtlichkeit zu und streichelte sanft ihre Wange.

»Wie schön du bist! Ich hatte vergessen, wie unendlich schön du bist!«

Dann wandte er sich an Foster.

»Wer sind Sie? Ich habe den Eindruck, Sie zu kennen. Und wer sind diese Leute?«

Foster trat vor.

»Ich bin Professor Francis Foster und handele im Auftrag der britischen Regierung.«

»Foster? Der Nobelpreisträger?«

»Ja.«

Nach einigem Zögern trat der Professor noch etwas weiter vor.

»Wir haben uns viel zu sagen, aber zuerst, bitte, müssen die beiden codierten Festplatten entfernt werden, denn sie werden explodieren.«

»Da gibt es nichts zu befürchten«, brummte Bosko. »Diese Festplatten sind absolut stabil.«

»Nein, bei ihrer Herstellung hat es einen Fehler gegeben, der eine Kettenreaktion ausgelöst hat. Sie werden explodieren, das hat der technische Dienst des SIS bestätigt! Es bleibt weniger als eine Stunde bis dahin.«

»George, ich wollte ihnen meine nicht geben. Kann das denn sein?«, fragte Anaki.

»Ich weiß es nicht. Vielleicht. Gib sie mir.« Und nervös fügte er hinzu: »Schnell!«

Er riss ihr den Behälter geradezu aus der Hand. Als er den Temperaturunterschied zu der Festplatte darin bemerkte, wurde er blass und lief schnell auf das Haus zu.

»Kommen Sie nicht näher, es dauert nur eine Minute«, rief er über seine Schulter hinweg.

Noch dreizehn Minuten

»Alpha 3. Was macht er da?«

»Alpha 2. Ich glaube, er sucht etwas in seinem Schlafzimmer.«

»Alpha 3. Das trifft zu. Es ist eine Tasche. Jetzt nimmt er sie und läuft damit ins Hausinnere. Jetzt kommt er ohne wieder zurück.«

»Alpha 1. Beruhigen Sie sich. Er hat nur die beiden Festplatten weggebracht.«

»Alpha 2. Welche Festplatten?«

»Zwei Festplatten, die wir unbedingt mitnehmen müssen.«

»Verstanden«, sagten die beiden Killer einstimmig.

Der Grieche stellte sein Gewehr auf. Niemand konnte wissen, dass er überhaupt da war, es sei denn, man würde einen Hund einsetzen, und die Engländer hatten keinen bei sich. Er überprüfte den Plan von Z 1 und Z 2. Die Leibwächter standen fast genau dort, wo die Söldner es erwartet hatten. Die Engländer hatten sich zwar so im Garten verteilt, dass sie alle Schusswinkel beherrschten, aber sie würden auf diesen Abstand nichts gegen Z 1 und Z 2 und ihn ausrichten können; schließlich hatten sie selbst starke Fernwaffen und die Engländer nur Faustwaffen und Maschinenpistolen. Er wählte Katanas Nummer. Der Japaner nahm sofort ab.

»Ich bin's«, flüsterte der Grieche.

»Wie stehen die Dinge?«

»Ich habe eine schöne Überraschung: Ich habe Bosko, Anaki, Professor Foster und die ganze Truppe im Visier. Wir haben die Situation voll im Griff. Wo ist Ihre verschlüsselte Festplatte?«

»Im Panzerschrank im Büro in Tokio. Warum?«

»Ich habe den Eindruck, dass irgendetwas damit nicht stimmt. Bosko hat die Platten eingesammelt.«

Der Behinderte stieß einen Freudenschrei aus.

»Bringt sie alle um, bis auf Bosko. Vergesst die Burakimen nicht. Ich will unbedingt, dass sie stirbt.«

»Genau das hatte ich vor«, antwortete der Grieche.

Er steckte sein Telefon ein, nahm sein Gewehr und fuhr sorgsam das Terrain ab. In seinem Zielfernglas erschienen die Köpfe von Shelby und Hiko, deutlich zu erkennen. Er nahm Shelby ins Visier.

Noch zwölf Minuten

Foster hatte sich an den Tisch der Terrasse gesetzt, zwischen Anaki und Hiko. Shelby stand etwas abseits, groß, unbeweglich und beunruhigend. Bosko kam nach ein paar Minuten wieder aus dem Haus, außer Atem.

»So, die Festplatten sind alle im Obstkeller, die Wände sind dick, und die Tür ist gepanzert, es besteht also keine Gefahr. Ist es dem SIS gelungen, sie zu entschlüsseln?«

»Nein, sie sagen, das sei unmöglich.«

Der Ausdruck des Stolzes, der kurz auf George Boskos Gesicht zu sehen war, entging Foster nicht. Er war bewegt und von Bosko stark beeindruckt; er hatte zwar große Ringe um die Augen und schien erschöpft, aber von seiner hohen Gestalt ging etwas geradezu Magnetisches aus. Selbst in dieser Fluchtsituation, in diesem im Hinterland von Nizza verlorenen Häuschen wirkte er ganz wie ein Fürst.

»Ich glaube, wir haben uns viel zu sagen«, bemerkte Foster. »Sollen wir mit Izu Katana beginnen?«

»Mit wem?«, fragte Bosko ehrlich erstaunt.

»Das ist der echte Name des Behinderten, des Mannes, den Sie vermutlich unter dem Namen Ito kennen. Seit Sie auf der Flucht sind, hat er seine Killer auf Sie angesetzt.«

»Katana …«

»Sie müssen wissen, dass ich von unserem Gespräch nur dem Chef des britischen Geheimdienstes und dem Premierminister berichte. Sie sollten jetzt wirklich die Karten auf den Tisch legen.«

Bosko bewegte leicht den Kopf. Dann legte er zärtlich den Arm um Anakis Schultern.

»Ich werde Ihnen ungeschminkt auf alle Fragen antworten, Professor.«

»Warum sind Sie selbst nicht jünger geworden?«

»Ich habe mir den Zellenregenerator nicht selbst gespritzt. Angesichts meiner Funktion hätte jede allzu auffällige Veränderung meines Äußeren sofort Aufmerksamkeit erregt.«

In diesem Moment begann Anaki zu weinen, den Kopf an Boskos Schulter gelegt.

»Warum haben Sie sich überhaupt an Katana gewandt?«

»Sie gehen ja gleich aufs Ganze«, sagte Bosko und nahm den Arm von Anakis Schulter.

Er stand auf und erklärte:

»Ich hole jetzt erst mal für alle etwas zu trinken, wir können es brauchen.«

Ein paar Augenblicke später kam er mit einer Flasche Cognac und fünf kleinen Gläsern zurück, die er großzügig füllte. Langsam trank er sein Glas zur Hälfte leer, dann stellte er es mit leicht zitternder Hand auf dem Tisch ab.

»Sie wissen doch, welche Vorschriften für die Entwicklung neuer Medikamente gelten. Zuerst muss man die Wirkung des Mittels per Computer simulieren, dann testet man es bei Ratten oder Kaninchen, dann bei Schimpansen. So probiert man Dutzende von Varianten aus, immer leicht veränderte Variationen derselben Formel. Manchmal genügt eine ganz geringe Modifikation – hier eine Base weniger, dort eine mehr –, um eine schwere Nebenwirkung zu erzeugen. Natürlich brauchte ich menschliche Versuchspersonen, um mein Produkt in der Endphase zu erproben. Sie wissen ja auch, Professor, dass man ein Medikament nicht vertreiben kann, wenn man es nicht vorher am Menschen getestet hat. Das Problem ist, dass ich mich nicht an das offizielle Forschungsprotokoll halten konnte. Können Sie sich vorstellen, wie ich Leuten hätte erklären sollen, warum ihr Aussehen sich verändern würde, warum sie plötzlich jünger werden würden? Noch dazu, wo ich am Anfang vier Fälle hatte, bei denen das Mittel gescheitert ist. Katana hat mir die Probanden und die entsprechende Infrastruktur geliefert.«

»Das hatte ich mir schon gedacht«, sagte Foster. »Ich konnte mir nur wenig Gründe vorstellen, warum eine Geheimgesellschaft in Ihre Pläne einbezogen wurde, und diese hier war eine der größten. Aber was hat Katana als Gegenleistung verlangt?«

»Dass er selbst das Mittel bekommt.«

»Natürlich«, sagte Foster nachdenklich.

»Geheimhaltung war unerlässlich«, sagte Bosko mit Nachdruck. »Stellen Sie sich nur vor, was geschehen wäre, wenn die Presse oder die Behörden von meiner Entdeckung erfahren hätten. Die ganze Welt hätte sich in die Angelegenheit eingemischt! Nein, ich wollte meine Arbeiten bis zum Schluss selbst in der Hand behalten und die Entscheidung, wann ich sie veröffentliche, allein treffen.«

»Was ist aus diesen Leuten geworden?«

Bosko goss sich ein neues Glas ein. Als er Foster das Gesicht zuwandte, waren seine Augen voller Tränen.

»Katana hat sie ermordet.«

Ein Zucken lief über Fosters Gesicht.

»Wie viele waren es?«

»Es waren …«

Bosko senkte den Kopf.

»Wie viele?«

»Zweihundertsiebenundsiebzig.«

Foster fuhr hoch, erschüttert von der hohen Zahl. George Bosko wandte sich Anaki zu, die ihn mit weit aufgerissenen Augen erschrocken ansah.

»Zweihundertsiebenundsiebzig? Ich dachte, es wären nur zwei oder drei«, sagte sie mühsam.

»Verstehst du jetzt, warum ich fliehen musste?«

»Katana war ein hohes Risiko eingegangen. Sie hätten ihn denunzieren können«, bemerkte Hiko.

»Nein, denn ich kannte seinen richtigen Namen nicht; ich wusste ja nicht einmal, wo er wohnte. Ich habe Katana vor drei Jahren über den Freund eines Freundes kennen gelernt, mit dem ich über meinen Wunsch gesprochen hatte, diskrete Hilfe für die Durchführung der Tests zu bekommen. Eine Woche bevor ich geflohen bin, erfuhr ich dann zufällig, dass diese beiden Männer gestorben sind – der eine durch eine Herzattacke, der andere wurde von einem Auto überfahren. Ich saß also in der Falle. Wem hätte die Polizei denn geglaubt? Mir, der nicht einmal wusste, wen er anzeigen sollte, oder jemandem, der diskret eine Akte mit den Namen aller Versuchspersonen hätte vorlegen können?«

»Wer waren denn die Probanden?«

»Wir hatten uns darauf geeinigt, dass es Leute sein mussten, deren Verschwinden kein Aufsehen erregen würde. Ich wollte Obdachlose. Aber ich habe zu spät entdeckt, dass Katana auf der Straße manchmal Angestellte, Familienmütter, Rentner oder Großväter aufgelesen hatte. Jedes Jahr verschwinden in Japan achtundzwanzigtausend Menschen, ohne eine Spur zu hinterlassen. Vierundachtzigtausend in drei Jahren. Über zweihundertsiebenundsiebzig mehr oder weniger würde sich die Polizei kaum Gedanken machen. Ich hatte geplant, dass die Leute drei Jahre lang in einer Klinik bleiben würden, ohne herauszudürfen.«

»Aber das ist ja unmenschlich! Sie haben Sie ja eingesperrt«, rief Hiko, die zum ersten Mal in die Diskussion eingriff.

»Ich habe ihnen drei Jahre gestohlen, aber dafür zweihundert geschenkt, das ist ein Bonus von hundertsiebenundachtzig Jahren, Hätten Sie das abgelehnt, wenn man Ihnen den Vorschlag gemacht hätte?«

»Sie haben drei Jahre zu diesen Menschen Kontakt gehabt«, sagte Foster. »Wie haben Sie denn reagiert, als Sie erfuhren, wer sie waren?«

Bosko wurde rot.

»Ich saß in der Falle, also habe ich das Experiment fortgesetzt.«

»Dann sind Sie zum Mittäter geworden«, sagte Hiko.

»Was Sie da sagen, ist kindisch. Schließlich findet man es normal, dass im Krieg Hunderttausende junger Leute von Generälen auf die Schlachtbank geschickt werden«, antwortete Bosko scharf. »Ich hatte dem Alter den Krieg erklärt und brauchte zweihundertsiebenundsiebzig Personen. Ich bin nicht besser und nicht schlimmer als ein General auf dem Schlachtfeld.«

»Erzählen Sie weiter, was ist passiert, dass alles aus dem Ruder gelaufen ist?«, fragte Foster, der es vermeiden wollte, dass das Gespräch zum Desaster wurde.

»Vor zwei Monaten ungefähr fuhr ich in die Klinik, in der die Tests durchgeführt worden waren. Ich wollte vor der Pressekonferenz, die ich vorbereitet hatte, um der Welt meine Entdeckung bekannt zu geben, mit allen Versuchspersonen sprechen. Ich wusste wohl, dass einige gegen mich klagen würden, aber die Mehrheit würde auf meiner Seite stehen. Aber als ich an diesem Tag in die Klinik kam, waren alle verschwunden – es war einfach kein Mensch mehr da!«

George Bosko wischte sich den Schweiß ab, der ihm in die Augen lief, als erlebe er den Albtraum erneut.

»Das war wirklich unglaublich. Noch drei Tage zuvor war die Klinik voll mit schlafenden Patienten gewesen, mit Leuten des Behinderten, voll mit hoch spezialisierten Instrumenten. Allein vier Assistenten des Behinderten arbeiteten dort ganztags. Und jetzt kam ich in ein völlig leeres Gebäude. Die Betten, Tische, Stühle, die Kantineneinrichtung, die Krankenakten – alles war wie durch Zauber verschwunden. Nur der Behinderte war da. Er thronte auf seinem Rollstuhl inmitten des riesigen Raumes, neben ihm zwei Männer, die ich noch nie gesehen hatte. Er sagte mir, was er mit den Leuten gemacht hatte. Er hatte sie alle mit einem Fingerschnippen umbringen lassen. Er hatte sie in ein Flugzeug gesteckt, die Füße in Zementblöcken, und zwanzig Kilometer vor der Küste ins Japanische Meer geworfen. Zweihundertsiebenundsiebzig Menschen!«

Bosko nahm Anakis Hand in seine und sagte leiser:

»Als ich protestieren wollte, sagte er, da gäbe es nichts zu bedauern, all diese Leute seien nur *maruta.*«

Foster erschauerte: »Maruta, Holzscheite«; er hatte das Wort in medizinischen Handbüchern gelesen. So nannten Doktor Ishii und seine Handlanger die chinesischen, koreanischen und westlichen Versuchskaninchen, an denen sie während des Krieges grausame medizinische Experimente vornahmen. Fünfzig Jahre später wiederholte sich die Geschichte mit derselben Grausamkeit.

»Was ist heute Ihre Absicht? Flucht bis ans Ende Ihrer Tage oder Bekanntgabe Ihrer Entdeckung?«

»Zugleich mit meiner Schande? Ich weiß es noch nicht. Die Formel ist wichtiger als alles andere, mich eingeschlossen. Ich habe Angst, dass die Kritiker, Reaktionäre und Gegner medizinischen und genetischen Fortschritts die Verbrechen, an denen ich schuldig bin, missbrauchen, um diesen Fortschritt an den Pranger zu stellen. Ich will nicht, dass sie verhindern, dass meine Erfindung entwickelt, produziert und allen Frauen und Männern, die es wünschen, verabreicht wird. Ich frage mich, ob es nicht besser ist, noch zu warten.«

»Warten worauf?«

»Ich weiß es nicht. Ich denke seit zwei Monaten darüber nach ...«

»Warum will Katana Ihre Formel haben? Nicht um Geld zu verdienen, nehme ich an.«

»Nein, Katana ist ein Verrückter. Er leitet eine Geheimorganisation, die den Westen destabilisieren und eine Herrschaft Japans und traditioneller japanischer Werte etabilieren will. Wir befinden uns mitten in einem Krieg der Zivilisationen, Professor.«

»Was genau will er denn machen?«

»Er will meine Formel genetisch so verändern, dass sie nur bei Japanern wirken kann. Damit könnten allein die Japaner dreihundert Jahre alt werden.«

Noch neun Minuten

Gordon, der Chef der englischen Mannschaft, drehte sich langsam um, den Finger auf dem Abzug seiner HK 5. Ein hagerer Kerl, seine rechte Hand, gesellte sich zu ihm.

»Alles in Ordnung, die Jungs haben sich verteilt, Captain. Hier brauchen wir nicht mit bösen Überraschungen zu rechnen. Komplizierter wird es erst, wenn wir gleich in die Stadt zurückfahren.«

»Ich bin trotzdem froh, wenn wir hier weg sind«, gab Gordon zurück. »Mit all diesem Gestrüpp ist die Fernsicht gleich null. Das Gelände ist zu groß und zu steil. Sieh dir diese Hügel da hinten an, wie weit sind die entfernt? Hundertfünfzig, zweihundert Meter? Wir haben hier keinerlei Kontrolle.«

»Nur die Ruhe, wir haben die Situation in der Hand, und keiner weiß, dass wir hier sind.«

»Das will ich hoffen ... Trotzdem hätte ich gern ein Richtmikrofon, um zu wissen, was in diesem Dickicht passiert.«

»Wir haben eins im Kofferraum. Soll ich es anstellen?«

»Ja, und schick auch Mike los, um die Gegend zu erkunden. Postier ihn oben auf dem Hügel dort, dem höchsten auf der rechten Seite.«

»Ich kümmere mich drum.«

»Wir brauchen Kriegswaffen. Wie viele M 16 und MP 5 haben wir dabei?«

»Zwei.«

»Ich nehme die eine, du behältst die andere.«

Gordon warf einen letzten Blick auf die umliegenden Hügel und folgte dann seinem Lieutenant zum Haus zurück.

Noch acht Minuten

»Katana will also eine Superrasse züchten?«, fragte Foster eindringlich.

»Ja, eine genetisch veränderte Rasse.«

»Aber das ist wissenschaftlich gesehen unmöglich, oder?«

»Das ist keineswegs unmöglich. Die Genetik sprengt alle Grenzen, die wir kennen. Jetzt, wo wir die menschlichen Gene genau kennen, kann man tiefgreifende Veränderungen ins Auge fassen. Wollen Sie eine blonde Tochter, einssiebzig groß, ohne jeden Makel, mit blauen Augen, einem überdurchschnittlichen IQ und ohne Fett an den Oberschenkeln, Hüften und am Hintern? Kein Problem, bald wird es möglich sein.«

»Wie furchtbar!«, rief Hiko.

»Furchtbar oder nicht, wir werden nicht umhin kommen. Wer kontrolliert, was in den Kliniken auf den Caiman-Inseln oder in Nordkorea geschieht? Sie werden sehen, dass es hochbegabte Kinder der reichen Afrikaner oder Asiaten geben wird, die blond oder rothaarig sind, die blaue Augen haben, Riesen von über zwei Metern mit einem IQ von 160. All diese Dinge, die man sich heute nicht vorstellen kann, werden in ein paar Jahren möglich sein.«

»Aber eine Superrasse, wie Sie es nennen ... Wie soll das denn gehen?«, fragte Hiko.

»Man kann nicht von menschlichen Rassen reden, vielmehr von

Populationen, die mehr oder weniger klare Eigenschaften haben, vor allem bei den Inselvölkern wie den Isländern oder Iren.«

»Oder den Japanern«, fügte Foster hinzu.

»Manche Populationen haben genetische Merkmale, die in ihrer Zahl begrenzt, aber spezifisch sind, und die sie von anderen unterscheiden. Die Haare, die Form der Augen sind sichtbare Merkmale dieses Umstands, aber es gibt noch viele andere Unterschiede. Je weniger groß die Mischung der Populationen mit der Außenwelt ist, desto spezifischer und prägnanter sind diese Züge. So weiß man zum Beispiel, dass die Basken die meisten Rhesusnegativen auf der ganzen Welt haben. Katanas nächstes Projekt ist die Untersuchung des genetischen Erbmaterials der Japaner, um ihre Besonderheiten herauszufinden. Die Japaner sind eines der am wenigsten vermischten Völker. Mehr als tausend Jahre lang war die Insel von der Außenwelt hermetisch abgeschlossen, und auch danach war ihre Öffnung nur begrenzt. Es ist eine genetisch isolierte Population, ideal für eugenische Experimente. Die Japaner haben eigene genetische Charakteristika. Katana hatte vor, meine Formel so zu verändern, dass sie nur auf Individuen wirkt, die diese genetischen Besonderheiten haben.«

»Die Wirkung Ihrer Formel wäre also auf die Japaner beschränkt.«

»Auf die fünfzig, sechzig oder achtzig Prozent der ›reinen‹ Japaner, deren Erbgut die größte Verbreitung hat.«

»Und Sie glauben tatsächlich, dass so ein Plan gelingen könnte?«

Bosko überlegte eine Weile, bevor er antwortete:

»Ja, es hätte funktioniert. Ich weiß nicht, wie lange es gedauert hätte, aber am Ende hätte es geklappt. In fünfzig oder hundert Jahren vielleicht.«

»Wie hätten Sie Ihr Mittel denn unter die Leute gebracht? Man kann doch nicht hundertzwanzig Millionen Menschen zwangsweise impfen?«, rief Hiko aus.

»Wir hätten es den Leuten freistellen können, aber wer hätte es abgelehnt? Das einfachste Mittel ist allerdings immer noch, es einfach zu tun, ohne überhaupt etwas zu sagen. Mit einem genetisch veränderten Virus, das in die Atemwege dringt und sich weiter ausbreitet, könnte man die genetischen Merkmale einer ganzen Population verändern.«

Bosko beugte sich zu Hiko hinüber und klopfte ihr leicht auf den Arm.

»Das ist keine Science-fiction, man kann es schon bei Ratten im Labor anwenden. Ich selbst habe ein solches Experiment bereits durchgeführt.«

»Letzte Frage: Kann Katana diesen Wahnsinn ohne Sie in die Tat umsetzen?«

»Nein«, sagte Bosko bestimmt. »Es ist unmöglich, ohne Anleitung die Architektur meiner Entdeckungen zu entschlüsseln. Und die Anleitung ist nur auf diesen Festplatten und in meinem Kopf … Aber ohne den Code kann man die Festplatten nicht öffnen.«

Noch sieben Minuten

Die eisige Stimme des Griechen ertönte in den Kopfhörern von Z 1 und Z 2.

»Hier Alpha 1. Foster steht auf. Machen Sie sich fertig.«

»Alpha 2. Ziel wird erfasst.«

»Alpha 3. Ziel wird erfasst.«

»Alpha 2. Einer der Engländer bewegt sich auf uns zu.«

»Waffen?«

»MP 5 und Faustwaffe.«

»Kein Problem, ich kümmere mich um ihn. Aktion in einer Minute. Behalten Sie Ihre Zielobjekte im Visier, und bestätigen Sie.«

»Alpha 2. Ziel erfasst.«

»Alpha 3. Ziel erfasst.«

»Warten Sie auf mein Signal.«

Noch sieben Minuten

Gordon patrouillierte hinter dem Haus, als es in seinem Hörer knisterte.

»Chef, wir haben ein Problem.«

»Was gibt's?«

»Das Richtmikrofon meldet etwas Merkwürdiges. Ein verdächtiges Signal auf dem Kamm gegenüber.«

Gordon bemühte sich, nicht zum Hügel zu schauen. So natürlich wie möglich ging er auf den Innenhof des Hauses zu.

»Was für ein Signal?«

»Ein gedämpftes elektronisches Signal, Identifizierung unmöglich.«

Noch sieben Minuten

Als er Gordons Gesicht sah, wusste Shelby sofort, dass es ein Problem gab.

»Sehen Sie sich nicht um, bleiben Sie natürlich. Wir haben vielleicht Besuch.«

»Was machen wir?«, fragte Foster.

»Wir müssen uns in Sicherheit bringen, drinnen im Haus, ohne dass es auffällt. Wir fangen mit Professor Bosko und Anaki an. Stehen Sie so natürlich wie möglich auf, und gehen Sie in den hinteren Teil des Hauses. Sean, du gehst mit. Finde ein Zimmer ohne Fenster.«

Sie standen auf und gingen nacheinander in den Flur.

Foster und Hiko waren völlig erstarrt.

»Los, gehen wir«, sagte Shelby.

Sie hatten das hintere Zimmer fast erreicht, als die erste Salve die Luft zerriss.

Noch sechs Minuten

Ein Kugelregen ging auf das Haus nieder, zerstörte Decken, durchschlug Wände. Die Belagerer hatten das Manöver durchschaut, bevor sie alle in Sicherheit waren. Shelby tauschte das Ladegerät seiner Pistole aus. Im Augenblick nützte sie ihm nichts; sie waren im Wohnzimmer eingesperrt.

»Mein Gott, wie viele sind es?«, fragte Foster leise.

»Bleibt am Boden!«, befahl Shelby.

Er robbte in den Flur, die Waffe in der Hand. Die englischen Bewacher erwiderten das Feuer mit M 16 und Maschinenpistolen, aber mit zehnmal weniger Schlagkraft. Sie hatten nur zwei Sturmwaffen, wie er erstaunt feststellte.

»Professor Bosko?«

»Hier«, rief eine Stimme hinter einer Tür.

Auf den Ellenbogen erreichte Shelby das Ende des Flurs. Dort war eine gepanzerte Eisentür, hermetisch verschlossen. Er streckte den Arm aus und versuchte, den Türgriff zu öffnen. Nichts bewegte sich.

»Professor Bosko? Anaki? Sind Sie hier drin?«

»Ein Engländer ist bei uns, aber er ist tot!«, rief Anaki.

»Die Tür ist blockiert, wir können sie nicht öffnen«, sagte Bosko mit Angst in der Stimme.

Shelby sah nach oben, das Schloss war intakt. Eines der Scharniere war getroffen worden, eine Kugel hatte es abgerissen. Unter dem starken Schlag hatte es sich um 90 Grad gedreht, in den Türrahmen hinein, unmöglich, die Tür ohne Werkzeuge zu öffnen.

»Ich kann nichts machen, ist da ein Fenster?«

»Nein, das ist der Keller.«

»Sie sind in Sicherheit. Ich komme wieder.«

»Wir können nicht hier drin bleiben«, gab Bosko zurück. »Hier habe ich die Festplatten untergebracht, sie können jede Minute explodieren.«

»Ich werde die Tür gleich sprengen, im Moment ist es unmöglich.«

»Aber hier geht gleich alles hoch!«, schrie Bosko.

»Legen Sie die Festplatten so weit von sich weg wie möglich. Ich komme zurück.«

Noch fünf Minuten

Auf dem Flur begegnete Shelby Gordon, der gerade seine M 16 neu lud. Mit einem Fußtritt schob Gordon eine Tasche zu ihm hinüber.

»Nimm meine HK!«, rief er.

Fieberhaft zog Shelby die Waffe aus der Hülle und stopfte Magazine in sämtliche Taschen. In gebeugter Haltung ging er auf Gordon zu.

»Foster?«

»Immer noch mit Hiko im Wohnzimmer, sobald sie sich bewegen, erwischt sie einer.«

»Ich gehe los, ich kümmere mich um die Vorderseite. Sind sie in Gefahr?«

»Nein, sieht so aus, also ob sie das Wohnzimmer verschonen, Sie denken wohl, dass dort niemand ist.«

Gordon zwinkerte mit den Augen und feuerte gezielt zwei Salven aus dem Fenster. Sogleich kam die Antwort, und er musste sich hinwerfen.

»Diese Hurensöhne!«

»Hast du gesehen, wie viele es sind?«

»Mindestens drei mit Fernwaffen, Sig oder vielleicht auch Steyr. Sie haben das Haus im Visier und schießen aus einer Entfernung von zweihundert oder sogar dreihundert Metern.

»Viel kaputt?«

»Alle meine Leute hat's erwischt«, sagte er voll Zorn.

»Ich hole Foster und Hiko. Versuch, ob du die Kellertür aufsprengen kannst, bevor ihnen die Festplatten um die Ohren fliegen.«

Shelby ging gebeugt an der Leiche von Sean vorbei, einem der Leibwächter. Der Mann schwamm in Blut, die Augen in einem Ausdruck des Erstaunens weit aufgerissen. Er hatte nichts geahnt. Schließlich erreichte Shelby das Wohnzimmer. Foster stand in einer Ecke, auf der einen Seite von einer tragenden Wand, auf der anderen vom Bücherregal geschützt. Er sah nach draußen. Shelby robbte bis zu ihnen hin.

»Könnt ihr etwas sehen?«

»Einer unserer Männer liegt an der Terrassenwand. Er verliert alles Blut.«

Shelby hockte sich hin.

»Sie schießen aus großer Entfernung. Ich muss mich auf den Weg machen.«

»Passen Sie auf, da ist einer direkt vor uns auf dem Hügel.«

»Ich sehe schon, von woher die Schüsse kommen. Er hat seinen Mündungsfeuerschutz verloren.«

Shelby atmete durch und zielte mit der MP. Von den Hügeln kamen weitere Schüsse. Die Kugeln schlugen neben ihnen ein, doch er blieb unbeweglich wie eine Statue. Plötzlich drückte er auf den Abzug. Seine Waffe feuerte. Ein kurzer, schneller Feuerstoß, drei oder vier Kugeln. Er verdoppelte und verdreifachte die Garbe und ließ dann die Waffe sinken. Er war zu weit entfernt, um den Feind zu erreichen …

»Shelby, siehst du was?«, brüllte Gordon von der anderen Seite des Hauses.

»Moment.«

Die feindlichen Schüsse konzentrierten sich jetzt auf seine Position, auf die Küche und ein weiteres Zimmer. Einer der Leibwächter hatte sich dort aufgehalten, aber den hatte es gerade auch erwischt. Plötzlich begriff Shelby. Ihre Feinde hatten Infrarot-Sichtgeräte: Sie konnten Gestalten mit einer erwärmten Waffe von den anderen unterscheiden und auf diese Weise auf die richtigen Leute zielen und Bosko und Anaki verschonen. Es war teuflisch!

Er sprang auf Foster zu.

»Sie brauchen sich nicht hinter der Wand zu verstecken, Ihnen passiert nichts.«

Er erklärte ihnen, wie die thermischen Zielgeräte funktionierten.

»Wir sitzen in der Falle. Wenn wir nicht auf sie schießen, kommen sie einfach hier rein und holen uns. Und wenn wir zurückschießen, erkennen sie, wo wir sind.«

Foster nahm sein Telefon aus der Tasche.

»Ich habe keine Verbindung mehr.«

»Sie haben ein Störgerät, Scheiße. Sie werden uns alle nacheinander abknallen bis zum letzten Mann, und dann kommen sie und holen Sie.«

Zum ersten Mal seit Jahren überkam Shelby unüberwindbare Angst. Aus dieser Falle würden sie niemals lebend herauskommen.

Noch vier Minuten

Katana nahm die Decke von seinen Beinen. Die letzten Worte des Griechen hallten ihm noch im Ohr.

Sie hatten es also geschafft!

Bald wären der Engländer und seine Leute tot und Bosko gefesselt in einem seiner Flugzeuge. Alles kam wieder ins Lot. Nun konnte er das Versprechen einlösen, das er seinem Herrn, General Shonikara, gegeben hatte. Ja, dank Bosko würde er lange genug leben, um den totalen Sieg zu erleben, nachdem er die bittere Demütigung der Niederlage und der Besatzung ertragen hatte. Eine Superrasse, die die Welt beherrschte. Was konnten Amerikaner, Europäer und Chinesen gegen Japaner ausrichten, die dreihundert Jahre leben, produzieren und Dinge erschaffen konnten? Ein Lächeln erschien auf seinem Gesicht, als er an das Symbol des Sieges dachte, prächtig in seiner Einfachheit. Eines Tages würden zwei Soldaten in weißer Uniform unter einem reinen Himmel die Fahne der kaiserlichen Marine auf dem Kaiserpalast hissen. Tausendmal hatte er sich diese Szene vorgestellt, und er kannte jedes Detail. Langsam würde die Flagge am Mast hochsteigen, diese Fahne von wilder Schönheit, weiß mit der roten Sonne und den Strahlen von innen nach außen, das Symbol der japanischen Expansion. Ja, dieses großartige Emblem, das der verrückte MacArthur – soll er in der Hölle schmoren – verboten hatte, würde aus der Asche wiederauferstehen – durch ihn, Katana. Ein großes Glücksgefühl überkam ihn. Das war nicht nur ein Sieg, es war ein Triumph! Sein Blick traf den von Oberst Toi, in dessen Augen er denselben Ausdruck von Glückseligkeit las.

»Noch in zweitausend Jahren werden die Japaner Ihren Namen verehren.«

Langsam, jeden Moment genießend, näherte sich Katana in seinem Rollstuhl dem Tisch mit der schönsten Weinflasche, der mit der Nummer 1. Feierlich klemmte er sie zwischen seine Oberschenkel, entfernte mit einer entschlossenen Bewegung die Kapsel, die den Korken schützte, und drehte den Korkenzieher hinein. Es war perfekt, er war nicht zu hart und nicht zu weich. Dieser Wein war ein wahrhaft göttliches Getränk. Langsam zog er, Zentimeter um Zentimeter, den Korken aus der Flasche. Aber kurz vor Ende hielt er inne. Immerhin war Bosko noch nicht in seinem Büro. Seine Leute konnten von der französischen Polizei verhaftet werden. Die Engländer könnten Widerstand leisten. Durfte er den Wein schon jetzt, in diesem Augenblick genießen? Nie im Leben würde er einen besseren trinken. Er wartete ein paar Sekunden, dann traf er seinen Entschluss. Es gab keinen Grund, länger zu warten.

Mit einer schnellen Bewegung zog er den Korken heraus. Er hörte ein Klicken, sah zwei Flügelchen aus dem Korken herausspringen. Und dann gab es einen roten, brennenden Blitz. Die Flasche explodierte und tauchte alles in ein einziges Feuermeer. Die Fensterscheiben, die Wände, alles wurde zu Asche. Der Sauerstoff, vom Zentrum der Explosion aufgesogen, verschwand aus der Mitte des Raumes, schuf ein Vakuum, bevor er nach oben stieg wie ein Atompilz. Die Explosion ergriff auch die achtundzwanzig anderen Flaschen, die alle ordentlich in ihren Kisten lagen. Es entstand ein Grollen, das aus dem Inneren der Erde zu kommen schien, dann verschlang ein rotglühender Pilz das ganze Haus, fraß sich in die Wände und vernichtete alles, was darin war. Das Dach riss ab und flog Hunderte von Metern in die Höhe. Dann hing es schwebend in der Luft, bevor eine neue Explosion das ganze Gebäude dem Erdboden gleichmachte. Die Flammenwolke rollte nach draußen, verschlang die Wächter, die Kampfhunde und alles, was in einem Umkreis von fünf Kilometern lebte. Noch zwanzig Kilometer weiter spürte man die Schockwelle. Von Katana, Oberst Toi und ihren Männern im Zentrum des Brandherdes blieb nichts als ein winziger Staub- und Aschehaufen. Nichts!

Noch drei Minuten

»Gordon, versuchst du, die Tür zu sprengen?«, brüllte Shelby.

»Ich kann nichts tun, ich hab eine Kugel im Bein.«

»Gordon? Ich muss los, sonst sind wir alle tot.«

»Ich kann nichts mehr machen. Was schlägst du vor?«

Shelby robbte auf den Engländer zu.

»Hast du ein Zielfernrohr?«

»Da in der Tasche, ein Weiss.«

»Okay. Du fixierst von da, wo du bist, den Schützen, den ich ausfindig gemacht habe, und zwingst ihn, sich hinzulegen. Währenddessen laufe ich in seine Nähe, die anderen können mich nicht sehen. Ich schnappe sie mir alle von hinten, mit dem hier fange ich an.«

»Shelby, dreh nicht durch, das ist Wahnsinn, da kommst du nie lebend raus. Warte lieber hier drinnen. Irgendwann hört ein Nachbar die Schüsse und ruft die Polizei.«

»Wir haben keine Zeit, und das weißt du genau. Ich muss es versuchen.«

Gordon nickte. Er suchte in seiner Tasche und zog das Zielfernrohr heraus.

»Du musst es wissen. Viel Glück.«

Shelby zwinkerte mit den Augen.

»Nimm die auch«, sagte Gordon und reichte ihm seine Pistole. »Sie ist noch kalt, ich hab sie noch nicht benutzt.«

»Danke.«

»Sprengst du vorher die Tür?«

Shelby zögerte.

»Nachher, ich muss jetzt los.«

Er lief ins Wohnzimmer zurück.

»Ich versuche einen Ausbruch«, verkündete er.

»Nein!«, schrie Hiko. »Dabei kommst du um!«

»Ich muss es tun.«

Hiko warf sich Shelby in die Arme.

»Bitte!«, schluchzte sie. »Geh nicht!«

Shelby drehte sich zu Foster um. Er sah große Traurigkeit in seinen Augen, aber auch einen Funken von Anerkennung. Foster nickte zweimal, dann legte er die Hand auf Hikos Schulter.

»Wir müssen Shelby vertrauen, wir haben keine Wahl.«

Hiko verbarg ihr Gesicht in den Händen und sagte nichts mehr.

Schüsse schlugen in den anderen Zimmern ein, immer genauer. Die Killer nahmen sich Zeit, zerstörten nacheinander alle geschützten Orte und konzentrierten ihre Schüsse mithilfe der Infrarot-Ferngläser.

»Sie wechseln alle zwei Minuten die Stellung und kommen jedes Mal zehn Meter näher«, sagte Shelby.

Die linke Hauswand war bereits durchlöchert wie ein Sieb.

In weniger als fünf Minuten sind sie hier.

Shelby winkte Hiko und Foster ein letztes Mal zu und lief dann in die Küche. Ein paar Sekunden später hörten sie einen Riesenlärm. Ein Kugelhagel aus Gordons Waffe ging nieder, wo der linke Schütze stand. Foster sah, wie zugleich ein Schatten durch den Garten lief und im Dickicht verschwand. Hiko begann zu schreien:

»Shelby, nein!«

Noch zwei Minuten

Anaki und George Bosko saßen eng umschlungen im Halbdunkel des Kellers und trösteten sich gegenseitig.

»Meine Liebste.« Er küsste sie. »Alles ist meine Schuld.«

»Wir kommen hier schon raus, oder wir sterben zusammen.« Sie küsste ihn ebenfalls. »Ich liebe dich.«

Beunruhigt sah sie auf die beiden Festplatten, die in einem alten Regal lagen.

»Bist du sicher, dass wir keine Chance haben, wenn die explodieren?«

»Null! Wir werden in tausend Stücke gerissen.«

Anaki sprang auf, auf ihrem Gesicht der Ausdruck fester Entschlossenheit.

»George, wir werden hier ja wohl nicht untätig sitzen bleiben und die Hände ringen. Wir müssen aus diesem Keller raus!«

Sie nahm seinen Kopf in die Hände.

»Wir müssen etwas tun!«

»Wir können nichts machen, die Tür ist blockiert. Wir warten hier auf den Tod.«

Anaki ließ ihn los.

»Nein, es gibt immer eine Lösung!«

Plötzlich sah sie die Werkzeuge an der Rückwand des Kellers: Schaufeln, Rechen, eine Spitzhacke.

»Hier, eine Spitzhacke, wir schlagen die dünnste Mauer auf.«

Sie reichte George das Werkzeug. »Beeil dich, bitte. Wir können hier noch lebend rauskommen, beide, und zusammen weit, weit weggehen.«

Sie küsste sein Gesicht, seine Stirn, seinen Mund. »George, endlich können wir zusammenleben. Und jetzt los!«

Bosko holte tief Luft. Anaki sprach ruhig, ihre Selbstbeherrschung war vollkommen. Er durfte jetzt nicht aufgeben. Nicht jetzt! Er nahm die Hacke und führte den ersten Schlag aus.

Noch eine Minute

Shelby lief, so schnell er konnte, den Oberkörper tief nach vorn gebeugt. Außer der Pistole trug er einen Plastiksprengkörper mit einem Zünder, den er in einer Tasche der Engländer gefunden hatte. Im Laufschritt erklomm er den Hügel. Der Lärm der Detonationen wurde stärker, die Schalldämpfer der Angreifer waren durch Hunderte von Kugeln, die sie verschossen hatten, beschädigt worden. Er ging hinter einer Gestalt vorbei, die im Dickicht kniete. Der Mann, den er suchte …

Der Killer hatte sich hinter einem Felsen versteckt, hielt seine Waffe fest und versuchte, den Gewehrsalven von Gordon auszuweichen. Shelby näherte sich, tief nach vorn gebeugt. Im letzten Moment sah der Mann sich um. Blitzschnell warf er sich in einer rollenden Bewegung zu Boden. Shelby gab ihm einen kräftigen Tiefschlag und einen Fausthieb, der ihn wie ein Hammer traf. Der Mann röchelte. Shelby versetzte ihm ein Atemi an die Kehle. Dann packte er den Killer am Nacken und drehte ihn um neunzig Grad herum. Es gab ein trockenes Krachen. Shelby ließ die Leiche von Z 2 fallen und rannte zu seinem nächsten Zielobjekt.

Der Zeitpunkt Null

Foster hörte, wie das Haus von dumpfen Schlägen erschüttert wurde. Bosko und Anaki versuchten offenbar, aus dem Keller zu entfliehen, und er war wütend, dass er ihnen nicht helfen konnte.

»Professor, was machen wir jetzt?«, fragte Hiko.

Sie war in Panik.

»Wir verlassen uns auf Shelby.«

Ein neuer Kugelhagel ging auf das Haus nieder und hinderte Hiko daran, zu antworten. Aus der Küche hörten sie einen Schmerzensschrei und stürzten dorthin. Gordon lag auf dem durchlöcherten Kühlschrank, aus dem alle möglichen Flüssigkeiten rannen. Sein Oberschenkel war abgebunden.

»Es ist nicht schlimm. Die Arterie hat nichts abgekriegt. Der Kopf auch nicht. Mich hat nur ein Splitter erwischt.«

»Lassen Sie mich nachsehen.«

Als Foster näher kam, hielt er ihn mit einer Handbewegung auf.

»Kommen Sie nicht her. Diese Waffe ist kochend heiß. Ich bin das Zielobjekt.«

»Haben Sie Shelby gesehen?«

»Ja, in meinem Fernglas. Er ist durchgekommen und hat den Ersten erwischt.«

Gordon hütete sich zu sagen, dass Shelby in dem Kampf offenbar die Pistole verloren hatte. Er wollte Hiko nicht beunruhigen.

»Ich gehe zu Anaki und Bosko«, sagte Foster.

»Nein, auf keinen Fall!«

»Warum?«

»Sie sind in dem Keller, in den Bosko die beiden Festplatten gebracht hat.«

Trotz der Gefahr sprang Foster nach vorn und packte ihn am Hemd.

»Sie sind bei den Festplatten! Mein Gott, warum haben Sie mir das nicht früher gesagt?«

Foster zog Hiko mit sich bis zur Kellertür. Drinnen war kein Laut zu hören. Hiko schlug mit aller Kraft dagegen, aber die Tür war immer noch blockiert.

»Professor Bosko! Anaki!«

Niemand antwortete. Foster packte Hiko am Ärmel.

»Das nützt nichts, sie ist völlig blockiert. Wir dürfen nicht hier bleiben, die Festplatten können jeden Augenblick explodieren.«

»Aber sie werden sterben!«

Foster hatte keine Zeit, zu antworten. Eine heftige Explosion warf sie zu Boden. Der Boden des Hauses ging in einem Flammenmeer auf.

Shelby hockte sich hin, sein Herz klopfte. Seine beiden Gegner waren genau unter ihm, etwa zehn Meter entfernt. Sie standen beieinander, um sich zu beraten.

»Was war das für eine Explosion?«

»Weiß nicht, aber Z 2 antwortet nicht«, sagte der Killer mit dem Schnurrbart. »Es hat ihn offenbar erwischt. Was können wir tun?«

»Wir gehen runter und machen den Job zu Ende«, sagte der andere.

Er war also der Boss.

Der Grieche.

»Du gehst rüber nach links, ich gehe über die andere Seite. Ich erklär dir das Manöver.«

Beide Männer trugen ein Sturmgewehr, eine Maschinenpistole und eine Faustwaffe.

An der rechten Seite des Griechen sah er eine Dolchscheide. Shelby wusste, dass er gerade in dem Kampf seine Pistole verloren hatte.

Unmöglich, die beiden Kerle mit bloßen Händen aufzuhalten.

Unmöglich, den Hang herunterzukommen, ohne dass sie mich bemerken.

In diesem Moment fiel Shelbys Blick auf die Sprengpatrone, die er in der Tasche gefunden hatte. Er nahm den Zünder und erstarrte: Es war ein altes englisches Modell, das nur mit einem Spezialabzug funktionierte, der die Zeit der Explosion bestimmte. Er hatte aber nur den Zünder und nicht den Abzug bei sich.

Ihm war schlagartig bewusst, was das bedeutete: Er konnte den

Sprengstoff nur für eine sofortige Explosion verwenden, von ihm ausgelöst – indem er sich selbst opferte.

Foster erhob sich mühsam. Der Keller war von der Explosion buchstäblich weggeblasen worden. Bruchstücke von Holz, Steinen, Gips, verbogenen und verkohlten Werkzeugen waren in alle Richtungen geflogen. Inmitten dieses Albtraums sah man irgendetwas brennen, es knisterte fürchterlich – waren es Gegenstände, Tiere, Menschen?

Aber die Hitze war zu groß, um hinzugehen und sich zu versichern. Ein Teil der Wand, die den Keller vom benachbarten Weinkeller trennte, war eingestürzt, und die Außenwand des Weinkellers war weggerissen worden. Foster fand eine zusammengeschmolzene Pistole. Die beiden Liebenden hatten nicht genug Zeit gehabt, die Mauer zu durchbrechen.

Hiko kam näher, das Gesicht schwarz von Schweiß und Ruß, die Kleider zerrissen. Sie blieb neben ihm stehen, kraftlos. Sie schien um zehn Jahre gealtert. Draußen hatten die Schüsse aufgehört, eine merkwürdige Stille lag über dem Haus.

»Es ist vorbei«, sagte Foster. »Bosko hat sein Geheimnis mitgenommen.«

»Umso besser!«

Foster schüttelte den Kopf. Er packte Hiko bei der Schulter – plötzlich und in einer unerwarteten Vertrautheit.

»Meine arme Hiko. Unsere Nachkommen werden wahrscheinlich in einer Welt leben, wie Bosko sie erträumt hat. Eines Tages wird es diese Welt geben, das ist unausweichlich, und jedem wird sie normal erscheinen. Aber wir werden sterben, ohne sie zu kennen.«

In diesem Augenblick zerriss eine neue Salve die Luft.

Shelby hatte ein Gefühl größter Ruhe. Dies war der Augenblick der Wahrheit. Mit gezielten Handbewegungen zog er Jacke und T-Shirt aus, sein nackter Oberkörper wurde sichtbar. Mit dem Finger streichelte er die Tätowierung auf seiner Schulter. Ihm war nicht kalt. Er war bereit.

»Ich finde mein Grab dort, wo so viele tapfere Männer dahinsanken, wie sich Kirschblüten entblättern.«

In der Ferne war das halb zerstörte Haus teilweise von den Rauchwolken des Feuers verdeckt. Eine Sekunde lang war ihm, als sähe er in der schwarzen Wolke die Gesichter seiner Mutter, seines Vaters und Großvaters vorbeiziehen. Dann traten Hikos Züge an ihre Stelle. Er legte die Arme überkreuz auf die Sprengpatrone und warf sich vorwärts nach unten. Der Boden näherte sich in schnellstem Tempo. Einen kurzen Augenblick hob er den Kopf, bevor er die beiden Männer berührte. Er glaubte, Hiko und Foster zu erkennen, hinter einem Fenster, aber vielleicht war das ein Traum. Hiko schrie mit offenem Mund. Er lächelte ihr zu. Dann drehte sich der Grieche um, von seinem sechsten Sinn alarmiert. Als er den Auslöserknopf drückte, lächelte Shelby.

Die Explosion umgab sie mit einer tödlichen Wolke – ihn, den Griechen und Z 1. Dann war nichts mehr.

Hiko hielt mitten im Schrei inne. Shelby, wie er sich mit nacktem Oberkörper auf die Killer warf, sein Lächeln, die Explosion … Als hätte sich diese Szene für immer auf ihre Netzhaut eingebrannt. Sie legte ihr Gesicht an Fosters Schulter.

»Hiko, Hiko.«

Er zwang sie, ihm in die Augen zu sehen.

Mein Gott, sie ist jenseits des Schmerzes. Gebrochen.

Er streichelte ihr übers Haar, so sanft er konnte.

»Er war schon tot, als es geschah, Hiko – in seinem Geiste war er schon tot. Auch wenn er Sie liebte. Es geht ihm da, wo er jetzt ist, besser.«

»Nein, nein!«

»Er ist da, wo er immer sein wollte: bei seinem Großvater, bei seinem Vater.«

Plötzlich war ein ganz neues Geräusch zu hören: Feuerwehrsirenen. Gordon schrie außer sich:

»Die Bullen, nichts wie weg!«

Sie verließen das Haus. Foster ließ den hinkenden Gordon vorweggehen, Hiko folgte ihm tief erschrocken. Er blieb stehen, um sich ein letztes Mal umzusehen. An der Stelle, wo Shelby sich aufgeopfert hatte, um ihr Leben zu retten, breitete sich ein Feuer aus. Das Brausen der Flammen war fürchterlich.

Gerade wollte er sich umdrehen, als seine Aufmerksamkeit durch eine Bewegung geweckt wurde, etwa dreihundert Meter entfernt, rechts oben an der Schneise, wo es nicht brannte. Es sah aus, als habe sich ein Tier in den Büschen bewegt. Mit Erstaunen sah er plötzlich zwei Gestalten aus dem Dickicht kriechen. Anaki und Professor Bosko. Das Paar stand mühsam auf und blieb oben auf dem Grat stehen, den Kopf in seine Richtung gewandt. Sie hielten sich an der Hand. Als sie ihn auch sahen, hob Foster, einem Impuls folgend, den Arm und winkte zum Abschied, langsam und freundschaftlich. Ein paar Sekunden vergingen, als hätten sie seine Geste nicht verstanden, dann aber hob auch Anaki den Arm und bald darauf Bosko ebenfalls. Trotz der Entfernung merkte Foster, dass sie beide lächelten. Jetzt entfernten sie sich, Bosko auf Anakis Schulter gestützt.

Wir haben nicht alles verloren. Diese beiden werden lange zusammen leben. Er lächelte. *Länger als alle Liebespaare der Welt vor ihnen.*

»Viel Glück«, sagte Foster leise.

Er ging mit großen Schritten auf das Haus zu, in Gedanken versunken. Er hörte nichts mehr. Weder das Feuer noch die Sirenen. Er spürte nicht den Rauch, sah weder die Spuren der Kugeln noch das Blut noch die Leichen überall. Er war wie von der Welt abgeschnitten.

»Professor!«

Er nickte. Gordon lag hinten in dem Wagen, der mit laufendem Motor vor dem Tor stand. Der Wagen fuhr an, und die Reifen knirschten.

»Wir fahren anders herum«, sagte Gordon. »Ich habe auf dem Hinweg die Karte studiert, dieser Weg führt bis zur Landstraße.«

Hiko, neben ihm, schien weit weg zu sein. Foster nahm ihre Hand, aber sie reagierte nicht. Er nickte traurig.

»In dem Wald war doch niemand. Wen haben Sie gerade gegrüßt, Professor?«, fragte Gordon.

Ein feines geheimnisvolles Lächeln erschien auf Fosters Gesicht, und einen Moment sah er so rätselhaft aus wie die Sphinx.

»Zwei Phantome – oder die Zukunft … wer weiß?«

Danksagung

Dieses Buch verdankt der Unterstützung und dem Engagement meiner Lektorin Nathalie Théry sehr viel. Sie hat die Arbeit an dem Buch von Anfang bis Ende begleitet, ebenso wie Leonello Brandolini und Nicole Lattès im Verlag Robert Laffont. Ich danke auch den Mitgliedern meiner Familie herzlich, die mich unterstützt, mir geholfen und mit mir zusammen die umfangreichen Fahnen dieses Romans gelesen haben.

Ganz besonders danke ich Nicolas Lepinay, Sommelier mit hervorragenden Kenntnissen. Zum Thema »Einsatzgruppen« empfehle ich das Buch von Michel Moracchini, »Les troupes spéciales d'Hitler«. Unter den zahlreichen Werken zum letzten Weltkrieg in Asien und den Feldzügen der japanischen Armee leistete das Buch »Naisho, enquête au cœur des services secrets japonais« von Roger Faligot einen erhellenden und umfassenden Beitrag über den japanischen Geheimdienst zu dieser Zeit.

Inhaltsverzeichnis

Gänsehaut pur! Der neue Thriller von Frankreichs Superstar Grangé

Jean-Christophe Grangé
DAS IMPERIUM
DER WÖLFE
Thriller
448 Seiten
ISBN 3-404-15411-8

Im Pariser Türkenviertel, wo illegal eingeschmuggelte Arbeitskräfte unter unmenschlichen Bedingungen schuften, geschehen drei bestialische Morde. Die Opfer: weiblich, rothaarig – und nicht gemeldet. Die Tat eines wahnsinnigen Serienmörders? Oder stehen die Morde in einem größeren Zusammenhang? Zwischen Paris und Istanbul, zwischen Gehirnmanipulation und türkischer Mafia bewegt sich Grangés neuer Mega-Thriller – beklemmend nah an der Realität und von haarsträubender Spannung.

Bastei Lübbe Taschenbuch